KB083483

불온의 시대

1960년대 한국의 문학과 정치

저자

임유경(林洧經 Lim, Yu-kyung)_ 연세대학교 국어국문학과를 졸업하고 같은 대학 국문과 대학원에서 석사학위와 박사학위를 받았다. 현재 연세대학교 비교사회문화연구소 전문연구원으로 있다. 그간 남북한 문학과 냉전문화사를 공부하며 문학연구의 시야와 지평을 넓히는 데 관심을 기울였다. 최근에는 1960~70년대를 중심으로 권력의 통치 기술과 지식인・예술가의 자기 기술을 함께 연구할 수 있는 방법을 모색하고 있으며, '불온'의 역사를 써나가는 작업을 병행하고 있다. 주요 논문으로 「소련기행과 두 개의 유토피아－해방기 "새조선"의 이상과 북한의 미래」, 「냉전의 지형학과 동백림 사건의 문화정치」, 「'신원'의 정치－권력의 통치 기술과 예술가의 자기 기술」, 「일그러진 조국－검역국가의 병리성과 간첩의 위상학」 등이 있으며, 저서로는 여러 학문 분과의 연구자들이 함께 쓴 『한국현대 생활문화사 1960년대－근대화와 군대화』(창비, 2016)가 있다.

불온의 시대 1960년대 한국의 문학과 정치

초판인쇄 2017년 1월 20일 **초판발행** 2017년 1월 30일
지은이 임유경 **펴낸이** 박성모 **펴낸곳** 소명출판 **출판등록** 제13-522호
주소 서울시 서초구 서초중앙로6길 15, 1층
전화 02-585-7840 **팩스** 02-585-7848 **전자우편** somyungbooks@daum.net **홈페이지** www.somyong.co.kr

값 37,000원 ⓒ 임유경, 2017
ISBN 979-11-5905-133-3 93810

불온의 시대

1960년대 한국의 문학과 정치

The Age of 'Buron(不穩)'
: Korean Literature and Politics in the 1960s

임유경

소명출판

책머리에 | 역사의 문턱을 넘는 순간들

이 책은 하나의 언어를 짊어지고 어떤 시대를 걷는다. 역사의 문턱을 넘는 순간은 현재의 시간 속에서 과거가 다시 살아나는 순간이자, 현재가 직물처럼 다시 짜이는 순간이기도 하다. 사실 한 시대를 특정한 언어로 표현하는 것은 쉽지 않은 일이다. 그 언어를 가지고 시대의 문턱을 넘을 때 어떤 쾌감만큼이나 두려움이 번지는 것은 어쩌면 불가피하고도 필연적인 일일 수밖에 없다. 그 언어가 현재의 시간 속에서 특정 시대를 깨울 수 있다고 믿는 동안 해석을 위한 무수한 타협이 이루어진다는 사실과 해석의 불가능성에 대한 불안이 무의식중에 억압될 위험에 처하기 때문이다.

아마도 많은 글들이 그러하겠지만, 이 책 역시 무언가에 대해 써야 한다는, 그리고 쓸 수 있을 것이라는 어떤 '역사적 충동'에 의해 시작되었다. 나에게 '불온'이라는 언어는 이러한 '역사적 충동'을 불러일으킨 매개였다. 그것은 1960년대 한국의 문학과 사회를 이해하는 데, 나아가 한국의 긴 역사를 돌아보는 데 중요하고도 유용한 관점을 제공해주는 핵심어로 인식되었다. 해당 언어를 매개하여 특정 시대에 접속하는 일은 불확실한 모험 같은 것이었지만, '불온한 것들'에 관한 인식과 상상은 새로운 역사적 감흥을 불러일으키며 시대를 기술(記述)하는 일이 가능하리라는 믿음을 선사했던 것이다. 또한 이 믿음은 "역사적 감흥"

이 어쩌면 "역사적 이념"의 형태로 구체화될 수 있을지 모른다는 희망을 낳았다.

크라카우어는 미완성으로 남겨진 『역사』라는 책에서 "역사적 이념"을 이렇게 설명한 적이 있다. '구체적인 것과 추상적인 것이 만나서 하나가 되는 점이 생겨나는 순간, 미결정적인 역사적 사건들의 흐름이 갑자기 멈추면서, 그 순간 눈앞에 드러난 모든 것이 하나의 심상(image)과 하나의 구상(conception)에 비추어 감지된다.' 그는 "역사적 이념"을 두고 "하나의 해석양식"이라고 부르기도 했다. 특정 시대를 어떠한 관점에서 접근하느냐에 따라 그 시대가 드러나고 입체화되는 방식은 달라지며, 연구자가 갖는 해석양식은 내러티브의 형태에 영향을 미친다. 그러한 의미에서 나의 책은 '불온한 존재들의 이야기'를 써나가려는 의지의 표현이자, '불온'이 과연 하나의 해석양식으로 이해될 수 있을 것인가를 스스로 묻고 답하는 과정이라 할 수 있다.

이 책을 다듬는 동안 크라카우어의 곁을 맴돌았던 것은 다음의 구절 때문이기도 했다. '역사적 이념은 역사가의 여행의 종착지다.' 나는 역사가는 아니지만, 문자 그대로의 "역사가"를 위해서만 쓴 것은 아닌 듯한 그의 글에서 이 대목은 유독 오래 눈길을 사로잡았다. 글을 쓰는 동안 이 말은 위안처럼 들리기도 했고, 풀지 못한 채 짊어지고 있는 언어와 시대의 무게를 자꾸만 의식하게 하는 경종처럼 들리기도 했다. 글이 끝날 무렵까지도 여전히 내가 쥐고 있던 질문은 '불온한 존재들에 대한 이야기는 과연 씌어질 수 있는가' 하는 것이었다. 크라카우어는 역사가의 여행이 특별한 종류의 해석들과 함께 종결된다고 하였는데, 그렇다면 나는 여전히 돌아오는 중이라 할 것이다.

이 책은 연세대학교 박사학위 논문으로 제출한 「1960년대 '불온'의 문화 정치와 문학의 불화」(2014)를 다듬은 것이다. 논문을 쓰고 3년이라는 시간이 지났음에도 게으른 생각과 설익은 문장을 충분히 들여다보지 못했다. 느리고 장황한 언어로 채운 지면들을 대폭 줄이지 못한 것이 못내 아쉽다. 내 이름을 문패처럼 걸고 내는 첫 단독 저서인 만큼 기쁨만큼이나 두려움도 크다. 이 책의 문턱에서 만나게 될 독자들은 더할 나위 없이 반가운 사람들이지만, 그들은 그만큼이나 깊은 부끄러움도 함께 가져다줄 것이다.

이 책은 박사논문의 심사위원이셨던 김철, 신형기, 이경훈, 김예림, 이혜령 선생님의 격려와 조언이 없었다면 씌어질 수 없었을 것이다. 특히나 가까이에서 지적 열정을 일깨워주시며 버팀목이 되어주셨던 김철 선생님과 신형기 선생님께 마음 깊이 존경과 감사의 인사를 드리고 싶다. 더불어 대학원에 있는 동안 많은 가르침을 주셨던 김영민, 정명교, 정희모, 김현주, 백문임, 박명림 선생님께도 깊이 감사드린다. 선생님들의 격려와 지지가 큰 힘이 되었다. 조금이라도 나은 연구자가 되는 것이 최선의 보답이리라 믿는다.

오랜 시간 함께 우정을 나누며 동행해준 선후배 동료들에게도 고마움을 표하고 싶다. 좋은 친구들 덕분에 어지럽고 부끄러운 시절을 외롭지 않게 보낼 수 있었다. 또한 이 자리를 빌려 국학연구원, 비교사회문화연구소, 역사문제연구소 세미나팀, 사상계 세미나팀, 사회인문학 세미나팀의 여러 선생님들께도 감사의 인사를 드리고자 한다. 다양한 연구공간에서 만난 선생님들과 동료들 덕분에 긴 호흡과 유쾌한 상상력을 키워나갈 수 있었다. 더하여 이 책이 연세근대한국학총서로 나올 수 있게 도와주신 김영민 선생님과 한수영 선생님, 소명출판의 박성모 사장님과 채현아 선생님께도 감사의 말씀을 드린다.

언제나 섬세하고 다정한 눈으로 내 삶을 지켜봐주는 가족과 오랜 친구들이 없었다면, 지난 십여 년의 세월을 무사히 지나오지 못했을 것이다. 좋은 친구와 가까이 있으면서 살아가는 일이 큰 기쁨과 위안이 된다는 것을 알려준 강동호에게, 더불어 그의 부모님이자 이제는 나의 부모님이기도 한 아버님, 어머님께도 마음 깊이 고마움을 전한다. 끝으로 내 삶에 빛나는 순간들을 만들어주신 나의 부모님에게 존경과 감사의 마음을 전하고자 한다. 길이 없는 장소들을 밟아나가는 걸음마다에 두 분의 살과 땀이, 그리고 사랑이 배어 있음을 잊지 않고 살아가겠다. 두 분께 이 책을 바친다.

차례

제1장

1960년대, 두 죽음의 사이

1. 문학과 역사를 읽는 하나의 방법

어떤 언어는 특정 시대에 잠시 등장하였다가 그 쓰임과 힘이 소진되는 과정을 겪는다. 그런가 하면 또 다른 어떤 언어들은 '사어(死語)'가 되기는커녕 여러 시대를 흘러 다니며 끈질기게 살아남는다. 말의 운명은 매우 일상적이고도 우연적인 요인들의 예측 불가능한 총합에 의해 결정되기도 하지만, 그것을 운용하는 주체들의 욕망과 특정 시대마다의 고유한 정치적·사회적 환경, 그리고 통치 패러다임에 의해 좌우되기도 한다. 그리하여 시대와 상황의 변화에 따라 부침을 거듭하며 생성과 소멸의 과정을 겪었던, 이 특정 언어가 살아남은 과정을 추적하는 일은 단지 언어의 역사만이 아니라 그것을 사용하는 공동체의 역사

를 되짚어보는 일이 되기도 한다.[1]

생존의 기간이 길었을 뿐만 아니라 그것이 갖는 의미나 작용방식에 있어서의 특이성이 주목되는 언어 중 하나가 바로 '**불온(不穩)**'이다. 이 말은 근대 이전부터 있어왔음은 물론이고, 근대 이후로 현재에 이르기까지 지속적으로 쓰이고 있다. 그렇기 때문에 해당 언어의 역사를 되짚어보는 일은 이미 지나간 과거를 특정한 방식으로 읽어내려는 작업의 일환으로만 이해되지는 않는다. 그것은 해당 언어의 현재적 의미에 관심을 기울이게 하고 이를 매개로 당대 역사를 성찰하게 한다. 그런가 하면 '불온'이라는 용어는 정부의 관제문헌이나 언론매체에서만이 아니라, 전문지식을 생산하는 학술장이나 일상의 차원에서도 폭넓게 사용되어왔다. 또한 언어를 다루는 주체에 따라 말의 의도와 기능은 다른 양상을 보였다. 이 점은 누가 언제 어떠한 이유로 해당 언어를 구사했는가에 관심을 기울이게 하며, 말의 소유권을 둘러싼 투쟁의 역사를 되짚어보게 한다.

이 책은 '불온'이라는 말이 한국사회의 역사적 변천 과정과 양상을 입체적으로 드러내줄 수 있는 유용한 핵심어(keyword)라는 점에 주목했다. 생존의 기간이 길었다는 점과 더불어 그것의 생존 방식이 특기할 만하다는 점은 기본적으로 '불온'이라는 언어가 그 자체로 연구의 대상이 되거나 특정한 시대들을 읽어내는 방법적 개념으로 채택되는 일의 의미를 구성한다. 또한 해당 언어에 한국사회가 걸어온 지난 역사의 시간이 매우 인상적인 방식으로 각인되어 있다는 점은 '불온의 역

---

[1] 임유경, 「'불온'과 통치성―식민지 시기 '불온'의 문화정치」, 『대동문화연구』 90집, 성균관대 동아시아학술원, 2015, 373쪽.

사'를 거슬러 올라가는 일의 필요성을 제기하게 한다. 이것이 지난 권력들의 통치 방식과 연원들을 재구성해보는 일을 가능하게 하는 까닭은 '불온한 것들'에 관한 연구가 단지 텍스트를 분석하는 일이 아니라 언표들의 체계들을 분석하는 일을 수행하기 때문이다.

이에 더하여 '불온의 역사'를 탐구하는 일이 **통치 권력의 역사**만이 아니라 **대항 권력의 역사**를 서술하는 데에도, 아울러 **예술의 역사**를 재구성하는 데에도 유용하다는 점을 기억할 필요가 있다. '불온의 역사'는 기본적으로 '통치 권력의 역사'를 지시하지만, 동시에 그것에 대항하거나 그것을 거스르며 '그러한 방식으로는 통치당하지 않으려는'(푸코) 의지를 표출한 주체들의 역사를 되비쳐주고 있기도 하다. 즉 '불온한 것'을 규정하는 권력의 의지가 '억압의 경험'과 '주체화의 경험'을 함께 촉발시켰다는 점은 중요하게 고려되어야 한다. '불온'이라는 개념을 가지고 한국의 역사에 접속하는 일은 통치성에 관한 논의와 그것의 근대적 성격을 밝히는 일을 가능하게 할 뿐 아니라, 이에 결부되고 그것에 대응하였던 주체들의 역사를 동시에 써나갈 수 있게 해준다는 점에서 유의미한 방법이라 할 수 있다. 또한 이것은 특정한 역사적 사건이나 국면들을 단지 가해나 피해, 강제나 동의와 같은 구도에서 읽거나, 억압적・폭력적 권력의 작용에 무게중심을 두는 연구의 경향으로부터 벗어나 권력과 주체의 관계를 다각적으로 분석할 수 있게 해줄 것으로 기대되기도 한다.[2]

---

2 '불온'이라는 개념의 역사성에 관해서는 임유경, 「개념으로서의 '불온'」, 『개념과 소통』 15호, 한림과학원, 2015, 191~192쪽.

역사란 (…중략…) 보는 것이되 안 보이는 모습을 보는 것이고, 듣는 것이되 제대로 이해하지 못한 말을 듣는 것이다. (하위징아)[3]

언어는 또한 그 안에서 우리가 가장 효율적으로 우리 자신의 운명에 대한 이견(異見)을 등록할 수 있는 장소이기도 하다. 수사적으로, 익살을 떨면서, 패러디를 반복하면서, 방언의 에너지가 인가된 전문용어들에 대항하도록 하면서 말이다. (…중략…) 언어는 언어의 장벽을 돌파할 수 있는 유일한 방법이다. (리처드 포이리어)[4]

이 책에서 '불온'은 1960년대 한국의 문학과 사회를 읽는 하나의 방법으로서 제안된 개념이다. 크라카우어의 표현을 빌리자면 **"하나의 해석양식"[5]**이라고도 할 수 있을 것이다. 특정 시대를 어떠한 관점에서 접근하느냐에 따라 그 시대가 드러나고 입체화되는 방식은 달라진다. 여기서 '시대 읽기'란 다양하고 다층적인 자료들을 다루고 해석하는 일, 그리고 그것들에 관계를 맺어주고 위치를 부여하는 일을 통해 특정한 장소와 주체와 사건을 복합적으로 이해하는 일을 말한다. 이러한 읽기의 작업은 연구자가 갖는 역사적 충동과 해석양식에 의해 시작되고 의미화되며 또한 끝맺어질 수 있을 것이다. 그런가 하면 이 해석양식과 여기서 비롯되는 통찰들은 내러티브의 형태에 영향을 미친다. '어떤 의미에서 그의 이야기는 곧 그의 해석'이라 할 수 있는 것이다. 더불어

---

3   지그프리트 크라카우어, 김정아 역, 『역사―끝에서 두 번째 세계』, 문학동네, 2012, 231쪽.
4   에드워드 사이드, 김정하 역, 『저항의 인문학―인문주의와 민주적 비판』, 마티, 2008, 52쪽.
5   지그프리트 크라카우어, 앞의 책, 111쪽.

"역사적 이념은 역사가의 여행의 종착지"[6]이기도 하다는 점을 염두에 둘 필요가 있다. 특정한 시대를 향해 떠나는 그의 여행이 종결되는 지점 역시 바로 이 해석들이 될 것이다. 연구자는 자기의 해석양식을 완결된 형태로 소유하고 있는 것이 아니라, 그 자신에게도 이것은 여행이 끝날 무렵에서야 비로소 마주할 수 있는 종착지와도 같다.

이러한 맥락에서 이 책은 '1960년대를 살아간 불온한 존재들에 관한 이야기'를 써나가려는 시도라 할 수 있다. 이 시도는 두 가지 믿음 없이는 행해지지 못했을 것이다. 하나는 이러한 이야기의 복원이 역사를 두텁게 하는 일로서의 의미를 가질 수 있다는 것이다. 하위징아를 인용하자면, '불온한 존재들의 이야기'를 써나가는 일은 "보는 것이되 안 보이는 모습을 보는 것"이면서 "듣는 것이되 제대로 이해하지 못한 말을 듣는 것"으로서의 역사 서술로 이해될 수 있다. 그런가 하면 다른 하나는 이들의 이야기를 대신하여 쓰는 일이 '언어'에 대한 어떤 믿음 없이는 행해질 수 없다는 것이다. 리처드 포이리어의 언어에 대한 믿음을 우리는 1960년대의 지식인들과 문학자들의 글에서도 발견할 수 있다. 뿐만 아니라 그의 정의는 이 책을 써나가는 데 있어 중요한 동력이 되었던 믿음을 압축적으로 보여주는 것이기도 하다. 당대인들이 자기에 대해 이야기하고 시대를 기술(記述)하기 위해 썼던 방법들, 이를테면 "수사적으로, 익살을 떨면서, 패러디를 반복하면서, 방언의 에너지가 인가된 전문용어들에 대항하도록 하면서" 그들이 써나갔던 기록들은 언어가 어떻게 "자신의 운명에 대한 이견(異見)을 등록할 수 있는 장소"일 수 있었는가를 성찰하도록 만든다.

---

6 위의 책, 113쪽.

이 책은 이 두 가지 믿음을 가지고 1960년대에 발생한 사회적·문화적 사건들을 통해 불온한 것에 대한 감각과 인식 그리고 불온한 존재들에 대한 지식을 다루는 담론들의 밑바탕에 작동하고 있는 배제 / 포함의 역학과 그 언어적 구조를 드러내고자 한다. 이 시기에 관심을 기울이게 된 것은 근대 이후 한국의 역사적 경험들이 복합적으로 작용하는 가운데 '불온생산체제'의 확립이 본격화되는 때가 1960년대라고 판단했기 때문이다. 식민과 해방, 단독정부 수립과 한국전쟁 등 반세기 동안 발생·누적·중첩된 복잡다단한 경험의 층위들에 4·19와 5·16이라는 사건이 더해지면서 1960년대는 그야말로 쉽게 규정할 수 없는 경험의 시계(視界)를 갖게 되었다. 특히나 4·19혁명과 5·16군사쿠데타는 매우 역동적인 주체화와 억압의 과정을 동반함으로써 불온한 존재들의 급격한 출현과 사라짐을 목도하게 하였고, 아울러 그간 한국사회가 불온시하였던 것들에 대한 복합적인 인식을 갖게 해주었다.

그중에서도 "억압받는 자들의 전통은 우리가 그 속에서 살고 있는 '비상사태'가 상례임을 가르쳐준다"는 벤야민의 테제는 1960년과 1970년에 있었던 **두 청년의 죽음**에 대해 숙고하게 한다.[7] 1960년대의 시작과 끝에 놓여 있었던 김주열의 죽음과 전태일의 죽음은 한 개인의 삶 속에서 진행된 개인적 사건인 동시에, 집합적 죽음을 대리하고 현시하는 사회적 사건이기도 했다. 당대인들이 지적한 바 있듯이 이들의 죽음은 1960년대를 돌아보게 하고 향후의 시대를 전망하게 하는 "가장 시그니피컨트한 사건"[8]이었다. 이 '두 번의 죽음 사이의 한국'을 들여

---

7   발터 벤야민, 최성만 역, 「역사의 개념에 대하여」, 『발터 벤야민 선집5—역사의 개념에 대하여 외』, 길, 2009, 336~337쪽.

다보는 일은 일상의 수준으로 파고들던 냉전 / 분단 체제의 논리와 통치 권력 및 대항 권력이 생산하던 실제적 / 담론적 현실이 어떤 화학작용을 통해 한 개인의 삶에, 나아가 특정한 집단의 삶에 복합적으로 작용하고 있었는지를 살필 수 있게 해줄 것이다. 더하여 불온한 존재들의 삶과 죽음은 '협력과 저항'이나 '폭력과 희생'이라는 이해의 방식으로는 충분히 이야기될 수도 환원될 수도 없는 측면들을 되비쳐줄 것이며, 보다 궁극적으로는 현재의 한국사회를 구성하는 원초적 장면들과 대면하게 해줄 것이다.

2. 불온의 역사 —전근대, 식민화, 분단

이 책은 '불온의 역사'에 관한 앎을 가지고 1960년대 한국사회에서 '불온생산체제'가 재구축되어가는 과정과 그 방식을 고찰하고자 한다. 이 시기에 대한 복합적인 이해를 갖기 위해서는 이전 시대들의 특징, 특히 '불온'이라는 말이 어떻게 통치의 언어로 개발되고 활용되어 왔는지를 살피는 일이 필요하다. '불온의 역사'에 관한 계보학적 탐색은 '불온'이라는 말에 각인되어 있는 역사적, 정치적, 미학적 함의를 포착할 수 있게 해줄 것이라 기대한다.

---

8   최진호, 「70년의 맥박─나라살림에 비친 경제초점(5) 전(全)군 분신과 새노동운동」, 『동아일보』, 1970. 12. 28.

이 연구가 통치 권력에 의해 생산된 관제 문헌(각종 담화문, 수사·공판 기록, 기밀문서 등)에서부터 대표적인 언론매체의 보도기사들, 사건 관련 자의 증언과 수기, 여러 주체에 의해 생산된 각종 선언문과 팸플릿 등 의 기민한 언어들, 시·소설·비평 등의 문학적 글쓰기에 이르기까지 다양한 자료를 연구 대상으로 삼아 '불온'이라는 개념의 의미변천과정 을 추적하였던 것은 이 때문이다. 더하여 여기서 한 가지 강조해둘 것 은 이러한 작업의 목적이 '불온'의 의미를 획정하는 데 있지 않다는 점 이다. 개념사가들이 지적한 바 있듯이, 개념은 '정의의 대상'이 아니라 '해석의 대상'이며, 개념을 해석한다는 것은 언어의 역사와 실재의 역 사 간의 모호하고도 복잡한 긴장 관계를 탐구하는 일이라 할 수 있다.[9] 개념을 정의하기 어려운 이유는 개념에 대한 이해의 부족에서 초래되 는 것이라기보다는 개념이라는 것 자체의 본질적 속성에서 비롯된다. 말하자면 어떤 개념이든 분쟁의 소지를 안고 있으며, 그렇기에 개념을 정의하고자 하는 시도는 오히려 논란을 불러일으키고 논쟁을 낳을 수 있는 것이다.[10] '불온'이라는 개념 역시 이러한 맥락에서 접근될 필요 가 있다. 특히 '불온'이라는 말 자체가 '정치·사회·이데올로기적 투 쟁과 갈등의 장'으로 존재했다는 점과 이 개념을 정의하는 일이 그 자 체로 정치적인 행위일 수 있다는 점을 염두에 두어야 한다.

실제로 한국사회에서 '불온'이라는 개념은 식민, 해방, 분단, 한국전 쟁 등 한반도에서 발생한 역사적·정치적 경험들에 민감하게 반응하 며 형성되고 변용되어왔다. 그러한 까닭에 '불온'이라는 개념이 1960년

---

9   나인호, 『개념사란 무엇인가』, 역사비평사, 2011, 29쪽.
10 위의 책, 6쪽.

대 한국사회에서 어떻게 등장하고 재의미화 되었는지를 살피려면, 가깝게는 식민지 시기와 해방기, 멀게는 근대 이전에 형성 및 유통되던 '불온의 의미'에 대한 이해를 가질 필요가 있다.

어찌 이러한 불온한 자가 있겠습니까![11]

주목할 만하게도 '불온'은 근대화 과정에서 생성된 조어나 수입된 역어가 아니다. 『조선왕조실록』, 『승정원일기』, 『일성록』 등의 왕조의 공식기록물과 당대의 지식인들에 의해 집필된 여러 고전문집에서 확인할 수 있다시피 '불온'이라는 용어는 근대 이전부터 쓰여 왔다. 조선시대 관제문헌에서 '불온'은 단연 '역모' 사건과 관련하여 등장하는 비중이 높으며, "불온한 마음", "불온한 말", "불온한 내용", "불온한 자", "불온한 무리(들)", "문자가 불온하다고 해서", "―말은 몹시도 심히 불온하다" 등과 같이 쓰였다. 당시 '불온'과 의미를 교환하던 주요한 인접어는 '불궤'(不軌, '법이나 도리를 지키지 아니함' 또는 '반역을 꾀함')였으며, 때로 '불온'의 의미는 '흉(凶)'과 같은 뜻으로 쓰이기도 했다. 한편 관제문헌에서는 '불온'이 예외 없이 정치적 의미를 강하게 띠었던 것과 달리 조선시대에 집필된 고전문집류에서는 이 단어가 정치적 색을 갖지 않고 '온당하다 / 온당치 못하다', '평온하다 / 평온치 않다'는 의미를 지시하기 위해 쓰였다.

근대 이후 '불온'이라는 말은 이전 시대의 용례와 같이 쓰이면서도

---

11 『조선왕조실록』에 실린 '박영문·신윤무의 반역 모의 자백'(중종 8년 계유(1513) 10월 23일 (정사)). 조선시대 '불온'의 용례는 한국고전번역원(http://www.itkc.or.kr)의 한국고전종합 DB를 통해 수집하였다.

일정한 변천과정을 겪게 된다. 19세기 말 일제 식민화를 계기로 하여 이 용어는 제국주의적 시선에 전유되어 적대세력을 지시하거나 예측할 수 없는 정치적·사회적 분위기와 동요를 감지하는 언어로 쓰인다. 근대 이후로도 **'통치자의 권력을 찬탈하려는 반역행위'**라는 의미는 여전히 '불온'이라는 언어에 잔존하지만, 이전에 비해 보다 구체적이고 분화된 사상·이념에 관계하는 양상을 보인다는 점에서 일정한 차별성을 갖기도 한다. 특히 주목되는 것은 불온이라는 언어가 포식하는 **주체의 스펙트럼**이 한층 확대된다는 사실이다. 근대 이후 '불온'의 의미는 특정한 권력을 가진 개인이나 집단이 도모하는 반역 또는 모의에 한정되지 않고, 불특정 다수의 일반 대중으로까지 확대 적용된다. 식민화와 더불어 조선인들은 계급적 조건이나 정치적 상황 여하를 막론하고 언제든 '불온해질 수 있는 존재'로 간주되기 시작한 것이다. 말하자면 '불온성'이란 것은 누구에게나 항시 잠재해 있는 것으로 여겨졌다.[12]

이 지점에서 20세기와 함께 시작된 '식민의 역사'가 곧 '불온의 역사'이기도 했다는 점을 기억할 필요가 있다. 실제적으로도 '불온'이라는 말이 폭발적으로 쓰이며 사회전반에 걸쳐 범람하게 되는 때가 식민지 시기이다. 또한 양적인 차원에서만이 아니라 '불온'의 의미 범주에 주목할 만한 질적 변화가 발생한다는 점에서도 이 시기에 해당 언어가 등장하고 사용되는 맥락은 주시할 필요가 있다. '불온'이라는 개념의 근간을 형성하고 있는 의미망들을 재구성함으로써 '식민지의 불온(성)'에 대해 논의하는 일은 '불온'의 현재적 의미를 되짚어 여기에 각인되

---

12 근대 전/후의 '불온성'에 관해서는 임유경, 「개념으로서의 '불온'」, 『개념과 소통』 15호, 한림과학원, 2015 참조.

어 있는 식민통치의 흔적들을 새롭게 사유할 수 있는 계기를 마련해준다는 점에서도 의미 있는 일이라 할 수 있다.[13]

근일에 유행하는 것의 일종은 조선(朝鮮)이 평온하냐 평온치 아니하냐 하는 쌍방의 선전전이다. 평온(平穩)이니 불온(不穩)이니 각 신문의 차(此)에 관한 논의가 연일 지면에 나타나는 모양이다.[14]

일본이 '불온'이라는 말을 언제부터 사용하였는지에 관해서는 정확히 파악할 수 없지만, 조선과의 관계에 한정해 볼 때 이 단어는 을사조약이 체결되기 이전부터 사용되고 있었음을 알 수 있다. 이 시기에 '불온'은 특정 대상이나 행위를 지시하기도 했지만, 그보다 더 많은 경우 어떠한 상태나 분위기, 낌새 따위를 표현하는 말로 쓰였다. 19세기 말 '온／불온'이 주로 조선의 상황과 주요 인사들의 동태를 설명하기 위해 동원되었다면, 을사조약 체결을 계기로 하여서는 조선과 일본이라는 민족／국가 단위의 정치 행위자가 맺는 식민／피식민 관계를 지시하는 용어로 부상했다. 동시에 이 언어는 근대의 여러 사상과 이념에 결속되어 새로운 다층적 의미들을 포괄하게 되었다. 이러한 양상이 분명하게 포착되는 것은 1920년대에 접어들면서부터다. 1919년 3·1운동의 여파와 총독부의 문화정책, 아울러 각종 출판물의 급증으로 1920년대 한국사회에는 바야흐로 '불온문서 전성시대'가 도래했다.

---

13 식민지 시기 '불온'의 의미는 임유경, 「'불온'과 통치성―식민지 시기 '불온'의 문화정치」, 『대동문화연구』 90집, 성균관대 동아시아학술원, 2015 참조.
14 「횡설수설」, 『동아일보』, 1921.8.18.

조선민심(朝鮮民心)의 불온(不穩)한 것[15]

1920년대 식민지 조선에서 '불온'은 크게 두 가지 의미, 즉 '배일(排日) 사상'을 상위 개념으로 갖는 '조선독립사상'과 '사회주의'를 비롯한 각종 '정치사상'으로 분화되었다. 이 중 '조선독립사상'은 식민지의 특수성을 반영하고 있었다.[16] '민족주의'라는 '불온성'이 내지와 식민지들 사이의 경계를 도드라지게 하여 '네이션(Nation)-스테이트(State)'의 찢겨진 관계에 대해 상기하게 했다면, 사회주의나 무정부주의 등의 갖가지 사상은 양자 간의 차이를 지워냄으로써 중심과 주변의 관계를 흐릿하게 만들곤 했다. 이 경우 흥미롭게도 이질적인 성격의 정치사상이 대거 포함되었다. 이를테면 "불온하다는 맑스"[17]도 '무정부주의자'도 '일본의 극우세력'도 '불온'이라는 상위의 카테고리를 가짐으로써 하나의 의미 공간을 형성하는 구성요인이 되었다. 또한 "사회주의자의 무리를 엄중히 경계",[18] "요사이 일본 사람들 사이에는 사회주의이니 공산주의이니 하야 불온한 사상이 매우 유행하야"[19] 등의 사례가 보여주듯, 불온한 정치사상은 내지에도 식민지 처처에도 흘러넘쳤다. '일본 공산당'과 '무정부주의자'와 온갖 '과격사상'들이 '불온한 정치사상'이라는

---

15 「종로서에 폭탄투척」, 『동아일보』, 1923. 1. 15.
16 조선총독부 도서과에서 발행한 『新聞紙要覽』(1927)에 수록되어 있는 「국외 발행 불온출판물 일람표」는 '1. 적화선전 출판물, 2. 조선 독립 고취에 관한 출판물, 3. 공산주의 선전에 관한 출판물'로 구성되어 있는데, 1과 3은 중첩되는 면이 큰 만큼 통합하여 처리될 수 있다. 이렇게 보자면, '불온출판물'은 본문에서 살펴보았던 것과 마찬가지로 크게 두 가지 차원, 즉 '조선독립 사상'과 '공산주의 사상'으로 분류될 수 있다. 이 점은 「이입수입(移入輸入) 불온간행물(不穩刊行物) 개황(槪況)」을 통해서도 확인된다.
17 채만식, 「문예시감(5) 문화혜택의 분배율」, 『동아일보』, 1936. 2. 18.
18 「관문지방(關門地方)의 대경계」, 『동아일보』, 1921. 11. 16.
19 「동경지방의 빈빈(頻頻)한 불온문서」, 『동아일보』, 1922. 2. 13.

이름 아래 모여들었고, '불온-과격-급진'은 때로 같은 맥락에서 서로 의미를 교환했다. 이 사상들은 흡사 전염 가능한 바이러스처럼 말해졌는데, 그중에서도 특히 공산주의는 "계급투쟁을 선동하야 민심을 혹란하고 문화를 파괴하고 국제정의를 무시하야 세계혁명을 음모하고 후방교란을 기도하는 사상전략에 불외"[20]한 것으로서 가장 전염성이 강한 사상이라 말해졌다. 이러한 사회적 분위기 속에 '불온하다'는 말은 타자의 정체성을 폭력적으로 규정하고, 신원의 정치가 행해지는 데 관여하는 위협적인 언어가 되어갔다.

그런가 하면 선행연구들이 규명한 바 있듯이 식민지 조선에서 불온문서 아카이브 구축 작업이 본격화된 것도 1920년대였다.[21] 식민 권력은 기사, 시가, 격문, 삐라 등의 비 / 합법 간행물에서부터 한 개인의 "유언장, 제문(祭文), 묘표(墓表), 만사(輓辭)"[22] 등에 이르기까지 식민지 조선에서 집필되고 읽힌 다양한 양식의 글들에 폭넓은 관심을 보였다.[23] 가

---

20 「방공협회취지서」, 『동아일보』, 1938.8.31.
21 대표적인 연구로는 정근식・최경희, 「도서과의 설치와 일제 식민지출판경찰의 체계화, 1926~1929」, 『한국문학연구』 30집, 동국대 한국문학연구소, 2006; 정진석, 『극비 조선총독부의 언론검열과 탄압』, 커뮤니케이션북스, 2007; 한기형, 「근대시가의 "불온성"과 식민지 검열-『諺文新聞の詩歌』(1931)의 분석」, 『상허학보』 25집, 상허학회, 2009; 한기형, 「"법역(法域)"과 "문역(文域)"-제국 내부의 표현력 차이와 출판시장」, 『민족문학사연구』 44권, 민족문학사학회, 2010; 한기형, 「"불온문서"의 창출과 식민지 출판경찰」, 『대동문화연구』 72권, 성균관대 대동문화연구원, 2010 등이 있다.
22 조선총독부경무국, 『불온간행물기사집록』(1934), 여강출판사, 1986.
23 『조선출판경찰월보』(월보), 『조선출판경찰개요』(연보)를 비롯하여 조선총독부 경무국 도서과에서 만든 다양한 주제의 비밀 자료집, 신문을 검열하는 과정에서 삭제 및 압수한 기사를 보관하였다가 10년 치의 분량을 모아 일어로 번역, 3개 신문사별로 분류하여 엮은 『언문신문차압기사집록』 같은 불온문서 모음집, 1929년 8월 초순부터 9월말까지 일본과 중국 각지에서 작성・배포된 격문과 삐라 등을 일본어로 정리・번역한 (1929년 10월 '조사자료' 제14집으로 작성)『併合二十週年二關スル不穩文書』, 그 외 『불온간행물기사집록』이나 『諺文新聞の詩歌』 등이 대표적 사례라 할 수 있다.

장 내밀한 사적 글쓰기에 해당하는 개인의 '일기' 역시 당국의 시선을 비껴가지 못했다. 정병욱이 지적한 바 있듯이, '경성 유학 5인조 사건'을 비롯하여 식민지 시기에 발생한 불온언동사건 중에는 일기가 증거로 제시되는 경우가 꽤 있었다. 경찰은 개인의 일기를 압수하여 신문할 때 사용함으로써 "그의 사적 영역이 얼마나 불온으로 가득 찼는지 드러"내고자 했던 것이다.[24] 권력의 시선은 공론장에서 유통되는 텍스트들만이 아니라 서랍 속에 감추어져 있던 개인의 내밀한 글들에까지 가닿고 있었다. 이것은 기본적으로 사적 영역의 해체를 의미하는 것이었지만, 동시에 개인들로 하여금 오히려 공 / 사에 대한 예민한 인식을 갖게 하는 계기로 작용하기도 했다. 또한 여기서 '일기'라는 텍스트의 성격도 눈여겨볼 필요가 있다. 외적 · 내적 검열로부터 비교적 가장 자유롭다고 간주되었던 일기의 특성은 이 합의된 장르적 성격으로 말미암아 주시할 만한 증거로 부상할 수 있었다. 일기는 서신과 더불어 상대의 내심(內心), 저의, 꿍꿍이를 파악하는 데 적합한 텍스트로 여겨졌던 것이다.

한기형이 논의한 바 있듯이, '불온성'과 '불온문서'의 개념 규정을 통해 출판물에 대한 억압을 합법화해가는 과정은 현존하는 텍스트 전체에 대한 부정적 가치규정을 독점하고, 동시에 사회윤리와 법률의 차원에서 정당한 존재로 자기를 상대화해가던 식민 권력의 움직임을 엿볼수 있게 해준다. 식민지 시기 '불온성'은 미지의 적대자에 대한 신속하면서도 효과적인 제거가 절실했던 근대 일본의 정치현실을 반영하는 개념으로, 불온의 내용을 구체화하는 작업은 역설적이게도 일본이 광대한 적대 세력에 둘러싸여 있었다는 사실을 스스로 폭로하는 과정이

---

24 정병욱, 『식민지 불온열전 – 미친 생각이 뱃속에서 나온다』, 역사비평사, 2013, 231~232쪽.

자 제국의 팽창이 동아시아 사회를 불온성이 충만한 시공간으로 만드는 과정임을 보여주었다.[25] 또한 새롭게 추가되는 식민지들을 '관리 가능한 세계'로 만들기 위해 '불온'이라는 언어를 통치 장치로 가동시켰던 권력의 노동은 오히려 그것의 실패 가능성과 대면하는 시간을 마련하기도 했다. 예컨대 권력의 시선을 의식하며 '유언비어'를 생산하고 유통시키던 조선인들과, 그들의 말과 행위를 '불온언동'으로 규정하여 통제 대상으로 편입시키려던 식민 권력의 의지는 검열이라는 장치가 포섭할 수 없는 영역을 권력이 표상하던 방식을 엿볼 수 있게 해준다.[26]

한편 전시체제의 돌입과 더불어 '불온'이라는 말이 갖는 의미의 산만성은 탈각되기 시작한다. 연이은 전쟁들과 총력전의 돌입은 '불온'의 의미를 급속히 수축시키는 동시에, 그것의 세밀한 의미 분화를 무화시켰다. 검열기준의 구체화 과정이 1936년경에 이르러 다시 추상화의 방향으로 전회하고 있었다는 사실을 상기해 볼 필요가 있다. '안녕질서 (치안)방해'라는 핵심 기준은 더 급속한 확장 운동을 통해 외연을 넓혀가게 되는데, 이는 곧 모든 언행이 불온하다고 간주되는 상태의 도래, 즉 '불온'이라는 말이 더 이상 규정 불가능한 상태에 이르렀음을 말해주는 것이었다.

그런가 하면 1945년 '조선 해방'을 기하여 '불온'의 의미는 다시 한 번 급격하게 요동쳤다. 해방은 현재적 관점에서 지난날의 불온한 것들을 재평가의 대상으로 부상시켰고 기존의 의미지형을 변화시켰다. 해방

---

25 한기형, 「"불온문서"의 창출과 식민지 출판경찰」, 『대동문화연구』 72권, 성균관대 대동문화연구원, 2010, 453쪽.
26 변은진, 「유언비어를 통해 본 일제 말 조선민중의 위기담론」, 『아시아문화연구』 22집, 가천대 아시아문화연구소, 2011.

된 조선에서 식민지 시기의 '조선독립사상과 배일사상'은 회복된 내셔
널리즘에 의해 '불온언동'에서 '영웅적 기투'로 코드변환된다. 이에 따
라 지난 시대의 '불온 주체'들은 '민족을 위해 투신한 열사'의 자리로 이
동해갔다. 또한 식민 권력이 집적한 불온문서의 상당수를 차지했던
'어둡고 그늘진 지하'에서 '밤의 시간'을 통해 쓰인 "조선독립에 관하야
다시 소요를 일으키자는 선동적 문구를 적은 것"들,[27] 다시 말해 지난
날의 '불온문서'들은 뒤이어 도래하는 국가에 의해 '민족투쟁사 아카이
브'로 흡수되었다.

이와 같이 해방은 정치적 상상체계에 지각변동을 야기하는 사건이
었다. 이 체계는 구(舊)제국의 권역에서 열도로 밀려들어간 일본과 해
방의 은인이자 후원자로 새롭게 등장한 미국 / 소련, 아울러 잠정적 분
할 상태에 놓인 남조선과 북조선에 대한 인식을 토대로 재구축되고 있
었다. 이후 잠정적 분할 상태는 단독정부 수립과 한국전쟁을 기화로
물리적 차원에서, 나아가 인식과 감각의 차원에서 차츰 고착되었다. 이
것은 식민 권력에 의해 '불온사상'으로 낙인찍혔던 '민족주의'와 '사회
주의'가 해방 이후 서로 다른 운명에 처하게 될 것임을 예고하는 것이
기도 했다. 해방기 민족투쟁사로 코드변환된 일부의 불온사상과 달리,
사회주의는 여러 정치 주체들에 의해 경합의 대상이 되어 의미 확정이
불가한 채로 남겨져 있다가 단독정부 수립과 한국전쟁을 계기로 남북
에서 서로 다른 의미화 과정을 밟게 된다.

한국전쟁에 관한 전형적인 서사와 레토릭은 1940년대와 1950년대
에 한국이 경험한 두 번의 '거대한 배제'를 자기화하는 방식의 일단을

---

27 「통영읍내에 불온문서」, 『동아일보』, 1921.6.1.

보여준다. 해방이 제국의 신민에서 본래의 조선민족으로 분리되는 경험이었다면, 단독정부의 수립은 (민족 개념이 회복된 지 얼마 되지 않은 시점에서) 민족이라 상상되었던 새롭게 얻어진 신체의 절반을 다시 절단해내는 경험이었다고 할 수 있다. 전자의 분리가 흔히 말하듯 축복과도 같았다면, 후자의 분리, 즉 이 **배제하는 동시에 배제되는 경험**은 민족의 불행으로 인식되었다. 대한민국이 수립되는 순간은 거대한 반쪽이 민족의 신체로부터 떨어져 나가는 순간이기도 했던 것이다. 이 '거대한 배제'는 분명 필연적으로 부정적 의미화의 과정을 동반할 수밖에 없었다. 대한민국 통치 그룹은 이 떨어져 나간 절반의 신체에 대해 설명할 수 있는 **언어**, 이를테면 **법과 서사**를 가져야 했다. 이것은 실질적인 영토와 민족의 분리를 결락이 아닌 것으로 설명하면서 새로 탄생한 민족국가가 결여태로 인식되지 않도록 '민족-국가' 사이의 하이픈을 상상적으로 동여매는 역할을 수행했다. 국가가 국민에게 선사했던 것은 그들이 너무 깊고 복잡한 상념에 젖어든 채로 이 분리의 경험을 오래 들여다보지 않게 하는 것이었다. 국민보다 먼저 슬픔에 젖고 더 깊은 증오에 빠지는 충실한 감정 노동을 수행하는 국가의 서사들은 전쟁의 공포와 그것이 재발할지 모른다는 불안을 증폭시키고 순환하게 만듦으로써 배제가 이루어졌던 근원적 시간들을 억압했다.

실상 한국전쟁은 떨어져 나간 반쪽의 신체가 '나의 것'이면서 동시에 '더 이상 내 것이 아닌 것'으로 귀환하게 만든 사건이었다. 이것이 형언할 수 없는 고통과 친숙함 / 이질감을 동시에 불러일으켰던 것은 '떨어져 나간 신체의 일부'를 그 자신이 대면하게 되는 상황이 벌어졌기 때문이다. 혹은 더 문제적이게도 이 강렬한 대면의 시간은 무엇이 떨어져 나간 신체인지 규정할 수 없게 만들었다. 통치 권력은 남한사회에 들이닥친 이 자기 신체(분열된 얼굴)를 전쟁의 공포가 연장되던 전후의 시간 속에서 재빨리 **'불온한 것'**으로 재구성해나갔다. 이제 **북한**은 도저한 자기동일성의 회로에 갇힌 채 순환하는 남한사회의 담론과 그것을 기반으로 형성되는 감정을 뜨겁게 달구는 동력원이 될 것이었다.

식민지 시기 전시 동원 체제에서 국민화가 끝없는 자기 증명(고발)을 통해서 비국민을 생산하는 것, 본질적으로는 비국민에 대한 생산 없이 불가능한 자기 증명의 과정이었다고 할 때,[28] 한국전쟁은 절멸에의 공포를 극도로 끌어올리면서 이 증명의 과정이 한층 더 잔혹한 자기 훼손적 과정이 되게 했다. 한국전쟁이 가르쳐준 절멸에의 공포와 그것의 재생산은 '불온한 것'에 대한 통제에 국민들이 자의든 타의든 적극적으로 동참할 수밖에 없도록 만들었다. 김득중이 논의한 바 있듯이 사회 구성원의 생명권을 빼앗는 학살은 애국 행위로 변모했고 공산주의자를 비인간화시켜 내적 공동체로부터 추방해버리는 것은 민간인 학살의 이념적 기초가 되었다. 그리고 이 와중에 인민은 반공주의 교육을 받아야 할 국민으로 위치 지워졌다.[29] 대표적 불온분자인 '빨갱이'나 '간첩' 등은 언제든 무차별한 적의를 동원하는 '공포의 호칭'이 되었으며,[30] 그들은 '죽여도 되는 존재'로, 그들을 색출하여 처단하는 일은 '더 많은 생명', '더 많은 국민'을 지키는 '숭고한 일'로 의미화되었던 것이다.

이러한 맥락에서 보건대 해방은 식민 권력이 '불온'이라는 말에 채워

---

28 권명아, 『음란과 혁명―풍기문란의 계보와 정념의 정치학』, 책세상, 2013, 150쪽.
29 김득중, 「여순사건과 이승만정권의 반공이데올로기 공세」, 『역사연구』 14호, 역사학연구소, 2004, 54쪽.
30 신형기, 「해방직후의 반공이야기와 대중」, 『상허학보』 37집, 상허학회, 2013, 402쪽.

넣던 의미들을 해체하는 계기적 사건이었다는 점에서, 분단과 한국전쟁은 이 언어가 '북한'에 관한 정치적 상상에 깊숙이 관여하도록 만든 사건이라는 점에서 중요한 의미를 가졌다. '식민지의 불온'과 '국민국가의 불온'의 결정적 차이를 빚어낸 것은 **분단의 경험**이었다. 이전에도 불온은 늘 어떠한 '배후'를 상정함으로써 작동했지만, 이 배후의 자리가 훨씬 더 도드라지게 된 것은 한국전쟁을 경험하고 나서부터이다. 이제 관건은 '북한이라는 전제가 어떻게 작동하는가' 하는 물음에 놓이게 되었다. 부재하면서 상존하는, 외재화된 내재이자 내재화된 외재로서의 북한을 계속해서 '배후'로 만들어가는 일은 곧 '불온한 것들을 창조해내는 과정'이기도 했다. 분단과 한국전쟁이라는 사건으로 인해 북한과 배후의 호환 가능성이 마련되었다면, 1960년대에 접어들어 북한은 강력하고도 유일무이한 '배후'가 되어 '불온'이라는 말이 남한사회의 주민들을 포획하는 통치 언어로 작동하는 데 깊이 관계했다. 한국인들은 이제 중요한 역사적 국면들에서 북한을 배후로 삼는 '불온한 것들'의 항구적인 창조성과 마주하게 될 것이었다.

3. 불온의 시대 — 데모와 민주주의

전근대부터 식민지 시기에 이르기까지, 나아가 분단과 한국전쟁을 거치는 동안 '불온'의 의미가 계속해서 요동치고 있었다면, 1960년대에 접어들어 이것은 보다 전방위적인 힘을 갖는 통치 장치가 되었다. 이 시기에 이르러 현재 한국사회의 기저를 형성하는 통치 패러다임, 이른바 '불온생산체제'가 확립되었던 것이다.

기존의 연구들은 1960년대의 변화를 읽어낼 때 흔히 반공이 후면화되고 경제성장을 필두로 하는 산업화의 논리가 전면화되었음을 지적한다. 그런데 반공이 후면화된다는 평가는 한 가지 중요한 지점을 간과하게 만들 수 있다는 점에서 다시 검토될 필요가 있다. 1960년대 한국사회에서 특징적인 변화는 '내치(內治)'에 대한 관심이 본격화되었다는 것과 이러한 양상 속에 **반공의 적들**이 외부가 아닌 '내부'에서 적극적으로 발견되기 시작했다는 것이다. 1948년의 단독정부 수립과 1950년의 한국전쟁이 '북한'을 유력한, 심지어는 유일무이한 '배후'로 등장시킨 사건이었다면, 이러한 맥락의 연장선상에서 1960년대는 '내부의 적들'에 대한 감시와 통제가 본격화되는 시기로 이해될 수 있다. 1945년 8·15해방 이후 1950년대까지 대한민국의 주권성을 위협하는 요소가 주로 지난 날 '외세'라 불렸던 '외부'에서 찾아졌다면, 1961년 군사 쿠데타 직후부터 위기의 요소는 풍기문란, 특수범죄, 특수반국가사범, 소년범 등으로 '내부화'되었던 것이다.[31] 또한 중요하게도 이러한 내부화를 가능하게 한 사회적 맥락은 군부세력의 등장 이전부터 이미 형성되고 있었다.

4·19혁명이 한국의 민주주의와 관련하여 중요한 의미를 갖는 까닭은 이 사건으로 인하여 많은 사람들이 정치적 주체화를 경험할 수 있었기 때문이다. 그것은 이른바 **시민의 탄생**을 엿보게 할 만했다. 해방 이

---

31 김원, 『박정희 시대의 유령들─기억, 사건 그리고 정치』, 현실문화, 2011, 78~79쪽.

후는 물론이고 1950년대에도 '민족'과 '국민'에 비해 정치적 함의를 확보하기 어려웠던 '시민'이라는 명칭이 부상하였던 것은 1960년대에 접어들어서다. 4·19를 전후하여 형식상 도시민이고 명분상 근대적 존재인 시민 개념이 정치적 주체로서의 성격을 표출하게 된 것이다. 3·15 부정선거에 항거하는 마산, 부산, 서울의 시위는 보통 '시민과 학생'의 항거로 불렸으며, 사회 일각에서는 4·19를 '시민혁명'으로 정위시키고자 하는 시도를 보여주기도 했다.[32]

그러나 4·19혁명 이후의 시간은 **누가 시민이고 누가 시민이 아닌지**를 보다 분명하게 확인할 수 있었던 각성의 시간이기도 했다. '국민'이라는 용어가 통합의 상상력의 가동에 관계했다면, (이 각성의 시간에서만큼은) '시민'은 국민'들' 사이의 차이를 빚어내고 또 확인시켜주는 배제의 언어로 기능했다. 4·19혁명서사에 기입된 주역들의 면면은 이러한 '시민' 개념의 작동방식을 일찍감치 확인할 수 있게 해준다. 즉 1960년대에 '시민'이라는 말은 '가능성'이었으며, 또한 '한계'이기도 했던 것이다. 이것은 영광스럽게 누군가를 불러들이는 환대의 언어인 동시에, 누군가를 날카롭게 베어내는 배제의 언어이기도 했다.

1960년대 군부정권에 의해 불온해질 소지가 있는 집단으로 규정되었던 대상은 **학생**과 **빈민대중**이었다. 그런데 주목할 만하게도 이들은 4·19혁명을 이끌었던 주역들이기도 했다. 1960년 4월 혁명 당시 데모에 참여했던 주체는 다양했다. 중·고등학생, 대학생, 하층 노동자, 도

---

32 '시민' 개념에 대한 계보학적 연구에 따르면, 식민지 시기 '시민'은 상업 활동에 종사하는 일반 사람을 지칭하거나 '시가지 주민', 행정단위로서의 '시에 속한 주민'이라는 의미에서 주로 사용되던 개념이었다. 박명규, 『국민·인민·시민』, 소화, 2009.

시빈민, 무직자 등이 시위에 참가했다. 참여자의 인구학적 특성, 참여 인원, 희생자 등에 관한 기록을 통해서도 확인할 수 있듯이 데모 참여 자는 특정 집단으로 한정할 수 없을 만큼 다양했다. 뿐만 아니라 대학 생의 참여보다 도시빈민을 비롯한 다른 주체들의 참여도가 더 높았다. 4 · 19혁명기에 희생된 사망자는 총 186명으로, 이 중 대학생은 22명, 도시빈민은 94명이었다.[33] 그러나 많은 이들이 혁명의 기억에서 사라 져갔다.

4 · 19학생혁명[34]

1960년 당시 '혁명의 주인공'으로 부상하였던 것은 '학생'이었다. 4 · 19에 참여한 주체들은 다양했지만, 신문지면에, 역사의 기록에, 사회 의 기억에 남겨진 것은 이들 뿐이다. 한국사회는 "4 · 19학생데모"를 "이 승만독재정권의 아성을 전면적으로 거부하는 사건"으로 규정하였으며, "학생의 정권 전복 성공은 세계사상(世界史上)에 최초의 일"이라며 흥분 을 감추지 못했다.[35] 또한 이 사건을 계기로 한국사회는 '청년들'에 대 한 폭넓은 관심을 갖게 되었고 그들을 기술하는 방식에 있어 일정한 변 화를 보이기도 했다. 말하자면 4 · 19는 "조락(凋落)한 학생의 진가를 극 상으로 상승"시킨 사건이었으며, 이 사건이 있고 나서 "학생은 한국사

---

33 4 · 19혁명 당시 시위 참여자들의 인적구성과 특징에 대해서는 오제연, 「4 · 19혁명 전후 도 시빈민」, 오제연 외, 『한국 현대생활문화사 1960년대─근대화와 군대화』, 창비, 2016, 44~ 45쪽 참조.
34 이명재(중앙대학교 정외과), 「학생과 현실참여」, 『동아일보』, 1960.6.28.
35 조의설(연세대 교수), 「독재와 혁명의 역사적 고찰(상)」, 『동아일보』, 1960.6.22.

회의 가장 중요한 위치에 서서 그들의 일거수일투족은 주목의 대상"이 되었던 것이다.[36]

학생들은 중요한 정보원으로 부상하는가 하면, 증언자나 기고가가 되어 활약하기도 했다. 4·19가 있고 나서 『동아일보』와 『사상계』 등의 여러 매체들은 새롭게 지면을 편성하여 대학의 소식과 학생들의 목소리가 꾸준히 전해질 수 있도록 했다. 또한 학생들은 사회 현상과 변동의 중요한 인자로 인식되어 서베이, 리서치, 인터뷰 대상자가 되기도 했다. 이것은 분명 1950년대에는 볼 수 없었던 광경이었다. 1970년대 초 한 매체가 주목한 바 있듯이, 1960년대 한국사회에서 대학생은 여론을 살필 때 우선적으로 고려되는 대상이 되었다. "그들의 의식구조, 동태분석, 가치관, 현실참여 등 비교적 사회성이 짙은 조사에서부터 신입생의 신경질, 졸업 후 동태파악, 비판적 사고력, 독서 경향 등에 이르기까지" 한국사회는 청년에 대한 앎을 얻기 위해 "비교적 폭넓고 다양한 어프로치를 시도"하였던 것이다. 이 글의 필자는 이러한 변화를 "50년대에 범했던 과오와 60년대에 나타났던 사회 환경의 급변에 대한 반작용", 즉 4월 혁명과 청년의 사회적 위상 변화라는 맥락을 통해 설명하고자 했다.[37]

그런가 하면 학생들 스스로도 자기를 정의하는 일에 적극적으로 동참했다. 4·19가 학생들에게 남다른 의미를 갖는 사건이었던 까닭은 이 사건이 있은 후로 자기를 기술할 수 있는 다양한 언어를 소유하게

---

36 박태화(고려대학교 법과대학), 「1960년과 우리학생들」, 『동아일보』, 1960.12.27.
37 이 기사는 여론조사기관, 조사내용, 조사건수, 조사방법 등에 있어 1950년대와는 질적으로 다른 변화가 생겨났다는 점을 주목하는 가운데, '대학생'이 중요한 조사 대상자로 부상하게 되었다는 점이 특기할 만하다고 설명한다. 「민주사의 역정―여론조사 발전과정 특징 분석 기3」, 『매일경제』, 1972.3.24.

되었기 때문이다. 그들은 4·19혁명의 경험을 자원으로 삼아 자신들을 '진정한 시민의 탄생'을 실현시킨 주체이자 새롭게 부상한 '권력의 감시자'라고 자평했다.[38] 학생들은 특정 국면에서 혁명 이후의 시대를 이끌어갈 전위(前衛)로 등장했고,[39] 때로는 "반공산당 투쟁의 최선두의 기수"가 되기도 했다.[40] 이렇듯 한국사회도, 학생들 스스로도 4·19혁명을 "학생혁명"으로 의미화하고 있었다.

한국사회가 공식화하고 있던 서사의 문법에 따르면, "민주의 날"을 일궈낸 "영웅적 항쟁"의 주역은 오직 "젊은이들"뿐이었다.[41] 도시빈민으로 통칭되는 여러 주체들은 자기를 역사의 지면에 등록시킬 언어를 갖지 못한 경우가 대부분이었고, 한국사회 역시 그들의 공로에 대해 말하지 않음으로써 혁명의 서사에서 이들은 누락되었던 것이다. 이 보이지 않는 존재들이 드러나는 순간은 4·19혁명과 같은 숭고한 역사가 기입되는 자리가 아니라, 무질서하고 무계획적이며 난폭한 행위로 가득한 '폭동의 현장'에서 마련되었다. 4·19혁명은 분명 "경찰국가체제를 급속도로 붕괴"시킨 위대한 "민주혁명"이었지만,[42] 이것은 또한 국민 모두가 이 혁명의 소유권자는 아님을 주지시켜 주었던 사건이기도 했다. 혁명 이후의 시간은 '**누가 데모의 주체가 될 수 있고, 누가 그러한 주체가 될 수 없는지**'를 가시화하여 드러내주는 분별의 시간이었다.

---

38 김성훈(서울대학 농대농경과), 「신세대는 감시하고 있다」, 『동아일보』, 1960.5.11.
39 「"신생활"을 위한 좌담회 – '사치'부터 버리자」, 『동아일보』, 1960.8.19.
40 「고대서 한미행협 촉진 데모」, 『경향신문』, 1962.6.6.
41 4·19가 일어나고 얼마 지나지 않은 4월 25일, 윤택중 의원을 비롯한 30인은 4월 19일을 "민주날"(국가적인 기념일)로 제정하자는 건의안을 제안했다. 이날 국회에 제출된 건의안은 혁명의 의의에 대해 설명하고 있는데, 여기에 등장하는 "영웅적 항쟁"의 주체는 오직 "젊은이들"로 일컬어지는 학생뿐이었다. 「4월 19일 "민주의 날"로」, 『동아일보』, 1960.4.26.
42 「민주혁명과 경찰국가체제의 붕괴」, 『동아일보』, 1960.5.2.

데모 선풍[43]

　주목할 만하게도 1960년 전후 한국사회에서는 정권이행기의 혼란
과 무질서를 틈타 증가하고 있던 범죄(자)로부터 시민을 보호하고 사
회를 방위해야 한다는 요청이 줄기차게 이어지고 있었다. 이런 와중에
4·19를 계기로 각종 데모와 범죄가 급증하자 언론에서는 연일 이로
인해 유발되는 사회적 혼란과 위험에 대해 보도하기 시작했다. 그런가
하면 4·19혁명이 있고 나서 연일 각종 매체들은 "데모 만연증", "데모
선풍", "데모의 전염화"를 문제적인 사회현상으로 부각시켰다. 혁명이
지나간 자리는 "소위 데모 만능 시대라든가 '데모 공화국' 등의 풍자적
인 말들이 항간에 떠돌게" 될 만큼 여러 주체들에 의해 행해지는 다양
한 데모들로 채워졌던 것이다. 대한민국이 '데모 공화국'으로 변모하는
데 기여한 대표적 주체들은 (당시 언론의 표현을 빌리자면) '학생청년'과 '하
층민'이었다. 실제로 4·19 이후 반 년 동안 전국에서는 약 1,611건의 데
모(하루 평균 9건 — 치안국 집계)가 일어났다. 당시 언론에서는 "수없이 일
어"나는 데모들을 보도할 때마다 부정적인 논평을 내놓기 바빴다.[44] 예
컨대 한 기사는 비판적 어조로 "사월혁명 후 데모가 남발하고 또 그 데
모가 폭력화하여 무질서한 상태를 노출하였다는 것은 우리 사회의 하
나의 특징을 이루"게 되었다고 진단하며, "이 데모 과잉사태로 말미암
아 우리 사회의 법질서가 유린되고 폭력이 지배하는 약육강식의 무법
천지가 벌어졌다는 것은 심히 유감스러운 일"이라고 평했다. 그는 이를

---

43 「선혈에 보답하는 길」, 『경향신문』, 1960.6.8.
44 「난동 '데모'의 뒤처리 어떻게 됐나」, 『경향신문』, 1960.10.23.

두고 "망국(亡國)의 화근"이라 규정하기도 했다.[45]

"무법과 무질서, 그것은 멸망으로 직통한다. 법에 도전하는 무리들을 철저히 타도하라!"[46]는 강경한 목소리는 1960년 중반을 기하여 사회 전반에 걸쳐 울려 퍼지기 시작했다. 학생들 역시 이러한 언명으로부터 자유롭지 못했다. 4·19혁명 이후의 데모들은 상당수가 "난동"으로 명명되었으며 학생들의 데모도 이렇게 규정된 바 있다. 그러나 다른 주체들의 경우와 견주자면, 학생들은 비교적 관대한 시선 아래 놓여 있었다고 할 수 있다. 학생들의 데모는 그 과격성이 문제시 될 때에 주로 '난동'이라 일컬어졌고, 그러한 와중에도 그들의 '충정'은 고려되었지만, 다른 주체들의 데모는 대개가 예외 없이 어떠한 긍정적 의미의 세례도 받지 못했다. 이러한 세태를 반영하여 한 논자는 이렇게 말하기도 했다. "학생이 하면은 "애국데모"고, 학생 아닌 자가 하면 "불법난동""이 된다.[47]

> 26일 당지에서 감행된 중·고등학교 학생 및 대학생 '데모'가 질서정연하게 끝났으나 이날 밤 구두닦이 등 일부 불량청소년들은 '추럭', '택씨' 등 차량을 빼앗아가지고 거리를 휩쓸면서 대전경찰서 및 10개 파출소와 자유당 사무소 등을 파괴하였다.[48]

위의 인용문은 양자의 데모가 같은 언명 아래 놓여 있으면서도 어떻게 서로 분별되었는지를 한눈에 들여다볼 수 있게 해준다. 학생들의

---

45 「난동 '데모'를 철저히 단속하라」, 『경향신문』, 1960.9.13.
46 「무법·무질서를 통탄한다」, 『동아일보』, 1960.12.11.
47 「지의천어(地意天語)」, 『경향신문』, 1960.12.10.
48 「대전서(大田署) 등 파괴」, 『동아일보』, 1960.4.28.

데모와 "구두닦이"의 데모는 같은 위상을 갖지 못했다. 학생들의 집회가 "질서정연"한 데모로 말해졌다면, "구두닦이 등"의 "불량청소년들"의 데모는 "빼앗"고 "휩쓸면서" 무질서하게 진행되는 "파괴" 행위, 즉 "난동"으로 명명되었다. 이것은 구두닦이만이 아니라, 거지, 양공주, 나환자 등이 데모의 주체로 등장할 때에도 마찬가지였다. 당시 발생한 데모 중에는 생계의 곤란을 호소하고 자신들이 처한 생존 환경의 개선을 요구하기 위해 추진된 데모가 많았음에도 불구하고, 이들은 대개가 대의가 아닌 사익(私益)을 위해 궐기한 '뻔뻔한 자'들의 시위로 그려졌다. 이 데모들은 4월 혁명의 유산이었지만, 한국사회에서 이들은 "숭고한 정신에 입각한 데모와는 그 방향을 달리"하는 "국가적이 아닌 개개인의 권익을 다루는 데모"이자 "식자들의 눈살을 찌푸리게" 하는 "난동"으로 규정되었던 것이다.[49] 물론 4월 혁명 이후의 데모가 서로 다른 맥락에서 서로 다른 목적 하에 발생하였다는 점은 고려해야겠지만, 학생이 아닌 주체들의 데모를 한결같은 방식으로 기술(記述)하는 사회의 언설 체계에는 분명 어떤 '내재된 폭력'이 작동하고 있었다.

또한 문제적이게도 이러한 세태를 "무법과 무질서"라는 말로 단순화하며 '사회질서의 회복'을 요청하던 사회적 분위기는 5·16군사쿠데타 주체세력에 호기로 작용했다. 쿠데타를 통해 집권한 군부세력이 자기 합리화를 위해 동원하였던 레토릭은 "무법과 무질서"에 대해 말하는 사회의 언설이 어떻게 전유되고 있었는지를 목도할 수 있게 한다. 군부세력은 등장 초기부터 '강고한 의법정치에 토대를 둔 사회 보호'라는 명목 하에 여러 조치들을 취해나갔다. '법치'가 실효성 있는 힘을 발

---

[49] 「난동 '데모'의 뒤처리 어떻게 됐나」, 『경향신문』, 1960.10.23.

휘하였던 곳 중 하나가 형사 영역이었다. 당시 한국사회에서는 범죄학이라는 '특별한 지식(special knowledge)'에 대한 관심이 대두되고 있었고 '사회 방위(social defence)'가 점차 새로운 형사 이론의 슬로건으로 부상했다.[50] '공공의 안녕과 질서', '시민의 안전', '위기 · 위험 상황' 등의 규칙이 아닌 상황을 가정하는 개념들이 **법의 영역**으로 스며들면서, 법은 사건과 상황에 대한 선험적 규제력을 갖게 되었던 것이다.[51]

이러한 새로운 형벌합리성의 구성이 뜻하는 바는 무엇이었을까. 과거 실증주의 범죄학에서 탈각하여 처벌의 개인화, 범죄 원인의 인과적 추구로 나아감에 따라 형벌은 사회를 위한 방어수단이 되었다. 고전학파에서 범죄자는 추상적 이성적 인간으로서의 시민이었지만 근대학파에게 범죄자는 '사실' 본연의 모습(유전적 기질, 성격, 정신건강, 사회 환경)에 종속된다. 더하여 '사회'를 보호하기 위해 리스크를 최소화해야 한다는 것이 처벌의 근거가 되었다.[52]

1960년의 시점에서 한국사회가 그토록 강고하게 주장하였던 '사회악을 제거하라'는 요청은 이러한 맥락에서 다시 상기되어야 한다. 4 · 19 이후 이러한 요청은 범죄에 대한 과학적이고 체계적인 관리를 요구하는 방향으로 수렴되었다. 이는 실질적인 범죄의 가파른 증가추세에 따른 것으로, 당시에는 이러한 세태를 반영하여 각종 "범죄백서"가 만

---

50 Pasquale Pasquino, "Criminology : the birth of a special knowledge", Edited by Graham Burchell, Colin Gordon and Peter Miller, *The Foucault effect*, Chicago : The University of Chicago Press, 1991, p.241.

51 범죄학을 위하여 심리학, 사회학, 교육학, 통계학 등이 한자리에 모이기 시작했고, 생래적 범죄학이 대두되는가 하면, 이것이 파시즘적 성향을 띠며 우생학으로 번지기도 하였다.

52 사카이 다카시, 오하나 역, 『통치성과 '자유'―신자유주의 권력의 계보학』, 그린비, 2011, 2장의 내용을 참조할 것.

들어지는가 하면, '범죄'가 심각한 사회적 문제로 다뤄져야 한다는 담론 역시 의욕적으로 생산되고 있었다. 이는 법제를 정비하고 강화해야 한다는 주장을 실어 나르기도 했다. 더불어 급증하는 범죄를 우려하는 시선은 점차 사회 내의 위험분자들에 대한 각성을 촉구하고 이들에 대한 철저한 관리체계를 수립할 권력의 등장을 요청하는 방향으로 나아갔다. 이러한 담론들이 문제적이었던 까닭은 그것이 거듭해서 시민이 아닌 자들, 말하자면 보호감찰대상자나 수용소나 감옥으로 보내져야 할 자들을 발견하고 분류하는 일을 수행하고 있었기 때문이다.

'**사회를 보호하라**'는 정언명령을 내장하고 있던 담론들은 깡패, 창녀, 거지, 나환자 등의 존재들을 "암적존재(癌的存在)", "사회의 암흑면", "제거의 대상"으로 규정했다. 이것은 곧 사회적으로 보이지 않았던 존재들을 특정한 맥락에서 가시화하는 일이자, 그들의 사회적 성원권을 억압하는 일이었다. 이들은 긍정적 가치의 세례를 받아본 적이 없는 존재들일 뿐만 아니라 범죄자와 같이 취급되었다. 이를테면 4월 혁명 전후의 시기에 한국사회가 '나환자'를 포착하고 기술하는 방식은 이 점을 보다 구체화하여 보여준다. 당시 서울시 당국은 '나환자 단속기간'을 정하여 이들에 대한 관리에 나섰다. 당국이 작성한 문건에 따르면, 도심의 거리에서 "부랑나환자"가 배회하는 것을 발견한 "시민"들은 "지체없이" 인근 파출소나 동사무소에 "신고"해야 했다. 언론들 역시 같은 관점에서 이 문제에 접근했다. 그리하여 이들의 언설 속에서 '나환자'는 '시민'이라는 범주에 포섭될 수 없는 존재가 되었다. 뿐만 아니라 나환자를 목적어로 삼는 문장들은 흔히 범죄자에게 붙이던 수사나 술어들을 끌고 다녔다. 그들은 '보호'되어야 할 시민이 아니라, '비시민들',

즉 "적발"되어야 하고 "수용"되어야 할 대상이었던 것이다.[53]

격리수용된 이들의 대거출현은 시민들에게 큰 '쇼크'를 주고 있으며[54]

4·19가 있고 나서도 이러한 인식과 기술의 방법은 변하지 않았다. 4·19는 "민주의 날"[55]이라 불리어졌지만, 최소한 이 '보이지 않는 존재'들에 한해서만큼은 어떠한 '민주적 변화'도 발생하지 않았다. 하층민들은 4월 혁명에 동참한 혁명의 주체였지만, 혁명의 시간 속에서도, 혁명이 끝난 뒤에도 '시민'의 목록에 등록될 수 없었다.

4·19가 있고 얼마 지나지 않은 1960년 6월 16일 상애원을 비롯한 경남도 내 22개 "나병환자수용소"의 대표 30여 명은 당국에 "배고파 못 살겠다 구호양곡과 부식비를 규정대로 달라"고 외치며 도내 8,348명에 달하는 환자들의 처우개선을 요구하는 시위를 벌였다.[56] 생계를 위해 거리로 나온 이들을 보며 한국의 언론은 다음과 같이 기술했다. "격리수용된 이들의 대거출현은 시민들에게 큰 '쇼크'를 주고 있"다. 또한 선거운동에 참여하고자 택시를 타고 거리에 나온 이들을 두고 언론에서는 "전례 없는 비난대상"이라 규정했다.[57]

신문지상에서 나환자나 양공주, 구두닦이, 거지가 '데모'와 만날 때 어김없이 등장하는 조사는 다름 아닌 "까지"였다. 그들이 "데모까지" 한

53 「부랑나환자 발견시 경찰에 알려주도록」, 『동아일보』, 1960.3.4.
54 「나환자도 선거운동」, 『경향신문』, 1960.7.18.
55 「4월 19일 "민주의 날"로」, 『동아일보』, 1960.4.26.
56 「처우개선 요구」, 『경향신문』, 1960.6.17.
57 「나환자도 선거운동」, 『경향신문』, 1960.7.18.

다. 그들이 "선거운동까지" 한다.[58] 무엇을 할 수 있고 무엇을 할 수 없는지에 대해 끊임없이 주지시키는 이 언설들은 '누가 그러한 정치적·사회적 행위의 주체가 될 수 있는가'에 대하여, 나아가 '누가 시민인가'에 대하여 말해주고 있었다. 그들이 무엇 무엇까지 한다고 말할 때 가시화되고 있었던 것은 그들의 '몫'을 셈할 의지가 없는 시민들의 사회였다. 또한 중요하게도 한국사회가 '큰 쇼크'를 받았던 것은 사실 그들이 특정한 말이나 행동을 했기 때문이 아니었다. 그것은 사회적으로 보이지 않는 존재들이 갑자기 "출현"하였기 때문에, 즉 사회적 성원권을 갖지 못한 존재들이 스스로를 현상함으로써 '**우리가 함께 있다**'는 불편한 사실을 상기시켰기 때문이다. '무언가 잘못됐다'는 시민들의 인식은 '**그들이 제자리에 있지 않다**'는 인식과 불가분의 관계에 있었다.

두려움, 낯섦, 불쾌가 피어오르던 곳은 바로 그들의 신체라는 장소에서였다. 국민이지만 시민의 카테고리로부터 퇴출당한 이 존재들은 불결하고 난잡할 뿐 아니라 두렵고 위험하기까지 했다. 1960년대 초반의 상황에서 이 두려움과 위험에 대한 감지는 두 가지 차원에서 발생했다. 하나는 함께 빈곤화될지 모른다는 **전락의 공포**이다. 1961년 당시 한 기사의 표현을 빌리자면, '영세민, 보호시설에 수용된 자, 철거난민' 등 77만여 명에 달하는 서울시 전체 인구의 삼분의 일에 해당하는 주민들이 계속해서 존속하거나 증가한다면 도시는 더욱 '빈곤화'될 것이며 '각종 사회악의 온상'이 될 위험에 처할 것이었다. 즉 그들의 '번식'은 "멀지 않아서 전도시가 빈민굴로 화해"버릴 수 있다는 경고처럼 읽혔다.[59] 그런가 하면 다른 하나는 속죄 형식의 마비나 오작동, 이로 인

---

58 위의 글.

한 **길들임의 불가능성**에 대한 불안한 예감이라 할 수 있다. 예컨대 "거지들의 독특한 타성을 시정(是正)한다는 것은 쉬운 일이 아니"며 "각 수용소에 경관까지 배치"해서 강력한 감시를 하더라도 "거지들의 간지(奸智)란 우리들의 상상밖에 것"일 수 있다는 우려는 지난 시대에 이어 계속해서 표출되고 있었다.[60] 1950~60년대 한국사회에서는 거지와 간첩 세력이 '거지세포'를 조직하여 도시 밑바닥에서부터 혁신의 움직임을 꾀하고 있다거나, "시민을 위해서도 거지들을 위해서도" '거지 수용소'를 마련하여 이들을 강제 수용해야 한다는 주장이 심심치 않게 제기되었다. 1960년 4월 혁명기에도 '거지'의 데모 참여는 '북한'이라는 그림자를 엿보게 하는 불온한 낌새로 읽혔다. "거지행색을 한 자가 다수 참가하여 선동하였고 이들은 연 사흘 동안에 걸친 데모에 언제나 나타나 주동역할을 한 것"을 통해 당국은 "적색분자개입에 대한 심증을 얻었다"고 발표했다. 거지들의 의욕적인 데모 참여는 치안당국으로 하여금 불온한 낌새를 눈치채게 하고 "심증"을 갖게 만드는 "모종의 중대정보"로 해석되었던 것이다.[61]

군부정권이 생산한 간첩 담론 역시 이러한 국민 재분류 작업을 가속화했다. 간첩의 존재가 공포를 불러일으키는 이유는, 첫째 적의 침투력 즉, **서울 한복판을 간첩이 활보하고 있다**는 점 때문에, 둘째 적을 감식해낼 수 없다는 사실, 즉 **위험한 적이 시민의 얼굴을 하고 있다**는 점 때문이었다. 군부정권이 반공담론에 있어 어떤 변화를 초래했다면, 그것은

59 「월동대책에 만전을 기하자」, 『경향신문』, 1961. 10. 25.
60 「거지들의 갱생(更生)」, 『동아일보』, 1949. 09. 30.
61 「모종의 중대정보」, 『동아일보』, 1960. 4. 16.

시민과 적의 얼굴을 뒤섞어 버렸다는 데 있다. 군부정권은 1950년대에 비해 월등히 '간첩이 서울시민으로 살고 있다'는 점을 강조했다. 여기서 핵심은 단지 그의 위장술을 알아차리지 못한다는 차원에 있지 않았다. 그것은 오히려 누구든 비시민일 수 있음을 고려해야 한다는 차원에 놓여 있었다. 이것이 문제적인 이유는 국민 각 개인으로 하여금 '자기 자신의 복종화(assujettissement)의 원리'(푸코)를 체화하도록 만들기 때문이다. 국가권력에 의해서만이 아니라 이 비시민의 색출은 '민간인 시민'에 의해서도 행해져야 했고 1960년대 한국사회에서 이것은 실제로 행해졌다. 이들은 경찰당국을 대신하여 직접 간첩을 찾아내고 붙들고 폭력을 행사하기도 하며 기꺼이 심리적·육체적 노동을 감수했다. 국가는 이들 중 사상자가 발생할 경우 그/그녀가 '반공유공자'의 목록에 등록될 것임을 공표했다.[62]

깡패, 창녀, 나환자, 거지, 부랑자 등이 격리되고 감춰져야 할 존재였다면, 간첩이나 빨치산 출신자 등은 그 존재의 비가시성·식별불가능성을 염두에 두면서 통치 권력과 국민이 합심하여 더 면밀히 관찰하고 색출해내야 할 존재, 즉 가시화되어야 할 존재였다. 전자가 외양을 통해 혹은 그의 사회적 지위나 소속을 통해 자신의 모습을 어느 정도 드러내놓고 있었다고 할 때, 후자는 이들에 비해 훨씬 더 **감춰져** 있었다. 역설적이게도 '서울 시민'과 더 흡사한 얼굴을 가졌던 것은 간첩이었

---

62 1960년대 "대공전선을 뒷받침한 것"은 "민간인의 높은 반공정신"이었다. 그 결과, 검거 또는 사살한 간첩의 60%가 군·경이나 수사기관원 아닌 민간인의 신고에 의한 것이며 민간인 반공유공자에 대한 상금·보로금 지급이 1966년 2백 19명, 1천 87만 원, 1962~1966년 사이에 1천 72명, 5천 1백 40만 원에 이르렀다. 「가난하고 외로운 이 유족들을 돕자」, 『동아일보』, 1967.8.15.

고, 시민이어야 할 존재들이 비시민이 되어 감추어지는 동안 비시민적 존재들은 더 극적으로, 그리고 더 강렬하게 가시화되었다.

그런데 1960년대에 간첩과 같은 비시민적 존재들은 일정한 정화의 과정을 거쳐 갱생에 성공하면 언제든 '시민의 목록'에 등록될 수 있는 존재이기도 했다. 박정희 정권하에서 '간첩'이나 '반체제 분자'는, 시민과 시민이 아닌 자를 구분하는 동시에 양자를 융합시키는 논리로 작동하고 있던 '정화론' 내지 '갱생론'의 세례를 받을 수 있었다. 물론 이들이 시민이 되기 위해 치러야 하는 대가는 그렇게 간단한 것이 아니었다. 그들은 법적 개념인 '범죄'에 대한 처벌을 받아야 하는 동시에 종교적 개념인 '죄악'에 대한 회개도 함께 짊어져야 했다. 뿐만 아니라 때로 이 갱생론을 통해 제시된 "조국의 약속"[63]은 믿을 수 없는 것이 되기도 했다.

이상에서와 같이 1960년대에 확산되던 '사회를 보호하라'는 언설은 내치(內治)의 차원, 즉 '내부의 존재들'을 향해 있었다. 이 언설은 대한민국 국민들을 보다 촘촘하게 분류하는 작업을 추동하고 있었고, 군부정권의 재건사업의 기조 및 성격과 합치되는 면이 있었다. 이를테면 '사회정화'를 위한 국가적 프로젝트는 이러한 맥락에서 논의될 수 있다. 한국사회에서 '사회정화'의 기획이 국가 정책적 차원에서 최초로 집행된 것은 1961년 5·16 군사쿠데타 직후 군사혁명위원회와 국가재건최고회의의 활동에서였고, 이후 군부정권은 네거티브를 통한 주체화 전략으로서 '사회정화운동'을 전개해나간다.[64] 문제적이게도 군부정권은

---

63 남정현, 「자수민(自首民)」, 『사상계』 109호, 1962. 7, 318쪽.
64 이상록, 「박정희 체제의 '사회정화' 담론과 청년문화」, 장문석·이상록 외, 『근대의 경계에서 독재를 읽다』, 그린비, 2006, 340쪽.

1950년대 말에서 1960년대 초반 통치 그룹을 향해 있던 사회정화담론을 전유하여 그것을 피통치자들을 향해 선회시킴으로써 국민 분할을 가속화하고 가시화했다.

1960년대 한국사회에서 발견되는 '불온성'이 주목되는 것은 이러한 맥락에서이다. 여기서 주목할 점은 크게 세 가지다. 첫째는 '불온(성)'이 '반시민성'을 논할 때 중요한 분석 범주가 되었다는 것이고, 둘째는 법의 이름으로 불온성이 (재)형성되고 불온주체가 관리되었다는 것이며, 셋째는 범죄에 대한 보다 체계적이고 과학적인 접근이 필요하다는 담론들의 부상과 함께 불온성이 범죄의 영역으로 급속히 편입되고 있었다는 것이다. 이로 인해 개별 주체들은 언제든 '위법'의 공간에 처하여 '범죄자'의 목록에 등록될 수 있는 '잠재성'을 갖게 되었다. 또한 시민과 비시민의 구분이 다음과 같이 정식화될 여지가 발생했다.

시민 : 비시민 = 잠재적 불온분자 : 불온분자

시민과 비시민의 차이는 이 잠재성에 있다. 여기서 아감벤이 '인민(Popolo / popolo)' 개념에 내재해 있는 의미의 양의성, 즉 인민 개념에 함께 들러붙어 있는 총체적이자 일체화된 정치체로서의 대문자 인민(Popolo)과 가난하고 배제된 자들의 부분적이자 파편화된 다수로서의 소문자 인민(popolo)에 대해 사유하고자 했다는 점을 상기해 볼 수 있다.[65] 한

---

65 아감벤은 '인민'이라는 용어의 정치적 의미에 대한 모든 해석이 다음과 같은 특이한 사실에서 출발해야 한다고 주장한다. 근대 유럽어에서 이 용어가 항상 빈민, 상속권이 없는 사람들, 배제된 자를 동시에 지칭했다는 사실. 하나의 동일한 말로 구성적(또는 제헌적)인 정치 주체와 사실상 혹은 법률상 정치로부터 배제된 계급을 동시에 지칭하는 것이다. 조르조 아감

편에는 주권과 일체화된 시민들의 완전한 국가가 있고, 다른 한편에는 비참한 자, 억압받는 자, 정복당한 자로 구성된 금지구역이 있어, '인민'은 이 이중의 운동 내지 이 두 극을 갖는다면, 시민과 비시민의 구분은 '인민'의 이 같은 외설성을 표면화시키고 있었다고 할 수 있다.

　박정희는 제3공화국 수립 이전부터 스스로 새로운 '집도의(執刀醫)'가 될 것을 천명한 바 있었다. 그는 "우리의 조국"의 썩은 환부를 도려내 민족적 신체의 '정상화'를 이뤄낼 것이라는 다짐을 연두교서나 담화문과 같은 정치 텍스트들을 통해 강력히 피력했다. 주목되는 것은 이러한 비유를 통한 권력과 민족의 표상이 4월 혁명기 학생들에 의해 적극적으로 생산되었던 오염과 부패에 관한 상상력을 전유한 결과였다는 사실이다. "썩은 정치 갈아보자", "칼을 들라, 썩은 정치 수술하자"와 같은 학생들의 비판은 특정한 정치권력을 대상으로 제기된 것이었다가, 차츰 기성세대 전반의 문제로 확대되었다.[66] 5·16군부세력은 등장 초기부터 청년들의 이러한 정치적 상상과 이를 구현한 정치적 메타포를 적극적으로 차용하여 자기서사의 구축을 위해 썼다. 이러한 전유는 두 가지 차원에서 정치적 효용을 가졌다. 하나는 4월 혁명의 문법과 정의롭고 헌신적인 애국자라는 정체성을 공유함으로써 4·19와 5·16, 이 두 사건에 일정한 연계 고리를 형성시킬 수 있다는 것이고("혁명의 계

　벤, 김상운·양창렬 역, 『목적없는 수단』, 난장, 2009, 38~46쪽; 조르조 아감벤, 박진우 역, 『호모 사케르―주권 권력과 벌거벗은 생명』, 새물결, 2008, 33쪽.

66 김미란에 따르면, 오염과 부패의 상상력은 4월 혁명기에 광범위하게 확대되어 정치권력 비판에서부터 기성세대 비판에 이르기까지 큰 폭으로 확장되었다. 이 시기 정의에 대한 개념화 방식은 오염/정화의 상상력을 빌려 정치적 공간을 재구조화하는 데 기여했고, 그 점에서 혁명기의 정의 개념은 공간 표상과 공간 인식과도 상관성이 있었다. 김미란, 「순수'한 청년들의 '평화' 시위와 오염된 정치 공간의 정화―4월혁명기에 선호된 어휘에 대한 개념사적 접근을 중심으로」, 『상허학보』 31집, 상허학회, 2011, 198쪽.

보"),[67] 다른 하나는 특정 정치세력만이 아닌 기성세대 전체와 사회 전반을 향해 이 상상력이 뻗어나감으로써 '명랑하고 건전한 사회'를 건설하는 일에 모두가 동참할 필요가 있음을 강조하는 일이 한결 수월해졌다는 것이다. 그리하여 박정희는 "두 번 혁명이라는 절개수술의 여독으로 그 치유의 과정에 진통을 겪고" 있는 조국을 위해, 국민들은 한 명도 빠짐없이 **명랑하며 질서 있는 사회를 건설**하고 "내핍과 검약으로 생산건설에 매진하며 반목과 파쟁이 없는 협동, 단합"을 이루어내야 함을 지속적으로 요청할 수 있었다. 명랑, 건전, 금욕, 화합이 일련의 연쇄적 관계를 맺으며 새로운 사회의 상(像)을 구성하는 데 동원되었던 것이다. 박정희의 표현에 따르면, 조국의 근대화는 이러한 "국민의 정신적 혁명" 없이는 불가한 것이었으며, 이 또 한 번의 혁명을 통해 국민들은 "공동운명의 표징(表徵)"을 숙지하고 "'허리띠를 졸라매는' 맹약(盟約)과 피땀 어리고 눈물겨운 노력"을 실천해야 할 것이었다.[68]

'5·16혁명정신'이 '인간개조'로 요약된다면,[69] '건전·명랑·선량'은 새롭게 출현해야 할 인간상의 중요한 덕목이자 필수 자격요건이었다고 할 수 있다. 이것은 또한 한국사회의 지향이기도 했다. 1960년대에 들어 시대적 명제가 되었던 '건전'과 '명랑'은 사실 식민 권력에 의해 일찌감치 제기된 것이었다.[70] 김수영이 5·16 이후 공보부를 통해 만들어

---

67 신형기에 의하면, 국가발전을 위한 개혁이 혁명의 과제라는 생각은 자신들이야말로 혁명을 완수할 주체임을 자임하며 등장한 5·16군사쿠데타 세력에 의해 다시 여러 언설로 되풀이되었다. 혁명주체를 참칭한 쿠데타 세력이 주권적 권력을 합법화해가는 경위는 4·19이야기의 혁신담론을 전유함으로써 그 헤게모니를 강화한 과정으로 읽힐 수 있다. 신형기, 「4·19와 이야기의 동력학-4·19수기를 통해 본 이야기의 작용과 효과」, 『상허학보』 35집, 상허학회, 2012, 315쪽.

68 「박대통령 연두교서 전문」, 『경향신문』, 1964.1.10.

69 「여적」, 『경향신문』, 1961.6.1.

진 "너무나 '씩씩하고 건전'"한 국민가요를 들으며 "식민지의 노래"를 떠올렸던 것은 이상한 일이 아니었다.[71]

포고(布告)는 연달아 발표되었다. "간첩들은 자수하라"고 호령했다. 깡패들은 조무래기까지 모조리 소탕망에 걸려들었다. 도심지의 왕래는 기계화돼 있다. 전광석화(電光石火). 이 한마디만 가지고 표현되어서는 부족할 정도의 급 '템포'를 밟으면서 일대 수술이 시작되었다. 이 대담한 수술의 책임 집도의(執刀醫)를 세상이 박정희 장군이라고 부르기 시작한 때를 분수령으로 하여 **한국의 근대사(近代史)는** 잠시 본의(本意)가 아니지만 **민주주의의 궤도에서 벗어났다.**[72]

1960년대 한국사회에서 '시민'은 이론적 차원에서 정치하게 개념화되지는 않았으나, 4월 혁명을 계기로 그러한 명명이 갖는 의미와 가능성이 고구되기 시작했다. 더불어 그것은 60년대 초 한국사회와 군부세력이 생산한 담론들을 통해 자연스럽게 '국민'보다 내부의 이질적인 주체들을 식별해내는 자리에 더 적합하고 유용한 개념이 되어가고 있었다. 이질적인 타자가 등장하는 신문기사를 읽고 공보물을 접하며 간첩 신고요령을 숙지하는 동안 '시민'에 대한 특정한 즉물적 반응은 형성되고 있었다. 나환자, 양공주, 부랑아, 소년범 등의 과잉 결정되는 개별적

---

70 소래섭에 따르면, '명랑화'의 기원은 1930년대로 거슬러 올라간다. 이때 '명랑'은 '건전'과 동의어라 할 만큼 양자는 밀접한 관련을 맺고 있었다. 명랑화에 관계된 규율 담론들은 체제 순응적인 감정과 가치를 '명랑'으로 코드 변환하였다. 그런가 하면, 1930년대 당시 조선총독부는 '도시 명랑화 정책'이라는 기조 하에 도시계획사업을 추진했다. 1934년에는 '조선시가지 계획령'을 제정·공포하였고, 1936년경에는 걸인 퇴치 사업을 벌였으며, 도시미관과 위생을 내세워 철거를 단행하기도 했다. 소래섭, 『불온한 경성은 명랑하라』, 웅진지식하우스, 2011, 57~70쪽.

71 김수영, 「대중의 시와 국민가요」(1964), 『김수영 전집2—산문』, 민음사, 2003, 275~276쪽.

72 「변혁의 1961년—무엇이 어떻게 변했나(1)」, 『경향신문』, 1961. 12. 19.

범주들에 소속된 채 공론장에 등장하였던 존재들은 '비국민'이라 규정되지는 않았지만, 일상을 구성하고 채우는 다양한 매체와 담론 속에서 자연스럽게 '시민'의 안정적이고 질서 정연한 삶을 교란하고 해치는 '불결하고 부도덕하며 예측할 수 없는 존재들'로 명시되었다. 그리고 이러한 와중에 '**불온(성)**'은 건전·명랑·선량이라는 주체·사회·국가 구성의 원리에 반하는 것으로 규정되었던 것은 물론이거니와, 이 말은 이질적인 주체들의 변별을 위해서만이 아니라 '내부의 잠재적 적들'을 감식하고 규정하는 통치언어로 호명되고 있었다. 그중에서도 '학생'과 '빈민대중'은 적화될 소지가 높은 집단으로 분류되었으며, 그들의 **데모**와 그들의 **가난**은 '재현될 수 없는 대상'이 되었다.

5·16군사쿠데타 발생 후 반년이 흐른 시점에서 작성된 한 편의 기사는 이러한 1960년대식 '불온생산체제'의 구축이 향후 어떤 지향 속에 어떻게 본격화될 것인지를 일찌감치 예감하고 있었다는 점에서 일독할 필요가 있다. 위 글의 필자는 지난 반 년 간 군부세력이 기획하고 추진한 정책들의 성격과 지향을 되짚어보며 다음과 같이 기술했다. '강력한 추진력을 갖는 권력에 의해 한국사회에는 간첩 자수를 호령하는 목소리가 울려 퍼지고 있으며, 깡패들은 조무래기까지 모조리 소탕되고 있다.' 필자는 비판의 목적을 갖고 이 글을 쓰지는 않았지만, 여기서 우리는 필자의 "본의"와 무관하게 표출된 어떤 불안한 예감을 감지할 수 있다. 이 글에 따르자면, "'민주복지사회'를 창건하겠다고 나선 혁명주체세력"에 의해 추진된 그간의 국가사업들은 "한국의 근대사"를 "민주주의의 궤도"로부터 이탈시키는 것이었다.

1960년대 한국인들에게 이 "전광석화"처럼 행해진 "대담한 수술", 그것의 급속한 "템포"는 존재의 분류와 처벌과 갱생을 위해 움직이는 권력의 의지를 충분히 들여다볼 시간을 허용하지 않고 있었다. 권력의 현란한 움직임은 그의 의지가 한국사회로부터 무엇을 빼앗아가고 있었는지, 그리고 그것이 어떠한 목표를 위한 것이었는지 숙고할 수 없게 만들었다. "이 대담한 수술"은 어쩌면 "민주주의"만이 아니라 누군가의 몫과 삶과 심지어는 생명까지도 "모조리" 걸게 만드는 위험천만한 것일지 모를 일이었다. 불온한 자들의 탄생을 목격하고 이들의 존재론에 관하여 이야기하는 일은 이 인상적인 글에 담겨 있던 불안한 예감이 향후 한국사회에서 어떠한 방식으로 구체화되고 있었는지를 관찰하는 일이 될 것이다. 우리는 이 탐색의 시간 동안 "한국의 근대사(近代史)"가 "민주주의의 궤도에서 벗어났다"는 사실을 다양한 국면들을 통해 새롭게 대면하게 될지 모르며, 또한 어쩌면 필자가 충분히 짐작할 수 없었던 "본의(本意)"에도 한걸음 가까이 다가설 수 있을 지도 모른다. 그리고 어쩌면 우리는 "잠시"가 지시하는 시간의 폭과 깊이에 대하여 오래도록 생각해야 할지도 모르겠다.

4. 논의 대상과 쟁점들

이 책은 1960년대 한국사회에서 특정 주체와 매체와 텍스트가 불온하다고 규정되기까지 동원되고 노정된 몰 / 논리를 집약적으로 드러내주는 대표적 '불온사건'에 대한 분석을 토대로 '불온한 자들의 삶과 존재론'에 대해 논의해보고자 한다. 여기서 우선적으로 고려하였던 것은 논의가 구체성을 획득하기 위해서는 개괄의 수준을 넘어서는 서술방식이 요청된다는 점이다. 불온생산체제의 윤곽을 그려내기 위해서는 당대에 발생한 여러 사건들을 두루 다루되, 그것들을 개별적으로 취급하기보다는 하나의 '내러티브'를 구성하여 사건들의 연계와 연속을 볼 필요가 있다. 필자는 이 점들을 염두에 두면서, 대표성을 띠는 두 개의 사건을 출발점으로 삼아 '불온한 존재들에 관한 이야기'를 구축하고자 했다.

하나는 '사상 최대의 공안사건'이라 불렸던 '통혁당 및 『청맥』 사건'이고, 다른 하나는 "제1장을 장식할 만한 상징성"[73]을 갖는 필화사건이라 일컬어졌던 '「분지」 사건'이다. 해당 사건들이 어떤 체계 안에서 움직이고 있었고 어떤 주체, 텍스트, 의미들과 상호 연결되며 구성되고 있었는지를 탐구하는 일을 통해, 1960년 4·19혁명에서 1972년 10월 유신 전까지의 기간 동안 발생했던 여러 사회적·문화적 사건들의 특징과 의미를 포괄적으로 검토해보고자 한다.[74] 즉 한편으로는 '김주열

---

73 한승헌, 『분단시대의 법정』, 범우사, 2006, 25쪽.
74 특히 두 번의 예외상태 사이에 발생한 사건들에 주목할 것이다.
　① 첫 번째 예외상태─1961년 5월 16일 새벽 5시 쿠데타 세력은 서울에 진입한다. 이후 쿠데타 세력이 구성한 최고권력기구인 군사혁명위원회는 '행정·입법·사법의 3권을 완전히 장악했다'는 성명을 발표했고, '공공안녕질서의 유지'라는 명목 하에 대한민국 전역에 비상계엄을 선포했다. 새로운 '질서'의 입법을 위해 기존의 체제 유지를 위한 장치들의 정상적 가동은 중단된다.
　② 두 번째 예외상태─1971년 12월 6일 박정희 대통령은 "현재 대한민국은 안전보장상 중대한 차원의 시점에 처해 있다"고 단정, "국가비상사태를 선언"한다고 발표한다. 이날 상오 대통령은 국가안전보장회의와 국무회의의 합동회의를 주재, 전 국무위원 명의로 제안된 6개항의 '국가비상사태선언' 결의에 서명했다. 이 '국가비상사태선언'은 국가안보회의 의결1호,

의 죽음—통혁당 및 『청맥』 사건—학생·지식인의 삶'을, 다른 한편으로는 '전태일의 죽음—「분지」 사건—빈민대중의 삶'을 엮어가며 1960년대 불온생산체제의 형성과정과 그 작동논리를 고찰할 계획이다. 이상의 논의를 기반으로 연구 문제를 구체화하면 다음과 같다.

첫째, '불온생산체제'는 '내치(內治)의 발견'과 함께 본격적으로 구축되기 시작했다. 1960년대 한국사회에서 발견되는 주목할 만한 특징은 '내치'에 대한 정치적·사회적 관심이 본격화되었다는 점이다. 사회적 차원에서 불러일으켜진 '사회를 보호하라'는 언설들을 기반으로 박정희 정권은 "밖으로부터의 침략"만이 아니라 **"내부로부터의 위협"**에 큰 관심을 기울이기 시작한다. 이러한 변화가 두드러지게 나타나는 시점은 1964년이다. 이 시기 정부의 공식 문건들에서는 국가의 붕괴, 전복에 관한 '위험요소'가 '내부'에 있다는 지적이 자주 발견된다.

이때 "내부로부터의 위협"은 크게 두 가지 차원에서 찾아졌다. 하나는 **'공산주의 사상'**이고, 다른 하나는 **'빈곤'**이다. 이들은 '외부에 있는 적'보다 "더 무서운 적"으로 명시되었다.[75] 박정희는 국가의 안전을 보장하기 위해서는 '사회적 안전'의 확보가 급선무라는 점을 강조하는데, 주목할 만하게도 그에게 이러한 "확신"을 갖게 해준 사건은 1964년도에 발생한 "6·3사태"였다. 박정희는 이 사건을 통해 "공산침략에 대비

국무회의 의결1125호로 결의된다. 이듬해 10월 17일 대통령은 초법적인 권한(국가긴급권)을 행사하여 전국에 비상계엄령을 선포하고 '10·17특별선언'을 발표했다. 아감벤의 표현을 빌리자면, '최고의 지배의 비밀을 관장하고 있는 픽션', 이 법률 없는 '법률-의-힘'이 핵심이 되는 아노미적 공간 속에서 새로운 체제(régime)를 탄생시켰던 것이다.

75 「1964년도 국방대학원 졸업식 유시(諭示)」(1964.8.3), 『박정희대통령연설문집』 제1집, 대통령공보비서관실, 1965; 「'자유의 날'에 즈음한 담화문」(1965.1.23), 『박정희대통령연설문집』 제2집, 대통령비서실, 1966; 「1966년 연두교서—조국의 근대화는 멀지 않다」, 『조국근대화의 지표』, 고려서적, 1967.

하여 군사력을 강화시키는 일"보다도 "'내부로부터의 위협'을 더욱 경계하여 정치적·사회적 불안에 편승한 공산마수의 준동을 그 어느 때보다도 중시하여 (…중략…) '대내적 안전'에 주력해야 하겠"다는 인식을 갖게 된다. "정국이 안정되고 사회가 평온(平穩)하여 모든 국민이 뚜렷한 목표와 희망 속에 생업에 충실할 수 있는 안정된 분위기가 무엇보다 긴요"하다는 것이었다.[76]

한편 또 하나의 내부적 위협으로 상정된 것은 '빈곤'이었다. 박정희는 "빈곤"이라는 내부에 있는 "무서운 적(敵)"의 존재를 환기시키며 이 적의 전멸을 위한 유일한 길은 "노동"밖에 없음을 강조했다. 즉 체제의 언설체계 안에서 노동은 '빈곤으로부터의 탈피'와 '북한과의 체제 경쟁에서의 승리'라는 두 가지 목적에 복무하게 된다. 본격적으로 개발되기 시작한 이러한 노동담론은 노동의 당위성과 필연성을 합리화하는 것은 물론이고, 제자리에서 묵묵히 주어진 몫을 다하는 노동자상을 형상화하는 데 일조한다. 이때 주목되는 특징은 크게 세 가지 정도가 있다. 하나는 '노동과 빈곤의 정치화'가 본격화되기 시작했다는 점이고, 다른 하나는 정권이 제시하는 노동자상이 '반목, 파쟁, 갈등, 불화'를 거세당한 인간형에 가깝다는 것이다. 마지막으로 주목되는 바는 위의 두 목적이 실현되는 그날까지 '분배'의 차원은 계속해서 억압된다는 점이다.[77]

요컨대 1960년대 중반 박정희는 '내치(內治)'에 대한 새로운 인식을 통해 통치의 방식과 논리를 재정비해나갔다. "'대내적 안전'이라는 새

---

76 「1964년도 국방대학원 졸업식 유시(諭示)」(1964.8.3), 위의 책, 257~260쪽.
77 「'자유의 날'에 즈음한 담화문」(1965.1.23), 앞의 책, 44쪽.

로운 시각"을 갖게 되었다는 점, 이를 향후 정권의 중요한 과제로 설정했다는 점, 아울러 '대내적 안전'의 확보와 '내부로부터의 위협'의 근절에 관한 논의를 담론화하여 확대 재생산하기 시작했다는 점은 눈여겨보아야 할 특징들이다. 또한 이러한 변화는 '**내부의 적(敵)**'을 '발견'하는 일이었다는 점에서 중요하게 검토될 필요가 있다. 통치자의 언명이 궁극적으로 의미하는 바는 '내부의 적'을 색출·처단·근절함으로써만 '대내적 안전'이 확보될 수 있다는 것이었다. 이것은 곧 '내부의 적들과의 전쟁'을 선포하는 일이었다. 이 책에서는 통치의 문제에 있어 중요하게 다뤄져야 할 이러한 변화를 '불온한 존재의 탄생과 발견'이라는 해석적 관점에 입각하여 조명하고자 한다.[78]

둘째, 사건 및 존재의 불온성이 발견되고 규명되는 일련의 과정은 '시민이 재구성되는 과정'이었다고 할 수 있다. 당국의 공식 문건들이 지시하고 있듯이 1960년대 한국사회에서 '불온한 존재'로 일컬어졌던 대상은 **학생**과 **빈민대중**이다. 이들은 '적화(赤化)'될 소지가 가장 높은 존재들로 분류되고 제시되었다. 이 점은 학생과 빈민대중이 계속해서 '시민'이라는 기표로부터 미끄러져나가고 있었음을 암시한다. 사실 이 두 주체들은 1960년 4·19를 통해 한국사회에 매우 인상적으로 자신들의 존재를 각인시킨 바 있다. 4·19는 정치적 주체로서의 학생의 위상을 드높인 사건이자, 감춰져 있던 많은 이질적인 존재들, 그 이름 모를 타자들이 자기의 목소리를 낼 수 있도록 활력을 불어넣어준 사건이었다.

---

78 그간 1960년대에 관한 연구들은 이 두 존재의 이질적인 성격을 고려하여 각각에 대한 별도의 논의를 진행해왔다. 그러나 공산주의에 물들 가능성이 높은 고위험군에 속했다는 점과 이들이 당시 재현해서는 안 되는 대상으로 일컬어졌다는 점에 착안하면, '학생'과 '빈민대중'을 함께 논의할 수 있는 새로운 연구의 토대를 마련할 수 있을 것이다.

즉 4·19는 이들 존재를 '데모(demonstration)'의 주체로 등장시킨 계기적 사건이었다는 점에서 재조명될 수 있다.

이러한 맥락을 고려하면서 1960년대의 시작과 끝에 놓였던 '두 청년의 죽음'을 응시할 필요가 있다. 1960년과 1970년에 각각 발생한 **김주열의 죽음**과 **전태일의 죽음**은 '학생'과 '빈민대중'의 존재론을 탐구하는 데 중요한 열쇠가 된다. 김주열의 죽음이 '혁명주체'에서 '불온주체'로 이동해갔던 학생들과 지식인들의 삶을 상기시킨다면, 전태일의 죽음은 항시 잠재적 불온분자의 명단 꼭대기에 올라있던, 아울러 1970년대에 접어들어 일련의 사건들을 통해 인상적인 방식으로 자기들의 존재를 각인시켰던 빈민대중의 삶을 일깨운다. 두 청년의 죽음은 한국사회에서 불온한 존재로 염려되고 간주되고 낙인 찍혔던 자들의 얼굴과 대면하게 해줄 것이다.

셋째, '불온'은 체제의 논리였던 '믿음과 명랑'의 화해할 수 없는 대립쌍으로 존재했으며, 양자는 상호 반영적 관계를 맺고 있었다. 1960년대 중반 박정희는 한국사회의 청사진을 적극적으로 제시하기 시작한다. 그의 언설에 따르면, 한국사회는 현재 '혼란의 사회'에서 "믿음의 사회, 명랑한 사회"로 이행해가는 중이었으며, 이러한 사회의 구축은 1970년대에 '풍요한 사회'를 이룩하기 위한 필연적 단계에 해당했다. 이는 '건전, 명랑, 내핍, 검약'으로 요약되는 사회, 즉 갈등과 혼란, 궁극적으로는 "불화"를 억압하는 사회의 창출을 의미했다. 아울러 '불온'의 의미 역시 통치 권력이 그려내는 이러한 청사진 안에서 재구성되었다. 1960년대 중반을 지나며 한국사회가 급속히 '믿을 수 없는 자들'과 '명랑하지 않은 자들'을 '불온시'해갔다는 점은 기억될 필요가 있다. **불신과 우**

울이 '불온'을 구성하는 중요한 성분요소가 되었던 것이다. 과연 "믿음의 사회, 명랑한 사회"의 핵심 구성 논리는 무엇이었는가, 1960년대 한국사회는 '믿음과 명랑'으로 충만한 사회로 변모해가고 있었는가 하는 물음은 이 책이 해명해야 할 과제가 될 것이다.

넷째, '불온'은 냉전체제에 의해 구축된 '적'과 '동지'의 정치적 대당 범주를 충실히 반영하는 동시에, 이 구조를 파열시키는 항(項)으로 존재했다. '그가 무엇을 이야기하는가'가 아니라 '그가 어떤 개념을 사용하면서 그것을 이야기하는가'에 관심을 두는 개념사의 문제의식은 "왜 '불온'이라는 언어를 통해 존재의 성격을 언명하는가"라는 물음을 제기하게 만든다.[79] 또한 이것은 '적–불온–동지'의 독특한 위상학에 관심을 기울이게 한다.

이 책에서 제기하는 핵심 질문, 즉 '왜 불온인가'는 아감벤이 주권 권력과 벌거벗은 생명에 대한 논의를 전개하는 데 있어 출발점으로 삼았던 문제의식과 중첩되는 측면이 있다. 아감벤에 따르면, 근대 정치를 특징짓는 것은 폴리스에 조에(zoe)를 포함시키는 것도, 그러한 생명 자체가 국가 권력의 계산과 예측의 남다른 대상이 되었다는 단순한 사실도 아니다. 오히려 결정적인 것은 모든 곳에서 예외가 규칙이 되는 과정과 더불어, 원래 법질서의 주변부에 위치해 있던 벌거벗은 생명의 공간이 서서히 정치 공간과 일치하기 시작하며, 배제와 포함, 외부와 내부, 비오스와 조에, 법과 사실이 무엇으로도 환원되지 않는 비식별역으로 빠져드는 것이다. 인간이 언어를 통해 자신에게서 벌거벗은 생명을 분리해내며, 그것을 자신과 대립시키는 동시에 그것과의 포함적

---

79 나인호, 앞의 책, 59쪽.

배제 관계를 유지하는 생명체라는 점, 더불어 이러한 존재론적 성격에 대한 이해를 바탕으로 정치를 의미화해야 한다는 인식은 중요하게 기억될 필요가 있다. 왜냐하면, 이러한 인식은 '동지-적'이 아닌 '벌거벗은 생명-정치적 존재'라는 범주 설정의 의미를 상기시키고, 두 가지 연구 범주(권력의 통치술과 주체의 테크놀로지)의 분리 불가능성을 들여다보게 하기 때문이다.

'불온한 것'에 관한 논의가 진행되는 동안 남겨지는 것은 '존재'의 문제를 어떻게 사유할 것인가 하는 물음이 될 것이다. 불온한 존재들의 생(生)은 생명 권력의 결정적 활동이 '삶의 생산'도 '죽음의 생산'도 아닌 '생존을 생산하는 것'임을 일깨운다. 불온한 존재의 탄생과 종말에 대해 이야기하는 것은 한국사회가 국민과 민족이라는 대타자에 대한 정치적 상상을 기반으로 어떻게 '불온한 존재'를 끊임없이 상정하고 발견하였는지, 또한 이 과정에서 이들은 어떻게 드러나고/감춰졌는지를 살피는 일이라 할 것이다. 이것은 사실과 법, 규범과 적용, 예외와 규칙 사이에서 어느 한쪽으로 결정하는 것이 불가능한 공간들의 확산과 결정 불가능성에도 불구하고 그것들 사이에서 끊임없이 결정을 내리는 주권 권력의 형상, 아울러 불온한 존재와 통치의 장치들 사이의 구속관계를 되비쳐줄 것이다.[80]

다섯 째, '불온한 존재'는 '억압이 낳은 산물'로만 이해되어서는 안 된다. 이들의 존재론에 관심을 기울이게 되는 중요한 이유는 '억압의 경험'이 **주체화의 경험**과 함께 촉발되었기 때문이다. 박정희 정권은 학생

---

[80] 아감벤의 논의는 다음의 두 저서를 참조. 조르조 아감벤, 박진우 역, 『호모 사케르—주권 권력과 벌거벗은 생명』, 새물결, 2008; 조르조 아감벤, 김항 역, 『예외상태』, 새물결, 2009.

들의 투쟁과 빈민대중의 투쟁을 일컬어 '불온한 집단난동(폭동)'이라 명명했다. 이때 주시할 것은 이 두 주체, 또는 두 사건이 불온한 자들을 처벌하려는 욕망에 들려 있던 권력에 의해 초래된 결과로만 읽혀서는 안된다는 점이다. 이것은 '주체화의 과정'이라는 차원에서도 함께 조명되어야 한다.

푸코의 '비판'에 관한 논의와 랑시에르의 '주체화'에 관한 논의는 '통치'의 문제에 있어 중요한 지점들을 환기시킨다. 푸코가 말하는 '비판'은 자신이 명확히 알지도 못하고, 또 스스로 그렇게 되지도 못할 미래 혹은 진실을 위한 수단이자 방법이다. 비판은 잘 관리하고자 하는 영역, 하지만 그것이 법칙을 제정할 능력은 없는 영역에 대한 시선이라할 수 있다. 여기서 주목되는 것은 비판이 단지 '통치되기를 바라지 않는다'는 의미를 지시하는 것은 아니라는 점이다. 그것은 오히려 '통치당하지 않으려는 기술', 더 정확하게는 '**이런 식으로, 이를 대가로 해서는 통치당하지 않으려는 기술**'의 의미를 갖는 것으로 이해될 필요가 있다.[81]

이러한 맥락에서 '비판'의 가능성은 '주체화(subjectification)'의 경험과 불가분의 관계에 있는 것으로 보인다. 말하자면 '비판'은 각 개체가 자신에게 주어진 삶의 조건을 성찰적으로 검토하고 자기에게 할당된 자리에 대한 앎을 가지는 일련의 과정이라는 점에서, 아울러 주어진 자리로부터 벗어나려는 시도를 불러일으킨다는 점에서 '주체화'의 과정에 결속된다. 주체화란 일련의 행위를 통해 주어진 경험의 장에서 이전에는 인식할 수 없었던 **언술행위 능력을 생산하는 것**으로 이해될 수 있으며, 이때 식별능력은 중요하게도 **경험의 장을 재구성하는 일**과 맞물려

81　미셸 푸코, 이상길 역, 「비판이란 무엇인가」, 『세계의 문학』 76호, 1995, 103~106쪽.

있다.[82]

여섯 째, '불온한 것들'에 관한 연구는 궁극적으로 '존재와 언어'에 관한 연구가 될 것이다. 문학이 주목되는 것은 이러한 맥락에서이다. 체제의 논리를 가장 주목할 만한 방식으로 미메시스하는 장면은 문학장에서 발견된다. 1960년대 한국사회에는 '노이로제'라는 말이 유행하고 있었다. 이때 노이로제를 앓는 주체로 언급되었던 대표적인 대상은 바로 '권력'과 '문학'이다. '불온성'에 관한 논의는 과도한 정치적·문화적 억압을 감행하는 정부의 노이로제와 검열 체제의 억압성을 과잉 의식하는 문학의 노이로제를 함께 들여다볼 수 있게 해준다.

이 같은 맥락에서 '불온'이 **권력의 언어**(통치의 언어)이면서 동시에 **문학의 언어**(비평의 언어)이기도 했다는 점은 중요하게 고려되어야 한다. 정치와 미학의 관계에 관한 랑시에르의 통찰은 이 '두 개의 불온'을 함께 읽는 데 유용한 가이드가 될 수 있다. 그에 따르면, "정치와 미학은 서로 분리된 총체가 아니다."[83] 정치가 불화(mésentente)를 말하는 것과 비슷한 맥락에서 비화해적인(dissensual) 미학은 감각적인 것에 대한 저항적 재-구성 혹은 재-배열을 일으킴을 의미한다. 이러한 맥락에서 1960년대에 발견되는 **문학의 불화**는 문학에 의해 수행되는 "지각, 생각 그리고 행위와 관련된 이미 성립된 프레임에 승인될 수 없는 것을 직면시킴으로써 법적 체제에 저항하고 감각의 질서에 틈을 창조하는 정치적

---

82 한편, '정치적 주체화(political subjectification)'는 공동체의 치안적 구조 속에서는 주어져 있지 않은, 즉 그것을 세는 것은 치안의 논리와는 모순적인 것으로 제기될 수밖에 없는 어떤 다자(mutiple)를 생산한다. Jacques Rancière, translated by Julie Rose, *Disagreement : politics and philosophy*, Minneapolis : University of Minnesota Press, 1999, pp.35~36.

83 Jacques Rancière, translated by Steven Corcoran, *Aesthetics and Its Discontents*, Cambridge : Polity, 2009, p.25.

과정"[84] 으로 해석될 수 있다.

그런가 하면 이 시기 문학장에는 서로 다른 방식으로 존재했던 '불온한 문학들'이 있었다. 하나는 통치 권력에 의해 불온한 텍스트로 규정되었던 문학들이고, 다른 하나는 불온한 텍스트로 포착되지는 않았으나 권력의 노이로제와 문학의 노이로제를 동시에 들여다봄으로써 이 시대의 불온성에 대해 성찰하고자 했던 문학들이다. 불온이라는 언어를 통치 장치로 가동시키며 언어와 존재를 포획하고자 했던 권력의 의지를 응시하고 성찰하는 일은 그야말로 '불온한 일'이이었다고 할 수 있다. 이들에게 '불온성'은 창작의 동력이 되었고 저항의 자원으로 쓰였다. 일군의 작가가 시도한 불온한 문학의 창작은 감각적인 것에 대한 저항적 재구성과 재배열을 일으키는 정치적 행위이자 미학적 행위였다는 점에서 중요한 의미를 가질 것이다.

---

84 Jacques Rancière, translated by Gabriel Rockhill, *The politics of aesthetics : the distribution of the sensible*, New York; London : Continuum, 2004, p.85.

제2장

불온청년,
신원의 정치와 성명전

1. 공안사건 전성시대, '북한'이라는 배후

1) 공안의 권력과 불온의 통치술

1960년대 한국사회에서 가장 불온하다고 명시된 사건은 무엇이었을까. 대다수의 사람들이 이 질문을 마주하고 떠올릴 법한 것은 당시 한국인들로 하여금 불안과 염려와 공포와 호기심과 같은 복합적 감정들을 경험하게 했던 '공안사건'일 것이다.

1960년대 중후반 박정희 정권은 끊임없이 발생하는 반정부적·반체제적 혁신세력을 뒤쫓으며 이들을 통제하였던 것은 물론이고, 이러한 세력을 발견하고 발명하려는 열망에 들려있었다. 이로 인해 4·19

가 열어놓은 60년대는 국가보안법과 반공법 저촉이라는 사유로 송치 및 기소된 시국사건으로 들끓었다. 이 시기의 **필화사건**과 **공안사건**에 관심을 기울일 필요가 있는 것은 이들 사건이 박정희식 '불온생산체제'의 형성 과정과 그 메커니즘을 이해하는 데 중요한 매개 고리가 되기 때문이다. 그중에서도 1968년도에 발생한 통혁당 사건은 이 사건들의 정점에 있었다. 통혁당 사건은 60년대 한국사회에서 '공안(公安)의 시대'가 구성되고 작동되던 방식과 양상을 보여주는 대표적 사건이라 할 수 있다.

〈표 1〉 1960년대 주요 공안 사건 목록

연도	사건	개요
1964	인민혁명당 사건 (8월)	1964년 8월 14일 중앙정보부는 북한의 지령하에 현 정권 타도를 획책하고자 구성된 대규모 지하조직인 인민혁명당에 전 혁신계 인사 및 현역 언론인, 대학교수, 강사, 학생 등 57명이 관계되어 있다고 발표. 그 중 41명을 검거하고 나머지 16명은 전국에 수배중이라고 보도. 1962년 1월에 창당 발족한 인민혁명당에는 6·3학생운동을 주동했다 내란죄로 구속 검거된 김중태, 현승일도 관계되어 있다고 지적. 도예종 등 26명을 국가보안법 혐의로 송치, 이후 14명에 대하여 공소 취하, 나머지 12명은 공소장 변경(국가보안법 대신 반공법 적용), 1명 추가 기소, 도합 13명에 대한 공판을 1965년 1월 13일에 진행. 한일협정반대데모를 배후에서 조종한 혐의. 1월 20일 서울형사지법 관결 공판에서 반공법을 적용, 주범인 도예종 유죄(징역 3년), 양춘우 유죄(징역 2년) 판결, 나머지 11명은 무죄로 석방.
1965	서울대 문리대 민족주의비교연구회 내란음모 사건 (10월)	서울지검 공안부는 김중태 등 민족주의비교연구회 학생들이 1965년 8월 20일 한일협정비준 반대 데모를 체계적으로 전개하기 위해 구국학생총동맹을 결성했다고 발표. 김중태가 수배 중인 김도현과 함께 8월 27일 국치일에 4·19와 같은 거사를 진행하려 했다며 반공법 위반 혐의로 추가 입건. 이 과정에서 소형폭탄제조방법 계획서를 압수, 김중태 등 9명을 내란음모·선동·반공법 및 폭발물제조 미수 혐의로 구속 기소. 이들의 배후로 조국수호협의회를 지목. 1966년 3월 2일 서울형사지법은 김중태에게 폭발물 사용 음모죄만을 적용, 징역 2년 형에 처함. 최혜성, 박재일, 송철원 3명에게는 반공법을 적용, 징역 1년 자격정지 1년 집행유예 2년을, 이수용과 진치남 2명에게는 무죄를 선고. 내란음모죄와 내란선동죄에 대해서는 무죄를 선고. 같은 해 7월 12일 서울고법 형사부에서는 이들의 데모가 국민봉기를 선동한 행위가 아니었으며, 이들이 만들었다는 '몰로토프 칵테일'도 인체에 해를 주지 않고 폭발물에도 해당되지 않는다며 무죄를 선고.
1967	동베를린 거점 북한대남적화공작단 사건	김형욱 중앙정보부장은 1967년 7월 8일 '동백림을 거점으로 한 북괴대남적화공작단 사건'의 1차 진상을 발표. 관련자의 수가 174명에 달하며, 그 중 입건 또는 구속수사를 받고 있는 피의

연도	사건	개요
	(7월)	자가 107명이라고 밝힘. 여기에는 서구 각국에 유학중인 학생과 장기체류자가 관련되어 있으며, 국내의 이름 있는 대학교수를 비롯해 학계, 언론계, 문화계 저명인사가 상당수 포함되어 있다고 발표. 중앙정보부는 이들이 북괴로부터 수차례에 걸쳐 미화 10만여 달러에 달하는 공작금을 받고, 지령에 따라 1962년 이후 계속 대남공작활동을 벌여왔다고 지적. 임석진, 정하용, 이응로, 윤이상 등을 기소, 그중 약 70명을 국가보안법 및 반공법 위반 혐의로 구속.
	서울대 문리대 민족주의비교연구회 사건 (7월)	1967년 7월 중앙정보부는 동백림 사건 2차 수사 발표 때 동 사건과 민족주의비교연구회의 관련 혐의를 제기. 이 사건의 관련자는 8명으로 그중 7명은 구속되고 1명은 미체포 상태이며, 지도교수인 황성모 교수는 북괴의 동독대사관 공작요원 김종근으로부터 북괴 찬양 선전 및 교양훈련을 받고 공작금을 받는 등 간첩으로 활약, 1963년 9월 연구회를 발족시켜 공작사명을 수행했다고 발표. 중정은 김중태를 비롯한 민비연 관련 학생들이 3·24데모와 6·3데모 등 한일회담반대투쟁을 배후조종하여 북한을 이롭게 하고 제3공화국을 타도하려 했다고 주장. 1968년 3월 18일 대법원 형사부는 황성모, 김중태에게 국가보안법 및 반공법 등을 적용, 징역 2년 자격정지 2년을, 현승일에게는 징역 1년 6개월에 자격정지 1년 6개월을, 김도현에게는 무죄를 확정.
1968	통일혁명당 사건 (8월)	1968년 8월 24일 중앙정보부는 1970년대 무력적화통일을 위해 재남 지하당을 망라, 결정적 시기를 만들어 민중봉기와 국가전복을 꾀하려 한 일명 통일혁명당 사건을 발표. 사건에 관련된 총 158명을 타진, 그중 1차로 73명(구속 50명)을 국가보안법, 반공법 위반 등의 혐의로 검찰에 송치했다고 공표. 아울러 이번 사건의 경우 "건국 후 북괴의 지하당조직으로는 최대 규모의 사건"이라는 점에서 특기할 만하다고 강조. 김종태, 김질락, 이문규, 신영복에 사형 선고가 내려졌으나, 신영복은 무기징역으로 감형. 당시 김종태의 공소장에 적시된 범죄명목만 180개에 달함.
	남조선해방전략당 사건 (8월)	1968년 8월 24일 중앙정보부는 '통일혁명당 지하간첩단'을 수사하는 과정에서 권재혁 등이 주동이 된 '남조선해방전략당'이라는 지하조직의 존재를 밝혀냈다고 발표. 같은 해 11월 28일 권재혁 등 12명의 피고인에 대한 첫 사건 공판을 진행. 권재혁은 "남한에서 사회주의 혁명을 통해 공산주의를 발전시켜야 한다고 이일재 피고인 등 그의 추종자들에게 이야기한 것은 사실이며 나의 지도 이념을 교양적으로 성문화한 것이었다"고 공소 사실을 시인. 69년 9월 23일 권재혁 사형 확정, 이일재 무기징역 판결. 11월 4일 서울구치소에서 권재혁 교수형 집행.

1960~70년대 한국의 공안사건에 대한 학술적 차원의 접근이나 연
구가 이루어지기 시작한 것은 1980년대에 접어들면서부터다. 이전까
지 공안사건에 관계된 정보를 소유하고 이 사안을 집중적으로 다룰 수
있는 권리는 중앙정보부를 위시한 수사기관에 한정되었고, 그러한 까
닭에 이 사건들에 대한 대중의 관심은 당국이 제시하는 정보와 사건
해석의 방식에 근거하여 형성되었다. 공안사건과 그 관련자들에 대한
관심이 폭넓게 지펴졌던 것은 1980년대에 들어서면서, 즉 6월 항쟁과
6·29민주화선언이 있고 나서였다. 1987년에 발표된 6·29선언의 8개

항에는 '김대중 등의 사면복권과 시국사범 석방'이 포함되어 있었다. 또한 이듬해인 1988년에는 비전향장기수들의 출옥이 이루어졌다. 이러한 정치적 상황변화는 이른바 '정치범', '사상범'에 대한 사회적 관심을 촉발했을 뿐 아니라, 국보법이나 사회안전법과 같은 법제와 반공이데올로기가 갖는 문제성에 대한 논쟁을 낳았다. 이 시기에 이르러 **"양심수를 양산한 시대"**[1]에 대한 성찰이 이루어질 수 있는 여건이 마련된 것이다. 그런가 하면 장기수를 비롯하여 오랜 시간 수인의 삶을 산 이들이 옥중에서 쓴 글들은 "개인적인 옥중기록"인 동시에 "한국 행형사, 인권사, 정치사의 기록"으로 인식되며 적극적으로 읽히기 시작했다.[2] 옥중기는 억압받는 익명의 사람들에 대한 '지워져서는 안 될 기억들'과 대면하게 하고, 반공국가의 '불가촉대상들'에 다가서게 만드는 텍스트라는 점에서 중요한 자료라 할 수 있다. 이 특수한 글은 문학적 글쓰기의 한 양식으로 고려될 수 있을 뿐 아니라, '현대사를 바라보는 눈'의 형성에 관여하는 사료로서의 가치도 지닌다.[3]

1980년대 한국사회에서 '옥중기'가 출판될 수 있었던 것은 이른바 "시국특수"[4] 덕분이었다. 6·29민주화선언 이후 출판가에는 시국 관련 서적 붐이 일었고, 그간 금기시 되던 이념도서와 사회과학서적이 쏟아져 나왔다. 더불어 "시사성 있는 소재와 그동안 감춰져 있던 폭로기사나 숨겨진 말들의 탐색작업과도 같은 사회적 분위기와 연결"되어 "폭로물"

---

1 「특집한국―전환의 소용돌이(9) 시대의 양심, 시대의 아픔」, 『한겨레』, 1988.9.10.
2 박원순, 「한국 인권사의 한 상징」, 서승, 김경자 역, 『서승의 옥중 19년』, 역사비평사, 1999, 272쪽.
3 백영서, 「지워져서는 안 될 기억들」, 『창작과비평』 103호, 창비, 1999, 275~278쪽.
4 「가을 출판가에 '시국특수(時局特需)'」, 『매일경제』, 1987.9.17.

이 상당한 인기를 끌기도 했다. "언로(言路)의 제약으로 막히고 숨겨졌던 홍미진진한 알찬내용들"이 "의욕적인 기획"을 만나면서 독자들의 남다른 관심을 모았던 것이다.[5] 5공 비리를 폭로한 서적이나 광주민주화운동을 다룬 글, 삼청교육대 체험기, 정치 풍자물 등이 당시 서점가에서 큰 관심을 모았다.[6]

공안사건 관련 기록들과 각 사건에 연루되었던 인물들에 대한 자료, 그리고 그들 자신이 집필한 글들에 대한 관심 역시 이러한 분위기 속에 싹텄다. 1980년대에 이르러 접근이 제한되었던 공안사건 관계 기록들의 공간이 이루어질 수 있었던 것이다. 공안사건에 대한 평가 작업은 80년대 중반 이후 "민족민주운동이 대중적으로 확산되고 이에 따라 한국 민족민주운동사의 합법칙적인 발전과정에 대한 관심이 고양되면서, 또한 각 사건들의 관련자들이 석방되어 이 시기 공안사건들에 대한 재조명 움직임이 활발해지는 것과 함께 시작"되었으며, 이 과정에서 **"공안사건이야말로 한국 현대사 이해의 가장 중요한 문제라는 공감대가 형성"**되었다.[7] 이러한 고양된 분위기에 힘입어 『공안사건기록』(편집부 편, 세계, 1986), 『통혁당』(편집부 편, 대동, 1989)과 같은 단행본이나, 학생운동사의 여러 논쟁들을 담은 출판물 등의 공간이 이루어졌다.[8]

---

5 「80년대의 출판―그 흐름과 실태」, 『동아일보』, 1985.5.4.
6 『대한출판문화협회 50년사』, 대한출판문화협회, 1998, 189쪽.
7 한국역사연구회 현대사연구반, 『한국 현대사』 3, 풀빛, 1993, 172쪽.
8 "80년대 초반에, 운동의 전통과 경험은 80년대 이전 사건의 경우 『좌익사건 실록』을 통해서, 그리고 80년대 이후 사건은 공소장을 복사해서 학습했다. 남민전 사건과 전민학련·전민노련 사건의 전통과 경험은 이렇게 해서 다음세대에게 이월되었다. 86년이 되어서야 『공안사건기록』과 같은 책이 나왔고, 학생운동사에서의 논쟁을 정리한 책들은 88년이 되어서야 출간되었다. 그 당시 합법 출판물의 상당수는 '편집부 편', '편집자 역'이 많았는데 한편으로는 필자를 보호하기 위함이었고 또 달리는 출판사 직원들이나 주변의 아는 사람들이 한 권의 책을 '찢어서' 번역한 결과이기도 했다." 이재현, 「독서유형으로 본 학생운동 풍속도」, 『월간

이 같은 시류는 '옥중기 출판 붐'이 일어나는 데 중요한 계기이자 동력이 되었다. 80년대에 접어들어 전단이나 팸플릿, 잡지 등에 단편적으로 수록되어 대학가를 중심으로 관심 있는 소수의 사람들에게만 읽히던 옥중기록물의 단행본 출간이 행해졌다. 80년대 초에서 90년대 초까지 약 10년간 30여 편의 옥중기가 발간되었다. 이들 서적은 "우리나라 감옥과 거기서 젊음을 보내는 정치범 또는 양심수의 모습을 들여다보는 창이 되고 있다는 점에서 공통점"을 갖는 것으로 간주되었고, 옥중기의 출판과 독서는 "양심과 고뇌를 나눠 갖는" 행위라는 데에서 그 의미가 찾아졌다.[9]

여러 옥중기 중에서도 단연 각광받은 것은 신영복의 『감옥으로부터의 사색』이다. 신영복은 1968년 중앙정보부에 의해 "건국 후 북괴의 지하당조직으로는 최대 규모의 사건"[10]이라 불렸던 통혁당 사건에 연루되어 1심과 2심에서 사형을, 이어 대법원에서 무기징역을 선고받았고, 20년을 복역하다 1988년 8월 가석방됐다. 당시 이 책은 10만 부에 육박하는 판매량을 기록, 출판계에 큰 반향을 일으키며 "옥중기록물 출판의 대표적인 성공사례"로 떠올랐다.[11] 햇빛출판사에서 초판이 나온 뒤 20만 부가 넘게 팔렸고, 이후 1998년 돌베개 출판사에서 발간한 그림과 편지 원본을 추가한 증보판 역시 10년 간 43쇄를 찍으며 17만 부 이상 판매됐다.[12] 신영복의 옥중기는 출간 직후부터 베스트셀러가 되었

말』 65호, 1991, 146~147쪽.

9   「감옥에서 날아온 양심수의 편지」, 『한겨레』, 1993. 2. 22.
10 『서울신문』, 1968. 8. 24; 세계 편집부 편, 『공안사건기록』, 세계, 1986, 67~68쪽에서 재인용.
11 박남정, 「'옥중기' 출판 붐 이룬다」, 『출판저널』 95권, 대한출판문화협회, 1991, 15쪽.
12 「다시 읽는 스테디셀러─영혼 울리는 편지 '감옥으로부터의 사색'」, 『동아일보』, 2002. 6. 7.

던 것은 물론이고, 88년 초판이 나오고 28년이 지난 현재까지도 독자들의 꾸준한 사랑을 받아 스테디셀러 목록에 올라 있다. 또한 "정의로움을 일깨우며 부끄러움을 느끼게 하는 (…중략…) 깊고 진솔한 사색"[13]의 결정(結晶)으로, "특정한 시기를 넘어 이 시대의 고전으로"[14] 읽히고 있기도 하다. 뿐만 아니라 그의 옥중기는 강압성과 폐쇄성이 짙은 '감옥'이라는 공간에 "또 하나의 대학"이라거나 "가장 훌륭한 집필의 공간"이라는 수식이 덧대어지게 만들었으며, 다른 한편으로는 수인의 "집필권"에 대한 사회적 관심을 촉발시켰다.[15] 이것은 실로 '옥중기 붐'을 타고 일게 된 또 하나의 특기할 만한 현상으로서의 '신영복 붐'이라 불릴 만했다. 그러나 후술하겠지만, 이 같은 신영복의 사례는 공안사건에 연루되었던 다른 인물들의 사례와 비교할 때 매우 이례적인 현상이라 할 수 있다. 같은 사건에 연루되었던 김질락의 옥중기 『어느 지식인의 죽음』(행림출판, 1991)은 비슷한 시기에 출간되었지만, 저자(수인)의 삶이 서로 달랐듯 책의 운명 역시 그러했다.[16]

이 장에서는 이러한 맥락을 염두에 두면서, 1960년대에 발생하였으나 그간 충분히 다뤄지지 못했던 공안사건을 매개하여 박정희 정권하에서 군부권력과 청년지식인이 만나고 부딪치던 역사적 장면들을 새롭게 조명할 것이다. 1960년대에 이 두 주체는 멀게는 1919년의 3·1운

---

13 조정래, 「세 번째 봉우리」, 강준만 외, 『신영복 함께 읽기』, 돌베개, 2006, 84쪽.

14 서숙, 「빈손」, 강준만 외, 『신영복 함께 읽기』, 돌베개, 2006, 385쪽.

15 1994년 법무부는 '재소자의 집필권을 보장하기로 결정했다'고 공표했다. 그러나 '범죄관련 사항, 옥중투쟁기, 불온사상' 등을 제외하고 있다는 이유로 세간의 비판을 받았다. 「닫힌 감옥 열린 문학」, 『한겨레』, 1997.1.7.

16 1980년대 출판계의 지각변동과 '옥중기 붐'에 관해서는 임유경, 「1980년대 출판문화운동과 옥중기 출판 연구」, 『민족문학사연구』 59호, 민족문학사학회, 2015 참조.

동으로부터, 가깝게는 1960년의 4 · 19혁명으로부터 자기의 정통성을 찾고자 했으며, 이를 위해 혁명서사의 소유권을 두고 경쟁했다. 이것은 1960년대를 열어젖혔던 '김주열의 죽음'을 누가 어떻게 전유하고 있었는가를 보여주는 것이었으며, 더불어 혁명과 데모와 난동과 공안사건이 과연 어떻게 같고 또한 달랐는가를 살필 수 있는 맥락을 열어주는 것이기도 하다. 이 글이 스스로 짊어진 과업이 있다면, 그것은 이 시대의 '혁명'과 '불온'에 관해 이야기하는 일일 것이다.

2) 사상최대의 공안사건과 불온잡지

1960년대 권력과 청년의 관계를 살피는 긴 여정을 우리는 하나의 사건에서부터 시작해 볼 수 있다. 여기서 출발점이 되는 사건은 1968년에 발생한 '통혁당과 『청맥』사건'이다. 이 절에서는 해당 사건의 진위와 불온성 여부를 두고 통치 권력과 대항 권력이 벌였던 담론적 경합에 주목할 것이다. 박정희 정권은 통혁당과 『청맥』사건을 어떤 '프레임(frame)' 속에 위치시키고자 했는가, 이에 당시 지식인들은 어떤 방식으로 이 사건과 매체에 대한 기억을 다시 생성 · 복원시키려 했는가 하는 점을 살피려는 것이다. 당대인들이 이 사건을 어떻게 이해하였고, 또 이해하고자 했는지를 규명하는 일은 어렵지만, 그 시대를 통과하는 동안 이들이 남긴 텍스트를 통해 이에 관해 짐작해 보는 일은 가능하다. 수사 및 공판 기록에서부터 당국의 공식 담화문, 언론의 보도기사, 관련자의 증언과 수기, 해당 사건과 관련 인물들을 소재로 삼은 문학

작품에 이르기까지 위의 사건은 다양한 형식 속에서 이야기되고 재현된 바 있다. 이 글은 위 자료들에 대한 포괄적 검토를 통해 앞서 제시한 물음들에 접근해 볼 것이다.

그런가 하면 통혁당과 『청맥』의 관련성을 부각시키거나 지워내려는 담론생산자들의 상이한 움직임은 '서사의 경합과 기억의 투쟁'이라는 차원에서 이해될 필요가 있다. 왜냐하면, 공론장(public sphere)을 순환하는 사건들은 이른바 '구성된 현실'에 의해 떠받쳐지고 있었기 때문이다. 문제적이게도 어떤 특정 사건에 대한 직접적 경험이 부재한 대다수의 사람들에게 그것에 대한 기억은 '**사회적 기억의 틀**(frameworks of social memory)'[17]에 의존한 채로 형성될 수밖에 없다. 많은 이들은 제시되는 인식과 논리의 틀에 맞추어 일정한 해석의 선을 따라가며 사건을 읽어나가겠지만, 어떤 이들은 주어진 틀 너머의 현실에 대해 상상함으로써 비평적 독해를 행하기도 했다. 때문에 후자에 해당하는 이들에게 특정 프레임은 단지 사건에 대한 보도와 해석만이 아니라, 무엇이 존재하고 또 존재할 수 없는지에 대한 물음을 함께 실어 날랐다. 이 점을 유념하면서 이제 한국사회를 뒤흔들었던 한 사건 속으로 들어가 보자.

중앙정보부는 24일 소위 70년대 무력적화통일을 위해 재남 지하당을 망라, 결정적 시기를 만들어 민중봉기와 국가전복을 꾀했던 가칭 '통일혁명당' 사건에 관련된 총 1백 58명을 타진, 그 전모를 발표하고 그중 1차로 73명(구속 50명)을

---

17 Maurice Halbwachs, edited and translated by Lewis A. Coser, *On Collective Memory*, Chicago : University of Chicago Press, 1992, p.182.

검찰에 송치했다고 밝혔다. 김형욱 중앙정보부장은 이 사건을 발표하면서 "북괴는 폭파전술에 의한 무력적화통일을 위해 '게릴라'전을 지원할 수 있는 기반 구축과 민중을 선동하여 봉기시킬 수 있는 지하당 조직에 혈안이 되어 고도로 지능화한 수법으로써 국내 각계각층에 손을 뻗치고 있다"고 경고하면서 가칭 통일혁명당사건은 "건국 후 북괴의 지하당조직으로는 최대 규모의 사건이며 북괴는 이들의 보고를 과대망상적으로 과신, 평화통일을 무력통일로 전환했다고 분석할 수 있다"고 이번 사건의 성격을 설명했다.[18]

1968년 여름 한국사회에는 상당한 사회적 파장을 불러일으키는 중대한 사건이 발생한다. 이 해 8월 24일자 『서울신문』에는 위와 같은 기사가 게재되었다. 이날의 보도기사는 통혁당 사건에 관한 정부의 입장을 압축적으로 잘 보여주고 있다. 수사기관인 중앙정보부는 사건의 규모와 성격, 관련자들의 특징 등에 관하여 자세히 기술하고 있을 뿐 아니라, 특정한 해석의 프레임에 입각하여 해당 사건을 설명함으로써 사건에 대한 이해의 폭을 제한했다. 중정의 담화와 언론의 보도행태에서 주목되는 것은 이 사건이 '최대 규모의 사건'으로 규정된다는 점과 관련자들이 대부분 '서울문리대를 비롯한 유수 대학 출신의 혁신적 엘리트들'이라는 점이 강조되고 있다는 사실이다.

중앙정보부는 총 1백 58명의 지식인이 관계된 것으로 추정되며, 1차로 검찰에 송치된 인원만 73명(구속 50명)에 이른다고 발표했다. "이른바 통일혁명당사건은 그 내용이나 규모로 보아 당시 지식인 사회, 아니 **사회 전체의 지축을 흔드는 사건**"[19]이었다고 할 수 있다. 또한 중정은

---

18 『서울신문』, 1968. 8. 24; 세계 편집부 편, 『공안사건기록』, 세계, 1986, 67~68쪽에서 재인용.

이 사건을 북한의 대남전략에 있어 일정한 변화를 포착할 수 있게 해주는 단초로 파악함으로써 변화하는 분단체제에 대한 이해를 촉구하는 한편, 이 사건을 "건국 후 북괴의 지하당조직으로는 최대 규모의 사건"으로 규정함으로써 사건의 중차대함과 '북괴'의 불법성 및 비정통성을 동시에 환기시키고자 했다.

여기서 한 가지 상기할 필요가 있는 것은 지난해인 1967년 7월에 발생한 '동백림을 거점으로 한 북괴대남적화공작단사건'(이하 '동백림 사건')에 대한 당국의 설명방식이다. 당시 중정은 이 사건을 두고 "대학교수, 의사, 예술인, 공무원 등 저명인사와 젊은 지식인들"이 관계된 "최대 규모의 간첩단" 사건이라고 규정한 바 있었다.[20] 불과 일 년 만에 '최대의 공안사건'이라는 타이틀이 통혁당 사건으로 이양되었던 것이다. 한편 중앙정보부는 7월 8일부터 17일까지 총 7차례에 걸쳐 동백림 사건에 관한 공식담화를 발표하였으며, 언론은 이 사건을 연일 대서특필했다. 동백림 사건은 통혁당 사건의 성격을 규정하는 정부의 해석 프레임이 낯설지 않은 것임을 확인시켜준다는 점에서 함께 다뤄질 필요가 있다. 즉 이 두 사건의 핵심을 구성하는 내용은 동일하다고 할 수 있는데, 말하자면 이들 사건은 건국 후 '북괴'가 관계한 **'최대 규모의 공안사건'**이면서 **'남한의 지식인이 대거 관계된 시국사건'**이었던 것이다.

박정희 정권은 이 두 번의 사건을 통해 공안사건에 관한 읽기의 전범을 제시하고 있었다. 이 두 사건은 '간첩(단), 반국가단체, 지하조직, 국가전복 기도, 국가변란 기도, 유혈 폭력혁명, 북괴의 지령' 등의 규정

19 신영복·정운영 대담, 「대담 신영복 교수」, 『이론』 3호, 진보평론, 1992, 133쪽.
20 「동백림거점으로 한 북괴 공작단 검거」, 『경향신문』, 1967.7.8.

적 언어를 통해 설명되었고,[21] 이러한 특징은 1970년대 공안사건들에서도 똑같이 반복된다. 동백림 사건과 통혁당 사건은 한국정부가 '반공'을 경제발전논리에 종속시키고, 향후 "전 국민의 무장화, 전 국토의 요새화"를 통치의 프로파간다로 내세우는 데 결정적 계기이자 주요한 명분이 된다는 점에서 중요하게 검토될 필요가 있다. 또한 이들 사건은 지난 식민 권력의 유산을 이어받으며 '불온'이라는 언어를 하나의 통치 장치로 재개발하고 그것을 다시 가동시키는 권력의 움직임을 포착할 수 있게 해주는 징후적 사건이라는 점에서도 그 의미가 결코 가볍지 않다.

> 면도칼로 수염을 깎으면서 이 신문기사를 보고 있는 훌륭한 신사도 있었다.
> 아니, 뭐야, 웃기는 놈이로군. 이런 놈이 있으니까 우리나라의 안전이 위협받는 거야.
> 서울역 매점에서 우유를 마시며 이 기사를 보고 있는 노동자도 있었다.
> **불쌍해라. 이제 평생 동안 감옥에 처박혀 있겠군.** 뭣하러 빨갱이한테 붙어서 이런 바보 같은 짓을 했을까.[22]

한편 공안사건은 단지 지식인 사회를 통제하는 데에만 그 목적을 두지 않았다. 이들 사건은 그 이상의 효과를 발생시켜야 했는데, 그것은 바로 독자로 하여금 구경꾼적 위치에 서게 함으로써 사건에 관계하도록 만드는 일이다. 이는 차후 살펴볼 지식인의 옥중기가 유발하는 효

---

21 정호기, 「박정희시대의 "공안사건"들과 진상규명」, 『역사비평』 80호, 역사비평사, 2007, 268쪽.
22 이회성, 이호철·김석희 역, 『금단(禁斷)의 땅』 2, 미래사, 1988, 153쪽.

과와도 상통하는 면이 있다. 장기간에 걸친 권리 박탈 상태는 수인 자신에게만이 아니라 그것을 목격하는 사람들에게 보복적인 법의 기억을 끊임없이 되살리게 하고 효과적으로 작용하는 공포를 소생시킨다.[23] 이러한 맥락에서 공안사건의 정치적 효용은 **권력의 자기 과시적 효과**를 발생시킨다는 점에서 찾아볼 수 있다. 장기간의 구금이나 사형과 같은 형벌, 그리고 고문과 처벌에 관한 흉흉한 소문들은 이들 사건을 '**본보기 처형**'으로 기능하게 하였고, 그러한 처형이 사람들의 마음 속 깊이 새겨지게 만들었다. 이러한 처벌들은 푸코가 신체형의 문제를 다룰 때 지적한 바 있듯이, 사법의 회복을 위해서가 아니라 권력의 활성화를 위해 기여했다.[24] 또한 여기서 관객은 처벌 의식이 완성되는 데 필요한 존재가 된다. 신체형이 행해지는 광장에 서 있던 이전 시대의 구경꾼들은 신문 지면의 너머에 새롭게 자기의 자리를 갖게 되었으며, 그 한 발짝 떨어진 장소에서 사건에 관계하였던 것이다.

소설가 이회성은 이러한 권력의 작용과 공안사건의 효과에 관심을 기울이고 있었다. 위의 예문은 그의 소설 『금단(禁斷)의 땅』 중 한 대목으로, 작가는 여기서 공안사건이 일반 대중에게 어떤 방식으로 수용되고 있었는지를 기술하고 있다. 이회성은 공안사건을 매개로 형성되는 대중의 '공포'와 '두려움'이 어떻게 정치적 자원이 되었는가를, 더불어 유사 사건의 빈발과 쇄도하는 담화 및 보도문들이 어떻게 학습효과를 발생시키며 '호기심'과 '무심한 연민'을 낳았던가를, 그리고 이것이 사건과 관객 간의 거리 형성에 어떠한 관여를 하였는가를 주시하였다.

---

23 미셸 푸코, 오생근 역, 『감시와 처벌』, 나남출판, 2005, 175쪽.
24 위의 책, 90쪽.

사실상 공안사건에 대한 정부의 무수한 발화들은 해당 사건에 대한 정확한 정보 제공과 이를 통한 대중의 복합적 이해의 창출에 그 목적을 두고 있지 않았다. 목적은 오히려 한국전쟁의 경험이 차츰 옅어져가는 시대상황 속에서 한국인들의, 특히 새로운 세대로 부상하고 있는 청년세대의 둔화된 반공의식을 재점화하여 불안과 공포를 만성화시키는 데 있었다. 공안사건에 관해 발화하는 텍스트들은 그 자체가 반공의식의 학습을 위한 장치가 되었던 것이다. 담당 수사기관이었던 중앙정보부는 수차례의 담화를 통해 통혁당 사건이 1백 58명이 관여된 것으로 보이는 "건국 후 북괴의 지하당조직으로는 최대 규모의 사건"이라는 점과 이 간첩단이 '서울문리대를 비롯하여 유수 대학출신의 혁신적 엘리트들'로 구성되었다는 점을 지속적으로 강조했다. 또한 이 사건이 '북한의 대남공작 방향의 새로운 급전환'을 보여주는 결정적 사례라 말하며, 국민들의 경각심을 일깨우고자 했다. 당시 중정은 국민들에게 다음과 같은 경고 메시지를 전했다. '소위 혁신의 탈을 쓴 용공분자가 각계각층에 손을 뻗치고 있는 만큼, 배타적 민족주의를 앞세워 반국가적 언동을 일삼는 자들이나 평소에 불평불만을 늘어놓으며 선동적 발언을 하는 자들은 필히 주의해야한다.' 중정이 발송한 이 메시지는 사건에 관한 이야기가 궁극적으로 누구를 향해 열려 있었는지를, 또한 독자가 이 이야기를 어떤 방식으로 수용할 필요가 있었는지를 분명하게 알려주고 있다.

앞의 소설이 묘사하고 있듯이, 신문지면에 적혀 있는 '공안사범(公安事犯)'은 문자 그대로 풀이하자면 '우리의 안전을 위협하는 자'이지만, 일반 대중 —"훌륭한 신사"에게나 "노동자"에게나 —에게 이들은 '두려운 존재'인 동시에 '어리석고 불쌍한 자'들이기도 했다. 이 장면은 1960・70년대 한국사회에서 공안사건이 어떻게 '공포의 장치'로 기능하면서도, 연이은 유사 사건들로 인해, 더불어 이 사건들을 이야기하는 익숙한 문법들로 인해 공안사건에 관한 소식이 낯설지 않은 이야기가 되어갔는지를 보여주고 있다. 또한 이러한 시대의 풍경은 불온한 것들을 관리하는 일의 핵심이 단지 '행위'의 차원에 종속되어 있는 것이 아니라, 그보다 더 근본적으로는 **무엇이 불온하고 무엇이 불온하지 않은지**를 기민하게 알아차리는 '인식'과 '감각'의 차원에 놓여 있었다는 점을 새삼 일깨운다.

> 어느 날 아침, 신문을 펼쳐든 사람들은 심한 충격을 받았다. 중앙정보부가 통일혁명당을 색출하여 당원들을 체포했다는 기사가 실려 있었다. '빨갱이'를 체포했다는 뉴스에 익숙해져 있는 사람들도 그 기사를 금방 믿지는 못했다. 자기들이 애독하던 〈청맥〉지가 바로 통일혁명당의 기관지였다는 것이다. 더욱 놀라운 것은, 자기들이 늘상 드나드는 '학사주점'이 그 지하활동의 거점으로 되어 있었다는 점이다.[25]

한편 지식인 사회에서 통혁당 사건이 남다른 의미를 갖는 공안사건으로 회자되었던 까닭은 이 사건에 유명한 한 잡지와 특정 명소가 관계되었기 때문이다. 당시 지식인들은 통혁당이라는 조직 자체보다 이 조직과의 관련성이 제기된 잡지 『청맥』과 '학사주점'에 더 큰 관심을 가졌다. 위의 예문을 통해 짐작해 볼 수 있듯이, 통혁당 사건 관련자가

---

25 이회성, 이호철・김석희 역, 『금단(禁斷)의 땅』 1, 미래사, 1988, 198~199쪽.

아닌 이상 『청맥』과 학사주점이 이번 사건에 관계되었을 것이라 추측했던 이는 극히 적었던 것으로 보인다. 통혁당 사건은 이 사건에 붙여진 화려한 수사들로 인해 그 자체로 세간의 관심을 모으기에 충분했지만, 젊은 지식인들 사이에서 이 사건이 유독 눈길을 끌었던 까닭은 그들이 "애독하던" 잡지와 "늘상 드나드는" 학사주점이 관계되었기 때문이다. 이번 사건이 공표됨에 따라 이 매체와 장소는 급격한 위상 변동을 겪게 되는데, 말하자면 『청맥』은 '애독잡지'에서 "통일혁명당의 기관지"로, '청년들의 광장'이었던 학사주점은 "지하활동의 거점"으로 전락한 것이다. 위의 장면은 "'빨갱이'를 체포했다는 뉴스에 익숙해져 있는 사람들"마저도 이번 사건을 남다르게 인식하였을 뿐 아니라, 많은 이들이 이로 인해 "심한 충격"을 받았음을 기술하고 있다.

　실제로 정식 등록되어 합법적으로 운영되고 있던 '청맥'과 '학사주점'은 '통일혁명당'이라는 조직에 매개됨으로써, 아울러 통일혁명당이 '북괴의 지하당조직'으로 입증되어 '북한'이라는 최종적 배후를 갖게 됨에 따라, 불온한 매체 / 장소가 되었다. 정부의 공식담화는 『청맥』과 학사주점이 이제 새로운 이름과 정체성을 부여받게 될 것임을, 그리하여 역사의 지면에 전혀 다른 맥락과 위상을 갖는 매체이자 장소로 등록될 것임을 말해주고 있었다. 통혁당 사건이 "건국 후 북괴의 지하당 조직으로는 최대 규모의 사건"[26]이자 "기록적 대간첩단 사건"[27]으로 규정됨으로써, 그리고 이 사건과의 관련성이 발견됨에 따라 『청맥』은 "반

26　『서울신문』, 1968.8.24.
27　김태호, 「통혁당 사건」, 한승헌변호사변론사건실록간행위원회, 『한승헌변호사 변론사건실록』1, 범우사, 2006, 246쪽.

정부 반미적인 월간지"[28]이자 청년학생과 지식층을 포섭하는 데 중심적 역할을 한 "**불온잡지**"[29]가 되었고, 학사주점은 "**붉은 첩자의 온상**"[30]으로 그 위상이 뒤바뀌었다.

그런가 하면 위의 예문이 지적하고 있듯이 유명 매체와 북한이라는 배후를 잇는 불온의 네트워크는 잡지의 생산자들만이 아니라, 간접적으로는 『청맥』의 독자들에게까지 뻗어나가고 있었다. 외부로부터 유입된 불온문서도 아니며, 발행인 · 편집인이나 담론 · 출처 등의 외양적 차원에서 특이성이나 불법성을 띠던 매체도 아니었던 『청맥』이 실은 북한과 내통하고 있던 '불온잡지'였다는 이 '놀라운 발견'은 기존의 불온한 것들을 감지하고 포착해내는 국민의 능력을 새삼 되묻게 만들었다. 박정희 정권이 집권 초부터 지속적으로 강조하였던 '시민의 얼굴을 한 간첩'에 관한 담론이 일찌감치 예고한 바 있듯이, 대한민국 국민이라면 합법의 얼굴을 한 존재들과 매체들, 그리고 불온한 글들이 생산되고 유통되는 장소들을 기민하게 식별할 수 있어야 했다. 이것은 이렇게도 말해질 수 있다. 이제 국민들은 적의 언어와 닮아 있으면서도 그들의 언어를 온전히 모방하고 있지는 않은, 내부로부터 피어오르는 이 불온한 언어에 대한 예민한 상상력을 키워나가야 할 것이었다고 말이다.

「청맥」에 무슨 불온한 내용이라도 있던가?[31]

---

28 「반미 · 반정부 선전」, 『동아일보』, 1968.12.9.
29 「통혁당 사건 여섯 피고에 사형구형」, 『동아일보』, 1969.1.22.
30 김태호, 앞의 글, 248쪽.
31 이병주, 「그해 5월」, 『신동아』, 1987.8, 670쪽.

그런가 하면 당시 한국사회에서는 당국의 규정적 발화를 거스르며 '다른 읽기의 방식'을 통해 사건에 대한 앎을 형성하려는 움직임이 함께 포착되었다. 이 시기 제출된 대항 담론들은 『청맥』과 학사주점의 불온성을 확증하려는 통치 권력의 언설을 미묘하게 가로지르며 사건 이해의 폭을 확장시켰다.

이에 관한 논의를 하기에 앞서 짚어볼 필요가 있는 것은 『청맥』과 학사주점이 실제로 어떻게 운영되었는가 하는 점이다. 여러 자료를 토대로 이들 대상에 대한 정보를 재구성해보면 다음과 같다. 『청맥』이 기획될 때 참여했던 인물로는 김종태, 김진환, 김질락, 양춘우, 정세현 등이 있다. 이들은 본래 1964년 7월 30일 계엄사령부로 나가 잡지 검열을 받을 계획이었으나 옵셋을 맡은 백왕사의 사정으로 하루 이틀 제작이 늦어졌고, 그런 연유로 『청맥』은 계엄령이 해제된 다음날인 8월 1일 당국의 검열을 거치지 않고 세상에 나왔다. 잡지를 알리는 첫 광고는 『동아일보』를 통해 나갔으며, 총판계약은 을지로 4가의 장안서점과 맺었다. 총 발행부수 3천 부, 제작비 약 6만원, 광고 수입비 약 10만 원, 판매고 없이 창간호는 흑자였다.[32] 김진환에 의하면, 1964년 8월 국판 약 120페이지에 달하는 창간호를 발행한 이후 1967년 6월호를 마지막으로 폐간될 때까지 통권 28권(월 5백~3천 부) 총 4만여 부가 발행되었다고 한다.[33]

『청맥』 발간 초기에는 인력과 자금 문제로 운영이 여의치 않아 학사

---

32 김질락에 따르면, 1964년 10월호는 잡지사 자체의 문제로 업무를 정상화하기 위해 부득이하게 휴간되었고, 1966년 1월호와 2월호는 65년 말에서 66년 초에 걸친 당국의 수사 진행과 운영 자금난으로 인해 휴간되었다.
33 「반미·반정부 선전」, 『동아일보』, 1968.12.9.

주점 주주들이 이문규를 도왔다. 김질락 또한 신생 매체의 인지도를 높이기 위해 각 대학신문사의 기자들을 『청맥』의 대학 주재기자로 임명하고 이들에게 원고 청탁과 잡지 홍보를 맡기는 등의 활동을 벌였다. 그리하여 점차 "안팎으로 활기를 띠기 시작"했고 종합 월간지 『청맥』은 공론장 안에서 안정적 지위를 확보해나갔다. 다음의 예문은 당시 『청맥』을 애독하던 한 청년의 말이다.

> "이형은 〈청맥〉에 대해서 어떻게 생각해요?"
> "참 좋은 잡지라고 생각합니다. (…중략…) 〈청맥〉은 그래도 싱싱한 맛이 있습니다."[34]

위의 예문은 김질락이 이진영(서울대 문리대)[35]이라는 청년과 당시 지식인들 사이에서 많이 읽히던 잡지들에 관하여 이야기를 나누는 장면이다. 여기서 이진영은 시중에서 인기를 얻고 있던 『사상계』, 『세대』(1963), 『신동아』(1964 재발간) 등과의 비교를 통해 『청맥』의 가능성에 대해 논한다. 그에 따르면, 이 잡지가 기대되는 이유는 '참신함'('싱싱한 맛') 때문이다. 그가 말하는 참신함은 두 가지 차원에 관계된 것이었는데, 하나는 새로운 필자들의 기용이고 다른 하나는 패기 있고 신선한 담론이다. 훗날 임헌영은 한 좌담회에서 『청맥』을 『창비』와 함께 언급하며 이들 매체가 당시 "신선"하고 "충격적"인 "변혁"을 불러일으키며 기성

---

34 김질락, 『어느 지식인의 죽음』, 행림출판, 1991, 86쪽.
35 이진영은 『청맥』에 글을 실었던 필자일 뿐 아니라, 『청맥』의 필자 풀(pool) 역할을 하던 '새문화연구회'의 중심인물로 활동하였으며, 차후 월북하여 생을 마감할 때까지 북한에 머물렀다.

세대와는 차별화되는 청신함을 선보였다고 이야기한 바 있다. 마찬가지로 염무웅은 이들 잡지가 "4·19를 자기화하려고 하는 노력이 다양한 형태로 나타"난 결과라고 보았다.[36]

『청맥』에 대한 이러한 인상평은 다른 이들의 회고를 통해서도 어렵지 않게 발견할 수 있다. 가령 이회성은 젊은이들이 "옆구리에 『청맥』을 끼고" 다닐 만큼 이 잡지가 "대학생과 지식인들 사이에서 대단한 인기를 끌었다"고 술회한 바 있다. 그에 따르면, 『청맥』은 "그 이름처럼 싱싱한 주장을 내세"웠을 뿐 아니라 시의성 있는 사안들을 강단 있게 다룸으로써 정론지의 성격을 굳건히 했다. 특히나 현 정권에 대한 비판과 심도 있는 문제제기는 젊은 세대의 지지를 이끌어내는 요인으로 작용했다.[37] 이병주 역시 『청맥』이 비록 부수는 많지 않았지만 참신하고 냉철한 글들을 통해 "유익한 잡지", "비판적 종합잡지"로 기능했다고 언급한 바 있다. 이에 더하여 그는 당시 『청맥』에 "좌익성향을 가진 서투른 용어"나 "은근하게나마 북괴를 두둔하는 듯한 글귀"가 없었음을 강조하기도 했다.[38] 박태순·김동춘이 『청맥』을 언급하는 맥락 역시 크게 다르지 않다. 이들에 의하면, 권위적이고 폭압적인 군사정권 시절, 대다수의 기성인이 '침묵'하거나 '정당화와 합리화'를 위해 애쓰던 것과 달리 이 매체는 "혁명적 인텔리의 육성"으로 새로움에 갈증을 느끼던 많은 청년과 지식인들의 목을 축여주었다.[39]

---

36 「〈좌담〉 4월 혁명과 60년대를 다시 생각한다」, 최원식·임규찬 편, 『4월 혁명과 한국문학』, 창작과비평사, 2002, 57~60쪽.
37 이회성, 『금단(禁斷)의 땅』 1, 미래사, 1988, 198쪽.
38 이병주, 앞의 글, 665쪽.
39 박태순·김동춘, 『1960년대의 사회운동』, 까치, 1991, 216쪽.

여기서 한 가지 주시할 점은 당대인들이 통혁당 사건에 대한 평가와는 별개로 『청맥』에 한해서만큼은 상당히 우호적인 입장을 취하고 있다는 것이다. 이러한 경향은 통혁당 사건의 핵심 관계자였던 김질락에게서도 발견된다. 그는 옥중수기를 통해 통혁당이라는 조직의 불온성을 고발하고 해당 구성체가 갖는 의의를 격하시키는 데 몰두하는 와중에도 『청맥』이 갖는 독자적 의의만큼은 보존하려 애썼다. 물론 이러한 노력은 이 매체에 직접 관여했던 자신의 죄를 축소시키고자 하는 데에서 비롯된 측면이 있지만, 그게 전부는 아니었다.[40] "〈청맥〉은 **젊은이들의 광장**이 되고 **새 시대의 전위**가 되어야 한다"[41]와 같은 문장에서 엿보이는 그의 사명감과 자부심을 우리는 지면 곳곳에서 어렵지 않게 확인할 수 있다.

『청맥』의 대변자를 자처하는 위의 필자들은 일제히 그 불온성을 최소화하는 방향으로 해당 매체를 이야기하고자 했다. 김질락은 핵심 관계자라는 위치에 있었기에 이해가 되지 않는바 아니지만, 다른 이들은 어떠한 연유로 『청맥』을 변호하고자 했을까. 앞서 지적한 김질락의 사명감은 『청맥』을 변호하고자 한 다른 이들의 사명감과 어떻게 다른가, 혹은 같은가.

이 점을 논의하기 위해 우선적으로 살펴볼 필요가 있는 것은 잡지 관계자들의 지향과 포부가 집약적으로 드러나 있는 『청맥』의 창간호

---

40 김질락은 잡지를 조직으로부터 독립시키고자 자신이 기울였던 노력들을 수차례 언급한다. 그에 따르면, 매체 창간을 기획하는 자리에서부터 잡지의 독립성을 강조했다고 하며, 이후로도 지속적으로 이 점을 관철시키고자 노력했다고 한다. 가령 '청맥후원회'라는 조직을 만들어 사람들을 모으고 『청맥』의 기금을 적립해 보려했던 것이 한 예이다.

41 김질락, 『어느 지식인의 죽음』, 행림출판, 1991, 88쪽.

이다. 사장 김진환은 창간사를 통해 '청맥(靑脈)'의 잡지 이념을 분명히 밝힌 바 있다. 여기서 그는 어떠한 '굴곡과 기복'에도 "모-든 지성과 양심의 나침반"이자 "상징적 영봉"이 될 것이라 말하였는데, 한국의 공론장에서 혁신담론을 선도하고 민족주체성의 회복에 기여하고자 한다는 편집진의 의지는 향후 매호의 지면을 통해 반복적으로 표출된다.[42]

"지성의 참된 공동광장이요, 새 시대의 전위(前衛)"[43]가 되겠다는 의지는 점차 기존의 사회 풍토에서 금기시되거나 터부시되던 대상들에 대한 논의를 촉진시키는 방향으로 관철되었다. 김질락에 따르면, 『청맥』은 국내에서 출판되는 다른 잡지들과 견줄 때 비교적 학구적인 경향이 짙었고 논조가 딱딱한 편이었으며, 독자층은 대개 학계와 언론계에 몸담고 있는 학생과 지식인이었다.[44] 그중에서도 이 잡지가 주요한 독자 대상으로 삼았던 것은 '청년들'이다. 말하자면 매체가 "지성의", 특히 "젊은이들의" "공동광장"이 되기를 바랐던 것이다. 한때 김질락이 잡지의 제호를 바꾸고자 한 것도 이러한 고려가 있었기 때문이다. '청맥'이라는 제호는 김종태에 의해 붙여진 것이었는데, 당시 그는 "푸른 보리처럼 밟혀도 밟혀도 죽지 않고 다시 소생하는 생명력이라는 뜻"에서 '청맥'을 제호로 택했다고 한다. 이에 대해 김질락은 별다른 이견을 갖지 않았으나, 잡지가 성장해나가는 과정에서 이러한 제호가 "너무 비대중적이고 문학지나 동인지 같은 냄새가 난다"는 점을 고려하여 제호 변경의 필요성을 제기했다. 당시 그가 새 제호로 제시한 것은 "청년",

---

42 김진환, 「창간사」, 『청맥』 창간호, 1964.8, 9쪽.

43 「편집후기」, 『청맥』 1권 2호, 1964.9, 202쪽.

44 김질락, 『어느 지식인의 죽음』, 행림출판, 1991, 49쪽.

혹은 "신청년"이었는데, 여기에는 필진과 독자층의 성격을 전면화함으로써 잡지의 성격과 지향을 보다 분명히 하려던 의도가 반영되어 있었다.[45]

이러한 맥락을 염두에 두면서 앞서 살펴본 대항적 담론들로 돌아가보자. 여기서 주목할 점은 『청맥』이라는 잡지의 성격을 규정하는 데 '필진과 독자층'에 대한 고려가 항시 따라다닌 바 있다는 것이다. 이 매체가 이야기되는 맥락에서 "대학생과 지식인들"과 "반체제적인 젊은 세대"(이회성), "청년, 지식인"(박태순·김동춘) 등과 같은 특정한 주어가 어김없이 등장하고 있다는 사실을 알 수 있다. 통혁당 사건에 관한 이야기들이 '청년 지식인'이라는 주어를 끌고 다녔듯이 『청맥』 또한 그러했다. 물론 이 주어를 강조하는 이유나 맥락은 발화자가 누구인가에 따라 상이했다.

통혁당 사건의 실제 변호인 중 한 사람으로 재판과정에 참여했던 한승헌에 따르면, "당시 『청맥』지나 학사주점은 지식층이나 젊은 세대들 사이에 상당히 알려져 있었고 관심의 대상이었기 때문에 그것들이 북한의 자금과 연계되어 있다는 검찰의 공소사실"[46]은 지식인 사회에 큰 충격을 주었다. 정규웅의 회고는 당시 지식인들의 복합적인 인식과 복잡한 심경을 잘 제시해주고 있어 주목된다. 그에 따르면, '통일혁명당 지하간첩단 사건'은 그 내막을 속속들이 알 수 없는 미지의 사건처럼 보였지만 "우리 사회 전체에 커다란 충격과 파장을 몰고" 왔던 것은 분

---

45 김질락에 따르면, '청맥'은 자유당 시절 김종태가 조직했던 '사회주의 냄새가 나는 정치서클'의 명칭이었다. 위의 책, 56~57쪽.

46 한승헌, 「통일혁명당 사건과 김종태」, 한승헌변호사변론사건실록간행위원회, 『한승헌변호사 변론사건실록』 1, 범우사, 2006, 214쪽.

명했다. 이 사건이 특히 "젊은 세대들에게 충격적이었던 까닭은 사건의 주동세력이 기성세대보다는 젊은 세대에 이념적으로 더 가까운 아직 젊은 인텔리들"이었기 때문이다. 더하여 "이들이 발행해 온 종합지 『청맥』이 보여주는 아카데믹한 분위기와 비판적이고 참신한 편집 방향이 젊은 세대들의 지성적 갈증을 얼마쯤 해소시켜주고 있었기 때문"[47]에 사건을 접한 지식인들의 심경은 한층 복잡할 수밖에 없었다. 정규웅의 이 같은 진술에서도 짐작할 수 있듯이, 『청맥』에 관해 이야기하는 당대인들의 글에서 우리는 일종의 사명감을 엿볼 수 있다. 통혁당에 관한 언급은 자제하는 모습을 보이는 데 반해 『청맥』을 변호하기 위해서는 지면을 아끼지 않았던 것이다.

'학사주점'을 기술하는 방식 역시 유사했다. 통혁당 사건 관련자 중 학사주점에 깊이 관여했던 인물은 이문규였다. 그는 서울대 문리대 재학 시절 신진회의 주요 간부로 활동했으며 군 복무 후 제대를 하고나서는 사랑방 동우회와 동명학회 조직에 참여하였는데, 차후 이 두 친목단체의 멤버들이 '학사주점'의 주주가 된다.[48] 학사주점은 애초에 통혁당 관계자들이 고안하거나 기획했던 사업은 아니었다. 이곳이 통혁당과 연을 맺게 된 것은 60년대 중반 이문규를 통해서다. 이문규는 당시 운영문제로 말썽이 많던 학사주점의 운영권을 인수하면 어떻겠느냐 제안했고, 이를 김종태가 받아들여 운영자금을 지원하기 시작하면서 양자의 관계가 형성되었던 것이다. 이후 학사주점은 1967년 5월부터 이문규 부부에 의해 경영되기 시작했고, 명동에서 광화문으로 이전

---

47 정규웅, 『글동네에서 생긴 일』, 문학세계사, 1999, 282쪽.
48 김질락, 『어느 지식인의 죽음』, 행림출판, 1991, 60쪽.

했다. 김질락에 의하면, 이 시기를 기점으로 학사주점은 "학생들의 억압된 심정을 폭발시키고 그들의 불평불만을 시원하게 토로할 수 있게 하는 대화의 광장", "젊은 청년 학생들의 욕구불만을 토로할 분화구의 역할을 담당"하는 "젊은 사람들의 광장"이라는 상징적 가치를 획득하였으며, 차츰 "서울의 명물"로 자리잡아갔다.[49]

『청맥』이 "당시 젊은 엘리트들의 '의식의 광장'"으로 기능했다면,[50] '학사주점'은 청년들에게 "대화의 광장"으로서의 위상을 가졌다.[51] 이회성은 소설의 지면을 빌려 학사주점에 대한 우호적 인식을 내비친 바 있었다. 그는 이곳을 "젊은 손님들이 가득 들어차 있"는, "젊은 심장의 고동과 열기와 고뇌를 접할 수 있"는 '청년의 공간'이라 일컬었다. 또한 "자유로운 공간을 발견할 수 있기 때문"에 청년들이 이곳으로 모여들었던 것이라고 덧붙였다.

이병주 역시 소설 『그해 5월』에서 통혁당과 『청맥』 사건을 자세히 다룬 바 있다. 이병주는 등장인물인 성유정을 통해 통혁당 사건의 조작 여부와 확대 해석의 가능성을 문제 삼았다. 아래의 예문은 해당 사건을 바라보는 작가의 입장을 엿볼 수 있게 해준다.

그중 몇 사람이 평양에 갔다 왔는지 모르지. 공작금을 받았을지도 모르구. 사건을 그런 사람들에게만 국한했어야 할 걸, 조작하다가 보니 73명으로 늘어난

---

49 위의 책, 65~68쪽. "60년대 대학생들의 낭만과 추억이 담긴 학사주점, 시골학생이 서울에 오면 한 번쯤 들러본다던 서울의 명소, 후일 영화화되기까지 한 그 유명한 술집"(김태호, 앞의 글, 248쪽)

50 김삼웅, 「(현대언론사에서 '잊혀진' 월간지)『청맥』에 참여한 60년대 지식인들의 민족의식」, 『월간 말』 120호, 월간말, 1996, 168쪽.

51 이병주, 앞의 글, 669쪽.

것이 아닐까? 학사주점을 했다, 「청맥」이란 잡지를 발행했다, 문제는 그것뿐 아니난가. 학사주점에선 술이나 팔았지 뭘 했겠어. 「청맥」에 무슨 불온한 내용이라도 있던가?[52]

"「청맥」이란 잡지를 발행했다, 문제는 그것뿐 아닌가." 이 문장은 당시 이병주의 입장을 가장 분명하게 드러내주고 있다. 그는 합법적으로 운영되고 있던 잡지와 학사주점을 '통혁당'이라는 조직과 연계하여 불온시하는 당국의 처사에 비판적 입장을 취했다. 그는 심지어 "『청맥』에 무슨 불온한 내용이라도 있던가?"라는 물음을 던짐으로써 잡지가 생산하던 담론의 성격 역시 재규정하고자 했다.

이병주를 비롯하여 이회성, 박태순, 정규웅 등 여러 문인들은 어떤 공통된 태도를 보이고 있었는데, 그것은 앞서 언급한 '사명감'이라는 표현으로 대신할 수 있을 것이다. 여기서 말하는 어떤 '사명감'은 4월 혁명에서 5·16쿠데타까지의 기간을 60년대의 사회운동이 잉태되는 가임기로 보면서 통혁당 사건을 60년대식 프레임워크를 설명하는 맥락에 위치시켰던 이유와 결부지어 생각해 볼 수 있다. 박태순·김동춘에 따르면, '4·19 공간'은 '혁신적인 조직운동과 청년들이라는 혁신세력'을 낳았지만, '5·16에 의해 4·19는 재단'되었으며 이로 인해 결국 청년들은 '혁명이 낳은 젊은 사자들'이 아니라 '공안사범, 국가보안사범'이 되었다. 『청맥』과 학사주점, 그리고 이를 운영했던 인물들을 바라보는 시선은 이러한 시대인식과 밀착되어 있었다. 1960년대 한국사회에서 청년들을 상징적으로 대변하는 매체이자 장소였던 『청맥』과 학사주

---

52 위의 글, 670쪽.

점에 대한 적극적인 변호는 4·19라는 사건을 매개하여 중요한 정치적 주체로 부상한 바 있던 청년들을 '혁명의 서사'에서 결락시키고 심지어는 그들을 '불온한 자'로 낙인찍는 권력에 대한 저항의 성격을 가졌다. 즉 이들은 '혁신정당으로 위장하여 활동하고 있던 지하간첩단(통혁당)의 기관지로서 반정부·반미적 담론을 생성·유포하고 혁신적 지식인과 학생층의 사상적화에 가담한 불온매체'라는 **해석에 대한 응전**으로써,[53] '4·19가 열어 놓은 공론장의 어떤 가능성으로서의 『청맥』, 4월혁명이 낳은 청년들이 비판적 지식인으로 성장해나갈 공동광장으로서의 『청맥』'이 이야기될 맥락을 마련하고자 하였던 것이다. 이것은 곧 1960년대를 살아간 자신들, 나아가 청년 지식인들의 삶을 불온한 의미로 물들이고 그들의 상징적 가치에 심각한 훼손을 가하는 권력의 언설로부터 자기세대를 구하는 하나의 방법이었다고 할 수 있다.

3) '불문율' 혹은 '감각의 양식' —반정부 · 반미 · 용공 · 비도덕

이병주가 제기한 "『청맥』에 무슨 불온한 내용이라도 있던가?"라는 물음은 통혁당 사건에 관계된 핵심 인물들만을 처벌하는 데 그치지 않고, 잡지 『청맥』까지 사건의 중심에 위치시키는 당국의 저의를 묻기 위해 던져졌다. 이병주는 '불온한 내용이 없다'는 점을 강조하기 위해 이같이 반문하였던 것이지만, 1968년 당시 수사당국은 똑같은 질문에 대해 다르게 답하고 있었다. 또한 여기서 주목해야 할 것은 『청맥』에 대

---

[53] 『서울신문』, 1968.8.24.

한 당국의 관심이 통혁당 사건 발생을 계기로 형성된 것이 아니었다는 사실이다. 통혁당 사건이 있기 전부터 당국은 이 잡지를 예의주시하고 있었다.

수년 전에 먼저 행해진 잡지에 대한 검열과 처벌은 이병주의 질문을 재검토하게 한다. 이때 재검토는 질문과 그에 대한 답변을 확인하는 일이 아니라, 질문과 답변 사이의 맥락, 내지는 인과성을 살펴본다는 의미를 갖는다. 그리고 이때 "『청맥』에 무슨 불온한 내용이라도 있던 가?"에 관하여 묻고 답하는 일은 실제 잡지의 지면들을 검토하는 작업을 통해 보충될 수 있을 것이다. 이 점을 고려하면서 매체의 이념과 지향, 아울러 편집진의 의도를 확인할 수 있는 지면들, 이를테면 '권두언'과 '특집'란 등을 살펴보도록 하자.

『청맥』에 대한 검열과 관계자의 소환이 처음으로 이루어졌던 것은 1965년이다. 1965년 말 중정은 잡지의 과격한 논조를 이유로 사장 김진환과 주간 김질락을 소환하여 심문했다. 당시 중정이 문제 삼았던 글은 1964년 11월호와 12월호, 그리고 1965년 3월호, 4월호, 5월호에 수록된 권두언이다. 김진환과 김질락에 따르면, 창간사를 비롯하여 권두언은 주로 김종태가 맡아 작성하였다고 한다.[54] 창간사는 김진환의 이름으로 나왔고, 이후의 권두언들은 필자 이름이 명시되지 않은 채 실렸다. 그런가 하면 권두언은 대개가 김질락의 수정을 거친 후에 게재되었다. 김질락에 의하면, 매번 논조가 지나치게 과격하여 자신이 직접

---

54 김진환은 "64년 8월호 창간사는 김진환 자기 이름으로 냈으나 실은 김종태가 직접 쓴 것이 며 그 뒤에도 글이 자기이름으로 나갔지만 필자는 김종태 등 딴 사람이었다고 진술"했다. 「반미·반정부 선전」,『동아일보』, 1968.12.9.

원고를 수정한 후에야 잡지에 수록될 수 있었다고 한다. 자체 검열을 통해 원고의 내용과 논의 수위를 조정한 연후에 게재 확정을 했던 것이다.

1964년 8월호는 창간호였던 까닭에 '창간사'가 실렸고, 9월호부터 권두언이 마련되었다. 『청맥』 창간호가 발간된 것은 계엄령이 해제된 다음날인 8월 1일이었고, 당시는 한일협정 문제로 정국이 어수선하던 때였다. '6·3사건'이 발생한지 얼마 되지 않아 정치적으로 민감하던 시기에 『청맥』은 첫 권두언 「역사에 살아야 한다―민족적 양심에의 복귀를 촉구하면서」를 통해 한일협정 문제를 적극적으로 다루며 현 정부의 굴욕적인 외교자세와 학생데모에 대한 강제적 진압을 문제 삼았다. 이 9월호 권두언은 향후 『청맥』이 해당 지면을 어떤 방식으로 운용할 것인지를 예고하고 있었다는 점에서 주목된다.[55]

잡지가 창간된 이래 줄곧 권두언의 지면은 정부의 정책들과 대외관계에 대한 비판적 논평으로 채워졌다. 특히 한일협정 문제는 1964년부터 이듬해까지 중요하게 다뤄진 사회적 이슈였기 때문에 『사상계』가 그러했듯이 『청맥』 역시 이 문제를 계속해서 쟁점화하고자 했다. 1965년 4월호 권두언 「나무를 심자」는 매체 관계자들이 한일회담과 대일외교 문제를 어떤 입장에서 바라보고 있었는지를 잘 보여준다. 이 글이

---

[55] 『청맥』은 권두언을 통해 "아무리 시간이 망각의 권화(權化)일지라도 우리의 국권을 약탈하고 겨레를 침략의 도살장으로 몰아넣은 민족의 원수에게서 엎드려 절 받는 식의 경제협조를 빙자한 차관이란 이름의 위장된 고리채를 쓸 수야 있겠는가?" 역설하며, 한일협정에 임하는 정부의 태도를 비판했다. 또한 "대일 굴욕외교를 반대한 학생들의 의사표시를 입에 쓰다고 함부로 뱉어서는 안 된다"며 학생의 편에 서서 당국의 폭압적인 시위 통제를 비난하는 한편, "언론윤리위법이나 학원보호법만으로 오늘의 이 난국"을 해결하려들지 말 것을 종용하기도 했다. 「〈권두언〉 역사에 살아야 한다―민족적 양심의 복귀를 촉구하면서」, 『청맥』 1권 2호, 1964.9, 19쪽.

발표된 시기는 한일기본조약(1965년 6월 22일)이 조인되기 직전이다. 당시 **한일협정**은 4개 협정과 25개 문서를 상호 수용함으로써 대한민국과 일본 간의 기본관계를 재설정하고 국교를 정상화한다는 취지하에 추진되었다. 한일협정이 초미의 관심사로 부상했던 이유는 이 회담이 과거 식민통치의 책임을 어떠한 방식으로 물을 것인지를 공식적으로 결정하는 자리였기 때문이다.

> 4월은 우리의 달. '망각'의 폐허 위에 다시 그날이 온다.[56]

권두언 「나무를 심자」는 '1965년 4월'이라는 집필 시기를 고려하여 두 사건, 즉 1965년도의 한일협정이라는 사안과 5년 전인 1960년에 발생한 4·19혁명을 접목시켰다. 이 글에서 4·19는 '맨주먹으로 성스러운 피를 흘리며 숭고한 희생을 마다하지 않았던 젊은 학도들, 이 "민주적 전위기수(前衛旗手)"에 의한 혁명'으로 평가된다. 그리고 이 혁명은 '학정과 총칼'에 대항하여 '민권'을 수호한 사건이라는 점에서, 아울러 '피로써 민족사를 지켜온 무수한 사건들'과 궤를 같이한다는 점에서 '근반세기에 긍(亘)한 항일독립투쟁사'의 전통 속에 놓여졌다. 이에 반해 당국이 추진하는 한일협정은 4·19가 이룩한 '보람찬 역사 창조의 새로운 기점'을 무색하게 만들고 '영광된 거리와 광장'에 다시 '일본을 상륙시키는' 정치적 과오로 평가되었다. 금전적 보상이나 형식적 차원의 외교관계 회복을 통해서는 식민청산은 물론이고 한일관계의 정상화 역시 결코 달성할 수 없을 것이라는 주장이었다. 그런가 하면 이 같

---

56 「〈권두언〉 나무를 심자」, 『청맥』 2권 3호, 1965.4, 12쪽.

은 판단에는 '상징적 훼손' 내지 '정신적 훼손'이라는 의미 외에도 현실적인 문제에 대한 고려가 뒷받침되어 있었다. "무방비 상태로 양떼 속에 이리를 몰아들이는 무모한 짓"이라는 표현이 말해주듯, 한국의 취약한 경제 기반을 고려하지 않고 관계를 무리하게 회복하려는 시도는 오히려 '신식민주의'를 배태할 위험성을 갖는다는 지적이었다.[57]

또한 이 글은 "한일관계의 결과는 통일과도 직접적인 관계가 있다는 것을 잊어서는 안 될 것"이라는 당부의 말을 전함으로써 이번 회담이 갖는 성격을 다른 차원에서 조명하기도 했다.[58] 일본과 대한민국이 '국민국가'라는 대등한 인정관계 속에서 협상에 임한다는 것은 북한 정치체의 불법성을 대내외적으로 승인받는 일이라는 의미도 가졌기 때문에, 이 글의 필자는 한일협정을 향후 민족통일의 문제에 직접적 영향을 미칠 사안으로 파악한 것이다. 말하자면, 한일협정은 식민의 시간을 지나온 민족의 일원들, 그 절반에 해당하는 사람들이 갖는 의사에 대한 존중 없이 행해지는 과거 청산이었던 것이다. 이 글은 한일협정 문제를 남북관계의 문제로 치환하여 논의함으로써 정부의 과도한 추진력 뒤에 숨겨져 있던 본질적인 물음들, 이를테면 '누가 청산의 주체인가', '식민청산의 문제에 있어 북한의 주민들은 어떤 위치에 서는가'와 같은 물음들을 수면 위로 부상시켰다.

『청맥』의 지면들을 포괄적으로 검토해 보건대, '통일이슈'에 대한 편집진의 관심은 특정 시기에 한하여 단편적으로 촉발된 것이 아니었다. 이후의 권두언들은 『청맥』이 통일 문제에 얼마나 지대한 관심을 쏟고

---

57 위의 글.
58 위의 글, 13쪽.

있었는지를 파악할 수 있게 해준다. 그중에서도 1964년 11월호와 12월호는 통일이라는 이슈를 전면에 내세우고 있어 눈길을 끈다. 1964년 11월호 권두언 「조국을 통곡한다」는 '민족'과 '통일'이라는 키워드를 통해 현 통치 권력을 그들의 담론 속에 불러들인다. 이 글은 "'민족통일'이 왜 "죄악시"되고 있는가', "'그러한 정치풍조'가 조성된 "요인"은 무엇인가'라는 물음을 제기하며, "우리의 빈곤과 후진성을 초극하는 첩경은 경제개발 오개년 계획에 앞서 민족통일 오개년 계획이어야" 함을 주장한다.[59] 이른바 '선 건설 후 통일'로 대변되는 정부의 통일정책에 대한 비판적 목소리를 높이는 한편, 4·19혁명 이후 활기를 띠게 된 통일담론과 통일운동을 다시금 억압하며 금기시한 군부정권의 저의를 문제 삼고자 한 것이다.

이 같은 입장은 12월호 권두언 「저무는 갑진년에 부친다」에서도 고수된다. 필자는 이 글에서 "우리의 위정자는 무엇을 하였는가?"라는 물음을 던지며 민정 일 년을 돌이켜보는 자리를 마련했다. 눈길을 끄는 한 대목을 살펴보자.

학생은 책을 팽개치며 구국(救國)을 선언하고 가두로 뛰쳐나온 공(功)으로 억지 국록의 신세를 졌고 백성은 환율개정의 은총을 입어 세계 제일의 저소득국민이란 영광을 누렸고 철저한 중농정책으로 농민은 땅을 버려야 하는 편안한 백성이 되었다.

도대체 우리는 어디로 가야하나?[60]

---

59 「〈권두언〉 조국을 통곡한다」, 『청맥』 1권 3호, 1964. 11, 11쪽.
60 「〈권두언〉 저무는 갑진년에 부친다」, 『청맥』 1권 4호, 1964. 12, 20쪽.

이 구절이 암시하는바 이 글은 "우리의 위정자는 무엇을 하였는가?"라는 물음을 던지고 이에 대해 답하는 일을 자기의 과업으로 삼고 있다. "어수선 하기만 했던 민정 일 년"을 반추하는 자리에서 단연 문제시 된 것은 '민족통일'이라는 사안이다. 이 글은 "북의 경제력을 능가할 때까지"라는 명분으로 통일 문제를 차일피일 늦추는 정부의 행태를 비판하며, 이후 세대에 분단이라는 "욕된 유산"을 대물림하지 말 것을 요청하고 있다. 그러면서 남북면회소 설치도 좋고 서신교환도 좋으니 '국시(國是)'에 어긋난 것이 아니라면 "봉쇄적인 통일론"을 "개방"해줄 것을, 그리하여 통일논의가 남한의 공론장에서 '터부시'되지 않고 "양성화"되고 "일반화"될 수 있는 풍토를 조성해줄 것을 촉구했다.[61]

이상의 사례들을 통해 짐작할 수 있듯이 『청맥』은 존속 기간 내내 "한국의 타부들"과 "비판권외의 권부"에 대한 공론 형성의 가능성을 타진했다. 특히 '통일'에 관한 논의가 활성화되어야 함을 강조하는 데 상당한 지면을 할애했다.[62] 이런 맥락에서 권두언의 주요 논제는 '조국통일'과 '민족 주체성의 회복'으로 압축될 수 있다. 이 두 가지 논제는 창간 초기부터 줄곧 다뤄졌으며, 대체로 당국의 대내적 · 대외적 정책을 비판하거나 신식민주의 담론을 제기하는 방향으로 이어졌다. 그런가 하면 매체의 이러한 지향은 특집란의 구성에도 반영되었다. 편집진은 매호마다 한 개 이상의 '특집'을 기획하여 잡지의 주된 문제의식이 심화되고 구체화될 수 있게 했다.[63] 『청맥』의 특집란에 실린 글들은 정

---

61 위의 글, 20~21쪽.
62 『청맥』 2권 1호(1965)에 수록된 글들의 제목을 차용했다.
63 이를테면, 『청맥』은 '남북통일'을 시대적 과제이자 잡지가 짊어져야 할 중요 과업으로 상정했다. 65년 8월호의 '남북통일' 특집에는 이 같은 입장이 잘 반영되어 있었다. 여기에 실린 글

치, 외교, 군사, 경제, 문화 등 어떠한 분야에 관련된 화제를 다루든 비판적 입장을 고수했다.

'우방으로서의 미국'을 반성하는 것은 자칫하다간 '반미(反美)'가 되고 '반미(反美)'는 바로 용공(容共)이나 친공(親共)으로 통하고, 그래서 '비도덕적(非道德的)'이 된다는 **감각의 양식(樣式)** (…중략…) 물론 그것은 성문화된 법률도 아니고 성문화된 어느 정파의 정책이나 정강도 아니지만, **그것은 한국의 모든 정치활동을 규제하고 있는 '무드'요 불문율이다.**[64]

1965년 12월호에 실린 「우방으로서의 미국」은 『청맥』이 "한국의 타부들"을 다루는 일을 통해 궁극적으로 문제 삼고자 한 바가 무엇이었는지를 집약해서 보여주고 있다. 위 글의 필자에 따르면, 한국사회에서 비판적 성찰이 시도될 수 없는 까닭은 '이상한 연쇄작용과 가역반응' 때문이다. 그가 주목하고 있는 것은 '미국에 대한 반성'이 '반미'로, '반미'가 '용공'으로, '용공'이 '비도덕적인 것'으로 이행해가는 비논리의 사슬이다. 이것은 분명 국가의 법도 정당의 법도 아니었지만, 한국사회

들은 정부 및 관변의 통일론 이외의 방안, 논리, 담론들이 활발히 제기될 수 있는 터전이 마련되어야 하고, 이 터전에서 통일론이 금기나 터부라는 속박으로부터 벗어나 공식적·공개적으로 의제화되어야 한다는 주장에 공명하고 있었다. 그런가 하면 '민족 주체성 회복'이라는 테마 아래 다양한 특집이 기획되기도 했다(64년 11월호의 '남이 사는 내 나라', 65년 1월호의 '한미관계의 현단계', 같은 해 3월호의 '국제권력의 재편성', 5월호의 '일본은 다시 온다', 10월호의 '이것이 매판이다', 12월호의 '현대우방론', 66년 6월호의 '문화식민론' 등). 이 특집들은 변화하는 국제 정세를 정확히 파악하여 한국이 이에 민첩하게 대응해야 한다는 문제의식 하에 기획되었다. 또한 매체 필진들은 이러한 기획을 통해 '미국과 일본이 과연 한국의 우방인가?'라는 물음을 적극적으로 제기하기도 했다. 식민성, 매판성, 예속성 문제를 쟁점화하고자 했던 것이다.

64 정경희, 「우방으로서의 미국」, 『청맥』 2권 10호, 1965.12, 71~72쪽.

를 짓누르는 '강력한 힘'으로 작동했다. 이 힘을 설명할 언어가 있다면, 그것은 '무드', 또는 '불문율' 정도가 될 것이다. 이 같은 필자의 문제제 기는 주목할 만한데, 왜냐하면 그가 이야기하고 있는 것들이 '불온성' 의 주요 내용과 형성 논리에 해당하기 때문이다.

'무드'는 '어떤 상황에서 대체적으로 느껴지는 분위기나 기분'을, '불 문율'은 '문서의 형식을 갖추지 않은 법'을 지시하는 용어다. 이러한 사 전적 정의에 기대어 보자면, '불온한 것'은 실체를 통해 말할 수는 없지 만 분명 감지되는 것, 즉 **"감각의 양식(樣式)"**의 일종으로 이해될 수 있 다. 또한 그것은 성문화된 형태의 법은 아니지만 법의 효력을 갖는 동 시에 그것을 초과하기도 했다. **'불문율'**이라는 말은 이러한 특징을 설 명하는 효과적인 언어라 할 수 있을 것이다.

이 지점에서 다시 본래의 질문으로 돌아와 『청맥』과 통혁당의 관계' 가 시사하는 바가 무엇인지 생각해 볼 수 있다. 어떤 의미에서 『청맥』의 불온성은 통혁당 사건의 발생으로 인하여 사후적으로 부과된 것이 아 니었다. 당국은 이 잡지가 발간되고 일 년여의 시간이 지난 시점에서 검열을 통해 통제력을 행사한 바 있다. 이때 문제시되었던 것은 매체 가 생산하고 유통시키던 담론이었다. 특정 조직과의 관련성 여부와 상 관없이 당국은 이미 해당 매체에 대한 관심을 갖고 있었으며, 특히 담 론의 차원에서 발견되는 불온성을 주시하고 있었다. 1965년 말의 검열 조치는 『청맥』의 향후 지면구성과 발간에 일정한 영향을 미쳤다. 예컨 대 66년 1월호와 2월호는 휴간 처리되었으며, 향후 몇 번의 예외적인 경우를 제외하고는 매체에서 권두언의 자리는 사라졌다.[65]

---

65 김질락, 『어느 지식인의 죽음』, 행림출판, 1991, 70쪽.

그러나 이병주가 기술한 바 있듯이 '학사주점을 했다, 청맥이라는 잡지를 발행했다'라는 사실만으로는 불온성을 입증할 수 없었다. 『청맥』이 정부나 미국의 정책에 비판적 입장을 취했던 것은 사실이지만, 그렇다고 해서 이 매체가 친북적인 성향의 발언이나 태도를 두드러지게 나타낸 것은 아니었다. 1965년 말에서 66년 초에 걸친 당국의 수사가 잡지의 존폐를 좌우할 정도의 영향력을 미치지는 못했던 것은 이와 관련이 있다. 담론의 차원에서 불온성을 규명하는 일은 불가능했던 것이다. 그러던 중 이 입증의 문제를 해결해주는 사건이 발생했다. "'불온한 사상적 경향'을 지니고 있다고 간주되어오던 『청맥』을 본격적인 수사선상에 올려놓는" 결정적 계기를 마련한 것은 다름 아닌 '통혁당 사건'(의 발견)이었다.

차후 이 사건에 대한 진상 조사가 이루어지면서 『청맥』에 대한 당국의 입장은 보다 분명해졌다. 수사기관은 『청맥』의 '내부'(무엇을, 어떻게)에서 불온성을 찾는 대신 다음의 물음을 제기하는 방향으로 선회하는 편을 택했다. '왜 『청맥』이라는 잡지를 발행했는가?' 불온성 입증의 문제를 이 같은 물음으로 전화시켰다는 것은 곧 통혁당에 『청맥』과 학사주점을 직접적으로 연결시킴으로써, 다시 말해 60년대식 "감각의 양식"이라 일컬어진 '연쇄작용과 가역반응'을 통해 이 모든 것들의 불온성을 단번에, 명쾌하게 선언하겠다는 의지의 표명이었다. 당시 "청맥사 사장 김진환은 김종태로부터 받은 돈으로 『청맥』지를 통권 28호까지 발행한 사실은 시인하였으나 김종태가 북의 지령을 받은 간첩이라는 사실은 전혀 몰랐다고 부인했다."[66] 그러나 관계자들의 이와 같은 고백

---

[66] 한승헌, 「통일혁명당 사건과 김종태」, 한승헌변호사변론사건실록간행위원회, 『한승헌변

에도 불구하고 배후와 자금출처 문제는 『청맥』을 이 사건으로부터 자유롭지 못하게 만들었으며, 결과적으로 이 점은 중정에 '충분한 명분'을 제공해 주었다. 수사당국은 이 사건을 기점으로 하여 『청맥』의 성격을 **"반정부 반미 평화통일 외세배격"**이라 단호히 규정했다. 더하여 중정은 이 잡지가 '청년 학생 지식인'을 포섭하기 위해 "표면적으로는 민족주체성을 고취하는 양"했던 것이라 공표하기도 했다.[67] 이러한 언명은 특정 잡지의 관계자들만이 아니라 매체의 지면을 통해 자기의 목소리를 냈던 여러 젊은 지식인들을, 나아가 잡지의 글을 애독하던 불특정 다수의 독자들을 향하고 있었다.

수사당국은 대한민국의 공론장에서 합법적으로 활동할 수 있는 자격의 표지였던 '라-237호'를 부여받은 『청맥』이라는 잡지가 일본의 조총련과 북한에까지 전달되어 읽혔을 뿐 아니라, 이를 통해 남한의 **신성한 독서공동체**를 오염시키고 그 경계를 문란하게 만들었음을 문제시 했다. 이것은 곧 '내용의 불온성'에 대한 힘겹고 지난한 논증과정을 대신하여 잡지의 불법성을 제기할 수 있는 방법, 즉 **자금 수수**(누구로부터 자금이 나왔는가)와 **매체의 유통**(누가 읽었는가)이라는 외적 차원을 통해 사후적으로 잡지가 생산하던 담론의 불온성을 확인하는 일이라 할 수 있었다. 공안 논리에 의거하여 과대-과잉 해석을 시도하는 당국의 언설체계 안에서 『청맥』의 지향과 의도는 단순화되었으며, 한일국교정상화를 둘러싸고 지펴지던, 아울러 이 매체에 의해 선도되던 신민족주의론과 통일론 등의 진보적 담론들은 불온성을 입증하는 증거들로 재구성

호사 변론사건실록』 1, 범우사, 2006, 213~214쪽.

67 「반미·반정부 선전」, 『동아일보』, 1968.12.9.

되었다.

이상에서와 같이 매체와 조직 간의 인과관계를 설정하는 일을 통해 담론상의 차원에서 불온성을 입증해야 한다는 난제는 간단히 해결되었다. 조직과 매체의 관련성이 드러난 이후부터 당국은 도덕적 입법자의 자리에서, 단호한 목소리로, 갖은 수사를 동원하여 이 사건과 『청맥』의 불온성을 선언할 수 있었고, 이를 하나의 '본보기 처형'의 사례로 만듦으로써 유사사건과 유사매체의 출현 또는 모방 가능성을 예방하고자 했다. 당국은 통혁당을 엄단함으로써 혁신세력을 거세하는 한편, 이 불미스러운 사건에 『청맥』이라는 매체를 결속시킴으로써 잡지가 생산하던 담론들의 다양성과 혁신성을 정치적인 것으로 규정하여 통제하고, 또한 여기에 과잉된 의미를 부과할 수 있었던 것이다. 비유컨대 1968년도의 통혁당 사건을 통해 중정은 **조직**과 **매체**라는 두 마리의 토끼를 더불어 잡는 데 성공한다. 그리고 중요하게도 유사한 사건들을 발견하고 발굴하는 과정을 통해 당국은 (4·19를 등에 업고 있던) 청년들의 교화·순치 가능성과 문화예술계 전반에 걸친 통제 가능성을 엿보기 시작했다.[68]

---

[68] 통혁당 사건의 여파는 문학장으로도 퍼져나갔다. 정규웅에 따르면, 이 사건은 문화예술계의 통제와도 관련이 있었다. 그는 다음과 같이 술회한다. "4·19세대의 문인들과 문인이 되고자 했던 젊은이들이 이 사건에 촉각을 곤두세운 까닭은 같은 세대의 평론가 임중빈이 이 사건에 연루돼 구속됐기 때문이었다. (…중략…) 중앙정보부는 임중빈을 수사하면서 어떻게 해서든 그가 참여했던 청년문학가협회를 통일혁명당 사건에 연결시키기 위해 적잖이 '공'을 들였으리라는 점은 분명해 보인다. 성사시킬 수만 있다면 그것은 문화예술계 전반에 걸쳐 본때를 보여주는 기대 밖의 효과를 거둘 수도 있었기 때문이다. 대표간사를 맡았던 이근배와 시분과 간사였던 이탄 등 청년문학가협회의 주요 멤버들이 통일혁명당의 존재조차 모르면서 '남산'에 끌려가 조사를 받았던 것이 그것을 뒷받침한다." 한편 정규웅은 통혁당 사건과 문화공보부 개청(開廳)의 연관성을 짚기도 했는데, 이 지적 역시 눈여겨볼 만하다. "왜 하필이면 젊은 지식인과 문화인의 상당수가 연루된 간첩단 사건의 수사과정 중에 때를

2. 데모의 시대, 혁명과 불온

1) 청년지식인의 신원—"애국자"와 "반국가사범"

주지하다시피 1960년대에 발생한 공안사건들의 한 가지 공통성은 사건의 주체가 '청년'이었다는 점이다. 통혁당 사건에서도 관련자들은 대개가 '학생', '청년', '지식인', '혁신 인텔리' 등이었다. 이러한 특징은 1960년 4월 혁명을 계기로 한국사회에 '혁명의 주체'로 등장하였던 청년들의 위상 변화를 엿보게 한다. 즉 '혁명주체'에서 '공안사범'으로의 전락 과정은 이 시기 청년들의 삶과 운명을 새삼 돌이켜보게 만든다.

> 각 신문사의 편집국장, 또는 취재기자 등 안면이 통하는 대로 연락을 취해 물어보았지만 '전연 사실무근한 사건은 아닌 것 같으나 그렇다고 해서 발표한대로 믿기도 어렵다'는 애매한 대답이 공통적이었고, 피의자를 낸 H일보와 D일보의 국장은 일언지하에 '터무니없는 사건'이라고 단정했다.[69]

이병주는 청년들의 삶과 사회적 위상 변화를 통혁당과 『청맥』 사건을 통해 살펴본 바 있다. 위에 인용한 대목은 그의 소설 『그해 5월』 중 일부다.[70] 여기에는 통혁당 사건이 발표된 직후 주인공 이사마가 정보

맞춘 듯이 문화공보부를 출범시켰을까. 통일혁명당 사건도 얼마쯤 작용해 문화예술정책 전반에 걸쳐 어떤 획기적인 전환점을 마련하기 위한 것은 아니었을까." 정규웅, 앞의 책, 282~284쪽.

69 이병주, 앞의 글, 672쪽.

입수가 빠른 언론계 지인들을 통해 사건의 진위를 알아보는 장면이 나온다. 그는 인물들의 대화를 통해 사건이 발생했던 당시의 정황을 보여주고 있다. "전연 사실무근한 사건은 아닌 것 같으나 그렇다고 해서 발표한대로 믿기도 어렵다." 서술자는 이 "애매한 대답"이 "공통적"인 반응이었다고 적고 있다. 이는 비단 소설 속 인물들의 경우만이 아니라 현실세계의 지식인들에게도 마찬가지였다. 앞서 살펴보았듯이 『청맥』과 학사주점에 대한 입장이 비교적 분명했던 데 비해, 통혁당 사건 자체에 대해서는 지식인 사회에서도 명확한 판단을 내리기 어려웠던 것으로 보인다.

여기서 한 가지 주목되는 것은 "터무니없는 사건"이라고 생각했던 이들은 물론이고, 해당 사건에 대한 정확한 판단을 하기 어려웠던 이들까지도 '당국의 저의'를 예의주시하고 있었다는 사실이다. 이들은 사건이 과장 및 왜곡되었다는 점과 이 사건에 '청년들'이 결부되고 있다는 점을 문제시했다. 박태순과 김동춘의 해석은 이러한 독해가 어떠한 맥락에서 이루어졌는지를 알려준다. 이들은 기본적으로 60년대의 조직사건을 "5·16쿠데타로 인한 지식인의 좌절의 산물"로 읽고자 했다. 한국사회의 변혁운동을 추진한 세력들의 대응과 도전은 군사정권의 알리바이를 성립시켜주기 위한 반대급부로 제공된 측면이 있고 어떤

---

70 한 가지 염두에 두어야 할 점은 이병주가 소설 집필 과정에서 김질락의 수기를 참조했을 가능성이다. 김질락은 구속된 68년 이후부터 사형이 집행되는 72년 7월 이전 사이에 「주암산」이라는 제목의 수기를 집필하는데, 이 글은 월간 『북한』에 75년 3월부터 76년 10월까지 21회에 걸쳐 실린다. 『신동아』 87년 8월호 연재분인 「실록대하소설 제58회 제6부 음모의 계절－제5장 통일혁명당」의 내용이 수기의 그것과 상당부분 합치되는 것으로 보아, 이병주가 이 수기를 읽었을 가능성을 제기해 볼 수 있다. 이병주가 당시 '기록'과 '소설'의 결합으로서의 글쓰기를 지속적으로 추구하고 실험했다는 점을 상기해 볼 때, 통혁당과 『청맥』에 관한 정보가 집약되어 있던 김질락의 수기를 기초로 당시 상황을 재구했을 가능성이 있다.

면에서는 공안사건이라는 이름의 '안티테제'를 조작적으로 창출함으로써 가공의 '진테제'를 인위적으로 생성시켜 나가는 데 억울하게 이용된 측면이 크다는 입장이었다.[71] 이들이 특히 문제적이라 말하는 것은 이러한 공안사건으로 인해 젊은 지식인들의 삶이 파국에 직면하게 되었다는 점이다.

이 논자들이 보기에, 공안사건에 연루되었던 "청년지식인"은 "대한민국이 낳은 '자식'들", "분단과 냉전의 어둠을 뚫고 자라나는 '새로운 피'"였다. 문제의 핵심은 "4·19의 승리의 경험에서 별로 벗어나지 못한 '하룻밤의 혁명가'에 불과"할지도 모르는 이들의 행동에 당국이 지나치게 심각한 의미를 부과하고 있다는 데 있었다. "이들 중 일부는 '당 소조원'이라는 자신도 그 위치와 임무를 명확히 파악하지 못하는 직함을 갖게 되었지만, 그리고 체제를 부정하는 인물로 낙인이 찍혔지만, 이들 중 학생출신들은 바로 어제까지만 해도 낭만적인 비판가였을 따름이었다"는 것이다.[72] 그런데 여기서 주목되는 것은 이와 같은 이해의 방식이 당시 중정이나 검찰 측의 입장과 완전히 배치되는 것은 아니었다는 점이다. 이 점을 확인할 수 있는 관련 대목을 옮기면 다음과 같다.

---

[71] 박태순·김동춘, 앞의 책, 237쪽. 그러나 이러한 평가의 부적절함을 지적하며 공안사건들에 적극적으로 의미를 부여하고자 하는 논자도 있다. "1960·70년대 조직사건에 참여했던 인사들에 대해서 "4·19의 승리의 경험에서 별로 벗어나지 못한 '하룻밤의 혁명가'"로, 또한 이들이 결성한 조직을 "지식인 좌절의 산물"로 평가하는 것은 몰역사적인 지적이다. 조희연이 지적하고 있는 바와 마찬가지로 이들의 노력은 당시의 민족민주운동의 발전을 그대로 반영하고 있으며, 또한 그들의 활동은 그러한 발전을 더욱 고양시키기 위한 고민 속에서 나타났다고 보아야 할 것이다." 한국역사연구회 현대사연구반, 앞의 책, 174쪽.
[72] 박태순·김동춘, 위의 책, 234쪽.

검찰은 이어 "한국의 다음세대를 맡아야 할 젊은이들이 이 같은 범행에 가담했다는 것은 **가슴 아픈 일이나** 북괴가 무력남침을 위해 무장공비침투 등 갖가지 도발을 일삼고 있는 이때 우리나라 헌정질서를 파괴하고 국가의 존립을 위태롭게 할 **이러한 반국가사범은 마땅히 극형에 처하는 것이** 적의 야욕을 봉쇄하고 앞으로의 침투공비와 간첩들에게도 경고가 된다"고 준일히 논고했다.[73]

1969년 1월 22일자 『동아일보』 3면(사회면)에는 통혁당 사건의 결심공판 결과가 실렸다. 이 기사에 따르면, 서울지검 공안부는 김종태, 김질락, 이문규, 이재학, 이관학, 김승환 등 6명의 피고인에게 국가보안법, 반공법, 형법상의 간첩 미수, 내란 음모죄와 외환 관리법 등을 적용하여 사형을 구형했다. 또 신광현, 정종소, 오병철, 윤상환, 박성준 등 5명에게는 같은 죄를 적용하여 무기징역을 선고하였고, 그 외 19명에게는 최고징역 15년에서 최하징역 5년에 동년수의 자격정지를 병과 구형했다. 여기서 주시할 것은 이러한 구형에 관한 검찰 측의 입장이다. 위의 예문에서 확인되다시피, 검찰은 이 사건을 '우리나라 헌정질서를 파괴하고 국가의 존립을 위협하는 무지한 젊은이들의 위험한 범행'이라는 프레임 안에 위치시켰다. 이러한 프레임은 이전의 공안사건, 가령 인혁당의 경우에서 발견되던 사건 보도의 틀을 상기시키는 것이었다.

수사당국은 통혁당 사건과 관련하여 다음의 사항들을 적시했다. '사건 관련자 중 상당수가 학생 신분에 해당하는데, 이들은 아직 상황 판단 능력을 갖추지 못한 젊은 청년이며, 그렇기 때문에 북괴 등의 배후세력에 의해 조종당하는 꼭두각시가 되기 쉽다.' 이 같은 당국의 언설

---

73 「통혁당 사건 여섯 피고에 사형구형」, 『동아일보』, 1969.1.22.

은 짐짓 관련자들에 대한 관대한 처분을 예상하게 만드는 것이었다. 그러나 과도한 연민의 수사를 동원하면서까지 청년들의 무지와 몽매를 안타까워하던 발화자는 '처벌'의 문제를 언급하는 지점에 이르러 돌연 태도를 바꿔 강한 논조로 말을 이어갔다. 이 발화자는 최종적 배후인 북한을 단죄하는 것이 마땅하지만 여기에는 도발의 위험이 내포되어 있는 만큼 직접적 처벌이 불가능하기에, 부득이 **'북한을 대신하여'** 죄지은 '청년들'이 그 몫을 짊어져야 할 것이라 말했다. '어리석고 무지한 청년'이라 불리던 관련자들이 "반국가사범"이라는 무서운 이름으로 호명되는 것은 이러한 맥락에서다. 중정은 국가를 대신하여, 법의 이름으로, 사건 당사자들이 "마땅히 극형"에 처하게 될 것임을, 그리하여 '상징적 수준'에서 북한의 죄를 묻고 이를 통해 "헌정질서를 파괴하고 국가의 존립을 위태롭게 할 이러한 반국가사범"의 향후 출현을 봉쇄할 것이라는 입장을 표명했다.

앞서 살펴본 지식인들의 목소리가 검찰의 목소리와 중첩되는 것은 이 지점에서다. 먼저 전자의 경우 "대다수의 조직원들은 인텔리 특유의 동요성, 영웅주의, 자만심 등의 껍데기를 벗어버리지 못한 상태였다고 봐도 무리가 없을 것"이며 "이들 자생적인 친목조직, 학술조직에 대해 통혁당 지도부가 일사분란하게 영향력을 행사했으리라고 믿는 것도 무리"[74]라는 판단에 의거하여 사건 해석을 시도했다. 즉 '청년-인텔리'를 중심에 놓고 사건의 성격을 해명하려는 것으로, 이때 '청년-인텔리'는 "이상주의자로서의 분노와 열정이 교차"하는 내면을 가진 존재로 규정된다. 이러한 관점은 분명 검찰 측의 시선과 상통하는 면이 있었다.

---

[74] 박태순·김동춘, 앞의 책, 235쪽.

그러나 양자의 해석은 서로 다른 결과를 향해 열려 있었다. 박태순, 김동춘 등의 지식인들이 통혁당 사건의 성격을 청년과 결부시켜 규정함으로써 당국의 과잉해석을 비판하고 동시에 청년들을 권력의 언설 체계로부터 구하고자 했다면, 당국은 냉엄한 심판자 외에도 자식의 부정한 행위를 지켜봐야 하는 비통한 부모의 자리까지 점하면서 '사형'이라는 "극형"의 구형은 불가피한 결정임을 강변하고자 했다. 전자와 후자 모두 **청년−인텔리**'를 주어로 이 사건을 재구성하고 있었지만, 한편에서는 '4・19의 꿈'과 '혁명정신'과 '청년세대'를 이으며 사건을 과잉해석하지 말 것을 주장했고, 다른 한편에서는 '북한이라는 배후'와 '철없고 무지한 청년'을 연계하여 '사상 최대의 공안사건'과 '죄악 행위'라는, 언어로 표현 가능한 최대치의 의미를 부과하고자 했다. 의도와 맥락은 서로 달랐으나, 양자는 모두 '청년-인텔리'의 이 이야기를 "가슴 아픈 일"이라 기록하고 있었다.

한편 이러한 서로 다른 해석은 1960년대 청년들의 사회적 위상 변동을 되짚어보게 한다. 즉 해당 사건을 다루는 당국의 태도와 관련자들에 대한 인식은 60년대를 열어젖힌 '혁명주체'의 소재에 대한 관심을 촉발시킨다. 왜냐하면 통혁당 사건에서 발견되는 당국의 목소리는 어떤 면에서 60년대 초를 기억하는 사람들에게는 이질감을 불러일으키는 것이기 때문이다.

60년대의 학생데모는 찬양과 힐책의 양극을 오간 것이 특이했다. 3. 15, 4. 19를 앞뒤한 학생데모는 의거로 추대되었으나 6.3사태(64년) 위수령까지 나온 65년 4월~9월에 이른 전국규모의 학생시위, 67년의 부정선거규탄 또 개헌을 전후한 데모 등은 장기간의 휴교사태로 번지기까지 했다. 미군의 한국인 린치사건에 자극되어 벌인 한미행협촉진시위(62.6.6)는 모든 집회가 금지된 군정아래였었으나 애국적인 행동으로 평가받았다.[75]

염무웅 : 그런데 5 · 16 당일 큰 실망을 느낀 것은 마찬가지지만 우리가 대학교 2학년 때였는데 대학의 분위기는 5 · 16에도 불구하고 그렇게 달라진 것은 없었어요. 그러니까 대학생이 정치화되기 전, 정치데모의 주역으로 되기까지는 학원에 대한 사찰이나 억압이 심하지 않았어요. (…중략…) 그러니까 5 · 16 초기 몇 년 동안은 대학사회에 대해서 건드리지 않았어요. **대학이 현실정치의 중심으로 진입한 것은 한일협정 반대데모가 고조된 64년인데** (…중략…) 그러니까 **60년대의 역사는 말하자면 4 · 19와 5 · 16간의 투쟁이었고, 그것이 지금까지 저변에서 지속되어왔다고 봐요.**[76]

첫 번째 예문의 필자는 '숨 가쁘게 달려온' 지난 10년을 되돌아보며 60년대의 눈에 띄는 변화 가운데 하나가 학생데모에 대한 평가라고 말한다. 그는 3 · 15와 4 · 19를 앞뒤로 한 학생데모는 "의거로 추대"되었고 한미행정협정 촉진을 위한 데모 역시 "애국적인 행동"으로 평가받았으나, 한일협정반대데모를 기점으로 해서는 학생데모가 이전과 같은 평가를 받지 못하게 되었다는 점에 주목한다. 즉 "60년대의 학생데모는 찬양과 힐책의 양극을 오간 것"이 특징적이라는 것이다.

이어 두 번째 예문을 살펴보자. 한 좌담회 자리에서 염무웅은 학생

---

75 「60년대(1) 새 질서를 향한 몸부림 … 숨가쁘게 달려온 10년」, 『경향신문』, 1969. 12. 10.
76 「〈좌담〉4월 혁명과 60년대를 다시 생각한다」, 최원식 · 임규찬 편, 앞의 책, 46~47쪽.

이 '정치데모의 주역'으로 사회에 등장하기 전까지 당국의 학원 사찰과 억압은 두드러지지 않았다고 회고한다. 즉 한일협정반대데모가 발생하는 1964년에 이르러 "대학이 현실정치의 중심으로 진입"하게 되었고, 이 시점을 기해 학생들에 대한 정부의 탄압이 가시화되었다는 것이다. 박태순의 지적 역시 위의 논자들이 짚고 있는 변화에 다시금 주의를 기울이게 한다. 그는 "5·16쿠데타로 들어선 박정희 군사정권이 처음부터 파쇼적인 성격을 띠었다고 판단되는 것은 아니지만, 1964년 굴욕적 한일회담 반대 학생봉기를 맞으면서 권력의 독재체제는 강고해지기 시작"했다고 기술한 바 있다.[77]

이 글에서 주목하고자 하는 바는 위의 필자들이 공통적으로 지적하고 있는 '어떤 변화'이다. 1960년대 한국에서의 학생데모에 대한 당국의 인식과 평가가 실제로 일정한 변화를 보였다는 점을 고려할 때, 이들의 지적은 타당한 면이 있다. 다만 이러한 인상평은 좀 더 구체적인 맥락 속에 논증될 필요가 있을 것이다. 이후의 논의를 통해 이 글이 수행하고자 하는 과업은 1960년대 전반의 상황을 개괄적으로 검토함으로써 이러한 변화의 계기와 양상을 살피고, 이를 토대로 '혁명주체'와 '반국가사범'이라는 **두 개의 표지**가 갖는 의미를 탐구해보는 일이다. 1960년 4·19의 사례는 널리 알려져 있는 만큼, 여기서는 군부세력이 등장한 직후에 발생한 첫 학생데모인 한미행정협정 관련 데모를 살펴보는 일에서부터 논의를 시작해보고자 한다.

---

77 이어 그는 다음과 같이 덧붙인다. "1967년의 대통령 선거에 여유 있게 재선된 박정희가 개헌을 통한 장기집권을 획책하고 아울러 제2차 경제개발 5개년 계획을 추진하면서 소위 '개발독재'에 자신감을 얻게 되는 무렵부터 한국사회는 야누스의 표정을 갖게 되었다." 박태순, 「내가 보낸 서울의 60년대」, 『문화과학』 5호, 문화과학사, 1994, 142~143쪽.

대학생 '데모' 이번만은 불문(不問)[78]

1960년대 초 미군린치사건이 잇따라 발생하고 이 문제가 언론에서 크게 주목받자 학생들은 대규모 시위를 기획 및 추진했다. 1962년 6월 6일 고려대학교 학생 약 2천여 명은 상오 10시 40분 모교를 출발지로 삼아 한미행정협정체결을 촉진하는 가두시위를 벌였다. 이들은 교내에서 현충식을 마친 후 데모에 들어갔으며, 안암동 로터리에 이르렀을 때 경찰의 제지(경찰기동대 출동, 2백여 명의 무장경관과 20여 대의 백차를 동원)를 받아 전진을 중지, 미국정부와 한국정부에 보내는 '메시지'를 낭독한 후 12시경 모교로 돌아갔다. 이어 8일에는 서울대학교 학생들의 '한미행정협정체결촉진' 대회가 있었다. 당시 '6·6데모사건'에 관계된 학생들 중 일부가 구속되었으며, 당국은 이에 대해 "즉시 전원 훈계 석방하라"고 지시했다.

1960년대 초 미군린치사건의 사회적 파장이 컸던 만큼 이번 데모에 대한 관심 역시 높았다. 또한 학생데모에 대한 처분이 어떤 방식으로 이루어질 것인가에 대해서도 관심이 모아졌는데, 이에 대한 각계의 입장은 분분했다.[79] 사실 대학생의 정치·사회 문제에 대한 참여를 둘러싸고 벌어지는 의견 대립은 4·19 이후 줄곧 있어왔다. 때문에 상이한

---

[78] 「대학생 '데모' 이번만은 불문(不問)」, 『동아일보』, 1962.6.9.

[79] 이를테면, 손창규(최고회의 문사위원장)는 근래 미군에 의한 린치사건 등은 "국민이라면 누구나 분개하지 않을 수 없으나 감정만으로 해결될 문제가 아니다"라고 전제하면서도 데모로 구속된 고대생에 관하여는 "혁명정부는 이들에게 '현명(賢明)'을 베풀려 한다"고 말했다. 이에 반해, 송요찬(내각수반)은 "질서를 무시한 학생행동에 대하여는 이유와 동기여하를 막론하고 정부는 엄격히 다스릴 것"을 주장했고, 이소동(치안국장) 역시 "학생의 본분을 벗어난 행동"이라 비판했다. 「고대생 '데모'와 한미우호관계」, 『동아일보』, 1962.6.8.

입장의 충돌 자체가 특기할 만한 것은 못 된다. 이번의 데모와 그에 대한 평가에서 이목이 집중되었던 곳은 세간의 평가가 아니라 혁명정부의 입장과 처분이었다. 5·16군사쿠데타가 발생한 이후로 한국사회에서는 무허가 집회나 데모가 원칙상 법적으로 금지되어 있었다. 그럼에도 불구하고 1962년 6월 6일 고려대학교 학생들은 당국의 허가절차를 밟지 않고 한미행정협정체결을 촉구하는 데모를 감행한 것이다. 요컨대 이번 데모는 '군사혁명 후 처음 일어난 사건'이자 '계엄 하에서 발생한 사건'이었다는 점에서 중요하게 다뤄졌다.[80]

이러한 상황에서 발표된 박의장의 성명은 학생의 정치참여에 대한 일갈이자 향후 유사 상황이 발생하였을 때 그가 취하게 될 태도를 암시하는 예고문이었다는 점에서 의미심장했다. 박정희 최고회의 의장은 6월 8일 '6·6학생데모'에 대한 공식입장을 밝혔다. 그는 내각과 관계기관에 "이번 데모에 있어서는 순진한 학생들의 충의와 동기를 이해해주고 일절 불문(不問)에 부칠 것이며 구속된 학생은 전원 훈계 석방하라"고 지시했다.[81] 계엄 상황임에도 불구하고 금번의 데모에 대해 문제 삼지 않겠다는 결정이었다. 그러나 위의 기사가 표제를 통해 보여주고 있듯이 이러한 처분은 "이번만"에 한정되는 것, 즉 사후적으로 보

---

80 고대생의 데모가 일어나게 된 경위와 맥락에 대해서는 충분히 알려져 있었고 그들의 공분
    (公憤)에 대한 사회적 공감도 형성되어 있었다. 그러나 계엄이 내려진 상황에서 '법'(집회에
    관한 임시조치법)을 어겼다는 사실은 향후 이들에 대한 법적 처벌이 어떤 수준에서 내려질
    것인지 쉽게 예측할 수 없게 만드는 요인이었다. 주모자로 지목된 10여 명의 학생이 구속 상
    태에 있음을 두고, 언론을 비롯한 사회각계에서는 대체로 "학생들의 '데모'에 대하여 국민감
    정으로 동정 내지 동조하면서도 법을 살려서 그들을 처벌하지 않을 수 없는 정부당국자의
    고충을 또한 우리는 충분히 이해하고도 남음이 있는 것"이라며 양측이 처한 불가피한 입장
    에 대해 공감을 표하면서도, 학생들의 의기를 고려하여 가능한 당국이 원만한 해결책을 제
    시해주길 기대하고 있었다. 「고대생 '데모'와 한미우호관계」, 『동아일보』, 1962.6.8.
81 「대학생 '데모' 이번만은 불문(不問)」, 『동아일보』, 1962.6.9.

건대 분명 '예외적 사례'에 해당했다. 이날의 지시사항에는 향후 당국이 어떠한 방식으로 학생데모에 대응할 것인지가 분명하게 명시되어 있었다. 박의장은 "불문조치가 결코 '데모'의 허용을 뜻하는 것이 아님을 철저히 학생들에게 인식시"킬 것을, 아울러 "앞으로의 '데모' 행위에 대해서는 그 이유여하와 규모의 대소를 막론하고 **단호히 의법 처단할 것**"임을 공표했다. 이 발언을 그대로 수용하자면, 그는 국가통수권자로서 마땅히 "법으로써 엄중조치"해야 할 사안을 예외로 만드는 일, 즉 법의 중지를 통해 작동하는 '계엄령 체제'를 거스르는 결정을 내렸던 것이다.

이렇듯 한미행정협정촉구 데모 때까지만 해도 박정희는 '노여움'보다는 '동감'을 표했고 '탄압'보다는 '회유'의 방식을 택했다. 이에 대해 정치계나 언론에서는 간혹 학생은 학원으로 돌아가라거나 그들에게 좀 더 경각심을 불러일으켜줘야 한다는 등의 비판적 의견을 제출하기도 했지만, 대체로는 이러한 처사를 반겼다. 일부에서는 박의장의 결정을 두고 '혁명정부의 관대함과 현명함'을 보여주는 것이자 '진실로 온당한 처사'라 평하며 적극 환영하기도 했다.[82] 그러나 몇 년 후, 한일협정반대투쟁의 중심에 서는 학생들에 대한 당국의 평가와 대응 양상은 이때와는 판이하게 달라진다. 그야말로 "**1964년이라는 역사상 가장 우울한 해**"가 다가오고 있었다.[83]

수난의 1964년[84]

---

82 「한·미행협체결을 거듭 촉구한다」, 『경향신문』, 1962.6.9.
83 장준하, 「〈권두언〉 1964년을 보내면서」, 『사상계』 141호, 1964.12, 27쪽.
84 위의 글.

1964년을 장식한 뉴스들은 '예년에 없이 많으면서도 상당히 역사적인 성격을 띠고 있었는데' 이 뉴스 중 상당수가 한일협정반대투쟁에 관계된 것이었다.[85] '한일협정반대투쟁'은 1964년 3월 24일을 시작으로 1965년 9월에 이르기까지 연인원 350여만 명이 토론, 성토, 시위, 집회 등에 참여하였으며, 구속자 500여 명, 연행자와 부상자, 제적생이 수천 명에 이르렀던 1년 6개월여에 걸쳐 전개된 대규모 투쟁이었다.[86] 데모가 전개된 1964~65년은 군부정권과 학생운동세력 양측 모두에게 중요한 시기였다. 정권의 입장에서는 집권 초기였던 만큼 아직 공고화되지 않은 권력의 기반을 다져야 하는 상황에서 발생한 사건이라는 점에서 큰 부담이었고, 학생들에게 있어서는 5·16쿠데타세력을 상대로 벌이는 최초의 대규모 투쟁이라는 점에서 향후 학생운동의 진로와 관련하여 중요한 의미를 가졌다. 요컨대 대일국교정상화 문제로 촉발된 이 투쟁은 통치 권력과 대항 권력 간의 긴 투쟁의 서막을 올린 사건이었던 것이다.[87]

이러한 맥락을 염두에 두면서, 향후의 지면들을 통해서는 통치 권력

---

85 「64년을 장식할 국내외 뉴스일지」, 『경향신문』, 1964. 11. 23.

86 이 투쟁은 '6·3학생운동'이라고도 불린다. 이는 64년 6월 3일 서울에서 일어난 대규모 항쟁을 진압하기 위한 비상계엄령이 선포되어 많은 학생과 시민이 구속되어 군사재판에 회부되었고, 휴교령으로 각 대학이 폐교위기를 맞았던 그날을 전체 항쟁의 상징으로 나타내고자 하는 의도에 따른 것이다. 6·3운동의 전개 과정에 대해서는 6·3동지회, 『6·3학생운동사』, 역사비평사, 2001, 89~91쪽 참조.

87 여러 연구자들에 의해 한일협정반대투쟁의 중요성은 언급되어왔다. 이를테면, 박명림은 **박정희 체제의 통치논리와 재야의 저항논리가 분화되는 역사적 계기**를 제공해주었다는 맥락에서 이 사건에 주목한 바 있다. '재야가 뚜렷한 정치세력으로서의 독자적 함의를 갖기 시작한 것은 1970년대부터이지만, 이들이 사회와 정치영역에 실제로 처음 등장하는 계기가 마련된 것은 1964~65년에 발생한 한일협정반대투쟁 때였다는 것이다. 박명림, 「박정희 시대 재야의 저항에 관한 연구, 1961~1979―저항의제의 등장과 확산을 중심으로」, 『한국정치외교사논총』 30집 1호, 한국정치외교사학회, 2008, 32~34쪽.

과 대항 권력이 서로를 규정짓던 방식 / 전략의 동일성과 차이, 아울러 이에 관계되었던 주체들의 의지와 욕망을 들여다보고자 한다. 한일회담반대를 위한 첫 데모가 발생한 이래로 학생들은 '글'을 전쟁터로 삼아 '성명전'을 벌였고, 이에 맞서 박정희 정권은 한 손에는 '법'을, 다른 한 손에는 '서사'라는 장치를 들고 투쟁세력에 대응하고자 했다. 학생들은 선언문, 결의문, 성명서, 격문 등의 각종 문서들을 주요한 투쟁의 장소로 삼아 한일협정에 관한 입장을 표명하였을 뿐 아니라, 박정희 정권이 스스로를 규정짓기 위해 동원한 언설체계를 파괴함으로써 통치 권력의 정통성을 문제 삼았다. 이러한 글들은 현재 활동 중인 공동체들에 영향을 미치기에 훨씬 더 적합한 것이자 순간순간을 능동적으로 감당할 수 있는 기민한 언어였다.[88] 프랑스 68혁명 당시 '68십계명'의 첫 줄을 장식했던 문구 "첫째, 불복종하라-그리고 벽에 글을 써라"를 상기한다면, 아울러 혁명의 시기에 나타났던 수많은 낙서와 포스터의 선동적 문구들이 오늘날까지도 널리 인용되고 연구되고 있다는 점을 고려한다면, 1960년대 한국사회에서 학생들이 투쟁터로 삼았던 텍스트들, 이 **'현장의 언어들'**은 좀 더 사려 깊은 눈으로 읽혀야 할 것이다.[89]

---

88 발터 벤야민, 조형준 역, 『일방통행로』, 새물결, 2007, 13~14쪽.

89 성명서와 시국선언 등의 긴급한 언어들과 관련하여 그것이 담고 있는 구체적인 내용이 무엇인가 하는 점도 중요하게 다뤄져야 하지만, 이와 함께 성명이라는 형식 자체가 갖는 효과에도 주목할 필요가 있다.

2) 주권과 혁명, 그리고 성명전

자유 즉 선택할 수 있는 권리를 우리가 가진다는, 내가 주체적으로 선택할 수 있는 권리를 가지는 체제를 만든다는 것이 4·19정신의 핵심[90]

염무웅은 "60년대의 역사는 말하자면 4·19와 5·16간의 투쟁"[91]이었다고 언급한 바 있다. 이러한 규정은 기본적으로 "적극적인 긍정"과 "적극적인 부정"이라는 인식에 기반해 있었지만, 여기에는 또한 양자에 대한 동시적 고려 없이는 이 시대에 대한 복합적 이해를 가질 수 없다는 문제의식이 반영되어 있기도 하다.[92] 뿐만 아니라 위의 규정에는 "4·19의 취약성"에 대한 뼈아픈 인식이 녹아들어있다. "4·19라는 것 자체의 한계도 5·16을 통해서 보이는" 것이라는 지적이 말해주듯이 5·16이라는 사건은 4·19의 적대로서만이 아니라 그것을 비추는 거울상과도 같이 인식될 필요가 있었다.[93]

그런가 하면 60년대를 이 두 개의 사건을 통해 이해하는 일의 핵심에는 '자유'라는 가치가 놓여 있었다. 당대인들에게 4·19라는 사건이 중요한 의미를 가졌던 이유는 "자유의 확보라는 점" 때문이었다. 위의 예문이 지시하듯 4·19는 "과거엔 금기시됐던 것이 선택의 대상으로 진열대 위에 전시될 수 있"게 한, 말하자면 "자유의 확보, 복수(複數)에

---

90 김승옥의 발언이다. 「〈좌담〉 4월 혁명과 60년대를 다시 생각한다」, 최원식·임규찬 편, 앞의 책, 61쪽.
91 염무웅의 발언이다. 위의 글, 47쪽.
92 김병익의 발언이다. 위의 글, 51쪽.
93 염무웅의 발언이다. 위의 글, 52쪽.

서 선택할 수 있는 권리를 보장해야 한다"는 이념의 실천으로 해석되었던 것이다.[94] 실제로 4 · 19가 있고 나서 한동안 한국사회에서는 "억압된 자유"에 대해 말할 수 있는 풍토가 형성되었으며, "여러 문화적 사상적 담론들"의 활성화가 목도되었다.[95] 그러나 이러한 '자유의 확보'는 오래 지속되지 않았다. 불과 일 년 만에 발생한 5 · 16군사쿠데타로 인해 다양한 정념과 담론의 스펙트럼은 급속히 위축되었다. 김승옥 같은 이에게 "민족일보 같은 신문의 등장"은 "4 · 19정신"이 낳은 결과, 즉 자유의 확보를 가능하게 해주는 지표처럼 보였지만, 군부세력의 시선에서 이러한 현상은 '공산주의의 활성화'와 그로 인한 '체제 전복의 위험'으로 읽혔던 것이다.

군부세력은 등장한지 한 달밖에 지나지 않은 시점에서 『민족일보』에 폐간처분을 내렸다. 그리고 1961년 8월 『민족일보』 사건으로 구속된 3인에 대한 사형이 언도되었다. 사회 각계에서는 이러한 당국의 처사에 우려를 표하는 목소리가 터져 나왔다. 또한 항의와 비판의 의견은 한반도 바깥에서도 전해졌다. 당시 일본에서는 평론가, 작가, 언론인들의 항의성명이 있었고, 일본 펜클럽 협회는 박의장에게 호소문을 전하기도 했다. 또한 그해 11월 16일에 있었던 '내셔널 프레스 클럽'에서 연설을 마친 박정희가 외신 기자들로부터 가장 먼저 받았던 질문 역시 "한국의 언론인 투옥과 자유언론의 탄압을 어떻게 정당화할 수 있을 것인가" 하는 것이었다. 여기서 그는 매우 분명한 어조로 "공정한 재판 결과" 『민족일보』의 인사들은 "언론을 가장(假裝)하고 활동한 공산주

---

94 김승옥의 발언이다. 위의 글, 61쪽.
95 이성부의 발언이다. 위의 글, 50쪽.

의 간첩"이었다는 사실이 밝혀졌다고 말하며, 『민족일보』의 폐간과 관련자의 사형 집행이 "자유언론의 탄압"에 해당하지 않는다고 공표했다.[96] 그리고 조용수의 사형은 예정대로 집행됐다.

"4·19와 5·16간의 투쟁"이라는 규정은 이러한 맥락에서 다시 복기될 필요가 있다. 더불어 여기서 우리는 1960년대를 정의하는 또 하나의 방식을 제안해볼 수 있다. 1960년대는 **데모의 시대**였다고 말이다. 아마도 이 시대가 '테모의 나날'을 통해 구성될 수 있었던 것은 '4·19와 5·16'이라는 두 사건을 함께 경험했기 때문에 가능했을 것이다. "4·19와 5·16간의 투쟁"이 본격화되는 첫 장면은 한일협정반대데모에서 마련되었다. 주목할 만하게도 군부정권과 학생·지식인들이 부딪치던 데모의 현장에서 우리가 목도할 수 있는 것은 이 두 번의 사건을 현재적 상황 속에서 서로 다른 방식으로 규정하려는 의지의 충돌이다. 이것은 곧 **혁명의 서사**를 자기화하려는 욕망의 충돌이기도 했다. 이 점을 기억하면서 1964년도 데모의 현장 속으로 들어가 보자.

제2의 을사보호조약인 갑진년 대한민국 매매 조약을 치성 있는 대학생으로서 좌시할 수 없다. 전국대학생은 총궐기하자.[97]

1964년에 시작된 한일협정반대투쟁은 이 연대에 가장 '기록적인 데모'로 기입될 만한 사건이었다. 4·19혁명과 6·3학생운동, 이 두 번의

96 「군정불연장 다시금 공약」, 『경향신문』, 1961. 11. 17.
97 1964년 3월 24일 서울대학교에서 열린 '제국주의자 및 민족반역자 모의화형식'에서 낭독된 '전국대학생에게 보내는 메시지' 중 일부다.

사건에서 학생들은 주요한 데모의 주체였지만, 그중에서도 후자의 경우에는 '대학생'으로 대변되는 청년주체의 세력화와 투쟁활동이 주시할 만했다. 이러한 변화는 대학과 대학생 수의 양적 팽창,[98] 4월 혁명의 경험, 아울러 지식인 사회와 『사상계』, 『청맥』 등의 비판적 잡지와의 연대 속에 촉발될 수 있었다.

무엇보다 이 시기 학생데모에서 주목되는 것은 **민족주의**가 주요한 담론자원으로 등장하고 있었다는 점과 학생들이 소유권 투쟁의 일환으로 **상징 파괴**에 집중하고 있었다는 점이다. 또한 투쟁의 주체였던 학생들은 기존에 알고 있던 데모의 기술들을 활용하는 것은 물론이고, 이전에는 없던 다양한 방식들을 적극적으로 개발하기도 했다. 가두시위, 성토대회, 단식농성, 화형식, 그리고 연극적·제의적 성격을 갖는 '민족적 민주주의 장례식' 등이 한 예라 할 수 있다. 특히나 '화형식'은 주목되는 데모의 형식이었다. "증오의 대상을 허수아비로 만들어 불태우며 '기세를 올리는' 데모", 이 화형식의 효시는 1964년 3·24데모 때 서울대 문리대생들에 의해 행해진 '이완용과 이케다(池田) 일본수상의 허수아비 화형'에서 찾아볼 수 있다.[99] 이후 6월 2일의 '박정희·김종필 민생고 화형식', 이듬해 9월 6일 서울 상대생의 '군화화형식' 등 죽음의 형식화를 통해 치러진 대리적 처형의 기술은 계속해서 활용되었다.

반민족적 비민주적 민족적 민주주의여![100]

---

98 문교부 자료에 의하면, 1945년도에 대학 19개, 대학생 7,819명이던 것이 1950년대에 급격히 팽창하여 1960년에 이르면 대학 85개, 대학생 101,041명에 육박하게 된다. 『문교통계요람』, 대한민국문교부, 1963, 336~337쪽.

99 「60년대 신어(新語)」, 『동아일보』, 1969.12.20.

한편 "증오의 대상"에 대한 상징파괴행위가 가장 극적인 형태로 표출되었던 것은 '민족적 민주주의 장례식'에서였다. 1964년 5월 20일 동숭동 서울 문리대 교정에서는 3천여 명의 대학생과 1천여 명의 시민이 참석한 가운데 '민족적 민주주의 장례식'이 열렸다. 당시 보도된 기사들을 토대로 이날의 현장을 묘사하면 이러하다.

대회장 스탠드에는 '축! 민족적 민주주의 사망'이란 조기가 서고 수개 대학에서 보내온 플래카드가 나붙었다. 각 대학 대표 4명은 건을 쓰고 '민족적 민주주의 사장관'을 어깨에 메고 대회장에 들어섰다. 개회사와 격한 어조의 조사 낭독이 끝나고 성토대회에 들어가자 학생들은 십여 차례에 걸친 박수갈채를 보냈다. 이어 6명의 상주가 대지팡이를 짚고 관 앞에서 "어이, 어이" 곡을 했으며 삼천여 명의 학생과 천여 명의 시민들이 함께 슬픈 곡성을 내며 장송시위를 벌였다.[101]

이러한 장면 묘사를 통해서도 짐작할 수 있듯이 '민족적 민주주의 장례식'은 단순한 투쟁이 아니라 기존의 데모에서는 찾아볼 수 없던 "공연의 성격이 섞인 시위"[102]에 가까웠다. 특히나 이날 대회장에 울려퍼진 '조사(弔辭)'는 꽤 인상적이었는데, 이 조사의 집필자는 김지하(서울대 미학)였고 현장에서의 낭독은 송철원(서울대 정치학)이 맡았다. 일반

---

100 '민족적 민주주의 장례식'에서 낭송된 「조사」의 한 구절. 「"민족적 민주주의 장례 및 성토대회" 불허 무릅쓰고 강행」, 『경향신문』, 1964.5.20.
101 「"민족적 민주주의 장례 및 성토대회" 불허 무릅쓰고 강행」, 『경향신문』, 1964.5.20.
102 "20세기 후반의 진보적 예술문화운동은, 1960년대 중반에 문학에서의 순수참여논쟁과 공연예술에서 서울대 문리대 집회에서 모습을 보인 마당극 〈원귀 마당쇠〉와 공연의 성격이 섞인 시위 〈민족적 민주주의 장례식〉 등으로 맹아적 모습을 보이다가, 1970년대 전반에 본격화되었다." 이영미, 「1970, 80년대 재야 지식장의 예술관 변화와 공공적 실천성－문화운동·문예운동·예술운동의 명명과 그 의미」, 『권력(국가-지식)과 학술장, 경합하는 공공성 학술대회 발표자료집』, 연세대 국학연구원 HK사업단, 2013.5.24, 34쪽.

적으로 조사는 "죽은 사람을 슬퍼하여 조문(弔問)의 뜻을 표하는 글이
나 말"을 가리키지만, 김지하가 작성한 이 조사는 망자에 대한 애도와
슬픔을 담고 있지 않았다. 대상에 대한 부정적 비유들과 조롱, 비웃음,
신랄한 폭로로 가득한 이 조사는 오히려 '풍자 글'에 가까웠다. 슬픔보
다는 조소를, 엄숙함보다는 흥을 돋우는 이 조사만 보아도 이날의 데
모가 얼마나 이색적이고 파격적이었는지 알 수 있다. 실제로 당시 학생
들은 캠퍼스에서 행해지는 이날의 데모 형식을 바라보며 "큰 충격"에
휩싸였다.[103]

　여기서 한 가지 짚어볼 것은 왜 '민족적 민주주의'가 화형의 대상으로
호명되었는가 하는 점이다. 이번 장례식에서 낭독된 조사에는 '민족적
민주주의'가 다음과 같이 묘사되어 있다. "개악과 조어(造語)와 식언과
번의와 난동과 불안과 탄압의 명수요 천재요 거장", "일대의 천재(賤才)
요, 희대의 졸작", "한없는 망설임과 번의, 종잡을 길 없는 막연한 정치
이념, 끝없는 혼란과 무질서와 굴욕적인 사대근성이 방향감각과 주체
의식과 지도력의 상실",[104] 이 같은 표현들은 '민족적 민주주의'를, 나
아가서는 이것을 정치적 이념으로 삼았던 '현 정권'을 수식하기 위해
동원되었다. 한국사회에서 '민족적 민주주의'라는 말이 정확히 언제부
터 쓰였는가 하는 점은 좀 더 살펴봐야 하겠지만, 한 가지 확실한 것은
이 용어가 1963년을 기점으로 부상했다는 점이다. 오제연이 지적한 바

---

103 김종철은 당시의 상황을 이렇게 회고했다. "김지하 시인에 대한 기억은 유난히 강렬하다.
　　1964년 3월 정치・사회적으로 문맹이나 다름없이 서울대 문리대에 들어간 나는 입학한 지
　　한 달도 지나지 않아 교정에서 벌어진 '민족적 민주주의 장례식'을 보고 큰 충격을 받았다."
　　「김종철 칼럼－글로 테러를 하는 '시인' 김지하」, 『미디어오늘』, 2012. 12. 6.
104 '민족적 민주주의 장례식'에서 낭송된 「조사」의 한 구절이다. 「"민족적 민주주의 장례 및 성
　　토대회" 불허 무릅쓰고 강행」, 『경향신문』, 1964. 5. 20.

있듯이, '민족적 민주주의'가 국민들에게 박정희 정권의 민족주의 담론으로 각인되는 데에는 대통령 선거 당시의 사상논쟁이 큰 역할을 했다. 63년 대선과 총선 과정에서 박정희와 김종필은 계속해서 자신들을 민족주의자로 호명했고 상대방을 민족이념이 결핍된 사대주의자라 비난했는데, 선거용 구호였던 민족적 민주주의가 윤보선 측과의 사상논쟁을 거치는 동안 박정희 정권의 민족주의 정치노선을 상징하는 담론으로 자리매김된 것이다.[105]

'민족적 민주주의'가 정확히 어떤 의미체계를 갖는 말인지 잘 모르겠다는 의견이나 이에 대한 회의적·비판적 평도 있었지만, 이 용어는 당시 한국인들 사이에서 대체로 큰 무리 없이 받아들여지고 있었다. 이 지점에서 "JP가 만든 휘황찬란한 단어 '민족적 민주주의' 때문에 아주 황홀해서 (…중략…) 김형(김승옥)도 박정희를 찍었다고 하는데 저도 그랬어요. 박정희를 찍으라고 저는 운동할 정도였어요"[106]라는 임헌영의 회고를 떠올려볼 수 있다. 당시 한국사회에서는 "공화당정권이 '민족적 민주주의'를 간판으로 국민에게 정권을 맡겨달라고 호소했던 것을 모르는 사람이 없"었고, 이에 "적지 않은 지식인이 공화당에 관심을 가졌"으며 "좋은 의미로나 나쁜 의미로나 공화당은 참신한 정당인 것처럼 생각"되었던 것이다.[107] 또한 "그의 '민족적 민주주의' 이념에 대한 유권대중의 지지여부가 주목되고 있다"는 평이 나올 정도로 대통령 선거 기간 동안 이 용어는 중요한 정치 언어로 부상했다.[108]

105 오제연, 「1960년대 전반 지식인들의 민족주의 모색—'민족혁명론'과 '민족적 민주주의' 사이에서」, 『역사문제연구』 25호, 역사문제연구소, 2011, 50~51쪽.
106 「〈좌담〉 4월혁명과 60년대를 다시 생각한다」, 최원식·임규찬 편, 앞의 책, 48~49쪽.
107 「여적」, 『경향신문』, 1964.5.21.

이러한 맥락에서 볼 때, '민족적 민주주의 장례식 및 성토대회'는 박정희 정권의 핵심적 민족주의 담론을 파괴함으로써 당국의 정치적·사상적 이념 일체를 배격하는 행위였다고 해석될 수 있다. 주목할 만하게도 이 사건을 계기로 당국이 내세웠던 '민족적 민주주의'라는 '슬로건'은 급격히 약화된다.[109] 심지어 공화당은 기자들을 상대로 한 66년도 브리핑에서 "정식으로 민족적 민주주의란 용어를 쓴 일이 없"다며 이 말의 소유권을 스스로 놔버리기도 했다. 학생들에 의해 '사망 선고'를 받은 이후 '민족적 민주주의'는 한동안 자취를 감추게 되었던 것이다.[110]

1964년 5월 20일에 열린 '민족적 민주주의 장례식'은 한일협정반대운동에서 중요한 분기점이 되었다. 이날의 데모는 투쟁세력의 변화된 입장을 확인하게 해주었다. '박정희 군사정권에 대한 전면 비판'과 '박정희 대통령의 퇴진(하야)'이라는 선언에서도 알 수 있듯이 이날의 데모를 기점으로 한일협정반대투쟁의 성격이 바뀌고 투쟁의 초점 역시 변화했다. 이것은 곧 3·24데모 당시 학생들이 고수하였던 입장, 즉 "**우리의 행동은 반정부 '데모'가 아니다**"라는 선언의 폐기를 의미했다. 이러한 변화는 현 정권으로 하여금 이전과는 다른 태세를 취하게 했다. 왜냐하면 변화된 입장은 저항의 차원이 권력의 특정한 결정과 의지에 한정되는 것이 아니라, **권력 그 자체**를 문제 삼는 방향으로 확대되었음을 말해주는 것이었기 때문이다. 이러한 맥락에서 볼 때 민족적 민주주의

---

108 「박정희씨 당선확실시」, 『경향신문』, 1963. 10. 16.
109 「60년대 신어(新語)」, 『동아일보』, 1969. 12. 20.
110 전재호에 의하면, '민족적 민주주의'가 다시 등장하는 것은 1967년 제6대 대통령 선거 유세에서이다. 그런데 이때의 민족적 민주주의에는 이전과는 다른 의미가 덧입혀져 있었다. 전재호, 『반동적 근대주의자 박정희』, 책세상, 2004, 50~51쪽.

장례식은 현 정권의 정치이념에 대한 사망 선고로서의 의미만이 아니라 권력의 정통성이 그 내부로부터 무너지는 광경을 제공하는 전시 행위로서의 의미도 가졌다.[111] 그들을 '불온'을 내려다보자 시키려 내려앉으려 하면

한편 한일협정반대운동에서 주목되는 또 하나의 특징은 데모의 주체들이 **성명전(聲明戰)**'을 벌이는 데 상당한 열정을 쏟고 있었다는 것이다. 이 시기 청년들은 여러 시국사건이 발생할 때마다 당국이 습관적으로 사용하였던 "가장(假裝)"의 수사를 전유하여 대항 담론을 구축하는 데 썼다. 이들은 '통치 권력의 불온한 내셔널리즘'에 대하여 이야기하기 위해 '식민의 기억'과 '제국의 망령'을 불러들이고 있었다.

매국정권

1960년대 중반 한국사회에서 현 정권을 규정하는 가장 유력한 언어는 "매판"과 "매국"이었다. 데모의 현장에서 나부끼던 투쟁의 언어들은 '권력의 숨겨진 정체'를 드러내겠다는 의지의 표명이었다. 또한 민족주의에 입각한 "애국/매국"이라는 해석의 프레임(frame)은 지난 식민의 역사에 대한 반추를 매개하지 않고는 성립될 수 없었다.

"애국/매국"은 데모가 시작된 초창기부터 이듬해인 65년까지 가장

---

111 한편, 이러한 퍼포먼스는 '화형식'이 아니라 '결혼식'이라는 형식으로 고안되기도 했다. 1964년 6월 2일 서울대 상대에서는 '허수아비 신랑(매판세력)과 신부(가식 민족주의)'의 결혼식이 '신제국주의'의 주례 하에 행해졌다. 이날의 주례사는 민족주의의 가면을 쓰고 있는 매판정권의 기만성과 포악성을 폭로하는 내용으로 구성되었다. 인상적이게도 시위 주체들은 주례사의 마지막 대사를 다음과 같이 처리했다. "무엇보다도 나와 너희들 부부의 정체를 잘 알고 있는 **학생이 가장 두려우니라.**" 현 정권이 데모주체를 '협박'하는 까닭은 상대의 위선적이고 기만적인 가면 뒤의 '맨얼굴'을, 우리(학생) 자신이 '알아차렸기 때문'이라는 것이었다. 「허수아비 신랑신부, 미칠 듯이 … 박수를」, 『경향신문』, 1964.6.3.

지속적이고도 중요하게 다뤄진 프레임이었다. 「서울대학교 3·24선언문」과 「고려대학교 3·24선언문」은 당시 이 프레임이 어떠한 맥락 속에서 쓰였는지를 보여주는 대표적인 텍스트이다. 여기서 학생들은 '민족반역적안', '제2의 이완용', '친일주구', '나라 파는 한·일 회담', '매판자본 악질재벌', '매국정권' 등의 표현을 반복적으로 사용함으로써, 현정권이 추진하는 한일회담의 성격을 "매국적 대일굴욕외교"로 규정하고자 했다. 이러한 담론은 자연스럽게 군부정권과 학생이 서로 다른 좌표를, 말하자면 특정한 정체성을 갖게 했다. 당국을 지시하는 제일의 언어가 "매국"이라면, 학생들을 정체화하는 언어는 "애국"이라 할 수 있었다. 뿐만 아니라 데모의 주체들은 "애국학생"이라는 칭호를 스스로에게 부여함으로써 자신들의 발화 위치를 공고히 하는 것은 물론이고, 이 자리에서 더 많은 "민족의 양심인 전국대학생, 그리고 애국시민"을 호명했다.[112]

한편 학생들의 글에서 '굴욕적'이라는 표현은 최소한 두 가지 의미를 내포하고 있었다. 이때 두 의미란, 이 시기 논쟁의 중심에 있던 기본조약 내용과도 관계가 있는데(일본의 공식 사죄를 성문화하는 일과 과거의 한일 관계를 재규정하는 일), 이 점들을 엮어 정리하면 다음과 같다. 첫 번째는 과거 청산의 윤리성, 즉 기본조약 전문에 일본의 식민 지배에 대한 사죄를 명문화해야 한다는 주장과 관련된다. 사죄의 말, "이 한 마디는 한

---

112 「한·일굴욕회담 반대 학생총연합회 결의문」(1964.5.20)의 내용을 인용한 것이다. 한편 학생들은 자신들이 '국민'을 대변하는 대리자라고 말하기도 하였지만, 때로 보다 구체적인 대상들을 언급함으로써 '국민'이라는 말에 뭉뚱그려진 주체들의 자리를 그려내기도 했다. 이를테면 그들은 '굶주리는 백성과 전례 없는 자살의 참상'을 이야기하며 '농민, 노동자, 소시민'의 입장을 대변하는 대리자로 자기를 규정했다(「숭실대학교 6·1선언문」, 1964.6.1).

국 민족이 지난 15년 동안을 두고 기대했던 말이요, 우리들로 하여금 앞날의 일본에 대한 불신을 깨끗이 불식할 수 있는 말"이었으며, "이 한 마디로 민주주의의 새 일본은 구군국주의의 일본으로부터 탈피했음을 표시함으로써 그 위신을 역사적으로 떨칠 수 있는 말"이기도 했다.[113] 요컨대 한일 기본조약의 전문에는 반드시 '속죄의 언어'가 기입되어야 했던 것이다. 두 번째는 식민화 과정에서 한일 간에 체결된 조약과 협약의 무효를 선언하는 것으로, 이것은 제2조에 기입되어야 할 것이었다. "이 조문은 일본제국주의의 식민지 통치를 합법적인 것으로 보느냐 불법적인 것으로 보느냐를 역사적으로 판정하는 중대한 규정"이자 "총독부 통치를 합법적인 것으로 보느냐는 해방된 한국의 주체성에 관한 문제요, 한·일수교의 성격을 규정하는 기준"이기에 중요한 의미를 가졌다.[114] 이는 현재 일본과 한국의 관계 설정 문제와도 불가분의 관계에 있는 것이었으며, 남한을 유일한 합법정부로 인정한다는 입장을 명시하는 문제와도 결속되어 있던 만큼 민감하게 처리될 수밖에 없었다.[115]

---

113 양호민, 「〈특집 한·일협정문의 분석〉 기본관계 조약—그 정치적 맹점을 비판한다」, 『사상계』 149호(긴급증간호), 1965.7, 48쪽.

114 위의 글, 49~50쪽.

115 여기서 한 가지 짚고 넘어가야 할 것은 64년도 학생 담론에서 발견되는 '국가와 지도자'에 관한 정치적 상상/인식의 스펙트럼이 60년 4·19 때에 비해 현저한 변화를 보이지는 않았다는 점이다. '부적합한 지도자'로부터 '국가를 보호해야 한다'는 인식은 64년에도 반복 표출되고 있었다. 국가를 향한 집념은 기존의 국가론을 보다 폭넓게 검토할 수 있는 기회를 마련하지 못했고, 우리에 의해 지켜져야 할 최고의 선으로서의 국가라는 인식을 보존하게 했다. 이런 맥락에서 볼 때, 식민의 경험을 끊임없이 환기하는 일은 국가가 보호의 주체가 아니라 보호를 받는 객체로 인식되는 데 기여하고 있었다. 비판과 감시의 대상이 되는 것은 '국가 그 자체'가 아니라 '사회'와 '통치 그룹'으로 한정되었다. 때문에 이들의 논의는 마치 국가를 향해 정치적 열정을 쏟고 있는 듯 보이지만, 국가는 이 정열의 입김이 미치지 않는 치외법권적 영역에 머물러 있다는 점에서, 오히려 뜨겁게 달궈지고 있는 논쟁의 지점은 '사회'와 '지도자'

5·16은 4·19의 연장일 수 없다.

한편 "애국 / 매국"이라는 사건 해석의 틀이 본격적으로 '통치 권력의 정통성'을 문제 삼는 방향으로 이동해가기 시작한 것은 정부의 학원사찰과 강경대응으로 인하여 잠시 주춤했던 데모가 다시 재개되는 64년 5월 중순경이다. 이 전환의 지점에는 앞서 살펴보았던 '민족적 민주주의 장례식'이 있었다.

이러한 전환은 "우리의 행동은 반정부 '데모'가 아니다"라는 입장의 전복, 즉 '우리의 행동은 반정부 데모이다'라는 말로 표명되는, 이전과는 다른 입각점을 확인하게 해준다. 이러한 입장 변화가 중요한 의미를 가졌던 까닭은 이것이 '박정희 정권에 대한 불신임'을 선언하는 일만이 아니라, 궁극적으로는 현 정권의 정치적 기원인 '5·16'에 대한 재평가를 수반하고 있었기 때문이다. '5·16'을 재평가한다는 것은 곧 '혁명 서사'를 다시 쓰는 일이기도 했다.

1964년 3월 24일 투쟁의 시작점에서 학생들이 들고 나온 구호는 '미국은 한·일회담에 간섭치 말라. 한·일굴욕외교 반대. 제2의 이완용을 소환하라. 나라 파는 한·일회담 즉각 중지하라'였다.[116] 이어 4월 20일에는 서울대 문리대생들이 "붉은 피는 매국정권을 증오한다"는 메시지를 담은 플래카드를 들고 데모에 참여하였고, 성균관대에서는 "정치 사찰하는 정보기관을 해체하라"는 구호가, 아울러 청주 학생데모에서

가 놓이는 곳이었다고 할 수 있다. 국가는 오랜 시간이 지나도 스스로 오염되거나 부패하지 않지만, 사회와 통치 그룹은 쉽게 부패하고 타락할 수 있다는 것, 때문에 구성원들의 감시와 참여만이 사회를 오염과 타락으로부터 구해내는 유효한 힘이 될 수 있다는 것이었다.

116 6·3동지회, 앞의 책, 95쪽.

는 "5월혁명의 자랑은 4월혁명의 모독이다"라는 구호가 외쳐졌다. 3월에 발생한 데모가 '한일회담' 자체를 문제시 하는 데 집중되었다면, 4월 19일을 기하여 투쟁의 초점은 차츰 '현 정권'을 향해 선회해갔다. 청주 학생데모에서 외쳐진 구호는 같은 달 21일 성균관대 학생들에 의해 "5·16은 4·19의 연장일 수 없다"는 말로 계승된다. 성대 학생 천 여명과 동국대 학생 천삼백여 명은 같은 구호를 전면에 내세우며 투쟁에 돌입했다. '굴욕적인 한일회담 반대'에서 시작된 이번의 데모는 전국적으로 확산되는 과정에서 '박정희 정권의 퇴진'을 요구하는 방향으로 급속히 전환되고 있었다.

4·19를 3·1운동의 연장선상에서 이해하려는 시도가 4월 혁명기에 발현되었던 것과 같이, 1964년도 한일협정반대데모에 참여한 학생들은 자신들의 정통성을 그 이전의 숭고한 역사(4·19혁명)에서 찾고자 했다. 몇 년 전에 있었던 한미행정협정 촉구 데모 때에도 학생들은 자기 행위의 정당성을 4·19혁명으로부터 끌어온 바 있었다. 기존의 담론들이 4·19와 3·1운동 간의 연계 고리를 마련해놓은 바 있기에 4·19와 6·3의 의의를 잇는 것은 곧바로 6·3학생운동을 3·1운동과 맞닿게 하는 일일 수 있었다. 또한 식민의 기억을 각인하고 있는 "애국/매국"이라는 해석의 틀은 한일협정반대데모가 갖는 의의를 3·1운동과의 관련 속에서 구성할 수 있도록 도왔다. "4·19의 후예들"(고려대학교 3·24선언문)은 '지금 여기'에서 혁명의 기억을 길어 올려 현재의 시간을 붉게 적셨던 것이다.[117] 이것은 4·19혁명으로부터 자신들의 정통성을 수혈 받으며 자체적 혁명 서사를 써나가던 군부정권의 의지를 무너

[117] 「고대서 한미행협촉진 데모」, 『경향신문』, 1962.6.6.

뜨리는 일이었다. 즉 5·16이 있던 자리에 6·3학생운동을 대신 기입하려는 열망은 어떤 **역사적 충동**과 대면하게 하는데, 말하자면 이것은 현 권력이 재구성한 혁명의 계보를 파기하고 자신들의 투쟁에 숭고함과 역사성을 부과하려는 시도였다.

학생들은 '4·19추도사'(1965.4.19)[118]를 통해 "죽음의 항쟁"을 복기하고 "숭고한 정신"을 기리며 "4·19 애국 영령들"을 현재의 시간으로 소환하고 있었다. 이러한 제의적 행위는 '4·19'를 '5·16'으로부터 끊어내려는 시도, 즉 오욕으로 물든 혁명의 역사를 다시 씀으로써 "민주주의의 역사"와 '숭고한 정신의 계보'를 복원하는 일이라는 점에서 그 의의가 찾아졌다. 그런가 하면 이러한 시도는 필연적으로 지난 혁명이 '미완의 혁명'이었음을 뼈아프게 성찰하는 일을 동반했다. 이들은 "부정과 부패와 독선과 독재의 아성을 무너뜨리고 참다운 민주주의의 새 역사를 창조한 4·19의 정기가 확고한 민주주의체제를 구현치 못함으로써 비합법적인 군사쿠데타에 의한 정권탈취를 합리화하는 결과를" 낳았다는 역사인식을 가지고 이번 투쟁의 나아갈 방향을 모색하고 있었다.[119]

요컨대 1964년도의 한일협정반대투쟁의 주역들은 데모의 현장에서 두 가지 과업을 수행하고 있었다. 여기서 두 과업이란 상징 권력의 탈환으로, 투쟁의 시간 동안 그들이 되찾아오고자 했던 것은 '**주권**'과 '**혁명**'이었다. 말하자면, 이들은 '부패하고 탐욕적인 위정자'로부터 '국가를 구하는 일'과 '5·16'으로부터 '4·19혁명을 구하는 일'을 동시에 수

---

118 6·3동지회, 앞의 책, 487~488쪽.
119 위의 책, 477쪽.

행하고 있던 것이다. 투쟁의 시간 동안 통치 권력과 학생은 서로를 규정하는 일에 몰두했고 타자 규정은 곧 자기 정체성 형성과 동시적으로 이루어지고 있었다. 또한 투쟁의 시간을 통해 서로가 소유하고자 했던 상징들과 그것이 갖는 힘은 빼앗기고 되돌려지며 이동하고 있었다.

3) '민주주의의 적들'과 '지성의 비상사태'

학생들을 정부에서 죄인취급하고 …… 한 나라의 지성을 대표하는 대학교수를 믿을 수 없다면 그러한 정권은 당연히 물러가야 할 것이라고 우리는 생각한다.[120]

'정치교수'란 말 역시 지성인에 대한 권력층의 시기와 경멸이 잔뜩 담겨 있다. 여기에서 지성인은 저항으로써 자기를 드러내는 것으로 충분하다.[121]

1960년대 중반 박정희 정권은 "학생정치가"와 '정치교수'라는 낙인을 통해 '불복종하는 주체'들의 정체성을 뒤흔들었다. 김현주가 눈의 한 바 있듯이, 정부는 대학의 체제내화를 강제 / 유도하는 언술을 생산하며, 새로 할당된 '정상화된' 위치와 역할을 벗어나 '과도하게 정치화된' 학생과 교수를 대학에서 추방하는 한편 국민으로부터도 분리·소외시키려 했다. 특히나 '정치교수'라는 명목 하에 행해진 교수들의 해

---

120 황산덕, 「아카데미즘의 위기」, 『청맥』 1권 2호, 1964.9, 22쪽.
121 김병익, 「지성과 반지성」(『문학과 지성』, 1971 여름), 『김병익 문화논집─지성과 반지성』, 민음사, 1974, 46쪽.

임과 파면은 시민사회의 위축을 초래하고 대학과 정치적 공론장과의 연합 관계를 해체하는 결정적인 쐐기였다.[122] 이러한 상황에서『사상계』는 "음성적인 탄압"에 의해 초래될 불상사를 막기 위하여, "본의 아닌 누를 끼칠까 하는 염려에서" 대학교수직을 가진 편집위원을 전원 해촉하는 결단을 내리기도 했다.[123]

비판적 지식인의 진로와 생계, 나아가 삶 전반에 걸쳐 개입해 들어오는 통치 권력의 힘은 당대인들에게 '아카데미즘의 위기', 나아가 '지성의 위기'로 받아들여지고 있었다. 이를테면, 황산덕은 한일협정반대투쟁에 대응하는 정부의 태세를 지켜보며 학생을 '죄인'으로, 대학교수를 '믿을 수 없는 자'로 낙인찍는 정권을 향해 "물러가야 할 것"이 마땅함을 주장했다. 김병익 역시 "정치교수"라는 신조어가 유행하는 상황을 바라보며, 이 말에서 "지성인에 대한 권력층의 시기와 경멸"이 목도된다는 점을 지적했다. 그는 "최고권력인"(박정희 대통령)이 '학자와 언론인과 학생들'을 두고 "우리 사회의 저해적 인물들"이라고 지적했을 때, 한국사회는 '너무나 솔직한 이 발언'에서 최고권력자의 세계관과 대면하게 되었다고도 말했다.

이러한 위기의식은 당대의 지식인들 사이에서 폭넓게 공유되고 있었다. 한일회담반대운동이 그들에게 중요한 정치적 경험으로 받아들

---

122 김현주에 따르면, 한일협정 국면에서 많은 대학생들이 구속되거나 퇴학을 당했으며, 협정을 비준한 직후인 1965년 9월에는 '정치교수'라는 명목으로 총 21명의 교수들이 해임, 파면되었다. '정치교수' 중에는『사상계』전 / 현 편집위원과 특히 '조국수호국민협의회'의 의장단 및 교수단 / 문인계 실행위원 등이 다수 포함되었다. 김현주, 「1960년대 후반 '자유'의 인식론적, 정치적 전망─『창작과비평』을 중심으로」,『현대문학의 연구』48권, 한국문학연구학회, 2012, 59~60쪽.

123 「〈권두언〉 오늘의 극한상황은 누구의 책임인가」,『사상계』153호, 1965.11, 26쪽.

여지고 있었던 것은 이 투쟁의 시간이 외교적 사안을 두고 벌이는 공방으로만 인식되지는 않았기 때문이다. 이들은 투쟁의 자원을 개발하고 공유하면서 자기 / 타자를 구성해가는 경합의 시간을 생성시키고 있었다. 그리고 당시에 어떤 매체보다도 적극적으로 이러한 시도에 관여하고자 했던 주체는 바로 '지성의 광장'으로 일컬어졌던 잡지『사상계』였다.

그간 여러 연구자들이 지적한 바 있듯이,『사상계』가 처음부터 5·16군부세력에 대해 비판적인 입장을 취했던 것은 아니다. 1961년 5·16사건이 발생하였을 때, 다소간의 의견차는 있었지만『사상계』의 많은 필자들은 군부세력의 지향과 결정을 우호적으로 해석하고자 노력했다. 예컨대 양호민은 '5·16군사혁명이 우리나라 헌정사상에서는 불행한 일'이지만, 군사정권이 공약대로 권력을 평화적으로 민간정부에 이양함으로써 종결된다면 '다행스러운 일'이라고 말했다.[124] 비교적 온건한 태도를 취하던『사상계』의 입장이 급격한 전환을 맞게 되었던 것은 1963년 3·16성명이 발표되고 나서였다. 당시 박정희의 민정참여 결정을 두고 지식인 사회 일반에서는 대체로 "유감"을 표하거나 "철회"를 요청하는 방향으로 입장이 정리됐다.[125] 이러한 분위기 속에『사상계』는 그 어떤 매체보다도 강경한 목소리를 내며 군부정권과의 "투쟁"을 선언했다. 이 시기에『사상계』는 실로 '반복의 전술'이라 부를 수 있을 만큼 지속적이고도 끈기 있게 저항의 목소리를 내기 시작했다.

---

124 양호민, 「시언(時言)—다시 역사의 전환점에 서서」, 『사상계』 118호, 1963.3, 51쪽.
125 「3·16성명 철회될 때까지 투쟁」, 『동아일보』, 1963.3.21; 「3·16성명 무조건 철회하라」, 『동아일보』, 1963.3.30.

감옥 안에 들어앉아 붓끝으로 바스티유 감옥을 깨뜨린 볼떼르의 용기를 배우고 가다듬을 때가 온 것이다.[126]

1963년 3·16성명을 계기로『사상계』는 적대의 대상을 새롭게 정비했다.[127] 이 해 4월에 발행된『사상계』(창간 10주년 기념 특대호)의 권두언은 의미심장했다.『사상계』는 지난 10년간의 자기 역사를 돌이켜 "'마음의 혁명'을 위한 고요한 행군이었다"고 회고하며 향후로는 보다 더 실천적인 현실 대응을 통해 대항권력의 형성에 앞장설 것임을 선언했다.[128] 위에 인용한 그들의 선언은 이러한 "때"가 당도하였음을 알리는, 말하자면 권력을 향한 선전포고나 다름없었다.『사상계』는 이번 호를 통해 **'민주주의의 적들'**의 목록을 새롭게 작성하였는데, 여기에는 이전 시기부터 계속해서 적대의 대상으로 호명되었던 "공산주의"와 더불어 또 하나의 적이 새롭게 기재되었다. 그것은 바로 "군사독재"였다. 이번 호 권두언이 중요하게 읽히는 까닭은 매체의 새로운 지향과 각오가 이와 같은 방식으로 분명하게 각인되어 있었기 때문이다.

『사상계』의 다른 지면들도 민정이양 포기방침에 대한 전면적 비판을 위해 쓰였다. '문제의식을 바로 잡자', '정치인들의 견해', '나는 이렇

---

126 「〈권두언〉 신뢰감에 기반한 '마음의 혁명' ─ 본지창간 10주년 기념에 즈음하여」,『사상계』 120호(창간 10주년 기념 특대호), 1963.4, 26쪽.
127 김건우에 따르면,『사상계』지식인 집단 가운데 한 축은 1963~1964년경의 시점부터 정권 비판세력으로 전화한다. 이들은 주로 한신(韓神)계열로서 이후 1970년대 저항운동의 한 축을 담당하게 된다. 1960년대 중반 이후 장준하도 이전까지의 사상계 지식인 집단과 결별하면서 잡지의 주요독자였던 이른바 '6·3세대'와 결합하게 된다. 김건우,『사상계와 1950년대 문학』, 소명출판, 2003, 235~236쪽.
128 「〈권두언〉 신뢰감에 기반한 '마음의 혁명' ─ 본지창간 10주년 기념에 즈음하여」,『사상계』 120호(창간 10주년 기념 특대호), 1963.4, 27쪽.

게 본다'와 같은 기획들은 이러한 비판적 입장의 표명을 위해 마련되었
다. 여기에 실린 글들 가운데서도 김성식의 「3·16성명의 이론적 비판」
은 매체의 입장을 집약하고 있어 주목된다.[129] 필자는 이 글에서 '신의
(信義)'라는 프레임을 통해 이번 사건을 재독할 것을 제안한다. 그에 따
르면, '법보다 지켜져야 할 것은 신의'이며 신의를 지키는 것은 '자유·
민주사회의 생명을 보존하는 길'이다. 즉 5·16 직후부터 군부세력이
전 국민 앞에서 다짐한 선언 ─ "앞으로 적당한 시기에 참신하고 양심
적인 정치인들에게 정권을 이양한다"(혁명공약)[130] ─ 을 자진 폐기한다
는 것은 국민과의 약속을 깨트리는 행위이자 '자유·민주사회의 생명'
에 위해를 가하는 정치적 결정이라는 것이다. 김성식이 '신의는 법 이
전의 법'이라는 규정을 통해 '신의'를 '법'보다 우선시해야 할 '정치의 덕
목'으로 설정한 것은, 이번 사안이 '합법/위법'이나 '정당/부당'의 차
원이 아닌 (그것 이전에) '정치적 올바름'의 차원에서 접근해야 할 문제라
고 판단했기 때문이다. 군부세력이 규칙과 법제를 수정·갱신함으로

---

[129] "작년 말에 혁명정부요인은 민정에 참여하겠다는 뜻을 밝혀서 국민의 기대를 깨뜨렸고 연
초 정쟁법의 해제로 구정치인의 공세가 날카로워질 무렵 9개 방안 조건부로 민정참여포기
를 선언하고 다시 구정치인과 선서식까지 엄숙히 거행하더니 3·16성명에서 군정4년을 연
장한다고 선포하고 2·27의 선서를 번복하였다. 생각건대 국민의 귀에 못이 박히도록 약속
이행을 몇 번이고 다짐해 놓고 이제 와서 군정연장이라고 하는 것은 무슨 뜻인가? 그렇게 몇
번이고 자기 약속을 번복하고 어떻게 국민의 신뢰하는 정부가 될 수 있을 것인가? 정치는 권
모가 아니고 술수도 아니다. 정치는 국민에게 일단 약속한 것을 그대로 지켜 나가는 일이다.
그것은 **국민에 대한 신의를 지키는 일**이다. (…중략…) 권모술수는 독재정치를 위한 기본적
방법일지는 몰라도 신의를 지키는 일은 자유·민주사회의 생명이다. 이 생명을 살리기 위
해서 민정이양은 약속대로 실현되어야 한다. 또 국민들도 군정 2년으로 심각한 반성을 갖게
되었고 한걸음 나아가 새로운 방향도 찾게 되었으니 혁명의 의의는 거기에 있다고 보아야
될 것이다." 김성식, 「〈특집 문제의식을 바로잡자〉 3·16성명의 이론적 비판」, 『사상계』
120호(창간 10주년 기념 특대호), 1963.4, 100~105쪽.
[130] 「혁명내각에 요망한다」, 『경향신문』, 1961.5.21.

써 설령 위법과 부당의 영역에서 탈피할 수 있을지는 모르지만, 혁명 공약과 이전의 무수한 성명서들을 휴지화하였다는 사실은 이러한 자기 면책으로도 끝내 회복될 수 없는 '신의'에 대해 생각하게 할 것이었다. 이 글을 통해 필자는 **신의를 저버린 권력** 앞에서 국민이 마주하게 될 것은 결국 '독재정치'와 '권모술수에 빠진 권력의 비열함'일 것이라 경고했다.

이와 같이 『사상계』 4월호에는 '철회'되고 '폐기'되어야 할 것은 2·27선서가 아니라 3·16성명임을 주지시키는 글들이 대거 실렸다. 이범석은 "3·16성명은 2·18성명과 2·27선서를 환영 지지한 모든 사람을 실망과 불안의 구렁텅이로 몰아 넣었"으며, "민주정신의 쇠퇴와 민주제도의 파괴에 대한 염려가 있는 것은 더 말할 나위도 없거니와 국민투표의 절차도 또한 정당한 것이 될 수 없는 것"이라 비판했다. 또한 홍익표는 "2년 동안의 숨 막힐 것 같은 군정의 종식"을 바라보는 시점에서 "박의장은 2·27선서를 통하여 국민 앞에 행한 엄숙한 공약을 폐리(弊履)같이 버"렸으며 "백보를 양하여 국민투표가 행해질 수 있다 하더라도 지금과 같이 정치활동의 정지, 언론출판의 제한, 집회 및 시위의 제한과 위반자에 대한 5년까지의 징역 또는 금고형 위협은 국민의 자유롭고 신념적인 의사참고의 길을 크게 봉쇄하고 있으며 오직 국민투표라는 이름의 연극만이 행해질 수 있을 뿐일 것"이라며 비판의 날을 세웠다.

그런가 하면 홍종인은 권력의 변심이 곧 '지성의 위기'와 어떻게 직결되는 문제인지를 짚기도 했다.[131] 그는 박정희 의장이 첫째 '4·19의

---

131 "무엇 때문에 군사정부가 군정을 4년간 더 연장치 않아서 아니 되겠다는 결론에 이르렀느

혁명정신'을 헛되이 하지 않기 위해 5·16을 일으켰으며, 둘째 '정치적
체질 개선'과 '사회 안정 회복'을 위해 군정 연장을 실시한다고 주장하
였지만, 이것은 모두 승인될 수 없는 논리임을 분명히 했다. 군부세력
은 '비상사태'를 '수습'하고자 '비상조치의 법'을 공포하게 되었다고 설
명하였지만, 이것은 부정부패의 척결을 절대시하며 (정치활동정화법을
통해) 다양한 정치세력의 힘을 억압 및 거세하고, 혼란을 빙자하여 일
체의 언론출판의 자유를 전면 통제하고자 하는 폭압 상태의 출현일 뿐
이라는 것이었다. 권력의 말을 그는 이렇게 되받아쳤다. '권력 그 자신
의 말과 달리 이것은 "비상사태의 수습"이 아니라 "비상사태의 출현"이
다.' 홍종인은 이 글을 통해 '지성의 비상사태'를 선언하고 있었다.

　이상에서와 같이 『사상계』는 3·16성명을 '신의의 파기'로 해석하며
2·27선서의 준수를 종용하였고, 현재의 상황을 '지성의 위기'로 간주
하며 실천적 저항의 필요성을 제기했다. 이러한 사건 해석의 틀을 통
해 이 매체가 제시하고자 한 것은 '정치적 올바름'과 권력이 가져야 할
'최소한의 부끄러움'이었다. 더불어 『사상계』는 단지 권력을 정의하는
일에 그치지 않고 그것을 통해 자기에 대한 앎(自覺)을 갖고자 했다. 이

냐, 하는 점에 관하여 박의장의 설명을 요약하면 첫째, 1월 1일로부터 정치 활동이 허용된 후
의 구정치인 활동이란 것이 결국은 '4·19'나 '5·16'의 혁명을 뜻 없이 만들어버리고 말 정도
로 혼란을 이루고 있다는 점과 그 다음에, 일부의 군인이 군사정권을 전복하려는 쿠데타를
일으키려 했고 또 일부의 군인들이 데모를 일으켰다는 것이 바로 '비상사태'를 이루었고 그
때문에 정치의 안정을 위하여 군정을 연장하여야 하겠다는 것이며 따라서 '비상사태의 수
습'을 위하여 정치활동을 일체 금지하며 정치적 언론·출판의 자유, 집회 데모 등을 제한하
는 비상조치의 법을 3월 16일 박의장의 성명과 동시에 공포하기에 이르렀다고 설명되고 있
다. 그런데 국민들의 입장에서는 박의장의 성명 전의 사태보다도 그 성명과 비상사태 수습,
비상 조치법의 공포를 보는 그 시각부터 **우리나라와 우리들 자신이 비상사태에 놓이게 된 것
이 아니냐** 하는 점이다." 홍종인, 「〈앙케트 나는 이렇게 본다〉 풀기 어려운 의문 많다」, 『사
상계』 120호(창간 10주년 기념 특대호), 1963.4, 155쪽.

시기 『사상계』는 어떠한 '선택의 기로'에 서 있었다. 그리고 그러한 맥락에서 보건대 창간 10주년을 기념하여 나온 1963년 4월호는 향후 이 매체가 무엇을 위해 어떻게 행동할 것인가를 예고해주는 이정표라 할 수 있었다.

파국의 씨

『사상계』는 4월호를 통해 보여준 입장을 차후의 기획과 지면 편성을 통해 구체화하였다. 이 매체는 5월호 권두언을 통해 "애국심이나 정국안정, 경제발전이라는 명목 하에 '**민주주의는 낭비다**'라는 성급한 논리로 민주주의 불신의 감정을 조장한다든가 경제발전을 위해서는 독재가 타당하다는 도그마에 이르러서는 아연실색을 금할 수 없"으며, 이것은 곧 "**파국의 씨**"나 다름없다는 점을 강력히 피력했다.[132] 또한 4월 혁명 당시 학생들이 구사한 '정화와 의술'의 레토릭을 자기의 것으로 만든 5·16세력의 언설방식을 되찾아와 '부정부패로 썩고 처참하게 병든 정치권력'의 현주소를 탐사하는 데 썼다. 그리고 이것은 자연스럽게 5·16에 대한 재평가로 이어졌다.

폭동도 아니요 난동도 아닌 군중의 행진[133]

---

132 「〈권두언〉 의회민주주의를 모략하지 말라─대일의존경향을 경계한다」, 『사상계』 121호, 1963.5, 26쪽.

133 장준하, 「〈권두언〉 이 나라와 이 사회는 어디로?」, 『사상계』 147호, 1965.6, 26쪽.

이러한 잡지의 태세는 이듬해인 1964년도에 이르러 한일협정반대 투쟁에의 참여를 통해 한층 강화된다. 당시 『사상계』는 당국에 의해 '불법(不法)'으로 규정되던 학생들의 데모를 매체의 중요한 이념이었던 '민주주의'를 통해 재해석했다. 이상록이 지적한 바 있듯이, 한일회담 반대운동 과정에서 『사상계』 지식인들의 민주주의 인식은 과거의 대의제 지상주의에서 벗어나고 있었다. 이들은 국민에 대한 설득과 동의 없이 자의적으로 권력을 행사하는 대표자의 정치행위를 억제하기 위해 '국민주권론'을 동원하는 한편, 자신들을 국민의 대리자로 호명했다.[134] 이러한 인식적 변화가 가장 잘 드러난 지면은 1965년 11월호에 마련된 특집 '민주사회와 국민주권'이었다. 뿐만 아니라 해당 매체는 「권두언」을 통해서도 이 점을 분명히 했다. 여기서 장준하는 국민의 투쟁을 '불법'으로 만드는 권력의 방식, 즉 "국민의 기본권리에 속하는 집회와 시위의 자유를 위헌적인 일련의 특별법으로 모조리 봉쇄해 놓고 '법'과 '질서'의 이름에서 국민의 정당한 행동을 '비법(非法)'"으로 낙인찍는 체제의 논리를 비판하며 이에 대항하는 담론을 생산했다.[135] 한일회담을 둘러싼 갈등과 긴장은 일차적으로 민족주의의 균열을 노정한 것이었지만 이는 곧 민주주의를 둘러싼 대립과 갈등이기도 했으며, 『사상계』 지식인들은 공통적으로 '민주정치'의 원리로서 '국민주권'과 '국민의 기본권'을 강조하였던 것이다.[136] 이러한 노력의 일환으로 『사상계』는 정부의 법치가 과연 "민주적 정의에 부합되는 것"인가 반

---

134 이상록, 「『사상계』에 나타난 자유민주주의론 연구」, 한양대 박사논문, 2010, 112~116쪽.
135 장준하, 「〈권두언〉 이 나라와 이 사회는 어디로?」, 『사상계』 147호, 1965.6, 26쪽.
136 황병주, 「박정희 체제의 지배담론—근대화 담론을 중심으로」, 한양대 박사논문, 2008, 238쪽.

문함으로써 데모의 불법성에 대한 논의에 저항하고, 나아가 당국이 표방하는 '의법정치'의 기만성을 폭로했다. 또한 '정치교수'라는 낙인을 찍고 동아일보나 사상계에 관여하는 지식인들을 징계대상으로 삼는 일이나, "합법적으로 자유언론의 사명을 다해온 기관을 마치 범법단체인 것처럼 공언"하는 일은 "음성적인 탄압"에 해당함을 피력하며 "아연실색"할 만한 당국의 태세를 고발하기도 했다.[137]

그런가 하면 1965년 데모의 현장에서 찍힌 한 장의 사진은 당시 『사상계』가 학생들에게 어떠한 의미를 갖는 매체였는지를 새삼 환기시켜준다. 1965년 6월 서울대 법대생들은 투쟁의 일환으로 14일부터 22일까지 단식투쟁을 벌였다. 이 기간 동안 이들은 200시간이라는 단식 기록을 세웠다. 이 긴 항쟁의 시간을 함께 하였던 것은 다름 아닌 잡지 『사상계』였다. 현장의 모습을 담은 당시의 사진들이 보여주듯이 그들의 손에는 『사상계』가 들려 있었다. 이러한 기록은 데모의 현장에 함께 있던 이 대상들의 관계에 대해 되묻게 하기에 충분했다.

1964~65년도 한일회담반대운동 당시 비판적 지식인 잡지들은 청년들의 데모에 지지를 보내고 있었다. 비유하자면 『사상계』와 『청맥』 같은 잡지는 연대의 전선을 형성하며 최후저지선에 나가 있는 청년들을 지원하고 있었던 것이다. 이것은 지식인과 학생의 관계에 있어 어떤 변화를 엿보게 하는 것이었는데, 말하자면 '훈육의 대상'이거나 '계몽의 대상'이 되곤 하였던 청년들은 최소한 1960년대 중반의 데모의 현장에서만큼은 그러한 대상화된 객체가 아니라 스스로 '주체화'를 경험하는 존재들로, 동지적 관계로 인식되었던 것이다. 더불어 이들 잡지가

---

137 「〈권두언〉 오늘의 극한상황은 누구의 책임인가」, 『사상계』 153호, 1965. 11, 26쪽.

생산하는 담론들이 학생들에게 중요한 투쟁의 자원이 되었다는 점도 기억할 필요가 있다.

1964년 4월 『사상계』는 '긴급증간호'를 편성하여 본격적으로 한일협정 문제를 다루기 시작했다. 이 긴급증간호는 온전히 해당 사안을 논의하는 데 할애되었으며, 여기에 실린 글들은 대개가 1964년과 1905년의 시점을 중첩시키며 한일협정 문제를 '일제에 의한 경제적·문화적 식민화'로 해석했다. 이듬해에도 이 잡지는 '긴급증간호'를 편성하여 정부의 억압적 통제 속에 사그라들던 데모의 불씨를 다시 지피고자 했다.[138] 이번 호에 붙은 부제가 "신을사조약의 해부"였다는 사실만으로도 지난해에 이어 『사상계』가 해당 사안을 어떠한 프레임 속에 위치시키며 논의를 지속하고자 했는지를 쉽게 파악할 수 있다.[139] 또한 훗날 조동걸이 언급한 바 있듯이 "이 책에는 당시 한국인의 지성이 집약되어 있"었다.[140]

---

[138] 『사상계』는 한일협정반대데모에 가담한 학생의 구속·수배, 학원법 입법의 추진, 학원사찰 강화 등 일련의 사태를 지켜보며, 학생세력에 대한 당국의 과잉된 억압과 통제를 문제 삼았다. 한 예로, 이 잡지는 '대학생 수상(隨想)—대학의 캠퍼스는 『유리 동물원(動物園)』인가?'와 같은 기획을 마련한 바 있다. 이 기획은 데모의 시기가 지난 후의 대학가 풍경을 스케치하는 가운데 당시 청년들의 심정과 생활상을 담아내고 있다. "대학의 캠퍼스는 유리 동물원이 되었다. 어떤 학생은 인형(人形)으로 자처하고 나선다. 집권층의 온실 속에서 질식할 것 같다고 절규한다. 이제 대학생들의 증언을 들어보자"라는 대목에서도 확인할 수 있다시피, 여기에는 기획자의 깊은 우려와 상실감이 반영되어 있었다. 「편집후기」, 『사상계』 160호, 1966.8, 372쪽.

[139] 이러한 잡지의 관심은 회담 당사자들만이 아니라 한일회담을 추동하는 배후로 간주되었던 미국에 대한 비판적 성찰로도 이어졌다. 예컨대 1965년 9월호를 통해 『사상계』는 '특집 미국에 대한 정책 비판'과 '특집 항일투쟁 반세기'라는 두 개의 기획 특집을 마련하여 미국과 일본이 어떻게 60년대 중반 한국사회에서 부정적인 방식으로 인식되고 의미화될 위기에 처해 있는지를 보여주고자 했다. 이 기획들은 현재적 상황에 대한 비판을 위해서만이 아니라 식민과 예속의 역사에 관한 권력의 정치적 책임을 묻기 위해 마련되었다.

[140] 다음의 전자책 제4장 '6·3항쟁 33주년의 반성과 과제'의 2절 '민주주의혁명사상의 위치와 과제'에서 인용하였다. 조동걸, 『우사 조동걸 전집—2권 한국사에서 근대와 현대』, 역사공

그간 한국사회에서 『사상계』는 '지식인 사회의 재건'에 기여하는 것은 물론,[141] 한국의 사상적이고 정치·사회·문화적인 전환을 선도하는 중심 매체로 기능해왔다.[142] 이호철의 표현을 빌리자면, 1950~60년대는 **"사상계 시대"**라 불릴 수 있을 만큼 당시 이 매체의 영향력은 상당했던 것이다. "교과서도 귀했고 학생들의 지적 욕구를 적셔줄 교양서적도 별로 없는 학생도서의 불모시대"에 『사상계』는 대학생들에게 "유일한 교과서 겸 교양도서"가 되었다. 뿐만 아니라 이 시기에는 "『사상계』를 들고 다녀야 대학생 행세를 하는 풍속도 생겨났다."[143]

그런가 하면 장준하가 언급한 바 있듯이 해당 매체가 상정한 주된 독자층은 "대학생과 30대 이하의 젊은 지성인"이었다. 『사상계』는 창간 무렵부터 "현재를 해결하고 미래를 개척할 민족의 동량(棟樑)은 탁고기명(託孤寄命)의 청년이요, 학생이요, 새로운 세대임을 확신"한다고 선언하며, "이 대열의 등불이 되고 지표가 됨을 지상의 과업"으로 삼을 것임을 표명했다. 이러한 매체의 지향은 지면 편성에도 반영되었다. 예컨대 『사상계』는 1963년 1월호부터 이전의 '파이오니어 그룹'을 없

간, 2011(http://www.krpia.co.kr.access.yonsei.ac.kr:8080/viewer?plctId=PLCT00004974&tabNodeId=NODE03966321#none).

141 박태순·김동춘은 1955년을 전후하여 분명하게 지식인 사회의 재건, 어떤 면에서는 복원의 움직임이 나타나기 시작했다고 지적한다. 이들에 따르면, 보수적 지식인 사회는 대학의 팽창과 교직자의 증가, 조숙한 중고교생들의 지적 욕구와 독서열, 그리고 『사상계』의 창간 등을 통해 형성되었다. 또, 극히 일부에 국한된 현상이기는 하지만, 과거의 중도좌파적 사회노동당 내지 근로인민당 계열의 선배 밑에 모여드는 청년학생들의 반(半)공개적인 연구회와 독서회 그리고 이어서 각 대학과 고교들의 서클 운동 등을 통해 진보적 지식인 사회 또한 구성되고 있었다. 박태순·김동춘, 앞의 책, 1991, 52쪽.

142 권보드래, 「『사상계』와 세계문화자유회의―1950~1960년대 냉전 이데올로기의 세계적 연쇄와 한국」, 『아세아연구』 144호, 고려대 아세아문제연구소, 2011, 247쪽.

143 계창호, 「젊음을 불사른 〈사상계〉」, 장준하선생추모문집간행위원회 편, 『민족혼·민주혼·자유혼―장준하의 생애와 사상』, 나남출판, 1995, 166쪽.

애고 대신 '캠퍼스 동정(動靜)'란을 개설하여 매호마다 대학의 동향과 학생들의 생활을 전하고자 했다. 이 고정란의 개설과 더불어, 학생들이 필자로 잡지에 참여하게 하거나 각 대학의 학생신문에 실린 글들을 소개하는 등의 시도를 통해 '청년의 목소리'가 더 많은 독자들의 귀에 가닿게 했다.[144] 아울러 해당 매체의 이러한 지향은 1964~65년도 한일회담반대운동 시기에 보다 실천적인 형태로 가시화되었다.[145]

그런가 하면 1960년대 중반 『사상계』와 마찬가지로, 때로는 이보다 더 전폭적으로 '학생층'에 대한 지지를 보냈던 또 하나의 매체가 있었다. 그것은 바로 잡지 『청맥』이다. 1964년 8월 창간호를 낼 무렵부터 폐간되기 전까지 『청맥』은 "학생들이야 말로 민족사를 지켜온 참된 예지요, 파수병"이라 정위하며 이들의 목소리가 공론장을 통해 확산될 수 있도록 힘썼다.[146] 또한 데모가 한창 진행 중이던 때에는 '신식민주의' 담론을 선도하며, 정치적·사회적·문화적 차원에서 폭넓게 이러한 논의가 예각화될 수 있게 했다.

『청맥』은 존속기간 동안 한편으로는 학생·지식인층을 "이 시대의

---

144 잡지 편집진은 60년대 중반 이후로도 학생·청년층의 전락을 추동하는 권력의 힘으로부터 그들을 방위하고 학생운동의 의기가 재충전될 수 있도록 노력했다. 그러한 의지는 지면 편성에도 반영되었다. 그중 가장 더운 열기를 피워냈던 공간은 '한국학생민족운동사'를 다시 써나가는 프로젝트였다. 김대상·정세현의 「한국학생민족운동사」는 1968년 4월호부터 12월호까지 총 9회에 걸쳐 실렸다. 그런가 하면 마지막 호가 된 1970년 5월호에는 김지하의 「오적(五賊)」과 함께 〈대학·교수·학생〉 특집이 실렸다. 특집에 실린 글로는 「참여의 전망(중)―선진국 대학의 경우」(스탠리 호프만), 「학원의 해방을!―히틀러는 언론·학원·종교를 말살했다」(김재준), 「권력의 시녀에서 탈피하는 길」(안인희), 「학생운동의 나아갈 길」(편집부) 등이 있다.
145 1960년대 『사상계』의 위상과 지향에 대해서는 임유경, 「지식인과 잡지문화」, 오제연 외, 『한국 현대생활문화사 1960년대―근대화와 군대화』, 창비, 2016, 88~94쪽 참조.
146 「〈권두언〉 역사에 살아야 한다―민족적 양심에의 복귀를 촉구하면서」, 『청맥』 1권 2호, 1964.9, 19쪽.

전위"로 호명하며, 다른 한편으로는 스스로 "지성의 참된 공동광장"이 되겠다는 매체의 지향을 쉬지 않고 강조했다. 이 매체는 이러한 자기 지향을 실천하기 위해 "한국의 타부들"과 "비판권외의 권부"를 논의하는 일도 서슴지 않았다. 이것은 '구국(救國)을 선언하며 가두로 뛰쳐나온 청년'들을 불온시하는 정권을 바라보며 그들이 물었던 질문, "도대체 우리는 어디로 가야하나?"에 대한 자기 실천적 응답이라고도 할 수 있었다.[147] 그러나 앞서 살펴보았던 듯이 통혁당 사건에 연루되면서 매체가 스스로에게 부여하였던 숭고한 의미는 부서지기 시작했다. 통치 권력의 언설에 의해 이 매체는 청년들을 보위하는 주체가 아니라, 그들의 삶을 어지럽히고 그들의 정치적 열정을 붉게 물들였던 '사상최대'의 "불온 잡지"가 되었던 것이다.

3. 통치의 기술, 법과 서사

1) '법의 이름으로', 파국의 예방과 계엄령

1964년은 박정희 정권의 입장에서도 매우 중요한 해였다. 민정이양 의사를 번복한 후 여론은 급속히 전화되었고 이러한 분위기 속에 5·16에 대한 재평가가 이루어졌다. '5·16군사혁명 세 돌'을 맞아 주요 일

---

147 「〈권두언〉 저무는 갑진년에 부친다」, 『청맥』 1권 4호, 1964.12, 20쪽.

간지와 잡지 매체들은 일제히 5·16과 군사정부를 평가하는 자리를 마련하였다. 이 시기 여야의 정당들 역시도 공식성명을 발표하면서 이 일에 동참했다. 당시 여러 주체들에 의해 수행된 재평가 작업에서 발견되는 공통된 입장은 다음의 두 가지로 압축된다. 첫째는 "군사혁명으로도 한국의 절박한 문제점은 해결되지 못했다"는 것이었고, 둘째는 "혁명공약이 변질했다"는 것이다.[148]

그중에서도 가장 강도 높은 비판을 제기하였던 것은 야당이었다. 민주당은 5·16을 두고 "침잠과 퇴화를 강요한 상처뿐인 자학(自虐)의 역사"라 규정하며 "5개년 경제계획을 성서(聖書)와 같이 외며 한강의 기적을 보이겠다던 박정권은 번의·허언정치는 고사하고 증권폭리, 삼분폭리, 불하(拂下)폭리, 환율폭리 등 사상 유례 없는 부정부패가 권력주변에서 판을" 치게 되었다고 비판했다. 민정당 역시 "총칼로 정권을 강점했던 '쿠데타'의 성격은 민족사의 치욕이요, 민주주의의 조종(弔鐘)이요, 정권의 강탈이요, 부패를 계획한 소수군인집단의 잔인한 수단이었다"고 평하였으며, 국민의당의 경우 '혁명공약은 휴지화되었다'며 비판의 날을 세웠다. 뿐만 아니라 공화당 역시 "본당이 승리한 것은 국민이 5·16혁명에 호응한 것으로 해석, 무거운 책임을 느낀다"고 자성의 목소리를 냈다.

1964년도에 접어들어 박정희 정권은 '무능한 통치력'과 '부정부패'에 대한 책임을 묻는 여론에 답해야 했다. 또한 "3·1민족정신의 유린과 4·19정신을 철저히 모독 보복한 죄과"(민정당)라고 규정하는 대항 세력의 논리에 의해 '혁명의 계보'에서도 추방당할 위기에 처했다. 5·16

---

148 「평가 "변질된 혁명 공약"」, 『경향신문』, 1964.5.16.

이 '거국적인 군사혁명'에서 '소수군인집단의 무법행동', 즉 '쿠데타'로 재해석됨에 따라 권력의 정통성에 심각한 훼손이 발생한 것이다. 또한 이 시기에 한일회담반대운동은 전국적 규모로 확산되었고 있었다. 이러한 급변하는 정세는 군부정권으로 하여금 권력의 보위와 체제의 안정을 위한 대책들을 모색하게 만들었다.

1964년 5·20데모를 계기로 굴욕회담 반대운동이 정권에 대한 전면적 대항의 성격을 띠게 되었다면, 다음날인 21일 새벽에 일어난 무장 군인의 법원 난입사건은 "일종의 친위 쿠데타적 사건으로서 박정희 정권의 강경한 진압의지를 나타낸 것"이었다.[149] '민족적 민주주의 장례식 및 성토대회'가 진행된 날 시위대와 경찰의 충돌로 65명이 중경상을 입었고 학생 87명, 시민 94명 등 181명이 연행되었다. 그중 107명에게는 집회 및 시위에 관한 법률위반과 특수공무집행방해 혐의로 구속영장이 신청되었는데, 13명에 한해서만 구속영장이 발부되자[150] 이에 대한 반발로 이른바 '무장군인의 사법부 압력사건'이 일어났던 것이다.[151] 또한 계엄이라는 미명하에 공수단 장교 8명이 법원침입사건 기사 보도에 항의하고자 『동아일보』에 침입하는 사건이 발생했다.[152] 이 사건으로 인해 1964년 5월 22일 국회 본회의에서는 국무총리를 비롯한 국방·내무·법무 등 국무위원에 대한 질문이 이어져 "민정 이후 최대의 긴장을 조성했다." 이날 야당은 무장군인들이 사법부에 간섭하는 것을

---

149 6·3동지회, 앞의 책, 103~104쪽.

150 위의 책.

151 21일 새벽 완전무장한 육군 공수단 소속 군인 13명이 법원에 난립한 후 숙직 판사 자택으로 몰려가 학생데모와 관련하여 영장발부를 종용한 협박사건이 발생했다. 「무장군인 사법부에 압력」, 『동아일보』, 1964.5.21.

152 「'동아일보 51년' 약사」, 『동아일보』, 1971.4.1.

"국기(國基)를 흔드는 난동(亂動)"으로 보고 대통령에 대한 탄핵소추결의안까지 준비했으나, 정일권 총리와 김성은 국방장관은 "몇몇 군인의 행동에 불과하며 단순한 충정(忠情)에서 행해진 것"이라고 국회에 보고했다.[153]

그런가 하면 양찬우 내무장관은 "3·24 이후 일부학생, 학생정치가로 불리어지는 사이비 학생의 '데모'로 사회가 혼란해졌"으며, "반정부적 행위"를 한 "몰지각한 학생과 민간인을 구속한 것은 안타까운 일이나 법의 존엄을 위해 부득이했다"고 답변했다. 정일권 국무총리 역시 "학원질서를 문란시키는 행위에 대해서는 단연코 의법 조처하겠다"며 강경한 입장을 표명했다. 뿐만 아니라 이날 양찬우 내무장관은 이번의 데모에서는 과거의 학생데모와는 다른 부정적인 양상들이 발견된다고 지적하며 데모의 성격을 보다 분명하게 규정하려 했다. "국체(國體)를 부인하여 정부전복에 점화를 하려 했다"는 해석에서도 표면화되고 있듯이, 국가보안법과 반공법에 명시되어 있는 '반국가성'의 내용이 학생데모의 성격을 규정하는 데 동원되고 있었다.[154]

이들의 논의를 종합하자면, 1964년도 한국사회에서는 국기(國基)를 흔드는 '두 개의 난동'이 발생했다. 야당 측에서는 무장군인의 사법부 압력사건을 두고 '국기를 흔드는 난동'이라 규정했고, 당국에서는 학생들의 데모를 두고 동일한 정의를 내렸다.[155] 이 '난동들'을 지켜보며 박

---

153 「"국기(國基) 흔드는 난동(亂動)"」, 『동아일보』, 1964.5.22.
154 양찬우는 이번 데모의 특징으로 ① 처음부터 불법적인 집회시위였고, ② 일부 정치학생들의 집회시위에 정치인이 들어가 이를 지지 성원했으며, ③ 평화적이 아니라 경찰에게 투석하고 짓밟는 등 난동을 벌였다는 점을 꼽았다.
155 언론에서는 '민족적 민주주의 장례식'을 대대적으로 보도하며, 때로는 흥분된 어조로 상황을 전달하기에 여념이 없기도 했지만, 학생데모에 무조건적인 지지를 보내고 있었던 것은

정희는 각료들과 마찬가지로 무장군인 사건은 애국적 충정에 의한 우발적 행동이라 해명했고, 민기식 육군참모총장을 통해 "앞으로도 데모가 계속된다면 군인들이 5·21집단행동 같은 것을 않겠다는 보장을 할수 없다"며 "공수단 장병들의 이 같은 경거망동의 재발을 막는 것은 학생들의 데모가 없어지는 일뿐"이라 일갈했다. 이러한 당국의 경고는 6월 3일의 데모를 거치며 이내 '계엄령 선포'로 현실화되었고, 계엄이 선포되는 자리에는 **북한의 그림자**가 짙게 드리워졌다.

> 파국(破局)을 예방하기 위한 효과 있는 사전 조치가 절실함을 느껴 이 불가피한 단안을 내리기에 이른 것[156]

> 북괴는 암호지령·일반방송 등을 통해 정부전복을 선동하는 등 간접침략을 강화하므로 이와 같은 **준전시상태**에서 서울은 **극도의 교란상태**에 빠졌다. 북괴의 간접침략뿐 아니라 괴뢰군은 심상찮은 동태를 보였었다. 괴뢰군의 동태는 극비에 속하므로 국방장관이 국방위에서 비공개로 보고할 것이다.[157]

당국은 1962년도 학생데모 때와 마찬가지로 "장문의 담화문"을 통해 계엄령 발동 경위와 그 불가피성에 대해 설명했다. 첫 번째 예문은 6월 3일 선포된 비상계엄사태에 대한 대통령의 성명이고, 두 번째 예문은 같은 달 11일 국회 본회의에서 발표된 정부보고이다. 이 두 예문은 64

아니다.

156 「박대통령 담화요지」, 『동아일보』, 1964.6.4.

157 「계엄선포 경위를 청취」, 『동아일보』, 1964.6.11.

년도 데모에 대한 정부의 공식 입장을 담고 있는데, 학생데모를 설명하기 위해 동원되는 레토릭과 데모세력을 향한 선전포고와도 같은 강경한 입장의 천명이 주목된다.

위의 두 텍스트가 학생데모의 본질을 파헤치고 드러내는 데, 아울러 이를 통해 정부의 공권력 행사를 정당화하는 데 그 목적을 두고 있음을 파악하기란 어렵지 않다. 특히나 텍스트상에서 "북괴"의 출현빈도는 정부가 공식성명을 통해 해당 사건이 이야기되는 맥락을 어떠한 방식으로 확정하려 했는지 간취할 수 있게 한다. 이에 따르면, 6·3데모는 '북괴'와 일정한 관련을 맺고 있으며, 현재 한국사회는 내부적으로는 6·3데모로 인하여, 외부적으로는 '북괴'의 간접침략 강화로 인하여 "극도의 교란상태"에 빠져 있다. 이러한 분석은 두 가지 차원에서 정치적 효과를 발생시키는 것이었는데, 첫째는 '6·3데모'의 배후에 '북한'을 위치시킴으로써 이 사건을 '파괴적, 불법적, 반국가적, 이적적(利敵的) 성격을 띠는 불온한 난동'으로 규정하는 것이고, 둘째는 대한민국의 현 상황을 "준전시상태"로, 서울을 "극도의 교란상태"로 파악함으로써 비상계엄 선포를 정당한 처사로 합리화하는 것이다. 당국은 **"파국(破局)을 예방하기 위한 효과 있는 사전 조치가 절실"**하여 계엄선포를 단행하였다고 발표하였지만, 당대인들이 언급한 바 있듯이 이러한 조치는 '누구의 파국'을 위한 예방책이었는지 묻지 않을 수 없게 했다. 당시 정부가 발표한 문건들은 사실상 대한민국의 위기라기보다는 **권력이 처한 위기**에 대해 이야기하고 있었다.

박정희 대통령은 학생데모에 대한 강경 대응 방침을 일찌감치 예고한 바 있었다. 한미행정협정 촉진을 위한 학생데모가 한창이던 1962년도에 그는 "'데모' 행동은 계엄령 하에서는 위법이라는 것을 학생들에게 철저히 인식시키고 앞으로의 '데모' 행위에 대해서는 이유 여하와 규모의 대소를 막론하고 단호히 법으로써 엄중 조치하라"는 메시지를 전했다. 그리고 1964년에 들어 이러한 '법적 엄중 조치'는 '계엄령의 선포'로 현실화되었다. 계엄이 선포된 상황에서 모든 데모 행위는 불법적 성격을 갖게 된다. "계엄 기간 중 난동·파괴·불온한 선동·유언비어 조작을 비롯한 범법행위"와 "혼란을 틈탄 일체의 공산세력은 단호히 엄단될 것"이라는 언명이 말해주듯이, 계엄령의 실효성은 각각의 데모와 데모 주체들의 성격을 일일이 파악하고 규정할 필요가 없다는데, 그리하여 처벌의 이유와 정당성을 해명할 필요가 없다는 데 있었다. 계엄 하에서 '불법과 합법', 그리고 '불온한가, 아닌가' 하는 것은 불필요한 논의가 된다. 또 한 가지 계엄령의 중요한 효과 중 하나는 데모의 주체들에게만이 아니라, 계엄 하에 있는 모든 주민들에게도 일정한 학습효과를 발생시킨다는 것이다.

'계엄'이란 문자의 숨 막히는 억눌림[158]

6·3계엄이 해제된 후 각 언론사들은 일제히 이번의 계엄이 갖는 의미와 그 효과에 주목했다. 한 신문의 표현을 빌리자면, 계엄이 무엇을 가져왔고 또 무엇을 가져올 것인지에 대해 관심이 모아졌던 것이다. 『동아일보』와 『경향신문』은 정치부 좌담회를 마련하여 이 문제를 논의하였고, 더불어 각계의 반응을 실어 나르기도 했다. 이때 논의된 바

---

158 「횡설수설」, 『동아일보』, 1964.7.29.

들은 주목할 만한데, 몇 가지 사안을 중심으로 논의를 쟁점화해보면 다음과 같다.

첫째는 6 · 3계엄의 성격 규정 문제이다. 이번 계엄은 '현존 권력이 학생으로부터 자신을 보호하기 위해 발동한 것', 즉 '권력구조의 자기 방위를 위한 것'으로 이해되었다.[159] 두 번째 쟁점은 계엄 발동의 불가 피성에 관한 문제이다. 이번의 계엄은 초기부터 위법성 논란에 휩싸인 바 있듯이, 현행 계엄법에 비추어보자면 선포의 정당성에 이의를 제기 할 수 있는 여지가 있었다. 그렇다면, 위법성에 대한 고려가 불가피했 을 것임에도 불구하고 당국은 왜 계엄령을 발동시켰는가. 그것은 아마 도 "학생 '데모'가 '4 · 19'를 일으켰던 전례에 크게 신경을 쓴" 탓 때문일 것이다.[160] 여기서 논자들은 현 정권의 자신감과 자기신뢰라는 문제를 짚기도 하는데, 말하자면 군부정권이 상황을 통제하고 수습할 능력이 있음에도 불구하고 성급히 무리한 방법을 통해 문제를 해결하고자 했 다는 것이다. "확실히 '4 · 19'로 무너진 자유당 정권처럼 '6 · 3' 이전의 사태로 무너질 만큼 현 정권은 허약한 정권은 아니었"으며, 이러한 맥 락에서 볼 때 "6 · 3'계엄선포는 과잉방위였다"는 것이다.[161]

이어 마지막 쟁점인 계엄의 효과를 살펴보자. 동아일보가 실시한 여 론조사에 따르면, "계엄이라는 수단을 빌리지 않으면 사태를 수습할 수 없다는 것"은 "힘에 의한 지배"와 "정치의 빈곤"을 목격하게 하는 것 이었고(정경석 · 연세대 교수), 이 지배의 방식에 의해 가장 큰 타격을 받은

---

159 「본사 정치부 좌담―계엄과 해엄, 무엇을 가져왔고, 무엇을 가져오나(상)」, 『동아일보』, 1964.7.29.
160 「본사 정치부 기자 좌담회―'계엄 두 달'의 고비를 넘어」, 『경향신문』, 1964.7.29.
161 위의 글.

것은 '학생'이었다("계엄선포로 학생들의 사기를 죽이게 한 것이 가장 큰 영향일 것이다", 김수남·서울법대생). 또한 계엄의 중요한 파급효과는 "여론의 위축"(최영식·의사), 즉 "말하는 사람에게 말을 못하게 하고 말 듣는 사람에게 말을 못 듣도록 한 것"(김성식·고대 교수)이라 할 수 있었다. 이것은 "불안과 답답함"을 불러일으키고 심리적 위축을 낳았다(김성식·고대 교수).

그런가 하면 '계엄의 유산'에 대한 응답은 다음과 같았다. "그 어둡고 불안한 지난 2개월간의 공포심"(이명환·변호사), "무언(無言)의 중압감"과 "국민들의 생활과 감정이 위축하게 된 점"(박목월·시인), "일종의 압박감"과 "정신적인 피해"(김영주·화가), "어떤 전체적인 위압감"(백철·문학평론가) 등의 표현이 지시하고 있듯이, 계엄의 시간이 훑고 지나간 자리에서 당대인들이 공통적으로 감지하고 있던 것은 구체적인 언어로 표현하거나 설명하기는 어렵지만 분명 자기 안에서 퍼져나가고 있던 '어떤 감각'이었다.[162] 그것은 말하자면, **무엇을 해야 하고 무엇을 하지 말아야 하는가**에 대한 자동화된 감각의 형성이라 할 수 있었다. 같은 맥락에서 계엄의 실질적 효과는 "정부가 계엄을 펴면 모두 꼼짝 못한다는 하나의 기풍을 집권자로 하여금 인식하게 한 것", 그 "틀림없는 사실"에서 찾아졌다.[163]

이 기회에 일부 불순한 학생들의 오만과 불손의 파괴적 행동으로 말미암아 앞으로 한없이 조성될 만성적 정치불안을 우려하여 그 고질을 도려내어 차제에 데**모 만능의 풍조를 발본색원**할 방침인 것을 분명히 해두는 바(박정희 대통령)

---

162 「계엄의 영향과 해엄 뒤의 과제-각계인사들에 물어 본다」, 『동아일보』, 1964.7.30.
163 「본사 정치부 좌담-계엄과 해엄, 무엇을 가져왔고, 무엇을 가져오나(상)」, 『동아일보』, 1964.7.29.

타자에게 특정 행동을 강요하기 위해 사용되는 물리적 폭력도 비록 폭력적인 방식이기는 하지만 행위와 관련된 결정을 실현시킨다는 점에서 하나의 커뮤니케이션 과정에 포함된다고 한다면, 이 장면에서 목격되는 권력의 테크놀로지의 변화는 곧 커뮤니케이션 방식의 변화라 할 수 있을 것이다.[164] 1964년도의 계엄령 선포는 정부의 통치 방식이 이전과는 달라졌음을 알려주었으며, 또한 향후 그것이 어떻게 변화해 갈 것인지를 짐작할 수 있게 했다. 당국의 입장에서 이야기하자면, "이 불가피한 단안"은 "실효 없는 사후 조치보다도 파국(破局)을 예방하기 위한 효과 있는 사전 조치가 절실"한 상황에서 떠오른 대안이었다.[165] "실효 없는 사후 조치"를 "효과 있는 사전 조치"로 대체한다는 것은 곧 권력이 사후적 '처벌'을 통해서만이 아니라 '예방'을 통해서도 과시적 힘을 행사할 것임을 예고하는 것이었다. 이제 강경한 대응은 단지 현상황을 수습하기 위해서만이 아니라, "데모 만능의 풍조를 발본색원"하기 위해서도 쓰일 예정이었다. 이러한 방침은 궁극적으로 "'데모' 만능의 뿌리"를 이루는 청년들의 정치 감각과 잠재성을 "발본색원"하는 데 그 목적을 두고 있었다.[166]

---

164 한병철, 김남시 역, 『권력이란 무엇인가』, 문학과지성사, 2011, 42쪽.
165 「박대통령 담화요지」, 『동아일보』, 1964.6.4.
166 양찬우 내무장관의 말이다. 「계엄선포 경위를 청취」, 『동아일보』, 1964.6.11.

2) 가부장적 체제와 해제하는 권력

'몰락'과 '파국'을 전화시키는 힘은 "'계엄'이란 문자의 숨 막히는 억눌림"[167]을 통해서만 발휘되지 않았다. 그것은 4월 혁명의 유산을 상속받는 일을 통해서도 발생했다. 한일협정반대투쟁은 통치 권력으로 하여금 **'누가 혁명을 이야기할 것인가'**라는 물음을, 보다 구체적으로는 이 발화를 소유하는 주체들의 산만성을 재정비하게 만들었다. 당국에 따르면, 발화의 주체와 발화된 내용의 소유권 문제를 논의할 수 있는 주체는 오직 권력 그 자신뿐이었다.

> 무슨 프랑카드를 들고, 무슨 학교에서 성토대회를 하고 무슨 정부 물러가라, 매국하는 정부 물러가라. 이러한 철없는 짓들 하는데 나는 학생제군들에게 솔직히 오늘 이 자리에서 이야기해 두거니와, 제군들이 앞으로 이 나라의 주인들이 되자면 적어도 10년 내지 20년 후에라야만 제군들이 이 나라의 주인공이 되는 것입니다.[168]

1965년 5월 2일 진해비료공장 준공식에서 박정희는 예정된 연설을 하다 돌연 화제를 바꾸어 한일협정반대투쟁의 주체인 학생들을 향해 자신의 입장을 피력하기 시작했다. 위의 예문은 이날 그가 발언한 내용 중 일부이다. 언뜻 보면, 지난 해(64년) 정부가 피력한 공식입장과 내용상으로는 크게 바를 바가 없어 보인다. 그런데 이날의 연설은 기존

---

167 「횡설수설」, 『동아일보』, 1964. 7. 29.
168 1965년 5월 2일 진해비료공장 준공식에서의 박정희 대통령 연설.

의 정부나 대통령의 공식담화와 달리 정제되지 않은 목소리를 통해 해당 사안에 대한 '솔직한 의견'을 표출하고 있어 주목된다.

이날의 연설은 인상적이다. 육성으로 남겨진 이 연설은 성문화된 텍스트가 온전히 담아낼 수 없는 연설자의 기분과 감정을 청자에게 보다 생생하게 전달해준다는 점에서 흥미롭다. 박정희의 연설은 급하게 입 밖으로 달려 나오는 말들을 연사 자신이 충분히 감당하고 있지 못하는 것 같은 인상을 주는데, 이 점은 무엇보다 격앙되고 조급하며 심지어는 짜증이 나 있는 것처럼 들리는 목소리에서 확인된다. 또한 이날의 연설에서 그는 말 안 듣는 자식을 훈계하는 근엄하고 (동시에) 말 많은 아비와 같이 발화했다.

이것은 어떤 면에서 매우 낯선 장면이다. 1961년 군부세력이 한국사회에 처음 등장했던 무렵이나 이듬해 한미행정협정 촉구 데모가 행해지던 때까지만 해도 박정희는 청년들과 그리 멀지 않은 곳에 자기의 자리를 마련하고 있었다. 그는 분명 '젊음과 청신과 패기'를 통해 자기를 새롭게 표상하고자 했다. 그런데 1960년대 중반 한일협정반대투쟁의 경험을 거치면서 그는 이전의 '국부(國父)'가 있던 자리로 이동해버렸다. 진해비료공장 준공식에서의 연설은 60년대 후반 공안사건에 관계되었던 학생들과 지식인들을 처벌하는 근엄한 아비의 목소리가 언제부터 출현하였던 것인지를 짐작할 수 있게 한다. 즉 1964~65년도에 발표된 정부의 문건들에서는 통치자와 피통치자, 대통령과 학생의 관계를 아비와 자식의 관계로 전치시키는 발화의 기술이 발견되는데, 그 중에서도 65년도에 행해진 이날의 연설은 이 점을 가장 직접적이고도 분명하게 표면화시켰다.

박정희 대통령이 이날의 연설에서 불현듯 학생데모에 대해 이야기하게 되었던 것은 이 자리에 마침 학생들이 참석해 있었기 때문이다. 그들을 발견하고 나서 박정희는 그간 참아왔던 속내를 꺼내놓기라도 하듯 '좀 더 얘기를 해야겠다'고 말했다. 이렇게 또 하나의 연설, 사전에 계획되지는 않았으나 아마도 그간 매우 발설하고 싶었을 그의 속이야기가 시작되었다.

박정희 대통령은 먼저 '학생제군'들을 향해 한일협정반대시위에 대한 자신의 입장을 설명했다. 그에 따르면 플랜카드를 만들어 거리에 나가는 일, 함께 모여 성토대회를 여는 일, '매국하는 정부 물러가라'는 구호를 외치고 다니는 일 등은 소위 "철없는 짓들"에 불과했다. 이 학생들은 말하자면 "요즘에 바깥의 세상이 뒤숭숭하고 뭐 하니까 학생들이 거리에 좀 나와서 한번 기분 풀기 위해서 한번 나가보자 하는 이러한 사고방식을 가진" "철부지한 학생들"이라는 것이다. 이러한 규정이 혹여 주관적인 의견으로 받아들여질지 모른다고 생각하였던지 박정희는 이어 작년 말 독일에서 뤼프케 연방대통령과 만나 나누었던 이야기를 덧붙였다. 그는 뤼프케 대통령의 말을 빌려 '한국의 학생데모'가 '국가의 장래'에 끼칠 부정적인 영향에 대해 말했다. 그의 이야기를 정리해보건대, 이 일화는 궁극적으로 다음의 말을 예비하기 위해 준비된 것이었다. "거리에 나오기를 좋아"하는 학생들을 나는 "절대" "애국적인 학생이라고 보지 않"는다.

박정희 대통령이 스스로 언급하였듯이 이날 그는 "솔직히" 자기의 입장을 밝혔다. 아마도 육성을 타고 전해지는 '짜증 섞인 훈계'는 당시 그가 갖고 있던 생각과 감정을 여실히 반영하고 있었을 것이다. 뿐만 아니라 그는 어떤 대목에서 지나치게 솔직해졌다. 그에 따르면, 지금의 시대는 "학생제군"의 시대가 아니며, 그리하여 현재 이들은 "이 나라의 주인"도 아니었다. 1960년에 발표된 박계주의 소설 「장미와 태양」의 한 대목을 빌려와 말하자면, "낡고 썩은 구시대는 물러가라. 시대는 바야흐로 젊은이의 것이다"[169]라는 선언은 60년대 중반에 이르러, 청년들의 정념을 상징적인 차원에서 거세하려는 당국의 언설에 의해 폐기될 위기에 처했다. 청년을 역사의 주변부로 밀어내는 주인공의 언설에 의하면, '시대는 바야흐로 그의 것이었다.'

한편 박정희는 이날의 연설에서 혁명의 소유권을 되찾으려는 의지를 보여주기도 했다. 4월 혁명을 '예외적 혁명'으로 규정함으로써 혁명정신을 계승하고자 한 이번 데모의 주체들을 혁명의 계보로부터 추방시켰다. 이 연설에 따르면, "여러분들의 선배가" "한국의 민주주의를 같이 지키기 위해서 뛰어나온 그 정신은 그야말로 백 년에 한번, 수백년에 한번 있을까 말까한 이런 숭고한 정신", 즉 '예외'에 해당했다. 이어 그는 제3의 위치에 서서 4·19혁명의 주체와 6·3데모의 주체를 대비시켰다. 격앙된 목소리는 "사소한 정치적인 문제"로 거리에 뛰어나와 "그것이 4·19정신이라고" '떠드는 일'이야말로 "4·19정신을 그 이상 더 모독하는 그런 그 무엇이 없을" 것이라고, "4·19정신은 절대 그런 것이 아니"라고 이야기하고 있었다. 주목할 만하게도 그의 발화에서 4월 혁명의 숭고한 가치가 말해질수록 현재 학생들의 투쟁이 갖는 의미는 지난날의 영광으로부터 멀어져갔다. 이 연설을 곧이곧대로 듣자면, '그'보다 더 '4월 혁명의 숭고함'을 알아차린 이는 없을 뿐만 아니

---

169 박계주, 「〈소설〉 장미와 태양(174)」, 『경향신문』, 1960.10.19.

라, 제2의 4월 혁명은 더 이상 존재할 수도 없고 존재할 필요도 없는 것이었다. 요컨대 이날의 연설은 대통령과 학생들을 '**근엄한 아비와 철부지 아들의 서사**'에서 조우하게 함으로써 학생으로 통칭되는 대항세력을 '가부장적 체제'에 편입시켜버렸다. 또한 이를 토대로 혁명서사의 소유권을 되찾아옴으로써 대항세력에 의해 결락된 자기의 자리를 복권시키고 있었다.

진해비료공장 연설이 있은 지 얼마 지나지 않아 박정희는 '대통령특별담화문'[170]을 발표했다. 이 담화문을 빼곡히 채우고 있는 것은 지난 연설에서 그가 두서없이 했던 말들과 그때 미처 하지 못했던 말들이다. 이 글에는 발화자가 한일협정반대데모를 해석하는 방식이 더 분명하게 드러나 있으며, 향후 통치 권력과 학생 세력의 관계를 어떤 구도하에 고착시켜나갈 것인지가 암시되어 있기도 했다. 이 정치텍스트의 논리에 따르면, 한일협정반대투쟁은 '당리당략을 미끼로 삼아온 일부 몰지각한 정치인'과 '학업에 관심이 없거나 불순정객에게 미혹된 철부지 학생들'이 불법적 데모를 통해 사회질서를 교란시키고 헌정을 파괴하며 사회를 혼란과 불안의 도가니로 몰아넣은 '**망국(亡國)적 불온사건**'에 해당했다. 이 텍스트는 1964년도부터 엿볼 수 있던 당국의 입장을 압축·정리한 것이자, 그간 작성된 각종 관제 문건들을 종합한 완결판이라 할 수 있다.

이 담화문은 이전의 연설에 비해 정돈된 구성을 갖추고 있었지만, 구사되는 용어나 표현들은 여전히 정제되지 못한 것들이 많았다. 또한 문제적이게도 이 글은 모순된 논리에 의해 구축되었다. 여기에는 양립

---

170 「박대통령특별담화요지」, 『경향신문』, 1965.8.26.

하기 어려운 두 개의 규정이 뒤엉켜 있었는데, 그중 하나는 '이 투쟁은 불순한 동기를 품은 학생과 그들의 배후가 국기를 흔들고 사회를 혼란에 빠트리며 정권을 전복할 의도로 감행한 위험천만한 불온사건'이라는 것이고, 다른 하나는 '공부하기 싫고 시험보기 싫은 학생, 욕구불만을 대리 해소하고자 하는 학생, 무지몽매한 학생으로 구성된 철부지 집단의 난동, 혹은 해괴망측한 행동'이라는 것이다. 담화문의 언어를 그대로 차용하여 재구성한 이 두 규정은 표면상으로도 드러나듯이 전혀 다른 성격을 가졌다. 또한 서로 충돌하는 이 규정들이 하나의 서사 안에 기거하게 된 것은 일회적으로 발생한 우연이 아니었다. 통혁당 사건 당시 통치 권력의 문법을 떠올려 보면, 이 언설이 얼마나 정확하게 대통령의 의도를 반영하고 있는지 알아차릴 수 있다. 이 기괴한 서사는 한편으로는 '불온한 정객', 나아가 '북한'을 그 '배후'로 삼아 해당 사건의 위험성을 부각시켰고, 이를 근거로 관련자들에 대한 상징적·실질적 처벌의 정당성을 확보했다. 또한 다른 한편으로는 학생들의 투쟁을 '철없는 짓'으로 규정함으로써 해당 사건의 역사적 성격을 축소하고 그들의 정치적 정념을 억압했다.

그런가 하면 담화문의 필자는 이러한 서사의 구축만으로는 충분히 만족스럽지 않다는 듯 강박적으로 했던 말을 되풀이했다. 그는 "발본색원적인 철저한 조치를 취할 것", "일체의 불법데모를 더욱 가차 없이 단속할 것", "대다수 국민의 안녕을 위해 공공질서의 유지라는 나의 첫째 직무를 결코 소홀히 하지 않을 것"이라며 향후 유사 사건들에 당국이 어떻게 대응할 것인지를 수차례 강조했다. 그리고 이 사건을 지켜보는 이들이 흔히 궁금해 했을 법한 물음에 자발적으로 답하기도 하였는데, 그 물음이란 바로 언론윤리위원회법과 학원보호법 입법을 추진하고 계엄령과 위수령을 발동하면서까지 이번의 데모를 강압적으로 진압한 까닭은 무엇인가, 더 정확하게는 무엇에 대한 염려가 그로 하여금 이러한 특단의 조치를 취하게 만들었는가 하는 것이다. 그는 분명한 어조로 다음과 같이 말했다. "민주한국의 백년대계를 위해서, 조국의 근대화 작업을 완수하기 위해서, 또 정권의 평화적 교체라는 전통을 확립하기 위해서, 데모로는 아무것도 이룰 수 없다는 교훈을 남기기 위해서 대소를 막론하고 모든 데모를 이 담화를 발표하는 이 시각부터는 철저하게 단호히 단속할 것을 선언하는 바이다." 이 대목은 '이 시각'(1965)부터 당국의 통제가 더욱 '철저하고 단호해질 것'임을 직접적으로 명시해주고 있다. 그리고 흥미롭게도 '민주주의의 수호, 조국의 근대화, 정권의 평화적 교체, 데모의 교훈' 등 언설 주체가 표방하고 있는 이 건전하고도 건설적인 명분들은 그 앞에 적혀 있는 '명분이 아닌 것'에 더 주목하게 만드는 효과를 발생시켰다. 이 중요한 대의명분 앞에 쓰인 명분이 아니라고 선언된 것, 그것은 바로 **"한 정권의 운명을 염려해서가 아니라"**라는 짧고 간결한 이유였다.

요컨대 1960년이 4·19와 함께 시작되었다면, 이 연대의 성격은 '6·3학생운동'을 통해 구성되고 있었다고 이야기할 수 있을 것이다. 1960년대는 **'학생운동의 시대'**였다고 해도 과언이 아닐 만큼 4·19혁명, 한미행정협정 촉구, 한일회담반대투쟁, 월남파병반대, 학원민주화, 유신반대시위 등 무수한 학생데모가 있었다. 그리고 이러한 투쟁들은 통치권력으로 하여금 어떤 방식을 통해 체제 지향적인, 최소한 반정부적이지는 않은 국민으로 청년들을 거듭나게 할 것인가를 고심하게 했다.[171]

이러한 맥락에서 볼 때, 학생운동을 진압하는 과정은 권력이 '통치의 가능성'을 스스로 시험하는 과정이었다고 할 수 있다. 학생들이 집단 단식과 화형식 등을 비롯한 데모의 기술들을 개발하고 성명서, 선언문, 결의문 등의 글쓰기를 통해 성명전을 벌였던 것과 마찬가지로, 정부 역시 이들을 통제하기 위해 여러 방법들을 모색하였으며 이를 실행해 나가는 과정에서 실패와 가능성을 동시에 경험하고 있었다.

예컨대 입법과 사법과 행정의 삼권 분할을 일시에 무너뜨리며 법의 정상적 기능을 중지시키는 계엄령과 위수령[172]의 선포는 분명 유효한 힘을 발동시키는 통치 기술이었으나, 한편으로는 통치 권력의 불안과 통제 불가능성을 노출시키는 예상치 못한 결과를 낳기도 했다. 당대인들이 언급한 바 있듯이 이 명령들은 '파국의 예방', 즉 **법의 실행을 통한 법의 중지**를 통하지 않고는 권력의 유지가 불가하다는 메시지처럼 읽혔다. 더구나 이후의 계엄법 개정 추진은 6·3계엄의 위법성을 공공연하게 자인하는 일로 받아들여지기에 충분했다.[173]

한편에 '법'이 있었다면, 다른 한편에는 '서사'가 있었다.[174] 통치 권

---

171 1960년대 국무회의에는 한동안 학생들의 데모에 관한 문제가 빠지지 않고 등장했다.

172 박정희 정권은 65년 8월 26일 서울에 위수령을 발동하여 학생데모를 저지한다. 이 위수령은 대한민국 헌정사상 최초로 발동된 것이었다.

173 "6·3계엄의 위법성 문제는 정부 스스로가 자인(自認)하고 말았다고 지적하는 이가 많습니다. 즉 정부가 계엄 중에 '계엄선포의 요건'을 확대하는 계엄법 개정을 추진한 것이 바로 그것이라고요." 「본사 정치부 좌담—계엄과 해엄, 무엇을 가져왔고, 무엇을 가져오나(상)」, 『동아일보』, 1964. 7. 29.

174 『신동아』(1965. 10)에 실린 한 편의 글은 '담화문' 발표와 '위수령' 발동을 분석 대상으로 삼아, 대통령의 '어떤 강박적 태도'를 이야기하고 있어 주목된다. '학생과의 대결'에서 승리를 쟁취하고자 하는 박정희의 집념은 필자가 전하는 다음의 말에 집약되어 있다. "**내가 정권을 내놓는 한이 있더라도** '데모'면 모든 것이 된다는 학생들의 '데모' 만능풍조만은 이 기회에 뿌리 뽑겠다." 필자는 대통령이 직접 구술과 낭독을 자처할 만큼 담화문에 깊은 관심을 보였다는 점과 그 내용이 "전례를 찾아볼 수 없을 만큼 강경한 것"이었다는 점을 강조한다. "**일국의**

력은 이 시기 학생들과 비판적 지식인들이 생산한 프레임을 파기하며 새로운 틀 안에서 한일협정 문제를 재서술하려 했다. 당국의 언설에 따르면, 아시아에서의 집단안전보장을 위해 한국과 일본은 하루 속히 손잡아야 했다. 당시 박정희는 "한일관계에 있어서는 극동에 있어서의 자유 진영 상호간의 결속의 강화로써 극동의 안전과 평화유지에 기여한다는 대국적 견지에 입각"[175]해야 할 것임을 강조했다. 즉 '과거의 적'(일본)의 위치를 하향 조정하고 '현재의 적'(북한)을 상위에 위치시키는 한편, 오늘날의 적이 행사하는 힘의 공포를 환기시킴으로써 한일협정비준의 필연성을 이야기하고자 한 것이다. 이 논리는 월남파병의 필연성이 거론되는 자리에서도 반복된다. 그런가 하면 당국은 양자의 대결을 "민족감정을 합리적으로 처리하느냐" 아니면 "맹목적인 반일을 계속하느냐"라는 틀 속에 재배치했다. 당국의 대변인에 따르면, 청년들의 주장은 합리적 · 이성적 판단에 근거하지 않은 지극히 "기분적인 것"일 뿐만 아니라, 자극적인 감정에 휩쓸리기 쉬운 **"선량한 국민감정"**을 오염시킨다는 점에서도 문제적이었다. 요컨대 당국은 두 가지 점을 강조하고자 했던 것인데, 하나는 '실리적 이익'과 '합리적 판단'에 의거하여 "중요한 것은 과거보다도 현재와 미래"임을 직시하라는 것이었고, 다른 하나는 "'1965'는 '1905'가 아닙니다"라는 말이 함축하고 있듯이 "패배 · 열등 · 비굴과 자학"에서 벗어나 일본의 정치적 · 경제적 영향력

대통령이 학생을 1대 1로 상대한 듯한 인상"이 짙게 풍길 만큼, 이 담화문에는 학생(데모)에 대한 부정적 인식과 강박적 태도가 드러나 있다는 것이다. 그런가 하면, 이 담화를 계기로 '정부의 강경책'이 '홍수'처럼 쏟아져 나왔는데, 그중에서도 '위수령 발동'은 대통령의 강고한 입장을 가장 잘 반영하고 있는 조치였다. 「위수령과 '테로'와 주인 잃은 정국」, 『신동아』 통권 14~15호, 1965. 10, 163~166쪽.

175 박정희, 「1964년 1월 10일 대통령연두교서」, 『한국국민에게 고함』, 동서문화사, 2005, 71쪽.

을 과도하게 해석하는 오류를 삼가고 국민적 자부심을 가지라는 것이었다.[176]

이상에서와 같이 1964~65년의 기간에 당국이 보여준 대응법은 '법'과 '서사'가 어떠한 정치적 효용을 갖는 장치들인지에 관하여 새삼 되짚어보게 했다. 더불어 이러한 장치의 운용방식은 현 정권이 마주하고 있던 어떤 불안을 드러내주기도 했다. 당국이 택한 '사전 예방의 방법', 즉 '예외상태'의 선언이라는 최후의 대처법은 아마도 4·19를 통해 얻은 교훈에서 기인할 것이다. "권력이 테마화되는 곳에는 이미 권력의 몰락이 시작된 것이다."[177] 울리히 벡의 이 지적은 우리의 시선을 4·19가 발생한 무렵으로 인도한다. 1960년대 중반 통치 권력은 4·19의 경험을 상기하며 "파국"에 대한 예감을 가졌다. '무능하고 부패한 통치 권력의 붕괴'를 초래하였던 4월 혁명은 박정희 정권으로 하여금 '역사의 반복'과 '권력의 상호성'에 대한 인식을 갖게 만들었던 것이다. 한병철의 말을 빌리자면, '혁명'은 권력 행사의 복잡성이 단순한 산술로 묘사되기 어려움을 알려주었으며, 복합적인 상호의존 관계가 권력의 상호성을 유발하는 과정을 경험하게 해주었다. 상대적으로 허약한 대항 권력이 강력한 초권력에 심각한 피해를 끼칠 수도 있으며, 그를 통해 허약한 대립자에게 더 큰 중요성이, 결과적으로 더 큰 권력이 부여될 수도 있음을 말이다.[178]

---

176 이낙선(청와대 비서관), 「'공감이 가는 불만을 …'(상)」, 『동아일보』, 1965.7.10.
177 Ulrich Beck, *Macht und Gegenmacht im globalen Zeitalter. Neue weltpolitische Ökonomie*, Frankfurt a. M., 2002, p.105; 한병철, 앞의 책, 16쪽에서 재인용.
178 위의 책, 20쪽.

주지하다시피 1960년대는 4·19와 함께 시작되었다. 3·15부정선거 규탄이라는 이유에서 시작된 데모는 날을 거듭할수록 현 정권의 부정부패에 대한 지탄과 자유민주주의의 수호를 위한 투쟁으로 변모해 갔다. 그리고 4월 19일을 기점으로 '이승만 하야'라는 구호 아래 범국민적 혁명에의 열기가 확산되기 시작했다. 이승만 정권에 대한 분노가 혁명에의 열기로 전화된 것은 한 청년의 죽음을 통해서였다. 1960년 4월 11일 오전 11시 30분 마산 중앙 부두에서 낚시꾼에 의해 발견된 김주열의 시신은 이승만 정권에 대한 대중들의 폭발 직전에 이른 분노를 더 이상 제어할 수 없는 혁명의 열기로 이끈 중요한 계기였다.[179]

김주열의 주검은 한국사회에서 기호처럼 작용했다. 그의 훼손된 시신은 이승만 정권이 갖는 주권자적 권력의 의미를 드러내주는 경고 '표지(Mal)'였고, 여기에는 매개 없이 작동하는 '날것인 폭력'의 흔적이 각인되어 있었다.[180] 청년의 신체는 한국사회의 정치적 열정과 들끓는 정념을 재점화하여 통치자로부터 권력의 소유권을 포기하도록 만들었고, 통치자의 하야는 그를 대리하던 모든 '상징들의 하야'와 더불어 이루어졌다. 통치자와 함께 권좌에서 끌려 내려온 그의 동상은 광장과 거리에서 '치욕스럽게' 전시됐다. "독재자 이승만"을 대리하는 이 동상은 "새 정부가 서기 전에 철거"되어야 할 것들의 목록 상단에 올랐으며, 마

---

179 권명아, 「죽음과의 입맞춤─혁명과 간통, 사랑과 소유권」, 『문학과사회』 89호, 문학과지성사, 2010, 276쪽.

180 한병철, 앞의 책, 65쪽.

침내 "지난날의 악몽 같은 기억을 되살려주는" 이 상징들은 "민중의 뜻에 의하여" 파괴되었던 것이다.[181]

 4·19 이후 들어선 정권들이 이승만 정권과는 다른 통치술을 확보하고자 했다면, 그것은 아마도 '주권자적 권력'이 초래한 위기에 관한 산 체험 때문일 것이다. 예컨대 박정희 정권에 의해 고안되고 활용된 무수한 장치들은 "민심의 심판"과 '그 심판의 처형자들'[182]이라는 과거의 출몰을 심리적·실질적 차원에서 억압함으로써 그날의 기억을 혁명의 시간이 아닌 '트라우마'로 되돌려 받지 않기 위한 모색의 결과였던 것이다.[183] 군부정권은 투쟁하는 자들을 '거리'에서 죽게 내버려두는 대신 **'법의 이름으로'** 불러들여 법정에 세웠고 그들을 감옥과 형장으로 보냈다. 그들이 만약 죽음에 처해야 한다면, 그것은 적어도 법의 품 안에서여야 했다. 이것은 시민들이 죽은 자들 앞에서 언어화할 수 없는 고통에 직면하지 않도록 하는 일이기도 했다. 법의 권력은 '기표 체계'로 유통되어 모든 것을 말하고 설명하며 스스로를 정당화하고 확신시키는 가시적이며 말이 많은 처벌을 통해 계속해서 갱신되었고, '제의적 재코드화'를 위해 법조문과 담화문과 각종 텍스트가 투입되었다.[184] 당국은 어떤 주체보다도 적극적으로, 그리고 대범하게 '죽음'에 대해

---

181 「권세와 아부로 남산에 세운 이박사 동상도 하야하기로」, 『동아일보』, 1960.7.24.

182 신동문, 「그 민심은 어디로 갔는가」, 『경향신문』, 1963.3.13.

183 5·16세력이 학생층을 주시하고 있었음은 61년 7월 9일에 발생한 '군부반혁명사건'을 통해서도 드러난다. 쿠데타 직후 가장 먼저 불거진 사건이었던, 이른바 '장도영 일파 반혁명사건'의 「공소장」을 유심히 들여다보면, '학생'에 대한 언급이 꽤 자주 등장함을 알 수 있다. **'학생 층의 여론', '학생층의 불신', '학생데모 감행', '4·19와 같은 학생 봉기'** 등의 언급은 지난해의 혁명이 남긴 강렬한 인상과 학생층의 여론과 동태에 가닿고 있는 불안한 시선을 감지할 수 있게 한다.

184 한병철, 앞의 책, 67~68쪽.

해제(解題)했다. '법의 두께'가 날로 늘어갔듯 국민들을 향해 발송된 각종 정치텍스트들 역시 쌓여갔다. 훼손된 신체에 새겨진 권력의 흔적에 대해 먼저 말하기 위해 권력은 누구보다 말이 많은 이야기꾼이 되었던 것이다. 이것은 섬뜩함과 전율을 불러일으키는 벌거벗은 폭력의 도래, 이 권력의 몰락으로부터 스스로를 구하는 방법이었다.

그런가 하면 정부와 학생이 자주 같은 레토릭을 구사했던 것은 우연이 아니다. 이들은 모두 '내셔널리스트'이었는데, (최소한 자신을 그렇게 정위하고 있기 때문에) 자기가 자신에게 부여한 이 정체성으로 인해 담론과 인식은 일정한 경계 안에서 형성되고 재구성되었다. 각종 선언문과 결의문 등이 상당량 생산되었음에도 불구하고 몇 편만으로도 그들의 의도를 충분히 짐작할 수 있는 것은 이 때문이다. 그들은 다양한 정치적 전망을 보여주지는 못했다. 어떤 면에서, 이 매우 분명해서 그만큼 명쾌한 서사는 상대로 하여금 그것을 전유하는 일을 수월하게 만들었다. 박정희 정권은 4월 혁명에 관한 서사들, 그것을 둘러싼 레토릭과 전략들을 자기 것으로 만든 바 있었다. 권력은 언제든 타자의 전략들에 동화될 준비가 되어 있었고 대항 권력들 역시 무의식중에 통치 권력의 언어들을 모방하고 있었다.

이러한 맥락에서 1960년대 후반 『청맥』이 연루된 바 있는 '사상 최대의 공안사건'이라 불렸던 '통혁당 사건'은 '필연적 귀결'이라는 차원에서 설명될 수 있다. '어떻게 이런 일이 발생할 수 있는가?'라는 물음은 이미 이 필연성에 대한 예감 속에 던져지고 있었다. 건전하고 명랑한 주체의 생성을 위한 '인간개조'(금욕과 정신주의)와 '갱생'(자수와 정화)은 군부세력이 등장했던 1960년대 초반부터 일찌감치 목격되었으며, 이러한 특징이 다만 위의 사건에서 가장 극적이고도 놀랄만한 방식으로 드러났을 따름이다.

3) 권력의 노이로제와 학원의 정상화

1960년에 발생한 4 · 19혁명의 주인공은 '학생'이었다. 이 사건을 계기로 한국사회는 이들에게 "누적된 부정과 불의를 용감히 고발한 자유민권의 투사",[185] "자유와 민권"을 위해 싸운 "민족의 대변자"[186] 등과 같은 숭고하고 화려한 수식들을 앞 다투어 부여했다. 또한 이들은 '시민'이라는 이름이 말해지는 자리에서 늘 가장 먼저 기입되는 존재가 되기도 했다. 그러나 학생들이 가졌던 안정적인 발화의 토대는 몇 년이 지나지 않아 급격히 요동치게 된다. 1964년을 기점으로 통치 권력은 그들이 이야기되는 맥락을 새롭게 구축하기 시작했고, 이러한 언설체계 안에서 청년들은 '혁명'과 '시민'이라는 두 개의 위대한 이름으로부터 멀어져갔다. **전례 없이 드높아진 청년의 위상이 전례 없이 급격하게 추락하고 있었다.**

정부는 박대통령의 강경한 '데모' 수습방안이 이미 발표된 이상 시국수습을 위해 각계대표를 망라한 협의회를 구성하거나 학생대표들을 만나는 일은 하지 않기로 했다.[187]

---

185 「〈좌담회〉 노한 사자들의 증언」, 『사상계』 83호, 1960.6, 39쪽.
186 김성식, 「학생과 자유민권운동」, 『사상계』 83호, 1960.6, 64~65쪽.

1965년 8월 한일협정비준 무효화를 주장하는 학생 데모가 확대되자 박정희 정권은 위수령을 선포했다. 정부는 "8·25사태"를 주시하며 추후의 학생데모에 대비하기 위해 야전군 6사단의 서울진입을 26일 상오 완료했다. 1개 연대 병력은 이미 25일 밤 서울로 이동하여 태릉에서 야영 중이었다. 박대통령의 데모 근절을 선포한 특별담화가 있고 나서 양측의 대립은 격화되었으며, "정국은 초긴장상태에 빠져들었다."[188]

"'데모'하는 학교를 폐쇄해서라도 '데모'의 폐풍을 뿌리 뽑겠다"는 대통령의 의지는 위수령의 선포와 군대 동원을 통해 가시화되고 있었다. 야당은 이러한 방침을 두고 "총검정치(銃劍政治)"라고 비판의 목소리를 높였지만, 정부는 "박대통령의 강경한 '데모' 수습방안이 이미 발표된 이상" 협의회를 구성하거나 학생 대표들을 만나는 등의 일은 일절 하지 않겠다고 공표했다. 이것은 더 이상 어떠한 '대화'도 하지 않겠다는 의지의 표명이었다. 또한 홍종철 공보장관은 26일 상오에 있었던 각료회의에서 학원 내의 '정치서클'과 이에 관계하는 학생들을 '엄격히 다스릴 것'이며, 데모에 참가한 학생들의 "불온 구호 내용"도 단속할 방침을 세웠다고 밝혔다. '가두'로 나와 데모를 벌이는 학생들을 진압하는 수준에 머물지 않고, 대학 내부까지도 '다스림'과 '단속'의 영역으로 삼겠다는 것, 이른바 "학원정상화" 방침에 대한 천명이었다. 또한 이것은 그들이 읽고 쓰는 것들, 함께 외치며 전하는 말들까지도 처벌의 대상으로 만들겠다는 의지의 표명이었다. "박정권의 이성과 민주적인 사고방식에만 호소해서는 도저히 군사적 통치정치를 막을 길이 없다"(민중

---

187 「정국, 8·25사태로 긴장」, 『경향신문』, 1965.8.26.
188 위의 글.

당)는 절망적 인식은 이러한 상황에서 나온 것이었다.[189]

전례 없는 학원탄압[190]

1960년대 중반 학생데모의 진압을 설명하는 자리에서 가장 자주 등장했던 말 가운데 하나는 "전례 없는"이다. 데모가 있을 때마다 보다 강경한 대응책들이 나왔기 때문에 이를 설명하기 위해 이 같은 표현이 거듭해서 쓰였던 것이다. 그런데 1970년대 초에 이르러 이전의 말들을 무색하게 만드는 또 한 번의 "전례 없는" 사태가 발생했다.

학원질서 확립을 위한 '10·15특명'에 따라 취해진 일련의 정부조처는 학원사태를 수습하는 데 있어서 **지금까지 볼 수 없었던 가장 강력하고도 전격적인 처방**이었다.[191]

1971년 정부는 지난 60년대의 학생 데모 진압과정에서 체득한 통제의 방법을 일거에 쏟아냈다. 대통령특별명령, 서울시장의 요청에 따른 서울일원의 위수령 발동과 함께 학원의 군 주둔, 8개 대학의 무기한 휴업령 등의 '대학가를 뒤흔들만한' "충격적인 행정지시"가 단 하루 만에 내려졌다. 그리고 이어 발표된 학원질서확립을 위한 '10·15특명'에 따라 취해진 일련의 정부조처는 "지금까지 볼 수 없었던 가장 강력하고

---

189 「"공포분위기조성"」, 『경향신문』, 1965.8.27.
190 「장수(長壽)와 공과(功過)」, 『동아일보』, 1966.5.11.
191 「대학가 진통 1주」, 『경향신문』, 1971.10.23.

도 전격적인 처방"이라 할 수 있었다.

문교부는 10·15특명에 따른 학원질서확립 세부지침과 학칙보완강화를 각각 17일, 20일까지 시한부로 조처, 결과를 보고하라고 지시하였다. 이번 학원사태 수습지시에서 주목되는 조처는 ① 데모 주동자 제적 ② 불법간행물 폐간 ③ 학적변동자의 병무신고 ④ 비학술서클 해체 ⑤ 학생단체 기능정지 ⑥ 학칙보완 등이었다.[192] 이 중에서도 "교련수강거부학생을 전원 징집키로 강경한 방침"과 "각 대학의 미등록간행물을 철저히 단속하고 학술목적 이외의 서클은 모두 해체시킨다는 방침"이 특히 눈길을 끌었다.[193] 이 같은 조처의 결과 1971년 10월 19일, 전국 23개 대학에서 1백 63명의 학생이 제적되었고 6개 대학의 74개 학생서클이 해체됐으며 4개 대학의 13개 무인가 간행물이 폐간, 7개 대학의 총학생회 등 학생자치단체에 기능정지 처분이 내려졌다.[194]

통치 권력은 매우 분열적인 태도로 이러한 조치의 정당성을 설명했다. 10·2파동과 위수령 발동 등으로 공전을 거듭하던 국회는 김종필 국무총리를 비롯하여 각계 관료들로부터 위의 사태에 대한 정부 보고를 듣는 자리를 마련했다. 여기서 김 총리는 "일부 학생들이 만든 불순서클이나 불온한 간행물을 볼 때 계급투쟁을 고취하고 폭력투쟁을 고무하고 있으며 정부와 국가를 반대하는 것은 물론 현 체제를 부정하고 있다"고 지적하는 가운데, "이와 같은 움직임에 대해 당국이나 학생 및 교수들이 이성적인 해결에 실패, 결국 병력을 동원해 이를 해결하지

---

192 위의 글.

193 「비학술서클 모두 해체」, 『경향신문』, 1971.10.13.

194 「문교부서 공개, 불법간행물 12개, 비학술서클 9개」, 『경향신문』, 1971.10.15; 「학생서클 74개도 해체, 제적학생 163명으로」, 『경향신문』, 1971.10.19.

않을 수 없는 사태에 돌입했다"고 말했다.[195] 즉 이 모든 결정과 실행은 학원 스스로가 '정상화'의 능력을 갖지 못했기 때문에 부득이하게 취한 조치라는 설명이었다. 그는 학원을 불온하게 물들이는 학생들과 그러한 상황을 제어하지 못하는 학원의 미천한 자정능력, 이 두 가지 요인을 통해 공권력의 개입을 정당화하고 있었다. 그러나 이것은 "이 같은 모든 조처가 대학이 스스로 학원정화운동을 전개한 결과"라는 그 자신의 논리에 현저히 위배되는 것이기도 했다.[196]

한 논자의 말처럼 "학생과 교수의 현실참여를 정부가 "어떻게 대하는가"에 학원문제의 핵심이 있는 것"[197]이라 한다면, 위와 같은 정부의 처사들은 이 "어떻게"의 양상을 구체화하여 보여주는 것이라 할 만했다. 이것은 **"대화 대신 강권"**[198]을 선택하는 일이었으며, 민주와 법의 휘장 안에 숨어 있던 권력의 드러남을 의미했다. 그리고 이러한 권력의 의지는 '위협적'이라는 표현으로는 충분히 형용할 수 없는 사태를 출현시켰다. 1964년 8월 14일 중앙정보부는 북한의 지령 하에 현 정권 타도를 획책하고자 구성된 지하조직인 인민혁명당에 전 혁신계 인사와 현역 언론인, 더불어 대학교수, 강사, 학생 등 57명이 관계되었다고 발표했다. 또한 1962년 1월 창당 발족한 인민혁명당에는 6·3학생운동을 주동하였다가 내란죄로 구속 검거된 김중태, 현승일 등이 연루되었다고 밝혔다. 이어 이듬해인 1965년도에는 '민족주의비교연구회 내란음모 사건'이 발표되었으며, 이때에도 관련자 중 일부가 한일협정비준반

---

195 「국회 본회의 재개」, 『동아일보』, 1971.10.22.
196 「데모학생 125명 제적」, 『동아일보』, 1971.10.18.
197 「정치와 무관심 그 진단과 처방(9) 절규와 벙어리」, 『동아일보』, 1965.11.9.
198 위의 글.

대 데모의 주동자였다는 점이 강조되었다.[199] 학생데모와 공안사건과 북한은 하나의 계열체가 되어 서로가 서로를 사슬처럼 옭아매기 시작했다.

한 시대의 위기를 가장 날카롭게 감각(感覺)하는 것은 학생이며 한 시대의 정열(情熱)을 대표하는 것도 학생이다. 후진국에서 학생을 적대시하고 무슨 근대화가 있을까? 묻고자 한다. **공화당은 홀로 어디로 가려 하느냐.**[200]

1960년대 한국사회에서 '학생'을 가장 "적대시"하였던 것은 다름 아닌 군부정권이었다. 그리고 이러한 적대는 담론상의 차원에 그치지 않고 실제 삶의 위기를 초래하는 수준으로까지 확대됐다. 인혁당 사건, 민비연 사건, 동백림 사건, 통혁당 사건 등 1960년대 중반을 기하여 학생과 지식인이 연루된 공안사건이 연거푸 발생했다. 이 사건들은 통치권력과 청년들이 조우하던 장면들을 제공해주는 것은 물론, '혁명주체'와 '불온한 자'의 틈바구니에서 흔들리던 청년들의 삶과 대면하게 한다. 이 사건들은 "남한지식인의 정치적 수난의 한 최대치"를 보여주고 있었다.[201]

'불온하다'는 인식에는 충분히 예상할 수 없고 충분히 통제할 수 없

---

199 '인민혁명당 사건'과 '민족주의비교연구회 사건'에 대해서는 임유경, 「냉전의 지형학과 동백림 사건의 문화정치」, 『역사문제연구』 32호, 역사문제연구소, 2014, 173쪽 참조.

200 「여적」, 『경향신문』, 1964.5.21.

201 고은은 1990년대에 집필한 '자전소설'에서 "동베를린사건"이 "60년대 후반의 남한지식인의 정치적 수난의 한 최대치"였다고 기술한 바 있다. 이어 그는 "뛰어난 유학지식인의 높은 예술적 경지와 석학, 그리고 소장학자들은 군사주의에 의해서 극심한 타격을 받은 중상을 입었다"고 덧붙였다. 고은, 「나의 산하 나의 삶(167)-'동베를린사건' 공포 속 양창선 신화」, 『경향신문』, 1994.1.30.

을 것이라는 권력의 불안이 내재해 있다. 학생들이 '불온하다'고 여겨 졌다면, 그것은 아마도 그들의 열정과 정념이 어떠한 방식으로 움직이 며 어떠한 힘을 낳게 될지 예측할 수 없다는 불안한 예감 때문일 것이 다. 특히나 4·19의 경험은 이에 대한 학습효과를 낳지 않았던가. 군부 정권이 자기의 '파국'을 예감하며 신속히 계엄령을 선포하였을 때, 우 리가 마주하게 되는 것은 어떤 불안과 부정적 상상력으로 일그러진 권 력의 얼굴이다.

당대인들은 계엄령, 위수령, 언론법, 학원법 등의 갖가지 법적 장치 들을 동원하여 학생들의 시위를 진압하는 권력으로부터 "힘에 의한 지 배"와 "정치의 빈곤"을 목격했다. 더불어 비법과 허위에 물든 권력과도 대면했다. 학생운동에 가담하는 일의 위험성을 인식시키기 위해 마련 된 사건들, 이를테면 앞서 살펴본 공안사건이나 학원사찰 등을 떠올려 볼 수 있다. 3·24데모 당시 각 대학의 학생대표들에게 날아든 "불온소 포"는 누가 보낸 것인지 출처를 알 수 없었지만, 학생들과 지식인들은 누군가의 신원을 불온하게 만들 이 "괴소포" 사건을 바라보며 **정부의 노이로제"**[202]에 대해 생각했다. 1964~65년도의 강경 대응이 있고 나서 박정희 정권이 학생들과 지식인들에게, 나아가 한국사회에 요청했던 것은 다름 아닌 '믿음의 사회'를 구축해 나가자는 것이었다. 그러나 한 국사회를 떠돌았던 "사꾸라", 이 "신어(新語)"는 군부정권이 꿈꾸던 세 계가 그들의 손에서 부서지고 있었음을 암시했다. 이 신어는 당시 한 국사회에서 "5·16 이후 정보정치의 소산인 상호불신의 풍조가 낳은 것"이라고 해석됐다.[203]

---

202 「괴소포 이렇게 본다」, 『경향신문』, 1964.4.13.

캠퍼스의 자유는 그 나라 문화의 척도일지 모른다. 또 캠퍼스의 안정은 한 나라 정치의 안정을 뜻하는지도 모른다. 황제도 함부로 노크 못한다는 상아탑의 문이 위수령에 시달리고 정치 기갑차에 밀린지 70여일 자유로워야만 할 대학가엔 대화 대신 스산한 낙엽만이 뒹굴고 있다. (…중략…) 대화 대신 강권이, 선도 대신 보복이 앞서고, 교내 서클도, 회지도 박살이 나고, 동료교수가 억울하게 쫓겨나도 말도 못하는 교수들, 같은 대학이 문을 닫아도 이렇다 할 항거의 뜻 하나 꿈틀거리지 못하게 **질식 상태**에 빠진 캠퍼스의 오늘의 현실은 그것만으로 끝나는 것은 아니다.[204]

정치교수를 가려내어 파면시키고 학생들에게 자퇴를 강요하며 법적 근거 없이 위수령과 휴업령을 선포하고 학칙을 앞세워 데모에 관계한 학생간부들을 제적시키는 권력의 태세에서, 한 논자는 "괴물" 같은 현실을 목도하고 있었다. 그는 **"군화와 위수령과 최루탄과 수갑"**으로 무장한 권력에 의해 "캠퍼스는 침묵을 강요당하고 정치에 대해선 금치산자가 됐다"고 진단했다. 또한 당국의 관점이 어떠한 오류를 범하고 있는지 짚고자 했다. 그가 보기에 학생들의 데모가 말해주는 것은 (당국의 해석방식처럼) 단지 그들이 '한일협정'이라는 "구체적 이슈"에 반대하고 있다는 사실이 아니었다. 그들이 저항하고 있던 것은 다름 아닌 정권 자체였으며, 그들로 하여금 거리의 항거에 투신하게 한 것은 "현 정부에 대한 불신"과 "매일처럼 보도되는 그 끝없는 부정과 부패에 대한 의분"이었다.[205]

---

203 「60년대 신어(新語)」, 『동아일보』, 1969.12.20.
204 「정치와 무관심 그 진단과 처방(9) 절규와 벙어리」, 『동아일보』, 1965.11.9.

강박적이고 분열증적인 통치 권력에 의해 유신을 목전에 둔 한국사회는 소통의 수단과 방법, 그리고 중요하게는 소통의 주체들을 빼앗기고 있었다. 총동원체제에 돌입한 식민사회가 강박증적 불안과 과도한 야욕의 충족을 위하여 모든 커뮤니케이션을 '불온시'했던 과거를 이 시대의 학생들과 지식인들은 어떤 방식으로든 상기시키고 있었지만, '자기의 파국'만을 응시하고 있던 군부정권에 의해 이러한 상기의 작업은 끝내 억압되었다. 그리고 이 권력에 의해 "죄인취급"을 받던 학생들과 지식인들 중 결코 적지 않은 수가 실제로 '죄인'이 되었다.[206] 이들은 '현상수배자'가 되어 한국사회에 재등장하고 있었고, 거리마다에는 이들을 '숨긴 자'는 형법 제151조 범인은닉죄에 의해 '처벌'될 것이며, 이들을 신고하거나 체포한 자는 국가에 의해 '포상'받을 것이라는 전단이 나부꼈다.[207] "4월 혁명은 젊은 사자들을 갖게 한 것이 아니라 양심범, 확신범, 사상범이라 불리는 60년대식의 불순분자, 좌경분자, 용공분자, 적색분자들을 무더기로 배출"했으며, "5·16에 의해 재단되는 4·19란 결국 공안사범, 국가보안사범의 전시장이었을 따름이었다"[208]는 당대인들의 평가를 가볍게 지나칠 수 없는 것은 이러한 맥락에서이다. 어쩌면, 1960년대 중반 "한 시대의 위기를 가장 날카롭게 감각(感覺)하"[209]던 청년들에 의해 적극적으로 불러들여지고 있던 **식민 권력의 망**

---

205 위의 글.
206 황산덕, 「아카데미즘의 위기」, 『청맥』 1권 2호, 1964.9, 22쪽.
207 1964년 5월 22일 내무부 치안국장 명의로 '범인현상수배' 전단이 전국에 배포·게시됐다. 서울대 문리대에 재학 중이던 김도현, 김중태, 현승일 세 명의 청년은 수배대상자가 되었다. 치안국은 '신고 또는 체포한 자에게 1만원을 지급'하겠다고 포상의사를 밝히는 것은 물론, '숨긴 자는 형법 제151조(범인은닉죄)에 의거 처벌'할 것임을 언명했다. 다음 달인 6월 26일 이들은 수경사에서 군사재판에 회부된다.
208 박태순·김동춘, 앞의 책, 205쪽.

령은 새로운 국민국가의 얼굴을 한 채로, 실제로 귀환하고 있었던 것인
지도 모른다.

4. 옥중기와 진술의 정치학

1) 참회와 갱생, 고백이라는 장치

1960년대 중반 한반도에 울려 퍼지던 두 개의 언설은 동시에 청취될
필요가 있다. 청년들이 미국과 일본, 그리고 남한 정부의 '가면 벗기기'
에 몰두하고 있었다면,[210] 당국은 같은 시각 배후를 찾고 (동시에) 규정
함으로써 상대의 가장(假裝)된 민족주의의 실체를 밝히는 일에 집중했
다. 이것은 이렇게도 표현될 수 있다. 이 시기 한국의 현재는 두 개의
불안에 의해 떠받쳐지고 있었다고 말이다. 한쪽에서는 우리에게 대여
된 시간 동안 고도성장의 꿈을 이루기 위해서는 한일회담의 성사가 필
수적임을 피력하며, 거듭해서 현재는 미래를 위해 투신해야 한다고 강

---

209 「여적」, 『경향신문』, 1964. 5. 21.
210 당시 학생들은 미국이 한일조약 체결을 추진한 이유를 ① 큰 위기(국제수지 역조로 인한 달
러 위기)를 모면하기 위해 적은 이익(한국시장)을 희생시키지 않을 수 없다는 점, ② 장래 한
국시장에 진출할 일본대기업이 그 이윤을 미국에 분배한다는 점, ③ 일본을 주축으로 하는
대공방위체제를 형성시켜야 한다는 점으로 보고, 이러한 인식을 바탕으로 "미국은 한일회
담에 간섭하지 말라", "Yankee Keep Silent" 등의 구호와 'Made in USA 최루탄 화형식', 개사
곡 등으로 미국의 한일관계 문제 개입을 비판했다. 오오타 오사무, 「한국에서의 한일조약
반대운동의 논리」, 『역사연구』 9호, 2001, 194쪽.

조하고 있었고, 다른 한편에서는 민족적·도덕적 차원에서 과거청산이 이루어지지 않고서는 한일회담추진은 불가함을 주장하며 역사의 반복가능성과 경제적 재식민화에 대한 불안을 환기시키고 있었다. 전자가 미래에 현재의 발을 묶어놓았다면, 후자는 과거를 통해 미래를 전망하는 형국이었다.

또 다른 말로 하면, 이 시기 남한에는 최소한 '두 개의 배후 / 망령'이 배회하고 있었다. 한일회담반대투쟁에서 학생들은 당국의 뒤편에 서 있던 미국과 일본이라는 배후 / 망령을, 당국은 공산주의의 위협과 한국전쟁의 공포를 통해 북한이라는 배후 / 망령을 불러들이고 있었다. 이것은 곧 '적(敵)'을 명확히 하자는 메시지나 다름이 없었다. 학생·지식인 그룹이 신식민주의 논리에 입각하여 매판경제, 매국정권을 거론하며 식민의 기억을 소환하고 있었다면, 통치 권력은 "오늘날 우리가 대치하고 있는 적은 공산주의 세력"[211]임을 선언하며 북한이 절대적 적에 해당함을 확실시하고자 했다.

그러나 후자의 논리에는 어떤 은폐가 작동하고 있었다. 일본이라는 (그 역시 국민국가가 된) 구(舊)제국과 이제 대등한 자리에서 양국의 관계 정상화를 위한 협정에 임하는 것이니만큼 보다 강한 자신감을 가지라는 것, 더불어 이것이 실리적 측면에서 민족의 앞날을 위한 것임을 잊지 말라는 것, 이러한 언설은 일본에 있어서는 식민화의 책임을, 현 정권에 있어서는 대한민국이라는 국가가 성립되던 태초의 장면을 지워 내고 있었다. 그런가 하면, 청년들과 당국의 적대는 애초에 어떤 위험

---

211 박정희, 「한일회담 타결에 즈음한 특별 담화문」, 『한국국민에게 고함』, 동서문화사, 2005, 109쪽.

을 내장하고 있었다. 상대가 설파하는 내셔널리즘의 불온성을 입증하기 위해 소환되던 서로 다른 망령들이 갖는 힘은 현재의 시점에서 불균등한 것이었다.

왜 나를 **빨갱이**로 모느냐?[212]

앞서 살펴보았던 통혁당 사건은 이러한 맥락에서 재검토될 필요가 있다. 당국에 의하면, 1968년에 검거된 통혁당은 "구(舊)좌익적 흐름에 있던 인자와 50년대 및 4·19시기, 60년대의 이념적 학생운동세력의 결합 위에서 구축"되었다.[213] 관련자 대부분이 50·60년대 학생운동 출신의 지식인이었고, 이들은 4·19혁명, 장면 정권하에서의 현실 경험, 5·16과 군사정권하의 정치 경험을 통해 정권 및 체제에 대한 비판의식을 함양한 바 있었다. 예를 들어 통혁당 사건에 관계되었던 28세(68년 당시)의 청년 장교 신영복은 1941년생으로, 일제 말기에 태어나 십대 때 한국전쟁을 겪고 대학 입학 후 4·19(2학년 재학)와 5·16(3학년 재학)을 경험한, 이른바 4·19세대였다. 이러한 맥락에서 볼 때, 통혁당 관련자들을 일망타진했다는 것은 위에 열거한 경험들이 갖던 상징적 가치를 통어하고 청년들을 순치시키겠다는 의지의 표명이라 할 수 있었다.[214] 또한 유사 사건들이 지속적으로 발견되고 발명됨에 따라 이

---

212 김중태의 말이다. 「날아든 정체불명의 괴소포」, 『동아일보』, 1964.4.10.
213 조희연, 「60년대 조직사건에 대한 역사사회학적 연구―'통혁당'을 중심으로」, 『경제와사회』 6권, 비판사회학회, 1990, 95쪽. 조희연은 '인혁당 사건'과 '통혁당 사건'의 의미가 내재화된 반공 논리를 고무하는 방식으로 저항운동의 고양을 방지하고 민중들이 저항운동에 동조하는 것을 차단하는 데 있었다고 해석한다. 조희연, 『동원된 근대화』, 후마니타스, 2010, 116쪽.
214 실제로 통혁당 사건은 이후의 사회/조직 운동, 특히 학생운동의 흐름에 영향을 미친다. 가

사건들을 읽고 듣고 전하는 주민들 역시 불온을 감지하는 능력을 자연스럽게 익히게 될 것이었다. '불온성'에 대한 관리는 '행위'에 대한 관리, 그보다 더 중요하게는 '주체'에 대한 관리라 할 수 있었다.

1968년 당시 언론은 이 사건에 관계된 정보 중에서도 인적 구성, 즉 "전 남로당계와 혁신적 지식인, 청년, 학생층"[215]이 대거 연루되었다는 점을 중요하게 다뤘고, 이들이 지은 죄의 내용을 상세히 보도했다. 관계된 인물들, 그중에서도 청년들의 죄명(罪名)은 무엇이었으며, 그들의 형기(刑期)는 어떠했는가. 먼저 죄명과 관련하여 특기할 만한 점은 '불온문서의 제작, 유통, 독서'가 유독 자주 거론되었다는 사실이다. 개인별 피의 내용을 살펴보면, '불온한 문서·서적·책자·신문·간행물의 수수·탐독'이 공통적으로 제기되는 범행이었음을 알 수 있다.[216]

령, "68년 통일혁명당 사건은 4·19 및 6·3 등에서 학생운동에 관여했던 대학 출신 지식인들이 사형, 무기징역 등의 선고를 받게 됨으로써, 이 사건에 접한 많은 학생운동 출신들은 지하혁명조직을 이심전심으로 금기시하게 되었다. 즉 드러나는 활동의 성과가 확인도 되지 않는데 조직 가입 자체만으로 중형을 선고받는 조직은 위험할 뿐만 아니라, 대중 역량 자체를 조직하지 않고 전위조직을 시도하는 것은 기반이 없어 무모하다는 암묵적인 입장을 지니게 된 것이다. 이리하여 학생운동 출신자들은 학원 내의 이념써클을 기반으로 하면서 재야민주화 투쟁에 투신하는 흐름(74년 민청학련으로 대표됨)과 노동현장 속으로 투신해 들어가는 흐름(80년 노출된 과학적 사회주의 연맹이 그 한 예임)으로 나아가게 되었다. 투쟁의 흐름상으로는, 지하혁명조직의 파괴와 68년 이후 일어난 북한의 일련의 무장력 구사 전술 등으로 정권에 의해 고조되어진 '안보위기' 등이 복합되면서 민족문제에 대한 투쟁이 소멸되다시피 하였고, 박정희 정권이 69년 3선 개헌을 거쳐 72년 10월 유신 등 장기독재로 치달은 상황에 규정받아 10년 가까이 반독재투쟁 일변도로 나가게 되었다." 나라사랑 편집부 편, 『통일혁명당』, 나라사랑, 1988, 212∼213쪽.

215 「대규모 북괴간첩단 통일혁명당 일망타진」, 『경향신문』, 1968.8.24.
216 "66년 7월부터 불온서적 탐독"과 "67년 5월 조국해방전선 교양책"(윤상환, 31), "신영복으로부터 불온서적인 새벽길, 조소경제사, 너는 누구의 아들이냐 등 4권 수수 탐독"(노인영, 31), "8차에 걸쳐 김일성 전집 등 불온책자를 수수 탐독"(이종태, 26), "불온서적 5권 수수, 불온삐라 살포"(김희순, 32), "67년 6월 30일 반미반정부 삐라 제작 살포"(임규택, 32 / 권오창, 32), "신영복으로부터 불온신문 편집 및 기사 작성의 지령 수락"(심재주, 26), "북괴간행물 등 탐독"(신남휴, 25), "북괴불온문서 탐독"(김국주, 22), "북괴불온책자탐독"(은철수, 23), "공산서적 탐독"(박환호, 23) 등이 일례이다. 「대규모 북괴간첩단 통일혁명당 일망타진, 개인별

배후에 대해 알지 못했다던, 사건의 중심으로부터 멀찌감치 떨어져 있던 청년들의 죄목이 서술되는 곳에서는 특히나 이 명목의 출현 빈도가 높았다. 뿐만 아니라 이는 심리 및 심문에 참여한 대부분의 피고인들이 인정해야 할 공소사실 중 하나였다. 이를테면 김병영은 "통혁당 기관지 『혁명전선』에 원고를 타자해준 사실, 남편 이(李)가 갖고 있던 『울지 않으련다』 등 불온서적을 읽은 사실 등"을, 박성준은 "신영복(군재회부중)으로부터 북괴 불온서적 『청춘의 노래』, 모택동의 『신민주주의』 등을 빌려 읽고 특히 『신민주주의』와 북괴 노동당원의 자기비판지침 등을 노트에 필기해 놓은 사실 등"을 시인해야 했다."[217] 이외에도 사건의 주변부에 위치해 있던 청년들의 수사 및 재판 과정을 보도하는 기사들은 일제히 '**불온서적 탐독**'이라는 피의 사실을 타이틀로 내걸었다.[218] 이러한 특징이 알려주는 것은 배후에 대한 인지와 그들과의 접촉, 난수표와 공작금 수수 등의 유력한 범행이 입증되지 않는 경우, 가장 손쉽게 문제 삼을 수 있던 것이 다름 아닌 '불온문서의 제작, 유통, 독서'였다는 사실이다.

한편 통혁당 사건과 관련하여 4명에게는 사형이, 다른 4명에게는 무기징역이 선고되는 등 30명이 유죄판결을 받았다. 당시 스물여덟의 청년이었던 신영복은 중앙정보부가 사건을 부풀렸으며 조직의 핵심 관계자들을 제외하고는 자신들의 활동이 북한과 관련되어 있는지 몰랐

피의내용」, 『경향신문』, 1968. 8. 24.

217 「통혁당 사건 "불온서적 읽었다"」, 『동아일보』, 1968. 12. 13.

218 "불온서적 받아 읽었다"(『경향신문』, 1968. 12. 10), "통혁당 사건, "불온서적 읽었다""(『동아일보』, 1968. 12. 13), "불온서적 받아 읽어"(『경향신문』, 1968. 12. 14), "불온서적 읽었다"(『동아일보』, 1968. 12. 18) 등의 예가 있다.

다고 진술했다.[219] 그의 스승이었던 이현재(서울대 교수) 역시 재판정에서 "그는 결코 공산주의자가 될 수 없는 사람"이라고 증언했다.[220] 그러나 이러한 항변은 별다른 효력을 갖지 못했고, 당국은 신영복에게 '사형'을 언도했다. 만약 죄명이 그 사람의 '질'을, 형기가 그 질의 '정도'를 상징한다고 한다면,[221] 국보법 저촉과 사형 선고는 가장 '나쁜 죄질'과 가장 '무거운 처형'에 해당하는 것이라 할 수 있었다. 아래의 한 청년의 '고백'은 이 나쁨과 무거움이 그들에게 얼마나 두려운 것이었던가를 말해준다.

본인은 아직 어린 학생 신분으로 이러한 엄청난 정치적 사건에 관련되어 오늘에 이르렀음에 대하여 사회와 학교당국에 대하여 심히 죄송스럽게 생각하고 있음을 우선 말씀 올립니다. 또한 저의 오늘의 이와 같은 불행은 저 자신의 사회주의에 대한 현학적인 과도한 호기심과 그러한 지적인 욕구를 부주의한 선배 접촉을 통한 음성적인 방법으로 충족시키려 하였던 저의 어리석은 생각에 기인된 결과임을 **마음깊이 뉘우치며** 반성하고 있습니다. (…중략…) 젊은 학생의 순수하

---

219 신영복에 따르면, 그는 선배인 김질락을 통해『청맥』지의 필진모임인 새문화연구회에 참여하게 된다. 박희범 교수 자택에 원고 청탁차 방문한『청맥』지 편집진과 인사를 나눈 것이 최초의 인연이었다고 한다. 이후 신영복은 통혁당 사건에 연루되어 1심과 2심에서 사형, 대법원에서 무기징역을 선고받았고, 20년을 복역하다 1988년 8월 가석방된다. 한편 신영복에 따르면, 당시 주체적 역량이나 객관적 조건에 비추어 볼 때 전선체 이상의 조직 역량은 없었으며, 통일혁명당 조직은 전위당 건설의 시도로 이해할 수는 있으나, 조선노동당과는 무관한 조직이었다고 한다. 통혁당의 건설 논의 자체가 기본적으로는 남북 간에 서로 다른 체제와 독자적인 정치·경제적 토대가 구축되어 있다는 것을 전제하고 있었고, 혁명은 '수입되거나 수출될 수는 없는 것'이라는 점에 동의하고 있었다는 것이다. 신영복·정운영 대담,「대담 신영복 교수」,『이론』3호, 진보평론, 1992, 133~134쪽.
220 「'민변' 공청회 지상중계 "양심수 석방은 국민적 여망"」,『한겨레』, 1988.6.16.
221 신영복,『감옥으로부터의 사색』, 돌베개, 1998, 245쪽.

고 깊은 열정이 쉽게 이용당하곤 하는 우리나라의 정치·사회적 조건에 대해 깊은 통찰이 없었던 저로서는 저 자신의 불행을 알았을 때는 이미 구속된 후였던 것입니다. (…중략…) 저에게 기대를 가졌던 주위사람들을 크게 실망시키는 결과를 초래하였음을 **마음깊이 뉘우치며**, 이번 사건을 산 교훈 삼아 우리의 급박한 현실을 좀 더 이해하고 승공대열에서 분투할 결심을 새롭히고 있습니다.[222]

이 글은 서울문리대 정치학과 3학년에 재학 중이던 피고인 박경호가 서울구치소 재감 중 작성한 「항소이유서」(사건번호 69,201)이다. 1969년 당시 24세(1945년생)의 이 청년은 법원에서 선고한 판결에 관하여 불복 항소하였던·바 그 이유를 이 글을 통해 밝히고 있다. 자신의 구구한 "사정과 심정"을 적고 있는 필자의 말에 귀 기울여보면, 그가 현저히 낮은 자존감을 갖고 있음을 엿볼 수 있다. 혹은 최소한 그렇게 보이도록 글을 쓰고 있음을 알 수 있다.

그는 이 "엄청난 정치적 사건"에 자신이 연루된 이유를 두 가지 차원에서 설명한다. 이때 이유는 곧 책임 소재를 어디에 둘 것인가 하는 문제에 직결되었다. 첫 번째는 자기 자신의 책임이다. 그는 스스로를 "어린 학생"으로 규정하는 가운데, 자신의 죄가 있다면 그것은 "과도한 호기심과 그러한 지적인 욕구"를 가졌다는 사실뿐이라고 말한다. 이에 대해 그는 "저의 어리석은 생각에 기인된 결과임을 마음깊이 뉘우치며 반성하고 있"다고 고백하기도 했다. 두 번째는 사회의 책임이다. 그는 "젊은 학생의 순수하고 깊은 열정이 쉽게 이용당하곤 하는 우리나라의

---

222 박경호, 「(사건번호 69,201) 항소이유서」(1969.5.1), 한승헌변호사변론사건실록간행위원회, 『한승헌변호사 변론사건실록』 1, 범우사, 2006, 228~231쪽.

정치·사회적 조건"과 '사회주의의 괴뢰인 북괴의 손길이 학생에게까지 미치는 우리나라가 현금 처해 있는 역사적 조건'을 들며, 우회적으로 여기에 그 이유, 또는 책임이 있음을 피력했다.

이 글에 적힌 모든 언어들은 나에게는 "불순한 목적"이 없었다는, 그리하여 나는 '무죄'라는 항변의 말을 향해 있었다. 필자는 이 모든 것이 "불행"이었다고 말했다. 그러나 앞서 살펴보았듯 청년들은 단지 자기의 신세를 한탄하고 무죄를 주장하는 데 머물러서는 안 되었다. 특히나 '중심'으로부터 멀찌감치 떨어져 있던, 혹은 그 중심에 대해 상상도 못했던 청년들에게 자신이 감당해야 할 형벌은 어떤 논리로도 납득될 수 없는 것이었지만, '결백'에 대한 강인한 외침보다 더 필요했던 것은 '자성'의 태도였다. 무죄의 입증과 불행한 현실의 강조를 위해 "소중한 자유를 부정하려드는 사회주의의 인간성에 대한 기만"을 성토하는 한편, "성실한 승공대열의 일원이 될 각오"를 다지는 그들의 글은, 그리하여 '뉘우침'과 '반성'과 '새로운 결심'으로 가득했다. '항소이유서'로 작성된 이 글은 고백과 회개를 위한 언어들로 들끓는 청년의 참회록이나 다름없었다. 이들에게 강요되던 '나의 의지는 아니었다는 듯 하는 수동성', 그것은 국가의 사제들이 그 개종자들에게 부여한 가장 우호적인 해석이자, 참회 이후의 삶과 그 삶 안에서 일어나는 사건들을 해석하는 가이드라인이기도 했다.[223]

1960년 4월 혁명 당시 정의와 법을 대신하여 통치 권력을 향해 "살인 경찰"과 "불법"이라는 언명(정치적 사망선고)을 내린 바 있던 청년학도와

---

223 이혜령, 「소시민, 레드콤플렉스의 양각」, 『대동문화연구』 82집, 성균관대 대동문화연구원, 2013, 45쪽.

젊은 지식층의 목소리는 "겨레의 소리"이자 "시대의 소리"에서,[224] '폭동의 소리'로, 심지어는 어떤 의미도 부여받을 수 없는 '불온하고 비천한 소리'로 (통치 권력에 의해) 변성되어갔다. 이들은 60년대 중반에 이르러 합법성과 불법성의 사이에, 온건함과 불온함의 사이에 끼인 존재가 되어가고 있었다. 이 사이의 경계는 그것의 윤곽을 알아차릴 수 없을 정도로 식별이 불가능한 것이었다. 그리하여 '불법과 불온'의 지대에 서 있는 자신을 발견하게 되는 순간부터 그들이 떠안아야 할 과제는 '구국(救國)'이 아니라 '자구(自求)'였다. 사건에 연루되었던 청년들은 점차 자신이 행한 일들의 가치와 의미를 폐기하는 일에 동참하였고, 때로는 그 누구보다 당국의 목소리를 미메시스하는 데 몰두했다. 물론 이러한 수용과 모방은 당국의 입장에 그들 자신이 설득된 결과일 수도 있고, 자신의 명예와 삶과 생명을 위험으로부터 구하려는 의도에서 비롯된 전략적 타협의 결과일 수도 있다. 중요한 것은 자신의 결백과 무죄, 때로는 감형을 주장하기 위해 이들이 최선을 다해 당국의 목소리를 흉내 내고 있었다는 것이며, 이 단호한 목소리에는 떨림과 긴장이, 어떤 절박함과 비통함이 새겨져 있었다는 것이다. 이 흔들림의 파고와 그것이 결과하는 모순은 사건의 근거리에, 그것의 중심(core)에 가까이 서 있던 존재들의 목소리에 더 극명하게 기입되었다. 이제 우리가 살펴볼 글들은 그 자신이 어떤 위치에 어떻게 있었는가에 따라 사태에 대한 이해나 자기 운명에 대한 예감 등을 둘러싼 감각 자체가 달랐음을 알려줄 것이다.

---

224 박정희, 『하면 된다! 떨쳐 일어나자』, 동서문화사, 2005, 152쪽.

2) '나를 보라', 남겨진 시간과 글쓰기

'불온한 자'로 낙인찍힌 주체는 어떻게 자기에 대해 말할 수 있을까. 그리고 그의 고백은 어떻게 청취될 수 있을까. 여기서 논의하고자 하는 것은 '불온주체의 불/가능한 자기고백'에 대해서이다. 통혁당 및 『청맥』사건에 관계되었던 이들이 자신의 삶을 '불온하다'는 언명으로부터 건져내기 위해 선택한 방법 중 하나는 **글을 쓰는 일**이었다. 그동안 먼지 더미에 묻혀 있던 이들의 글이 특정한 의미를 갖는다고 한다면, 그것은 대항적 담론으로 당시 공론장에 파문을 일으켰던 담론-실천 주체가 '불온' 논리와의 대결에서 어떠한 굴절과 자기부정을 겪게 되는가라는 복잡한 지점을 사유하도록 만들기 때문이다.

여기서는 두 사람의 글을 읽어보고자 한다. 하나는 김질락의 글이고, 다른 하나는 김병영의 글이다. 이들의 글은 연구자로 하여금 '해석에의 의지'를 불러일으키는 텍스트이지만, 동시에 그 어떤 자료보다도 읽기 어렵고 까다로운 것이기도 하다. 독서의 어려움은 여러 차원에서 비롯되겠지만, 우선적으로 생각나는 몇 가지 이유들을 떠올려보면 다음과 같다. 첫째는 대필과 가필의 가능성을 염두에 두지 않을 수 없다는 점이고, 둘째는 검열관(심문자)과 저자(진술자)의 밀착된 공간(거리) 사이에서 글이 탄생했다는 사실을 고려하지 않을 수 없다는 점이다. 이러한 특징은 옥중에서 작성된 글이나 전향자의 글을 읽을 때와 같이 이들의 글을 분석하는 일을 불가능하게 만든다.[225]

---

[225] 여기서 한 가지 짚고 넘어갈 것은 이 책이 중요한 몇 가지 문제를 충분히 다루지 못했다는 점이다. 하나는 텍스트 생산의 프로세스에 대한 구체적 해명이다. 이 해명의 작업은 당시 수사

법의 힘에 직접적으로 구속되어 있는 상태에서 행해진 글쓰기는 어떤 의미를 가질 수 있는가. 검열자의 기대를 예상하면서도, 또한 그것에 대한 충분한 이해를 갖지 못하는 상황에서 필자는 어떻게 어디까지 쓸 수 있는가. 이들의 텍스트는 무엇을 드러내고 동시에 무엇을 감추고 있는가. 텍스트에 기입되거나 혹은 기입되지 않은 열망과 충동들에 어떻게 다가가야 할 것인가. 이것은 모두 해명의 과제가 되지는 못하더라도 글을 읽는 동안 끊임없이 상기해야 할 질문이 될 것이다. 이 점을 염두에 두면서 먼저 김질락의 글을 읽어보기로 하자.

통혁당 사건으로 처벌받게 된 이들에게 '참회의 글'을 쓰는 일은 자신의 삶을 스스로 구할 수 있는 거의 드문, 어쩌면 유일한 방법이었다. 그런데 어떤 이에게 이러한 글쓰기는 삶의 기간, 심지어는 자신의 목숨을 거는 일이 되기도 했다. 당시 피의자들에게 부여된 형량은 그가 해당 사건으로부터 얼마나 가까이, 또는 멀리 떨어져 있었는가를 말해주는 척도로 기능했다. 이 점에 기대어 보자면 가장 중한 죄인 '사형'을 언도받은 김질락은 해당 사건의 한가운데에 있었다고 할 수 있을 것이다.

김질락의 수기는 1969년 7월 25일 통혁당 사건과 관련하여 사형이 확정된 이후부터 72년 7월 15일 사형이 집행되기 이전까지의 기간, 이 3년여의 '남겨진 시간' 동안에 집필되었다. 김질락은 「서(序)」를 통해 이 글의 목적과 성격을 밝힌 바 있는데, 그에 따르면 이 글은 '비문(碑

기관의 비밀문서나 관계자들의 회고, 아울러 집필자들의 진술 등을 토대로 이루어질 수 있을 것이나, 정치적으로 여전히 민감한 문제이니만큼 접근 방법이나 자료 해독에 있어 어려움이 따른다. 한편, 이 책이 포함시키지 못한 또 하나의 문제는 신영복이 쓴 글에 대한 분석이다. 이문규의 아내인 김병영의 옥중수기는 같은 사건에 관계되었던 김질락의 글과 유사하면서도 다른 특징과 의미를 가졌다. 마찬가지로 신영복의 수기 역시 앞의 두 경우와는 다른 특징들이 엿보이는데, 이에 관해서는 차후 지면을 달리하여 논의해보고자 한다.

文)'이자 '경고장'처럼 읽힐 필요가 있었다. 그는 이 글이 "이미 사멸해 버린 내 과거에" 새기는 '비문'과 같다고 말하였는데, 여기에는 '과거의 종식'과 그를 매개로 한 '갱생의 삶'이라는 애도와 다짐이 함께 녹아들어 있다. '비문'이 일종의 자기의 삶에 새기는 선언적 언어라 할 수 있다면, '경고장'은 나 아닌 타자들을 독자의 자리에 위치시키는 규정이었다. 김질락은 자기의 옥중기록이 "북괴로 말미암아 무서운 죽음의 길을 헤매고 있는 모든 가엾은 사람들에게 **나를 증거하여 경고**"하기 위하여 쓰였다고 말했다. "그들로 하여금 국가이성과 국가이익이 무엇인가를 올바르게 판단하는데 다소나마 도움이 되었으면 하는 뜻에서", 그리하여 "지난날의 나처럼 죽음의 그늘 밑에서 가슴 태우며 **죽을 자유마저 미결(未決)인 상태에 있는 음지의 사람들**에게 이 글이 양지로 향하는 한갓 길잡이가 되고 한 가닥 빛이 되었으면 하는 염원에서" 집필을 결심하였다는 것이다. 여기서 필자가 적시하고 있듯이 이 글의 독자는 "음지의 사람들", 즉 불온한 마음을 갖고 있거나 가질지 모를 이들이었다. 그는 친절하게도 여기에 해당하는 사람들이 누구인지 구체적으로 짚어주기도 했다.

북괴로부터 남파되어 숨어 살고 있는 사람들을 비롯, 공산주의 사상이나 사회주의 사상에 야릇한 매력을 느끼고 있는 일부 지식인들, 아직도 북괴를 병적으로 동경하고 있는 전 남로당원들, 그리고 북괴라면 무조건 두려운 존재로만 여기고 **유언비어에도 갈팡질팡하는 사람들**, 또한 자신의 사사로운 이욕(利慾) 때문에 눈이 멀어 **대한민국을 비방·비판하기를 함부로 하는 사람들**[226]

---

226 김질락, 「주암산 (제1회)」, 『북한』, 1975. 3, 304~305쪽.

주목되는 것은 '음지의 사람들'의 목록을 구성하고 있는 이들의 특징이다. 여기에는 명백한 적으로 간주되었던 남파간첩과 함께 공산주의·사회주의 사상에 경도된 지식인과 전향하지 않은 전 남로당원들이 포함되었다. 이러한 인적 구성은 분단 이후 한국사회가 상정한 바 있던 '불온한 자'들의 범주와 일치하는 것이라 할 수 있다. 그러나 이후 이어지는 예시는 과연 '불온한 자의 목록이 작성될 수 있는가'라는 회의적 물음을 갖게 한다. 북한을 무조건적으로 두려워하며 "유언비어에도 갈팡질팡하는 사람들"과 "대한민국을 비방·비판하기를 함부로 하는 사람들"은 특정될 수 있는 대상인가. 이 두 가지 부류의 사람들이 공통적으로 공유하고 있는 것이 있다면, 그것은 오직 통치 권력을 온전히 믿고 있지 않다는 점뿐일 것이다. 필자의 시선에서 보건대 이들은 항시 위협적인 대상은 아니지만, 어떤 순간들에 이르러서는 유언비어에 귀 기울이고 의심과 의혹을 제기하며 비판적 태세를 취할 수 있는 자들, 말하자면 언제든 휩쓸릴 준비가 되어 있는 특정할 수 없는 대중 전체를 지시한다. 이것은 모든 국민들이 곧 잠재적 불온성을 갖는 존재라 상정하였던 통치 권력의 언설과 일치하는 것이기도 하다. 그런 맥락에서 볼 때, 이 글의 수취인은 특정성으로 말해질 수 없는, 이른바 불특정 다수의 국민이었다고 할 수 있다. 또한 그런 맥락에서 이 글은 예외적 개인의 이야기가 아니라, 언제든 평범한 시민이었다가 불온한 적의 자리로 위치 이동할 수 있는 **국민 모두의 이야기**가 되는데, 앞서의 '경고장'이라는 규정이 갖는 의미는 이 지점에서 확인할 수 있게 된다.

한편 김질락은 '참회'와 '경고'를 위해서만 이 글을 쓴 것으로 보이지는 않는다. 이후 들여다볼 옥중기록은 '그로 하여금 이토록 처연하게 자기를 부정하도록 만든 것은 무엇인가'를 묻지 않을 수 없게 한다. 아마도 이것은 기입될 수 없는 목적에 대한 물음이라고도 할 수 있을 것이다. 일각에 따르면, 1960년대 후반 중앙정보부는 "간첩을 2명 이상 불러들이면 살려주겠다는 언질을" 주었으며, 수기를 쓰는 행위의 대가로 감형을 제안했다고 한다.[227] 이 점을 확언할 수 없다고 하더라도 우리는 최소한 그가 **글을 쓰는 동안만큼은 살 수 있었다는 사실**에 대해서는 알고 있다. 김종태의 사형은 1969년 7월 10일에, 이문규의 사형은 같은 해 11월 4일에 집행되었으나, 세 명의 사형수 중 하나였던 김질락의 경우는 3년이 흐른 후인 1972년 7월 15일에 사형이 집행되었다. 만약 김질락에게 더 이상의 대가가 주어지지는 않았더라도 최소한 수기가 집필되는 기간만큼 생의 연장이 약속되었다면, 그에게 이 글쓰기는 죽음(의 시간)과 맞바꾼 생의 시간 자체를 의미하는 것이 된다. 죽음의 지연을 약속하는 일, 혹은 살 수도 있겠다는 희망을 갖게 하는 일은 당국이 가할 수 있는 또 다른 형벌일 수 있지만, 이것은 동시에 절실한 구원의 가능성이기도 했을 것이다. 무언가를 급박하게 써내려가는 김질락의 수기는 죽음의 시간(상징적 자기 사멸)과 삶의 시간(생물학적 생의 연장)이 치열하게 부딪치고 교환되던 순간들을 펼쳐 보여준다.

김종태 — 그는 나의 셋째 삼촌이었다.[228]

---

227 당시 주변에서는 김질락의 감형에 기대를 가졌고, 1972년이 되면서는 한층 '김질락은 살 수 있겠다'는 분위기가 고조되었다고 한다. 나라사랑 편집부 편, 앞의 책, 143~144쪽.
228 김질락, 「주암산 (제1회)」, 앞의 책, 305쪽.

김질락의 옥중기는 "김종태", 이 이름 석 자와 함께 시작된다. 서문에 예고된 바와 달리 그는 '자기'에 대해 쓰고 있지 않았던 것이다. 이 글의 도입부를 채우는 것은 온통 "김종태"라는 인물에 대한 이야기다. 가족관계, 신체사항, 유년시절, 학력, 직업, 대인관계, 사회적 평판 등에 이르기까지 김종태에 관한 정보가 상세히 나열된 뒤에서야 김질락은 자기에 대해 말하기 시작했다.

김질락은 어찌하여 '자기'에 대해서가 아니라 '그'에 대해 이야기하는 것으로 옥중기의 첫 장을 열고자 한 것일까. 우리는 그 이유를 필자가 '김종태'를 묘사하는 방식을 통해, 아울러 그와 자기의 관계를 설명하는 방식을 통해 엿볼 수 있다. 이 글에서 김종태는 "달변가"이자 "독설가"이며 "안하무인"이자 "자만가"이기도 하다. 또한 그는 '권모술수에 능한' '헛된 영웅심의 소유자'였다. 그에 대해 한참을 묘사하던 김질락이 이어 적고 있었던 것은 '그'와 '나'의 불가항력적인 관계, 즉 혈육이었다는 점과 이것이 피할 수 없는 악연(惡緣)이었다는 해석이다. 이 글에서 필자가 가장 많은 공력을 들이고 있는 것은 바로 '그와 나'에 관해 이야기하는 일이다. 왜냐하면 '그'에 관해 말하는 일이 곧 '나'를 구원하는 일이었기 때문이다.

통혁당 사건이 발표될 때마다 독자는 이 사건에 누가 가장 가까이 위치해 있었는지 쉽게 확인할 수 있었다. 사건이 처음 보도되었을 때부터 사형선고 소식을 전하며 그들의 얼굴을 지면에 실어 나르던 때까지 김종태의 이름과 사진은 줄곧 가장 먼저 기입되고 게시되었다. 그리고 그 다음의 자리에 김질락이 있었다. 사건에 연루되었다는 158명 가운데 그의 자리는 가장 상위에 위치해 있었고, 이것은 그가 '핵심인물'에 해당함을 말해주었다. 그런 그가 자기보다 더 '불온하다'고 지목할 수 있는 사람은 단 한 명, 김종태 뿐이었다. 김종태는 그보다 더 불온한 자, 궁극적으로는 자기를 불온하게 만든 배후가 되어야 했다.

『청맥』을 통해 '구국(救國)'을 하겠다고 선언했던 김질락은 옥중기를 쓰는 일을 통해 이번에는 '자구(自救)'에 몰두했다. 그리고 이때 유일한 자구책은 '중심'에 대해 쓰는 것이었다. 그가 많은 지면을 할애하여 김종태에 대해, 그리고 북한에 대해 이야기하고 있다는 사실에 귀 기울일 필요가 있다. 또한 여기서 그가 중심으로부터 자신을 주변화시키는 방식에 주목해야 한다. 김질락은 자기가 '핵심인물이 아니었다'는 항변의 논리를 펼치는 대신, 중심과 자기의 관계를 재설정하는 편을 택했다. 즉 김종태와 북한이 등장하는 맥락에서 자기의 자리를 어디에 마련할 것인가 고심한 것인데, 여기서 그는 자기에게 독자성을 부여함으로써 종속적 관계로 설명될 수 없는 위치에 자기의 장소를 마련했다.

김질락은 김종태의 인격적 파탄에 대해 이야기하고 그와 자신을 변별할 수 있는 점들을 낱낱이 밝힘으로써 '북한'이라는 최종적 배후로부터 멀어져가고 있었다. 김질락은 이 텍스트에서만큼은 결코 북한의 이념과 사상에 깊게 물든 강고한 사회주의자가 아니었다. 월북 이력과 수사당국에 의해 수집된 증거들이 그의 죄에 관해 말해주고 있는 이상 그는 온전히 죄를 부정할 수도, 이 모든 일이 우연적이고 부득이하게 촉발된 것이라 주장할 수도 없었다. 이런 상황에서 그는 자기의 결백과 순수성을 증명하는 대신, 자기의 무지와 어리석음을 드러내고 자기의 죄를 스스로 증명해나가는 일을 통해 자기가 범한 죄의 성격을 재규정하고자 했다. 이를테면 이 수기의 마지막은 월북 경험을 이야기하기 위해 쓰였는데, 그가 이 경험을 서사화하는 방식은 특기할 만하다.

월북은 그 자체로 매우 위험한 범죄 행위였으며 그 어떤 이력보다도 분명하게 '불온성'을 입증해주는 증거였다.[229] 김질락은 이 가장 문제적인 경험을 특화하여 두 가지 차원에서 이야기를 풀어나갔다. 하나는 북한의 실체를 고발하는 것이고, 다른 하나는 자신의 불온성을 미약하게나마 지워내는 것이다. 그는 여러 지면에 걸쳐 북한 지도부의 '비열함'과 '야욕'에 대하여, 아울러 자신이 느낀 '실망감'과 '불쾌'에 대하여 기술했다. 이 진술에 따르면, '금단의 땅'에서 직접 체험한 현실은 기꺼이 간첩이라는 신원도 감내하고자 했던 남한 지식인으로 하여금 형용할 수 없는 절망감을 갖게 만들었다. 아마도 자기의 기대는 남한사회의 어떤 이보다도 더 낙관적이고 장대한 것이었을 터인데, 북한의 현실은 그 기대가 허상에 불과한 것이었음을 깨닫게 해주었다는 것이다. 이 점을 논증하기 위해 그는 여러 일화들을 매개로 긴 '폭로의 시간'을 마련하였다. 필자에 따르면, 북한의 통치 권력은 '혁명가로서의 긍지'를 갖는 사회주의자들이 아닐 뿐더러 '지식이나 사상은 물론이고 가장 존귀한 인간성까지도 이용대상'으로 삼는 '졸렬하고 비열한 정치가들'에 지나지 않았다. 심지어 그는 북한사회에서 목도되는 것은 오직 "죽음의 향연"뿐이라고 적기도 했다.

그런가 하면 필자는 '월북'이라는 경험을 자기의 죄를 덜어내기 위해서도 쓰고 있었다. 그는 이 경험이 말해지는 자리에서 단지 북한 지도

---

229 "반국가단체의 지령을 받거나 받기 위하여 또는 그 목적수행을 협의하거나 협의하기 위하여" "반국가단체의 불법지배하에 있는 지역"에 잠입하는 자는 국가보안법 제1장 제6조(불법지역왕래)에 의거하여 처벌될 수 있었다. 1962년 개정된 국가보안법(시행 1962.10.25, 법률 제1151호, 1962.9.24. 일부개정) 제1장 제6조. 법제처 국가법령정보센터(http://www.law.go.kr).

층의 폭정을 폭로하는 데 머물지 않고, 그것을 가지고 자기의 위치를 그려내고자 했다. 북한의 지도부와 김종태가 맺는 상명하달식의 비대칭적 종속 관계를 그려내는 동안 그는 이 관계지형으로부터 떨어져 나왔다. 여기서 그가 부각시키고자 한 것은 "나는 언제 어디서나 그들과 대등한 입장"에 있었다는 점이다. 김종태와는 달리 이문규와 자신은 '난수표와 암호표'를 거절하였음을 밝히는 것도 이러한 맥락에서다. 김질락은 그들에게 "예속"되지 않기 위하여, 그들의 "지시와 지령"이 아닌 주체적 판단에 따라 행동하기 위하여 그것을 거절했다고 말했다. 또한 난수표와 암호표를 수령하지 않았다는 사실은 『청맥』을 북한과의 관계로부터 분리시키려는 의도에서 다시 한 번 강조되기도 한다.[230]

앞서 살펴본 「항소이유서」의 필자가 자기비판을 통해 자신을 구원하고자 했다면, 사건의 한가운데에 있었던 김질락은 이 자기비판을 수행하면서도 장막에 가려져 있던 **배후**(북한)에 대해 증언함으로써 자신의 죄를 상쇄하고자 했다. 다른 청년들처럼 우연성과 무지를 통해서 저간의 사정을 이야기하고 자기의 잘못을 고백하는 일로는 충분치 않았던 것이다. "죽음의 그늘 밑에서" 쫓기듯 써내려가는 그의 펜은 이보다 더 많은 것, 더 큰 것을 말하기 위해 움직여야 했다. 김종태의 신념, 기질, 행적에 대한 부정적 논평, 그리고 북한의 실상을 고발하고 자기가 가졌던 환멸에 대해 이야기하는 일이 주목되는 이유는 그것이 단지 자기의 불행을 말하기 위해서만 동원된 것은 아니었기 때문이다. 이것은 궁극적으로 통혁당 사건이 이야기될 수 있는 여러 맥락들을 그 내부로부터 무너뜨리는 데 관여해야 했다. 또한 이것은 남한의 통치 권

---

230 김질락, 『어느 지식인의 죽음』, 행림출판, 1991, 406~407쪽.

력에 대한 인식을 전환시킨 결정적 계기로, 그리하여 한국정부를 재평가하는 발판으로 쓰여야 했다. 우리가 만약 권력의 쾌락에 대해 말할 수 있다면, 그것은 아마도 이 시대에 가장 불온하다고 판명되었던 주체, (그것이 실제이든 가장된 것이든) 이 안타고니스트(antagonist)의 입에서 쏟아져 나오는 말들을 듣는 순간에서 일 것이다.

> 통혁당에 관련하고 평양을 다녀온 후에야 나는 6·3사태의 진상을 정확하게 파악할 수가 있었고, 그 시점에서 **한일회담은 불가피했었다는 것이** 비로소 납득이 갔다. 또한 북괴의 상황과 대조하여 한국의 좌표를 보다 정확하게 내다볼 수 있게 되었고, 국내적으로나 대외적으로 **5·16혁명은 역사적인 필연의 논리였다**는 데 전적으로 수긍이 갔다. 만일 4·19 직후의 혼란기가 좀 더 계속되었더라면 한국은 오늘의 성장과 번영을 도저히 기대할 수 없었으리라는 것은 두말할 나위조차 없다. 뒷날 알게 된 일이지만 종태 삼촌은 **인혁당의** 주요 인물들을 자기 산하에 거두려고 애썼고, 인혁당은 인혁당대로 종태 삼촌을 이용하려 했었다는 것이다. 때문에 서로들 반목하여 공작 일반의 수법에 있어서 각자가 우월하다는 등의 논란이 있었다는 넌센스가 있다.[231]

위의 대목은 '월북'의 경험이 종국적으로 무엇을 위해 동원되고 있었는지를 알려준다. 필자는 "통혁당에 관련하고 평양을 다녀온 후에야" 알게 된 것들에 대해 적고 있다. 자칫 자신의 발화위치를 불안정하게 만들지 모를 이 불온한 이력들을 그는 역이용하여 새로운 발화의 토대를 마련하는 데 썼다. 이 위치 이동한 자리에서 그는 1960년대 한국사

---

231 위의 책, 48쪽.

회에서 가장 중대한 사회적 이슈였던 사건을 재평가하였으며('6·3사태의 진상 파악'과 '한일회담의 불가피성에 대한 이해'), 보다 중요하게는 현 정권의 정통성에 관해 이야기하고자 했다("5·16혁명은 역사적인 필연의 논리였다"). 뿐만 아니라 필자는 다른 공안사건(인혁당 사건)의 불온성을 입증하기 위한 맥락을 구축하는 데에도 이 이력들을 활용하였다. 이 순간만큼은 공안사건에 가담한 일과 월북이라는 이력이 단지 '불온한 이적행위'가 아니라, "진상"의 파악을 가능하게 하는 특권화된 경험이라는 위상을 가질 수 있었다.

이러한 맥락에서 보건대 천정환이 지적한 바 있듯이, 김질락의 수기는 통상의 '혁명가'나 '사상가'의 회고록과는 다른 서사 텍스트라 할 수 있다. 귀책과 전가 사이를 왕복하는 이 글에서는 여느 '혁명가─서사'에서 발견할 수 있는 비극적 숭고함이나 불굴의 정신, 혹은 동지에 대한 존경과 눈물 어린 회고, 그 어떤 것도 찾아볼 수 없다.[232] 이 글은 '혁명가─서사'의 문법을 공유하고 있지 않을뿐더러, 문제적이게도 충실하게 권력의 언어를 모방하여 당대에 발생한 중요한 사건들의 의미와 가치를 평가 절하하는 데 동참하고 있다. 때로 이 충실함은 위의 예문에서와 같이 체제의 문법을 초과하기까지 했다. 그는 차마 당국이 적극적으로 할 수 없었던 말까지도 대신하여 발화하는 권력의 에이전트가 되었던 것이다.

주지하다시피 한일협정반대투쟁 당시 비판적 담론의 선도자이자 학생세력의 열렬한 지원자 역할을 자임했던 대표적 매체는 『청맥』이다.

---

[232] 권보드래·천정환, 『1960년을 묻다─박정희 시대의 문화정치와 지성』, 천년의상상, 2012, 144~147쪽.

이 잡지의 책임자로서 김질락이 한 기존의 발언들과 전향을 한 이후에 한 발언들은 매우 이질적일 뿐 아니라 양단의 논리에는 상당히 큰 낙차가 발견되기도 한다. 한편에 때로 과감한 발언도 서슴지 않았던 혁신적 지식인의 목소리가 있다면, 다른 한편에는 과거의 목소리를 지워내며 거기에 새로운 음성을 입히고자 한 이데올로그-전향자의 목소리가 있는 것이다. 과연 이 간극은 어떻게 설명될 수 있을까.

조국(祖國)은 금치산자(禁治産者)

1960년대 중반 김질락은 『청맥』의 지면을 통해 「조국(祖國)은 금치산자(禁治産者)」라는 글을 쓴 적이 있다. 『청맥』의 모든 입장과 지향과 관심이 녹아들어 있다고 할 정도로 대표성을 띠는 글이라 할 만하다. 여기에는 제국주의 비판, 신식민주의론의 제기, 민족주체성에 대한 강조, 당국의 통일정책에 대한 비판, 통일론을 터부시하는 사회풍조에 대한 성찰 등의 논의가 이중 삼중으로 중첩되어 있다. 이 글에서 그는 "말하자면 우리들의 조국(祖國)은 의사능력과 행위능력을 송두리째 상실한 금치산자(禁治産者)였다"[233]고, 뿐만 아니라 (현 정권을 상기시키며) '우리들의 조국은 여전히 금치산자'나 다름없다고 말했다. '금치산자'는 자기의 행위를 합리적으로 판단할 능력이 없는 심신상실의 상태를 뜻하며, 민법 제13조에 의하면 "금치산자의 법률행위는 취소할 수 있다." 김질락은 이 글에서 모든 비판을 종합하여 '조국(State)'을 '비정상

---

[233] 김질락, 「조국은 금치산자─지금 내 조국은 '나'에 의한 '나'를 위한 '나'의 조국인가」, 『청맥』 1권 4호, 1964. 12, 30쪽.

의 상태(state)'로 규정하며, "지금 내 조국은 '나'에 의한 '나'를 위한 '나'의 조국인가" 묻고 있었다.

"조국은 금치산자"라는 언명은 김질락이 조국(현 정권)을 향해 던질 수 있는 최고 심급의 발언이었고, 이 발언은 8년 후 부메랑이 되어 발화자 자신에게로 돌아왔다. 그는 사회적 존재로서 더 이상 살 가치가 없음을 뜻하는, 국가가 법의 권한에 의지하여 언도할 수 있는 최고형을 받았으며, 1972년 7월 15일 "넥타이 공장"[234]은 가동되었다. 김질락의 사형은 같은 형을 언도받은 두 사람과는 달리 수년이 지난 후에 집행되었으며, 이 "어느 지식인의 죽음"은 대한민국 역사에 오래도록 남을 의미심장한 사건들 사이에서 발생했다. 그의 죽음은 남북한 당국이 분단 이후 최초로 통일과 관련하여 합의 발표한 7·4남북공동성명과 기존의 법질서의 작동을 중지시키는 예외상태에서 탄생한 유신체제의 사이에 놓여졌다. 이율배반적 사건 사이의 죽음은 그를 희망과 고통으로 단련시켰을 글쓰기, 이 감옥으로부터 온 수기의 의미에 대해 생각해 보게 한다.

이 옥중수기가 독자에게 남기는 질문은 "그가 그토록 고백하고자 하는 바는 무엇인가" 하는 것이겠지만, 필자 자신에게 보다 중요했던 것은 "왜 고백해야 하는가"라는 물음이었을 것이다. 그리고 필자가 가졌던 이 물음은 아마도 이렇게 치환될 수 있을 것이다. "과연 그는 (오욕의) 글을 씀으로써 자신을 구할 수 있었는가." 그는 진술의 과업을 떠안음으로써 희망으로 자신을 단련했으나 그 희망은 시한부적인 것이었

---

[234] 이 시기 '넥타이 공장의 가동'이라는 표현은 흔히 '사형의 집행'이라는 뜻으로 쓰였다. 전병용, 「'통혁당' 사형수들의 최후」, 『월간 말』 33호, 월간말, 1989, 150쪽.

고, 수기가 끝나자 그의 생(生)도 끝났다. 수기, 이 장편의 전향서를 쓰는 행위는 "죽을 자유마저 미결(未決)인 상태"를 '생'의 영역으로 되돌릴 수 있는 유일한 힘이었지만, 그것은 '때로 눈물까지 흘리면서 보다 큰 질서를 위해 비정한 단죄의 칼을 내리치는 **이 시대의 법**'[235] 앞에 무력했다.

죽음은 사형 선고 이후부터 집행이 행해지기 전까지 글을 쓰는 동안만큼만 유예되었다. 사형 선고와 집행 사이에 벌어져 있는 간격은 마치 수용소의 철조망처럼 시간 외적이고 영토 외적인 경계를 획정하는데, 이 예외상태에서 그는 가장 극단적인 불행 속으로 내버려졌던 것이다. 이 예외공간에서 글쓰기는 속죄 의식처럼 그의 생명을 회복시켜 주거나, 아니면 그가 이미 속해 있던 죽음으로 그를 최종적으로 밀어내는 무대가 될 것이었다. 김질락의 죽음 앞에서 목도할 수 있는 것은 죽일 권리로 행사되는 죽이거나 살게 내버려두는 주권 권력의 신조가 아니다. 그의 죽음과 옥중수기가 말해주는 것은 '살아남게 하는 것'이라는 말로 요약되는 20세기 생명 정치의 고유한 특징이다.[236]

김질락의 옥중기는 그야말로 "살아냄"[237]의 현장을 생생하게 보여준다. 그는 스스로 밝히고 있듯이, "역사에의 참여자도 아니며 역사의 증인은 더욱 아니"었음에도 불구하고 무언가를 증언하기 위해 남은 삶의 시간을 썼다. 혹은 자기의 지난 말들을 지워내는 이 새로운 말의 세계

---

235 이청준, 「공범」(『세대』, 1967.1), 『이청준 전집1─병신과 머저리』, 문학과지성사, 2010, 278~279쪽.

236 이 단락은 아감벤의 논의를 차용하여 재서술한 것이다. 조르조 아감벤, 정문영 역, 『아우슈비츠의 남은 자들─문서고와 증인』, 새물결, 2012, 228~229쪽.

237 편집자, 「역사의 진실이라는 무게를 느끼며 ……」, 김질락, 『어느 지식인의 죽음』, 행림출판, 1991, 15쪽.

에 들어가기에 앞서 그는 "나는 역사에의 참여자도 아니며 역사의 증인은 더욱 아니다"라고 씀으로써 이 글의 운명을 일찌감치 예감하고 있었는지도 모른다.[238] 그는 자기의 옥중기가 누군가의 삶에 "한 가닥 빛"이 되기를 바란다는 "염원"을 가졌지만, 어떤 이들에게 그의 이 글은 '죽음의 그림자'를 끌고 다니는 무서운 낙인처럼 받아들여졌다.

  '**나를 보라.**' 자기를 "인간 대열에서 떨어져 나간 한 낙오병"이라 자처한 어느 지식인의 글은 "모든 가엾은 사람들"에게 "나를 증거하여 경고"하기 위해 집필되었다. 그는 어쩌면 살아나갈지 모르겠다는 엷은 희망으로 "최선을 다하"여 글을 써내려갔지만, 끝내 남겨진 것은 "나의 사망을 증거로 북괴를 고발"하고자 한 권력의 언어였다. '김종태'에서 시작하여 '북한'에 대해 말하는 것으로 끝나는 이 글에서 '김종태'나 '북한'이 아니라 '그'를 오래도록 바라보고 있던 사람이 있다면, 그것은 아마도 그의 가족이었을 것이다. 먼지에 덮여 있던 그의 수기는 자기가 살아 있는 동안 남편의 삶을 정리하고 싶었던 아내에 의해 세상의 빛을 보게 되었다.[239] 그리고 옥중의 글들을 묶은 이 단행본에는 그의 딸이 쓴 짧은 서신이 한 편 실렸다. 여기서 그녀는 "사형수의 자식, 간첩의 자식을 만든 아버지"에 대해, 혹은 "텔레비전 수사극이나 라디오 정치드라마에서" 나오는 "아버지의 이야기"에 대해 쓰지 않았다. 그녀는 자기가 생각해낼 수 있는 유일한 아버지의 얼굴을 떠올리는 것으로 이

---

238 김질락, 「〈머리말〉 나의 시작은 나의 끝이었다」, 위의 책, 5쪽.

239 김질락의 옥중기는 사후 19년 만인 1991년 행림출판을 통해 단행본으로 출간된다. 출판사 편집자에 따르면, 이 수기가 단행본으로 묶여 출간될 수 있었던 것은 김질락의 아내 덕분이었다. 1991년 5월경 김질락의 아내는 행림출판을 찾아와 자기가 살아 있을 때 남편의 옥중기를 정리하고 싶다는 의사를 밝혔다. 그로부터 4개월이 지난 91년 9월 옥중기『어느 지식인의 죽음』초판이 발간된다.

이야기들을 대신했다. "철창 저 너머로 가냘프고 하얀 아버지의 얼굴"에 대해서, 그날의 "숨막히는 두려움과 반가움"에 대하여.[240] 이것은 아마도 이 책에서 거의 유일하게 대면할 수 있는 **부정이 아닌 언어**에 의해 구성되는 장소일 것이다.

3) '미해결의 장', 분열의 기록과 교합되는 언어들

김질락의 수기가 실렸던 『북한』지에는 또 하나의 옥중수기가 연재되고 있었다. 집필 시기는 김질락이 좀 더 앞섰을 것으로 보이나, 게재 연도는 이 수기가 빨랐다. '독점연재'라는 말이 첫 페이지에 큰 글자로 박혀 있는 이 연재물의 필자는 통혁당 사건의 주역이었던 이문규의 아내 김병영이다. 이 글은 1971년 겨울에서 72년 늦가을(1972.10.28)까지 일 년여에 걸쳐 집필되었고, 『북한』지에 1973년 2월호를 시작으로 74년 8월호에 이르기까지 총 19회에 걸쳐 연재되었다. 아래의 예문은 「소개말」의 일부다.

> 이 수기는 그동안 필자가 영어(囹圄)의 세월 속에서 자신의 어제를 되새기고 내일을 발돋움하며 엮은 **눈물에 얼룩진 참회의 기록**으로 반드시 독자에게 큰 감명을 주리라 믿는다.[241]

---

240 김수아, 「아버지 나라도 지금 꽃이 피나요」, 김질락, 『어느 지식인의 죽음』, 행림출판, 1991, 8쪽.
241 김병영, 「옥중수기─푸른 메아리 (제1회)」, 『북한』, 1973.2, 291쪽.

편집진은 그녀의 옥중수기를 '참회의 기록'이라 명명하며 이 글이 '독자에게 큰 감명을 줄 것'으로 기대된다고 적고 있다. 이어지는 '작자의 말'은 김질락의 수기의 경우처럼 해당 글의 집필 동기와 주요 독자를 명시해주고 있다. 작자에 따르면, 이 글은 두 가지 목적 하에 집필되었다. 하나는 자기 자신을 위해, 다른 하나는 타인을 위해서다. 그녀는 자신이 평생 짊어져야 할 '부끄러움'을 혹여 상쇄시킬 수 있지 않을까 하는 기대와 "나와 같은 운명의 여러 어머니, 아내, 누이들께 모래알 같이 적은 도움이라도" 줄 수 있지 않을까 하는 바람에 따라 글을 썼다고 했다.[242] 또한 이 글이 '누구의 동정을 바라서'도 '구구한 변명과 비겁한 호소'를 위한 것도 아닌, '진실을 말해야 한다'는 사명감에 의해 쓰인 것이라 말하였는데, 여기서 살펴보고자 하는 것은 이때 그녀가 말하는 '진실'이란 무엇이었는가, 그리고 그것을 이야기하는 일이 그녀의 옥중 생활에, 나아가 일생에 어떤 의미를 가졌는가 하는 것이다.

1936년 경남 밀양에서 은행가의 둘째 딸로 태어나 국민학교 3학년 때 해방을 맞고 이후 경북여고와 숙명여대 정치외교학과를 거친 이 젊은 여성 엘리트의 삶에서 가장 파란만장했던 시기는 60년대, 그러니까 그녀가 20~30대를 보낸 시절이다. 김질락이 김종태와 혈연으로 맺어진 사이라면, 김병영은 이문규와 사랑으로 맺어졌다. 사실 김병영의 옥중기는 편집진의 기대처럼 "참회의 기록"으로만 읽히지는 않는다. 오히려 이 글은 '참회의 기록'을 쓰려던 그녀가 자꾸만 '사랑의 서사'에 스스로 빠져들던, 그리하여 종국에는 **분열의 기록**이 되어버리는 징후적 텍스트에 가깝다. 그런 맥락에서 이 글은 간첩의 아내가 쓴 갱생기로서

---

242 위의 글, 293~294쪽.

"독자에게 큰 감명"을 준다기보다, 저자가 자기 자신과 마주앉아 읊조리는 독백의 시간을 펼쳐 보여준다고 할 수 있다.

> **아빠를 사랑한다는 한 가지 신념**으로 내 정성을 있는 껏 바쳐 왔건만 아빠는 나에게 무엇을 주었는가 말이다.[243]

이 옥중기의 테마는 '사랑'이다. 필자는 '신념'에 대해서가 아니라 '사랑'에 대해 말하고 있었던 것인데, 실제로 이 텍스트는 '사랑했다'와 '속았다'라는 두 술어의 교차적 반복을 통해 구성되었다. 이 글은 김질락의 경우와 마찬가지로 '김병영' 자신에 대해서가 아니라 남편인 '이문규'에 대해 쓰는 것으로 시작된다. 여기서 필자는 '그'를 어떻게 묘사할 것인가, 그리하여 그를 어떤 사람으로 규정할 것인가 하는 문제 앞에 서게 된다. 이 일을 수행하는 일이 곤혹스러웠던 까닭은 그녀에게 '신념의 부정'이란 곧 '사랑의 부정'을 뜻했기 때문이다.

> 아빠는 끝까지 자신의 정체를 드러내놓지 않았다.[244]

위의 대목에서와 같이 김병영은 남편의 '정체를 알지 못했다'고 적음으로써 자기의 무지에 대해 이야기하고자 했다. 그는 종종 "알아들을 수 없는 말을 유령처럼 중얼거릴 때"가 있었고,[245] 그녀는 "희미한 안

---

243 김병영, 「옥중수기—푸른 메아리 (제4회)」, 『북한』, 1973.5, 369쪽.
244 위의 글, 343쪽.
245 김병영, 「옥중수기—푸른 메아리 (제3회)」, 『북한』, 1973.4, 342쪽.

개 속에 가린 듯한 아빠의 생활"[246]에 대해 간혹 의혹을 가져보기도 했지만, 그것에 대해 깊이 파헤쳐본 적은 없었다. 그녀의 무지는 남편의 철두철미한 자기 관리에 따른 것이라기보다는 그를 충분히 의심하지 않았던 자기의 무딘 감각과 그에 대한 신뢰가 낳은 결과였다. '그의 신원'에 대해 말하는 대목에서마다 그녀가 '어떻게 그가 나를 속일 수 있는가'라는 물음으로 치달았던 것은 이 때문이다. 또한 이 물음의 잦은 출현은 그녀에게 이에 대한 해명이 여전히 미결 상태로 남아 있음을 알려주기도 한다.

주목되는 것은 이 물음이 어느 순간에 이르러서는 '자신에게 베푼 모든 호의들이 다 거짓은 아니었던가' 하는 의혹으로 번져 그녀의 마음에 부딪쳐왔다는 것이다.[247] 남편의 신원, '간첩'이라는 표지는 그녀로 하여금 그에 관한 어떤 것도 말할 수 없을지 모른다는, 심지어 그와 나눈 사랑마저도 확신할 수 없을지 모른다는 깊은 상념에 빠지게 했다. 또한 이것은 참을 수 없는 분노를 낳기도 했는데, 이 텍스트는 분하고 원통했고 후회와 자책으로 미칠 것 같았던 그녀의 심정을 고스란히 담아내고 있다.[248] 이러한 심정적 동요는 남편의 죽음이 '더러움으로 뭉친 내 마음을 정화해 주는 기회'이자 뜻밖에 '안정을 주는 것'이었다고 적게 했다.[249] 그러나 동시에 그녀는 마치 앞의 대목을 금세 잊기라도 한 듯 이렇게 적기도 했다. "나는 아빠의 사상이나 이념에 앞서 아빠를

---

246 위의 글.
247 김병영, 「옥중수기─푸른 메아리 (제5회)」, 『북한』 1973.6, 342~343쪽.
248 "왜 아빠는 지성이 마비되어 붉은 사상의 포로가 되었느냐 말이다. (…중략…) 후회와 자책이 나를 마구 미치게 한다." 김병영, 「옥중수기─푸른 메아리 (제8회)」, 『북한』, 1973.9, 373쪽.
249 김병영, 「옥중수기─푸른 메아리 (완)」, 『북한』, 1974.8, 344쪽.

사랑했고 그러다가 아빠의 따뜻한 마음과 달콤한 속삭임을 하루라도 더 길게 간직하기 위하여 이성을 잃고 말았다."[250] 심지어 그녀는 "부모님의 따뜻한 품속보다, 너희들이 기다리는 꽃동산보다 비록 위험한 곳이지만 아빠의 곁에 더 오래만 머물고 싶었다"[251]고, "아빠는 내 목숨보다 귀했던 것"[252]이라고 고백했다.

김질락의 사례처럼 전향과 갱생이라는 텔로스(telos)에 의한 서사의 규율은 이질적인 기억과 이야기의 틈입 가능성을 최소화한다. 그런 맥락에서 보건대 김병영의 이 글은 '긴 전향서'가 되는 데 실패한 텍스트라 할 수 있다. 이때 실패의 요인은 그녀가 분열된 정체성을 가졌다는 데, 아울러 그와 자신의 이야기를 '간첩 서사'가 아닌 '비극적 사랑의 서사'로 만들고 있었다는 데 있다. 그녀의 분열된 정체성 ─'대한민국 국민'이자 '간첩의 아내'이자 '사랑하는 남편을 떠나보낸 아내'이면서 '아이들의 엄마'이기도 한 ─ 으로 인해 텍스트 안에서 그녀의 발화 위치는 안정화되지 못했다. 이것은 곧 이야기의 확실성과 안정성을 뒤흔드는 것이기도 했다.

이 글은 앞서 살펴본 피의자 학생의 글이나 김질락의 수기와 닮아있는 듯 보이지만, 그들의 글보다 한층 더 미묘하고 복잡하다. 그에 관해 어떤 것도 쓸 수 없을 것만 같다던 그녀가 수기를 쓰는 내내 가장 열심히 쓰고 있던 것은 '그'에 관해서였으며, 여기서 그녀는 김질락이 김종태에 관하여 쓰듯이 분명한 입장을 취하지 못했다.[253] 사랑의 대가

---

250 김병영, 「옥중수기─푸른 메아리 (제4회)」, 앞의 책, 368쪽.
251 김병영, 「옥중수기─푸른 메아리 (제6회)」, 『북한』, 1973.7, 356쪽.
252 김병영, 「옥중수기─푸른 메아리 (제4회)」, 앞의 책, 369쪽.
253 "사회의 부정에 대한 아빠의 비평은 날카롭고 격렬했다. 아빠는 모든 사회의 일들을 언제나

로 그가 나에게 준 것은 참혹한 형벌뿐이라고 했지만, 그녀는 그가 나에게서 앗아간 것들을 쓰려던 자리에서 그가 나에게 주었던 것들에 대해 더 오래 생각했다. 그런가 하면 필자는 기본적으로 자신의 큰 딸인 '경아'를 청자로 삼아 글을 써나가고 있지만, 이것은 장치일 뿐이다. '경아'는 자신의 딸이거나, 고해성사를 듣는 사제이거나, 대한민국 국민이거나, 특정할 수 없는 독자들이거나, 혹은 이 모든 것이다. 그러나 이 글에서 필자가 계속해서 마주세우고자 했던 진정한 청자는 그 누구도 아닌 자기 자신이었다. 어떤 지점들에서 그녀는 마치 독자를 의식하고 있지 않은 것처럼 보였다.

이 수기는 필자 자신의 규정에 따르면, "반공법 위반의 전과자, 민족 반역자"라는 "괴로운 낱말"을 "모두 차지한" 자신의 삶을[254] "간첩의 아내이기 이전에 한국의 딸 대한의 어미로서" 써내려간 글이다.[255] 「작가의 말」에서도 밝히고 있듯이, 그녀가 붙들고 있는 이 지면들은 (독자에게는 이 글이 설령 다르게 읽힐지라도 최소한 그녀 자신에게는) '누구의 동정을 바라서'도 '구구한 변명과 비겁한 호소'를 위한 것도 아니었다. 만약 이러한 자기규정이 없었더라면 그녀는 이 글을 결코 시작하지도 끝내지도 못했을 것이다. 이것이 일종의 자기 주술과 같은 규정이었다고 한다면, 실제로 기입되고 있는 것들은 이 주술의 피막을 파열시키고 있

부정적이며 냉소를 머금고 대하기 때문에, 파헤치고 비평하는 걸 낙으로 삼고 있는 양 했고 나는 덩달아 마치 여류 정치가나 사회학자가 되는 듯 흥분했었다."(김병영, 「옥중수기—푸른 메아리 (제4회)」, 앞의 책, 352쪽) "아빠는 어미보다 너희들을 더 귀여워했다. 여름밤이면 모기를 쫓느라고 너희 곁에 앉아서 부채질하는 이도 아빠였다. 추운 겨울에 혹 감기나 들지 않을까 하고 털모자 장갑까지도 서둘러 준비하는 이도 아빠였다."(김병영, 「옥중수기—푸른 메아리 (제3회)」, 앞의 책, 323쪽)

254 김병영, 「옥중수기—푸른 메아리 (제5회)」, 앞의 책, 353쪽.
255 위의 글, 342쪽.

었다. 그녀는 '한국의 딸, 대한의 어미'라는 발화 위치보다 훨씬 더 자주 '간첩의 아내'의 자리에 섰고, 의사운명을 가진 자들의 삶을 구원하고 예방하는 일에 헌신하기보다 자기의 삶을 더 깊게 그리고 더 산만하게 들여다보는 일에 집중했다. 간첩의 아내, 기독교인, 은행가 출신의 아비를 둔 딸, 교편을 잡았던 선생, 경북여고와 숙명여대를 나온 여성엘리트, 두 딸의 엄마, 신경쇠약환자, 수형자, 전향자 그리고 미망인. 이 모든 정체성이 그녀 안에 있었다. 누구나 무수한 정체성을 갖고 살아가며 그 정체성의 다양함과 역할 갈등으로 인해 빚어지는 모순과 부조리를 경험하지만, 그녀에게 **'간첩의 아내'**는 다른 모든 정체성을 위태롭게 만들 만큼 압도적인 힘을 가졌다. 그리고 이것은 그녀가 갖고 있던 또 하나의 정체성, '대한민국-국민'이라는 것에 대해서도 마찬가지였다.

당국의 규정에 따르면, 이문규는 "인간으로서는 가장 못나고 손가락질 받는 간첩"이었다.[256] 문제는 그의 정체가 밝혀짐으로써 그녀 역시 새로운 정체성(간첩의 아내)을 갖게 되었다는 점이다. 그녀는 남편의 정체를 부인하는 대신 그 '사실'을 알지 못했다고 말함으로써, 즉 '무지'를 드러냄으로써 자신의 결백을 주장하고자 했다. 그러나 "간첩이라는 **무서운 이름**"은 그의 삶뿐 아니라, 그녀의 삶 또한 덮쳐버렸다.[257] 물론 그와 그녀가 한 사건 안에서 점하는 구체적 위치는 달랐다. 그가 '사형'이라는 극형을 통해 죗값을 치러야 했다면, 그녀는 이보다 무겁지는 않되 보다 많은 형벌, '6년 형'이라는 법적 처벌과 더불어 당국의 혹독한

---

256 김병영, 「옥중수기—푸른 메아리 (제10회)」, 『북한』, 1973.11, 342쪽.
257 위의 글.

비판과 추궁, 이웃의 멸시와 수군거림, 차가운 조소 등의 법외적 처벌을 감당해야 했다. 그녀는 분명 살아남았지만, 그녀가 감내했고 감내해야 할 이 모든 것들이 그가 받은 형벌에 비해 덜 가혹한 것이라 말할 수는 없었다.

마치 법전이 온갖 부정적 상상들로 들어차 있듯 이 수기 역시 형 집행 전후, 특히나 출소 이후 그녀가 치러야 할 모든 형벌에 대한 상상들로 가득하다. 그중에서도 가장 가혹한 형벌은 '자기와 자기의 남편에 대해 진술해야 할 몫'을 짊어지는 것이었다. "나는 또다시 비굴한 변명을 해야 했다. 나는 나의 범행을 군이 변명해야 할 순간이 제일 싫었다. 비겁한 애원 같기도 하고 구질구질한 변명 같은 호소는 죽기보다 싫었다."[258] 남편의 운명 소식을 듣고 난 후 행해진 공개 전향 선언, 이때의 경험을 써내려가는 그녀의 펜은 '긴장과 초조', '어지러움과 비굴함'에 대해서도 함께 적고 있었다. 대강당에서 푸른 옷을 입은 무수한 재소자들 앞에서 치러진 '맹세의 서약'은 이 진술의 몫을 감내하는 일이었다. 그녀가 자기의 전향을 소리 내어 말하는 자리에 함께 했던 청중들은 그녀의 보증인이 되었다. 그리고 이어진 수기의 집필, 그것은 또 다른 방식으로 '진술하기'를 이행하는 일이었다. '생에 있어서 저지른 실패를 타인들에게 광고하는 이 과정은 더할 나위 없이 무거운 시련'[259]이었고, 그녀는 이러한 '자기 전시'를 두 번 수행함으로써 더 많은 보증인 앞에 서게 되었던 것이다.

또한 글을 쓰기 전에 가졌던 필자의 예상은 글을 쓰는 동안 계속해

---

258 김병영, 「옥중수기―푸른 메아리 (완)」, 앞의 책, 352쪽.
259 김병영, 「옥중수기―푸른 메아리 (제3회)」, 앞의 책, 345쪽.

서 빗나갔다. 그녀는 결코 담담하지도 초연하지도 못했다. 이러한 예상치 못한 결과는 그녀가 사실은 그를 대신하여 쓰고 있었기 때문에 초래된 것이었다. "7년 8개월 간 주고받은 사랑의 열매", 그것이 남긴 것은 "죽음과 수인이란 종지부"[260]였다. 그녀는 살아남았지만 그는 '죽은 자'가 되었고, 그녀는 죽은 자, 그 말할 수 없는 자를 위해 기꺼이 말하는 자가 되었다. 그녀는 자신에 대해 이야기하고 있는 듯했지만, 때로 그에 관해 더 많은 이야기를 하고 있었다. 또한 그녀는 자신의 손으로 그의 삶을 망쳐놓을 수 없었다. 혹은 망쳐진 삶의 주인으로 그를 내버려둘 수 없었다. 그녀는 무의식중에 자신의 '증언'들이 때로 '이미 알려진 사실'들보다 독자의 마음에 더 가까이 다가갈 수 있을지 모른다는 마음으로, 그의 삶을 증언하고 있었는지도 모른다.

이문규에 관하여 발설하는 필자의 내면에는 어떤 죄의식이 자리하고 있었다. 이때 '죄의식의 감정'은 프로이트의 표현을 빌리자면, "그에게는 침묵한다. 즉 그것은 그에게 직접적인 죄가 있다고 말하지 않는 것이다. 그래서 그는 죄가 있다고 느끼지는 않지만, 아프다고 느낀다."[261] '살아남은 이들에 관한 이야기'는 주체와 죄의식의 문제를 성찰하게 만든다. 어떤 면에서 '죄의식은 곧 남은 자들의 몫'이라, '죄의식에 관한 이야기는 곧 남은 자들에 관한 이야기'라 할 수 있을 것이다. 기본적으로 죄의식은 특정 사건의 중심에서 '죄'를 짓는 주체와 직접적으로 관련되어 있지만, 죄의식의 자장은 그 주체의 곁에 남겨진 이들의 삶까

260 김병영, 「옥중수기─푸른 메아리 (제5회)」, 앞의 책, 353쪽.
261 지그문트 프로이트, 황보석 역, 『프로이트 전집12─억압, 증후 그리고 불안』, 열린책들, 1997.

지도 포획한다. 어쩌면 죄의식은 남겨진 이들에게 더 짙은 그림자를 드리우는 것인지도 모른다. 이러한 맥락에서 볼 때, '남은 자의 이야기'란 곧 죄의 중심에 있는 주체는 아니나 그 죄로부터 자유롭지 않은, 보다 분명히 말하자면 그 일로부터 결코 자유로울 수 없을 것이라는 불안한 예감을 떠안고 살아가는 이들에 관한 이야기일 수 있는 것이다. 김병영의 옥중기가 논리적인 언어를 통해서가 아니라 **그녀가 앓고 있는 고통**("아프다고 느낀다")에 의해 구축되고 있는 것은 이 때문이다.

그리하여 애초에 쓰려 했던 '한국의 딸, 대한의 어미'로서의 이야기는 자꾸만 개별자로서의 '나와 그'에 관한 이야기로 뒤바뀌었고 그 이야기는 하나의 물음을 향해 휘말려 들어갔다. 그녀는 그를 혹독하게 비판함으로써, 이를 통해 그의 삶에서 스스로 분리되어 나옴으로써 자신의 결백을 주장하려 했지만, 집필 초기에 가졌던 이 목표와 바람은 글을 쓰는 시간 속에서 증발되어버렸다. 오히려 글을 쓰는 행위는 그녀를 더 깊은 수렁 속에 빠트렸다. 어느 순간 그녀는 너무 솔직해져버렸고,[262] 이 글을 '참회의 기록'이 아니라 '사랑의 기록'으로 만들어버렸다. 그녀는 이 글에서 "아무리 강한 힘이라도" 그것이 설령 국가와 민족이더라도 "내 사랑은 파괴할 수 없도록" 지켜내겠다는 지난날의 '결심'에 대하여,[263] 그리고 "현실 외에는 지난날도 앞날도 우리에게는 소중하지 않았"[264]던, 그가 생존하던 그 시절에 대하여 적어나갔다. 이것

---

262 "나는 내 남편을 사랑한 것 이외는 아무 잘못도 없다. 남편에게 어떠한 잘못이 있건 그것은 내가 알바 아니다. 나는 남편을 사랑했다. 구속될 만큼 사랑한 것뿐이다." 김병영, 「옥중수기−푸른 메아리 (제9회)」, 『북한』, 1973. 10, 373쪽.
263 김병영, 「옥중수기−푸른 메아리 (제5회)」, 앞의 책, 360쪽.
264 위의 글, 367쪽.

은 어떤 면에서 그녀가 '지은 죄'보다 '짓지 않은 죄'에 대해 더 깊이 의식하고 있었다는 것을, 원망과 속죄의 말이 온전히 그들 부부를 향하고 있지는 않았음을 짐작할 수 있게 한다.

그리고 마침내, 필자는 자신에게 남겨진 "미해결의 장"은 '**끝내 그가 잊혀지지 않는다는 것**'이라고,[265] 그리하여 자기가 진술할 마지막 '단 한마디'는 "진정으로 당신은 나를 사랑했나요?"라는 물음뿐임을 고백했다.[266] 그녀는 국가와 민족에 대한 절실한 사랑의 노래를 부르는 데 몰입할 수 없었고, 이 수기는 자신이 잊고 있던, 잊으려 했던, 잊을 수 있을 것이라 믿었던, 남겨진 하나의 물음에 대한 해명을 위해 바쳐졌다. 이런 맥락에서 수기의 말미에 이르러서야 비로소 그녀가 마치 자기가 해야 할 일을 잊고 있었던 사람처럼 불현듯 국가와 민족을 호명하기 시작했다는 사실을 상기해 볼 필요가 있다.

어차피 썩었던 마음과 생각이었으니 내 손으로 터뜨리지 못할 바에는 수술대에 누워 의사의 손을 빌릴 수밖에 없었던 우리였다. 많은 생명을 죽음 직전에서 건지기 위해서는 날카로운 '메스'가 필요한 것이다. 보다 밝은 내일을 위하여 남은 생을 건전하게 지키려고 시작한 수술 앞에 어떠한 불안과 불만과 불평인들 있을 수 없다. 이젠 나의 양심에도 웬만한 고통쯤 해소시키고 받아들일 용기가 생겼다. 남 보기에는 바람에 구름 잡는 것 같이 허황해도 나에게는 꿈이 있고 바람이 있단다. 아직은 지난날에 받았던 배신의 푸른 멍이 채 씻기지 못해도 높은

---

265 김병영, 「옥중수기－푸른 메아리 (제17회)」, 『북한』, 1974.6, 364쪽.
266 김병영, 「특종수기－그이는 나를 속이고 갔지만, 사형인 이문규 미망인의 옥중기」, 『북한』, 1972.7, 133쪽.

의미의 정신적 만족을 누릴 줄 알게 되었다. (…중략…) 경아, 자꾸만 가슴의 덩어리가 터질 것 같다. 옛날 일일랑 차곡차곡 접어서 타오르는 불길 속에 던져 버리고 아름다운 내일을 위해 다시 일어서자.[267]

이 글은 어떤 의미에서 수미상관적이다. 글의 마지막에 이르러서야 그녀가 수기를 쓰기 시작할 무렵에 하겠다던 말들을 (이제야) 진술해나가기 때문이다. 그녀는 '자기 삶의 재생을 위해', '우리 집안의 명예를 회복하기 위해', '아이들의 장래를 위해', '남편이 저지른 죄과를 조금이나마 만회하기 위해' 진술의 과업을 이행하였다. 그리고 그 진술의 도정이 끝나갈 무렵 경건한 마음가짐과 격앙된 어조로 "모범 시민"의 목소리를 내는 복화술사가 되었다. 필자는 1960년대 군부정권의 언설을 흉내 내며 이 글을 마무리했다. 그녀에 따르면 오염된 자기의 영육은 '권력의 수술대'에서 다시 태어날 것이었다. 그녀는 이것이 자기의 생을 "죽음 직전에서 건지"는 방법, 그리하여 "남은 생"을 지키는 유일한 방법이라 생각했다. 그렇다면, 그녀는 과연 갱생(更生)할 수 있었는가.

이 물음에 답하는 일은 곤란하다. 어쩌면 이에 대한 답은 그녀의 사후에나 조심스럽게 건네질 수 있는 것인지도 모른다. 다만 우리가 알 수 있는 것은 뜨거운 정념에 휩싸인 글 안에서 그녀가 매우 격정적으로 통치 권력의 언어를 받아들이고 있었다는 점이다. 아울러 그녀의 진술이 매끄러운 한 편의 글로 귀결되지는 못했다는 사실이다. 수기에는 그녀의 가쁜 숨과 내면의 떨림이 가득했고, 미처 게워내지도 지워내지도 못한 감정의 얼룩들이 남겨졌다. 이것은 당국의 언어와 그녀의

---

267 김병영, 「옥중수기―푸른 메아리 (완)」, 앞의 책, 352쪽.

언어가 고통스럽게 몸을 뒤섞던 교합의 나날을 다만 짐작하게 할 뿐이다. 그녀의 텍스트에서 그녀의 언어이면서 당국의 언어이기도 한, 그러나 그녀의 언어도 당국의 언어도 아닌, 이 '정체를 알 수 없는 말들'은 어디에도 온전히 귀속되지 못한 채 부유하고 있었다.

4) 징후적 텍스트와 자기 기술의 테크놀로지―자백, 전향, 옥중기

통치 권력은 증거를 수집하고 탐문수사를 벌이고 증인을 소환하는 등의 법적 절차가 허용하는 한, 때로는 그것을 넘어서는 일도 법의 이름으로 정당화하며, 관계의 네트워크를 구성하고 피의자의 불온성을 입증하기 위해 모든 것을 동원한 바 있다. 그런데 권력의 일은 여기서 끝나지 않았다. 당국이 그토록 입증하고자 했던 불온성에 관하여 진술할 몫을 피의자들이 이미 수형자가 된 이후에 되돌려주었던 것이다. 사건의 진위와 그 불온함에 대하여 스스로 입증하고 (동시에) 그것으로부터 벗어날 수 있는 기회를 말이다.

필자들에게 수기를 쓰는 일은 자신에게 드리워져 있는 무겁고 강렬한 불온성을 일면적으로나마 걷어낼 수 있는 해명의 기회였다. 김질락과 김병영의 글은 더 오래 살아남은 자가 스스로에게 부여하는 살아남은 이유들에 관한 기록이었고, 이 이유들을 더듬기 위해서는 먼저 자기의 손으로 지난 삶을 '오욕의 시간'으로 만들어야 했다. '전향한 모범수'의 자리에서 '불온한 자기'에 대한 '심문(審問)'을 감행하는 **자기 분열적 수행**(심문으로서의 글쓰기)은 수백 명의 재소자 앞에서 전향서를 읽어내려갔던 그날의 괴로움보다 더 큰 고통을 느끼게 했다. 뿐만 아니라 그/그녀는 아끼고 의지했던, 심지어는 열렬히 사랑했던 이들을 지면으로 소환하여 '**진술의 법정**'에 들어서게 했다. 필자들이 각각 김종태와 이문규에 대해 진술하는 일에 몰두한 것은 자연스러운 일이었다. 그들은 그/그녀보다 '더 불온한 자', 궁극적으로는 '배후'가 되어야 했다. 마치 공권력이 그러했듯이 누군가의 불온성을 입증하기 위해, 이로써 자기의 죄를 덜어내기 위해 이들은 뜨거운 심문을 시작했던 것이다.

그러나 이 주체들이 발행하는 텍스트들은 실정법이 갖는 힘을 (애초부터) 갖지 못했다. 불온한 자의 손에서 탄생되는 글의 운명은 나약했다. 권력의 의도에 부합하지 않을 경우 자연 폐기될 것이고, 당사자들이 견딜 수 있는 고통을 초과하는 것이라면 그것은 끝내 중단될 것이며, 어떤 독자에 의해 어떻게 읽힐 지에 대해서는 점칠 수 없기 때문이다. 그럼에도 불구하고 글은 쓰여졌고, 그 글들이 실리는 지면마다에는 그들의 이름이 새겨졌으며, 그리하여 사후에도 그들의 불온한 삶은 **활자화**된 채로 남겨졌다. 그/그녀의 현생의 삶, 언제까지일지 예측할 수 없는 이 생을 위해, 또한 언제까지일지 모를 기록을 통해 무한히 연장될 시간들은 맞바꿔졌다. 글의 공간 안에서 생물학적 삶의 시간과 기록되는 삶의 시간은 교환되고 있었다. 그/그녀가 삶에 물든 오욕을 더듬고 되새기는 동안 삶은 다시 비참함에 물들었다. 이 '생의 비참'은 쓰는 이에게도 읽는 이에게도 쉽게 입에 담을 수 없는 것, 미처 언어화하고 의미화할 수 없는 것이었다.

이들의 생을 언어화하고 의미화하는 일을 "명랑"하게 수행할 수 있었던 주체는 오직 통치 권력뿐이었다. 이 '죽음의 해제자'는 단지 법적

절차를 밟는 것에 만족하지 않았다. "두께 10cm가 넘는 기록적인 범죄 사실"[268]과 "무려 1백 80개 항목에" 이르는 혐의사실과 "갱지 전지 절반 크기로 16장이나" 되는 "범죄사실을 요약한 도표",[269] 그리고 공소장과 판결문, 이에 대한 정부의 담화문과 넘쳐나는 보도기사들, 이 무수한 텍스트들은 친절한 해제의 작업이 권력의 자기만족을 위한 것이었음을 말해준다. 그러나 이 만족은 충족될 수 없는 것이기도 했다. 그것이 충족 불가능한 것이었다는 사실은 유사 텍스트의 자기 복제 과정, 그 반복성이 말해주고 있었다. 더 많은, 좀 더 많은 텍스트를 욕망하는 권력에 의해, 결국 죽음의 한가운데에 놓인 존재들까지 이 생산의 작업에 동참하게 되었다. 이 권리의 이양은 권력의 관용에 대해서보다 희망고문과도 같은 형벌을 내림으로써 이중 처벌을 감행하는 권력의 잔혹성에 대해 더 오래 생각하게 만드는 것이었다.

옥중기는 그와 그녀의 글이지만, 동시에 권력에 의한 소망의 투사이자 욕망의 담론이기도 하다. 권력의 욕망을 미메시스하며 탄생한 옥중기는 그/그녀로 하여금 쓸 수밖에 없도록 만드는 권력의 억압을 분명하고도 은밀하게 드러내주는 **징후적 텍스트**라 할 수 있다. 또한 옥중기를 쓰게 하는 권력의 노력은 개별 주체들이 갖는 기억의 문화적 재현 장치인 수기를 통해 타자의 기억과 과거를 경험 가능한 것으로 재조직하고 그/그녀의 삶을 통해 불온한 자들을 지배적 역사 속으로 포섭하려는 시도의 일환으로도 볼 수 있다. 그야말로 배제를 통한 포섭인 것이다.

---

268 김병영, 「옥중수기─푸른 메아리 (제11회)」, 『북한』, 1973.12, 374쪽.
269 한승헌, 「통일혁명당 사건과 김종태」, 한승헌변호사변론사건실록간행위원회, 『한승헌변호사 변론사건실록』 1, 범우사, 2006, 214쪽.

실제로 감옥으로부터 온 이 수기들은 권력의 의지가 관철되는 수행처가 되었다. 이 게토화된 공간에서 발신된 불온한 자들의 글은 청년들의 들끓는 정념이 정치적 열정으로 번질 때 발생할 수 있는 위험에 대하여, 때로는 반성과 회개를 해야 하고, 때로는 삶의 시간을 저당 잡혀야 하며, 심지어는 목숨마저도 위협할지 모를 저 광포한 위험에 대하여 경고하고 있었다. 뿐만 아니라 연좌제와 불고지죄로 대표되는 60년대 권력의 통치술 ― "적은 언제나 우리 곁에 가까이 있다. 가장 가까운 사람이 우리를 배신하기가 쉬운 거야"[270] ― 에 관하여, "아연실색"[271]하게 만드는 이 시대 통치 권력의 힘에 대해 증언하기 위해 불특정 다수의 독자에게 달려들고 있었다. 통치 권력이 이들의 수기를 읽는 독자에게 기대하는 바가 있다면, 그것은 '이상한 범죄자의 철학'[272]과도 같은 '공산주의'에 현혹되지 말 것과 "가장 못나고 손가락질 받는" 존재이자 "무서운 이름"[273]이기도 한 '간첩'이 '시민의 얼굴'을 하고, 심지어는 '가족과 친척과 지인의 얼굴'을 하고 삶에 침투해올 수 있음을, 그리하여 "간첩과 마주 앉아 간첩을 저주"[274]하게 되는 상황이 언제든 자신에게 발생할 수 있음을 깨우치는 것이다. 이 예민한 감각이 없이는 누구든 자기도 모르는 사이에 '공범자'로서의 삶을 살게 될지 모를 일이었다.

그런가 하면 옥중기는 자백이 갖는 기능을 수행하면서, 동시에 그러한 기능을 초과하는 측면을 가졌다. 다른 어떤 증거보다 우선시 되었

---

270 김병영, 「옥중수기―푸른 메아리 (제4회)」, 앞의 책, 361쪽.
271 김병영, 「옥중수기―푸른 메아리 (제11회)」, 앞의 책, 365쪽.
272 김병영, 「옥중수기―푸른 메아리 (제5회)」, 앞의 책, 343쪽.
273 김병영, 「옥중수기―푸른 메아리 (제10회)」, 앞의 책, 342쪽.
274 김병영, 「옥중수기―푸른 메아리 (제4회)」, 앞의 책, 367쪽.

던 '자백'은 피고인 없이 행해지는 증거 조사를 자발적인 의사표현으로 변화시키며, 이 과정에서 자백에 의해 피고인은 형사상의 진실을 생산하는 의식에 참여하게 된다.[275] 그러한 까닭에 권력은 자백을 얻어내기 위해 가능한 모든 강제력을 동원하는 것이다. 그러나 문제적이게도 박정희 정권기에 행해진 자백에는 어떠한 화해의 요소도 내포되어 있지 않았다. 많은 경우 그것은 자발적이지도 않았고, 양심의 표명도 아니었으며, 무엇보다 정식적 절차에 따라 피고인을 보호하면서 이루어지지도 않았다. 말하자면, 그들은 진실을 알기 위해 움직이는 권력에 의해 법정에 선 것이 아니라, **이미 안다고 가정된 진실이 비법으로 선고되는 데 필요한 매개로써 요청되었던 것이다.**[276] 자백과 마찬가지로 옥중기의 집필 역시 비슷한 조건 속에서 이루어졌다. 옥중기의 집필은 자백의 과정을 다시 반복하는 일이었으며, 이때 옥중기는 보다 구체적이고도 상세하게 자백의 내용을 서사화하여 제시하는 역할을 수행해야 했다. 또한 법의 테두리 안에서 이루어지는 자백과 달리, 옥중기의 집필은 법과 무관하게 혹은 법의 바깥에서 수인에 의해 주체적으로 행해지는 자기 과업처럼 인식되는 측면을 가졌다. 그리하여 이것은 자백보다도 더 효과적인 자기 진술처럼 보였고, 더 많은 진실들을 담고 있는 장문의 전향서처럼 읽힐 수 있었다.

사실 옥중기는 한국사회에서 오랜 세월 "화인(火印)처럼 남아 있는"[277] 무거운 주제인 '전향과 비전향'이라는 문제를 경유하지 않고 논의될 수

---

275 미셸 푸코, 오생근 역, 『감시와 처벌』, 나남출판, 2005, 75쪽.

276 임유경, 「체제의 시간과 저자의 시간―『서준식 옥중서한』연구」, 『현대문학의 연구』 58집, 한국문학연구학회, 2016, 340쪽.

277 김경환, 「신영복과 서준식의 '전향에 대하여'」, 『월간 말』 146호, 1998, 41쪽.

없다는 점에서 여전히 읽기 어려운 텍스트라 할 수 있다. 실제로 많은 옥중기들에서 우리는 전향이라는 것을 '수행(perform)'하도록 유도하는 법-폭력의 힘과 이에 어떤 식으로든 응해야 하는 실존적 주체가 존재하는 대응 구도를 엿볼 수 있다. 전향자의 경우는 이 응대해야 할 법-폭력의 힘에 접속하게 되는데, 이 접속의 경위에는 자기절멸에의 공포, 살고자 하는 욕망, '진짜(라고 믿어지는) 각성' 등 여러 가지가 있을 수 있다.

예컨대 김질락과 김병영의 옥중기는 일종의 '전향서'라 할 수 있지만, 이러한 글을 썼다는 사실, 전향을 공공연하게 맹세했다는 사실 자체만으로 이들의 전향 사실을 온전히 확인할 수 있는 것은 아니다. 감금이라는 형벌이 시간을 필요로 하는 일이듯 '언행의 일치' 역시 시간(전향의 맹세와 이후의 지켜봄의 시간)을 필요로 한다. 그것은 맹세를 하는 이에게도, 맹세를 지켜보는 보증인들에게도 마찬가지다. 1960년대 권력을 두고 '참을성 없음'에 대해 거론할 수 있다면, 그것은 이 지점에서다. 만약 맹세를 어기는 자는 신의를 어기는 것이고, 신의는 약속되는 것이 이루어지기 때문에 그렇게 불린다고 한다면, 여기서 '신의'란 본질적으로 '언행의 일치'를 뜻할 것이다.[278] 그리고 신의는 살아가는 동안, 그 시간을 통해 증명해 보일 수 있을 것이다. 그러나 국가는 이 맹세에 (전향이 선언되는 시점부터 비로소 시작되는 것이었음에도 불구하고) 시작과 끝이 함께 봉인되어 있기라도 하듯 선언의 순간, 그 시작을 보는 것에 충분히 만족했다.

식민지 시기의 전향(자)을 통해서도 확인할 수 있듯이 누군가의 전향은 즉각적으로 증명될 수 있는 것이 아니라 전향 이후에 행해진 장

---

[278] 조르조 아감벤, 정문영 역, 『언어의 성사(聖事)』, 새물결, 2012, 53쪽.

기의 이념적 · 실천적 태도를 통해 역으로 추측될 수 있을 뿐인지도 모른다. 그러나 김질락의 경우, 이를 추론 가능케 할 미래가 주어지지 않았고 전향을 기술(記述)한 이후에 곧 사형을 당했기 때문에, 전향서(옥중기) 자체의 논조의 분명함과는 다른 어떤 균열을 포착하기가 더 어렵다. 말하자면, 전향의 내용이 사실이었는가 아닌가 하는 것은 전향자를 바라보는 제3자에게도, 심지어는 전향자 자신에게도 영원한 미궁일 수 있다. 이는 곧 주체의 생산이라는 과정을 통해 작동하는 속죄장치들에 잠재해 있는 오작동의 소지, 그 실패가능성이 조심스럽게 말해지는 장소를 마련한다. 이것은 곧 **전향이 갖는 아포리아**이기도 하다.[279]

이러한 맥락에서 '옥중기'와 '전향서'가 동시에 되비추고 있는 바에 대해 생각해 볼 필요가 있다. 그것은 바로 수형자들이 법적 개념인 '범죄'에 대한 처벌(형벌)을 받는 동시에, 종교적 개념인 '죄악'에 대한 회개(속을 들춰내 보이기)도 함께 짊어져야 했다는 것이다. 김질락과 김병영의 옥중기는 이 점을 선명하게 드러내준다.[280] 이들의 수기에서 공통

---

279 전향서에 서명하는 것, 공개적으로 전향을 선언하는 것, 그리고 이 사실을 좀 더 많은 이들에게 알리기 위해 장문의 옥중수기(전향서)를 쓰는 것, 이것은 현재의 '나'가 과거의 '나'를 부정하는 동시에 수용함으로써 자기를 지배하고 안전하게 만드는 '속죄장치'이다. 그런데 아감벤의 논의에서도 언급된 바 있듯이, '분열'은 이미 존재하는 동시에 생산된 것일 수 있다. 즉 "속죄장치에 의해 조작된 주체의 분열은 새로운 주체를 생산하는 것이며, 그 새로운 주체는 (에덴동산에서) 쫓겨난 죄가 깊은 '나'의 비(非)진리 속에서 자신의 진리를 찾아냈다."(조르조 아감벤, 양창렬 역, 『장치란 무엇인가?』, 난장, 2010, 42쪽) 이 점을 고려한다면, '전향'의 문제는 한층 복잡해진다. 전향이 갖는 아포리아가 있다면, 그것은 아마도 '분열의 생산성'이 말해지는 지점에서 찾아질 수 있을 것이다. 덧붙여 '김질락의 수기'와 '전향에 관한 김예림 선생님의 조언으로부터 많은 도움을 얻었음을 밝혀둔다.

280 김질락은 "모든 국민 앞에 진심으로 사과"했고 "천주님 앞에 두 손 모아 고백의 기도를 드"렸다. 김병영 역시 마찬가지로 이 두 큰 타자를 향해 새 삶을 '맹세'했다. 그와 그녀의 글에는 실정법이 언도한 법들에 대한 언급과 더불어 종교적 언어들, 죄업과 죄악과 사탄과 속죄와 구원과 신에 대한 언급으로 넘쳐났다.

적으로 주목되는 점은 맹세하는 주체 앞에 서 있는 '큰 타자들'이다. 그 중 하나는 '대한민국'으로, 이 타자는 통치 권력이거나 법이거나 국민이거나 "나로 말미암아 직접, 간접적으로 희생되거나 물심양면으로 타격을 받은 사람들"이거나 "나의 공범들과 그들의 가족들", 혹은 이 모든 것이다. 그리고 또 하나의 큰 타자는 '신'이었다. 그렇다면, 그들은 어찌하여 복수의 큰 타자 앞에 서고자 했는가. 그것은 이들이 실제로 종교를 갖고 있었기 때문이거나, 또는 '참을성 없는 권력' 때문이다.

김질락에게 '남겨진 시간'은 세속적 목적을 위해서도 쓰였지만, 동시에 죽음 이후의 삶을 위해서도 쓰였다. 그에게 어느 정도의 희망이 남아 있든 간에 '사형'은 (이미) 예비되어 있었다. 살 수 있겠다는 희망보다 죽을지 모른다는 절망이 그의 삶을 짓누르는 압도적 힘이었던 만큼 그는 '참을성 없는 권력의 시간'보다 '자비로운 신의 시간'에 대해 더 오랜 시간 생각해야 했다. 수기를 쓰는 시간은 삶의 연장을 말해주는 것인 동시에, 죽음 곁으로 더 가까이 다가감을 의미했다. 그의 수기는, 이미 예정된 '사형'을 다른 '주역'들과 함께 받아들이는 대신 글 쓰는 행위를 통해 삶을 연장시키는 편을 택함으로써 '살아남게 하는' 권력의 통치술과 권력의 두 얼굴, '쓰고 있는 시간' 만큼 삶을 연장시켜준 '권력의 잔혹한 자비로움'과 결코 신의를 확인할 수 있는 시간을 견딜 수 없는 '권력의 참을성 없음'에 대해 말해주고 있었다.

그런가 하면 김병영은 오랜 시간 잊고 있던 신의 이름을 수기를 쓰는 시간에 이르러서야 비로소 다시 떠올리고 자신의 글에 기입했다. 실상 그녀는 자신도 '배신당한 존재'라는 전제하에 '무고'에 대해 이야기하고자 했으나, "간첩을 잡아야 하며 공산당이 이 땅에 있는 한 우리에게는 평화가 없다는 엄연한 현실 앞에" 무력했고 "아무리 발버둥 쳐도 법 앞에는 별도리가 없었다."[281] 그녀의 남편은 김질락과 마찬가지로 "생의 종말"을, 그녀는 "6년이라는 생의 정지기간"이라는 시간의 값을 치러야 했다.[282] 특히나 김병영은 사건과 무관했던 한 청년(준철)을 위해 혼신을 다해 증언(변론)하였으나, 그녀가 쏟아낸 항변의 말은 죄책감을 덜어주지도, 그 청년을 구원해주지도 못했다. 변론의 시간이 그녀에게 되돌려준 것은 권력에 의해 비참하게 버림받은 이들의 "아까운" 생(生)과 **자기 언어의 무력**(無力)에 대한 뼈아픈 깨우침이었다.[283]

이제 논의의 말미에 이르러 한 가지 궁리해야 할 질문이 있다면, 그 것은 바로 '최후의 글쓰기'라는 사건을 어떻게 읽어야 하는가' 하는 것이다. 필자들은 '배반'이라는 죄의 무게를 덜어내기 위해 '배후'에 관한 서사를 구상했으나, 글을 쓸수록 그 / 그녀가 써내려가는 언어들은 배반이라는 이름에 그들 자신을 더 깊게 옭아매고 있었다. 그들의 언어가 **해방의 언어**가 **될 수 없었던 까닭**은 여기에 있다. 그들의 언어는 배후가 아니라 '불온한 그들' 자신을 향해 다가오고 있었다. 이러한 사태는 '언어적 독자성' 자체를 인정하지 않았던 당국의 언설체계로부터, 그리고 이 체제 안에서 자기의 언어와 권력의 언어를 혼란스럽게 뒤섞고

---

281 김병영, 「옥중수기-푸른 메아리 (완)」, 앞의 책, 350쪽.

282 김병영, 「옥중수기-푸른 메아리 (제3회)」, 앞의 책, 328쪽.

283 김질락과 김병영은 '피의자'이기도 했지만, '증인'이기도 했다. 재판 당시 신영복의 증인은 김질락과 박성준이었고, 준철의 증인은 이문규와 김병영이었다. 김병영은 자신보다도 더 이 사건으로부터 멀찌감치 떨어져 있던, 어떤 면에서는 전혀 무관하기까지 한 '준철'의 삶을 구하고자 혼신의 힘을 다해 '증언'했다. 그녀는 남편과 자기를 위해서보다도 '준철'을 위해 더 열심히 항변의 말을 쏟아냈다고 고백했다. 그것은 무고한 준철을 구하는 것일 뿐 아니라, 그녀가 짊어지고 있던 죄책감으로부터 자신을 조금이나마 해방시킬 수 있는 방편이기도 했다. '증언하기'는 그녀가 스스로에게 부과한 중요한 사명이었다. 김병영, 「옥중수기-푸른 메아리 (제15회)」, 『북한』, 1974.4, 360쪽.

있던 개체들로부터 비롯되었다. 요컨대 1960년대 통치 권력은 권력의 언어를 모방하는 그들의 언어를 자신의 언설체계 안에 기꺼이 편입시킴으로써, 불온한 자들에 의해 행해진 '최후의 글쓰기'를 (최종적으로) '**믿음을 저버린 자의 모멸적 자기 기술(記述)**'로 만들어버렸다. 필자로 하여금 변절자가 되어가는 과정을 스스로 폭로하게 함으로써 전향 진술서나 다름없는 '옥중수기'가 불온한(비천한) 자를 미메시스하는 텍스트였다는 점을 보여주었으며, 이를 통해 '최후의 글'도 이 글을 쓴 필자도 북한의 타락과 몰락의 징후가 되게 했다.

이 체제가 만들어낸 존재들은 '명백한 동지'도 '명백한 적(敵)'도 아니다. 그들은 '동지이면서 적'인, 그보다 더 궁극적으로는 '동지도 적도 아닌 자'들이었다. 불온생산체제의 핵심은 이들을 **식별불가능한 존재**로 만드는 데 있다. 불온하다는 것은 이 식별불가능성 없이 말해질 수 없는 것이었다. 중요하게도 권력은 이들을 비천하게 만듦으로써 이들이 끝내 어디에도 귀속되지 못하도록 만들었다. 냉전의 분할선들 ― 물리적 경계이자 인식·상상의 경계이기도 한 ―에 위기를 초래하고 경계 감각을 문란하게 만드는 자들에게 당국(State)이 되돌려준 것은 바로 '**귀속 ― 없음'의 상태**(state)였던 것이다. 특히 김질락과 같은 인물이 남긴 텍스트는 그가 소속되거나 머물 수 있는 곳이 어디에도 없었다는 사실을, 즉 '장소의 부재(placelessness)'에 관하여 말해준다. "국가 안에서도 얼마든지 국가 없는 존재가 될 수 있다"는 것을, 불온한 자들이 포박된 곳은 정치 공간이 구성되기 위해 필수적인 외부, 말하자면 내부에 존재하는 외부에 해당한다는 것을 말이다.[284] 이러한 맥락에서 당국이

---

[284] 여기서 '국가(State) / 상태(state)'라는 개념은 한 대담에서 주디스 버틀러가 제안한 것이다.

언명한 '믿음의 체제'는 곧 '불온생산체제' 없이 상상될 수도 구축될 수도 없는 것이었다고 할 수 있다. 이 체제 안에서 '믿을 수 없는 자'들은 '불온한 자'가 되어 자기의 신원과 귀속에 대한 자기 결정권을 상실한 채 표류했다. 그리고 한국인들은 불온한 존재의 탄생 순간들을 지켜보며 '불온한 것'에 대한 앎과 감각, 궁극적으로는 국가 권력과 개체가 맺는 관계에 대한 앎과 감각을 키워나가고 있었다.

만약 현재의 시점에서 사후적으로 되물어야 할 것이 있다면, 그것은 바로 '저자의 삶'과 '글의 운명'에 대해서가 아닐까 한다. '최후의 글'은 당대인들의 손에 쥐어졌고, 먼 미래의 독자들에게까지 가닿았다. 여기서 주목하지 않을 수 없는 것은 텍스트가 '인격화(人格化)'되는 순간들이다. 불온한 글은 단지 한낱 종이에 불과한 것이 아니었으며, 종국적으로 그것은 '죽은 자의 몸'이 되어 독자들의 인식 속으로 파고들었다. 어떤 이들에게 이 텍스트는 '사상전향을 위한 공작의 도구'로 간주되었고, 심지어는 "심적 고통과 충격"을 불러일으키는 대상이 되기도 했다.[285] 불온한 자들이 쓴 글에 내재한 '불길함'은 때로 '사상의 전염'이라는 차원을 넘어섰다. 그것은 **'죽음의 전염'**에 대한 상상을 자극했다. 강력한

주디스 버틀러에 따르면, '국가 / 상태'라는 개념의 핵심에는 삶의 사법적 측면을 지칭하는 '국가'와 개인의 성격에 따른 면을 가리키는 '상태'의 긴장이 놓여 있다. 이 긴장의 한 축에는 삶의 존재 방식, 즉 이러저러한 잠정적이고 일시적인 마음을 얘기하는 정신적 '상태'가 있고, 또 다른 축에는 우리가 어디로 가고 누구와 만나 어디서 일하고 무엇을 말하는지를 규율하는 법과 군대의 복합체로서의 '국가'가 있다. 주디스 버틀러·가야트리 스피박, 주해연 역, 『누가 민족국가를 노래하는가』, 산책자, 2008, 14쪽.

285 '왕재산 사건' 관련 가족대책위와 후원단체는 서울구치소 측이 사건 관련자 5명에게 『어느 지식인의 죽음』을 일괄 지급했다고 밝혔다. 2011년 8월 국가보안법 위반 혐의로 구속 기소돼 재판을 받고 있던 재소자들은 '왜 사형된 사람의 책을 손에 쥐어 주느냐'고 항의했고, 가족대책위는 '이런 책을 감옥 안에서 접했을 때 당사자들이 겪었을 심적 고통과 충격은 상상조차 할 수 없는 것'이라며 이 일에 당국이 책임을 질 것을 호소했다. 「재판 중인 보안법 피의자에게 사형수 수기 지급」, 『경향신문』, 2012.1.4.

법의 힘 안에 구속되어 있던 수감자(전향자)들이 행한 글쓰기를 통해, 특히나 김질락의 사례를 통해 목도할 수 있는 중요한 사실은 불온한 텍스트가 곧 '인신(人身)' 자체가 되는 상황과 '죽음의 공포'가 생산되는 메커니즘이다. 이것은 앞서 언급한 언어의 독자성에 대한 불허(不許)와 함께 1960~70년대 불온생산체제를 지탱해주던 핵심 기제이자 논리였다고 할 수 있다.

같은 사건에 연루되었던 김질락, 김병영, 신영복, 그리고 몇 년 후 유사한 죄목으로 수형자가 되는 서승, 서준식에 이르기까지 이들의 삶이 서로 달랐듯 옥중기의 운명 역시 그러했다. 김병영의 글은 먼지더미에 묻혀 '읽히지 않는 텍스트'가 되었고, 김질락의 글은 '불길한 징후'가 되어 독자로부터 외면당했다. 그런가 하면 신영복의 옥중기는 출판계에서, 넓게는 한국사회에서 앞의 두 텍스트와는 다른 위상을 가졌다.[286] 그의 책은 출간 당시부터 "폭발적인" 관심을 모았으며, "단단한 사유의 결정체"를 담은 '인고와 성찰의 수상록'으로, 더불어 "문학 이상의 경지"를 보여주는 사례로 일컬어졌다.[287] 이러한 서로 다른 글의 운명은 옥중기의 집필과 출판이 갖는 사회적 의미와, 유사하면서도 다른 필자들의 삶들을 보다 넓은 지평에서 들여다보게 한다. 그리고 더 논의하고 규명해야 할 바들에 관하여 알려준다.

---

286 김병영, 김질락, 신영복은 모두 '전향서'를 쓴 바 있다. 신영복의 경우, 무기수로 확정된 1970년 말 경 가족의 권유에 따라 안양교도소에서 전향서를 썼다. 신영복은 차후 자기의 전향에 대해 이야기하는 자리에서, "형식보다 내용에 집중해야" 하며, 그러한 까닭에 "순교자적 입장보다는 실천적인 자세가 더 중요하다"고 말했다. 더불어 비전향장기수에 대한 생각을 다음과 같은 말로 대신했다. "비타협적인 사람이 서야 할 자리도 있고 대중 속에 내려오는 사람의 자리도 있는 겁니다." 김경환, 앞의 글, 43쪽.

287 「옥중서한집 출간 잇달아」, 『경향신문』, 1988. 10. 18.

이를테면 1960~70년대의 래디컬한 '정치청년'들이었던, 이 충분히 정치적이었고 심지어 (과잉)정치화되었던 에이전시들이 사형수로, 전향자로, 에세이스트로, 비정치화된 존재로 사라지거나 남게 되었다고 한다면, (이들의 진정성을 논하는 차원에서가 아니라) 이들을 일련의 징후적 지점으로 만드는 '공안의 공권력', '불온의 통치술' 그리고 이후의 '문화적 수용과 파장'을 규명하기 위해, 이 세대의 글쓰기와 그것이 갖는 의미는 보다 다각적으로 검토되어야 할 것이다. 특히나 죽음의 공포를 불러일으키며 "심적 고통과 충격"을 주었던 '불길한 글'과 '인고의 시간과 사색의 향기'가 전해지는 "명상록" 사이의 간극을 들여다볼 필요가 있다. 물론 어떤 연유에서 옥중기들이 "비문(碑文)"(김질락), "참회의 기록"(김병영), "자화상"(서준식), "수상록"(신영복)과 같은 서로 다른 이름과 위상을 갖게 되었는지, 그리고 옥중기의 필자들이 어떻게 "반공법 위반의 전과자, 민족 반역자"로, "간첩의 아내"로,[288] "베스트셀러 작가"로, "에세이스트"로[289] 남겨졌는지를 묻기 위해서는 좀 더 오랜 관찰의 시간이 필요할 것이다. 더불어 언어의 독자성을 허용하지 않는 **불임의 체제**에서 생산된 말들, 즉 말해진 것들과 말해지지 않은 것들, 그리고 다르게 말해진 것들을 읽고 기술하는 방법에 대한 궁리가 뒤따라야 할 것이다. 수십 년의 시간이 고여 있는 그들의 신체가 그 자체로 국가의 **"가장 은폐된 곳"**을, **"분단의 가장 깊은 틈새"**를 지시하는 것이었음을 염두에 두면서 말이다.[290]

---

288 김병영이 남편인 이문규와 자신을 지칭한 말이다. 김병영, 「옥중수기-푸른 메아리(제5회)」, 『북한』, 1973.6, 353쪽.

289 신영복을 가리킨다. 「출판동네」, 『한겨레』, 1998.8.25.

290 서승, 김경자 역, 『서승의 옥중 19년』, 역사비평사, 1999, 258쪽.

/ 제3장 /
빈민대중,
비/가시성과 성원권

1. 법정에 선 문학

1) 필화사건과 검열의 논리 – "작품의 명랑화"

1960년대 한국사회에서 발생한 필화사건 가운데 **"제1장을 장식할 만한 상징성"[1]**을 가졌던 것은 남정현의 '「분지」 사건'이다. 이 시기에는 주목할 만한 필화사건들이 대거 발생하였는데, 이때 해당 텍스트는 주로 '불온'하거나 '외설적'이라는 이유로 문제시되었다. 이 글에서는 이 두 가지 명목 가운데 첫 번째에 해당하는 '불온성'에 관심을 기울이고자

---

1   한승헌, 『분단시대의 법정』, 범우사, 2006, 25쪽.

한다. 「분지」 사건 역시 작품의 불온성이 문제가 되었던 것이며, 당국은 한국 역사상 처음으로 창작자인 소설가를 반공법 위반 혐의로 법정에 세움으로써 향후 '불온한 문학'에 대한 처벌이 어떠한 방식으로 이루어질 것인지를 예고하였다.

이 절에서는 「분지」 사건에 대한 본격적인 논의를 전개하기에 앞서 1960년대 한국사회에서 구성되고 있던 검열의 논리와 그것의 실행 메커니즘을 살펴볼 것이다. 검열 관계 사건들은 당대에 불온한 텍스트로 발견되었던 사례들의 어떤 공통성, 내지는 특징을 파악할 수 있게 해준다는 점에서 주목된다. 아래의 표는 주요 필화사건을 정리한 것이다.

〈표 2〉 1960년대 주요 필화사건 목록

사건 연도	저자 및 텍스트	사건 개요
1961	『민족일보』 필화	1961년 2월 13일 창간된 민족일보는 5월 19일 계엄사령부로부터 폐간처분을 받아 3개월 만에 종간된다. '특수범죄처벌에 관한 특별법' 위반 혐의로 간부 13명이 재판에 회부되었고, 8월 28일 조용수, 안신규, 송지영에 사형선고가 내려졌다. 이후 안신규와 송지영은 무기징역으로 감형되지만, 조용수의 사형은 예정대로 집행된다.
	영화 〈오발탄〉 (감독 유현목, 1961)	1961년 6월 영화 〈오발탄〉은 "현실과는 거리가 멀고 너무나 사회의 어두운 면을 그렸다는 등"의 이유로 상영 보류 처분을 받는다. 제작자 김성춘은 63년 초 공보부에 재심 청구를 하며, '라스트' 일부를 고쳐 '절망 속에서 활로를 암시한 부분'을 재촬영하여 삽입했다고 밝혔다. 미국 샌프란시스코 국제영화제 초청 등의 이유로 당국은 해당 영화의 재상영을 허가한다.
1962	「국민투표는 결코 만능이 아니다」, 『동아일보』, 1962.7.28	중앙정보부는 7월 30일, 『동아일보』에 게재된 「〈사설〉 국민투표는 결코 만능이 아니다」의 필자 황산덕(논설위원)을 연행하여 심문 수사한다. 다음날인 31일에는 『동아일보』 7월 17, 23, 28일자 사설 원고를 압수한다. 이어 8월 28일 육군본부보통군법회의 검찰부는 황산덕을 특정범죄처벌에 관한 임시특례법 제3조의 3(허위사실유포) 위반 혐의로 구속 기소한다.
	『한국일보』 필화 1962.11.28	한국일보는 1962년 11월 28일자 신문 1면에 「신당 사회노동당(가칭)으로」라는 기사를 싣는다. 혁명주체세력의 사회노동당 발기설이 문제가 되어, 장기영(사장 겸 편집국장) 등의 매체 관계자들은 육군보통군법회의에 구속 기소된다. 당국은 권고문을 보내 '자진 정간'을 권고했고, 이에 한국일보는 12월 2일부터 3일 동안 자진 휴간한다.
	박계주, 「여수(旅愁)」, 『동아일보』, 1961.6.11~11.27 (중단)	『동아일보』에 연재 중이던 박계주의 「여수」는 반공법 저촉 혐의를 받는다. '우리나라가 신탁통치를 받았더라면 중립국이 되었을 것이다'라는 등장인물의 정치적 발언 등이 문제가 되었다. 이로 인해 소설 연재는 중단된다.

사건 연도	저자 및 텍스트	사건 개요
1964	정공채, 「미8군의 차」, 『현대문학』 9권 12호, 1963	1963년 『현대문학』지에 수록되었던 정공채의 「미8군의 차」는 『신일본문학』 등 일본의 문예지 11곳에 번역 소개된다. 중앙정보부는 '반미주의적' 성향이 농후하다는 이유로 해당 시의 불온성을 제기했고, 작가를 소환하여 문책했다.
	「난국타개 이것부터, 정 내각에 바라는 2 백자 민성」, 『경향신문』, 1964.5.12	『경향신문』은 1964년 5월 12일 3면에 「난국타개-이것부터」라는 제하에 「시민의 소리」라는 이형춘(독자)의 글을 게재한다. 중앙정보부는 투고자의 이름이 당시 남한에 유포되고 있던 삐라의 작성자명과 일치한다는 점, 아울러 삐라의 내용과 투고된 글의 내용 중 일부가 일치한다는 점을 들어 해당 기사를 문제 삼았다. 12일 밤 편집국장 민재정, 특집부장 신동문, 교정부 차장 김원근, 편집부 기자 추영현 4명이 반공법 위반 혐의로 구속되었다. 경향신문사 측은 문제의 기사 후반부를 12일 신문 인쇄 도중에 발견, 그 내용이 자사의 제작 정신에 어긋난 것임을 알고 개판(改版) 제작하는 한편, 즉각 중앙정보부장과 내무부장관에 고지했으며, 이미 발행된 부수도 대부분 12일 중으로 회수했다. 그러나 13일에는 편집부 국장 전민호, 교정부 기자 박용규, 신동백 3명이 추가로 구속되었다.
	동아방송 「앵무새」	"귀로 듣는 동아일보"를 표방한 동아방송은 1963년 4월 25일 개국한 이래, 박정희 정권에 대한 비판의 목소리를 내왔다. 사회비판 칼럼 「앵무새」는 밤 9시 45분부터 5분 간 방송된 짧은 코너였고, 당시 청취자들로부터 "체증이 뚫릴 정도로 시원하다"는 호응을 얻고 있었다. 당국은 이 프로그램의 한일회담반대 입장을 불편하게 여기던 차에, "부정사건 뒤에는 반드시 어떤 고관, 정당의 유력한 간부급 사람들의 줄이 닿아 있으니" 등의 멘트를 문제 삼아, 1964년 6월 4일 최창봉(방송부국장) 등 6명을 내란선동 및 국가보안법 위반 혐의로 구속한다. 이들은 차후 1969년 12월 서울고등법원에서 무죄를 선고받는다.
	박용구, 「계룡산」, 『경향신문』, 1963~1965	박용구는 「계룡산」을 연재 중이던 1964년 6월 20일, 풍속을 해한다는 이유로 검찰에 입건된다. 작가는 형법 제243조에 의거한 외설죄 위반 혐의를 받았는데, 신문 연재소설이 외설 혐의로 입건된 것은 이 작품이 최초였다.
	황용주, 「강력한 통일정 부에의 의지」, 『세대』, 1964.11.	1964년 11월호 『세대』지에 실린 「강력한 통일정부에의 의지-민족적 민주주의의 내용과 방향」이라는 글이 문제가 되어, 필자인 황용주는 11월 11일 밤 구속된다. 서울지법은 반공법을 적용, 징역 1년, 자격 정지 1년, 3년간 집행유예를 선고했다.
	리영희, 「남북한 동시 가입 제안 준비」, 『조선일보』, 1964.11.21	"아랍 공화국 등 회원국이 '유엔' 회의 개회에 앞서 남·북 공동가입안을 준비 중에 있다"는 내용 등이 문제가 되어, 리영희(기자)는 구속되고 해당 신문 13만부는 압류 조치된다. 수사기관은 21일 반공법 및 특정범죄 처벌법 위반 혐의로 구속영장을 신청한다. 조선일보 필화사건을 수사하던 서울지검 공안부는 1964년 12월 16일 조선일보사 정치부 기자 리영희를 반공법 위반 혐의로 기소하고 구속을 해제했다. 같은 혐의로 불구속 입건된 선우휘 편집국장은 무혐의 불기소 처분을 받는다.
1965	방송극 〈송아지〉, 대전방송국, 1964.11.20	1964년 11월 20일 대전방송국에서 방송된 방송극 〈송아지〉의 필자는 KBS의 지정작가였던 김정욱(본명 김춘식)이었다. 이 방송극은 유산계급의 잔학성을 과장 묘사하여 유산계급에 대한 증오심을 북돋우고 무산계급의 혁명을 선동한 작품으로 북괴의 활동을 고무 찬양했다는 혐의를 받게된다(중앙정보부는 김정욱을 구속하기에 앞서 김원규, 김팔봉, 정비석에게 감정을 요청했다고 밝혔다). 작가는 1965년 3월 3일 반공법 제4조 제2항에 의거하여 구속되었다가, 3월 13일 증거인멸 및 도주의 위험이 없어 적부심 결과 석방되었다. 1966년 9월 대전지검 김종건 검사에 의해 같은 혐의로 기소되었으나, 이듬해 5월 18일 대전지법 형사합의 재판부 구용완 판사는 무죄를 선고했다.
	구상, 〈수치〉(희곡), 『자유문학』, 1963.2	구상의 〈수치〉는 『자유문학』(1963.2)에 발표되었다가 1964년 KBS TV드라마로 제작된다. 이후 1965년 3월 8일 극단 '드라마 센터'는 제3회 공연으로 〈수치〉(3막 5장)를 12일까지 공연하기로 했으나, 관계 당국의 돌연한 공연 보류 지시로 상연이 중지되었다. 오리지널 시나리오인 〈수치〉의 대본을 심사한 서울시 당국은 그 내용에 "북괴를 찬양한 반국가적 언사와 작중인물 중 대한민국의 경찰관으로서 불순하고 상식 밖의 언사를 묘사하고 있는 대목을 발견, 곧 경찰과 중앙정보부

사건 연도	저자 및 텍스트	사건 개요
		등에 조회한 결과 '검토의 여지가 있다'는 결론을 얻어 상연을 보류시켰다"고 밝혔다.
	영화 〈7인의 여포로〉 (감독 이만희, 1965)	〈7인의 여포로〉 감독 이만희는 1964년 12월 19일 반공법 저촉으로 입건되어 구속영장까지 신청되었으나 기각된 이력을 갖고 있었다. 이듬해 2월 5일 서울지검공안부는 "괴뢰병을 용감하게 취급" 등의 이유로 반공법 위반 혐의를 다시 제기, 이만희를 구속 기소한다. 반공법 위반으로 감독이 구속된 사례는 이번이 처음이었다. 차후 이 영화는 일부 수정·삭제·재촬영되었고 〈돌아온 여군〉이라는 제목으로 상영된다.
	유현목, 「은막의 자유」, 세계문화자유회의 세미나, 1965.3.25	유현목은 세계문화자유회의 세미나에서 반공법 위반으로 구속된 이만희 감독(〈7인의 여포로〉 사건)을 지지하는 발언을 한다. 당국은 이러한 발언이 포함된 「은막의 자유」를 문제 삼았고 반공법 위반 혐의를 제기했다.
	남정현, 「분지」, 『현대문학』, 1965.3	1965년 『현대문학』 3월호에 발표되었다가 같은 해 5월 북한의 노동당 기관지 『조국통일』과 『통일전선』에 전재되어 당국의 조사를 받게 된 「분지」는 문학 분야에 반공법이 적용된 첫 사례였다. 같은 해 7월 중앙정보부는 반공법 위반 혐의로 해당 작품의 작가인 남정현을 구속했다.
1967	영화 〈춘몽〉 (감독 유현목, 1965)	일본영화 〈백일몽〉을 번안한 영화인 〈춘몽〉은 '여체를 노출시켜 성도의를 파괴'했다는 등의 이유로 음화제조죄 저촉 혐의를 받는다. 사법당국은 유현목에게 징역 1년 6개월, 자격정지 1년 6개월을 구형했다가 집행유예를 선고한다.
1968	『신동아』 필화 1968.10·12	중앙정보부는 당시 정부의 차관 정책을 비판하고 반대한 1968년 『신동아』 12월호의 「차관(借款)」(김진배 정치부 기자)이라는 글을 문제 삼고자 했으나 그 글만으로는 공소를 유지하기가 쉽지 않았다. 이에 1968년 『신동아』 10월호에 실린 조순승의 「북괴와 중소(中蘇) 분쟁」에서 '지도자'라는 단어를 문제 삼아(김일성을 지칭한 것이라 주장) 반공법 위반 혐의를 제기했다. 그해 12월 2일 중앙정보부는 서울지검 이규명 검사가 청구, 서울 형사지법 유태흥 부장판사가 발부한 압수수색영장에 따라 조순승의 영문원고 등을 압수하고 『신동아』 주간 홍승면과 부장 손세일을 심문했으며, 12월 6일 구속했다.
1969	염재만, 『반노(叛奴)』, 1969	1969년 7월 30일 『반노』의 노골적인 성묘사가 문제가 되어 작가 염재만은 음란문서제조죄로 기소된다. 1심에서 유죄판결이 내려졌으나, 작가는 항소심을 제기하여 무죄를 선고받는다. 이후 검찰은 이에 불복 상고하는데, 6년 5개월간의 재판 과정을 거쳐 작가는 1975년 12월 9일 대법원으로부터 최종 무죄 판결을 받게 된다. 염재만 작품집에 수록되었던 중편소설 「반노」를 장편소설로 개작하여 단행본으로 출간한다.
1969	박승훈, 『영년구멍과 뱀의 대화』(1966), 『서울의 밤』(1967)	박승훈은 『영년(零年)구멍과 뱀의 대화』에서 남녀 성교 장면을 묘사했다는 이유로, 『서울의 밤』에서 사회의 이면에 숨겨져 있는 난잡한 성 행위를 묘사했다는 혐의로 1969년 12월 5일에 기소된다. 서울지검 안정헌 검사는 논고에서, "박씨의 작품은 섹스를 묘사한 문학작품으로 예술성이 인정된다 해도 법적으로 음란성을 배제할 수 없다"며 음란문서 제조 판매 혐의로 징역 1년을 구형했다. 재판부는 "피고인이 지향하는 비트문학의 작가적 태도와 사회의 치부를 고발하려는 작가정신과 헌법에 보장된 예술의 자유를 인정한다 해도 작품 전체의 흐름으로 보아 독자들의 성욕을 자극시키는 저속한 표현은 음란성을 인정할 수밖에 없다"고 판시하고 음화 제조 및 판매죄를 적용하여 작가에게 벌금 5만원 형을 선고했다. 박승훈은 1심 판결에 대해 항소했으나 1973년 5월 25일 기각된다.
1970	김지하, 「오적」, 『사상계』, 1970.5	1970년 『사상계』 5월호에 실린 「오적」을 문제 삼아 당국은 해당 호를 수거하고 판매를 금지하는 처분을 내린다. 그러나 신민당 기관지 『민주전선』에 작품이 전재되자, 필자인 김지하를 비롯하여 사상계 및 민주전선 관계자들을 반공법 위반으로 구속 기소한다.
1971	임중빈, 「사회참여를 통한 학생운동」, 『다	1970년 『다』지 11월호에 실린 임중빈의 「사회참여를 통한 학생운동」은 프랑스의 과격파 학생운동을 소개하면서 정부 타도를 암시하고 좌파 학생운동을 옹호해 북을 이롭게 했다는 이유로

사건 연도	저자 및 텍스트	사건 개요
	리」, 1970.11	반공법 위반 혐의를 받는다. 이 사건으로 1971년 2월 집필자 임중빈, 전 발행인 윤재식, 편집인 겸 주간 윤형두가 구속 기소되었고, 4월 9일에 첫 공판이 열렸다. 원심에서 무죄가 선고되어 검찰 측이 항소하였으나 73년 7월 6일 무죄를 판결 받는다.
1972	김지하, 「비어」, 『창조』, 1972.4	서울지검 공안부는 1972년 4월호 『창조』지에 실린 담시 「비어」가 현 정부를 비방하고 국민에게 불신사조를 고취시켜 적을 이롭게 했다는 이유로, 5월 31일 작가 김지하를 반공법 위반 혐의로 입건한다.

위와 같은 필화사건들은 몇 가지 특징에 주의를 기울이게 한다. 논의의 편의상 논점을 세 가지로 나누어 살펴보면 다음과 같다.

　　　검열표준－치안과 풍속

　　　검열논리－반미와 용공

　　　검열주체－법과 우울

첫 번째로 다뤄볼 것은 '검열표준－치안과 풍속'에 관한 문제이다. 주지하다시피 '안녕질서(치안)의 방해'와 '풍속의 괴란'은 식민지 시기 '일반검열표준'을 구성하는 중요 항목이었다. 이 중에서도 '치안방해'는 '풍속괴란'에 비해 훨씬 더 비중 있게 다뤄졌다. 예컨대 조선총독부 경무국 도서과에서 발행한 『조선출판경찰개요』에 있는 1930년대 조선인 발행 신문의 '삭제', '주의' 통계를 보면, '풍속괴란'에 비해 '치안방해'에 해당하는 사례가 압도적이었음을 알 수 있다. 일본인 발행 신문 역시 마찬가지다. 이외에도 당시 검열당국에 의해 문제작으로 판명된 다양한 텍스트들의 실례는 '안녕질서(치안) 방해'가 검열의 핵심 내용에 해당했음을, 뿐만 아니라 이것이 '불온한 텍스트'를 규정짓는 (매우 모호하고 추상적이지만) 절대적인 기준으로 작용하고 있었음을 알려준다.

이러한 경향은 1960년대까지 지속된다. 1960년대 초 5·16군부세력이 시행한 검열정책의 방향을 일찌감치 보여준 사례는『민족일보』사건이다. 창간(1961.2.13) 당시 혁신계의 입장을 반영하며 4·19 이후의 자유로운 분위기 속에서 진보적 논조를 가졌던 이 매체는 5·16 이후 반국가적·반혁명적 신문이라는 이유로 5월 17일 발행 정지를 당했고, 19일에는 계엄사령부로부터 폐간 처분을 받아 3개월(총 92호 발간) 만에 종간된다. 혁명재판소는 '특수범죄처벌에 관한 특별법' 위반 혐의로 해당 신문의 관계자 13명을 재판에 회부, 공산당 자금으로 신문을 발행함으로써 특수반국가행위에 해당하는 활동을 하였다는 죄목으로 세 명에게 사형을 언도했다. 문제는 처벌이 이른바 '혁명세력'의 강고한 반공의지를 내비치는 엄포의 수준에서 끝나지 않았다는 데 있다. 각계의 진정과 호소로 사형을 언도받은 안신규(감사)와 송지영(논설위원)은 무기징역으로 감형되었으나, 조용수(사장)에 대한 사형 집행은 예정대로 이루어졌다.

이 사건은 5·16발생 직후 행해진 언론 탄압이라는 점에서도 세간의 이목을 끌었지만, 보다 궁극적으로는 사형이라는 극형이 가해지게 된 이유가 향후 검열의 중요한 기준이 된다는 점에서 주시할 만했다. 이 사건은 박정희 정권하에서 매체의 불온함이 자금 수수와 같은 외부적 요인에 의해 증명되는 과정을 일찌감치 보여준 사례였다. 아울러 『민족일보』 사건은 단지 특정매체의 처벌이라는 차원을 넘어, 4·19 이후 광범하게 형성되고 확장되어가던 혁신세력 전반에 대한 통제를 예고하고 또 가시화한 사례라는 점에서도 상징적인 의미를 가졌다. 4·19를 전후하여 진보진영의 세력 확장과 학생운동 주도, 여러 혁신계 정당들의 결성과 진보적 사회단체의 역량 형성 등을 통해서도 확인되듯이, 1960년대 초 한국사회에는 이전에 비해 한층 확대된 정치적 스펙트럼이 조성되고 있었다. 이 시기 등장한 군부정권은 이러한 흐름에 동참하고 있던 이들로 하여금 '두 개의 죽음'(혁신계 매체의 폐간과 책임자의 사형)을 목격하게 함으로써 혁신세력의 확장에 브레이크를 걸었다.[2]

이어 두 번째로 짚어볼 문제는 '검열논리―반미와 용공'이다. 1960년대에 발생한 필화사건은 주로 '반정부의식', '반미의식', '계급의식'을 고취시킨다는 이유에서 문제가 되었으며, '외설죄'를 제외하고는 대개가 반공법과 국가보안법 저촉 혐의를 받았다. 또한 이러한 이유들은 서로 다른 맥락에서 제기되었지만, 최종적으로 '용공성'이라는 귀착점을 가졌다는 점에서 동일한 논리의 자장 안에 있었다고 할 수 있다. 그런가 하면 문화예술계 인사가 관련된 사건의 경우, 반미가 주된 이유가 되어 용공 혐의를 받은 사례가 상당히 많았다. 정공채의 장시 「미8군의 차」가 관련된 필화사건이 대표적 사례에 해당한다. 이 작품은 『현대문학』 63년 12월호에 발표되었다가, 차후 『신일본문학』 등 일본에서 발행되는 문예지 열한 곳에 번역 소개된다. 해당 시가 여러 매체에 실

---

2 '풍속'의 영역에 속하는 '외설' 문제는 몇몇 사건을 간략히 짚어보는 것으로 대신한다. 1960년대에 집필 및 발표된 작품 가운데 주목할 만한 것은 박용구의 「계룡산」(1963~1965)과 염재만의 「반노」(1969)이다. 전자의 경우 외설 시비에 휘말려 세간의 이목을 끌었으며, 신문윤리위원회가 67년경 "연재소설도 심의한다"는 결정을 내리는 데 영향을 미치기도 했다. 한편 「반노」는 음란문서제조죄로 기소되어 1심에서 유죄 판결을 받은 이후 75년 대법원에서 무죄가 선고되기까지 오랜 시간 문제작으로 남았던 작품이다. 이 소설은 정비석의 「자유부인」과 마찬가지로 차후 영화화되는 것은 물론, 독서계의 큰 관심을 받으며 판매고를 높인 바 있다. 일반 독자들에게 남정현의 「분지」(1965)가 널리 알려져 있다는 점이나, 「반노」(1969)나 「만다라」(1979)와 같은 작품이 큰 인기를 끌며 영화화되고 또 베스트셀러로 출판계의 관심을 끌었던 점 등은 소위 '검열당한 작품' 내지 '불온한 문학'이라는 '레테르(lettre)'가 갖는 의미를 보다 다층적인 차원에서 검토해 보도록 만든다.

리며 일정한 반향을 불러일으키자 당국은 이 시의 반미적 색채를 문제 삼아 반공법 위반 혐의를 제기했고, 작가를 소환하여 문책했다. 이후 문화예술계 필화사건에서 '반미'는 그 어떤 검열논리보다 중요한 이유로 부상하게 된다.

한편 1960년대 필화사건의 특징과 관련하여 눈여겨봐야 할 것은 1964~65년을 기점으로 문화예술계 인사들이 관계되는 사건이 집중적으로 발생하기 시작한다는 점이다. 앞서 살펴보았듯이 1964~65년은 한일국교정상화 문제로 정국이 불안정하던 시기로, 당시 당국은 여러 법적 제재를 통해 상황을 통제하고 있었다. 언론법과 학원법 입법 발의 역시 이러한 맥락에서 제기된 것이며, 이는 표현·저술·출판·집회의 자유에 있어 보다 강력한 통제권을 행사하겠다는 의지의 표명이나 다름없었다. 1965년을 전후하여 잇따라 발생한 필화사건들은 이러한 사회적 분위기를 고려하면서 검토될 필요가 있다. 이들 사건은 한일협정반대투쟁을 통해 청년들과 지식인들의 순치 가능성을 타진하고, 또한 여러 제재 조치를 통해 일정 부분 상황통제에 대한 자신감을 획득해가고 있던 군부정권이 차츰 이러한 경험을 자원으로 삼아 문화예술계 전반에 대한 관리 감독을 본격화하기 시작했음을 알려준다. 당시 박정희 대통령의 말을 빌리면, 1964년도의 "6·3사태"를 계기로 갖게 된 "'대내적 안전'이라는 새로운 시각"이 문화예술계에까지 확장 적용되는 과정, 다시 말해 "내부로부터의 위협"이라는 언설의 외연적 확장을 목도하게 하는 상징적 사건이라 할 수 있다.[3]

---

3 「1964년도 국방대학원 졸업식 유시(諭示)」(1964.8.3), 『박정희대통령연설문집』 제1집, 대통령공보비서관실, 1965, 257~260쪽.

이만희의 〈7인의 여포로〉와 남정현의 「분지」는 각각 반공법 제정 이후 문학과 영화에 이 법이 적용된 첫 사례였고, 이 사건들은 1960년 대 중반에 연이어 발생했다. "특히 요즈음엔 웬일인지 '영화', '라디오 방송', '연극' 등이 검열에서 끝나는 것이 아니라 반공법에 걸려 작가가 구속되는 일이 많아졌다"는 지적이 말해주듯이 1965년경 문화예술계 에 불어 닥친 검열 열풍은 주시할 만한 현상이었다.[4] 이 사건들은 당시 한국사회에서 "표현의 자유의 한계가 심각히 대두"[5]되게 하였으며, "우 리의 특수한 현실에 '창작의 자유'가 어떻게 굴절하는가를 보여주는 계 기"[6]를 마련해주었다. 뿐만 아니라 문화예술 텍스트가 결코 재현해서 는 안 되는 금기의 대상이 다름 아닌 '반미(의식의 고취)'임을 주지시켜주 었다.

이러한 논의의 연장선상에서 마지막으로 짚어볼 것은 '검열주체— 법과 우울'에 관한 문제다. 1960년대 군부정권은 실정법을 통해 문화 예술계의 다양한 정치적·미학적 지향과 그에 따른 실험적 창작활동 을 두루 통제하고자 했다. 이 시기 군부정권이 행사한 통제권을 다른 시대의 경우와 단순 비교할 수는 없지만, 다음과 같은 특징들은 이전 의 방식들이 어떻게 변화해갔는지를 살필 수 있게 해준다는 점에서 눈 여겨 볼 필요가 있다. 여기서 논의하고자 하는 것은 첫째 1960년대에 들어서면서 검열 관계 법제가 체계화된다는 점, 둘째 이 시기 주목할 만한 필화사건들이 대거 발생한다는 점, 셋째 문학과 법이 법정에서

---

4   「여적」, 『경향신문』, 1965.3.9.
5   「영화 황량한 질(質)안고 과잉생산」, 『동아일보』, 1965.12.27.
6   김병익, 「창작의 '자유'와 '압력'」, 『동아일보』, 1968.7.20.

조우함으로써 특기할 만한 현상이 목도되었다는 점 등이다.

임경순이 지적한 바 있듯이 (해방 이후부터 대한민국 수립 전까지 문학에 대한 검열 기준이 정치적 성향에 달려 있다는 점에서는 다른 분야와 동일했지만) 문학은 신문이나 영화 등의 매체에 비해 상대적으로 검열망의 후위에 위치해 있었다. 또한 50년대까지 검열의 최소한의 합리성인 합법성이나 검열기관의 일원화는 성립되지 못한 상태였다.[7] 이러한 상황에서 등장한 군부정권은 이전의 검열 주체들이 충분히 체계화하지 못했던 법제를 재정비하는 등 일련의 작업을 통해 검열의 논리와 합리성을 재구성해나가기 시작한다. 이는 비단 검열 문제에만 국한된 것이 아니었는데, 실제로 '법치'를 통치의 근간으로 삼는다는 명목 하에 60년대에는 기존 법의 정비와 여러 법제의 마련이 이루어졌다. 이봉범이 일련의 연구를 통해 규명한 바 있듯이 박정희 정권은 이전 정권에 비해 훨씬 체계적이고 효과적인 제도적 문화규율시스템을 구축하였을 뿐만 아니라, 검열형태의 이원화(관제검열과 민간검열), 검열 작동방식의 다변화, 검열주체의 다원화 등 검열체재에 있어 폭넓은 변화를 가져왔다.[8]

언론·출판·보도 등은 사전검열을 받아라. 이에 대해서는 치안확보상 유해로운 기사·논설·만화·사진 등으로 본 혁명에 관련해서 선동·위협·과

---

7   임경순, 「검열논리의 내면화와 문학의 정치성」, 『상허학보』 18집, 상허학회, 2006, 263~271쪽.
8   이 책의 핵심 아젠다(불온성)에 집중하다보니 여기서는 1960년대 검열체재의 다면적 변화 양상을 검토할 지면을 마련하지 못했다. 이봉범이 적시한 바 있듯이 이 시기의 검열체재에 대한 풍부한 논의가 이루어지기 위해서는 필화사건을 필두로 한 사상검열과 문화검열의 문제 이외의 다른 중요한 이슈들도 폭넓게 다뤄볼 필요가 있다. 그러한 맥락에서 이봉범의 연구들은 의미 있는 성과라 할 수 있다. 이봉범, 「1960년대 검열체재와 민간검열기구」, 『대동문화연구』 75권, 성균관대 대동문화연구원, 2011, 417·420쪽.

장·비판하는 내용을 공개해서는 안 된다. 본 혁명에 관련된 일절의 기사는 사전검열을 요하며 외국통신의 전재(轉載)도 이에 준한다.[9]

5·16군부세력은 쿠데타 직후 '사회 통제'를 위한 포고령 정비에 심혈을 기울였다. 군사혁명위원회는 5월 16일 오전 9시 대한민국 전역에 비상계엄을 선포하여, 일절의 옥내외 집회를 금지하고 언론·출판·보도 등에 관한 사전검열을 실시했다. "치안확보"라는 명목을 내세웠지만 사실상 "혁명"에 관한 "선동·위협·과장·비판"을 차단하기 위한 것이었으며, 이때 기사나 논설은 물론이거니와 만화와 사진까지도 검열대상이 되었다. 또한 "유언비어의 날조 유포를 금한다"는 점도 명시하여 활자화된 언어만이 아니라 사람들의 입을 타고 '떠돌아다니는 말'까지도 단속 대상으로 삼았다. 포고 제1호 제1항에 의거한 옥외집회 금지 조항 중 유일하게 허용되었던 것은 "군사혁명을 찬동·지지하기 위한 정치적 색채를 띠지 않은 시가행진·행사" 뿐이었지만, 이마저도 국가재건최고회의 포고령에 의해 5월 22일부로 일절 금지된다.

또한 국가재건최고회의는 사전검열의 시행에 더하여 "신성한 언론 자유를 모독하는 사이비언론인 및 언론기관을 정화"한다는 취지 아래 기존 언론사의 등록을 취소하는 것은 물론 신규 등록도 불허했다.[10] "사이비언론"을 찾아 공론장에서 퇴출시킨다는 방침에 따라 916개의 언론 매체 중 91%가 강제 폐간되고 39개만이 살아남았다.[11]

---

9 「5·16혁명 후의 포고 및 령(令)」, 『경향신문』, 1961.5.28.

10 포고 제11호의 내용은 다음과 같다. 일. 신문을 발행하려는 자는 신문제작에 소요되는 제반 인쇄시설을 완비한 자에 한함. 이. 통신을 발행하려는 자는 통신발생에 필요한 송수신시설을 구비하여야 함. 삼. 등록사항을 위반한 정기 및 부정기 간행물은 이를 취소함. 사. 신규등록은 당분간 접수치 않음.

문화인은 인간개조·사회개혁의 불타는 선구자가 되어야 한다.[12]

　그런가 하면 1961년도 6월 27일 최고의(最高議)는 '문화인들'에게 '**인간개조, 앞장서라**'는 메시지를 전달함으로써, '명랑하고 건전한 사회의 재건'이라는 통치 이념을 제시하고 또 이를 선도할 '정신혁명의 전위'로 문화인들을 호명했다.[13] 더불어 이러한 기조 하에 '명랑성과 건전성'에 위배되는 사례들을 선별하여 처벌함으로써 일종의 '본보기 처형'의 예시들을 만들어나갔다. 앞서 살펴본 『민족일보』 사건도 이에 해당하며, 이후 살펴볼 〈오발탄(誤發彈)〉 사례 역시 같은 맥락에 놓여 있었다.

　"국내외에 큰 파문을 던진 문제작"[14]이었던 〈오발탄〉 검열 사례는 식민 권력처럼 말하는 통치 권력 앞에 우리를 인도한다. 자유당 정권 말기 유현목 감독에 의해 이범선의 소설 「오발탄」(『현대문학』, 1959.10)이 영화로 제작되었을 때 검열당국은 "암담한 사회상과 현대인의 목적의식의 상실"을 그리고 있다는 이유로 상영허가를 보류했다. 이후 4·19가 열어놓은 자유의 공간에서 이 영화는 검열이 둘러쳐 놓은 휘장을 벗고 세상의 빛을 보게 된다. 1961년 3월 부산을 비롯한 몇몇 지방에서 먼저 개봉되었다가 다음 달 중순경 서울에서도 관객과 만나게 된 것이다. 그러나 얼마 지나지 않아 5·16군부세력에 의해 〈오발탄〉은 다시 상영금지처분을 받게 된다.[15]

11　김해식, 『한국언론의 사회학』, 나남, 1994, 96쪽.

12　「"인간·사회개혁에 앞장"」, 『경향신문』, 1961.6.28.

13　「착잡했던 문단 …… 한땐 '자유부인' 선풍도」, 『경향신문』, 1965.8.14.

14　이영일, 「오발탄의 문제성」, 『경향신문』, 1963.11.2.

15　당시 해당 사건을 둘러싼 정황에 대해서는 다음의 기사들(게재일순)을 참조할 것. 「『오발탄』 재심(再審)청구, 마지막 장면 재촬영」, 『동아일보』, 1963.2.7; 「햇볕 보게 되려나? 상영

쿠데타 직후 군부세력은 지난 3년간 개봉된 영화들에 대한 재검열을 실시하고 법령과 기구를 정비함으로써 영화에 대한 전면적인 관리체계를 구축하기 시작했다.[16] 〈오발탄〉재검열이 이루어진 것도 이 때문이었다. 당시 검열당국의 설명에 따르면, 〈오발탄〉은 "현실과는 거리가 멀고 너무나 사회의 어두운 면을 그렸다는 등"의 이유로 상영 보류 처분을 받았다. 그런데 여기서 한 가지 질문하게 되는 것은 해당 영화의 리얼리티나 정조가 군부정권의 입장에서 왜 문제시되는 것이었는가 하는 점이다. 지난 정권에 대한 암시와 비판으로는 읽힐지언정 이 영화가 현 정권에 대한 부정적 인식을 낳지는 않을 터인데, 당국의 이 같은 우려를 어떻게 읽어야 할까. 또한 검열하는 자의 시선을 응시하며 그의 욕망을 들여다보는 일, 아울러 그의 욕망을 텍스트로 끌어들여 한편으로는 권력의 욕망을 충족시키고 다른 한편으로는 텍스트를 최대한 보존하면서 살아남게 만드는 작업은 어떤 의미를 가졌을까.

영화 〈오발탄〉재검열 사례는 통치 권력의 억압적 힘의 행사와 이를 전유하는 예술계의 방식을 함께 고려할 때 의미 있게 읽힌다. 이 사건에서 중요한 것은 검열의 이유에 대해 이야기하는 발화 주체의 욕망을 들여다보는 것, 그리고 이 주체가 행사하는 억압적 힘이 작품의 내적 힘에 어떻게 접속하고 있었는지를 살피는 일이다. 검열당국은 이전 권

보류 2년 3개월의 「오발탄」」,『동아일보』, 1963.7.26; 이영일, 「오발탄의 문제성」,『경향신문』, 1963.11.2.

16 이순진에 따르면, 1961년 6월 대한영화사가 국립영화제작소로 확대 개편되었고, 1962년에는 영화법이 제정되어 정부가 영화를 통제하는 데 필요한 법적 기반이 마련된다. 또한 1963년 1차 개정 영화법에 따라 군소 영화사들 간에 통폐합이 이루어졌고 그 결과 71개에 달하던 영화제작사는 6개로 정리됐다. 이순진, 「영화, 독보적인 대중문화」, 오제연 외,『한국 현대 생활문화사 1960년대-근대화와 군대화』, 창비, 2016, 122쪽.

력의 발화방식을 차용하여 이 작품이 상영 불허 판정을 받게 된 이유를 설명하고자 했다. 그에 따르면, 이 작품은 '현실과 거리가 멀'뿐 아니라 '사회의 어두운 면을 그리는 데 치중'하고 있어 문제적이다. 말하자면 작품의 리얼리티 / 재현이 갖는 문제적 성격을 두 가지 측면에서 제기하고 있었던 것이다. 이것들은 왜 문제적인가. 우리는 당국의 언설이 명확한 논리에 기반을 두고 있지 않음을 쉽게 간취할 수 있다. 이 영화가 더 많은 관객과 만나게 되는 상황을 사전에 차단한 까닭은 명쾌한 언어로 설명될 수 있는 것이 아니라, 오히려 설명할 수는 없지만 분명 감지되는 어떤 느낌과 예감에서 찾아질 수 있다. 과거 식민 권력이 **"시에 있어서 비애의 색채가 농후하다던가, 소설에 있어서 암흑면의 노출이 심하다던가"** 하는 경향이 **"신체제국민생활에 적당치 않다"**고 말하며 **"작품의 명랑화"**를 요구하였던 것과 같이, 1960년대에 등장한 군부정권 역시 "비애"와 "암흑"이라는 충분히 논리화되지 못한, 그러나 또한 충분히 짐작할 수 있는 언어들로 검열의 논리를 구성하고 있었다.[17] 이 사례는 향후 박정희 정권이 문학이 유발하는 감응(affect) ― 작품에서 배어나오는 어둡고 우울한 정조와 불가해한 정념들 ― 에 대한 우려를 어떤 방식으로 표출하고 또 감당해나갈 것인지를 암시하는 징후적 사건으로 읽힌다.

그런가 하면 이 불 / 가해한 느낌은 통치 권력의 조처에 〈오발탄〉 영화 제작진 측이 취한 대응법을 검토함으로써 더 이야기될 수 있다. 제작자 김성춘은 1963년 초 공보부에 재심 청구를 하며, '라스트' 일부를 고쳐 '절망 속에서 활로를 암시한 부분'을 재촬영하여 삽입했다고 밝혔

---

17 「작품의 명랑화」, 『인문평론』, 1941.1, 5쪽.

다. 영화 상영허가 신청을 위해 "약 일천 피트 가량의 자막을 넣어 이 작품이 구(舊)정권 당시의 암담한 사회상을 그렸다는 점을 명시하고 말미에는 혁명공약을 삽입하여 희망이 동터 옴을 암시했"[18]던 것이다. 이승만 정권과 현 통치 세력에 대한 평가를 어둠과 빛, 절망과 희망의 대조를 통해 드러내겠다는 의지를 보여주면서까지, 말하자면 작품의 변경과 훼손을 감수하면서까지 통치 권력의 불편한 마음을 달래는 한편, 그들의 우려를 역이용하여 상영 허가를 받아내고자 한 것이다. 이러한 조치는 효과적이었는데, 군부정권은 제작자의 수정방침을 듣고서야 비로소 허가 명령을 내렸다. 이 작품이 다시 상영되는 데에는 몇 가지 복합적인 이유가 함께 작용했는데,[19] 그중 하나가 결말의 변경이었다. '구정권의 시대'와 '현 혁명세력의 시대'를 변별하여 차이를 극대화하는 것, 절망과 희망을 교차시킴으로써 작품이 남기는 여운을 재조정하는 것, 그리하여 이 영화를 관람하는 한국인들이 우울과 절망에 빠지지 않도록 만드는 것, 이것이 텔로스(telos)에 손을 댐으로써 발생할 수 있는 새로운 효과로 인식되었던 것이다.

이 사건에서 흥미로운 점은 또 있다. 상영 재허가를 받기 위해 언론이나 문화예술계 관계자들이 생산한 담론들은 의도치 않게 작품 해석에 있어 문제적인 상황을 연출해내고 있었다. 친절한 해설자의 역할을

---

18 「햇볕 보게 되려나? 상영보류 2년 3개월의 「오발탄」」, 『동아일보』, 1963.7.26.
19 한국영화인협회를 비롯하여 많은 문화·예술계 인사 및 단체는 이 작품을 사장시키기에는 그 예술성이 아깝다는 이유로 당국에 보류 처분을 거둬줄 것을 지속적으로 요청했다. 언론 매체에서도 이 영화를 관람한 외국인들의 격찬, 이를테면 63년 4월 내한하여 국립영화촬영소에서 고문으로 있던 영화비평가 겸 남가주대학 영화과 교수 리차드 맥칸 박사가 해당 작품의 예술성을 높게 평가한 것은 물론, 상영허가가 나는 대로 해외수출을 추진해 볼 계획도 가지고 있음을 밝혔다며 영화의 가치를 어필하고자 노력했다. 그런가 하면, 미국 샌프란시스코 국제영화제의 초청 역시 당국의 입장 변화를 초래한 요인이었다.

자임했던 이들은 하고자 하는 말 대신 당국의 우려를 살 만한 말들을 하고 만다. 짚어둘 필요가 있는 것은 이들이 당국을 비판하려는 취지에서만이 아니라, 이 작품이 상연될 만한 가치가 있음을 피력하거나 (사후적으로) 상영 허가 조치가 마땅한 것이었음을 강조하기 위해서도 애쓰고 있다는 것이다. 이를테면, 당국은 이 작품이 '현실과는 거리가 멀다'는 이유를 밝힌 바 있는데, 위의 해설자들은 무 / 의식 중에 이 작품이 뛰어난 이유와 재상영되어야 하는 이유를 이 '리얼리티'의 문제를 통해 설명했다. "'리얼'하게 묘사",[20] "한국 '리얼리즘' 영화의 절정",[21] "'리얼리즘'을 방법으로 오늘의 한국사회의 현실에 관념적으로 파고 들어가다가 그 '앰비밸런스'의 폭발점에서 허구배제의 경험을 '영상의 드라마'에서 얻은 것"[22] 등과 같이 말이다.

그런가 하면 이들은 '작품의 예술성'에 주목해야 한다고 주장하면서도 해당 작품이 갖는 '효용적 가치'를 설명하기 위해 더 많은 지면을 할애하기도 했다. 이들에 따르면, 〈오발탄〉은 예술성이 뛰어나기도 하지만 그보다 사회적 효용성을 갖는 작품이라는 점에서 주목된다. "철저한 현실과의 대결 정신과 그에 연유한 투철한 비평정신"이 빛나는 작품이자 "부패적인 자유당 치하에서의 혹독하게 불합리한 사회상을 철

---

20 「'오발탄' 재심(再審)청구, 마지막 장면 재촬영」, 『동아일보』, 1963.2.7.
21 이영일(영화평론가)은 상영 보류 처분을 내린 당국의 처사에 "기회 있을 때마다 항의"했고, 신문 지면을 빌려 이 작품의 "예술적인(미학적인) 문제성"에 대해 논의하고자 했다. '픽션'이 '이미 현실처방의 수면제가 아닌' 현대 예술의 흐름 속에서 해당 작품은 이해될 필요가 있고, 이러한 맥락에서 볼 때 유현목의 영화는 "한국 '리얼리즘' 영화의 절정"으로 평가될 수 있다는 것이다. 요컨대 그에게 이 작품은 "순교자처럼 '나갈 길 없는 현실'에의 가열한 작가적 저항을 통해서 얻어진 것"이라는 점에서 의미 있게 수용되었다. 이영일, 「오발탄의 문제성」, 『경향신문』, 1963.11.2.
22 이영일, 「'오락산업' 형태 벗어나 '근대화 터전' 마련해야」, 『동아일보』, 1962.6.24.

저히 추격하며 척결하고 표현"한 작가의 "절박한 고발정신"을 읽어낼 수 있는 '수작(秀作)'이라는 것이다. 또한 문제가 되었던 대목인 "가자!"(실향민 노모가 외치는 절규)가 지시하는 곳이 어디인가 하는 점을 두고, 어떤 비평가는 그곳이 바로 '북한'임을 확인시켜주기도 했다. "영화제작대상의 기준이 된다는 12세 정도의 지능이면 능히 이해할 만한 일"이라는 지적에는 작품 안에서 지시되는 '북한'이 "공산주의 지배하의 북한이 아니고 유복하게 살던 마음의 고향으로서의 북한"임을 주지해야 한다는 의미만이 아니라, "가자!"의 목적지가 '북한'이라는 해석은 적절하다는 논평이 함께 포함되어 있었던 것이다.[23]

이 영화의 결말은 애초의 의도와는 다르게 변경되었지만, 여전히 많은 이들에게 변경으로 인해 초래된 결과는 작품의 리얼리티에 큰 영향을 미치지 못하는 것으로 읽혔다. 이후에도 〈오발탄〉은 "무척 어둡고 화려하지 못한 영화"(장일호·감독)로,[24] '일제하 우리 영화가 보여준 저항정신을 계승한 작품'(이명원·평론가)[25]으로 수용되었다. 또한 당국에 의해 상영 허가 처분이 내려진 이후, '검열당한 작품'이라는 '레테르'는 흥행을 위해 동원되는 가장 유력한 선전구가 되었다. 제작사에서는 〈오발탄〉 상영 소식을 광고하는 자리에서마다 '검열당한 작품'이라는 이력을 적극 활용했다. "국내 국외에서 문제된 영화",[26] "검열에 금지됐던 영화 돌연 상연!",[27] "검열 금지되어 외국의 붐을 일으킨 문제작!"[28] 등과 같

23 이홍우, 「예술작품에도 과잉충성」, 『경향신문』, 1963.7.30.
24 「프로필—장일호 감독, 현대물 만드는 게 소원」, 『경향신문』, 1962.1.12.
25 「한국영화의 현실과 방향」, 『경향신문』, 1966.4.2.
26 「국내 국외에서 문제된 영화」, 『동아일보』, 1963.10.12.
27 「검열에 금지됐던 영화 돌연 상연!」, 『경향신문』, 1963.10.10.
28 「검열금지되어 외국의 붐을 일으킨 문제작!」, 『경향신문』, 1963.10.9.

은 선전구와 배경으로 처리된 해당 검열 사건을 다룬 신문기사들, 이 '검열의 흔적'들은 〈오발탄〉이 더 많은 관객들을 유인하고 그들에게 가 닿게 만드는 힘으로 쓰였던 것이다. 주요 일간지마다에 실린 이 광고 지면은 '오발탄'이라는 영화만이 아니라, 5·16쿠데타 세력이라는 새로 등장한 '검열 주체의 얼굴'도 함께 광고하고 있었다.

일제 말기 식민 권력이 조선인 작가들에게 요구했던 **"시와 소설의 명 랑화(明朗化)"[29]**를 기하라는 언명은 1960년대 한국사회에서 다시 울려 퍼지고 있었다. 영화 〈오발탄〉의 사례가 '우울'에 대한 권력의 염려와 일찌감치 대면하게 했다면, 이후의 검열사례들은 이러한 염려가 집권 초기에 일시적으로 표출된 것이 아니라는 점을 알려주었다. 특히나 1968년 영화 〈휴일〉에 대한 검열처분은 '참을 수 없는 우울'에 대해 다 시 생각하게 한다. 당시 검열당국은 '절망과 우울'을 이유로 해당 작품 을 문제시 하였으며, 주인공이 머리를 깎고 군대에 가는 것으로 결말 을 변경할 것을 주문했다. 그러나 개작 통고에 대해 감독(이만희)과 제 작진은 응하지 않기로, 그리하여 영화상영을 포기하기로 결심한다. 서 랍 속에 밀려들어간 김수영의 시가 그러했듯 이 영화 역시 오랜 세월 동안 빛을 보지 못한 채 잠들게 된다. "영화검열로 가위질이나 하는 일 이 영화정책은 아니다"[30]라는 항변의 목소리가 간간이 터져 나왔지만, 당국의 영화정책에 있어 여전히 가장 중요하고 핵심적인 것은 '영화검 열'이었다. 그리고 '우울'은 여전히 그 어떤 것보다 견디기 힘든 것이었 다. 명랑성에 대한 강박으로 영화 속 세계의 인물들조차 우울한 상념

---

29 「작품의 명랑화」, 『인문평론』, 1941.1, 5쪽.
30 「이 고질(痼疾) 언제까지나」, 『경향신문』, 1964.9.12.

에 빠질 수 없었다. 〈오발탄〉에서 시작하여 「오적」에 이르기까지 이 예술작품들에 대한 검열과 처벌은 '인간개조'의 전위로 호명된 예술가들이 어떠한 부정성과 어떠한 당위성 속에 창작을 이어갔는지 되짚어보게 한다. "비애"와 "암흑"을 견딜 수 없었다는 것, 그리하여 "시와 소설의 명랑화"에 몰두하게 된다는 점을 고려할 때 1960년대 통치 권력과 지난 식민 권력의 자리는 그리 멀리 있지 않았다.

2) 비평의 장소들과 재현의 심급—남정현 「분지」 사건

1960년대 한국의 문화예술계에서 "제1장을 장식할 만한 상징성"을 갖는 사건은 무엇이었을까.[31] 보는 이의 관점에 따라 이에 대한 답변은 다르게 제출될 수 있을 것이다. 그러나 '문학작품 반공법 기소 제1호'가 되어 '불온한 문학'의 대표 사례가 되었다는 점에서, 그리하여 우리로 하여금 '법정에 선 예술가'와 만나게 한다는 점에서 남정현의 「분지」 사건은 이 물음에 대한 적절한 응답이 될 수 있다.

1965년 『현대문학』 3월호에 발표되었다가 같은 해 5월 북한의 노동당 기관지 『조국통일』과 『통일전선』에 전재되어 당국의 조사를 받게 된 「분지」는 문학 분야에 반공법(제4조 제1항 '북괴에 동조')이 적용된 첫 사례다. 중앙정보부가 남정현을 반공법 위반으로 구속한 것은 한일협정, 월남파병, 민족주의 비교연구회 사건 등으로 정국이 혼란하던 1965년 7월 9일이었다. 동월 14일 서울지방검찰청으로 사건이 송치되었고

---

31 한승헌, 『분단시대의 법정』, 범우사, 2006, 25쪽.

23일 구속적부심사 끝에 남정현은 석방된다. 그 후 1년가량 미결 상태로 있다가 이듬해 7월 23일 작가는 또다시 반공법 제4조 제1항에의 저촉을 이유로 불구속 기소된다. 「분지」 사건의 첫 공판은 9월 6일에 열렸고, 이후 판결 선고 때까지 8회의 공판이 이어졌다. 공판이 열릴 때마다 검찰과 피고인 간의 공방은 치열했으며, 문인, 학자 등 많은 지식인들이 사건의 추이를 지켜보기 위해 법정을 찾았다.[32]

　　사법적 판단의 대상이 되었던 문학 작품들의 사례는 당국에서 문학의 불온성을 판별하던 기준에 대해 알려준다. 「분지」 사건 당시 제시된 기준은 김태현 검사가 제출한 「공소장」의 내용을 통해 확인할 수 있다.[33] 이 「공소장」의 절반은 오늘날 용공과 반미가 어떤 관계를 맺고 있는지에 관하여 설명하는 데 할애되었고, 나머지 지면은 「분지」의 줄거리를 요약 정리하는 데 쓰였다. 전자를 설명하는 「공소장」 초반과 말미는 법조계의 오랜 글쓰기 전통에 따라 그 긴 말들이 한 문장으로 꿰어졌고, 중간을 채우는 줄거리 요약은 (소설 내용 정리에 있어서는 그것이 불가능했던지) 단문으로 처리됐다. 장황한 글이 풍기는 복잡성과 달리 논지는 분명하고 간단하다. 이 글에 따르면, 북한은 무력남침에 패배한 후 대남전략을 간접 침략으로 전환하여 위장된 민족 주체성을 고취하면서 남한의 반공의식을 해이하게 만들고 대남전략의 결정적 장애가 되고 있는 한미 간의 유대를 이간할 것을 획책하고 있다. 이 같은 상황 판단을 전제로, 검사 측에서는 "북괴의 적화전략의 상투적 선전 선동

32　사건 발생과 진행 경위에 대해서는 다음의 글을 참조. 한승헌, 「남정현의 필화, '분지'사건」, 남정현, 『남정현 문학전집3 – 연구자료 및 논문』, 국학자료원, 2002, 279쪽.
33　김태현, 「공소장 – 북괴의 적화전략에 동조말라」, 위의 책, 303쪽.

활동"이 해당 작품에서 발견된다는 점을 들어 작품의 불온성을 제기했다. 아울러 '남한 현실의 왜곡·허위선전', '빈민 대중에게 계급 및 반정부의식 조장', '반미사상의 고취를 통한 한미 유대 이간' 등을 '용공성'을 구성하는 주요 요인으로 제시했다. 긴 공소문은 한 마디로 **계급의식, 반정부의식, 반미사상**'을 고취시키는 일체의 모든 행위가 '용공' 혐의로부터 자유로울 수 없음을 보여주고 있었다. 이 장문의 언어들은 작가의 "사상적 빛깔"을 문제 삼고 그가 말하는 "민족주의"가 "위장된 민족주체성"에 다름 아님을 판명하기 위하여, 그리하여 종국적으로는 그의 '의심스러운 신원'의 정체를 밝히기 위하여 동원된 것이었다.[34]

주목할 만하게도 검찰 측의 「공소장」과 변호인 측의 「변론서」에서는 몇 가지 공통점을 발견할 수 있다. 이를테면 이들 법정문서는 특정 작품에 대한 논평을 시도하는 **비평서**가 되었다. 「공소장」은 「분지」의 줄거리를 소개하기 위해, 「변론서」는 문학의 본질, 소설의 허구성, 문학작품의 반사회성 평가 등을 기술하기 위해 지면의 상당 부분을 할애했다. 또한 양자는 작품 해석에 있어 리얼리티와 재현의 문제를 중요하게 취급했다. 검찰 측은 "남한의 현실을 왜곡·허위선전"함에 따라 해당 작품의 리얼리티가 훼손되었다고 주장했다. 이 주장을 뒷받침하기 위해 「공소장」의 후반부는 '마치 ~하다는 듯이 과장되게 현실을 그리고 있다'는 식의 서술로 채워졌다. 또한 '작품의 현실'과 '실제의 현실' 간의 괴리를 부각시키기 위해 각종 수사들 ―"갖은 야만적인 학살", "무

---

34 한승헌에 따르면, 이 사건에서 검찰 측은 남정현의 "사상적 빛깔"을 집요하게 따지는 가운데, 일종의 증거로 「분지」외에 다른 소설들('부주전상서' 등)도 함께 거론했다고 한다. 위의 책, 283쪽.

한히 위협", "참담한 기아선상", "극심한 것을 말할 자유도 없는" 등 ―
이 동원되기도 했다. '리얼리티' 문제가 쟁점이 되고 있던 만큼 「변론
서」역시 이 점을 중요하게 다루었는데, 잠시 관련 대목을 읽어보자.

일부 미군의 비행, 우리의 가난과 고민, 실업자의 방황 등 어두운 상황은 이 소
설이 나오기 전에 이미 유감스럽게도 현실로서 존재했거나 지금도 상존하는 실
정인 이상 또 그를 시정 타개하기 위한 보도와 논평, 고발과 성토가 자연스럽게
용인되는 이 마당에 소설의 테마로서 그런 어두운 면이 다루어진 일사(一事)를
가지고 현실의 왜곡 선전이니 반미 용공이니 하는 무서운 독시(毒矢)를 퍼붓는다
는 것은 적어도 자유와 양식을 존중하는 민주사회에서는 있을 수 없는 일이다. (…
중략…) 해방될 때 어머니가 고이 간직한 태극기를 갖고 거리로 나오는 데서부
터 아들인 만수가 미군의 아내를 강간하면서 환상적으로 배꼽에 태극기를 꽂겠
다는 것으로 끝마치는 것만 보아도 이 소설은 분명히 태극기로 상징되는 대한민
국을 의식하고 있는 것이며 그런 뜻에서 가장 반공적인 것이라 말할 수 있다.
(…중략…) 미군 엑스 사단이 향미산을 포위하고 미사일까지 동원하여 만수를
해치려 한다는 대목은 이야기 자체로서는 허무맹랑한 것으로 철저한 우화적 수
법을 구사한 것인데 그것이 미군의 잔인한 침략성을 묘사한 것이라고 보는 것은
너무도 문학을 몰이해한 말이다.[35]

남정현의 변호인은 한승헌이었다. 그는 소설가 안동림의 권유로 이
사건을 맡게 되었다. 위에 인용한 그의 「변론서」는 크게 두 차원에서

---

35 한승헌, 「변론서」, 한승헌변호사변론사건실록간행위원회, 『한승헌변호사 변론사건실록』
1, 범우사, 2006, 56~57쪽.

'작품의 리얼리티'라는 문제를 다루고 있어 주목된다. 첫째는 '실제 현실과의 관련성'이라는 차원이다. 그는 "일부 미군의 비행, 우리의 가난과 고민, 실업자의 방황 등 어두운 상황"이 상상된 허구가 아니라 구체현실에 기반을 둔 사실적 세계임을 지적한다. "이미 유감스럽게도 현실로서 존재했거나 지금도 상존하는 실정"이라는 것이다. 이런 맥락에서 변호인 측은 공공연하게 "보도와 논평, 고발과 성토"가 이루어지고있는 상황에서 "소설"을 비롯한 문화예술계의 창작물들에 유독 제재를가하는 이유가 무엇인지 반문한다. 이는 실제의 현실을 문학이 있는 그대로 그리는 것을 불온하다고 한다면, 문학은 실제 현실을 의도적으로다르게 형상화해야 하느냐는 물음이었다. 그가 보기에 '왜곡'이 발생하는 것은 오히려 이 '다르게 형상화하기'가 행해질 때였다.

또 하나의 차원은 '환상성'이다. 변호인 측은 당국이 문제 삼았던 소설 후반부의 내용이 전연 불온한 것이 아님을 변론하기 위해 '환상성'을 거론한다. 이것은 일면 앞서의 주장과 배치(背馳)되는 것으로 보인다. 있는 그대로의 현실을 충실히 반영하고 있다는 이 소설이 어찌하여 환상적인가? 의도치 않게 필자는 소설의 부분 부분을 다른 틀로 설명하는 오류를 범한다. 예를 들어 "만수가 미군의 아내를 강간하면서환상적으로 배꼽에 태극기를 꽂겠다는 것"이라는 구절을 보자. 변호인측에 의하면, 여기서 '태극기를 꽂는 행위'는 실제로 발생한 것이 아니라 '환상적' 차원에서 행해진 일이다. 이어 '환상'이 거론되는 또 다른대목을 살펴보자. 변호인은 미군이 향미산을 포위하고 만수에게 보복을 가하려는 장면이 "허무맹랑한 것으로 철저한 우화적 수법을 구사한것"이라 주장했다. 전후 맥락상 이 장면은 실제 상황으로 간주될 수 없다는 것이다. 그렇다면, 이 장면은 어떻게 해석될 수 있는가. 소설 속 세계는 주인공 만수가 펼쳐놓는 '환상의 세계'인가. 필자는 이 점에 대해 해명하지 않고 화제를 전환한다. 때문에 독자가 변호인 측의 관점을 온전히 간취하기는 어렵다. 다만 확실히 알 수 있는 것은 이들이 문제적인 대목의 불온성을 지워내기 위해, 더 정확히는 이에 관한 논란의 여지를 없애기 위해 '환상성'과 "철저한 우화적 수법"이라는 해석의 카드를 내놓고 있었다는 사실이다. 소설의 현실이 주인공의 환상에 의해 구축된 허구적 세계라는 논리에 의해, 불온한 행위와 상황은 애초에 '없는 것', 즉 '실재하지 않는 것'이 되었다.

이외에 「변론서」의 내용 가운데 흥미로운 점들이 몇 가지 더 있다. 예를 들어, 이 글은 〈오발탄〉의 사례에서와 같이 '어두운 현실 묘사'가 작품의 불온성을 판별하는 데 주된 이유로 제기되고 있다는 점에 주목했다. 한승헌은 "가난한 사람들의 어려움, 빈부·강약의 대조, 사회의 병폐 등 현실의 암류와 치부를 그렸다"는 점 자체가 작품의 불온성을 입증하는 증거가 될 수는 없다고 주장했다. 뿐만 아니라 이 점을 논고하던 와중에 보다 근본적인 질문―"불온하다는 견해는 차원과 관점의 상이에서 오는 착각일 뿐이다"―에 육박해 들어가기도 했다. 이른바 작품의 불온성이 과연 판명될 수 있는 것인지, 그것을 판별하는 기준이 법리적 차원에서 성립될 수 있는 것인지 질문함으로써, 해석의 전제로 상정되었던 것을 해석의 대상으로 치환하였던 것이다.

이러한 맥락에서 '불온성'과 더불어 또 하나의 '해석 대상'으로 부상했던 '법'의 차원을 함께 살펴볼 수 있다. 「변론서」의 4절은 '독소조항과 의율(擬律) 문제'를 논의하는 데 할애되었다. 먼저 이 화두와 관련해서도 검찰 측과 변호인 측이 공유하고 있던 논리의 상동성을 목도할 수 있다. 변호인은 반공법 제4조 제1항에 의거 '북괴의 활동을 찬양·동조'하였다고 주장하는 검찰 측에 중요한 물음을 던진다. 그것은 바로 '동조'를 어떻게 입증할 것인가 하는 것이다. '동조'는 단순히 표현 사실의 외형상의 합치만을 가지고 말할 수 있는 것이 아니라 형사법상의 대원칙인 목적의식 내지 고의에 대한 입증을 기반으로 해서만 거론될 수 있다는 주장이었다. 변호인 측에서는 피고인(남정현)의 진술과 증인(이어령)의 견해를 통해 작가에게는 '목적의식이나 고의가 없다'는 점을 피력했다. 검찰 측 역시 누구보다 '피고인의 의도'를 파악하고자 했지만, 이들에게 변호인 측이 제시하는 '피고인의 진술'은 큰 의미를 가질 수 없었다. 왜냐하면, 그들에게 피고인은 '신뢰할 수 없는 증인(진술자)'이었기 때문이다. 피고인이 범행 의도를 검찰 측의 주장과 합치되는 방향으로 진술한다면, 그것은 죄를 입증해줄 유력한 증거가 될 터이지만, 그 방향이 상이할 경우 그의 진술은 쓸모없는 것이 된다. 아이러니하게도 피고인은 자기 범죄에 관하여 가장 신뢰할 만한 증인인 동시에 가장 믿을 수 없는 증인이기도 했다.

변호인 측은 법해석의 문제를 법 자체의 성립 가능성에 관한 문제로 비화시키기도 했다. 「변론서」의 4절에는 '반공법 제4조'의 위헌성에 관한 논의가 포함되었다. 변호인 측은 반공법 제4조가 헌법의 기본권을 제한하는 규정일 뿐 아니라, 그 표현과 내용이 너무 추상적이고 모호하여 금지나 제한의 범위, 한계가 명확하지 못하므로 죄형법정주의에 위배되는 위헌조항이라 주장했다. 한국사회에서 이미 반공법에 관한 논란이 대두된 바 있을 뿐 아니라, "악용의 우려가 많은 독소조항"이라는 견해가 "지배적"이라는 점을 강조하고자 한 것이다. 이러한 문제제기에 의해 '문학의 불온성'을 판별해주는 '해석의 도구'로서의 '법'은 문학작품과 마찬가지로 **해석되어야 할 텍스트**로 전치되었다. 즉 합법 / 위법의 판결사로서의 법이 합법 / 위법의 논의대상이 됨으로써, '작품'과 '법'과 '불온성'의 (서로 다른) 위상이 흔들리며 뒤섞였던 것이다.

한편 좀 더 짚어봐야 할 것이 있는 만큼 다시 '증인(증언)'의 문제로 돌아와 보자. 검찰 측과 변호인 측에서는 각각 자신들의 주장과 진술을 지지해줄 증인단을 구성하여 불온성 논증과정에 참여시켰다. 검찰 측은 자신의 주장이 결코 가상적 토대에 기반해 있는 것이 아님을 입증하기 위해 신뢰할 만한 증인들을 불러 모았다. 그들이 구성한 증인 그룹은 다음과 같다. 한재덕(공산권문제연구소장), 이영명(함흥공산대학 출신, 군속), 최남섭(대남 간첩, 구속 중), 오경무(대남 간첩, 구속 중). 이들은 사전에 법원으로부터 작품의 '감정의뢰'를 받고 서면으로 자신들의 견해를 밝힌 바 있었다. 작품에 대한 감상문을 작성하여 제출하였던 것이다. 뿐만 아니라 이들은 법정 진술이라는 의무를 짊어지기도 했다.

1965년 간첩으로 남파, 이후 체포되어 복역 중이던 최남섭은 수갑을 찬 채로 법정에 들어섰다. 그리고 「분지」의 "내용 자체가 북괴의 선전과 동일하다"는 논지의 의견을 제출했다. 함흥에서 공산대학을 나왔고 현재는 육군본부 정모참모부의 군속으로 근무 중이던 이영명은 이보다 한층 과감한 발언을 마다하지 않았는데, 그는 작품내용이 곧 "작가가 바라는 바"라 추정했다. 덧붙여 "철두철미한 공산작가가 쓴대도 이상일 수는 없다"며 극찬 아닌 극찬을 아끼지 않았다. 진술 내용을 곧이 곧대로 믿는다면, 그는 아마도 남정현이라는 작가의 최대 불행은 그가

남한 국민이라는 사실에 있다고 생각했을 것이다.[36]

귀순자와 간첩출신의 복역자가 증인이라는 역할을 수행하기 위해 법정에 서고 또 그들의 증언이 중요한 전거가 되었던 것은, 그들이 말 그대로 북한을 가장 잘 알고 있다고 믿어지는 인물군에 속했기 때문이다. 이 순간만큼은 '간첩'이라는 불순한 표지가 ('반역'의 의미를 짐짓 지우고) 유용한, 심지어는 필수적이기까지 한 레테르가 되었다. 증인들은 일제히 해당 소설이 '북괴의 주장과 일치한다'고 주장했고, 검찰 측에서는 이 점을 부각시켰다. 이에 반해, 변호인 측은 (검찰 측과 마찬가지로) 이들의 출신 배경을 적극 활용하여 '북한에서 이와 같은 소설 창작이 가능한가'라는 물음을 던지고 또 이와 관련하여 '불가능하다'라는 답변을 회수함으로써 남북체제의 상이성을 '자유의 보장'이라는 차원에서 찾고자 했다. 때로 검찰 측 증인들은 이러한 소설이 창작될 수 있는 자유가 놀랄만한 것이라 했고 이것을 이북에서는 상상도 못한다고 말했는데, 변호인 측은 이 같은 발언을 활용하여 이러한 자유가 바로 남한의 민주성을 증명하는 것이 아니냐고 반문했다. 이에 궁지에 몰린 증인들은 다음과 같이 자신이 한 말을 수정하여 재진술을 시도했다.

> 변호인 : 작가는 가난한 사람의 고통이나 미국을 비판할 수 없는가.
>
> 한재덕 : **정도 문제다.** 한국의 특수 사정에 따라 삼가야 할 게 있다.
>
> 변호인 : 그 판가름의 기준은?
>
> 한재덕 : 나는 이 작품이 **정도를 넘었다**고 보았다.[37]

36　증인들의 증언 내용은 다음의 기사를 참조. 「문학작품의 이해와 분석 싸고 논전(論戰)」, 『동아일보』, 1967. 2. 11.

한재덕은 북한과 달리 남한에는 분명 '자유'가 보장되어 있다고 말하면서도 '한국의 특수 사정'이라는 이유를 내세워 이 자유가 제한되어야 함을 주장했다. '가난한 사람의 고통을 그리거나 미국을 비판하는 일'이 가능하기는 하지만, 여기에는 반드시 '특수사정'에 대한 고려가 전제되어야 한다는 것이다. 그의 표현을 빌리자면, 재현의 문제는 '정도'라는 기준으로부터 자유로울 수 없었다. 그러나 이 기준은 매우 모호한 것이었는데, 변호인이 재차 부연 설명을 요구한 것은 이 때문이다.

재판장에서 한재덕이 내놓은 대답은 동어반복의 형태를 띠었다. '정도를 넘었다'는 판단 이외에 그는 어떤 논리적 설명도 덧붙이지 못했다. 이 점은 검찰 측의 질문에서도 반복된다. 검사는 변호인단이 신청한 증인 이어령에게 "나는 이 소설을 읽고 놀랐는데 증인은 용공적이라고 보지 않았는가"라고 물었는데, 이에 증인이 "나는 놀라지 않았다"고 답하자 이내 "증인은 반공의식이 약해서 이처럼 증언하는 것 아닌가"라는, 대답이 아닌 (남정현 소설을 두고 던진 바 있던) 질문을 다시 던짐으로써 뫼비우스의 회로 속에 이 말들을 내던져버렸다.[38]

'증인'은 법률용어로 "법원 또는 법관에 대하여 소송 당사자가 아니면서 법원의 신문(訊問)에 대하여 자기가 경험한 사실을 진술하는 사람"을 뜻한다. "「분지」 사건 재판의 클라이맥스"[39]에 출현한 이 증인들이 '경험한 사실'을 '진술'하기 위해 법정에 서게 된 것이라 할 때, 이번 재판에서 검찰 측 증인들은 '북한 전문가'로서 북한의 선전술과 작품의

---

37 「문학작품의 이해와 분석 싸고 논전(論戰)」, 『동아일보』, 1967. 2. 11.
38 한승헌, 「남정현의 필화, '분지'사건」, 남정현, 『남정현 문학전집3 — 연구자료 및 논문』, 국학자료원, 2002, 287~288쪽.
39 위의 글, 284쪽.

용공성 간의 친연성에 관하여, 피고인 측 증인들은 '문학 전문가'로서 그러한 해석의 부당함에 관하여 진술할 몫을 짊어졌다. 양자는 모두 **'정체성의 정치'**를 벌이게 되는 셈이었는데, 한편에서 '북한보다 더 북한 같은 전술'을 펴고 있다고 말할 때, 다른 편에서는 어설픈 독자의 저열한 독해를 문제 삼으며 '독자가 멋대로 해석하는 일'이 낳은 비극에 관해 이야기했다. 피고인 남정현 역시 문학전문가로서 "담당 판사에게 문학의 본질이나 기법, 과제 등을 이해시키려고 애썼다."[40]

그런가 하면 이러한 상호간의 전략을 역이용하여, 한편에서는 과연 전문비평가라 해서 "작가의 내심(內心)까지 알 수 있는가" 반문하며 대다수의 비전문 독자들은 당신보다 (비전문 독자인) 나와 같이 작품을 이해할 가능성이 높다고 주장했고, 다른 편에선 간첩죄로 복역 중인 범죄자가 증인 역할을 맡는 것이 과연 타당한지 물으며, 그들의 특수한 정체성을 고려할 때("특수한 신분을 가진 사람들") 이들의 지나친 피해의식이 작품을 과잉 해석하게 만들 가능성("색맹적인 단견으로 작품을 용공시")이 있음을 피력했다.[41]

이런 와중에 **"작가의 내심(內心)까지 알 수 있는가"**라는 문학전문가들을 향해 던져졌던 검찰 측의 물음에 답을 준 것은 아이러니하게도 피고인과 변호인 측이 아니라, 사법당국이었다. '선고유예'를 언도하는 판사의 판결문에는 "의욕 내지 목적이 없다고 할지라도 범의를 인정할 수는 있다"는 의견이 여러 차례 표명되었다. "열띤 증언"과 "문학작품의 이해와 해석을 둘러싼 보기 드문 상반된 논전",[42] 수십 장의 「공소

---

40 위의 글.
41 위의 글, 290쪽.

장」, 「변론 취의서」, 「항소 이유서」 등 글과 말의 더미에서 피어오르던 더운 열기로 가득했던 「분지」 사건, **"우리 문단 초유의 불상사"**(한국청년문학가협회)[43]는 이렇게 일단락됐다.[44]

"현(現) 실정법 하 언론이나 예술이 보유하는 '양심의 자유'와 '표현의 자유'가 어느 한계까지냐 하는 본질적인 문제가 크나큰 관심의 초점이었던 만큼" 문화예술계 인사들은 「분지」 사건 판결 결과에 큰 관심을 보였다. 조선일보 사설은 "이번 판결문의 삼단논법대로 반공법을 적용한다면 대한민국에서 반공법에 저촉되지 않는 언론이나, 정치활동이나, 예술활동이 있을 수 없게 된다는 논리에 귀착된다"고 비꼬며, 사건 결과를 다음과 같이 풀이했다. "비록 가장 가벼운 선고유예라 하더라도 유죄 판결 자체에 심각한 문제점이 제기되어 있는 것이라 아니할 수 없다."[45] 이 사설이 환기시키고 있는 것은 이번 사건의 핵심이 '죄의 경중'을 판별하는 데 있지 않다는 사실이다. 필자가 적시하고 있듯이, 문제의 핵심은 죄의 유무(有無)를 판별하려 드는, 그리하여 작품의 불온성을 뜨거운 쟁점으로 만드는 검열주체의 시선에 있었다.

---

42 「문학작품의 이해와 분석 싸고 논전(論戰)」, 『동아일보』, 1967.2.11.

43 한승헌, 「남정현의 필화, '분지' 사건」, 남정현, 『남정현 문학전집3 – 연구자료 및 논문』, 국학자료원, 2002, 293쪽.

44 당시 1심 판결에 대한 해석은 분분했다. 징역 7년이나 구형한 반공법 사건에서 '선고유예'가 나온 것은 사실상 무죄나 마찬가지라는 의견이 있었는가 하면, 단호하게 무죄를 선고하지 못하고 '선고유예'를 한 것은 판사의 고민을 엿볼 수 있는 타협 판결이라는 견해도 나왔다. 그러나 '선고유예'도 유죄 판결의 하나임은 분명하다는 판단에 따라 피고인 측은 항소했고, 검사 역시 1심의 형이 너무 가볍다는 이유로 항소를 했다. 이후 1970년 4월 7일 서울형사지방법원 항소 제1부는 피고인과 검사 양측의 항소를 모두 기각한다는 판결을 내렸다. 또한 남정현과 변호인단은 대법원에 불복할 것인지를 논의한 끝에 상고를 하지 않기로 결정했다. 이상의 항소과정에 대해서는 한승헌, 『재판으로 본 한국 현대사』, 창비, 2016, 158~159쪽.

45 직접 인용한 대목은 다음의 기사를 참조. 「반공법 해석과 '분지' 판결」, 『조선일보』, 1967.6.29.

3) 불온시와 정신병—김지하 「오적」 사건

문학 분야에 반공법이 적용된 첫 사례인 「분지」 사건을 통해 '문학과 법'이 재판장에서 어떻게 조우할 것인가가 예고되었다면, 김지하의 「오적(五賊)」 사건은 「분지」 사건이 예외적 사례가 아님을 확증해주었다. 이번 사건은 「분지」 사건 때와 마찬가지로 '표현의 자유'와 '반공법의 문제성'에 대한 논의를 다시금 촉발시키며 한국공론장의 뜨거운 이슈로 부상했다. 그러나 「오적」 사건의 경우는 단지 공론장에 파문을 일으키는 수준에서 일단락되지 않았다. 이 사건은 정치적 문제로 비화하여 여·야 정당의 치열한 공방과 대립을 낳았으며, 사건 당사자들의 삶은 물론이고 몇몇 매체들과 특정 정당의 존폐에까지 일정한 영향을 미쳤다.

이 사건은 1965년의 「분지」 사건과 함께 검토될 필요가 있는데, 여기서는 효과적인 논의 전개를 위해 몇 가지 문제를 쟁점화했다. 첫 번째로 살펴볼 것은 검열 과정과 그 특이성에 관한 문제이다. 1970년 5월 『사상계』(통권 205호)에는 김지하의 「오적」이 실렸다. 이 작품이 당초 『사상계』에 게재되었을 때 당국은 유통된 책을 수거하고 판매금지 처분을 내리는 선에서 「오적」에 관한 행정처분을 마쳤다. 그런데 그해 6월 신민당 기관지 『민주전선』에 작품이 전재되어 널리 알려지게 되면서 사태는 급변한다. 6월 2일 새벽 관훈동 신민당 당사에는 정부 관계자들이 불시 방문하여 『민주전선』 10만 여 부와 옵셋 아연판 등을 압수해갔다.[46] 또한 서울지검공안부(박종연 검사)는 작자인 김영일(필명 김

---

[46] 김삼웅, 「박정희와 싸운 야당 기관지 『민주전선』」, 『내일을 여는 역사』 50호, 내일을여는역사, 2013, 337쪽.

지하, 29), 사상계사 대표 부완혁(51), 사상계사 편집장 김승균(31), 신민당 기관지 『민주전선』 편집인 김용성(47) 등 4명을 반공법 위반 혐의로 구속 기소했다.[47] 작자인 김지하는 정부를 비방하는 시를 창작하여 북한을 이롭게 했다는 이유로, 다른 이들은 주관하는 매체에 해당 시를 전재했다는 이유로 반공법 위반 혐의를 받았다.

이번 사건에서 '어떤 매체에 수록되었는가?', '어느 정도의 반향을 불러일으켰는가?' 하는 점은 특정 시와 매체의 불온성을 판별하는 중요 변인으로 작용했다. 「분지」 사건 때와 마찬가지로 작품의 내용 자체에 주목하기도 했지만 불온성을 확증해주는 결정적 증거들은 '텍스트 외부'에서 찾아졌다. 이 점은 사건의 발단 과정과 배경을 통해서만이 아니라 법정에서 오고간 진술들을 통해서도 확인할 수 있다. 공판 당시 검사 측은 「오적」이 휴전선 근방에 송출되는 북한 방송에 나왔다는 점과 북한에서 발행되는 신문매체에 실린 적이 있다는 점을 유력한 증거로 제시했다. 표면상으로 볼 때 당국의 관심은 '작가의 의도'를 밝히는 데 있는 것처럼 보였지만, 앞서의 경우에서도 그러했듯이 사실상 이 점을 파악하는 일은 별다른 의미를 가지지 못했다. 검사 측이 작품의 불온성을 판단하는 데 있어 중요하게 취급한 정보는 작품이 어디에 실렸고 누가 보았는가 하는 점이었다. 해당 시가 북한의 매체에 실렸다는 사실이 되풀이 강조되었으며, 이로 인해 남한의 '신성한 독서공동체'가 문란해졌다는 우려가 함께 제기되었다. 요컨대 **북한의 마음을 산 것**이 문제라는 것이었다.

이러한 검사 측의 주장에 대항하여 변호인 측에서는 자신의 의도와

---

47 「부완혁씨 등 넷 구속기소」, 『동아일보』, 1970.6.20.

무관하게 특정 매체에 작품이 수록되는 일까지 작가가 어떻게 알아차릴 수 있으며, 또한 설령 그 사실을 안다고 해도 이에 어떻게 관여할 수 있겠는가 반문했다. "오늘날의 진보된 통신수단과 저들의 수법의 악랄성"을 고려할 때 '악용'을 미연에 방지하기란 불가능에 가깝다는 것이다.[48] 뿐만 아니라, 변호인 측에선 이 논의를 역이용하여 공세를 취하기도 했다. 반공과 관련하여 만반의 태세를 갖추었다며 강한 자신감을 보인 바 있는 정부가 어찌하여 "북괴가 '오적' 시의 내용을 방송하거나 신문지에 실리는 따위의 상투적 선전수단을 쓰는 것을 두려워"하는가 반문하며, 반공논리의 모순성과 당국의 저의를 문제 삼았던 것이다.[49]

한편 검열 문제는 또 다른 맥락을 통해서도 논의될 수 있다. 「오적」 사건의 첫 공판은 1970년 7월 7일 상오에 열렸는데, 이날 피고인에 대한 사실심리가 함께 이루어졌다. 첫 공판은 함석헌, 장준하, 양일동, 조한백 등 재야중진을 비롯하여 3백여 명의 방청객이 서울지법 대법정을 메운 가운데 진행되었으며, 이후 계속되는 공판 때마다 많은 이들이 참석하여 사건의 추이를 지켜보았다.[50] 이날 피고인들은 「오적」이 반공법에 저촉될 것이라는 점을 '예상치 못했다'고 진술했다. 그런데 이들은 이 점을 진술하는 와중에 「오적」의 문제성에 대해서도 언급하게 된다.

---

48 박두진의 경우, 감정서를 통해 "'오적'과 같은 작품이 설사 반국가단체에 의해서 선전의 구실로 역이용 당했다고 하더라도 이것은 작자가 책임질 성질의 것이 아니며 그 한계 밖의 일로 생각된다. 그 작품 자체가 용공적 반국가적인 것이 아닌 이상 그것을 역이용, 악용하는 것은 오늘날의 진보된 통신수단과 저들의 수법의 악랄성에 비추어 작자가 이것을 미리 막거나 피할 수 있는 실질적인 방법과 수단이 없기 때문이다"라고 지적했다. 「'오적사건' 감정서 요지」, 『동아일보』, 1970.9.10.

49 이병린, 「변론서-피고인 김영일 외 3명에 대한 반공법 위반사건 변호안(초)」, 한승헌변호사변론사건실록간행위원회, 『한승헌변호사 변론사건실록』 1, 범우사, 2006, 272쪽.

50 「공소사실부인, 오적사건 첫 공판」, 『매일경제』, 1970.7.7.

1970년대 초반 『사상계』는 5·16군사쿠데타 9주년을 맞아 70년 5월 호를 특집호로 꾸릴 계획을 세운 바 있다. 편집진은 기획회의에서 특집호에 '동빙고동'(넓게는 '부정부패')을 화제로 삼는 글을 싣기로 결정하였고, 이에 따라 김승균은 대학 때부터 알고 지내던 김지하에게 글을 청탁하게 된다.[51] 며칠 후 그는 김지하로부터 장시(長詩) 한 편을 건네 받는데, 이를 일독한 후에 부완혁에게 전달했다. 첫 공판에서 부완혁은 이 시를 받고 난 직후의 상황에 대해 다음과 같이 진술했다. 그는 「오적」 시를 읽고 흥미로운 작품이니만큼 게재하는 것이 좋겠다'고 판단했다고 한다. 그러나 뒤이어 이 시가 혹여 '명예훼손'에 저촉되지 않을까 싶어 사전 검토 작업을 하였고, 해당 시를 게재하는 일이 '필화사건'으로 번지지 않을까 염려되어 사나흘 동안 시를 가지고 다니며 재차 읽어보았다고도 덧붙였다. 이 시가 계급의식을 고취하는 것으로 읽히지 않았고 반공법에 저촉될 것이라고도 생각하지 않았음을 피력하는 와중에 이러한 진술을 한 것인데, 이 진술이 행해지는 동안 「오적」이 논란거리가 될지 모른다는 우려, 매체 책임자로서 내부 검열을 해야만 했던 정황 등이 함께 노출되었던 것이다.

다른 피고인들 역시 일제히 '계급의식을 고취하는 작품이라 생각하지 않았다'며 검찰의 공소사실을 부인했다.[52] 그러나 부완혁의 사례와 같이, 이 점을 강조하던 와중에 의도치 않게 「오적」의 불온성에 대한 인식, 내지는 염려에 관해서도 언급했다. 김용성(신민당 출판국장 겸 민주전선 편집인)은 검찰의 직접 신문에서 『사상계』가 시중에 발매된 지 한

---

51 「오적」 시가 『사상계』에 실리게 된 경위에 관해서는 김승균의 회고를 참조. 「김지하, 청탁 5일 만에 오적 300줄 보내와」, 『동아일보』, 2013.2.5.
52 「오적사건 첫 공판 "목적은 권선징악"」, 『동아일보』, 1970.7.7.

달이 넘도록 당국으로부터 별다른 조처를 받지 않고 있어, 이 시가 반공법에 저촉되리라고는 예상하지 못했다고 말했다. 그러면서 「오적」이 신민당 기관지에 실리게 된 것은 유진산 당수의 지시에 따른 것이었으며, 군장성에 관한 부분은 북괴에 역이용될 우려가 있어 삭제했던 것이라고 덧붙였다. 이 같은 진술은 북한에 이용됨으로써 선전 선동을 도운 셈이 될 뿐 아니라(이적 행위에 가담), 궁극적으로는 이용될 소지가 있는 작품을 창작했다는 사실 자체가 문제적이지 않느냐 추궁하던 검찰 측의 논리에 전유당할 소지가 있었다.

이어 두 번째로 살펴볼 것은 '문학비평'의 역할을 수행하였던 다양한 기록물에 관해서이다. 검사 측과 변호인 측은 내용적 차원에서 해당 작품의 불온성을 입증, 또는 반박하기 위해 장문의 기록물들(공소장, 변론서, 공판기록, 감정서 등)을 생산했다. 검사 측은 「오적」을 '남한사회의 빈부격차를 부각시켜 계급의식을 고취한 용공작품'이라 규정함으로써 '계급의식의 고취'와 '용공성'을 잇고 이를 통해 작품의 불온성을 입증하려 했다. 이때 작품의 내용은 계급의식의 고취를 증명하는 근거로 재구성되었다. 변호인 측이 작성한 「변론서」 역시 마찬가지였다. 이들은 '법률적인 오해'와 '문학작품에 대한 몰이해'를 강조하며 「공소장」의 내용을 반박했다. 이로써 「공소장」과 「변론서」는 문학작품에 대한 분석을 시도하는 긴 비평서가 되었다.

그런가 하면 이번에는 지난 「분지」 사건 때보다 더 많은 사람들의 의견이 기록의 형태로 남겨져 불온사건 관계 아카이브에 보관되었다. 서울지검공안부는 각 신문사 논설위원과 공산권 문제 전문가로 구성된 9인의 감정단에게 「오적」의 '사상적 배경'과 '이 시가 사회적 · 국제

적으로 끼칠 영향' 등에 관해 감정을 의뢰하는 공한을 보냈다.[53] 이와
더불어 변호인 측에서는 제4회 공판이 이루어지던 날 재판부에 감정
의뢰를 신청했다. 재판부는 신청을 받아들였고, 이에 변호인단은 제5
회 공판이 진행되던 날 선우휘, 박두진, 안병욱 이상 3인이 작성한 감
정서를 토대로 감정결과 보고를 진행했다. 언론계, 학계, 문단에 두루
걸쳐 있던 이 감정단에 의해 작성된 글들은 기본적으로 법률관계 문건
에 해당했지만, 그 내용은 문학비평에 가까웠다. 이를테면 박두진은
약 오천 자에 달하는 장문을 통해 13개 감정사항에 대한 자신의 의견
을 밝혔다. 여기서 그는 시어와 일상어의 차이, 해당 시의 주제와 성격,
작자의 창작 의도 등에 관하여 자세히 기술했다.[54] 한편 이와 별개로
「오적」 사건이 유명세를 타게 되면서 사건의 발단과 경위에 대한 보도
만이 아니라, 시제(詩題)로 쓰인 '오적'의 어의와 유래, '담시'라는 시 형
식의 특징 등과 같은 문학 관련 정보들이 언론매체를 통해 널리 소개
되기도 했다.[55]

두 번째 쟁점과 관련하여 한 가지 더 눈여겨볼 것은 '리얼리티' 문제
를 둘러싼 공방이다. 이번에도 역시 현실 재현에 관한 문제는 중요하
게 취급되었다. 첫 공판이 열리던 날 김지하는 "이른바 도둑촌 기사를

---

53 감정 의뢰를 받은 9명의 명단은 다음과 같다. 박동운(『한국일보』 논설위원), 김상현(『조선
    일보』 논설위원), 양흥모(『중앙일보』 논설위원), 이동욱(『동아일보』 논설위원), 강영수
    (『대한일보』 논설위원), 유완식(국제문제연구소), 염희춘(국제문제연구소), 조성식(공산
    문제전문가), 김남식(공산문제연구소).
54 박두진은 "'오적'과 같은 정도의 작품을 용공적인 작품이라고 규제하게 된다면 우리의 국시
    며 헌법에 보장된 언론과 창작 발표행위의 자유는 크게 침해되며 국민의 창조적 사기를 위
    축 소멸시키는 중대한 결과를 낳게 된다"는 점을 지적하며, 오히려 「오적」 시는 "우리의 민
    주비판적 역량의 잠재력을 과시한 좋은 표징"이라 생각한다고 말했다. 「'오적사건' 감정서
    요지」, 『동아일보』, 1970. 9. 10.
55 「'오적'의 유래와 담시의 뜻은」, 『동아일보』, 1970. 6. 18.

신문에서 읽고 동빙고동을 일차 답사한 뒤 시상을 발상, 이를 쓰던 중 원고청탁을 받았"다고 진술했다. '답사'까지 했다는 점을 밝히고 있는 까닭은 해당 시가 실제 한국사회의 한 단면을 그대로 반영하고 있는 것임을 피력하기 위해서였다. 뿐만 아니라 김지하는 '부정부패 자체가 이적이 될지는 몰라도, 그것을 비판하는 소리가 어찌 이적이 될 수 있는가' 반문하며 「오적」에 가해지던 용공 혐의를 직접적으로 부인하기도 했다. 그의 입장은 사실상 다음의 짤막한 발언 속에 집약되어 있었다. 공판 당일 그는 "오적이 있으니까, 「오적」을 썼을 뿐이다"라고 진술했다. 이 진술은 실제 현실을 의도적으로 왜곡하고 과장한 것이 아니냐고 계속해서 질문하던 검찰 측에 시인이 되돌려 줄 수 있는 최선의, 혹은 유일한 답변이었을 것이다.[56]

변호인 측은 증인 심문이나 감정 보고를 통해서도 '있는 그대로의 현실을 형상화한 것'이라는 주장을 개진했다. 한 예로, 반공주의자인 선우휘는 "일부 특수층의 부정부패"가 '작가의 발상'에 의한 것이 아니라 "이미 신문과 국회의 원래 발언을 통해 밝혀진 것"임을 피력했다. 더하여 그는 "사회주의적 폭력혁명사상을 선동한다고 보기에는 너무나 해학에 차있고 날카롭지 못하다"고 지적함으로써 이 작품이 '사상 선동'에 기여하기는커녕 오히려 미달태에 가까움을 강조하기도 했다. 그런 한편 '현실의 재현'이라는 문제는 '문학의 본래적 기능'이라는 차원에서 이야기되기도 했다. 이를테면 박두진은 "부정부패에 대해 작가적 책임과 사명감을 자각하는 문학자라면 이 시의 풍자와 고발은 당연한 것"이라 주장했다.[57] 이상에서와 같이 수차례의 공판이 진행되는 동안 문학 속

---

56 「공소사실부인, 오적사건 첫 공판」, 『매일경제』, 1970.7.7.

현실이 작가의 기발한 상상력이 낳은 산물이 아니라, 현재 한국사회의 한 단면을 여실히 반영한 결과임을 피력하려는 시도는 계속됐다.

이어 세 번째로 살펴볼 문제는 **증인 구성**에 관한 것이다. 「분지」 사건 때와 마찬가지로 이번에도 검사 측과 변호인 측은 서로의 주장에 힘을 실어줄 증인들을 선별하여 소환했다. 검찰 측 증인그룹은 염희춘(국제문제연구소 연구원), 조성직(공산권문제연구소 연구원) 등으로 구성되었다. 이번 사건의 변호는 「분지」 사건을 담당한 바 있는 한승헌과 그의 법조계 선배인 이병린이 함께 맡았고, 이들은 이항녕(고려대 교수), 김승옥(작가) 등을 증인으로 내세웠다. 이밖에도 변호인 측은 박두진, 선우휘, 안병욱으로 구성된 감정단을 통해 '증언의 힘'을 배가시키고자 했다.

검찰과 변호인 측은 증인의 직업과 이력을 부각시킴으로써 이들이 얼마나 이 사안에 정통한 인물인가를 보여주고자 했다. 법정에 소환된 이들 역시 신뢰할 만한 증인이라는 자격을 확보하기 위해 자신의 전문성을 재차 강조했다. 이전의 사건에서처럼 검찰 측 증인들은 '북한에 정통한 전문가'로, 변호인 측 증인들은 '문학에 정통한 전문가'로 법정에 들어섰던 것이다. 그런데 이번 사건에서 한 가지 특기할 만한 사실은 검찰 측 증인의 인적 구성에 일정한 변화가 생겼다는 점이다. 1965년 남정현 사건 당시 증인단은 귀순한 인물과 간첩으로 구속된 인물로 꾸려진 바 있었는데, 김지하 사건 때에는 공산권 관계 연구소 소속의 '연구원'들이 중심이 됐다. 9인의 감정단의 인적 구성(5명의 언론사 논설위원과 4명의 공산권 관계 연구원) 역시 같은 맥락에서 눈길을 끈다. 이 같은 인적 구성의 변화는 60년대 이후 **북한(공산권) 연구**가 시작되었다는

---

57 「22일로 공판연기, '오적'필화사건」, 『매일경제』, 1970.9.8.

점과 무관하지 않다.[58] 그런가 하면 이번 사례의 경우 계급의식의 고취 유무가 중요한 쟁점이었던 만큼 증인들은 이 점을 입증 또는 부인하기 위해 치열한 '증언 투쟁'을 벌여야 했다.[59]

한편 이 글에서 쟁점화한 네 번째 문제는 사법부의 '불온성 판단기준'이다. 먼저 이 사건이 어떻게 일단락되었는지 살펴보자. 1970년 9월 8일 피의자 전원이 보석으로 석방된다. 이후 재판부는 공판을 재개하지 않다가 72년 12월에 가서야 결심공판을 가졌다. 12월 20일 선고공판에서 서울형사지법 이영모 판사는 "김지하 피고인의 담시 오적을 『사상계』 등에 게재한 것은 특권층의 부정부패를 응징하려는 데 그 목적이 있다고 피고인들이 주장하고 있으나 그 빙자의 도가 너무 지나쳐 우리나라 실정에서는 담시의 범위를 넘어선 것이라고 보여지며, 이로 인해 계급의식을 조성, 북한의 선전자료에 이용되었으므로 유죄로 인정, 징역 1년, 자격정지 1년을 선고할 것이나 피고인들의 정상을 참작, 형의 선고를 유예한다"고 판시했다. 이 판시는 지난 「분지」 사건 때와 마찬가지로 사법부의 '불온성 판단기준'을 정확히 명시하고 있어 주목

---

58 '북한 연구'와 '공산권 연구'는 1960년을 전후하여 시작된다. 이전과 달리 '북한'이라는 대상을 '지식'(학문)의 차원에서 접근하려는 시도가 이루어졌던 것이다. 그간 '북한학의 탄생'과 관련하여 1960년대가 주목받지 못하였던 만큼 이에 관한 논의는 차후 지면을 달리하여 자세히 논의하도록 하겠다.

59 제4회 공판에서 증인으로 출두한 이항녕과 염희춘은 '계급의식 고취'와 관련하여 정반대의 의견을 내놓는다. 이항녕은 "담시 '오적'을 읽었을 때 전체적으로 사회의 부패성을 고발하고 경종을 울리기 위해 쓴 해학적인 문학작품이라고 생각했으며 공산주의에서 말하는 계급의식을 고취하기 위한 목적이 있었다고는 생각하지 않았다"고 진술했다. 반면, 염희춘은 "내용면에 있어 사회현실의 어두운 면과 현사회의 모순성을 파헤쳐 반공의식이 없는 사람이 읽었을 때 계급의식을 느낄 수 있게 표현했다"고 증언했다. 염희춘이 계급의식의 고취를 강조함으로써 「오적」의 용공성을 주장하고자 했다면, 이항녕, 김승옥 등은 공산주의적 계급사상의 고취와 사회의 부정부패 고발은 엄연히 다른 차원의 문제임을 피력하고자 했다. 「담시 오적공판, 이항녕 교수 등 증언」, 『경향신문』, 1970.8.28.

된다. 검사 측 증인들이 제시했던 기준과 사법부의 판단 기준은 합치되는 측면이 있었다. 하나는 '특수사정'에 대한 고려이고, 다른 하나는 '정도'의 문제이다. "우리나라 실정"(「오적」 사건), "한국의 특수사정"(「분지」 사건)에 대한 거듭된 강조는 국제적·보편적 규준이나 이해방식보다는 '한국의 정치적 특수성'이 상위의 준거로 고려되고 있음을 알려준다. 또한 "도가 너무 지나쳐"(「오적」 사건), "정도를 넘었다"(「분지」 사건)는 평가는 '표현(창작)의 자유'보다 재현물의 정치적 효용에 대한 고려가 우선시되었음을 확인시켜준다.

마지막으로 검토할 문제는 '「오적」 사건의 파장'에 관한 것이다. 재판이 진행된 2년여의 시간은 피의자가 된 작가 개인, 지성의 광장으로 기능했던 특정 매체, 반독재와 평화적 정권교체를 위해 야당통합을 이뤄낸 정당 등 여러 주체들의 생존과 삶을 뒤흔들어 놓았다. 우선 필자인 김지하에게는 어떤 영향이 미쳤을까. 1964년도의 한일협정반대투쟁에 가담하여 피고인 신분이 되었던 김지하는 1970년 「오적」 사건으로 다시 한 번 법정에 서게 되었다. 「오적」 사건으로 김지하는 '유명'해졌지만, 동시에 '위험'한 존재로 낙인찍혔다. 이런 맥락에서 '사건 발생 이후 김지하가 어떤 매체에든 시를 싣기 어려웠을 것'이라는 백낙청의 회고를 떠올려볼 수 있다.[60]

---

60 김승옥의 회고에 기대어 70년대 당시 김지하의 삶을 들여다보자. 김승옥에 따르면, 「오적」을 발표하여 집권층을 비판하고, 더불어 많은 문학인들이 집결하여 유신철회 청원 운동을 벌이자, 이 기세를 꺾기 위해 당국은 김지하를 '공산주의자'로 규정하여 체포하려 했다. 수사망을 피해 계속해서 숨어 다니던 김지하는 어느 날 김승옥을 찾아와 "더 이상 숨어 지낼 수는 없다. 많은 사람들이 내 소재를 대라는 당국의 요구에 고통 받고 있다. 박정희가 나를 죽일 작정인 것 같다. 내가 내일 자수해서 남산(중앙정보부)으로 들어갈 테니 네가 밖에서 문학인들을 모아 내 구명 운동을 해주기 바란다"고 전했다. 그후 김승옥은 박태순, 이문구 등 문인들을 모아 김지하의 구명 운동을 벌였고, 한승헌, 황인철 변호사와 함께 김지하의 재판이

한편 이 사건은『사상계』의 폐간과 관련해서도 중요한 의미를 가졌다. 김지하의「오적」사건 당시 당국은 해당 작품의 필자에게만이 아니라, 이 작품을 게재함으로써 독자의 손에 가닿게 만든 매체들에도 책임을 물었다. 불온한 사상을 담은 한 편의 시가『사상계』와『민주전선』의 지면을 붉게 물들이고 있었다는 것이다. 잘 알려진 대로 이 일의 여파로『사상계』는 폐간될 위기에 처하게 된다. 피의자들이 보석으로 풀려난 후 한 달이 채 되지 않은 9월 26일 문공부는 인쇄시설을 갖추지 못한『사상계』가 인쇄소 책임자를 인쇄인으로 올려야 하는 규정을 어겼다는 이유로, '신문통신 등의 등록에 관한 법률' 제3조 제9항, 제4조 제3항, 부칙 제3항 등을 적용하여 등록을 취소시켰다. 문공부 관계자는 1964년 신문통신 등의 등록에 관한 법률의 개정 이후, 사상계사에 시설보완을 여러 차례 독촉했으나 이를 이행치 않고 계속 잡지를 발행해 해당 법률에 의거하여 등록을 취소하게 된 것이라고 밝혔지만, 이 공시된 등록취소 사유는 명목상의 이유일 뿐이었다.[61] 이 일이 있은 후, 부완혁은 문공부 장관을 상대로 정기간행물 등록효력정지처분 취소청구소송을 벌였고 원고승소판결을 받았다.[62] 이후 문공부 측의 상고가 있었으나 기각되어 원심대로 원고승소판결이 내려졌다.

열릴 때마다 참석했다. 본문에서 살펴보았듯이, 김승옥은 변호인 측 증인 신분으로 '평소 언행으로 보아 김지하는 빨갱이가 아니다'라고 증언하기도 했다. 이 사건으로 인해 변호를 맡았던 한승헌은 부당한 대우를 받게 되었고, 김승옥에게도 한동안 감시가 붙었다고 한다. 김승옥,『내가 만난 하나님』, 작가, 2004, 23~24쪽.

61 「『사상계』등록말소」,『동아일보』, 1970.10.2.
62 재판부는 판시를 통해 "당국은 정기간행물등록에 관한 법률부칙을 두고 지난 64년 말까지 등록사항을 보완하지 않을 때는 등록의 효력을 상실한다고 규정하고 작년 9월 26일 사상계사가 발행인과 인쇄인이 겸직하고 있는 사실을 등록미비라고 지적, 등록말소통지를 내렸으나 이것은 등록효력을 상실할 만한 미비점으로 볼 수 없다"고 밝혔다. 「『사상계』승소」,『동아일보』, 1971.10.26.

오늘날에 이르러서는, 우리의 가는 길을 혼란시킴에 그치지 않고 『**사상계**』의 **존립조차도 허용하지 않으려고** 달겨들고 있다. 악랄한 수법은 더욱 지능화되어 음성적인 탄압(끈덕진 제작의 방해, 판매망에 대한 교란, 제작유관처에 대한 압력)으로 『사상계』를 고립화 시키려고 획책한다.[63]

『사상계』의 등록취소는 「오적」 사건과 긴밀하게 연관되어 있었지만, 이 사건으로 등록취소가 급작스럽게 행해진 것이라고 볼 수는 없다. 「오적」 사건은 비판적 담론 생산의 거점으로 기능하던 『사상계』를 마땅치 않아 하던 당국에 어떤 빌미를 제공했다. 그러나 이 사건이 잡지의 존폐를 뒤흔드는 사안으로 비화되지 않자, 이번에는 해당 잡지가 생산하던 담론과 지식의 불온성을 문제 삼는 일 대신에 외부적 요인으로 눈을 돌려 잡지 폐간의 명목을 찾았던 것이다. 여기서 한 가지 주목할 것은 이러한 행정처분 방식이 1965년 세무사찰을 통해 이미 행해진 바 있다는 사실이다. 잡지사 세무사찰과 추징금 납부의 강요, 아울러 잡지사와 거래관계가 있는 지업사, 인쇄소, 제본소, 광고대행사, 서점에 대한 세무사찰의 단행은 "『사상계』의 존립조차도 허용하지 않으려"는 당국의 입장을 엿볼 수 있게 한다.[64] 위의 1966년 10월호 권두언에

---

63 장준하, 「〈권두언〉 우리는 또다시 우리의 할 일을 밝힌다」, 『사상계』 162호, 1966.10, 14쪽.
64 1965년 정부는 사상계사를 대상으로 세무사찰을 시행했다. 이 시기 정부에 대한 비판적 입장을 강력히 표명하고 있던 장준하는 여러 차례 세무사찰을 받았고 이는 가산차압으로까지 이어졌다. 또한 당국은 사상계사에 1,300여만 원의 추징금 납부를 강요했으며, 잡지사와 거래관계가 있는 지업사, 인쇄소, 제본소, 광고대행사, 서점까지 세무사찰을 진행했다. 차후 기존의 경영난에 정치적 탄압이 더해지자 『사상계』는 1966~67년 사이 지면을 줄이고 격월제로 발행하는 등의 호구책으로 명맥을 이어갔다. 이상 1965년도의 세무사찰에 관해서는 임유경, 「지식인과 잡지문화」, 오제연 외, 『한국 현대생활문화사 1960년대 – 근대화와 군대화』, 창비, 2016, 96~97쪽 참조.

서 장준하는 이러한 당국의 처사를 "고립화" 정책이라 일컬은 바 있으며, 이것이 종국적으로는 잡지의 폐간을 위한 절차에 해당한다고 비판했다.

앞서 언급한 1970년의 '신문통신 등의 등록에 관한 법률'에 의한 등록취소 처분은 이러한 맥락에서 함께 검토될 수 있다. 또한 이 사건이 발생하기 직전에 있었던 『씨올의 소리』 등록취소 사건은 『사상계』의 사례가 이례적인 것이 아님을 알려준다. 즉 이들 사건은 당시 정부가 유사한 방식으로 비판적 잡지를 관리하고자 했음을 확인시켜주는 사례라 할 것이다. 1970년 문공부는 『씨올의 소리』 5월호가 '신문통신 등의 등록에 관한 법률' 제8조에 규정된 인쇄인의 변경등록절차를 어겼다는 이유를 들어 등록 취소 처분을 내린 바 있다. 1월 28일 등록한 이후, 4월호(창간호)와 5월호 단 두 권을 발행했을 때의 일이었다. 발행인이었던 함석헌은 이 같은 처분에 불복하여 문공부 장관을 상대로 서울 고법 특별부에 '정기간행물등록취소처분 취소청구소송'을 냈고, 71년 5월 7일 승소 판결을 받는다. 이후 다시 문공부의 상고가 이루어지지만, 대법원 결심에서 "등록 시 신고한 인쇄인과 다른 인쇄소에서 인쇄했다는 사실 하나만으로 발행을 못하도록 하는 것은 위법한 행정처분"이라는 이유로 고법의 원심을 확정 받았다. 이로써 일 년여 동안 발행 중지된 잡지는 가까스로 복간 자격을 얻게 된다.

당시 함석헌은 이 사건을 겪으며 당국이 내세운 공식적인 취소사유 뒤에 숨겨져 있는 실질적인 이유를 주시해야 한다고 피력한 바 있다. 그는 인쇄인 변경등록 절차 위반이라는 사유는 "표면적인 이유일 뿐"이며, 사실상의 이유는 "정부에 대한 올바른 비판"을 시도했기 때문이라고 지적했다. "미움을 샀기 때문"이라는 것이다. "보도와 비판의 자유는 집권층의 안보에 위협이 될지는 모르지만 참 백성 참 민주주의의 안보는 더욱 강화되는 것"이라는 그의 발언은 비록 존속할 수 있는 합법적 자격은 얻었지만 끝내 복간되지는 못한 『사상계』의 운명과 이후 유신체제하의 언론 상황을 새삼 되돌아보게 한다.[65]

그런가 하면 「오적」 사건은 작가 김지하와 매체 발행인 및 편집인의 구속, 『사상계』의 등록취소에 이어, 여야정가의 정쟁 점화라는 일련의 '불행한 사태'를 초래하기도 했다.[66] 1970년 5월 10일에 열린 제73회 임시국회에서 「오적」 사건은 민감한 정치적 쟁점으로 다뤄졌다. 한 신문 기사의 표현을 빌리자면, 이번 임시국회는 「오적」 사건으로 인해 "기능마비상태를 빚고" 있다가 "끝내 비정상상태로 폐회"했다고 해도 과언이 아니었다. 실제로 6월 3일에 열린 국회 본회의는 '『민주전선』 사건'(「오적」 사건'의 다른 명칭) 문제로 여야 의원 간의 난투극이 벌어져 산회(散會)되었고, 하오에는 의원총회가 열렸다. 여·야 간의 치열한 공방은 「오적」 사건이 단순히 문학필화사건에 그치지 않았음을 알려준다.

이날 공화당 김진만 의원(원내총무)은 매우 단호한 목소리로 해당 시의 성격과 시인의 정체성을 규정했다. 그의 논리에 따르면, "오적은 정치적인 관점에서 프롤레타리아 문학"에 해당했고 "집필자는 공산당"이나 다름없었다. 이러한 단정적 진술은 여기서 그치지 않고 '문제적인 시'를 수록한 야당 기관지의 성격, 나아가 야당 자체의 정체성에 의

---

65 「『씨올의 소리』 8월부터 복간」, 『동아일보』, 1971.7.9.
66 김병익은 이 사건을 두고 "문학작품이 문학내부에서 정상적으로 검토되기 이전에 정치에 성급히 도입됨으로써 오늘의 한국문학을 둘러싼 상황의 역리(逆理)를 보여"주는 것이라 진단했다. 김병익, 「올해의 문화계(6) 문학」, 『동아일보』, 1970.12.14.

혹을 제기하는 방향으로 확대됐다. 그는 "신민당이 당보에 전재한 저의가 무엇인지 밝혀내야 하며", "기관지 민주전선에 오적이라는 담시를 실어 20만 부나 발간한 것은 신민당이 보수정당이 아니고 계급투쟁 정당임을 스스로 폭로한 것이 아니냐"고 주장했다. 이어 「오적」 이외에 『민주전선』에 게재되었던 다른 글들도 함께 문제 삼았는데, 주목할 만하게도 여기서 '선동'하면 안 될 것들의 목록이 제시되었다. 그에 의하면, '빈민의 비참한 삶'과 '학생의 데모'는 그 어떤 것보다도 심사숙고하여 재현할 필요가 있는 대상이며, '빈민과 학생'에 대해 '과장된 진술'을 서슴지 않는 『민주전선』은 "김일성의 선전자료"로 쓰일 소지가 다분했다.[67] 김창근 의원(공화당) 역시 『민주전선』을 유사한 방식으로 문제 삼았다. 그는 "민주전선은 언론의 범주에 들어갈 수 없는 불온문서"라고 규정한 후, 이에 의거하여 "6월 1일자 신민당 기관지 민주전선이 불온문서라고 해서 당국이 압수한 사실"은 "언론탄압"에 해당되지 않는다고 주장했다. "언론탄압 운운하며 '대정부질문'은 의사일정으로 채택될 수 없다"는 것이다. 말하자면 「오적」이라는 '불온한 시'는 야당의 기관지인 『민주전선』이 "불온문서"임을 입증하는 데 유력한 단서로 쓰였던 것이다.

공화당의 이 같은 몰/논리에 대항하여, 신민당은 '당국의 불온한 저의'를 묻는 방향으로 논쟁의 키를 잡았다. 신민당은 의총(議總)을 거쳐 "민주전선의 압수"는 "비정(秕政) 폭로를 막고 의회정치의 질서를 스스

---

67 그는 "민주전선을 보면 빈민가에서 고기 맛을 못 보는 사람이 67%, 학생데모가 국민을 위한 것이라는 여론이 92%라고 써 있는데 터무니없는 선동"이라 비판하는 한편, "민주전선은 김일성의 선전자료가 될 뿐"이라 경고했다.

로 파괴하는 것"이라는 요지의 성명을 발표한다. 김대중 의원(신민당)은 "수사기관에서 일단락된 '오적' 시 사건을 한 달이 넘은 이제 와서 다시 문제 삼는 이유를 알 수 없다"고 말함으로써 모종의 의혹을 제기했다. 또한 정상구 의원(신민당)은 「오적」의 작가를 처벌할 것이 아니라 그러한 시가 창작된 배경을 되짚어볼 용의는 없는가 반문하며, "일부 특수층의 극치에 달한 호화로 현격해진 빈부의 차, 세금수탈, 언론탄압으로 인한 암흑 정치, 폭력적인 통치 작용의 현상 등은 공산주의가 될 수 있는 위험한 요인"임을 강조했다.

정가논쟁으로 치달은 이번 사태에서 눈여겨봐야 할 것은 세 가지로 압축된다. 하나는 여야 모두 상대에게 '저의(底意)가 무엇이냐'고 물음으로써 해당 사건의 '드러난 의미'만이 아니라 '숨겨진 의미'에 대한 관심을 촉발하고 있다는 점이다. 한편에서는 불온한 시를 실은 의도가 무엇인가 하는 물음을 통해 『민주전선』과 신민당의 불온성을 규정하려 했고, 다른 한편에서는 「오적」이 『민주전선』에 수록된 이후에서야 강고한 대처에 나선 까닭은 무엇인가 하는 물음을 통해 당국의 저의가 언론탄압과 야당탄압에 있음을 강조했다. 야당 측은 이 사건을 통해 '야당존립과 언론자유'라는 문제를 함께 부상시켰던 것이다.[68]

이어 살펴볼 두 번째 문제는 「오적」 사건이 특정 정당의 정체성 규정에까지 영향을 미치고 있었다는 점이다. 문제적이게도 여당 측의 논리는 자기 환원적 성격을 가졌다. 실상 해당 시가 그 불온성을 의심받았던 것은 야당 기관지와 북한의 매체에 수록되었기 때문인데, 여당은

---

[68] 국회 본회의 대정부 질의에서 이재형, 정상구 등은 「오적」 사건이 '언론탄압'과 '야당탄압'을 동시에 행하는 것이자, '국민의 고발정신'을 말살하기 위한 탄압 의지가 아니냐고 반문했다.

이 점을 문제 삼으면서도 정반대의 논리를 펼쳐 논의를 공전시켰다. 그들은 '불온한 시'를 게재했다는 이유를 들어 특정 매체들의 '불온성'을 규명하려 했다. '불온한 시' 「오적」이 실렸다는 이유로 『사상계』도 『민주전선』도 "불온문서"가 되었던 것이다.[69]

마지막으로 지적할 것은 여야 모두 '반공의 논리'에 기대고 있었다는 점이다. 여당은 '불온시'를 창작하고 유포하는 행위가 곧 북한의 선전 선동에 가담하는 일이라는 전제하에 '반공 체제'를 내부로부터 무너뜨리는 불온한 자들을 엄단해야 한다고 주장했다. 이에 반해, 야당은 「오적」이라는 시가 창작될 수밖에 없는 필연성을 제공한 현실 정치에 문제의 초점이 맞춰져야 한다고 강조하며 빈부격차의 심화와 암흑 정치는 남한사회의 '공산화'를 획책할 '위험요인'이라 주장했다. 이들의 진단에 따르면, 현재 한국사회의 반공 체제는 흔들리고 있었다. 다만 이때 양자가 지목하는 '균열 생성의 주체'는 달랐다. 한편에서는 불온한 문학청년을, 다른 한편에서는 '신악(新惡)'으로 대변되는 지배계층과 현 정권을 지목했다. 그런데 흥미롭게도 이와 같이 벌어져 있던 양자의 논리는 다시 한 번 한 지점에서 조우한다. 이들의 논리에 의하자면, '빈민계층'은 언제든 불온한 정념에 물들지 모를 대상이었다. 서로 다른 두 주체들 —불온 청년과 부정한 지배층— 이 흔들고 있었던 것은 이 공산화될 소지가 높은 **특정 주체들(빈민계층)의 마음**이었던 것이다.

논의의 말미에 이르러, 마지막으로 상기해 볼 것은 '불온문학사건'

---

69 「여(與), 신민에 저의(底意) 따져—민주전선 압수사건」, 『경향신문』, 1970.6.3; 「국회본회의 여·야 정면대치」, 『동아일보』, 1970.6.4; 「'분란'으로 넘긴 '탈선의정(脫線議政)'」, 『동아일보』, 1970.6.9.

에서 문학인과 그의 작품이 규정되던 방식이다. 앞서 우리는 '오적＝프롤레타리아 문학', '시인＝공산주의자'라는 한 가지 정의법을 목도한 바 있다. 그런데 이날 국회에서는 눈여겨볼 만한 또 하나의 발언이 울려 퍼졌다. 시인 김지하의 정체성을 규정하고 있는 이 문제적인 발언은 몇 달 후 김지하 자신의 입을 통해 다시 읊어지는데, 시간의 순서를 역행하여 김지하의 발언부터 청취해 보기로 하자. 1970년 9월 8일 저녁, 「오적」 사건으로 구속되었던 김지하는 법원의 보석허가로 다른 피의자들과 함께 출감한다. 이날 서울구치소 앞에는 피의자들의 가족친지와 유진산(신민당 당수), 정성태(국회부의장), 장준하, 박한상 등의 인사들과 언론관계자 등 백여 명의 사람들이 모여 있었다. 문제적인 발언은 이들 앞에서 출감 소감을 말하던 도중에 흘러나왔다. 김지하는 다음과 같이 말했다.

나는 정신병자가 아닙니다.[70]

김지하의 이 자기 규정적 발언은 언뜻 보면 불현듯 말해진 것처럼 보인다. 그러나 이 말은 맥락 없이 돌출된 것이 아니었다. 「오적」 사건으로 여야의 정치공방이 뜨거웠던 6월 3일, 의원총회 결정에 따라 김진만 의원(공화당)은 『민주전선』에 대한 비판연설을 하게 되었는데, 도발적인 발언은 이 연설이 진행되는 동안 흘러나왔다. "신민당이 정신병자와 같은 젊은 청년이 쓴 글을 실은 저의가 무엇이냐." 이 발언은 돌연 김지하를 '정신병자 같은 청년'으로 만들어버렸다. 김진만은 「오적」

---

70 「'오적' 네 피고(被告) 보석」, 『동아일보』, 1970.9.9.

을 '불온시'로, 김지하를 '정신병자 같은 청년'으로 단호하게 규정했지만, 이 규정에 대한 어떤 논리적 설명도 덧붙이지 않았다. 드러나 있는 바에 의해서는 충분히 알아차리기 어려운 것들, 이를테면 의도, 저의, 내심, 꿍꿍이에 관계된 물음들은 곧 '정체가 무엇이냐?'는 본질적인 질문에 접속하기 위해 마련된 것이었다.

김지하에게 이 같은 규정은 매우 의미심장하게 다가왔던 듯하다. '나는 정신병자가 아니다'라는 발언은, '오적＝프롤레타리아문학＝불온시'와 '김지하＝공산주의자(빨갱이)＝정신병자'라는 도식을 생산해내던 이들의 비논리적 언설에 대한 화답이었다. 이 도식은 불온문서가 한 개인의 인신을 구속하던 방식과 불온성이 정상성과의 대비 속에 자리잡아가던 중요한 맥락을 드러내 보여준다. 뿐만 아니라 「오적」 사건은 1970년대에 막 접어든 한국사회가 불온한 지식인 주체를 설명할 수 있는 말들을 빼앗기고 있었음을 알려주는 징후적 사건으로 읽힐 수 있다. '미쳤다'[71]는 말은 '선량한 자들'과 '불온한 자들' 사이를 벌리는 유력한 언어가 되었다. 이 말은 1960년대 한국사회에서 반공 이데올로기가 작동하던 방식을 가장 뚜렷하게 드러내주고 있었다.

---

71 이런 맥락에서도 3장 마지막 절에서 살펴본 김병영의 수기는 흥미롭게 읽힌다. 그녀는 많은 말들을 떠올리고 동원하여 (남편이자 불온한 자이기도 한) 이문규를 재현하고자 했다. 그러나 한참의 노력 끝에 그녀는 어느 순간 '미쳤다'는 말에 도달하고 만다. '불온한 자'의 재현과 관련하여 이 점은 주목될 필요가 있다. 김병영, 「옥중수기-푸른 메아리 (제5회)」, 『북한』, 1973.6, 343쪽.

4) 문학과 법

주지하다시피 1960년대 한국사회에서는 '불온한 문학들'이 권력에 의해 소환되어 '법정'에 서게 된다. 남정현의 「분지」 사건과 김지하의 「오적」 사건에서 '문학'과 '법'은 그것을 각각 생산하고 운용하고 취급하는 자들의 욕망을 실행시키는 **장치**인 동시에, 열띤 해석과 공방을 불러일으키는 **텍스트**가 되었다. 이 점을 고려하면서 이 시기 문학과 법이 법정에서 조우함으로써 빚어진 현상들에 주목해보고, 이를 통해 위의 두 사건에 대한 보충적 논의를 이어가보자.

여기서 살펴볼 첫 번째 특징은 법정에서 '텍스트에 대한 해석'의 공방과 경합이 이루어졌다는 점이다. 다양한 물적 증거 제시를 통한 범법 사실 증명과 이에 대한 반박이 행해지는 동안 가장 논쟁적인 사안이 되었던 것은 작품해석의 문제였다. 판사, 검사, 변호인에서부터 소환된 증인들에 이르기까지 법정에 선 이들은 모두 문학작품에 대한 분석을 시도하는 비평가가 되었다. 특히나 **법복 입은 평론가들**에 의해 공소문은 문학비평의 성격을 띠게 되었고, 이것은 기존의 법률적 글쓰기 전통에 균열을 가했다.

둘째는 다양한 '해석의 심판관'들을 목도할 수 있다는 점이다. 문학사건 전문변호인의 대두, 특별변호인의 변론 참여, 그리고 문학작품의 적확한 해석을 위한 증인 / 자문단 그룹의 구성 등은 주목할 만한 특징이다. 먼저 1960~70년대에는 문화예술계의 필화사건을 주로 맡아 변론을 펼친 변호인들이 있었는데, 이병린, 이항녕, 한승헌 등이 대표적이다. 또한 남정현의 「분지」 사건에서 안수길은 **특별변호인**의 자격으로 변론에 동참하였는데, 문학인으로서 법정변론에 직접 참여한 것은 우리 재판사상 처음 있는 일이었다.[72] 한승헌의 회고에 따르면, 안수길은 변론을 통해 "직업 변호사의 변론이 미치기 어려운 문학인다운 목소리를 들려주었"으며, 그가 보여주었던 "반공 매카시즘으로부터 문학과 문학인을 지키려는 열정"은 당시 법정의 분위기를 숙연하게 만들만큼 인상적이었다.[73] 한편 "재판의 클라이맥스"[74]는 법정에 증인들이 들어서는 순간에 이르러 마련되었다. 당시 검사 측과 변호인 측의 증인 / 자문단 구성의 기준은 달랐다. 간첩 혐의로 복역 중에 있는 인물, 간첩 출신 전향자, 월남하여 대북선전에 임하고 있는 인물, 공산권 연구소 연구원 등의 인적 구성에서도 짐작할 수 있듯이, 검사 측에서는 북한의 대남선전 전략에 정통한 인물이라 간주되는 이들에게 증인자격을 부여했다. 이에 비해 변호인 측에서는 문학작품에 대한 정확한 이해를 보여줄 수 있는 숙련된 전문가들을 증인석에 앉혔다. 이들이 증인석에 들어섬으로써 법정은 자기 경험의 진정성을 특권화하는 정체성의 정치가 벌어지는 상징 투쟁의 장소가 되었다. 더불어 검사 측 증인들이 당국보다 더 열렬한 논평가가 되어 과잉 해석을 시도하고 이를 통해 해석의 단순화를 꾀했다면, 문학전문가들은 때로 오독의 전략을 구사하면서까지 의미를 산만하게 퍼트렸다.

셋째, 법정에서 해석의 대상이 된 것은 비단 문학작품만은 아니었다. '법조문' 역시 문학과 더불어 해석되어야 할 텍스트가 되었다. 문학

---

72 「안수길씨 특별변론 요지 "「분지」는 무죄다"」, 『동아일보』, 1967.5.25.

73 한승헌, 『재판으로 본 한국 현대사』, 창비, 2016, 155쪽.

74 한승헌, 「남정현의 필화, '분지'사건」, 남정현, 『남정현 문학전집3—연구자료 및 논문』, 국학자료원, 2002, 284쪽.

비평의 자의성만큼이나 법 해석에 있어서의 자의성은 중요한 화두로 부상한다. 이러한 특징은 우리로 하여금 한 가지 물음을 던지게 하는데, 그것은 해석의 난경은 어디서 비롯되었나 하는 것이다. 결론적으로 말해 해석의 난경은 문학작품의 해석과 법의 해석 양자 모두에서 발생했다. 그런데 법의 해석과 관련하여서는 좀 더 숙고할 문제가 있다. 그것은 바로 '법'과 '불온성'의 관계에 대한 것이다.

법체계는 기본적으로 "부정적인 사고방식과 기술"을 통해 '허용과 금지라는 코드'로 모든 것을 분할한다.[75] 법전이 '해야 하는 것'과 '하지 말아야 할 것'에 대한 부정적 상상으로 가득한 것은 이 때문이다. 지난 식민 권력이 그러했듯이 1960년대 군부정권은 법전을 두텁게 함으로써 불온의 영역을 보다 광범하고도 효과적으로 규정하고 또 관리하고자 했다. 그러나 이것은 역설적이게도 불온한 것들에 대한 관리를 가능하게 만드는 동시에 불가능하게 만들었다. 최소한으로 축소된 법은 소유한 언어의 불충분함으로 인하여 풍부한 주석과 폭넓은 해석들을 필요로 할 것이고, 비대해질 대로 비대해진 법은 언어의 넘쳐남으로 인하여 두터운 법전 속에서 가장 친연성 있는 말들을 끄집어내기 위해 고군분투할 것이기 때문이다.

그렇다면 과연 법은 어떠한 두께로 존재할 때 효과적인 통제를 가능케 할 것인가. 최소한의 말과 최대한의 말, 그 어느 쪽이든 가능과 불가능은 공존할 것이다. 왜냐하면 "법은 항상 보다 더 많은 것, 과잉, 즉 법의 통제가 실패할 수밖에 없는 욕망을 낳"[76]기 때문이다. 법전은 불온

75 미셸 푸코, 오트르망 역, 『안전, 영토, 인구』, 난장, 2011, 83~85쪽.
76 알리싸 리 존스, 「편집자의 말―법의 무지」, 에티엔 발리바르 외, 강수영 역, 『〈무의식의 저

성을 입증해주는 장치로 쓰였지만, 실제 법정에서 그것은 해석의 장치가 아니라 해석의 대상 그 자체가 됨으로써 불온성의 입증이라는 과제가 예상대로 수행될 수 없게 만들었다. 즉 법은 불온성을 판명해줄 가장 유력한 장치로 소환되었던 동시에 그것의 판명을 불가능하게 만드는 장치이기도 했다. 여기서 우리는 법을 통한 불온성 입증의 아포리아와 마주할 수 있다.

넷째, 문학 분야의 필화사건들은 '작품의 불온성을 판단하는 일'이 얼마나 지난하고 어려운 것인가를 알려주는 사례로 읽힐 만했다. 내용의 층위에서 작품의 불온성을 입증하고자 했던 사법당국은 해석을 시도할수록 입증의 불가능성을 확인하게 되는 역설적 상황에 봉착했다. 그리하여 법정은 법을 통한 불온성 규명의 불 / 가능성과 대면하게 되는 **법의 자기 성찰적 장소**가 되었다.

또한 이러한 연유로 인하여 해석의 심급이 다른 차원으로 옮겨졌다는 사실 역시 주시해야 한다. 텍스트 분석을 통해 불온성을 규명하려는 시도는 '불온이란 무엇인가', '불온성은 어떻게 입증될 수 있는가' 하는 물음들을 재판장에 선 이들과 참관인들에게, 더불어 이 사건을 바라보는 독자들 모두에게 던져주었다. 당시 사법당국은 이 문제를 해명하기 위해 몰두하기보다 텍스트 외적인 요인으로 눈을 돌리는 편을 택했다. 「분지」, 「오적」, 『청맥』, 『한양』 등이 관련되었던 사건들은 이 점에 있어 일정한 공통성을 가졌다. 「분지」 사건만큼 이슈가 되지는 않았지만, 유주현의 「임진강(臨津江)」(『사상계』, 1962.7) 필화 역시 같은 맥락에서 주목된다. 이 소설은 『사상계』에 게재될 때만 해도 별다른 문

널 Umbr(a)1〉 법은 아무것도 모른다』, 인간사랑, 2008, 24쪽.

제가 되지 않았지만, 차후 해당 작품이 일본 조련계(朝聯系) 잡지에 수록되면서 검열자의 시선에 들어가게 된다. 당시 수사당국은 수록된 매체의 불온성을 이유 삼아 해당 작가를 소환하여 심문했다. 유주현은 본 매체에 작품이 실리게 된 경위를 모른다고 진술했지만 당국은 작품게재의 책임을 필자에게 전가했다. 앞의 사례들과 마찬가지로 이 사건은 한국의 공론장에 부유하는 텍스트들이 불온한 것으로 포착되고 규명되는 데 **장소 귀속성**의 문제가 얼마나 중요하게 취급되었는지를 확인할 수 있게 해준다. 남정현의 「분지」 사건을 바라보며 어느 문인이 지적한 바 있듯이, "작가의 작품이 북괴의 지상(誌上)에 전재되었다"는 사실이 반공법 저촉 사유가 되는 이상 언제든 "제2, 제3의 남정현"은 생겨날 수 있었다.[77]

덧붙이자면, 이 시기 발생한 필화 및 공안사건들은 대체로 텍스트의 불온성을 입증하는 일에 있어서는 충분한 성과를 거두지 못했다. 이에 따라 매체에 관여한 인물들의 신원을 밝히고 자금출처를 추적하는 일을 통해 매체의 성격을 규정하는 일이 수사당국의 핵심적 과업이 되었다. 중앙정보부를 비롯한 수사기관들은 주모자와 배후를 색출하거나 자금의 출처 및 유통 경로를 추적하는 데 더 많은 경비와 시간을 들였다. 내용상의 차원에서 불온성을 규명하는 작업은 간단하게 처리될 수 있는 일인 듯 보였으나, 해석의 난경으로 인하여 예상보다 어렵고 까다로운 과업이 되었기 때문이다. 그런데 여기서 놓치지 말아야 할 것은 그럼에도 불구하고 텍스트의 불온성을 입증하려는 당국의 시도가 중단되지는 않았다는 사실이다. 수사당국은 검열주체가 되어 불온한

---

77 「"조국 사랑하기에 조국 빰칠 수 있다"」, 『경향신문』, 1965.7.14.

작가와 텍스트를 발견하였을 뿐 아니라, 기존의 사전·사후 검열을 통한 제재조치를 대신하여, '의법정치'의 실현이라는 명목 하에 이들을 법정으로 보내 사법당국의 관장 하에서 사건에 대한 처벌이 이루어지게 했다. 이러한 조치로 인해 발생하는 효과가 있다면, 그것은 각각의 사건이 정당한 사법절차에 따라 취급 및 처리되고 있다는 인상을 갖게 하는 것, 그럼으로써 군부정권이 그토록 강조한 법치주의가 실현되는 장면을 제공하는 것이었다. 또한 이보다 더 중요한 효과는 사건을 보여준다는 사실 자체에 있었다. 문제가 된 문학작품을 알리고 이 작품이 어떤 점에서 불온한지를 설명하며, 수사내역과 과정, 아울러 재판의 진행과정을 언론을 통해 지속적으로 보도하는 일이 끝내 독자들에게 남기는 것은 '불온한 문학'과 그것을 쓴 '작가의 이름', 그리고 그들을 처벌하는 '권력의 얼굴'이다. 설령 당국의 처사가 정당한가, 그렇지 아니한가와 같은 논란을 촉발한다 할지라도, 이들 사건은 권력의 자기 과시적 효과를 발생시킨다는 점에서 그 자체로 정치적 효용성을 가졌다.

다섯 째, 문학 관계 필화사건들은 '명확한 매뉴얼 / 가이드라인의 불명확함'에 대하여 알려준다. 후대의 연구자들은 필화사건을 분석하며, 당국이 명확한 매뉴얼과 가이드라인을 제시함에 따라 작가들이 검열의 논리를 내면화할 수 있었다고 평가한 바 있다. 그러나 이 같은 주장은 여러 맥락들을 고려하는 가운데 보충될 필요가 있다. 수사당국으로부터 고문과 문초를 당하는 것은 물론, 당국의 입장에 반하는 글을 쓰지 않겠다고 서명하고 자격정지 처분을 받고 요시찰 인물 목록에 올라야 하는 광경은 보는 이로 하여금 '심리적 위축'을 낳기에 충분했다. 그러나 동시에 (다음 장에서 자세히 논의하겠지만) 내면화의 문제는 좀 더 사려 깊은 눈으로 짚어볼 필요가 있다.

　신동문의 사례는 검열의 내면화를 논의하는 일의 어려움을 일깨워 준다. 잘 알려져 있듯이 신동문은 최인훈의 「광장」이 『새벽』지에 실릴 수 있게 한 인물이다. 이 일화는 유명하지만, 그에 비해 신동문이 작가이자 편집자로서 겪은 필화사건은 그간 충분히 조명되지 않았다. 신동문은 1960~70년대에 두 차례나 필화사건에 연루되어 중앙정보부로부터 조사를 받은 이력을 갖고 있다. 첫 필화사건은 1964년 5월에 발생했다. 쌀값 폭등 문제로 정국이 어수선하던 당시에 『경향신문』은 북한에서 쌀을 수입해오자는 내용의 독자투고를 게재한 바 있는데, 이 일로 편집국장 민재정, 특집부장 신동문, 교정부 차장 김원근, 편집부 기자 추영현 등 4명이 반공법 위반 혐의로 구속된다.[78] 여기서 주목되는 점은 이번 사건으로 당국의 심문을 받게 된 신동문이 문제가 된 기사에 대한 추궁만이 아니라, 이전에 집필했던 글들에 대한 해명까지도 해야 하는 상황에 처했다는 것이다. 수사당국은 신동문의 시 「아아 내 조국」(『사상계』 11권 5호, 1963), 「반도 호텔 포치」(『세대』, 1963.7)와 산문 「시인아 입법(立法)하라 아니면 폭동(暴動)하라」(『동아춘추』 2·3호, 1963)를 거론하며 '반정부적 성격'의 글을 쓴 저의에 대해 물었고, 이어 "국가안보에 위해가 되는 글을 쓰지 않겠다"는 내용이 포함된 각서에 서명할 것을 요구했다.[79] 당국의 논리대로라면 '정부의 처사에 비판적인 입장을 취하는 글'은 곧 '국가안보에 위해가 되는 글'에 해당했다.

78　김판수, 『시인 신동문 평전』, 북스코프, 2011, 161·298쪽.
79　이날 신동문은 각서에 서명했다. 훗날 그는 당시의 일을 회상하며 "거의 탈진상태"였던 "그 때 나로서는 언론의 자유나 자존심보다 실존이 우선"이었다고 토로했다. 위의 책, 298쪽.

이 사건으로 신동문은 '이중의 심문'을 경험하게 된다. 하나는 문제적인 글을 게재한 매체의 관계자로서 받은 심문이고, 다른 하나는 정부에 대해 비판적인 시를 쓴 시인으로서 받은 심문이다. 전자는 명목상의 이유였던 만큼 예상할 수 있는 것이었으나, 작가로서의 책임에 대한 추궁은 예상치 못한 것이었다. 그는 '문제가 될 소지가 있는 글을 책임 있게 선별하여 수록하겠다'는 다짐을 해야 했을 뿐 아니라, '문제가 될 소지가 있는 글을 쓰지 않겠다'는 서약 역시 요구받았다. 이때 각서에 서명하는 일이 쉽지 않은 결정이었던 까닭은 서명을 하는 행위가 단지 당국의 강요를 받아들이겠다는 의미만이 아니라, 자기의 창작행위가 '국가안보에 위해가 되는 일'이었음을 인정한다는 의미까지도 포함하고 있었기 때문이다. 그런가 하면 신동문 앞에 놓였던 이 각서는 '실재하는 것'인 동시에 '실재하지 않는 것'이기도 했다. 당국의 심문자와 서명을 하는 자 사이에서 이 문서는 분명 실제로 존재하는 것이었지만, 이것은 또한 공식적으로는 부재하는 / 부재해야만 하는 것이기도 했다. 이 점은 각서의 효용에 대해 생각하게 한다. 그것은 애초에 한국의 공론장이나 재판장에서 증거로 쓰일 수 없는 운명을 타고 났지만, 공개되지 않는 협상 테이블에서 언제든 출현할 수 있는 것, 즉 서명한 자에게는 실재하는 것이었다.

이어 두 번째 필화사건을 살펴보자. 1975년 창작과비평사는 『신동엽 전집』을 발간한다. 그런데 여기에 수록된 시 「진달래 산천」이 '북한의 선전선동에 동조하는 용공성'이 발견된다는 이유에서 문제가 된다. 필자는 고인이 되었던 터라 수사대상에서 제외되었지만, 그의 시를 수록한 창작과비평사는 책임을 추궁 받았다. 수사대상자 목록에는 1969

년부터 『창작과비평』의 발행인을 맡고 있던 신동문이 포함되어 있었다. 차후 해당 시집은 긴급조치 9호 위반 혐의로 판매금지 처분을 당했고, 신동문은 필화사건이 발생하고 얼마 지나지 않아 창비를 떠났다. 그는 더 이상 글을 쓰지 않았고, 서울에서의 삶을 완전히 정리하여 낙향하였다. 이 사건은 '불온한 시'는 창작되어서도 안 되지만 제3자에 의해 유통되어서도 안 된다는 점을 재차 확인시켜주었을 뿐 아니라, 설령 시인의 사후라 할지라도 작품이 존재하는 한 필화사건은 계속해서 발생할 수 있다는 사실을 일깨워주었다. 이 사건을 통해 보건대, '시의 불온성'이라는 것은 측정할 수 없는 것인 동시에 언제든 발견될 수 있는 것이기도 했다. 시가 창작되는 순간, 그것이 어떤 매체에 게재되는 순간, 특정 독자를 만나는 순간, 불현듯 세간의 관심을 받게 되는 순간, 이 모든 순간들은 '불온한 시'가 탄생되는 시점(時點)일 수 있었다. 이것은 이렇게도 말해질 수 있다. 시는 언제든 '불온해질 잠재성'을 품고 있으며, '불온한 시'는 그것을 탄생시킨 시인만이 아니라 편집자와 매체, 그리고 독자의 안전까지도 뒤흔드는 것이었다고 말이다.

그런가 하면 또 다른 차원에서도 신동문의 사례는 흥미롭게 읽히는데, 그가 보여준 일련의 시도는 검열의 가이드라인이 갖는 불명료성을 환기시킨다. 신동문은 1964년도의 필화를 겪고 난 직후 '의도적'으로 '정부와 박정희를 풍자하고 조롱하는 시' 두 편 ― 「바둑과 홍경래」(『신동아』, 1965.5)와 「모작조감도(模作鳥瞰圖)」 연작(『세대』, 1965.11) ― 을 쓴다.[80] 시인은 이 작품들이 '불온한 시'로 사법당국의 눈에 띌지 모를 것을 예감했고, 한편으로는 내심 심판의 날을 대비하고 있기도 했다. 그런데

---

[80] 위의 책, 301쪽.

시인의 예상과 달리 "시를 발표했는데도 아무 반응이 없었"다.[81] 시인은 이 시가 혹여 너무 난해하여 통치 권력의 비평능력을 뛰어넘는 것은 아닌가 생각했고, 혹시나 하는 마음으로 여러 날을 기다려보기도 했다. 그러나 끝내 이 시들은 통치 권력의 마음을 움직이지 못했다.

이 일화는 1960년대를 살아가던 문학자가 가졌던 자의식과 노이로제에 대해 생각하게 한다. 또한 '문학작품의 불온성'에 관한 가이드라인의 설정이 과연 가능하기는 한 것인가 하는 물음을 던지게 만들기도 한다. 신동문의 사례—예상치 못했지만 실제로 발생한 필화사건과 예상했으나 발생하지는 않았던 필화사건—는 필화사건을 발생시키는 원초적 힘의 소재에 대해 묻게 하는 것이다. 법의 힘은 느닷없는 봉변처럼 (불특정한) 문학(자)의 운명을 요동치게 만들었지만, 또한 (비유컨대) 불온한 것들의 경계에서 위태롭게 서 있는 문학들, 당국의 말을 빌리자면 죄 짓고 처벌을 기다리는 문학(자)에는 예상치 못한 관대함을 보여주기도 했다. 이러한 아이러니로 인하여 때로 '더 불온한 문학'들은 안전한 삶을 구가할 수 있었다.

---

81 위의 책, 318쪽.

2. 불온의 비가시역

1) '빈민대중'이라는 쟁점—반미, 용공, 내셔널리즘

대한민국이 마치 미국의 식민통치에 예속되어 주한 미군들은 갖은 야만적인 학살과 난행동을 자행하고 우리 국민의 생명 재산을 무한히 위협하여 몇몇 고관, 예속자본가 등과 결착하여 국민 대중을 착취하여 **비천한 피해 대중들**은 참담한 기아선상에서 연명만을 하고 있으면서도 이런 극심한 것을 말할 자유도 없는 이 나라에서는 이런 민중을 버리고 오직 자본가·정치자금 제공자들의 이익을 위하여 입법·행정을 하고 있으며 (…중략…) **빈민 대중**에게 계급 및 반정부의식을 부식조장하고 북괴의 6·25남침을 은폐하고 군복무를 모독하여 반공의식을 해이하는 동시 반미감정을 조성, 격화시켜 반미사상을 고취하여 한미 유대를 이간함을 표현하는 등을 주요 내용으로 하는 단편 소설 「糞池」[82]

이 절에서 출발점으로 삼을 텍스트는 남정현의 「분지」 사건 때 제출된 「공소장」이다. 위 문건은 문학작품의 불온성이 '반미의식', '반정부의식', '계급의식'과 긴밀하게 연관되어 있음을 알려준다. 또한 이 명목들이 모두 '용공성'이라는 수렴점을 가졌다는 점과 특정 주체를 매개하여 그 위험성이 제기되었다는 점도 확인할 수 있게 해준다. 여기서 주목되는 것은 반미의식, 반정부의식, 계급의식에 전염되어 언제든 적화될 소지가 있다고 지목되는 주체가 다름 아닌 **"빈민대중"**("피해대중")이

---

82 김태현, 「공소장—북괴의 적화전략에 동조말라」, 남정현, 앞의 책, 303쪽.

라는 사실이다.

사법당국은 '빈민대중'을 논의의 중심에 놓고 「분지」의 불온성을 두 가지 차원에서 이야기했다. 하나는 "대한민국"이 마치 "미국의 식민통치"하에 있으면서 "비천한 피해 대중들"을 "참담한 기아선상에서 연명만" 하게 만든 것처럼 형상화하고 있다는 것이다. 다른 하나는 이러한 현실 왜곡 및 과장을 통해 "빈민 대중"을 상대로 각종 불온사상을 조장 및 고취시킨다는 것이다. 앞서 살펴보았듯이 「분지」 사건과 「오적」 사건에서 '실제 현실'과 '작품이 그리는 현실' 간의 유사성 / 괴리에 관해 이야기하는 일은 논쟁을 불러일으켰다. 이들 사건에서 재현의 문제는 똑같은 방식으로 다뤄졌다. 또한 이러한 재현 방식에 의해 특정 대상이 불온한 사상에 물들 염려가 있다는 우려 역시 제기된 바 있다.

주목할 만하게도 문화예술계 인사들이 '반공법'에 저촉된 사례들의 경우 어떤 공통된 특징을 가졌는데, 그것은 바로 "빈민대중"을 대상으로 한 **"반미사상"**의 고취가 주된 명목이 되었다는 점이다. 「분지」 사건이 있기 몇 달 전에 발생한 〈7인의 여포로〉(이만희 감독) 사건에서도 '반미'는 작품의 불온성을 입증해주는 증거가 되었다. 이전에도 〈피아골〉(이강천, 1955)의 사례와 같이 용공성 논란에 휘말리거나 당국의 심의에 걸린 작품이 있기는 했지만, 이로 인해 감독이 구속까지 되기는 이번이 처음이다.

1964년 12월 당국은 제작자인 이종순과 이만희 감독을 반공법 위반으로 입건했다.[83] 「공소장」에 따르면, '북괴의 국제적 지위 양양, 반미

---

[83] 1964년 12월 8일, 공보부는 영화자문위원회의 자문을 받은 바 있었다. 이때 자문위원회는 서너 군데 대사를 삭제하기만 하면 국산영화로서 무난할 뿐만 아니라 반공법에 저촉될 만한

감정고취, 군사력의 취약화 책동, 북괴찬양' 등이 저촉 사유에 해당했다. 영화의 내용을 통해 설명하자면, 크게 두 가지 사안이 문제가 되었던 것이라 할 수 있는데, 하나는 '국군과 인민군의 재현'이고 다른 하나는 '미군의 재현'이다. 중공군의 범죄를 막는 주체로 인민군이 등장한다는 설정은 '감상적인 민족주의'에 따른 결과로 간주되었으며, 이는 북괴병사에 대한 찬양과 국군에 대한 모독에 해당한다는 점에서 문제적이라는 것이었다. 또한 양공주의 참상을 과장되게 묘사하고 이를 매개하여 미군을 '호색적이고 잔악하며 야만적'으로 그리는 일은 미군에 대한 증오심을 불러일으킬 뿐 아니라 반미사상의 확산으로 이어져 한미간의 관계를 이간시킬 위험이 있다는 해석이 함께 제출되었다.[84] 당국은 양공주로 등장하는 인물의 대사 하나까지도 예사로이 지나치지 않았다. 극중 양공주(문정숙 분)가 술에 취해 '양키 고 홈!'이라고 외치는 부분을 두고, 당국의 조사관은 감독에게 이러한 대사를 쓴 저의가 무엇이냐고 추궁했다.[85]

내용이 아니라는 의견서를 공보부에 제출했다. 이들은 전체적인 맥락상 해당 영화가 괴뢰군을 미화하거나 국군을 모독했다고 볼 수 없을뿐더러, 반공법에 저촉되기는커녕 오히려 '반공영화'에 가깝다고 지적했다. 「영화와 사상성」, 『경향신문』, 1965. 2. 8.

84 「공소장」에 적시되어 있던 반공법 저촉 사유는 다음과 같다. "①북괴의 국제적 지위 앙양＝괴뢰군을 국군간호장교보다 상위 계급자로 설정시키고 거수경례를 붙이게 하는 등 대한민국이 북괴를 국가나 교전단체로 인정한 듯이 표현하였다. ②반미감정고취＝미군은 호색적이고 잔악하며 야만적이어서 미국과 제휴하여 일한 자는 죽음을 당한다는 암시를 하여 미국에 대한 증오감을 유발시켰다. ③군사력의 취약화 책동＝국군은 삶을 위하여 명예와 의무를 버리고 지조 없이 입대한 것으로 표현하여 조국의 수호를 위해 숨진 영령을 모독하고 국군에 대한 불신감을 갖게 했다. ④북괴찬양＝괴뢰군이 한국여군들과 합세하여 횡포한 중공군을 섬멸시키는 장면을 등장시킴으로써 괴뢰군이 중공군에 예속되지 아니하고 민족적 자주성이 강해서 공산주의보다 민족애를 앞세우는 용맹스러운 군인 같이 조작 표현했다." 「영화 "7인의 여포로" 감독 이만희씨 구속기소」, 『경향신문』, 1965. 2. 5.

85 이유식, 「'황용주 필화사건'과 나」, 『미래문화신문』 8호, 2009. 6. 20.

「분지」 사건과 「오적」 사건에서 제기되었던 '정도의 문제'는 그보다 먼저 발생한 〈7인의 여포로〉 사건 때에도 중요한 기준으로 등장한 바 있다.[86] 검찰은 "예술의 자유를 빙자하여 그 한계를 벗어남으로써 국가보안법, 또는 반공법 위반으로 범법자의 낙인이 찍히지 않도록 해야 한다"고 밝혔다. 여기서 '한계'는 '정도'와 같은 의미를 내포하는 말이었다. 그런 한편, 이번 사건은 영화를 감상하는 관객이 누구인가 하는 점이 '한계'(정도)를 정의하는 데 중요한 기준이 됨을 알려주었다. 당국은 영화 〈채털리 부인의 사랑〉이 일본에서 외설죄에 저촉된 사례를 들어 "외설적 상대성"을 주장했다. 즉 "영문학자가 볼 때엔 훌륭한 문학작품일 수 있으나 일반인에겐 외설이 된다"는 것이다. 검찰 측은 "영문학자"와 "일반인"을 구분하는 데 그치지 않고 "일반인"의 범주 역시 세분화하여 제시했다. "중류 이상의 지식층이 아닌 일반 관객이 이 영화를 보는 경우 북괴의 고무, 찬양, 외세 배격 고취 등 악영향을 미칠 수 있다." 당국은 예술작품의 불온성을 판별하는 기준을 결정하는 데 있어 중요하게 고려해야 할 한 가지 항목을 추가하고 있었다. 그것은 바로 **수용자**라는 개념, 즉 '누가 읽는가 / 보는가' 하는 것이다. 문화예술에 대한 지식과 소양을 갖고 있는 식자층이 아닌, 미천하고 무지한 대중에게 해당 작품이 어떻게 수용될 것인가 하는 문제는 이른바 '정도'와 '한계'의 차원을 결정짓는 핵심요인이 되었던 것이다.[87]

---

86 차후 영화일부를 삭제하고 보충촬영한 후 재편집하는 것은 물론, 영화 제목 역시 '돌아온 여군'으로 개제(改題)하게 된다. 이렇게 작품이 '훼손'된 이후에서야 공보부는 상영보류 해제 조치를 취한다.

87 당국의 입장은 다음의 기사 내용을 참조. 「영화계에 계엄―이만희 감독 구속의 안팎」, 『조선일보』, 1965.2.6.

이러한 맥락을 염두에 두면서 「분지」 사건 당시 법정에서 변호인과 한재덕이 주고받았던 대화 내용을 다시 살펴보자. 한재덕의 표현을 빌려, 우리는 다음과 같은 질문을 던져볼 수 있다. 문학작품은 '가난한 사람의 고통과 미군의 부정적 면모'를 형상화해서는 안 되는가. 보다 구체적으로 말해 "한국의 특수 사정"을 고려하면서, "정도"를 넘지 않는 선에서 행해지는 '재현'이란 과연 어떤 것인가.[88]

사실 한재덕이 제시한 모호하고도 단호한 이 규정법은 당국의 입장을 반영하고 있었다. "작가는 가난한 사람의 고통이나 미국을 비판할 수 없는가"라는 질문에 그는 "정도 문제"라고 답하였는데, 이 대답은 '할 수 있다 / 없다'라는 선택지를 빗겨가는 것이었다. '정도'의 문제를 거론함으로써 양자택일이 아닌, 사회의 공통 감각과 판단에 따른 것이라는 제3의 항으로 이동해간 것이다. 이는 대한민국 국민이 기본적으로 갖추고 공유해야 할 것으로서의 '불온한 것에 대한 감각'을 문제 삼는 일이었다. 이 감각은 명확한 구체 기준들을 통해 설명될 수 없는 것이지만, 동시에 분명 있다고 말해지는 것이기도 했다. "판가름의 기준"에 대해 묻는 변호인 측에 "이 작품이 정도를 넘었다고 보았다"라고 답한 것은 어쩌면 회피가 아니라 그가 내놓을 수 있는 최선의 답변이었는지도 모른다. 그의 준거점은 당시 한국정부가 생산하던 정치텍스트들과 담론들에 예시되어 있는 '정도'를 벗어나지 않는 선에서 마련되기 때문이다. 판단의 순간에 중요하게 작용하는 것이 사실상 논리적 분석이 아니라, '느끼어 아는 일(感知)', 즉 불온한 것들을 직감하고 예감하는 감각의 차원임을 이 사례는 말해주고 있었다.

---

88 「문학작품의 이해와 분석 싸고 논전(論戰)」, 『동아일보』, 1967.2.11.

2) 치외법권의 장소들과 불상사

1960년대 한국사회에서 불온한 존재들의 비／가시성과 비／시민성이 가장 극적으로 표출되었던 것은 '반미테제와 빈민대중'이라는 화두가 급속히 매개되었던 '미군사형(私刑)사건'에서였다. 당시 뜨거운 쟁점으로 부상했던 것은 물론이고 연이은 학생데모를 촉발시키기도 했던 미군사형사건들과 한미행정협정은 한국인들로 하여금 돌연 위의 두 화두를 같은 맥락에서 함께 사유하도록 만들었다. 일련의 비극적 사건들은 타자화된 존재들의 삶과 대면하게 했으며, 더불어 미군사형사건에 대해 말하기 위해 남한의 공론장에 등장했던 다양한 발화자들(통치 권력과 학생, 지식인, 문인 등)이 (재)생산하고 공유하던 '미국인식'과 '내셔널리즘'의 성격을 드러내주기도 했다.

부연하면, '빈민'과 '양공주'와 '소년범' 등이 '미군'이라는 항을 매개로 한국사회에 등장하는 장면들은 한국인들로 하여금 '우리의 내셔널리즘'이란 과연 무엇이었던가를 인식상에서, 담론상에서, 그리고 실제 행위의 차원에서 대면하게 했다. 왜냐하면 '비(非)시민'의 범주에 내몰리곤 했던 존재들이 불현듯 사회 전면에 등장하여 '우리는 과연 시민인가'라는 물음을 돌연 상기시켰기 때문이다. 그렇다면 한국인들은 타자와의 대면 상황에서 유발되는 당혹감과 곤혹스러움, 아울러 앞서의 물음을 어떻게 감당하고 전화시켜나갔을까. 우리는 1960년대 한국사회에서 생성되던 담론들을 통해 일상에 파고들던 '나날의 폭력'과 이 폭력에 끊임없이 노출되었던 존재들의 삶을 되짚어보고, 과연 '시민'의 목록에 등록될 수 있는 존재는 누구였던가를 질문할 필요가 있다. 이러한 사유의 과정 없이는 불온한 문학들을 언명하는 당국의 논리 —
'한국적 특수성'과 '재현의 정도'라는 문제 — 에 대한 두터운 이해를 가
질 수 없기 때문이다. 향후 이 글에서 미군사형사건들에 대한 분석과
이 사건들의 재구성 과정에서 작동한 지배담론 및 지식체계에 관한 논
의는 이러한 관점에 입각하여 이루어질 것이다.

불상사[89]

  1950년대 말 무렵부터 한국사회에서는 미군에 대한 인식에 있어 어
떠한 변화가 감지되고 있었다. 이 같은 변화가 촉발된 데에는 미국의
제3세계에 대한 정책이 무상경제 원조에서 차관 형식으로 바뀌면서
미국으로부터의 물질적인 혜택이 이전에 비해 대폭 감소했다는 현실
정치 차원의 변화가 밀접하게 연관되어 있었지만, 이런 측면만으로는
당시 담론장의 변화를 충분히 설명하기 어렵다.[90] 이와 함께 신중히
고려되어야 할 요인 중 하나는 당시 연이어 발생하고 또 보도됨으로써
남한 주민들의, 특히 청년들의 분노와 반발심을 샀던 일련의 미군범죄
사건이다. 1953년도의 한미상호방위조약 체결 이후 주한미군이 한미
동맹의 핵심적 기제이자 상징으로 존재해 왔다는 점과[91] 이들 사건이
즉물적이고 즉각적인 반응을 일으키는 데 유효한 힘을 가졌다는 점을
고려할 때, 미군범죄는 상당한 영향력을 갖는 사유가 되었을 것으로

---

89 「총질 사고 내는 미군 군재(軍裁)로 처벌」, 『경향신문』, 1957.9.15.
90 장세진, 「상상된 아메리카와 1950년대 한국문학의 자기 표상」, 연세대 박사논문, 2008, 190쪽.
91 마상윤, 「미완의 계획 — 1960년대 전반기 미 행정부의 주한미군철수논의」, 『한국과국제정
　　치』 19권 2호, 경남대 극동문제연구소, 2003, 2쪽.

보인다.

　해방 이후 미군이 진주하고 나서부터 한국사회에는 미군범죄가 꾸준히 발생했다. 그러나 미군범죄가 언론을 통해 가시화되고 또 사회적 이슈로까지 파급되었던 것은 1950년대 말에 이르러서다. 이 시기 미군 관련 사건은 신문지면을 통해 말 그대로 쇄도했고, 사회적 관심이 형성되어감에 따라 개개 사건으로 존재했던 미군범죄는 점차 정치적·외교적 문제로 비화되었다.

　당시 크게 주목받았던 사례는 일명 '김춘일 사건'으로 불린 미군사형 사건이다. 1958년 주요 일간지들은 미8군 항공기 수리소에 침입하여 수 개의 물품을 훔치려 했으나 도중에 붙잡혀 절도미수에 그친 이번 사건에 큰 관심을 보였다.[92] 이들은 여러 날에 걸쳐 해당 사건의 전말과 미군의 후속 조치와 대응 등을 소상히 보도했다. 특히 김춘일이라는 열네 살의 소년이 어떤 경위로 린치를 당하게 되었는지, 미군병사들이 어떤 방식으로 그 소년을 처벌하였는지에 관심을 기울였다. 이 기사들에 따르면, 린치를 당하게 된 경위, 즉 소년의 범죄 행위 자체에 대한 문제에 한하여서는 그가 상습범이냐 아니냐 하는 점만을 제외하고는 미군 측의 진술이나 소년의 진술에 큰 차이가 없었다. 그러나 린치 방식에 관한 진술에 있어서는 양자의 발화내용에 차이점이 있었다. 소년의 진술에 의하면, 그는 미군들로부터 "무수한 구타"를 당했고 심지어는 "두 무릎 밑과 팔을 전후 세 차례에 걸쳐 칼로 찔렸다." 뿐만 아니라 "머리는 전기 이발기로 깎이고 그 위로 '콜탈'이 발려졌으며" 항공

92　사건의 전말을 잘 보여주는 기사 한 편을 소개한다. 「미군3명이 구타·밀장(密藏)」, 『경향신문』, 1958.3.3.

기 부속품을 수송하는 나무 궤짝에 "밀장(密藏)"되어 부평에서 여의도 공항을 거쳐 의정부 근처 야전비행장까지 옮겨졌다. 이러한 피해자의 진술에 맞서, 미군 측에서는 사실 반박에 나서기보다는 '의도'에 관한 확인과 처벌과정에 대한 해명에 초점을 맞춰 사건을 재서술하려 했다. 이를테면, 나무궤짝에 "못질을 한 것은 고의적인 것이 아니었"고 "몸을 완전히 움직일 수 없을 정도는 아니었"으며, 소년을 "의정부 비행장에서 해방시켜주려 했으나 연장이 없음으로 부득이 궤짝 채 보급실로 운반하였던 것"이라 설명한 것이다.[93]

해당 사건이 언론에서 연일 스포트라이트를 받음으로써 부정적 여론이 조성되는 기미가 보이자 미군은 좀 더 적극적인 대응과 문제 해결에의 의지를 보여야 했다. 주한미군은 가해자들이 범죄행위에 대한 대가를 어떤 방식으로 치르게 될 것인지에 대해서보다 피해자인 한국인에게 어떤 보상을 할 것인가에 초점을 맞추고자 했고, 언론은 그들의 방식을 '나쁘지 않은 것'으로 그렸다.[94]

그간 미군린치사건에 대한 보도가 집중적으로 이루어진 바 없기에, 사건이 간헐적으로 보도되던 초창기만 해도 언론뿐 아니라 일반 시민들 역시 미군범죄사건을 어떻게 이야기할 것인가에 대해 입장을 정리하는 일이 쉽지 않았던 것으로 보인다. 위의 사례에서도 엿볼 수 있듯

---

93 위의 사례에서처럼 가해자와 피해자의 진술이 엇갈리는 경우가 자주 있었다. 57년도에는 미군이 수영을 하고 있던 한국인에게 총을 발사하여 사망하게 한 일이 있었는데, 이때 목격자와 피해자 측 관련 인물들은 미군과는 다른 입장의 진술을 했다. 이들이 수영을 하던 사람들에게 '돌을 던지더니' 나중에는 소지하고 있던 '엠원 소총으로 총질을 했다'고 한 반면, 미8군 측에서는 동 사건에 대해 송유관에 접근하지 말라고 '일단 정지 명령'을 했는데도 불구하고 이에 응하지 않았기 때문에 총을 발사한 것이라 주장했다. 「미군인이 또 총질」, 『경향신문』, 1957.8.27.
94 「미군경영 고아원에 수용」, 『경향신문』, 1958.3.5.

이, 당시 언론은 이들 사건을 보도하며 해석을 덧붙이는 일을 자제했고 사건의 사실적 측면에 초점을 맞춘 보도기사를 쓰는 데 집중했다. 사설이나 논평보다 스트레이트기사로 사건 보도가 처리되곤 한 것은 아마도 해석의 까다로움과 논조의 강도를 잡기 어려웠던 상황을 반영한 결과일 것이다. 실제로 이들 사건을 보도하는 글들은 미국의 '낯선 출현 방식'을 처리하는 문제와 그에 따른 미국의 위상 재고 문제에 부심하는 모습을 보였다. 원조국과 피원조국이 맺는 부등가 교환관계를 염두에 두지 않을 수 없었기 때문이기도 하고, 일련의 미군린치사건들이 '우리'(남한)를 규정하는 일과 쌍생적 관계에 있던 '친밀한 타자'(미국)에 대한 규정이라는 문제를 건드리고 있었기 때문이기도 할 것이다.

그런데 1950년대 후반 물밀듯 유사 사건들이 연이어 터지고 언론 역시 이 사건들을 꾸준히 다루기 시작하면서 남한사회는 일대 혼란에 빠진다. 특히 1962년도 파주 나무꾼 린치사건은 한국인들로 하여금 보다 적극적으로 본질적인 문제들에 다가가게 했다. "이른바 파주집단수색사건(57년 4월 16일)에서 시작하여 주한미군인에 의한 불법·린치사건 등이 일어날 때마다 부수적인 행사인양 시끄럽게 떠들어지다가는 제풀에 지쳐 시들어버리는 것이 이제까지의 한미행정협정체결논의"였다면,[95] 이번 사건은 미군범죄와 한미행정협정(SOFA)을 시의성 있는 강력한 공적의제(public agenda)로서 부상하게 만든 기폭제가 되었던 것이다. 장면 정권에 의해 추진되었다가 5·16쿠데타의 발생으로 인해 잠정 중

---

95 이 기사는 그간 '여론을 비등시킨 큰 사건'으로 "파주집단수색사건을 비롯하여 부평소녀가학유기사건(58년 2월), 군산소녀총격사건(57년 10월), 동두천 여인삭발사건(60년 1월), 왜관 린치사건(60년 2월), 파주나무꾼사살사건(62년 1월)과 최근의 파주 린치사건 등"을 꼽았다. 「한미행협, 교섭경위와 문제점」, 『동아일보』, 1962.6.7.

단되었던 한미행정협정 체결 논의는 대학생들에 의해 다시 제기되었다. 1950년대에는 사회적 문제로 의제화되지 못한 데 반해, 1960년대에 이르러 이 같은 변화가 야기될 수 있었던 것은 4월 혁명이 낳은 감각 덕분이었다.

1962년도에 고려대와 서울대를 중심으로 발생한 연이은 학생데모와 급속도로 악화된 여론은 정부와 주한미군으로 하여금 이 문제를 심각하게 검토하게 만들었고, 언론 역시 기존의 보도 태도를 바꾸어 사설란 등을 활용하여 한미관계에 있어 어떤 실질적인 변화가 촉구되어야 하는지 이야기하기 시작했다. 이 해에는 1958년 김춘일 사건 발생을 전후로 하여 꾸준히 보도되었던 미군범죄 기사가 대폭 급증했다. 당시 '미군'과 결합 빈도가 높았던 단어 중 하나는 '린치' 또는 '사형(私刑)'이었고, 이들 단어에는 구타, 학대, 폭행, 강간, 농락, 총질, 살인 등의 각종 폭력 행위가 각인되어 있었다. 신문 지면에 미군은 가해자로, 한국인은 피해자로 등장하였으며, 양측 진술의 엇갈림으로 인한 진실 공방은 매 사건마다 계속되었다.

또한 관련 사건이 발생할 때마다 이에 대한 표준화된 레퍼토리(repertory)가 있다고 간주될 정도로, 미군 측은 동일한 언설 체계 속에서 사건을 의미화했다. 주한미군은 이들 사건을 두고 한결같이 '불상사' 내지는 '불행'이라 규정했다. 이 말에는 우발성과 우연성에 대한 강조가 서려 있는데, 실제로 미군 측에서는 사건이 터질 때마다 녹음된 테이프를 틀어놓은 것처럼 다음과 같은 말을 반복했다. "어디까지나 우발적인 사고이며 계획적인 것은 아니라는 점을 이해하여주기" 바라는 바이며, "이러한 불상사"에 미군은 "모든 한국인과 마찬가지로 진심으로 유감의 뜻을 표한다." 또한 "(가해자들은) 미국군법에 의하여 처벌될 것"
이며[96] "이러한 불행된 사건으로 한 · 미간의 강인한 친선관계가 이완
되지 않기를 진심으로 바란다."[97] 그러나 우연히 발생한 불상사라고 하
기에는 사건의 발생 빈도가 예사롭지 않았다.

한 매체에 실린 기사 내용을 빌리자면, "좀 멀리는 왜관 린치사건, 동
두천 삭발사건, 포천 페인트사건 등으로부터 최근의 수원시에서의 미
군들의 대민간 폭행사건, 대전에서의 위안부 사살사건, 서울에서의 경
흥여관사건 등 주한미군에 의한 불상사는 일일이 매거(枚擧)하기에 바
쁠 정도"였으며, "비인도적인 린치사건이 발생할 때마다 우리 한국 사
람들의 머리에는 지난날의 린치사건들이 되살아나는 것을 어찌할 수
없"었다.[98] 이제 한국사회에서 미군사형사건은 단지 '우연적'이고 '우
발적'이라는 말로는 충분히 해명될 수 없는 것이자, '심심한 유감의 뜻'
으로 대신할 수 없는 사회적 사건이 되었다. 또한 기억해야 할 것은 당
시 언론에서 추정한 바 있듯이, 미군 관련 사형(私刑)사건은 알려진 것
보다 침묵되었던 것들이 훨씬 더 많았다는 사실이다.

그런가 하면 1960년대 초중반에 걸쳐 생산된 학생들의 선언문과 언
론매체의 보도기사는 당시 한국사회가 이 문제를 어떤 관점에서 풀어
나가고자 했는지를 알려줄 뿐만 아니라, 그들이 충분히 제기하고 논의
한 동시에, 또한 충분히 제기하거나 논의하지 못한 것들이 과연 무엇
이었는가를 생각해 보게 한다.[99] 특히나 이들이 계속해서 빠트리고 있

---

96 「총질 사고 내는 미군 군재(軍裁)로 처벌」, 『경향신문』, 1957.9.15.
97 「'사형(私刑)은 유감' 덱커 장군 언급」, 『경향신문』, 1958.2.28.
98 「주한미군인에 의한 불상사를 없애는 길」, 『동아일보』, 1962.6.1.
99 당시 발표된 글들 가운데에서도 「한 · 미행협체결을 거듭 촉구한다」(『경향신문』, 1962.6.9)

던 것들과 그간의 관점으로는 포착되지 않는 것들은 더 주목되고 논의
될 필요가 있다. 이는 지젝의 표현을 빌리자면 **"아직 알려지지 않은 이미
알려진 일들"**, 즉 우리가 알고 있는 모르는 일들에 관한 것이다. 이것은
프로이트의 무의식이며 라캉이 말하곤 했던 것처럼 "그 자신을 모르는
앎"이라 할 수 있을 것이다.[100]

여기서는 이 문제를 크게 두 차원에서 접근하여 논의해 보고자 한
다. 이때 두 차원은 '미국의 불온성'에 대한 인식을 억압하는 데 실질적
으로 기여한 욕망에 관계한다. 하나가 '지나치게 충분한 발설', 즉 '편
집증적 욕망'에 관계하고 있다면, 다른 차원은 '지나치게 충분치 않은
발설', 즉 '알고 싶지 않은 욕망'에 관계한다. 그리고 이것은 궁극적으
로 통치 권력과 언론과 학생 집단의 언설을 안정화시키고 통합시키는
힘이 포스트식민 민족국가의 내셔널리즘으로부터 피어올랐음을 알려
줄 것이다.

먼저 첫 번째 차원인 '주권'의 문제부터 살펴보도록 하자. 미군범죄
는 한국전쟁 당시 대한민국을 지켜준 '우방국'이자, 국가 재건과 경제
발전을 위한 토대 마련에 헌신한 '원조국'이면서 '자유민주주의'라는
이념으로 묶인 '우호·친선 국가'라는 기존의 '사회적 기억의 틀'을 위
기에 맞닥뜨리게 했다. 늘 균질적이고 고정적인 것은 아니었지만, 최

라는 글은 특히 눈여겨볼 만하다. 이 글은 혁명정부와 미국과 한국인, 이 세 대상을 상대로
문제의 심각성을 환기시키는 한편, 각각의 주체들이 해당 사안과 관련하여 향후 취해야 할
자세에 관해 논의하고 있다. 여기에는 당시의 한미행정협정 데모를 추진한 학생들의 입장
과 이를 지켜보던 언론의 입장이 두루 반영되어 있어 주목된다.

100 슬라보예 지젝, 「아메리카 하위문화의 사막에 오신 것을 환영합니다, 또는 럼스펠드가 아부
그라이브에 관해 알고 있는 모르는 것」, 슬라보예 지젝·도정일 외, 『당대비평 특별호—아
부 그라이브에서 김선일까지』, 생각의나무, 2004, 26~27쪽.

소한 한국전쟁 이후 남한사회에서는 꽤나 안정적인 기반 위에서 일정한 문화적 공정을 거쳐 생성되고 유포되었던 미국에 대한 표상들에 균열이 발생한 것이다. 이 벌어진 틈에서 한국인이 우선적으로 마주하게 된 것은 '과연 우리는 주권국가의 국민인가' 하는 물음이었다. 1962년 한미행정협정 촉진 시위를 벌이기 위해 거리로 나온 학생들이 외친 구호가 다름 아닌 "우리는 주권국가다"라는 사실은 복기할 만하다.[101]

1962년 6월 5일자 『동아일보』에 실린 한 기사는 미국과 한국이 과연 "대등한 파트너"라 할 수 있는지 물으며 "한미양국이 주권국가로서 서로 존중하고 국민 상호간에 인격을 존중하는 심적 기반이 되는 행정협정 체결"이 조속히 추진되어야 한다고 역설했다. "주한미군인"이 "우리 한국민"에 대하여 '의식적으로 우월감을 갖고 행동한다'고 생각하지 않으며 "또 그렇게 생각하고 싶지도 않다"고 말하면서도 "그러나 우리는 모든 인간행위가 마음 가운데서부터 시작된다는 것을 잘 알고" 있다고 수긍하는 필자의 심경은 독자의 마음을 착잡하게 만든다.[102] 여기에는 미국과 한국의 관계만이 언급되어 있지만, 때로 노골적으로 표출된 바 있듯이 한국인을 더 비참하게 만든 것은 미국과 관계 맺고 있는 다른 나라들만큼의 대우도 못 받고 있는 현실에 있었다. 이 순간만큼은 한국이 미국과의 상상적 대등관계 속에서 빠져나오고 있었다.

1950년대에 미국은 애초의 한미상호방위조약 반대방침을 뒤집고 조

---

101 이날 고대생이 낭독한 '미국정부에 보내는 메시지'는 다음과 같다. "미국은 대등한 주권국가로서의 한국의 위치를 무시했다. 인권을 침해하는 행동을 하고도 몇 푼의 보상금을 주어 주권국가의 체면을 짓밟았다. 미국은 진정한 자유우방으로서 대전협약에 대치될 행정협정을 조속히 체결하라." 「고대서 한미행협촉진 데모」, 『경향신문』, 1962.6.6.
102 「한미행정협정의 조속한 체결을 촉구한다」, 『동아일보』, 1962.6.5.

약체결을 통해 한반도에 군사적 관여(commitment)를 확립하기로 결정했으며, 이승만은 한미상호조약을 "우리나라 독립 역사상 가장 귀중한 진전"이라 평가했다.[103] 그러나 미군범죄에 한하여 볼 때, 이 '귀중한 진전'은 대한민국에 어떤 유효한 힘도 부여해주지 못했다. 미군의 한국인 폭행은 범죄였음에도 한국전쟁 당시 체결된 한미상호방위조약에 따라 이를 처벌할 권리가 대한민국에는 없었다. 1950·60년대 남한 내 미군 지역은 대한민국 주권이 실정적 힘을 발휘할 수 없는 치외법권적 지대, 즉 **예외공간**이었다. 이곳에서 발생한 연이은 범죄들은 '8·15해방 이후 군이 우리 땅에 진주한 이래, 6·25사변 이후에는 더욱 극심해진 갖가지 린치사건들', 침묵되었던 이 지나간 폭력의 기억들을 불러들이는 계기가 되었다.[104] 이는 '점령군(occupational troops)의 재발견 혹은 양키(Yankee)의 등장'[105]을 의미하는 것이기도 했다. 강간, 구타, 살해의 대상이 된 한국인의 신체는 **점령의 흔적**을 보여주는 상징적 기호로 작용했다.

점령의 흔적들 앞에서 한국인이 가장 먼저 마주했던 것은 후진국 콤플렉스였다. 앞의 맥락을 끌어오자면, '과연 우리는 주권국가의 국민인가'라는 질문은 이 콤플렉스에 기원을 두고 있는 것이기도 했다. 물

---

103 정일준, 「한미관계의 역사사회학-국제관계, 국가정체성, 국가프로젝트」, 『사회와역사』 84집, 한국사회사학회, 2009, 237쪽.
104 「인권은 운다(상)」, 『경향신문』, 1962.6.8.
105 장세진에 따르면, '점령군'으로서의 아메리카에 대한 표상은 한국전쟁이 발발하면서 그 면모를 일신하게 된다. 1949년의 1차 미군철수 이후 아메리카는 바로 1년 뒤의 한국전쟁에서 유엔군 참전이라는 형식을 통해, '점령군'의 이미지를 깨끗이 벗고 든든한 후원자의 표상으로 안착되고 있었다. 그러나 한편으로, 직접적이든 간접적이든 한국전쟁을 배경으로 한 아메리카의 재현은 '노근리'에서와 같은 전쟁범죄와 학살자로서의 아메리카를 은폐 혹은 삭제하며 구성된 것이기도 했다. 장세진, 앞의 글, 191쪽.

건을 훔치다 붙잡힌 여인들을 '삭발'시키고, '벌거벗긴' 청년들을 엽총으로 쏘아 죽인 장면은 '수치심'과 '모욕감'을 불러일으키기에 충분했다. 문제는 이 수치심과 모욕이 약소민족의 내셔널리즘으로 급속히 빨려 들어가고 있었다는 점이다. 나체 상태로 살해당한 어떤 양민의 죽음은 '대한민국 국민의 죽음'으로 환원되어 국가 주권의 실효성에 대한 물음을 낳았고, 이 훼손된 신체들은 대한민국 주권의 실종을, '약소국', '후진국'이라는 60년대에 더욱 강화된 이 자기상(自己像)을 적나라하게 비춰주었다. 부사 "또"와 함께 거듭해서 전달되던 '잇따른 미군총질'(기사제목)은 한국인들로 하여금 자기의 일그러진 자화상과 대면하게 하였고, 이로 인해 발생하는 복잡한 민족감정을 잇따라 경험하게 만들었다. "한국인을 멸시하는 데서 나온 악의에 찬 범행임이 틀림없다"[106]거나 "분한 점이야 이루 말할 수 없다. 그런 일이 거듭 생길 때마다 근본적으로 민족차별에서 오는 것이 아니겠느냐 생각되기도 한다. 같은 동양인이라도 일본사람들에게 그런 일 없는 것을 보면 우리 자신이 하루속히 후진성을 벗어나야 되리라고 본다"[107]와 같은 발언에서는 미국의 원조를 수혈받으며 살아가는 후진국 국민의 무너진 자존심과 초라한 자의식이 배어나오고 있었다.

한미행정협정은 훼손된 주권과 땅에 떨어진 자존감의 회복이라는 상징적 의미의 획득을 위해서라도 (한국인들에게는) 반드시 체결될 필요가 있었다. 그러나 문제적이게도 한국정부는 한일협정비준 등으로 정국이 매우 혼란스럽던 1965년에 이르러서야 한미행협 체결을 추진했다.

---

106 「공포 가시지 않는 파주」, 『경향신문』, 1957.5.1.
107 「한·미친선 해치고 있다. 각계의 소리」, 『동아일보』, 1964.2.7.

당시 여론에서는 '하필이면' 이 시기에 서둘러 중요한 외교 문제를 처리할 필요가 있느냐 우려하며 '서둘지 말 것'과 '협상안을 공개할 것'을 요구했지만,[108] 정부와 여당은 '기필코 통과시킨다는 방침'하에 한일협정, 월남증파, 한미행협 등 중요안건의 처리를 일거에 몰아붙였다.[109] 이후 이 협정은 조인되었고(1966.7.9 조인, 1967.2.9 발효), 정부는 협정 체결 이후 미군범죄가 급격히 감소할 것이라 선전했다. 그러나 해당 협정에 대한 지식인들의 비판은 여전히 제기되었으며, 정부의 선전과 달리 '협정 발효 후 미군 첫 폭행사건'은 협정이 발효된 지 하루만인 2월 10일 새벽 5시에 발생했다.[110] 1960년대를 관통하는 동안 지속적으로 보도되었던 미군범죄사건 관련 기사들이 말해주듯이 주권회복이라는 염원은 협정체결 이후에도 미망으로 남겨졌다.

---

108 한 예로, 당시 법조계에서는 다음과 같은 의견이 제출되었다. "보도된 바에 의하면 일간 한미행협이 체결된다고 하고 정부는 이번 회기에 국회에 비준동의를 얻겠다는 이야기다. 이 협정체결이 국가의 주권을 바로 세운다는 뜻에서나 또 국민의 기본적 권익 보호의 견지에서나 역사적인 중대사임에 틀림없다. 이러한 문제가 하루 빨리 해결된다는 점은 환영할 일이라고 하겠으나 한편 수년간을 두고 당사국 간에 서로 승강을 하여 오던 이 조약을 하필이면 한일문제로 국내외가 들끓고 있는 이때에 체결하려는 것인지 그 시기 선택에 석연치 못한 점이 있다"(박승서, 변호사), "매사가 비밀리에 원칙이 정해지고 조급하게 결정지으려는 데서 잡음과 오해가 뒤따르게 되고 민의를 무시한다는 비난을 듣게 된다. 한일협정·월남파병 문제만으로도 벅찬 이 시기에 성급한 체결을 보류하고 나중에 이에 대한 여론을 충분히 반영시켜야 될 줄 안다"(이병린, 전대한변협회장·변호사). 「양보일로 졸속한미행협」, 『동아일보』, 1965.7.13.

109 정부와 여당은 한일협정, 월남증파, 한미행협 등 중요안건을 처리하기 위한 국회대책을 수립하기 위해 65년 6월 27일부터 본격적인 작업에 착수했고, 28일 상오에는 최종적인 방침을 확인하는 대통령 주재하의 연석회의를 열었다. 이날 상오 10시부터 청와대에 소집된 정부·여당 수뇌연석회의에서는 27일 공화당 당사에서 열렸던 정부각료, 당무위원 연석회의를 통해 합의된 원내 전략을 재검토, 전기 3대 안건을 오는 12일부터 열리는 임시국회에서 통과시킨다는 방침을 원칙적으로 확인했다. 물론, 이 중에서도 기필코 통과시키고자 했던 것은 한일협정비준안이었다. 「한일비준·월남증파·한미행협, 이번 국회서 통과강행」, 『경향신문』, 1965.6.28.

110 「한미행협 발효 후 미군 첫 폭행사건」, 『경향신문』, 1967.2.10.

'주권'의 문제에 이어 살펴볼 두 번째 차원은 '수치와 모욕', 그리고 '미국문화의 외설성'이다. 1960년대에도 계속되었던 미군린치는 '범법 행위'라는 차원에서보다 '비인도적 행위'라는 차원에서 더 문제적인 것이었다. 폭력의 현장을 재현하는 기사들에는 '전신주에 거꾸로 매달아 침을 뱉고'[111] '실신상태의 부상자를 철조망 밖으로 내던졌으며'[112] '행인의 목에 올가미를 던져 한동안 끌고 다니는'[113] 등의 장면 묘사가 빠지지 않고 등장했다.

이들 사건은 직접적이고 잔인한 고통만이 아니라 심리적 모멸감을 느끼도록 만드는 가학적인 행위를 포함하고 있었다. 뿐만 아니라 폭력의 현장에 미군들, 심지어는 다른 한국인들을 구경꾼으로 세웠던 가해자들의 처사는 보는 이로 하여금 사건에 대한 어떠한 해석도 할 수 없게 만들었다. 폭력의 현장에 서 있는 한국인의 자리에 상상적으로 진입하는 독자가 느꼈을 법한 감정은 원시적인 폭력의 스펙터클과 마주했을 때 유발되는 당혹감에 가깝다. 불과 몇 년 전, 이승만 정권을 비판하는 자리에서 구정권의 야만성은 '법치'에 의하지 않는 불법적 폭력행사에서 그 근거가 찾아지곤 했으며, 이를 두고 당대인들은 '전근대적'

---

111 "그 진상조차 따져보지도 않고 구타하는가 하면 부대 내의 한국인 종업원을 모여 놓고 보여 주는 뱃심이라든지 졸도한 후에 다시 끌고 나가 발가벗겨서 전신주에 거꾸로 매달아 놓고 침을 뱉는 등의 처사는 아무리 생각해도 한국인에 대한 근본적인 멸시라고 밖에 볼 수 없으며 민주주의 국가에서 이런 사형(私刑)이라는 게 있을 수 있는 일인가 생각됩니다." 「미군인 '린치'사건에」, 『동아일보』, 1962.6.9.

112 "미군의 소년린치사건에 뒤이어 또 미공군에 의하여 63세나 되는 늙은 노인이 불법 인치되어 곤봉으로 무수히 구타를 당하여 늑골이 부러지고 실신상태에 빠지자 철조망 밖으로 내어 던진 불상사가 발생하였다." 「미군4명이 집단폭행」, 『경향신문』, 1958.3.13.

113 "미군트럭에 탄 미군(성명미상) 한 사람이 오후 1시경 옥구군 옥산면 사정리 노상에서 자전거를 타고 가던 권육환씨의 목에 고무올가미를 던져 걸고 권씨를 5미터나 질질 끌고 가서 전치 3주간의 중상을 입혔다." 「양보일로 졸속 한미행협」, 『동아일보』, 1965.7.13.

이라 일컬은 바 있었다. 법치의 실현은 일면 근대화의 산물이자 근대성의 발현으로 이해되었는데, 한국인을 처벌하는 선진화된 인류의 방식은 이 이해의 방식을 일거에 무너뜨리는 것이었다. 그렇다면, 이 난감한 상황은 어떻게 처리되었는가. 대부분의 언론매체는 미군 측의 설명방식과 유사하게 이들 사건을 "한국에 와있는 수많은 미국인 중의 극소부분",[114] "하나의 미군 '깡패'의 개별적이며 개인적인 행동",[115] "극소수 일부의 미군들의 무지각한 소치",[116] 즉 '예외'라 일컬었다.

여기서 우리는 또 하나의 믿음 앞에 서게 된다. "때로는 미국인사회에서는 상상할 수도 없는 그러한 비인도적인 린치사건",[117] "개나 고양이에 대한 학대까지도, 스윈슨 중위의 본국에서는 있을 수 없는 일",[118] '그러한 사건이 인도주의를 존중하는 미병사에 의해 저질러졌다는 점에 대해서는 의아심을 갖지 않을 수 없고'[119]라는 서술에서 발견되는 어떤 믿음(미국이 민주주의와 경제적 번영, 아울러 안보라는 세속적 측면 모두에 기여하고 있다는 진지한 믿음)에는 후진국 국민의 남루하고 초라한 자의식이 깃들어 있기도 했지만, 미국에서는 그런 일이 발생하지 않을 것이라는 환상이 내재해 있기도 했다. 이들 사건을 바라보며 많은 이들이 배신감과 실망감을 느꼈다고 했지만, 이 순간 그들이 또한 경험하고 있었던 것은 '민주주의', '인권', '자유'라는 미국에 의해 공표된 가치들이 갖던 허구성과 그 가치를 떠받치고 있는 어떤 쾌락이었다.

---

114 「고대생 '데모'와 한미우호관계」, 『동아일보』, 1962.6.8.
115 「공포 가시지 않는 파주」, 『경향신문』, 1957.5.1.
116 「한미행정협정만이 해결책일 수 없다」, 『경향신문』, 1962.6.3.
117 「한미행정협정의 조속한 체결을 촉구한다」, 『동아일보』, 1962.6.5.
118 「한미행정협정만이 해결책일 수 없다」, 『경향신문』, 1962.6.3.
119 「나무꾼 피살사건은 공명정대하게 수습되어야 한다」, 『경향신문』, 1962.2.13.

증인심문에서 멜렌 단장은 "미제2전투단에서 작년 12월경 절도사건을 방지하기 위하여 **절도를 잡으면 구타하라는 방침**을 결정하여 예하장병에게 시달했으나 파주의 린치사건 발생 후에는 '자기 손으로 법을 다스리지 말라'는 명령으로 변경되었다"고 증언했다.[120]

거의 모든 기사들이 이번 사건을 '몰지각하고 폭력적인 특정인'에 의해 벌어진 '불상사'라고 규정했으며, 일부의 미군이 '선의를 가진 미국'을 대표하지도 대신할 수도 없다고 강조했다. 그런데 의도치 않게 위의 기사는 그 믿음의 순진성을 무너뜨리고 있었다. 미 제4기갑연대 제2전투단장인 토마스 W. 멜렌 대령은 증인심문을 하는 자리에서 "절도를 잡으면 구타하라"는 명령을 하달했다고 고백했다. '폭행'은 단지 우발적이고 우연적으로 행해진 특정 개인의 폭력행사가 아니라, 한국인 범법자를 다루는 이들의 '룰', 즉 "비공개로 전달되는 지시와 지령들이자 비공식적 강압일 뿐인, **쓰인 적 없는, 정식 명령이 아닌 명령**"[121]에 해당했다. '예외'가 곧 '규칙'이었던 것이다. 파주린치사건이 놀랄 만큼의, 예상을 뛰어넘을 정도의 파급력을 갖는 사건으로 변모하지 않았다면, 공문서에 기입되지 않았으나 존재했던 명령, 이 실재하지 않는 동시에 실재했던 규칙은 발설되지 않았을 것이다.

또한 그간의 많은 연구자들이 다양한 국가나 지역의 사례를 통해 논증한 바 있듯이, 미군린치사건은 한국의 특수성에 기인한 예외적 사건이 아니었다.[122] 이들 사건은 지역적 개념으로서의 '아메리카' 이외의

---

120 「두 미군장교에 징계처분」, 『경향신문』, 1962. 6. 15.
121 슬라보예 지젝, 앞의 글, 27쪽.

'국토', 미국의 관할권에 속하는 공간들, 이 치외법권적 공간에서 언제든 발생할 수 있는 사건이었다. 미군린치사건에 관한 공식문건들, 주한미군 측에서 또는 한국인 자신에 의해 제안된 이 해명들은 한국에서만 특별히 고안된 것이 아니었다.[123] 또한 이 사건들은 단지 '우리의 주권'이라는 허상을 대면하는 것, 미국의 오만함을 겪는 것만을 의미하지 않았다. 모욕적인 고문과 존엄성을 찾아볼 수 없는 폭행의 대상자가 된 한국인들은 이제 실제적으로 미국 문화에 들어선 것이다. 한 논자의 말을 빌리자면, 그들은 개인의 존엄, 민주주의, 자유라는 겉으로 표명된 미국적 가치의 필수적 보충물을 형성하는 외설적 이면의 쓴맛을 경험하게 되었던 것이다.[124] 머리 깎인 여인들을 렌즈에 포착하는 카메라의 시선은 '외설적 이면'과의 돌연한 대면, 이 불편하고도 불가피한 순간을 발생시켰다. 이것은 1960년대 한국사회가 그토록 신봉하던 '민주'와 '자유'의 불온한 얼굴이었다.

그러나 이 시기 한국사회에서 미국문화의 외설성에 대한 근본적인 회의나 이데올로기적 반미주의에 대한 문제제기로의 방향 전환을 꾀하는 모습은 발견되지 않는다. 또한 문제적이게도 당시 학생들과 언론 매체들은 '이들 사건이 왜 이리 연이어 발생하는가'라는 물음에 묻혀

---

122 대표적 연구로는 캐서린 H. S. 문, 이정주 역, 『동맹 속의 섹스』, 삼인, 2002; 슬라보예 지젝 · 도정일 외, 『당대비평 특별호—아부 그라이브에서 김선일까지』, 생각의나무, 2004; 요시미 슌야, 오석철 역, 『왜 다시 친미냐 반미냐—전후 일본의 정치적 무의식』, 산처럼, 2008 등이 있다.

123 월터 데이비스의 지적은 60년대 한국사회의 공론장에 떠돌던 변명들을 연상시킨다. 월터 데이비스, 「책적의 아픔—아부 그라이브의 〈패션 오브 크라이스트〉」, 슬라보예 지젝 · 도정일 외, 『당대비평 특별호—아부 그라이브에서 김선일까지』, 생각의나무, 2004, 43쪽.

124 최인수, 「포스트 9 · 11과 이라크 전쟁의 '징후' 읽어내기」, 슬라보예 지젝 · 도정일 외, 『당대비평 특별호—아부 그라이브에서 김선일까지』, 생각의나무, 2004, 26쪽.

있던 중요한 성찰을 시도하지 않았다. 말하자면 '그들은 왜 목숨을 걸고 스스로 살 권리와 죽을 권리를 부여할 수 없는 땅으로 들어서려 하는가'에 대하여 한국사회는 침묵하고 있었던 것이다.

3) 오염과 게토화—'우리이면서 우리가 아닌'

1960년대 한국사회는 미군에 의해 희생당한 이들의 죽음을 민족의 죽음으로 회수함으로써 국민의 품에 안착시키고, 그들의 비극을 애통해하며 한국인을 피해자로 구성해 내려 했지만, 여전히 그들의 죽음과 비극은 봉합될 수 없는 지점들을 갖고 있었다. 1962년 5월 경향신문에 실렸던 한 편의 글은 이 시기 한국인들이 그간 침묵되었던 비참한 죽음에 대하여 다루고자 했음에도 불구하고, 또한 이에 대하여 충분히 말하고 있지는 않았다는 사실에 귀 기울이게 한다.

> 어떤 구미제국은 후진민족의 자존심이 어느 정도 절실한지를 모르는 눈치가 있다. '내셔널리즘'이 19세기의 낡은 사상이라고 말하는 사람들은 문산(汶山)의 린치사건도 두 미국 장교와 피해자인 한국남자 사이의 '프라이버시'한 문제라고 생각할는지 모른다. 그러나 이것을 개인문제로 생각할 한국인은 아마 한 사람도 없을 것이다. **모두 자존심이 손상된 것으로 섭섭히 생각하고 있을 것이 틀림없다.**[125]

---

[125] 「여적(餘滴)」, 『경향신문』, 1962.5.31.

이 글은 문산에서 발생한 미군린치사건을 매개하여 미국과 한국의 관계를 되묻고 있다. 이 사건을 바라보는 필자의 심정은 양가적인데, 이를테면 그는 이렇게 적고 있다. "미기갑연대의 장교 두 사람이 30세쯤 되는 한국인 남자를 발가벗기고 굵은 '로프'로 목을 맨 후 몽둥이로 갈기고 다시 거꾸로 매달아놓고 몽둥이질 구둣발길질을 했다.", "한국인하면 으레 도둑질 잘하는 '스네키 보이'로 유명해지고 있는 것이 부끄럽고 슬프다." 앞의 문장에서와 같이 필자는 그날 있었던 폭력에 대해 상세히 묘사한다. 이때 그는 피해자의 자리에서 사건을 바라보고 있었다. 그런데 또한 이후의 문장들이 말해주듯 그는 이 사건으로부터 한 걸음 떨어져 있기도 했다. 이 문장들을 기술하는 동안 그가 머무는 자리는 사실상 가해자도 피해자도 아닌 장소, 이른바 **구경꾼**의 위치라 불릴 만하다.

이 글이 실질적으로 기술하고 있었던 것은 '후진국의 내셔널리즘'에 대해서이다. 필자는 폭력의 문제에 대해 성찰하기보다 이 사건을 매개하여 '우리의 처지'와 '민족감정'에 대해 이야기하고자 했다. "신세를 지는 처지에 있으면 있을수록 사소한 일에도 더욱 오해하기 쉽고 섭섭히 생각하기 쉽다"거나 "살림에 혜택을 주고 있으니 다소의 '무리'가 있어도 양해하겠지 생각한다면 '아시아' 민족의 '내셔널리즘'의 절실성을 모르는 때문"이라고 적을 때, 그는 어떤 위치에서 누구를 대신하여 발화하고 있었던 것일까. 여기서 확인할 수 있는 최소한의 사실이 있다면, 그것은 필자에게 이 사건이 "나를 업신여기는 때문이 아닐까" 하는 의구심을 불러일으켰다는 사실, 즉 "자존심"을 "손상"시키고 '섭섭한 생각'을 갖게 한 사건이었다는 점이다.

이 '장소성'의 문제에 좀 더 천착하기 위해 비슷한 시기에 발표된 또 하나의 글을 함께 읽어보자. 1962년 6월 1일자 동아일보에 실린 한 사설은 미군 관련 사건의 근본적 해결을 위해 몇 가지 방책을 제안하고 있어 눈길을 끈다. 핵심만 요약하면, 이 글은 주한미군신분에 관한 행정협정의 조속한 체결, 양국 국민들의 서로에 대한 연구와 이해를 위한 노력, 미군지역에 거주하는 주민들을 상대로 한 "좀 더 철저한 계몽선전" 등을 주요 대안으로 제시하고 있다. 이 글의 필자는 마지막 방책과 관련하여 이렇게 말했다. '인근 주민들에게 미군부대가 주둔하고 있는 출입금지구역에 대한 철저한 인식을 심어준다면 파주 나무꾼 사건과 같은 불상사는 미연에 방지할 수 있을 것이다.'[126] 사실 이러한 방책은 새롭거나 특기할 만한 것은 아니다. 이 시기에 나온 무수한 기사들에서 '우리 국민 모두의 반성과 노력을 촉구'해야 한다거나, 미군지역 인근의 주민들이 스스로 '어떤 잘못을 범하고 있는지'를 생각해야 하며, 이를 위해서라도 '해당 지역주민들의 의식 개선이 필요하다'는 등의 주장을 어렵지 않게 발견할 수 있기 때문이다.

언뜻 보면 사건에 관계된 이들(사건 관련자들과 미군과 한국정부와 한국인들과 인근 지역의 주민들과……)의 입장과 처지를 두루 고려하고 있는 듯 보이는 이들 기사에서 주목해야 할 것이 있다면, 그것은 바로 이러한 발화 속에서 국민 분할을 야기하는 **폭력적 구별 짓기의 욕망**이 누수되고 있다는 점이다. (잠재적) 피해자들을 향해 계몽의 의지를 쏟아내고 있는 이 글들은 '국민'이라는 이름 아래 피해자와 잠재적 피해자, 그리고 사건을 바라보는 독자들을 한 자리에 불러 모았으며, 또한 이 자리에

---

126 「주한미군인에 의한 불상사를 없애는 길」, 『동아일보』, 1962.6.1.

서 '그들'을 촘촘히 분할했다. 다음의 연속 기획 기사는 이 분할의 방식과 양상을 구체적으로 드러내 보여준다.

미군린치사건으로 사회가 떠들썩했던 1962년 7월, 『동아일보』는 「철조망 주변 미군부대촌의 현실」이라는 기획 기사를 구상하여 연재하기 시작했다. 이 연속 기획물은 의정부, 동두천, 부평 등의 지역을 탐방한 후 작성된 것으로, 주로 해당 지역이 해방 이후 어떤 인적 구성을 갖게 되었는지, 지역의 전체적인 인상이나 이미지는 어떠한지, 이곳에서 발생하는 범죄의 특성은 무엇인지 등에 관하여 기술하고 있다. 여기서 다뤄지는 내용 가운데 위의 맥락과 연계하여 논의할 것은 크게 두 가지다. 하나는 미군사건 관련 기사들에서 공통적으로 엿보이는 국민 통합과 분할의 동시적 수행이 이 연속기획에서는 어떤 방식으로 행해졌는가 하는 것이고, 다른 하나는 주체의 통합과 분할이라는 문제가 어떻게 지역적 게토화와 연계되고 있었는가 하는 것이다.

첫 번째 기획기사로 실린 「철조망 주변 미군부대촌의 현실(1) 의정부」는 대표적인 미군부대촌 중 하나였던 '의정부'라는 공간을 그곳의 인적 구성을 통해, 특히 "세 가지의 족속들"을 통해 설명하고 있다. 이 글에 따르면, 의정부는 해방 직후 일만 여의 인구와 제사(製絲) 공장 하나가 덩그러니 있던 '조용하고 한적하기 짝이 없는 조그만 고을'이었다. 그러던 중 이 지역이 활기를 띠기 시작한 것은 미군부대가 주둔하고 나서부터, 보다 구체적으로 말하면 "먹고 살기 위해서 또는 미군부대를 끼고 일확천금을 노린 사나이와 이 사나이들을 상대로 하는 공갈단들이 전국각처에서 몰려"오면서부터다. 그 결과 현재 이 지역의 인구는 육만 오천에 달하게 되었고, 이들 중 "육할이 이곳 주둔 미군부대를 상대로 입에 풀칠을 해야 하는 슬픈 운명을" 지닌 채 살아가고 있다.

이 글에서 주목되는 것은 필자가 "세 가지의 족속들"을 통해 '의정부'라는 공간의 특징을 기술하고자 한다는 점이다. 그는 "세 가지의 족속들"이 서로 먹이사슬 관계를 맺고 있다며 이렇게 기술한다. 첫 번째 족속―유엔군을 상대하는 양공주, 두 번째 족속―양공주를 상대하는 양장점, 미용원, 구멍가게 등의 주인들, 세 번째 족속―철조망을 사이에 두고 온갖 범법행위로 생계를 이어가는 범죄자들. 이 글에 동원되고 있는 표현들을 통해서도 짐작할 수 있다시피 이들에 관하여 말하는 필자의 목소리에는 부정적인 어감이 서려 있다. 그중에서도 첫 번째 족속으로 불리는 '양공주'에 대해 묘사할 때 그의 태도는 더욱 노골적으로 드러난다. 이 글은 해당 지역의 역사를 훑어가며 "전쟁과 더불어 기하급수적으로" 증가한 것이 "온갖 범죄와 양공주의 숫자"라고 지적하는 한편, "형형색색의 옷과 스리퍼를 걸친 양공주들이 저마다 교태를 부리며 늘어서" 있는 모습을 묘사하기 위해 한참을 머문다.[127]

1950~60년대에 발생한 미군범죄로 인하여 '죽어간 양민들'의 목록에는 상당수의 '양공주'가 포함되어 있었다. 그런데 문제적이게도 이들은 '피해자라는 자격'도 가질 수 없었다. 양공주가 관련된 미군린치사건은 '예외적이고 강렬한 사태로서의 폭력'과 함께 '나날의 일상 속에서 숨을 고르며 실행되던 폭력'들까지도 마주하게 했다. 때로 후자는 전자를 집어삼킬 만한 힘을 갖기도 했다.

포주의 집에서 탈출하여 다량의 수면제를 먹고 자살한 "미군위안부"들에게서 "'삶'을 거부하고 인생대열에서 낙오한" 자들의 "현명하지 못

---

127 「철조망 주변 미군부대촌의 현실(1) 의정부」, 『동아일보』, 1962. 7. 23.

한 태도를 검토"하려 드는 사회에서, 그녀들은 생존했다.[128] 1950년대 한국사회가 이 여성들에게 던지는 시선의 폭력은 1960년대에 접어들어서도 결코 움츠러들지 않았고, 오히려 이 시선은 그녀들의 생물학적 생산력을 문제시 하는 데까지 뻗어나갔다. 그녀들의 몸이 발산하는 섹슈얼리티의 불온성은 그들의 육체에서 '이미' 오염된 채로 반도에 배출되고 있던 '혼혈아'라는 존재(생산)에 결박되어 있었다. 기지촌 주변에서 생존하고 있는 1만여 명(보사부 추계)의 '따링누나'는 단순히 성도덕의 타락현상을 가속화시키는 주범만이 아니었다. 이들은 '오염된 신체', 말하자면 **"비극의 씨"**를 "잉태"하는 생산기계로 비춰졌던 것이다.[129] 한국사회는 '급속히 번식'하는, 7천 8백 57명(1955~1967년 말까지의 공식 집계)의 혼혈아를 실질적 수준에서 그리고 담론상에서 반도 바깥으로 배출하기 위해 애썼다. 당국에서는 "혼혈아의 처리" 문제에 관심을 기울였고, 사회에서는 이들의 "양산"과 "아직 (지난 3월 현재) 1천 5백 64명(백인=1,007, 흑인=372, 기타=185)의 혼혈아가 국내에 머물러" 있는 현실에 깊은 우려를 표했다.[130] 그들(혼혈아)이 미군 성범죄 문제와 불가분의 관계에 있었음에도 불구하고, 한국사회는 '점령자의 존재'와 '성범죄'에 관한 인식(담론)을 과민하게 억압하며 감수분열하는 이 불온한 존재들을 '오염된 배설물'로 만들어버렸다.

1950년대부터 꾸준히 발생했으나 침묵되었던 그녀들의 이야기는 '양민의 죽음'이라는 프레임을 갖지 못했다. 가해와 피해의 구도가 명

---

128 「삶을 등지는 군상」, 『경향신문』, 1957. 7. 22.
129 「외국인—이 땅에 사는 그들의 어제와 오늘(2) 미군」, 『경향신문』, 1968. 9. 16.
130 위의 글.

백한 상황에서조차 그들은 낙인찍히고 분류되어 경계의 바깥으로 밀려났으며, 이로 인해 애도의 시간은 마련되지 못했다. 이들은 "내팽겨쳐진, 뿌리 뽑힌, 토(吐)해진 존재들", 다시 말해 "보는 자의 자기동일성을 위해 필수불가결한 존재, 사실은 보는 자 자신으로부터 토해진 존재들"이나 다름없었다.[131] 또한 이들의 존재는 (후진국 국민의 정치적 무의식에 의해 추동되는) 가부장적 질서를 지탱하는 "남성 엘리트의 억압된 욕망이 투사된 대상"[132]이기도 했다. 때로 '갱생 논리'가 힘껏 빨아들이던 간첩, 귀순자, 이북 주민보다도 이들의 삶은 한국인들에게서 더 멀리 있었다.

양공주를 바라보는 시선에는 "이상한 웃음소리와 영어가 뒤섞여 그칠 줄을 모"르는 '양공주들의 거실'을 기웃거리는 한국사회의 관음증적 욕망과 호기심, 그리고 어떤 두려움과 죄의식이 뒤엉켜 있었다.[133] 양공주와 혼혈아의 '번식력'에 대해 말하는 텍스트들이 불러일으키는 어떤 공포는 더 많은 한국인들의 생명과 재산을 담보로 증식해가던 기지촌, 그 "기하급수적으로" 팽창하고 있다고 말해지는 외부적 공간의 번식력에 대한 불안, 그리고 그 배면에 흐르던 **인종적 공포**와 **민족적 죄의식**의 다른 얼굴이었다.[134] 마치 부재하는 듯 가려져 있던 정치적 무의식이 '점령의 그림자'가 드리워져 있는 양공주의 신체에 가혹한 비난을 쏟아 붓는 시선으로 되살아나는 것, 이 **역설적인 전회**가 발생하고 있

---

131 김철, 「비천한 육체들은 어떻게 응수(應酬)하는가─산란(散亂)하는 제국의 인종학(人種學)」, 『사이』 14호, 국제한국문학문화학회, 2013, 387쪽.
132 이혜령, 『한국소설과 골상학적 타자들』, 소명출판, 2007, 31쪽.
133 「철조망 주변 미군부대촌의 현실(2) 동두천」, 『동아일보』, 1962.7.24.
134 「철조망 주변 미군부대촌의 현실(1) 의정부」, 『동아일보』, 1962.7.23.

었던 것이다. 요컨대 억압되던 '미국의 불온성'에 대한 정치적 무의식이 **불온의 비가시역**, 다시 말해 하층민들과 양공주들의 죽음을 통해 드러나고 있었다. "뚱뚱보 '싸징'과 '따링누나'와 '쇼리 킴'과 '쩔뚝이'가 공존하는 농촌지대는 그래서 서서히 그러나 철저히 전통적인 질서가 붕괴되어갔다"[135]는 서사, 그 오염과 파괴에 관한 상상력은 연이은 미군 린치사건들로 인해 일시 변형되어 한국인들로 하여금 묻혀진 죄의식에 대면하게 만들었지만, 약소민족의 설움에 몰두하는 내셔널리스트들에 의해 재빨리 전유됨으로써 그 자체에 내장되어 있던 다양한 분화의 힘은 휘발되어갔다.

한국사회는 한때 죽은 자를 대신하여 분노하고 그들의 대변자가 되는 일을 자임하기도 했지만, 이것은 죽은 자를 더 깊은 침묵 속으로 빠트리는 일이었다. 도미야마 이치로의 말을 빌려오자면, 이 침묵은 '죽은 자는 말이 없다'는 식의 물리적인 발화능력의 상실을 뜻하지 않는다. 오히려 '죽은 자를 대신해서 말한다'고 하는 권위주의적인 이야기 속에서 죽은 자들이 자기 자신을 이해할 수 없게 됨으로써 침묵하게 됨을 뜻한다. 수다스러운 국민의 이야기에서 문제적인 것은 무엇을 기억하고 망각해야 할 것인지를 '대신해서 말하는', 그 이야기들과 그것을 전하는 발화자의 위치이다. 국민의 이야기 아래에는 증언의 영역이 언제나 감춰져 있었던 것이다.[136]

---

135 「외국인─이 땅에 사는 그들의 어제와 오늘(2) 미군」, 『경향신문』, 1968.9.16.
136 도미야마 이치로는 에른스트 르낭의 '망각'에 관한 논의를 토대로 '증언의 영역'을 개념화한다. 그에 따르면, 증언의 영역이란 결코 망각에 대항해서 '학살의 기억을 잊지 말자'는 것이 아니라, 국민의 이야기와는 다른 이야기의 위치 설정을 말하는 것이다. 도미야마 이치로, 임성모 역, 『전장의 기억』, 이산, 2002, 93~94쪽.

에스캄 시티

한편 '주체의 통합과 분할'은 '지역적 게토화'라는 문제에도 연계되었다. 1960년대 한국사회는 미군범죄의 피해자를 매개하여 사건의 발생장소였던 미군주둔지역을 처음으로 다른 시각에서 바라보게 되었다. 앞서 살펴본 기획 연재기사가 다룬 도시 중에는 '부평'도 있었다. 이 기사는 해방 당시 불과 4만의 인구가 살던 부평이 한국전쟁 이후 전국 각처에서 상인들과 미군부대 종업원, 위안부들이 몰려옴에 따라 현재는 인구 8만 여명이 거주하는 대도시가 되었다고 소개한다. 더불어 현재에는 치안당국의 노력으로 한국인 "절도범"과 "침입자"가 현저히 줄었으며, "과거 각종 범죄의 온상이 되어온 위안부들의 선도계몽"에도 적극 힘쓴 결과 총 범죄건수 역시 현저히 낮아졌다고 전했다. 아울러 이 기사는 "한국인과 미군들이 얼굴을 맞대고 정답게 일하는 모습"과 "한미우호의 증거"들을 열거함으로써 '부평'이 평화롭고 명랑한 분위기가 감도는 도시로 거듭났음을 강조하기도 했다.[137] 미군부대촌을 바라보는 이러한 시선은 다른 연속기획 기사들을 통해서도 엿볼 수 있다.

연재 글 가운데 위의 기사가 유독 눈길을 끄는 이유는 해당 공간에 대한 필자의 양가적 인식이 두드러지게 표출되고 있기 때문이다. 필자는 여러 정황들을 토대로 '부평'을 '명랑하고도 평화로운 공간'으로 묘

---

[137] 이 기사는 인천 시장, 에스캄 사령관 등의 주체가 한미친선위원회라는 이름으로 한 달에 한 번 또는 그 이상 한 자리에 모여 이 지역에서 발생한 한미 간 문제, 친선방법, 원조사항 등을 토의하고 각각에 대한 해결방안을 모색하기 위해 애쓰고 있다고 전하며, 그간 미군이 지역 발전과 복지를 위해 기여한 바들, 그들이 '협조'하고 '원조'한 것들을 나열한다. 「철조망 주변 미군부대촌의 현실(5) 부평」, 『동아일보』, 1962.7.29.

사하고자 했지만, 이 글을 읽는 동안 독자가 가졌을 법한 도시의 표상은 그렇게 단순하지 않다. 이 글은 '이천여 명의 양공주들이 밤을 낮 삼아 서식'하고 있는 이 지역이 '우리의 공간'이면서 동시에 '우리의 공간이 아닌 곳'이기도 하다는 점을 은연중에 반복적으로 제시해주고 있다. 예컨대 영어일색의 즐비한 상가 간판들과 그중에서도 눈에 띄는 "유·에스·아미·온리"라는 문구는 '부평'이라는 장소가 갖는 이국성과 이질성을 집약해서 드러내준다. 필자는 "한국 땅 아닌 타국에 온 것"만 같다는 인상평을 기술하고 있을 뿐만 아니라, 어느 순간에 이르러서는 '부평'이 **"한국의 이방지대"**에 해당한다고 규정하기도 했다. 또한 주목할 만하게도 그는 '부평'이라는 도시의 한복판에서 '미국의 과거'를 떠올렸다. "캬바레, 빠, 미장원, 크리닝 숍, 양복·양장점에서부터 심지어는 싸구려 막걸리집까지 늘어서" 있는 이곳은 미국이라는 선진도시의 풍경을 닮았다기보다는 그 도시가 거쳐 온 과거를 재현하고 있는 듯 보였던 것이다. 이를테면 이곳은 "미국의 서부영화에서 흔히 보는 텍사스촌"과 같았다. 필자가 이곳을 '한국의 이방지대'로 묘사하든 아니면 '텍사스촌'으로 표현하든 이 서로 다른 두 개의 표상은 하나의 합일된 인식에 의해 떠받쳐지고 있었는데, 그것은 바로 이 공간이 **아메리카의 신체**(의 연장)라는 것이다. 그의 시선을 통해 보건대 이 미군부대촌은 "부평"이라는 본래의 이름보다 (실제로 당시 이 지역을 부르던 말이기도 했던) "에스캄 시티"라는 명칭이 더 어울리는 공간이었다.[138]

해방 후 미군이 남한에 진주한 이래 끊이지 않고 일어난 여러 불미스러운 일들에 대해 언급하며 말문을 열었던 이 기획 기사들은 독자의

---

138 위의 글.

예상과 달리 "외국군인들의 행패"보다 "주둔지역주민들의 탈선행위"에, 가해자로서의 미군보다는 '한국인 범죄자들과 양공주들'에 더 깊은 관심을 보였다. 뿐만 아니라 부평을 다룬 기사에서처럼 '당국의 치안 활동'과 '미국의 선의'에 대해 이야기할 맥락을 구성하기에 급급했다. 마치 '선량한 그들의 이야기'가 자칫 몇몇의 불미스러운 사건들로 인해 묻힐지 모를 것을 우려하고 있는 듯 말이다. 이들 기획 기사는 과거에 발생한 미군린치사건들에 대한 에스캄 사령관 허니커트 대령의 말—"그들(미군)이 참혹했던 전쟁 분위기를 빨리 벗어나서 새로운 평화적인 분위기에 익숙하지 못한 탓인 것 같다"—을 인용하며 십여 년 전에 발생한 공포의 경험을 불러들여 현재의 폭력행위가 갖는 문제성을 희석시켰다. 소년과 나무꾼과 양공주에게 가해진 폭력과 그들의 죽음을 제2의 한국전쟁의 발발을 억제하는 과정에서 불가피하게 초래된 **불상사**로 승인하는 약소민족의 내셔널리즘에 의해, 이후로도 비천한 빈민대중의 목숨과 삶은 더 많은 국민의 목숨, 삶과 맞바꿔졌다.[139]

이상에서와 같이 연속 기획으로 마련된 이 기사들은 미군린치사건을 바라보는 당대의 표정을 드러내주고 있다. 필자들은 한국인을 대신하여 미군부대촌을 직접 방문하고 이곳의 삶에 대해 기술하고자 했지만, 글을 써나가는 동안 그들이 서 있던 곳은 '이방인'의 자리였다. 말

---

[139] 한편 이 기획 기사들은 이전과는 다른 방식으로 미군린치사건을 서술하려는 모습을 보이기도 했다. 이들 기사는 미군당국이 린치사건을 문제 삼아 미군들에게 '금족령'을 내렸고, 이로 인해 부대근방의 주민들이 '적지 않은 타격'을 받고 있다고 전했다. 이는 표면적으로는 '국민'도 '인권'도 아닌 '경제 논리'에 입각하여 사건을 새롭게 조망하고 있는 것처럼 보이지만, 또 해당 사건을 여러 각도에서 조명해 볼 수 있다는 차원에서는 일면 의미를 갖는 것이었지만, 사건의 참혹함에 대해 거론할 어떤 (지면의) 공간도 허용치 않는 논리라는 점에서 문제적이다. 이들이 만들어내는 담론 공간에서 피해자의 자리는 지워져있거나 그들의 존재는 주변화되었다.

하자면, 이들은 가해자도 피해자도 아닌 '구경꾼'의 위치에 서 있었던 것이다. 아마도 신문을 펼쳐들고 이 기사들을 읽어 내려가던 독자들 역시 그와 같은 위치에서 '미군부대촌'이라는 '이방지대'를 바라보고 있었을 것이다. 그렇다면, 이 자연스럽게 처해지는 혹은 의도적으로 접하게 되는 위치, 이 '장소성'의 문제는 어떻게 사유될 필요가 있을까.

1950~60년대 미군주둔지역 인근에는 빈민가의 정착과 함께 가난한 여성들과 전쟁고아, 그리고 미국 달러로 운명을 개척해 보려는 사업가와 범죄자, 법을 피해 도망쳐온 정체불명의 사람들이 유입되고 있었다.[140] 이 '비천한 존재'들과 '이방인'(미군)으로 구성된 미군부대촌을 바라보는 한국인의 시선은 이중적이었다. 그곳은 한국도 미국도 아니었지만 양쪽 모두이기도 했다. 마찬가지로 그들은 **우리이면서 우리가 아니었다.** 위의 기사들이 분명하게 말해주듯 의정부는, 파주는, 부평은, '만들어진 공간'이자 '예외적 공간'이기도 했다. 이곳을 다루는 보도 기사들은 대부분 풍기문란, 사회적 무질서, 폭력, 범죄에 대해 말하고 있었고, 때문에 한국인 대다수에게 동두천, 오산, 군산과 같은 도시의 이름은 매매춘·술 취한 미군·사회적 일탈·부도덕과 동의어가 되어갔다.[141] 이것은 양공주를 바라보는 시선과도 일치한다. 양공주는 "외국군인(주로 미군)을 상대로 몸을 팔지 않으면 안 된 이 땅의 딸들에게 붙여진 대명사"[142]라는 규정에서도 현저히 드러나고 있듯이, 그들은 분명 '우리의 딸'이었지만 훼손되고 오염됨으로써 우리의 신체로부터 계속해서

140 캐서린 H. S. 문, 앞의 책, 27쪽.
141 위의 책.
142 「왜 그들은 '데모'를 했나?」, 『동아일보』, 1960.10.27.

떨어져 나가는 존재, 더 정확히 말하면 (역설적이게도) 떨어져 나감으로써만 우리 안에 포함될 수 있는 존재였다.

　미군린치사건은 한국인들로 하여금 돌연 '한국이면서 한국이 아닌 곳', '우리이면서 우리가 아닌 존재'들과 대면하게 하였으며, 나아가 그들에 대해 사유하지 않을 수 없게 만들었다. 그리고 대다수의 한국인들은 특정한 프레임에 담겨 전해지는 사건에 대한 이야기들을 읽고 듣는 동안, 누군가의 죽음을 초래한 이 사건들을 '도덕적·민족적 과제'로 전화시켰다. 한미행정협정 촉구 데모를 벌였던 주체들과 같이 어떤 한국인들은 그들의 삶에 개입해 들어가기 위한 실천들을 마련하고 수행해갔다. 그러나 이들 사건을 지켜보고 있던 또 다른 무수한 한국인들은 기존의 내면화된 폭력적 시선을 **가지고** 이 사건들을 읽어나갔다. 이러한 맥락에서 캐서린 문의 질문 '양공주, 왜 이 여성들이 한국인의 의식 밖으로 추방되었는가'[143]는 미군린치사건에 한하여서는 일면 수정될 필요가 있다. 왜냐하면, 이 추방된 자들은 일상의 폭력에 길들여진 눈에는 잘 보이지 않는 존재였지만, 한국인들이 자신의 부와 안전, 그리고 우리의 명랑하고 건전한 삶을 확인하고자 하는 순간들에서는 그들의 의식 속으로 다시 불러들여지는 존재였기 때문이다.

　가부장제 패러다임을 빼닮은 민족주의의 언설은 이 추방된 자들을 '국민 주체화'함으로써 **그들이 추방되었다는 사실**을 지워냈으며, 그들의 죽음을 가지고 우리의 비참에 대해 이야기하고자 했다. 이것이 문제적인 까닭은 특정 사건에 결부되었던 이 주체들의 이야기를 '기억의 개별성과 신체성'[144]이 탈각된 '국민의 이야기'로 환원하는 일을 별다른 모

---

143 캐서린 H. S. 문, 앞의 책, 29쪽.

순 없이 수행하도록 만들기 때문이다. "피비린내 나는 사건현장"과 "공포에 쌓인 마을"은 끔찍했지만,[145] 그곳은 상상을 통하지 않고는 가닿을 수 없는 공간이었고, 궁극적으로는 내 삶의 바깥에 있었다. 수전 손택의 지적처럼, 어떤 이미지들을 통해서 타인이 겪고 있는 고통에 상상적으로 접근할 수 있다는 것은, 멀리 떨어진 곳에서 고통을 받고 있는 사람들과 그 사람들을 볼 수 있다는 특권을 부당하게 향유하는 사람들 사이에 일련의 연결고리가 있다는 사실을 암시해 준다. 비록 권력과 맺고 있는 실제 관계를 또 한 번 신비화하는 것일 수도 있지만 말이다.[146]

뿐만 아니라 1948~49년도의 미군철수에 따른 한국전쟁 발발의 생생한 기억은, 그리고 그 기억을 계속해서 길어올리는 일은 한국인들로 하여금 주한미군에 대한 비판이 그들을 동족 공간으로부터 추방하는 일, 시인(김수영)의 말을 빌리자면 '가다오, 나가다오'라는 외침으로까지 전화될 수 없게 만들었다.[147] 미군범죄사건에 대한 비판의 강도가 거세지던 1960년대 초는 미국의 원조 정책과 주한미군 철수가 재검토되고 있던 때이기도 했다.[148] 조차된 공간에서 발생하는 일부 주민의 희생은 남한 국민 전체의 희생을 대신함으로써 비천한 / 숭고한 의미를 가졌다. 그리고 한국인들의 삶을 짓누르던 **전쟁의 공포**가 수면으로 올라와 재가동되는 데 관계했다. 기지촌을 지역적으로 게토화함으로

---

144 도미야마 이치로, 앞의 책, 101쪽.
145 「공포 가시지 않는 파주」, 『경향신문』, 1957.5.1.
146 수전 손택, 이재원 역, 『타인의 고통』, 이후, 2010, 154쪽.
147 김수영, 「가다오 나가다오」(1960.8.4), 『김수영 전집1 ─ 시』, 민음사, 2003, 196~199쪽.
148 마상윤, 앞의 글, 11~12쪽.

써, 즉 이 내재화된 외부, 외재화된 내부의 생산과 존속을 통해 국민들이 경험하게 되었던 것은 역설적이게도 공포나 불안이 아니라, 어떤 안도감이었다. 말하자면, 사건을 지켜보며 분개하면서도, 우리에게 이러한 일은 일어나지 않을 것이라며 가슴을 쓸어내릴 수 있었던 것이다. 독자는 피해자가 나와 같은 '한국인'이라는 점에서 분개하고 애통해했을 터이지만, 또한 '그들'과 자신 사이에 놓인 일정한 (물리적이기도 하고 심리적이기도 한) 거리로 인해 안도의 한숨을 내쉴 수 있었다. 이 심리적 거리감의 안정적 유지를 지탱해주는 것은 저 비천한 존재들(의 훼손)이었다.

한국인의 주체성에 가해진 폭력과 감상적인 슬픔, 그리고 어떤 것도 할 수 없는 치명적인 무능함에 대한 끝없는 자의식을 매개하여, 개인의 죽음이 국민의 죽음으로 환원되어 해석될 때 발생하는 효과, 혹은 위험은 무엇일까. 질문을 바꾸면, 통치 권력과 사회적 담론이 공유하고 있던 내셔널리즘, 그들의 민족적·도덕적 분노와 일정한 담론 공정을 거쳐 다다른 **상상적 회복**은 왜 문제적인가. 애도를 통한 정치 공간에의 참여는 최선은 아닐지라도 의미 있는 것일 수 있다. 그러나 감상적인 파토스에 그치는 (나르시시즘적) 감상은, 애도의 대상이 되었던 죽음을 이미 존재하던 정치적 규범에 따라 해석하는 일이자 **죽음에 새겨진 위협**을 우리의 상징 질서 안에 손쉽게 포함시키고 마는 일이 될 수 있다.[149] 이것이 초래하는 효과는 그를 위해 슬퍼하고 애도하는 일, 비천한 존재들의 부재를 현재 안에 통합하는 일을 통해, 애도하는 자신을

---

[149] 서동진, 「민주주의와 그 너머 ― 애도의 문화정치학」, 슬라보예 지젝·도정일 외, 앞의 책, 210쪽.

그들의 죽음으로부터 보호할 수 있다는 것이다. 이러한 정치적 애도가 문제적인 것은 나와 죽은 자의 거리를 손쉽게 소거하여 그 안의 균열들을 봉합해내기 때문에, 아울러 강렬한 사태로서의 폭력 속에 숨은 채 실행되던 **일상적 폭력**을 더 깊이 성찰하는 일을 중단시키기 때문이다. 오히려 그와 나의 사이는 긴장을 잃지 않고 좀 더 벌어져 있어야 했다. 그렇지 않다면 "주체를 흔들었던 윤리-정치적인 차원을 모욕하고 정치적인 애도를 요구와 권리로 전치"[150]하는 정치 앞에, '그들의 고통'은 '대다수의 목숨'과 '미래의 안전'을 위해 거래될 것이고, 내던져진 존재들의 생은 언제든 비참에 물들 것이기 때문이다.

3. 재현의 문화정치와 가시권의 재구축

1) 비가시성의 가시화―"들어라 코리안들아"

1960년대 초반 미군린치사건의 포악성을 비판하고 한미행정협정의 추진을 촉구하는 일에 앞장섰던 주체는 대학생이었다. 그런데 이 청년들은 거리에서 시위를 벌이는 동안에도 어떤 금기에는 다가가지 않았다. 아래의 예문은 당시 이들이 서있던 입각점을 잘 드러내준다.

---

150 위의 글, 218쪽.

세계의 무수한 민족 중에서 **한국민족만큼 친미적인 국민이 없다는 것을** 미국은 잘 알고 있을 것이며, 또한 우리들 한국인도 미국인만큼 우리에게 고마운 국민은 없다는 것을 철석같이 믿고 있다. 이와 같이 세계의 어디에 가서든지 찾아볼 수 없을 만큼 우호적인 한국과 미국의 두 국민은 파주사건이나 평택사건과 같은 것이 일어났다고 해서 그 우호감정이 악화될 리는 만무한 것이겠지만, 그럼에도 불구하고 비인도적인 대우를 받아 민족감정에서 격분한 한국인의 심정과 여전히 비인도적 사형(私刑)을 계속하는 일부 미군인의 불량한 태도는, 앞으로의 사후처리에 있어서 지극히 고차적인 정치적 고려를 하지 않을 수 없게 만드는 것이라고 우리는 생각하는 것이다.[151]

"**우리의 행동은 반미행동이 아니다**"[152]라는 말은 데모 현장에서 외쳐진 구호 중 하나였다. 학생을 중심으로 편성된 데모대가 실제로 반미사상을 품지는 않았던 것이든, 아니면 당국의 검열 논리와 사회적 시선으로부터 스스로를 보호하기 위해 거는 장치였든, 이들은 표면적으로는 분명 반미적이지 않았다. 혹은 자신들은 결코 반미적 입장에 서 있지 않음을 강력히 피력했다. 동시에 이들은 의식적으로 '우리는 반미가 아니다'라고 선언하고 있었지만, 자기 안의 미군 / 미국에 대한 어떤 불편함, 혹은 꺼림칙함을 감지하고 있기도 했다.

이 모순된 인식과 감정은 무엇을 말해주는가. 여기에는 '**반미적이어서는 안 된다**'는 억압이 존재하는데, 이 억압은 최소한 두 가지 인식과 관계하고 있었다. 하나는 세계적 흐름으로서의 아메리카나이제이션

---

151 「고대생 '데모'와 한미우호관계」, 『동아일보』, 1962.6.8.
152 「고대서 한미행협촉진 데모」, 『경향신문』, 1962.6.6.

이 근대화를 상징하는 것이었던 만큼 이 흐름에 동참하지 않고는 조국 재건과 한국의 미래를 전망하기 어렵다는 것이고, 다른 하나는 지난 역사의 경험을 통해 미군철수와 한국전쟁 발발이라는 두 사건의 인과성에 대한 예민한 인식을 가졌다는 것이다.

'유엔'군이 한국에 주둔하고 있는 숭고한 기본정신에 대하여 우리는 새삼 인식하여야 할 것이며 비록 일부 미국인의 부분적인 비행이나 또 학생들의 그 비행을 규탄하는 '데모'가 있었다 하더라도 이는 **결코 한미우호에 금이 가지는 않을** 것이다.

— 1962년 6월 8일 박정희 최고회의 의장의 6·6학생데모에 대한 지시사항 중 일부

그런가 하면 1960년대 초반 '우리는 반미가 아니다'라는 말을 정체성 증명을 위해 쓰고 있던 또 다른 주체가 있었다. 그것은 바로 5·16군부 세력이다. 대내외적으로 군정의 대미외교에 관심이 쏠리고 있던 만큼 박의장은 이에 대한 자신의 입장을 적극적으로 드러낼 필요가 있었다. 의장 공관에서 열린 한미외원회담(韓美外援會談) 내용 발표 역시 이러한 맥락에서 행해졌다. 당시 박정희는 이후락 공보실장을 통해 유솜(USOM) 처장이던 '킬렌'의 발언을 전함으로써 미국 대표 측이 군정을 어떻게 평가하고 있는지를 보여주고자 했다. 이후락에 따르면, 킬렌은 "일부 한국 사람들이 박의장의 주장을 반미적이라고 해서 곡해하고 있으나 우리들은 그렇게 생각하지 않으며 박의장의 이념이야말로 '반미'라기보다 미국의 기본방침과 '완전합치'되는 것으로서 환영하고 박의장의 신념을 이해하면서 미국의 "공식적인 격려의 뜻"을" 전하고자 했다.[153]

이러한 당국의 "PR"은 자신들의 정체성 증명을 위해 열성적으로 행해졌지만, 그들의 메시지가 온전히 국민들의 눈과 귀에 전달되고 있었던 것은 아니다. 이를테면, 앞서 미국 측 입장을 전하던 보도 기사만 하더라도 약간의 코멘트를 덧붙임으로써 당국의 홍보가 어떻게 읽힐 필요가 있는지에 대한 해석 지침을 던져주고 있다. 이 신문은 이렇게 전한다. "이실장의 이런 PR을 액면대로 받아들인다면 미국정부는 여태까지 박정희씨와 그의 정부를 '반미적'이라고 보아왔으며 더구나 자립·자주계획에 관하여는 전혀 아는 바가 없었다는 말이 되겠다."[154] 1960년대 초반 군부정권은 "혁명정부가 '반미'의 낙인찍힐 이유는 아무데도 없"[155]다는 점을 피력하기 위해 꽤 많은 시간을 쏟아야 했다.

1963년 대통령 선거 때에도 박정희는 '사상공세'에 직면하게 된다. 박정희와 김종필, 아울러 공화당은 자신들이 결코 "의심스러운 사상"[156]을 갖고 있지 않음을 공표하였으며, 또한 이를 입증하기 위해 애썼다. 앞서 배치된 장에서 이 점은 이미 검토한 바 있으므로, 여기서는 다만 한 가지 정황만을 추가적으로 살펴보고자 한다. 눈여겨볼 것은 사상공세가 대통령 선거를 전후한 시기에서만이 아니라 한일협정 문제로 정국이 어수선하던 1964년 말경에도 지속되고 있었다는 사실이다.

1964년 11월 윤보선(민정당 대표 최고위원), 박순천(민주당 총재), 김도연(자민당 대표 최고위원) 등 삼당 영수는 "'유엔'감시하의 인구비례남북한 자유선거"라는 통한(統韓)에 대한 단일방안을 재확인하고 이에 관한 성

---

153 「추원(追援) 1,000만 불과 선거, 친미적 민족적 민주주의의 진로」, 『경향신문』, 1963.11.12.
154 위의 글.
155 「자유민주주의가 바탕, 김종필씨 고대서 민족주의 등 강연」, 『경향신문』, 1963.11.5.
156 「민정당 찬조연설 요지」, 『동아일보』, 1963.10.12.

명을 발표했다. 핵심만 간추리면, 이들은 "작금 공산 측 주장과 본질적으로 같은 통일방안이 대두되고 있음"에 착목하여 "이러한 **용공적 논의의 온존처**"를 찾아본 결과, 그것이 "공화당의 '당시(黨是)'라고 할 수 있는 소위 민족적 민주주의에 있다는 것을 분석 판단했다"고 밝혔다. 또한 이에 더하여 "이러한 공화당의 민족적 민주주의는 그 제창 당시의 논지로 보나 그 이념구성에 참여한 인적요소로 보나 민족자주라는 표피 밑에 배미용공적 요소를 농후히 내포하고 있다"고 주장하는 한편, "정부와 여당의 요소와 주변에 공산당의 전력을 가졌거나 의심받을 만한 좌익계열이 지나치게 많이 참여하고 있는 사실"을 발견했다고 공표했다.[157]

이러한 당시의 정황은 군부세력이 정치적으로 민감한 문제였던 미군린치사건과 한미행협 추진이라는 사안으로부터 한 걸음 물러서 있던 이유 중 하나로, 아울러 박정희 정권이 향후 '반미와 용공'을 엄단하게 되는 중요한 맥락으로서 검토될 필요가 있다. 요컨대 1964년경 한일협정반대투쟁 세력에 의해 "매국성권"으로 비판받고 있던 상황에서 "배미용공적"이라는 사상공세까지 더해짐에 따라 박정희 정권은 매우 곤란한 입장에 처할 수밖에 없었던 것이다. '반미', '매국', '용공' 등 위협적인 수사들이 통치 권력의 정통성과 정체성을 심각하게 뒤흔들고 있었다. 이런 상황에서 박정희 정부는 자신들을 향해 쏘아 올려졌던 언어의 총성을 1965년에 이르러 본격적으로 지식인들과 예술가들에게 되돌려주었다. 권력은 정확하게 **"배미용공적"**이라는 이유로 대학생과 교수를, 그리고 이만희와 남정현을 처벌하고자 했다. 일련의 사건들은 군부정권이 자신에게 쏟아지던 사상공세의 힘을 어떤 방식으로 전유

---

157 「통일방안을 재확인」, 『동아일보』, 1964.11.19.

하여 권력을 보존하고 내치의 효율성을 도모하는 데 쓰고자 했는지 목도하게 한다.

'반미'라는 테제가 문학의 영역에서 다뤄지는 방식과 양상은 이러한 정치사회적 맥락을 염두에 두면서 검토될 필요가 있다. 여기서 주목되는 작가로는 김수영, 남정현, 신동엽, 유주현 등이 있다. 이들의 작품은 앞서 살펴본 미군린치사건을 직접적으로 다루고 있다는 점에서, 아울러 한국사회에서 암묵적으로 합의하고 있던 타협의 선 —"우리는 반미가 아니다"— 을 넘어서고 있다는 점에서 일정한 공통점을 가졌다. 특히나 이들의 대미인식이 급진적 성격을 띠고 있었다는 점에 주목해야 한다.

들어라 코리안들아[158]

1960년대 김수영을 비롯한 여러 작가들은 어떤 의무감에 휩싸인 채 미군사건과 여기에 관련된 주체들을 형상화할 장소를 자기의 시와 소설에서 마련하고 있었다. 원조-경제적 의존 때문이든, 군사-전쟁발발 억지를 유도하는 방위의 차원에서든 그간 미군은 남한사회에서 환영받았지만(welcome), 이 작가들은 주목할 만하게도 '양키 고 홈!'을 외치고 있었다(Unwelcome).[159] 그리고 이들은 이 외침의 시간 동안 '혁명'의

---

158 김수영, 「〈북・리뷰〉 들어라 양키들아―큐바의 소리」, 『사상계』 95호, 1961.6, 377쪽. 민음사에서 나온 『김수영 전집2―산문』에도 이 글은 실려 있다. 한 가지 밝혀둘 것은 전집의 경우 '편집자 주'를 통해 "C. 라이트 밀즈(C. Wright Mills)의 「들어라 양키들아(LISTEN, YANKEE)」의 서평으로 쓰인 이 글은, 내용이 반미적이라 발표되지 못한 채 사장되어 있었다"고 적고 있는데, 이는 잘못된 정보로 인한 오기라는 것이다. 김수영의 이 글은 집필된 직후 『사상계』 1961년 6월호 '북・리뷰' 코너(375~377쪽)에 실린 바 있다.

의미에 대해 다시 생각하며 '빈민대중'의 지워진 자리를 '가시권(可視圈)'으로 이동시켜갔다. 이것은 곧 '세계의 비참'[160]에 대해 말하는 것, 은폐되어온 불행의 출처를 되짚고 비참의 책임을 헐벗은 자들이 아닌 그들을 바라보는 한국인들에게 재분배하는 일이었다. 한승헌의 「변론서」에 있는 표현을 빌려오자면, 이 시기 문학자들은 "미국병사의 적나라한 인간묘사는 반미가 되며, 반미는 곧 용공으로 비약되는 것인가"라는 물음에 관하여, 보다 근본적으로는 "소설은 반드시 친미적이며 현실 긍정적이어야 할 것인가"에 관하여 되묻고 있었다.[161]

이러한 맥락을 염두에 두면서 함께 읽어볼 첫 번째 작품은 신동엽의 「왜 쏘아」이다. '조차(租借)된 공간'에 새겨진 '폭력의 흔적'을 더듬어가는 그의 시는 빠른 속도로 읽어 내려가는 독자에게는 가열된 분노를, 숨을 고르며 작품 속 인물들과 시인의 마음을 가늠하며 읽는 이에게는 낮게 내려앉은 슬픔을 느끼게 한다. 그것이 분노이든 슬픔이든 시인의 마음을 온전히 이해하고 감각할 수는 없으나, 최소한 이 시가 어떤 사건을 다루고 있는 것인지에 관해서, 시인으로 하여금 이 시를 쓰지 않을 수 없게 만든 동력에 대해서는 이야기해 볼 수 있을 것이다. 아래에 옮긴 시의 한 구절을 읽어보자.

---

159 김수영은 61년 5월 1일자 일기에서 다음과 같이 적은 바 있다. "『들어라 양키들아』(C. 라이트 밀스 저) 독료. 뜨거운 마음으로, 무수한 박수를 보내면서 읽었다. 사상계사에 Book Review를 썼다. 아아, 〈들어라 양키들아〉." 김수영, 『김수영 전집2 – 산문』, 민음사, 2003, 510쪽.

160 피에르 부르디외, 김주경 역, 『세계의 비참』 1, 동문선, 2000.

161 한승헌, 「변론서」, 한승헌변호사변론사건실록간행위원회, 『한승헌변호사 변론사건실록』 1, 범우사, 2006, 62쪽.

눈이 오는 날
소년은 쓰레기통을 뒤졌다.

바람 부는 밤
만삭의 임부는
철조망 곁에 쓰러져 있었다.

그리고 눈이 갠 아침
그 화창하게 맑은 산과 들의
은빛 강산에서
열두 살짜리 소년들은
어제 신문에서 읽은 동화(童話)얘길 재잘거리다
저격 받았다.

나는 모른다.
그 열두 살짜리들이 참말로
꽁꽁 얼어붙은 조그만 손으로
자유를 금 그은 철조망(鐵條網) 끊었는지 안 끊었는지.

나는 모른다
그 철조망들이
맨발로 된장찌개 말아먹은 소년들에게
목숨을 강요해서까지

필요한 것인지 아닌지는.

(…중략…)

쓰레기통을 뒤져

깡통 꿀꿀이죽을 찾아 먹는 일

나도 이따금은 해봤다

눈사태 속서 총 겨냥한

낯선 병정(兵丁)의 호령을 듣고

그 퍽퍽한 눈 속을

깊이깊이 빠지면서 무릎이겨 기던

그 소년(少年)의 마음을 나는 안다.

떼진 뒤꿈치로

사지 늘어뜨려

국수가닥 깡통을

눈 속에 놓치던

그 마음을 나는 안다.

아기 밴 어머니가

배가 고파, 애들을 재워 놓고

집을 빠져나와

꿀꿀이죽을 찾으려던 그 마음을,

고요한 새벽 흰 눈이 쌓인 그 벌판에서의

외로운 부인의 마음을

나는 안다.

왜 쏘아.

그들이 설혹

철조망이 아니라

그대들의 침대 밑까지 기어들어갔었다 해도,

그들이 맨손인 이상

총은 못 쏜다.

왜 쏘아.

우리가 설혹

쓰레기통이 아니라

그대들의 판자(板子)안방을 침범했었다 해도

우리가 맨 손인 이상

총은 못 쏜다.[162]

    신동엽이 쓴 이 시의 제목은 「왜 쏘아」이다. 본문에서 연거푸 제시
되고 있듯이 이 시는 호기심 어린 눈빛으로 '왜 쏘아'라는 물음을 던지
는 일에 관심을 두고 있지 않다. "왜 쏘아"로 시작되어 "못 쏜다"로 끝맺
는 연들은 화자가 하고자 하는 궁극의 말이 어디에 놓여 있는지 보여

162 신동엽, 「왜 쏘아」, 『신동엽 전집』, 창작과비평사, 2006, 109~111쪽.

준다. 이때 눈길을 끄는 것은 '안 쏜다'가 아니라 '못 쏜다'라고 적혀 있는 말미의 서술이다. '안 하겠다'는 명료한 의지의 표명, 즉 의지의 최대치가 아니라 '차마 할 수 없다'는 최소한의 의지를 겨냥하고 있는 이 말에는 '인간이라면 차마 그럴 수 없다'는 의미가 아로새겨 있다.

시에서 가리키고 있는 '쏘다'의 행위 주체 / 객체는 누구인가. '왜 쏘아'가 기술되는 맥락의 앞뒤에는 '쏜 주체'와 '쏘임을 당한 객체' 간의 관계를 암시하는 말들이 들어차 있다. 시인에 따르면, 저격의 대상이 된 존재들은 '쓰레기통을 뒤지는 소년'이거나 '배고픈 아이를 위해 꿀꿀이죽을 찾으려던 만삭의 임부'이거나 '어제 신문에서 읽은 동화를 재잘거리는 열두 살짜리 소년들'이다. 그리고 저격한 주체는 "낯선 얼굴들", "낯선 병정", 좀 더 구체적인 표현에 의하면 "머피 일등병"이다.

그렇다면 이들의 '죄'는 무엇인가. 시인은 "나는 모른다"와 "나는 안다"라는 말을 거듭 내뱉음으로써 독자에게 그가 아는 것과 그가 알지 못하는 것에 대해 알려준다. 우선 그가 모르는 것은 죄의 유무이다. 아마도 (사람들에 의하면) 그들은 넘어서는 안 되는 '금지된 구역'의 내부에 침입해 들어갔을지 모르고, 내 것이 아닌 물건에 손을 댔을지 모른다. 시인은 이것이 가능성인지, 사실인지, 왜곡인지 확신할 수 없다고 말한다. 그가 모른다고 선언하는 이 점이 '의도적 무지'인지 혹은 '실제적 무지'인지 독자 역시 가늠할 수는 없으나, 시의 초점이 사실의 차원에 맞춰져 있지 않다는 것은 알아차릴 수 있다. 때문에 시인이 죽은 자들의 '무고(無辜)'를 주장하기보다 짓밟힌 '인간의 존엄성'에 눈을 돌리고 있는 상황 또한 이해할 수 있게 된다. 시인은 설혹 그들이 "그대들의 침대 밑까지 기어들어갔었다 해도" 그대들에게 '죽일 권리'는 그 누구로부터도 위임되지 않았음을 지적하며, "왜 쏘아"라는 물음을 "못 쏜다"로, 이내 "쏘지 마라"로, 궁극에는 "돌아가"라는 결어를 향해 밀어붙인다.

그러면 시인이 아는 것은 무엇인가. 그가 안다고 말한 것들의 목록을 살펴보면, 우선 공간의 역사성이 눈에 띈다. 시의 주 무대가 되고 있는 '이중으로 철조망이 쳐 있고 검은 창고가 서 있는 이곳'은 시인의 유년시절까지만 해도 "머리에 흰 수건 두른 아낙들이 안방 이야길 주고받으며 햇빛에, 목홧단 콩깍지들을 말리던 곳"이었다. 이 발언에는 '그곳'이 별도의 구획이 그어진 채 엄격히 통제되고 있는 현재와 달리, 과거에는 삶의 공간을 분리해내는 이질적 경계가 없는 곳이었다는, 다시 말해 이 경계의 역사성에 대한 지적이 담겨 있다. 또한 여기에서는 현재 눈앞에 펼쳐져 있는 낯선 타자와 폭력과 주검에 대비되는 평화로움을 간직한 시대를 향한 애틋한 시선이 감지된다. 귀청을 울리던 "토끼 몰이하던 아우성"과 "씨름놀이하던 함성"이 퍼져나가던 공간을 이제, 날카롭게 가로지르는 것은 '어떤 이의 비명'과 '그의 죽음을 애도하는 남은 자들의 곡소리'이다.

시인은 이어, 자신이 아는 것은 "소년의 마음"이라 일컫는다. 시인은 "나도 이따금은 해봤다"는 말로써 죽은 소년과 자신의 경험의 공통성을 전제하고("쓰레기통을 뒤져 깡통 꿀꿀이죽을 찾아먹은 일"), 그 전제를 기반으로 소년이 처했던 상황이 그로 하여금 '해서는 안 되는 일'을, 자기의 의지를 무너뜨리는 그 일을 할 수밖에 없도록 만들었음을 '안다'고 말한다. 공간의 역사성에 대한 앎과 가난한 삶에 대한 경험은 시인이 "우리"라는 대명사에 자신과 소년을 함께 기입할 수 있는 근거이기도 하다. 이 순간만큼은 '민족'보다 **가난의 공동체**가 더 중요한 정체성의 토대이자 발화 거점이 된다.

그런데 그보다 시인이 더 깊이 알 수 있었던 것은 "눈사태 속서 총 겨냥한 낯선 병정의 호령을 듣고 그 퍽퍽한 눈 속을 깊이깊이 빠지면서 무릎 이겨 기던 그 소년의 마음"이었다. 삶과 죽음을 일시에 가로지르는 총성이 흩어지던 그 눈 속을 절박하게 헤쳐 나가던 소년의 마음은, 어쩌면 그와 같은 상황에 처하지 않으면 끝내 알 수 없는 것일지도 모르지만, 시인은 '안다'고 쓰고 있다. 아마도 그가 '안다'는 것은 죽음 앞에 놓인 소년의 생 자체가 아니라, 뒤를 쫓고 앞을 가르던 총성과 탄환, 그가 온몸으로 느꼈을 그러나 어떤 말로도 형용할 수 없는 공포와 끝내 언어로 치환될 수 없는 비참일 것이다. 시인은 **보이지 않는 것을** 주시하고 있었다.

신동엽은 이 시의 제재인 미군사형사건을 다루던 그간의 기사들과 논조 면에서도 차이를 두었지만, 보다 궁극적으로는 '양민'의 이름에 드리워져 있던 장막을 거둬냄으로써 간과되고 침묵되었던 것들을 가시화했다. 미군범죄사건을 다루는 가장 지배적인 프레임(frame)이었던 '주권'이나 '인권', 혹은 '경제'와는 다른 프레임을 통해 시선의 초점을 재형성하고 있는 것이다. 그간 정부와 언론과 데모의 주체였던 학생들은 이들 사건에 연루되었던 피해자들에게 '국민' 또는 '양민'이라는 호칭을 붙이곤 했다. 그러나 국가 단위의 주체를 연상시키는 '국민'이나 '선량한 백성'이란 뜻의 '양민'이라는 명명법은 설령 그것이 어떤 국면에서는 일정한 전략적 효과를 가질지라도, 그 안에 잠재해 있는 이질성을 뭉뚱그리거나 지워낸다는 점에서 문제적이다. 또한 고결한 '인권'이라는 프레임은 수혜국, 후진국과 같은 귀속으로부터 벗어나 (보편에 호소할 수 있는) 보다 안정된 발화의 토대를 제공해준다는 점에서 의미 있는 것이었지만, 동시에 전자의 경우와 마찬가지로 문제의 핵심을 흐리는 측면을 가졌다. 피해자들이 지니는 많은 이름들은 저 강력한 국민과 인권이라는 이름에 들러붙어 있는 '후진 약소민족의 내셔널리즘'과 '인간으로서의 존엄성 보장'이라는 추상적 도덕, 붙들린 정념에 의해, 산화되었다.[163]

이에 비해 시인은 그들의 이야기를 다룰 적마다 언론이 부득이하게, 혹은 애써 빠트리곤 했던 '가난', 그 그늘진 곳을 덮고 있는 말의 그림자를 쓸어낸다. 이것은 '불온한 것들'을 재탐사함으로써 비가시성을 가시화하는 일, 즉 언제든 불온한 사상에 물들어 적화될 소지가 있다고 말해지던, 그러나 동시에 그들의 실제 삶에 대해서는 계속해서 침묵했던 **빈민대중의 자리**를 그려내는 일이었다. 한국정부와 언론은 그들을 '양민'이라 불렀지만 대부분의 피해자들은 양민 중에서도 '빈자(貧者)'에 속했다. 이들은 때로 "짐승 잡는 엽총"[164]에 의해 살해되었고 그 모습은 "흡사 오리 사냥 같았"[165]다. 우연치 않게 가해자들의 심경을 건

---

163 '주권-후진 약소민족의 내셔널리즘'과 '인권-인간으로서의 존엄성 보장'은 한 자리에 함께 등장하기도 했다. 예를 들면, 1964년 2월 18일에 열린 국회 제13차 본회의에서는 한미행정협정 체결을 촉구하는 대정부건의안이 상정되었는데, 이날 이만섭(공화) 의원은 이 제안에 대해 다음과 같이 설명한다. "미군에 의해 총격사건이 발생되고 있는 것은 한국인이 절도행위를 하기 때문이 아니라 미군의 비인도적 처사가 문제. 일부 미군의 태도가 약소국을 무시하는 것으로 본다. 굶주린 어린아이가 깡통을 주우러 부대에 들어온 것을 총질했다는 것은 도저히 용납할 수 없다. '하우즈' 유엔군사령관은 미군을 대표하여 한국국민에게 미안함을 표시해야 옳았다. '하우즈' 사령관의 언명은 한국국민을 무시하는 발언으로 규정할 수밖에 없다. 패전국가인 일본과 행정협정을 체결한 미국이 왜 10여 년 동안 행정협정을 기피하여 왔는지 알 수가 없다. 이런 불상사를 방지하기 위하여서도 행정협정을 조속히 체결하여야 한다." 「'한·미행협' 체결 촉구」, 『경향신문』, 1964.2.18.
164 「혁명공약과도 관련 있어—짐승 잡는 엽총으로 사람 죽여」, 『경향신문』, 1962.2.12.
165 「나무꾼 피살 사건 유엔군사 공식 발표」, 『조선일보』, 1962.2.10.

드려 벌어지게 된 우발적인 사건이라는 당대의 지배적 서사틀을 받아들인다고 하더라도, 이 '(예비)피해자'의 명단에 고관대작이나 부유한 기업가가 포함될 가능성은 없었다. 철조망 근처를 배회하며 수시로 훔칠 수 있는 것들을 엿보는 이들의 생(生)은 '빈곤' 속에 숨을 몰아쉬고 있었다. 벗겨지고 피 흘리며 난도질된 이들의 신체는 독자가 상상할 수 있는 가장 비참한 죽음, 그 경계의 끝에 놓여 있었다.

2) 혈육과 구경꾼, 연민의 중지

미군린치사건은 소설의 공간에서도 다뤄졌다. 유주현은 1962년도에 '나무꾼 피살사건'을 소재로 삼은 소설 「임진강」(『사상계』 109호, 1962.7)을 발표했다. 작가는 가난한 집안에서 나고 자란 형제를 이태원과 파주라는 공간에 배치하여 이야기를 전개한다. 이 소설은 두 개의 공간을 오가며 미군린치사건을 바라보는 여러 시선을 그려내고 있는데, 아래는 그중 피살자의 형인 덕환의 시선을 보여주는 장면이다.

> 덕환은 몸을 뒤로 눕히며 삼면에다 눈을 보내다가 톱기사가 쎈세이셔날한 바람에 무심히 그러나 차근히 읽어내려 가기 시작했다. 그는 그 기사를 읽다가 너무나 뜻 아닌 활자들이 나열되어 있는 바람에 호흡이 가빠 올랐다. (…중략…) **덕환의 얼굴은 일그러져 있었고 안색은 까닭 모르게 울그락 불그락했다.** (…중략…) **그는 몹시 흥분하고 있었다.** 놀라움과 분격이 얼굴에 역력히 나타나 있었다. (…중략…) 그는 두근대는 가슴과, 흥분하는 마음과, 놀라움과 분노와 그리

고 슬픔으로 착잡한 감정을 억제하느라고 어금니를 지근지근 누르며 현필에게 물었다.[166]

덕환은 이태원의 한 카페에서 신문 기사를 통해 미군린치사건을 접한다. 그에게 이 사건은 "쎈세이셔날한" 것이었지만 동시에 "무심히" 읽어 내려갈 수 있는 것이기도 했다. 그런데 이어지는 구절들이 보여주듯, **구경꾼적 주체**의 자리에서 이 사건을 대하던 그의 태도는 급격히 변화된다. 이러한 태도의 변화는 이번 사건의 주인공이 다름 아닌 자신의 **혈육**인 동생 덕수라는 사실을 알아차리는 데에서 비롯되었다. 덕수가 피살자가 된 이상 그는 함께 있던 문태가 취하던 입장, 즉 가해자인 미군의 행위를 정당화하거나, 혹은 온전히 누구의 책임일 수는 없다는 식의 입장에 동조할 수 없게 된다. 이 장면은 하나의 사건이 '타자의 문제'에서 '나의 문제'로 환원되었을 때 발생하는 감정 변화를 그려내고 있는데, 이 전환은 해당 인물이 더 이상 구경꾼적 주체의 자리를 보존할 수 없게 될 것임을 말해준다는 점에서 주목된다.

기본적으로 이 소설은 사건 자체에 대해 기술하는 일보다는 사건 이후의 상황을 어떻게 끌어갈 것인지에 집중하고 있다. 여기서 서사를 추동하는 힘은 형 덕환과 어머니 피씨에게서 발생하는데, 눈여겨볼 지점은 이 사건과 관련하여 이들이 어떤 결단을 내리는가 하는 데 있다. 먼저 덕환은 동생의 사건을 신문을 통해 접하고 나서 무엇보다 미군에 대한 인식을 황급히 조정한다. 그가 1·4후퇴 때의 기억을 상기하는 장면은 인상적이다. 이 회상 장면에서 한국전쟁은 미군의 방위 속에 목

---

166 유주현, 「임진강」, 『사상계』 109호, 1962.7, 237쪽.

숨과 조국을 지킬 수 있었던 숭고한 사건으로 그려지지 않는다. 오히려, 전쟁에 대한 기억은 부상당한 미군을 은신처에 숨겨줌으로써 그의 삶을 구해주었던 그날의 일을 통해 구성되고 있다. 말하자면, 한국전쟁을 집단이 아닌 개인의 삶이라는 층위로 내려와 재서술함으로써 미군을 '구원자'로, 한국인을 '구원받은 자'로 규정하던 지배서사에 균열을 가하고 있던 것이다. 이 회상이 현재의 상황에 중첩됨에 따라 미군은 구원자가 아닐뿐더러 "은혜를 웬수로 갚"은 '배은망덕한 자'로 전락한다.

이것은 곧 한국의 정치적 상상체계 안에서 그간 미군(미국)이 점유했던 자리를 재규정하려는 시도라 할 수 있다. 미군(미국)은 더 이상 '구원자'가 아닐뿐더러, 그들은 '적도 아닌', 그러나 '우리 편도 아닌' 존재가 되었다. 최소한 이 소설의 공간에서만큼은 그들이 부여받을 수 있는 장소는 어디에도 없다. 그러나 이 소설에서 덕환의 분노는 가해자인 미군에 대한 증오나 한미관계에 대한 비판적 성찰로 이어지지는 않는다. "동생 덕수란 놈은 죄 없이 죽었지 않은가. 죽었단 말이다. 적도 아닌, 우리 편인 미군의 총탄으로 죽었단 말이다. 가만히 있을 수는 없지 않은가 말이다." 이 대목은 우리에게 그가 곧 '행동'할 것임을 알려주는데, 예상과 달리 덕환은 미군(나아가 미국)이라는 대상에게 가닿아 있던 시선을 거두어 한국사회의 계급격차 문제로 옮겨놓는다.

이 소설에서 가장 중요하게 다뤄지는 것은 작중 인물의 말을 빌리자면, **"가난의 죄"**이다. 이 점은 배경이 되는 반도의 두 공간을 묘사하기 위해 오랜 시간을 지체한다는 점을 통해서도 짐작할 수 있다. 청년 덕수가 죽음을 맞는 공간인 파주와 동생의 죽음을 석간신문을 통해 알게 되는 덕환의 공간인 이태원은 겹쳐 읽을 필요가 있다. 파주는 "출입이

금지된 구역"을 포함하고 있는 경계도시로, 누가 언제 '죽음'을 맞을지 모르는 공간이다. 여기서 '누구'는 '가난한 양민' 일반을 일컫는다. 그런가 하면, 이태원은 파주와 마찬가지로 외군(外軍)과 외인들의 주택단지로 유명한 "이방지대(異邦地帶)"이면서, "한강을 남쪽으로 흘리면서 길고 넓게 자리한 서울의 새로운 마을"이자 "참담한 가난에 신음하는가 하면 흥청대는 부(富)가 널려 있"는 지역, 즉 "빈부(貧富)의 차이가 극심한 곳"으로 그려진다. 파주가 미국과 한국의 뚜렷한 경계를 가시화하고 있다면, 이태원은 '풍요로운 미국'과 '빈곤한 한국'이 뒤섞이고 그 혼성에 의해 발생하는 겹겹의 빈부 격차를 노출시킨다. 이 같은 공간 묘사는 해당 지역에서 삶을 영위하는 비루하고 비참한 사람들을 이야기하기 위해, 궁극적으로는 미군린치사건을 "가난의 죄"라는 틀로 재독하기 위해 마련된 것이라 할 수 있다.

이 소설은 신동엽의 경우와 마찬가지로 해당 사건을 '한국인'이라는 대주체의 문제로 성급하게 환원하지 않는다. 피살된 자와 그의 피붙이들은 '한국인'이 아니라 "가난뱅이들", '가난의 죄를 가진 한국인'이다. 내치의 문제로 이 사건을 설명하는 일에 인색했던 당시의 담론들을 상기한다면, 빈곤과 계급 문제를 통해 사건을 읽고자 하는 이 소설의 독법은 사건을 조망하는 시야를 새롭게 구축한다는 점에서 의미 있는 것이라 할 수 있다. 이 소설이 집요하게 묻고 있는 바가 있다면, 그것은 '죽은 자의 죄는 무엇인가', 좀 더 구체적으로는 '가난한-한국인이라는 이중의 죄를 우리는 어떻게 사유할 것인가' 하는 것이다. 이런 맥락에서 볼 때, 덕환의 인식은 문태의 그것과 구분하여 살펴볼 필요가 있다. "문제는 가난하기 때문이다. 총을 쏜 미군보초두 죽일눔은 아니구 물론 나무꾼두 죽어야 할 죄는 없어. 문제는 가난이 죄야. 가난하기 때문에 위험한 줄을 알면서두 나무를 하러 갔다가 잠깐 실수루 목숨을 뺏긴 거란 말이다. 불쌍할 뿐이다. 그저 불쌍해!"(문태의 말) 이 발언이 저 만치 떨어진 자리에서 사건을 조망하던 많은 한국인들의 시선을 엿볼 수 있게 한다면, 덕환의 시선은 이와는 다른 차원을 확보한다.

"다 가난의 죄야." 이 말에 뿌리를 두고 있는 덕환의 행보는 흡사 오래전 홍길동이 행한 부의 분배법, 그 정의의 실현 방식을 연상시킨다. 그는 부잣집에 잠입해 나어린 여성과 동침하던 집주인 남성으로부터 금품을 빼앗아, 그것으로 동생의 장례를 치르고 남은 돈 전부를 가난한 고향 마을 사람들에게 나눠준다. 말하자면, 파렴치하고 부도덕한 자에게 편중되어 있는 부를 탈취하여 재분배를 실행하는 것은 '위법'에 해당하지만, 수행 주체에게 있어서는 그 자신의 힘으로 '정의'를 실현시킬 수 있는 유일한 방법이었던 것이다. 그런가 하면 그를 행동하게 만든 것은 "무엇인가 해야 한다는 절박감"과 '슬픔', 그리고 "선이고 악이고 준법이고 범법이고를 가리기 이전에 무슨 짓인가 하지 않고는 견딜 수 없는 초조감"이었다. 이것이 인물의 입장이라면, 작가는 그의 행동을 바라보며 어떤 포즈를 취하고 있는가. 좀 더 질문을 구체화하면, 작가는 비법적 행위로써 변혁을 꿈꾸는 덕환을 어떤 시선으로 바라보고 있었던 것일까. 이 물음은 어머니 피씨가 행한 어떤 결단을 살펴보는 일을 통해 사유될 수 있을 것이다.

아들이 죽은 미군부대의 초소(哨所)에서 오랫동안 피씨의 시선은 눈물을 머금은 채 머물러 있었다. (…중략…) 노파 피씨의 두 눈에는 핏기가 피어오르기 시

작했다. 까부러져 움푹 패였던 눈언저리가 두드러지게 솟아났다. 노파 피씨의 두 다리는 후들후들 떨렸다. 오히려 선하게 보이던 뻐드렁니의 틀이 흉하게 일그러져 갔다. 노파 피씨는 눈을 휘둥그렇게 벌리고 올개미를 찾았다. 그리고 목을 길게 뽑아 올개미 속에다 끼굴 순간에는 한껏 발돋음을 했었기 때문에 한쪽 발이 언덕에서 찌익 미끄러졌다. 피잉! 하게 캥기는 무명 허리띠는 튼튼했다. 소나무 가지가 휘청! 하고 흔들렸다. 그 밑 참나무에 매달린 각가지 빛깔의 헝겊오리들이 발아래에서 일제히 흔들렸다. 바람이 일고 있는가 싶었다. **노파 피씨의 마른 황토가 묻은 광목 치맛자락이 파아란 공간에 흩날렸다.** 두 다리가 몇 번인가 허공을 차고 까실하게 쭈굴한 두 손이 공간을 헤엄치다가 축 늘어질 때 매달린 몸이 핑그르 돌았다. 쉰아홉⋯⋯ 노파 피씨는 그 순간에 아홉수를 원망했을까?[167]

이 소설에서 가장 극적인 모멘트를 이루는 장면은 어머니 피씨의 대응방식이 최종적으로 표출되는 지점, 즉 '자살'이 행해지는 때이다. 그녀에게 아들의 죽음은 자신이 그토록 되뇌던 "네가 왜 죽었는지 아무래두 모르겠다"는 무력한 말로도, '자신의 아홉 수'의 탓이나 '팔자소관'이라는 믿음으로도 설명될 수 없었다. 소설이 전개되는 동안 무력하고 수동적이었던 피씨의 마지막 변신은 그녀의 '습성화한 체념'을 고려할 때, 충분한 개연성을 갖지 못한다. 혹은 독자의 예상범위를 초과하는 것이라 할 수 있다. 이 선택은 아마도 비극의 극대화를 위해, 그리고 이들의 죽음을 의미화하는 일의 몫을 독자와 나눠 갖기 위해 마련된 것으로 보인다.[168]

---

167 유주현, 앞의 글, 250~251쪽.
168 이것은 작가의 회피에 따른 결과일 수도 있다. 예컨대, 작가는 '반미'문제를 처리하는 대목

이 소설은 '죽은 자는 말할 수 있는가'라는 물음보다 **'비천한 자는 말할 수 있는가**'라는 물음에 더 큰 관심을 두고 있다. 덕수가 살해당한 사실을 알면서도 마을의 청년들이 죽음을 무릅쓰고 다시 '경계지역'에 들어서는 장면은 이 점을 환기시킨다. 그들은 이제 땔감을 위해서가 아니라 '서러운 인생'의 비참에 스스로 맞서기 위해 자신의 신체를 다시, 생사여탈권을 쥔 자의 권력 앞에 세운다.[169] 이것은 역설적이게도 삶을 포기하는 것이자, 그들에게 남은 유일한 삶에의 의지를 현시하는 일이기도 하다. 이 발화의 형식이 갖는 비극성은 피씨의 죽음에서 절정에 달한다.

유사 사건이 발생할 때마다 잇따르던 정부의 심심한 유감 표시와 미군당국의 사과와 물리적 보상 등의 후속 조치들은 어머니 피씨에게 어떠한 의미도 갖지 못했거니와 그녀는 여타의 합리적이고 합법적인 대응법에 대해서도 무관심했다. 아들의 죽음을 설명할 말을 끝내 갖지 못한 그녀가 선택한 최후의 발화법은 **언어가 아닌 신체**를 통해 말하는 방법이었다. 피씨는 미군부대를 향해 가고 있다고 생각되는 '검은 그림자의 사나이'가 다가오는 것을 지켜보며, 그가 지나가는 길목에서 죽음을 감행하기로 결심한다. 아들의 죽음을 자신의 죽음으로써 되갚

에서 서술을 하다 말고 슬며시 뒤로 물러서는가 하면, '작가주(作家註)'를 통해 "이 작품에는 실제로 있었던 사실과 부합되는 점도 있지만 전연 다른 점이 더 많다"고 밝히기도 했다.

[169] 다음은 관련 대목이다. "이때, 갈마을에서는 한 떼의 장정들이 몰려나오고 있는 중이었다. 그들은 제각기 망태와 소쿠리 없는 지게를 걸머 메고 있었다. 또 땔 나무를 하러 가는 것이 분명했다. "그래두 또 강을 건널 작정들인가?" 피씨가 어처구니없다는 듯이 그들에게 소리쳤다. "아드님 장사 지낼 땔 나무도 없잖아요!" 머리에 수건을 질끈 동인 복만이가 한 손으로 지게 목발을 쥐며 대꾸했다. "또 쏘나 안 쏘나 미군부대 앞으로 바짝 지내가 볼래요." (…중략…) "쏘문 맞어 죽죠. 죽는다구 서러울 인생들두 아닌 걸요." 복만이가 흘리는 말에, "남은 사람들이야 서럽지." 피씨가 그들의 뒷모습을 멀건히 바라보며 중얼거렸다. 실성한 사람 같았다."(240쪽)

는 방법은, 논리와 이성의 영역을 초과하는 것이면서 예측 가능 범위를 넘어서는 일이었다. 그녀는 무언가를 취함으로써가 아니라, 자신의 삶에서 무언가를 더 가혹하게 덜어냄으로써 자기에게 할당되지 않은 자리를 가시화하고 자기의 고통을 현시했다.

중요한 것은 이것이 왜 **현시**인가 하는 점이다. 여기서 '죽는 일' 그 자체에는 특별한 의미가 부과되지 않는다. 어떤 의미에서 그러한가. 그녀는 괴로움에 사무쳐 아무도 없는 골방에서 죽음을 처연히 받아들이지도, 유서를 남김으로써 죽음의 의도와 맥락을 밝히지도 않는다. 이 죽음이 '자기 살해'인 이유는 여기에 있다. 그녀가 의도치 않았다 하더라도 이 죽음의 전시가 발휘하는 효과가 있다면, 그것은 (등장인물이기도 하고 독자이기도 한) '그'를 사건의 한가운데로 불러들여 그가 위치해 있던 '구경꾼'의 자리, 그 안전한 토대를 무너뜨리는 것이다. '검은 그림자'가 눈앞에 펄럭이는 '주검'과 정면으로 대면하게 되는 때에 비로소 연민은 중단될 것이고 분유할 수 없는 고통은 시작될 것이기 때문이다.

작가는 그녀의 죽음에 대해 설명하는 일 대신 '검은 그림자'의 자리에 독자를 세우고 의미화의 몫을 되돌려주고 있다.[170] 이 이야기를 전달받은 어떤 독자들은 '뻔히 알면서도' 삶과 죽음의 경계지대로 들어서는 청년들과 피씨의 비이성과 비합리성을 끝내 이해할 수 없을지도 모른다. 그렇다면 그들에게 전해지는 것은 무엇인가. 죽은 자는 말이 없

---

170 소설이 전하는 분명한 메시지가 있다면, 그것은 인물들의 최후와 예비된 미래를 통해 '가난의 연쇄'에 대해 말하고자 했다는 점이다. 덕환이 '가난의 덫'으로부터 벗어나는 것은 가능한가를 묻고 있다면, 작가는 이에 대해 회의적인 답을 내놓고 있다. 청년인 덕수는 '벌거벗긴 채' 죽임을 당했고, 그의 형 덕환은 동생의 장례를 위해 다시 '범죄자'가 되었으며, 이들의 어머니는 '자살'을 통해 언어화할 수 없는 삶의 비참을 온몸으로 받아들였다. 그리고 죽은 청년 덕수의 아들은 어미의 뱃속에서 '유복자'의 운명을 맞게 되었다.

으나, 그의 신체는 말하고 있었다. 그의 신체 앞에 당도한 이들에게 남겨진 몫은 이 '**육화된 언어**'를 통해 타인의 고통에 다가서는 일이다. 그녀의 죽음을 길게 묘사하는 장면에서 독자가 전달받는 것은 잘 다듬어진 메시지가 아니라 '축 늘어진 채 핑그르 돌아가는 비천한 자의 주검', 그 '발화하는 신체'에서 스며 나오는 충격과 섬뜩함이다. 대타자의 억압에 맞서 저항하는 마이너리티(minority)가 구사하는 이 발화의 형식은 메시지를 소거하고 그 자리를 신속히 언어화할 수 없는 낯선 두려움으로 채운다. 메시지는 동시적으로 발생하는 것이 아니라, 감정이 한차례 휩쓸고 지나간 이후에나 도래할 것이었다.

이 몇몇의 문학자들이, 같은 사건을 바라보는 국민들로부터 떨어져 나가 얼마만큼은 다른 위치를 점할 수 있었다고 한다면, 그러한 일은 아마도 이들이 연민을 중단했기 때문에 가능했을 것이다. 물론 연민을 중지한다고 해서 '타인의 고통'에 깊이 빠져들 수 있는 것은 아니다. 그러나 이들은 최소한 '구경꾼적 주체'의 자리에서 벗어나, '주권과 인권'이라는 프레임으로는 그려낼 수 없는 현실의 윤곽을 드러내기 위해 움직이고 있었다. 사건이 촉발하고 있는, 그러나 언제든 사그라질 수 있고 변하기 쉬운 연민이나 동정과 같은 감정들을 '느끼는 일'에 머물지 않고, 이들은 이것을 '행위(창작)의 차원'으로 옮겨 놓고 있었다. 이것이 민족적·도덕적 연민이나 분노와 전혀 다른 것이었다고 확언할 수는 없지만, 최소한 우리가 이야기할 수 있는 것은 이 문학들이 분명 미군과 정부와 한국사회가 생산하고 있던 해석의 틀과 그것으로부터 북돋아지는 감정들과는 다른 해석들을, 다른 감정들을, 그리고 중요하게는 다른 장소들을 구성하고 있었다는 점이다.

그리고 이 작품들은 **연민**이 왜 문제적일 수 있는지 생각하게 한다. 수전 손택이 기술한 바 있듯이, 고통 받고 있는 사람들에게 연민을 느끼는 한 이 주체는 (자기도 모르는 사이) 그 자신이 그런 고통을 가져온 원인에 연루되어 있지 않다고 생각할지 모른다. 문제적이게도 그에게 연민은 자신의 무능력함뿐만 아니라 무고함도 증명해주는 것일 수 있다. 때문에 (그의 선한 의도에도 불구하고) 연민은 어느 정도 뻔뻔한 (그렇지 않다면 부적절한) 반응일지도 모른다.[171] 이런 맥락에서 볼 때, 죽은 자의 피붙이가 되는 것, 심지어는 죽은 자의 몸에 들어가는 것은 연민을 느끼는 안정적 위치를 포기하는 일이 된다. 말하자면, 지배서사가 덮어버리거나 곁눈질 하던 '가난과 비참'에 대해 이야기하는 공간을 개시하는 일은 공유할 수 없는 고통을 마치 공유 가능한 것처럼 말끔히 처리하여 충분히 슬퍼할 수 있도록 마음을 휘저어 놓는 서사와 이미지들로부터 한 걸음 물러서는 일이라 할 수 있다. 왜냐하면 이 위치 이동한 곳에서 맞닥뜨려야 하는 것은 보는 주체의 삶을 떠받치고 있는 실질적이고도 상징적인 가치들과 맞바꿔졌을지 모를 '어느 죽은 자의 핑그르 돌아가는 육체'이기 때문이다. 이 주검에서 배어나오는 형용 불가한 힘이 있다면, 그것은 아마도 보는 주체로 하여금 연민을 느끼는 일에 충분히 빠져들 수 없게 만드는 것, 그로 하여금 어디에서도 자기의 안전한 자리를 찾지 못하도록 만드는 일일 것이다.

문학은 타인의 고통을 의미화하는 대신, 그것을 재현함으로써 독자를 텍스트 안에 끌어들이고 있었다. 만약 이 문학들이 불온한 것이라 말해질 수 있다면, 그것은 사회적으로 합의된 의미화의 방식과 권력의

---

171 수전 손택, 앞의 책, 154쪽.

언설들, 그리고 우리가 내면화하고 있던 상징체계에 균열을 일으키고 있었기 때문일 것이다. 문학은 한편으로 신체들에 씌어진 기호들을 읽으며, 다른 한편으로 사람들이 이 신체들에 짊어지게 하려는 의미작용들로부터 신체들을 해방시키고 있었다.[172]

3) 현실과 픽션, 허물어지는 경계들

1960년대 '불온한 문학'에 관하여 논의하는 자리에서 빠질 수 없는 작가 중 한 사람은 남정현이다. 특히 「분지」는 우선적으로 다뤄질 필요가 있다. 1965년 당시 남정현의 「분지」 사건이 발생하였을 때, 작품의 불온성을 입증해주는 중요 요인으로 거론되었던 것은 '반미'였다. 앞서 살펴본 바 있듯이, 1960년대 초중반 한국사회에서는 연이어 발생한 미군린치사건을 매개로 대미관계에 대한 재인식이 촉구되고 있었다. 당시 발표된 정부의 공식성명이나 언론의 보도기사, 학생들에 의해 작성된 각종 선언문과 성명서 등이 '우리는 반미가 아니다'라는 자기 지시적 발언에 기반해 있었다면, 이 시기 남정현이 쓴 작품들은 한국사회가 암묵적으로 설정하고 있던 재현의 임계를 넘어서는 측면을 가졌다. 그런 점에서 당국의 말마따나 「분지」는 파격적이고 도발적인 작품으로 읽힐 만했다.

1965년 『현대문학』 3월호에 실린 남정현의 「분지」에는 자신의 어머니를 강간한 미군의 아내를 똑같이 강간하려 함으로써 복수를 감행하

---

172 자크 랑시에르, 유재홍 역, 『문학의 정치』, 인간사랑, 2009, 82쪽.

는 청년이 등장한다. 이 작품에서 작가는 미군에 의해 행해진 강간을 민족에 대한 폭력, 나아가 재식민화를 상징하는 것으로 의미화하는 한편, '미군재(美軍裁)'를 통한 법의 심판이 아닌 사형(私刑)에 사형(私刑)으로써 대결하려는 의지를 보임으로써 법과 질서에 균열을 가한다. 이 방법은 몇 가지 차원에서 상징적 의미를 가졌다. 첫째는 이것이 의법 권력의 정상적 작동을 중단시키는 행위라는 점이고, 둘째는 보편으로서의 미국과 자유세계의 시민이라는 믿음의 허구성을 폭로한다는 점이다. 마지막으로는 생존권조차 보장하지 않는 당국의 태도에 대한 비판을 통해 국민주권의 이념을 성찰하게 한다는 점이다. 이 점을 작품의 내용에 비추어 살펴보면 다음과 같다.

주인공이 비취 여사를 유린한 이후의 상황은 그의 어머니가 강간당한 이후의 상황과 대비된다. '펜타곤 당국'은 주인공의 행위를 죄악적인 것으로 규정하는 것은 물론, 그를 "악마가 토해낸 오물이며 동시에 인간 최대의 적으로 판정"[173]한다. 죽음이 선포되는 처벌의 현장은 합법성의 체계에 의해 움직이는 세계가 아니라 무자비한 폭력이 낳는 스펙터클의 세계이다. 여기서 작가는 "헝클어진 머리며 찢어진 옷"으로 대변되는 '그녀들의 훼손'을 오버랩시키며, '비천한 자들의 삶'에 철저하게 무관심한 대한민국의 통치 권력과 "인간의 천국이라는 미국"이 타국에 가하는 치외법권적 권력 행사를 동시에 조망한다. 이른바 예속된 권력의 비정과 제국의 오만을 함께 가시화하고 있었던 것이다.

작가의 상상력은 통치 권력과 청년·지식인 일반이 보편적으로 합

---

173 남정현, 「분지」(『현대문학』 123호, 1965.3), 『남정현 문학전집1 – 단편·중편소설』, 국학자료원, 2002, 394쪽.

의하고 있던 타협의 선을 초과하는 측면을 가졌다. 남정현은 이른바 사상의 바리게이트(금기) ─ '우리는 반미가 아니다' ─ 를 넘어서고 있었다. 이러한 점에 비추어볼 때, '반미감정의 조장'이라는 사법당국의 해석은 타당한 면이 있었다. 또한 이때 반미라는 테제는 '식민성'에 대한 인식과 밀접하게 닿아 있었는데, 이 점은 김건우에 의해 적시된 바 있다. "남정현의 「분지」를 해석하는 심급은 확실히 신민족주의 혹은 반제 민족주의 담론에 놓여 있었다. 그래서 「분지」를 가장 '정확하게' 읽은 쪽은 역설적으로 말해 반공국가권력의 장치였던 검찰과 그리고 '북'이었다."[174]

그런데 여기서 한 가지 간과해서는 안 될 것은 정부에 대한 비판의식이나 반미의식이 「분지」를 쓸 무렵에 이르러 형성된 것은 아니었다는 점이다. 남정현은 등단 직후부터 현 정권과 미국에 대한 비판적 입장을 취하는 데 거리낌이 없었다. 이 점은 이렇게도 말해질 수 있다. 반미, 신식민주의, 통일, 정부비판, 그리고 빈민대중, 이상의 불온성에 관계되던 온갖 요소들이 일찌감치 소설 안으로 불러들여지고 있었다고 말이다. 흥미로운 것은 사법당국에 의해 언명된 '죄'의 목록이 작가가 등단 직후부터 줄곧 창작을 통해 다루고자 했던 화두들과 일치한다는 사실이다. 이 점은 보다 구체적인 논의를 통해 검토될 필요가 있을 것이다. 이 글에서는 효과적인 분석을 위해 남정현의 소설들을 '반미의식', '반정부의식', '계급의식'이라는 세 가지 '죄명'에 따라 분류 및 초점화하여 살펴보고자 한다.

---

[174] 김건우, 「「분지」를 읽는 몇 가지 독법─남정현의 소설 「분지」와 1960년대 중반의 이데올로기들에 대하여」, 『상허학보』 31집, 상허학회, 2011, 276쪽.

반미의식 — 역사의 부재와 재식민화의 불안

반정부의식 — 불온을 규정하는 몰/논리와 무지한/비통한 주체들

계급의식 — 불온분자/선량한 시민의 식별불가능성과 정념의 정치

첫 번째로 논의할 것은 '반미의식 — 역사의 부재와 재식민화의 불안'
이다. 이는 1950·60년대 창작된 남정현의 작품들을 두루 관류하는 테
마라 할 수 있다. 예상할 수 있다시피 '빼앗긴 역사'에 대한 강렬한 인
식은 당대를 읽어내는 인식틀로서의 재식민화 문제와 긴밀하게 연동
되어 있었다. 1960년대 중반에 이르러 '신식민주의'에 대한 논의가 본
격화된다는 점을 상기하면 남정현의 이 같은 인식은 상당히 빠른 것이
었다고 할 수 있다. 반미적 논조가 결합되는 것도 이러한 맥락에서다.

초기작인 「누락인종」(『자유문학』 36호, 1960.3)은 미국문화에 대한 조
소와 희화화, 더불어 통치 이데올로기에 대한 거부감을 직접적으로 표
출하고 있는 작품이다. 주인공의 시선을 통해 포착되는 현시대의 특징
은 해방이 된 이후에도 호의호식하며 활개를 치는 친일세력들과 미국
식 모더니티를 제 몸에 발아시키려는 욕망에 들려 있는 도시, 그리고
통일을 끝없이 지연시키는 논리로 작용하며 개개인의 삶을 짓누르는
반공의 생리 등으로 압축된다.[175] 이 소설이 주목되는 것은 「분지」에
서 발견되는 반미적 성향과 재식민화에 대한 불안이 작가의 초기 작품
에서부터 일찌감치 표출되고 있음을 알려주기 때문이다. 그런가 하면,

---

[175] 이 소설에서 한국사회를 바라보는 작가의 시선이 가장 잘 드러나 있는 부분은 "철조망에 갇
힌 죄수처럼 목을 움츠리고 저 누구의 역사인지도 모를 바깥의 그 서먹서먹한 풍물을 관망"
하는 인물(성주)을 비추는 장면이다. 남정현, 「누락인종」(『자유문학』 36호, 1960.3), 『남정
현 문학전집1 — 단편·중편소설』, 국학자료원, 2002, 105~106쪽.

이듬해에 발표된 「기상도」(『사상계』 97호, 1961.8)는 앞의 문제의식을 전면화함으로써 향후 작가의 문학적 행보를 예고했다. 「분지」 사건 이후로 남정현은 **"저항문학의 기수"**라는 레테르를 갖게 되는데,[176] 이전의 작품들에서 이러한 저항적 면모들은 발아되고 있었다.[177]

이 같은 맥락에서 보건대 「분지」는 작가의 저항의식이 유독 돌출되었던 예외적 작품이라 할 수 없다. 기존의 작품들에서 엿보이던 재식민화에 대한 문제의식이 「분지」에서 성적 메타포를 통해 보다 선정적으로 드러났을 따름이다. 뿐만 아니라 강간 모티프 역시 이전의 작품들에서 표출되고 있던 '현대성−미국화−섹슈얼리티−젠더'라는 일련의 항들이 재배치된 결과로 볼 수 있다. 이를테면 「너는 뭐냐」(『자유문학』 48호, 1961.3)와 같은 작품에서 '현대성의 화신'으로 등장하는 아내는 그녀의 남편(주인공 관수)에게 모순적이고도 불가해한 타자로 등장한다. '유혹하는 미국'에 매혹당하는 존재는 대부분 여성이며, 이에 따라 이른바 미국화의 방식으로 진행되는 모더니티는 미국 문화를 포식하는 여성의 신체를 통해 제시되곤 한다. 요시미 순야는 1920년대 후반부터 전중, 전후에 이르기까지 일본에서의 미국화의 주축을 이룬 것이 풍속과 소비의 대중적인 미국화였음을 지적한 바 있다. 더불어 소비 중심의 미국화가 섹슈얼리티적 의미를 띠고 있었음에 주목하기도 했는데,

---

176 한승헌, 「남정현의 필화, '분지' 사건」, 남정현, 『남정현 문학전집3−연구자료 및 논문』, 국학자료원, 2002, 282쪽.

177 「분지」가 표방하는 '불온한 사상'들은 이미 「기상도」에 응축되어 있었다. 이 작품에서 "선량하기만 한 '백의'의 무리들"은 강대국에 의해 "역사(歷史)란 궁전"을 소유하지 못한 한국인으로, 현재 이들의 삶의 터전을 지배하는 관할 주체는 '무자비한' "유・에스・에이"로 제시된다. 서울을 종창이 수두룩한 육체에 비유하는 이 소설에서 식민화의 책임은 '제국주의적 욕망'을 드러내는 미국과 '기만적인' 한국 정부, 그리고 '무지한' 대중, 이 세 주체에 분배된다.

이 같은 특징은 남정현의 작품들에서도 발견된다.[178]

요컨대 남정현의 소설들에서 문화전파라는 외양을 하고 한국사회에 진입하는 미국은 젠더화된 형태로 가시화되는데, 여기에는 '재식민화'에 대한 불안이 깔려있었다. 작가의 이러한 입장이 불온한 것으로 받아들여졌다면, 그것은 아마도 그의 작업이 미국화와 (국가 주도의) 내셔널리즘의 상보적 관계를 깨트리고 있었기 때문일 것이다. 또한 이것이 반미 / 친미라는 남 / 북이 설정해놓은 불온의 경계를 교란시킴으로써 사상의 문란함을 초래했기 때문일 것이다. 한편 여기서 한 가지 간과할 수 없는 것은 섹슈얼리티 문제를 다루는 작가의 관점이 그들을 '타락자'로 낙인찍던 당국의 시선과 크게 다르지 않다는 점이다. 남정현은 60년대에 발표한 대부분의 소설에서 체제가 갖는 어법 — 게토화된 문법 — 이 익은 '입'으로 미국문화를 포식하는 여성들에 대해 발화했다.

이어 살펴볼 것은 두 번째 쟁점인 '반정부의식—불온을 규정하는 몰 / 논리와 무지한 / 비통한 주체들'이다. 본격적인 논의에 앞서 한 가지 염두에 둘 것은 미국화를 곧 식민화의 계기이자 연장으로 읽어내는 작가의 시선이 때로 아이러니할 정도로 경쾌하고 우스꽝스럽게 대상을 포착하고 있는 데 반해, 반정부의식과 계급의식이 엿보이는 장면들에서는 침울한 분위기와 비관적 정조가 지배적이라는 점이다. 이 점을 고려하면서 남정현의 소설들을 검토해보자.

1960년대에 집필된 그의 소설들은 "대단히 현실적인 접점들을 내장하고 있는 것이 특징이며, 때로 그 작품들은 현실 세계에 대한 직접적

---

178 요시미 순야, 「냉전체제와 '미국'의 소비—대중문화에서 '전후'의 지정학」, 『문화과학』 42호, 문화과학사, 2005, 135~136쪽.

언설들을 포함하고 있었다."[179] 여기에 한 가지 특징을 덧붙이자면, 이 접점이 거의 대부분 현실 세계에서 '터부시'되던 것들이었다는 점이다. 이를테면 그는 '통일'이라는 이슈를 다루거나 '반공 이데올로기'에 대한 거부감을 표출하는 일에 꽤나 적극적이었다. 앞서 살펴본 바 있는 「기상도」는 작가의 분단인식과 통일문제에 대한 입장을 확인할 수 있는 대표적 작품이다. 이 소설에서 분단 상태는 '외세'에 의해 초래된 비극적 결과로 제시되며, 이것은 자연스럽게 미국에 대한 비판으로 이어진다. 또한 작가는 통일만 되면 모든 것이 다 해결될 것이라는 망상을 갖고 사는 인물 식(植)과 언제든 이 땅을 떠날 기회만을 엿보는 선(鮮)이란 인물의 대립을 통해 한국사회에서 '통일을 주창하는 일'과 '월남자'라는 출신성분과 '공산당'과 '간첩'이라는 서로 다른 항들이 어떻게 하나로 결합되는지 그 몰/논리의 구조를 드러내 보여준다. 이것은 '비유티 여사'의 몰락한 일가(一家)에 대한 이야기를 통해서도 반복적으로 제시되는데, 그녀가 입에 담는 가족 및 지인들의 생애사는 곧 식민지 시기부터 현재에 이르기까지 한국사회에서 '불온하다고 낙인찍힌 자들'의 역사에 해당한다. 작가는 이 '불온의 역사'를 곁에서 지켜보며 반세기를 살아낸 여성 인물을 통해, 근대 이후 한국사회에서 "세상사에 관심을 표명"하는 일이 어떻게 한 사람의 삶을 "불행한 운명" 속에 가둬놓는 일이 되는지, 아울러 삶을 안전하게 지켜주는 유일한 사상은 오직 "무관심주의를 관철해야 한다는 사상"뿐이라는 그녀의 신념이 어떤 맥락에서 형성된 것인지를 구체적으로 보여준다.[180]

---

179 김건우, 「「분지」를 읽는 몇 가지 독법─남정현의 소설 「분지」와 1960년대 중반의 이데올로기들에 대하여」, 『상허학보』 31집, 상허학회, 2011, 259쪽.

그런가 하면 남정현은 「사회봉」(『문학춘추』 3호, 1964.6)을 통해 민족 통일에 대한 염원과 신식민주의로부터의 해방을 위한 정치적 열정이 어떻게 극도의 억압을 통해 관리되고 있었는지를 그려내고자 했다. 이 소설은 "민족의 숙원인 **통일에 대한 열망**이 곧장 **불온한 사상으로**"[181] 규정되는 현실을 통해 소통의 불가능성과 그러한 현실을 조장하는 권력의 생리에 주목한다. 작가는 여기서 "통일에 대한 열망", 심지어는 "통일"이라는 단어 자체도 터부시하며, 그러한 것들을 "빨갱이들의 구호"로 해석하는 세계에서 소통을 위한 말들은 항시 유산되거나 사산될 운명에 처한다는 것을 풍자적으로 묘사한다. 또한 이러한 세계가 두 주체, "공산주의자들을 닮았다는 선언"을 외치는 주체와 그러한 선고를 받는 객체에 의해 구성되고 있음을 보여준다. 남정현은 이 소설에서 현존하는 권력이 '반(反)주체'와 '반(反)사상'에 대한 상상력을 통해 작동한다는 점과 그로 인해 권력의 파국이 끝없이 지연되고 있음을 웅변하고자 했다.[182]

1950년대 후반부터 60년대 말까지 발표된 소설들을 두루 살펴보건대, 작가의 현실 인식이 가장 극명하게 드러난 작품은 「자수민(自首民)」(『사상계』 109호, 1962.7)이라 할 수 있다. 이 소설에는 그가 여러 편의 작

---

180 "비유티 여사의 지론에 의하면 왜정 시에 중추원참의를 지낸 아버지가 반민특위에 걸린 것도, 6·25 때 남하를 못한 죄로 서울 바닥에서 엄벙대다가 수복 후 반동분자로 지목되어 행방불명이 된 전 남편도, 반공에만 열중하는 줄 알았더니 어떻게 하루아침 사이에 반민주행위자로 몰리어 형무소에 수감된 현 남편도 그리고 통일, 통일하고 돌아다니다가 가막소에 갇힌 친구의 오빠도 그들은 모두가 실은 좀 남보다 잘 살기 위해서 세상사에 관심을 표명했던 까닭이라는 것이다." 남정현, 「기상도」(『사상계』 97호, 1961.8), 『남정현 문학전집1-단편·중편소설』, 국학자료원, 2002, 155쪽.

181 남정현, 「사회봉」(『문학춘추』 3호, 1964.6), 『남정현 문학전집1-단편·중편소설』, 국학자료원, 2002, 338쪽.

182 위의 글, 339쪽.

품들을 통해 말하고자 했고, 또한 향후 말하게 되는 바들이 전부 집약되어 있다고 해도 과언이 아닐 정도로, 소재·주제·논조 등 여러 면에서 모든 작품을 관류하는 특징들이 고루 녹아들어 있다. 아래의 예문은 해당 작품의 일부이다.

사면은 벽, 바람 한 점 출입하지 못하는 〈여기〉. 태양을 이식해 놓은 것 같은 전등. 거기에서 쏟아져 내리는 빛, 빛. 모든 물체는 영악하게 밝은 한 가지 빛 속에 침몰하여 가지고는 모두들 제 색깔을 잃고 있는 것이다. 눈을 꼭 감아도 가려도 순식간에 피부로 근육으로 뼈로 침투하여 오는 빛의 세력을 당해 낼 장사는 없었다. **빛의 홍수.** 시야는 온통 그저 요란하게 밝은 한 가지 빛으로 하여 충만한 것이다. 동자가 찍하고 금이 갈 정도로 부시는 눈을 두 손으로 감싼 채 아무개는 흐느끼고 있었다. 사상이 좀 불순하게 보인다던 총무과장의 발언이 무슨 만가(輓歌)처럼 구슬프게 〈여기〉를 아니 누선(淚腺)을 자극하기 때문이었다. 아무개는 몸을 한 치도 움직일 수가 없었다. **무슨 화학변화를 일으키듯 〈여기〉에서는 몸을 움직이기만 하면 그것이 곧장 불온한 행동으로 되어 버리는 것 같아서인 것이다.** 무서운 괴한에 쫓기다 막다른 골목에 이르러 몸 둘 곳을 찾지 못하는 사람처럼 바싹 몸을 벽에 기댄 채 어찌할 바를 모르고 아무개는 〈아항〉 하고 기이한 소리만을 내지르는 것이었다.[183]

'불온'이라는 단어의 출현 빈도가 매우 높은 이 작품에서 작가가 전하고자 하는 메시지는 무엇일까. 이 소설의 공간적 배경인 '여기'는 실

---

[183] 남정현, 「자수민(自首民)」, 『남정현 문학전집1―단편·중편소설』, 국학자료원, 2002, 253~254쪽.

제하는 현실 공간이 아니라, 허구적으로 구성된 가상의 공간이다. 공간은 계속된 비유들을 통해 구축된다. '여기'는 "어느 이름 모를 제국이 관할하는 식민지의 일각"이면서, "미군이 사용하던 한 개의 허술한 창고, 그것을 반공주택영단에서 아주 헐값에 구입하여 사람을 수용하기 위해 수리한 곳"이기도 하다. '제국의 식민지'였다가 '미군의 점령지'가 되기도 하였으며 이제는 '반공주택영단'이 되었다는 '이곳'은 예상할 수 있다시피 현재의 대한민국, 말하자면 '지금-여기'를 지시하는 대리적 장소다.

위에 인용한 장면에는 '여기'라는 장소의 특징이 잘 묘사되어 있다. 여기서 주목되는 것은 해당 공간이 다른 공간들과의 연계성을 상실한 채로, 마치 외딴 섬처럼 존재한다는 점이다. '창(窓)의 부재'는 이곳의 폐쇄성을 상징적으로 드러내준다. 서술자에 따르면, 외부와의 접속 통로가 부재한 까닭은 공간 설계자의 '큰 깨달음' 때문이었다. 영단 관리자의 말을 빌리자면, 해당 영단의 간부진이 이룬 놀랄만한 업적은 "일체의 불온한 사상"의 "번식"을 미연에 방지할 수 있게 "〈창〉이란 마물"을 제거했다는 점이다. 그에 따르면, "선량한 시민"은 언제든 "불온한 사상"에 물들 수 있기 때문에 외부와의 접촉을 차단하는 일은 필수적이다. 또한 "영리를 돌보지 않고 반공만을 모토로 한 본 영단 간부진 일동의 열렬한 애국정신의 소산"이라 할 이 공간을 내부의 구성원들이 "가일층" "사랑해"야 하는 것은 당위에 가까웠다. 그런데 이제 제시할 장면은 위의 언설과 중첩됨으로써 일종의 아이러니를 발생시킨다.

"본 영단에서는 〈여기〉를 비방하거나 훼손하는 자는 발견되는 즉시로 오열분자의 소행으로 보고 사직 당국에 고발할 만반의 준비를 다 갖추고 있는 것입니다. 고발된 자는 모름지기 민족의 준엄한 심판을 면치 못할 것입니다." 청중은 모두들 아연할 따름이었다. 도대체 무슨 소린가. 긴장한 얼굴, 풀이 죽은 얼굴, 질식할 침묵만이 〈여기〉를 짓누르고 있었다.[184]

통치 권력의 에이전시는 "악의 씨"와도 같은 "일체의 불온분자"가 침입하지 못하도록 이 공간이 설계되었다고 했다. 공간의 설계자가 구성원들에게서 "〈창〉이란 마물"을 빼앗은 것은 "우리들의 심령에 기생하는 일체의 불온한 사상"이 "이 창을 통해서 출입한다는 사실"을 알고 있기 때문이다. 분명 외부와의 차단이 유지되는 한 내부에서 불온성이 자생할 염려는 없다고 굳게 믿던 인물이 영단 주민들에게 날카롭게 내뱉는 또 다른 말, 내부의 불온분자는 언제든 즉각 색출하여 처단할 것이라는 언명은 그가 하는 말들을 통틀어 보건대, 논리적으로 이치에 맞지 않는 것이었다. 그의 말을 듣고 있던 청중들이 "도대체 무슨 소린가" 하며 "모두들 아연"해 하는 것은 이 때문이다. 소설의 아이러니는 여기서 발생한다. '불온성'은 외부로부터 유입해 들어오는 '외재적인 것'인데, 통치 그룹의 염려는 이상하게도 내부의 성원들을 향해 있다. 이 점에 관하여 더 논의하기에 앞서, 몇 가지 염두에 두어야 할 것이 있다.

우선 이 소설에서 '불온한 사상'은 정확히 무엇을 지칭하는가. 관리자의 말에 따르면, 이것은 구체적이고도 폭넓은 외연을 갖는다. 그가 언급하는 불온한 사상은 크게 두 가지로 대별된다. 하나는 "귀중한 재산을 노리는 좀도둑 사상"이고, 다른 하나는 "적색분자가 애용하는 반미사상"으로, 이는 말하자면 비천한 자들의 부도덕함과 위험분자들의

---

[184] 위의 글, 241~242쪽.

적화이데올로기를 지시한다.

그런가 하면 앞서 인용한 대목에서 중요하게 다뤄진 바 있는 '빛'의 의미는 어떠한가. 남정현의 소설에서 흔히 '빛'과 '음성'은 '권력(억압)의 메타포'로, '배설의 욕구'는 '자유(저항)의 메타포'로 쓰인다. 이 소설에서도 '빛'은 마찬가지의 의미를 갖는다. 다만 여느 소설들과 비교해 볼 때, 작가가 이토록 '권력의 이미지'를 묘사하기 위해 심혈을 기울인 적은 없었음을 떠올려볼 필요가 있다. 소설의 배경이 되는 장소는 권력의 강렬한 서치라이트에 잠식당한 공간이자 나아가서는 권력 그 자체로 현상된다. "채찍처럼 쏟아져 내리는 저 지독하게 밝은 불빛", "순식간에 피부로 근육으로 뼈로 침투하여 오는 빛의 세력", "빛의 홍수" 등과 같이, 빛의 이미지로 가득한 이 소설에서 상식적으로 통용되기에 희망의 전령사였던 '빛'은 전혀 다른 기능을 수행한다. 주인공에게 이 '빛'은 희망이기는커녕 공포의 시발점이자 온상이다. 이러한 발상은 빛이 흔히 희망과 맞닿아 있다고 여기는 일반의 상식을 무너뜨린다.

그렇다면 "눈이 부시어서 견딜 수 없으리만큼 잔인하게 밝은 빛을 연속적으로 퍼붓는" 이유는 무엇이며, 이 "살인적인 광도(光度)"는 어떤 작용과 효과를 낳는가. 그것은 '식별 능력의 마비', 나아가 '감각의 마비'라는 표현을 통해 설명될 수 있다. 주인공은 이 세계에서 눈을 감아도 "피부로 근육으로 뼈로 침투하여 오는 빛의 세력"을 나날의 일상에서 경험한다. 빛이 갖는 위협적인 힘은 눈이 부셔서 눈이 멀게 된다는, 아울러 그 빛에 의해 확산되는 밝음이 세계의 모든 색을 지워버렸다는 역설을 통해 드러난다. **'사나운 권력의 빛'**이 관장하는 세계에서 살아남는 유일한 생존의 기술은 동화되거나, 혹은 인내하거나 둘 중 하나이다. 소설의 주인공은 이 세계가 이러한 메커니즘에 의해 가동되고 있음을 예의 주시하고 있었다. 그런데 이러한 현실인식은 그로 하여금 누구와도 소통할 수 없는 상황에 처하게 했다. 앞서 청중을 아연케 한 관리자의 연설이 울려 퍼지는 장면으로 되돌아가 보자. 연설이 끝나자 주인공은 자기도 모르게 '요란한 재채기'를 한 뒤 관리자에게 방금 그가 한 말들이 "농담"이 아닌가 반문한다. 이 순간 그는 태연했지만, 곁에 있던 주민들은 "공포"에 휩싸였다. 그들에게 주인공의 발언은 '**미치광이의 말**'로밖에 들리지 않았다.

소설에서 주인공을 제외한 모든 인물들은 "광명한 생활"에 길들여진 존재로 등장한다. 통치자의 말을 의심하는 존재는 오직 '그' 뿐인데, 소통의 불가능성은 이 '알아듣는 능력' ─ 이것은 아이러니를 알아채게 만든다 ─ 으로 인해 발생한다. 그에게 이곳의 주민들은 "언어가 전연 통하지 않는 이방인"이나 다름없다. 이들은 서로의 언어를 알아들을 수 없는 까닭에 서로를 '미쳤다'고 판단한다. 주인공이 대중의 무지와 노예근성을 불편하게 견디고 있었다면, 대중은 예외적 존재가 발설하는 말 ─ 침묵(세계의 금기)을 깨는 말 ─ 이 불러일으키는 공포와 대면하고 있었다. 그런데 주목할 만하게도 주인공이 주민들과의 관계에서 경험한 소통 불가능성은 통치 그룹과의 소통 가능성을 부정적인 방식으로 열어놓는 계기를 마련했다. 주인공의 짧막한 말 한 마디에, 관리자는 몹시 흥분했고 너무 많은 말들로 응대해버렸다. 그의 과민한 반응은 주인공이 자신의 언어를 '알아차렸기 때문'에 초래된 것이었다.

소설의 결말은 작가가 이 세계의 희망 / 절망을 어떻게 끝맺을 것인가 하는 궁금증을 자아낸다. 이것은 주인공의 생존 여부에 대한 관심이라 해도 좋을 것이다. 소설 말미에 이르러 주인공은 이 공간의 무너짐을 경험한다. 이것은 실제의 붕괴가 아니라 그의 환시가 낳은 장면이다. 그는 모든 것이 '파괴'되는 순간, 즉 "잔인하게 밝은 한 가지 빛 속"에서 '모든 물체와 인물이 윤곽을 잃고 허공에서 부서져 내리는 광경'을 목도한다. 그런데 그가 환상 속에서 '어떤 순간 / 현실'과 대면하는 시간은 충분히 허용되지 않았다. 왜냐하면 이 공간화된 시간을 파열시키며 개입해 들어오는 '어떤 목소리'가 있었기 때문이다.

"여러분, 지체하지 말고 어서 일어나 나오십시오. **자수(自首)하십시오.** 조국은 여러분들이 저지른 일체의 죄악을 불문에 부치고 따뜻이 환영하여 줄 것입니다. 자수하십시오. 자유와 광명에 넘치는 〈여기〉의 생활이 지금 여러분들을 고대하고 있습니다. **정부가 하나님의 뜻으로 베푼 이번 이 영광스러운 기회를 놓치시는 분은 단호히 색출하여 처단할 것입니다.**"[185]

이 소설에 울려 퍼지는 '권력의 목소리'는 1960년대 초반 군부정권의 그것과 상당히 유사하다. 1962년 3월 공보부는 간첩자수기간을 설정했고 각 방송국에 계몽방송을 실시할 것을 지시했다.[186] 당국은 "자수하는 간첩에게는 최대의 관용으로 임하여 이들을 따뜻이 맞이하고 과거를 묻지 않을뿐더러 직장까지 마련하여 생활보장도" 해줄 것임을 약속했다.[187] 남정현의 「자수민(自首民)」은 간첩 자수 캠페인이 한창 진행

---

185 남정현, 「자수민(自首民)」, 『남정현 문학전집1 — 단편·중편소설』, 국학자료원, 2002, 255쪽.
186 「계몽방송을 계획, 간첩자수기간에 당국서」, 『경향신문』, 1962.3.21.
187 「간첩들을 철저히 색출하자」, 『동아일보』, 1963.5.6.

중이던 때에 발표되었다. '자수 캠페인'이라는 시의적 소재를 다루고 있는 이 소설은 당시의 여느 보도기사들과는 달리 '당국의 따뜻한 관용'이 아니라 "조국"의 이름으로 행해지는 **자수(自首)의 복음**이 갖는 기만성을 응시하고 있었다.

위의 예문은 종교적 메타포로 충만한 이 소설의 마지막 장면이다. 도저히 견딜 수 없을 것만 같던 '목소리'는 소설 말미에 이르러 다르게 인식되기 시작한다. 빛과 음성으로 현시되던 권력의 목소리는 마치 자애로운 "절대자의 약속"과도 같이 주인공의 귓가에 울려 퍼졌다. 그가 "일체의 부피를 모조리 폭파시킬 기세로 쏟아져 내리는 불빛을 헤치며" 음성이 들려오는 곳을 향해 "비틀비틀 걸어나"가는 장면은 권력의 언어에 매혹된(매혹될 수밖에 없는) 주체의 최후를 밝혀준다. 이 소설을 두고 어떤 비극에 대해 생각하게 된다면, 그것은 '권력의 언어'를 알아들을 수 있던 예외적 개인마저 권력의 품으로 "비틀비틀 걸어나"감으로써 세계의 변혁 가능성이 사라지는 것, 궁극적으로는 이 소설이 그러한 예감과 대면하고 있었다는 것이다.

이 소설은 어떤 면에서 「분지」보다 더 '불온'하다. "간첩자수기간"이라는 "벽마다 거리마다 흘러넘치는 빨간 글씨의 벽보를 따라" "떼를 지어 행진"하는 사람들의 무리 속으로 걸어 들어가는 주인공의 마지막 모습은 '권력의 품'으로의 이행을 예고하지만, 그렇다고 이 귀결이 '구원의 가능성'에 대한 낙관을 의미하는 것은 아니었다. 위의 장면에 등장하는 권력의 목소리는 자애롭고 포악하다. 용서가 자발성을 담보로 하고 있다는 점에서 관용은 조건부적인 것이었다. 이것이 기만적인 까닭은 사람들의 내면에 자리해 있던 초조와 불안을 정치적 자원으로 삼고 있기 때문이다. "일체의 죄악을 불문에 부치고 따뜻이 환영하여 줄 것"이라는 언명과 "이 영광스러운 기회를 놓치시는 분은 단호히 색출하여 처단할 것"이라는 언명의 기괴한 공존은 공포정치의 작동 방식을 연상시킨다.

같은 맥락에서 마지막 장면은 미래에 대한 작가의 전망이 낙관이 아닌 비관에 기대어 있음을 드러내준다. 작가가 궁극적으로 문제 삼고자 한 것은 권력의 언어를 갖지도, 심지어는 알아듣지도 못하는 인물들의 '무지한 삶'과 권력의 언어를 알아듣는 인물의 '비통한 삶'에 대해서이다. "모두들 심각하게 입을 다문 채" 행렬하고 있는 군중의 비극은 권력의 기만적 언설을 알아듣지 못한다는 데서, 권력의 자애로움이 갖는 외설적 이면을 알아차리지 못한다는 데서 발생한다. 그리고 후자의 비통함은 권력의 언어를 그가 알아차렸다는 데서, 아울러 그럼에도 불구하고 그가 어떠한 정치적 전망도 갖지 못했다는 데서 비롯된다.

이 장면은 우리로 하여금 자연스럽게 마지막 쟁점인 '계급의식―불온분자 / 선량한 시민의 식별불가능성과 정념의 정치'로 이행하게 만든다. 「분지」가 문제시되었던 것은 단지 반미적 성향 때문만은 아니었다. 「공소장」에서도 확인할 수 있다시피, 사법당국은 이 작품이 '반미감정을 격화시켜 반미사상 고취로 나아가고 있으며' 과장과 허위를 통해 '반정부의식을 조장하고 있다'고 주장했다. 그리고 이러한 반미사상과 반정부의식에 감염될 소지가 높은 계층으로 "빈민대중"을 지목했다.[188] 잠재적 감염자의 리스트, 그 맨 꼭대기에 올라 있는 존재는 지식인도 학생도 아닌, 이름 없는 '**빈민대중**'이었다.

---

188 김태현, 「공소장―북괴의 적화전략에 동조말라」, 앞의 책, 303쪽 참조.

흥미롭게도 남정현의 소설에 등장하는 주변 인물들은 흔히 '비천하거나 무지한 피해대중'으로 그려진다. 이러한 대중의 얼굴은 예외적 개인으로 등장하는 남성 주인공의 시선에 의해 포착된다. 소설 속에서 주체화된 이 남성 주인공은 '전복에의 상상력'으로 충만해 있으며, 이 상상력은 대중들에게까지 영향을 미치고 있다. 이 점을 확인할 수 있게 해주는 대표적인 작품이 「기상도」이다. 이 소설에서 빈민대중은 '역사를 갖지 못한 자', "난민", 심지어는 '살아있는' "시체", "송장"으로 그려진다. 주목되는 것은 주인공인 '철'의 시선에 붙들린 이 헐벗은 존재들이 '통치 권력에 대한 비판'이라는 목적에 봉사하기 위해 등장하는 것만은 아니라는 점이다. 이들은 지식인이 느끼는 '대중에 대한 공포'를 기술하는 자리에서도 불러들여진다.

> 군중들의 어떠한 심판에도 순종하겠다는 항복의 표시였다. 그런데 어찌된 셈인지 주위는 죽은 듯이 잠잠할 뿐이 아닌가. 군중들의 얼굴에는 전혀 분노의 빛이 보이질 않는 것이었다. 분노의 빛뿐이 아니라 **그들의 얼굴에는 아무런 표정이 없었다.** (…중략…) 일체의 표정이 탈퇴하여 버린 저 밍밍한 낯짝들. 그것은 무엇인가. 시체였다. 아 징그러운 송장들이었다. 누가 이들을 송장으로 만들었는가.[189]

이 소설은 삶의 공간을 억압하는 겹겹의 이데올로기를 묘사하기 위해, 그리고 이곳의 주민들의 특성을 면밀히 기술하기 위해 많은 지면을 할애한다. 일상이 반복되던 어느 날, 주인공은 '이곳'을 탈출할 수 있는 방책을 알려주겠다며 대중을 현혹하기 시작한다. 그러나 실상 그

---

189 남정현, 「기상도」, 앞의 책, 150쪽.

는 어떤 방책도 가진 바 없었다. 결국 그는 자신의 말이 모두 거짓이었음을 스스로 폭로하기에 이른다. 위의 장면은 폭로가 이루어진 직후의 상황이다. 예문에서처럼, 그는 모든 것이 "허망한 거짓말"이었다는 '최후의 말'을 남기고, 기꺼이 '군중들의 심판'을 받아들이기로 결심한다. 그런데 "어찌된 셈인지" 그의 예상은 빗나갔다. 마치 어떤 일도 일어나지 않았다는 듯이 주위는 고요했고 군중들의 얼굴에서는 "분노의 빛"을 찾아볼 수 없었다.

아이러니하게도 군중의 심리상태와 동태를 주시하던 와중에 주인공이 느낀 감정은 '안도감'이 아니라, '공포'였다. **"무서웠다."** 주인공이 내뱉는 이 말 한마디는 독자의 관심을 집중시킨다. 그는 자신을 처벌하지 않는, 정확히는 처벌할 의지가 없는 군중으로부터 "견딜 수 없는 무서움"을 느낀다고 고백했다. 이 '무서움'은 군중이 '무지하다'는 것을 알아차림으로써 발생하는 것이 아니라, 이들이 어떤 정념도 갖지 못한 존재라는 사실과 맞닥뜨리는 순간 피어올랐다. "조금도 노할 줄을 모르는", 심지어 "분노의 빛"은커녕 "아무런 표정"도 짓지 않고 있는 저들은 살아 있는 "시체"와 다를 바 없었다.

남정현의 작품들은 '불온한 자와 선량한 시민 사이의 비식별역'을 문제 삼고 있다는 점에서 논의할 만한 가치가 있다. 그는 여러 편의 소설을 통해 '가진 것이 없는 자'들의 삶을 문제 삼았을 뿐 아니라, 이들을 '주권을 가진 국민'으로서가 아니라 '수용소의 피해대중, 난민, 시체……'로 그려냈다. 특히나 「기상도」와 「자수민」 같은 소설에서 60년대 한국은 그야말로 '하나의 거대한 수용소'로 등장한다. 여기서 통치자는 이데올로기, 목소리, 빛 등으로 현시되는데, 실체 없는 형상으로서의 권력은 그것의 편재성, 즉 개개인의 피부 깊숙이 파고들어 권력의 안팎을 구분하지 못하게 되는 상태를 상징적으로 드러내는 상관물이다. 자기의 얼굴을 갖지 않은 존재는 또 있다. 그것은 바로 '아무런 표정을 갖고 있지 않은' 이 수용소의 '수인(囚人)'들이다. 이 수인들은 "사실 얼굴 없는 중심을 미친 듯이 돌고 있는 엄청난 소용돌이에 다름 아니다."[190] 이들은 말하자면, "잘사는 사람들이 내다 버린 무슨 폐품과 같은", "시궁창에 버려도 괜찮은 존재"이거나,[191] '인간'도 '동물'도 아닌, 그 사이 어디쯤에 해당되는 존재,[192] 혹은 "인간이라 부르기 어려울 정도로 앙상하게 뼈만 남은 골격을 가진 육체",[193] 또는 저항의식을 상실한 채 식민화의 세례를 받고 있는 존재들이다. 뿐만 아니라 이 비천한 자들의 생식 능력은 항시 거세당할 위기에 처해 있었다.[194]

작가가 '수용소'와 '살아 있는 죽은 자'를 형상화함으로써 부각시키고자 한 궁극의 지점은 "누가 이들을 송장으로 만들었는가"라는 질문에 있었다. 이 물음은 독자를 향해 열려 있지만, 그렇다고 이에 답하는 일까지 독자의 몫으로 돌려지지는 않는다. 작가는 분명한 어조로 이 물음에 응답했다. 정치적 열정을 거세당한 이 '걸어 다니는 시체들'은 통치 패러다임으로서의 **'반공'**이 낳은 가장 명백한 산물로 제시된다. "반공을 위주로 한 본 영단의 번영은 그대로가 국가의 번영이요, 본 영

190 조르조 아감벤, 정문영 역, 『아우슈비츠의 남은 자들 – 문서고와 증인』, 새물결, 2012, 78쪽.
191 남정현, 「경고구역」(『자유문학』 18호, 1958.9), 『남정현 문학전집1 – 단편 · 중편소설』, 국학자료원, 2002, 27쪽.
192 남정현, 「자수민(自首民)」, 앞의 책, 241~242쪽.
193 남정현, 「기상도」, 앞의 책, 147쪽.
194 남정현, 「부주전상서」(『사상계』 135호, 1964.6), 『남정현 문학전집1 – 단편 · 중편소설』, 국학자료원, 2002, 324쪽.

단의 패망은 그대로가 국가의 패망과 직결된다는 사실을 생각할 때에 본 영단의 사업에 적극 참여하지 않는 분은 그 누구를 막론하고 사상을 의심받지 않을 수 없겠습니다."[195] (권력의 에이전시에 의해 전해지는) 통치자의 언명에 따르면, '반공의 파괴'는 곧 '수용소의 파괴'나 다름없었다. 문제적이게도 반공이라는 패러다임은 "간첩이냐 아니냐 하는 그 가부를 판정"하는 일을 권력의 에이전시에게, 간첩의 주변인들에게, 간첩에게, 그리고 궁극적으로는 간첩이 아님에도 항시 자신의 불온성을 들여다봐야 하는 수인 모두에게 분배함으로써, 구성원 전체가 그 자체로 하나의 **감시권력**이 되게 했다. 그리하여 구성원들은 "불온분자"와 "선량한 시민"이라는 두 주체 범주로 분할되었으며, 궁극적으로는 이 두 범주 어디에도 온전히 소속될 수 없는 끼인(in between) 존재가 되었다. 즉 반공 패러다임이 지배하는 수용소에서 불온분자와 선량한 시민은 더 이상 구별할 수 없는 존재가 되었던 것이다. 이는 양자를 식별하는 일의 불가능성과 더불어 그것의 무의미성을 드러내준다. 흥미롭게도 이 소설은 1960년대 통치 권력이 의욕적으로 일궈낸 반공의 질적 변화, 즉 **시민의 얼굴과 간첩의 얼굴을 뒤섞어 버림으로써 '불온'이라는 언어가 보다 많은 존재들의 얼굴을 포식하게 되었다는 사실**을 적시하고 있었다.

논의의 말미에 이르러, 다시 문제의 중심에 있는 「분지」로 돌아와 보자. 1960년대 군부정권의 시선에서 이 작품을 재독해 보면 어떨까. 남정현의 소설이 과연 불온한 것이었다면, 그것은 반공과 성장이라는 이데올로기의 외설성과 법치주의라는 합법성의 얼굴을 한 권력의 맨얼굴을 응시하고 있었기 때문일 것이다. 혹은 비천한 자들의 "울분을 안전한 곳

---

195 남정현, 「자수민(自首民)」, 앞의 책, 241쪽.

으로 **배설**(排泄)시키기 위한"[196] 권력의 노력들, 그것이 유발하는 '역겨움'을 소설의 공간에 배설함으로써 자기도취적 카타르시스에 도달하고 있었기 때문이다. 전복의 상상력과 배설의 욕구는 남정현의 거의 모든 소설을 관류하고 또한 추동하는 중요한 동력이었고, 이것에 의해 "누가 이들을 송장으로 만들었는가"라는 질문은 끊임없이 길어 올려졌다.

그렇다면, 이번에는 이 소설을 「분지」 사건 당시 변호인 측에서 제시한 분석틀에 따라 해석해 보면 어떤가. 그들의 표현법을 빌리자면, 소설 속 세계는 '현실(적)'인가 '환상(적)'인가. 남정현은 거의 모든 소설에서 신체에 쌓여 있는 "오물"의 배설을 곧 "사회와 나라를 망치는 일체의 부조리"를 외부로 배출시키는 행위로 상징화한 바 있다. 또한 그의 소설들에는 어김없이 "온갖 억울한 자를 대신해서" "'자유'와 '민주'를 좀먹으며 살찌는 자"들과 대결하려는 의지로 충만한 남성 주인공이 등장한다. 그런데 여기서 간과할 수 없는 것은 많은 경우 이 의지가 실행되는 곳이 '상상의 장소'라는 점이다.[197] 소설 속 주인공들(남성들)은 흔히 "힘껏 주먹을 휘두르며 사자후를 통하는 자신의 장한 모습을 공상"하곤 하는데, 이 "공상을 향락하는 시간"은 상당한 쾌감과 자기만족을 불러일으킨다. 이들 주인공이 공유하고 있는 어떤 공통점이 있다면, 그것은 공상을 통해 현실의 전복을 꿈꾼다는 점이다. 공상하기는 일면 그들이 깊은 자격지심과 피해의식으로 고통 받고 있음을 말해주기도 한다. 때문에 공상이 지속되는 동안 개시되는 세계는, 현실세계에서 끊임없이 마주해야 하는 자신의 무능—이 무능은 사회적 관계·

---

196 남정현, 『과거라는 것의 의미』, 중앙출판공사, 1974, 97쪽.
197 남정현, 「경고구역」, 앞의 책, 14~16쪽.

지위에서 비롯되는 것이기도 하고 성적 관계에서 비롯되는 것이기도 하다 — 으로부터 도피할 수 있는 순간들을 마련해준다. 아울러 이 공상은 독자에게 한 가지 단서를 던져주고 있기도 하다. 그것은 바로 그들이 자기화된 세계에서 살아가는 인물들이라는 점이다. 즉 인물들의 세계는 실제로 '픽션적'이었는지 모른다.

그렇다면 「분지」는 변호인 측의 해석에 따라 이렇게도 읽힐 수 있다. 당시 논쟁거리 중 하나는 강간의 실제 발생여부였다. 그런데 위의 맥락을 고려하면서 이 소설을 다시 읽는다면, 이것은 논쟁거리조차 될 수 없다는 사실과 맞닥뜨리게 된다. 「분지」는 이전에 발표된 소설들에서 남성 주인공들이 틔워 놓은 '공상의 시간'이 소설 전체로 확대된 상태를 보여준다. 이는 곧 주인공의 (유사)강간행위가 실제적으로 벌어진 것이 아니라, 공상이 열어놓는 시공간 속에서, 혹은 자기화된 세계 안에서 행해진 것이라는 말이기도 하다. 이 소설은 '픽션'이 아니라 '픽션 안의 픽션'으로 읽힐 수 있다. 만약 이 독법을 수용한다면, 1960년대 통치 권력이 기웃거리던 곳은 어느 소설 속 남성이 자신의 무능과 대면해야 하는 세계로부터 도피하여 찾아든 공상의 세계, 그 가상의 시공간의 어디쯤이라 할 수 있을 것이다. 이런 맥락에서 보자면, 남정현의 소설은 '풍자'로 구축되고 있다기보다는 '환상'에 의해 떠받쳐지고 있다고 해야 할 것이다.

그러나 이 독법은 받아들여지지 않았다. 당국의 입장에서 「분지」는 '공상적 세계'가 아니라 '현실보다 더 현실적인 세계'였다. 혹은, 설령 그것이 한낱 공상일지라도 누군가의 마음을 동요하게 만들지 모른다면, 그 허구적 세계는 불온시될 것이었다.

북괴의 대남 적화전략의 상투적 활동에 동조한 것이다.[198]

「분지」사건 당시 검찰 측은 '작가의 의도'를 파악하는 데에는 실패했다. 그러나 두 개의 증거 —해당 작품의 내용이 불온하다는 점과 해당 작품이 북한 매체에 전재되었다는 점 —를 들어, 작가가 "북괴의 대남 적화전략의 상투적 활동"에 "동조한 것"이라 주장했다. '동조(同調)'는 '남의 주장에 자기의 의견을 일치시키거나 보조를 맞춤'을 뜻한다. 검사 측 입장에 따르면, 여기서 "남"은 '북한'이고, "남의 주장"은 '계급 및 반정부의식의 조장', '반공의식의 해이', '반미감정의 조성과 반미사상의 고취', '한미 유대 이간' 등을 가리킨다. 이러한 주장은 북한에서는 '상투적인 것'이지만, 남한에서는 '체제 전복적 위험'을 불러일으키는 것, 따라서 '거세되어야 할 것'이었다. 더하여 '우매한 빈민대중'은 이 같은 주장들에 감염될 소지가 높은 고위험군(high risk group)에 속했다.

'불온성'은 단지 미국의 제국주의적 욕망과 한국이 재식민화될 가능성, 그리고 통치 권력의 포악성과 비열함을 고발하려 했다는 차원에서 제기된 것이 아니었다. 불온에 대한 염려는 궁극적으로 '빈민대중'이라는 뭉뚱그려진 이름 곁을 맴돌고 있었다. 남정현의 소설이 만약 불온하다고 한다면, 그것은 그의 소설 속 주인공들이 하던 일 —권력의 언어를 재해석함으로써 "비천한 피해 대중"에게 "분노"를 심어주려 한 것 —을 소설가 자신이 문학을 통해 실천하고 있었기 때문일 것이다. 이런 맥락에서, 1960년대 중반 발생한 「분지」사건은 지식인이 빈민대중을 상대로 벌이는 이 '위험한 게임(play)'이 대가 없이 치러질 수 없는

---

198 김태현, 「공소장—북괴의 적화전략에 동조 말라」, 앞의 책, 303쪽 참조.

것임을 문화예술계에 공표한 사건으로 읽힐 수 있다.

남정현에게 5·16은 '혁명'이 아니라 "쿠데타"였다.[199] 그는 1960년대 초부터 한동안 이 입장을 분명하고도 집요하게 피력했다. "군가만이 힘차게 세상을 뒤덮는 느낌"[200]은 견딜 수 없는 것이었고, 그는 이 견딜 수 없음을 문학의 공간에서 공상을 통해 해소하고 있었다. 그러나 픽션적 세계가 현실 세계보다 더 안전했던 것은 아니었다. 그는 「분지」 사건이 발생하기 몇 해 전 '이미' 이 세계가 안전치 않다는 것을 예감하고 있었다. 5·16군사쿠데타가 발생한지 2년 반의 세월이 흐른 시점에서 발표된 「현장」(『사상계』 128호, 1963.11)이라는 소설은 이 점을 확인시켜준다.

이 소설에 따르면, 1960년대 한국사회에서 "배반"은 가장 "무서운 말"이 돼버렸다. 배반을 저지른 자들은 "반역자(反逆者)"가 되었고, 이들이 "이 땅에서 가야할 자리는 거의 결정적"이었다. 그들은 모두 "법정"과 "형무소"로 흘러들어갔다. 이 같은 변화는 소위 정치라는 것을 군인이 떠맡기 시작하면서부터 발생했다. 그리고 주인공의 삶 역시 이러한 변화의 자장 안에 놓여졌다.

이 소설에서 가장 인상적인 장면은 주인공이 '자유와 민주와 통일'을 위해 투쟁했다는 이유로 '반역자'로 낙인찍힌 아버지와 대화를 나누는 대목이다. 이들은 '깨어진 유리창'과 '뚫린 문구멍'을 살피며 나지막한 목소리로 '군정과 민주주의'에 대해 이야기했다. 여러 지면에 걸쳐 있

---

199 남정현, 「광태(狂態)」(『신세계』 12호, 1963.4~5), 『남정현 문학전집1—단편·중편소설』, 국학자료원, 2002, 257쪽. 이 소설은 차후 『청맥』(1권 4호, 1964)에 「혁명후기(革命後記)」라는 제목으로 개칭되어 재수록된다.
200 위의 글, 275쪽.

는 이 대화의 핵심은 아직도 '오지 않은 민주주의를 기다리고 있다'는 것
이었다. 그런데 들릴 듯 말 듯한 음성을 타고 흐르는 이 말들은, 주인공
그 자신이 생각하기에 지나치게 '불온했다.'

　　그래도 왜 그런지 나는 마음이 놓이질 않는 것이다. 혹시 누가 들은 사람이 없
　　을까, 지금 부자간에 주고받은 이 불온한 대화를 말이다.[201]

　　인상적이게도 이 소설에서 '민주주의를 기다리고 있다'는 어느 '반역
자'의 이야기는 정확히 일 년 반이 지난 1965년도에 「분지」 사건이 발
생함에 따라 '작가의 이야기'가 되어, 한국사회를 떠들썩하게 만들었
다. '그의 이야기'를 '나의 이야기'로 되돌려준 것은 군부정권이었다.
"마음이 놓이질 않는"다는 불안한 예감은 적중했고, '픽션'에서 흘러넘
치던 "불온한 대화"를 엿듣고 있던 것은 '현실 세계'의 주권자들—남
한과 북한—이었다. 남정현에게 과실이 있다면, 그것은 바로 남한의
주권자보다도 먼저 소설 속의 "불온한 대화"를 엿듣고 있던 다른 주권
자(북한)의 존재에 대해 일찌감치 알아차리지 못했다는 것이었다.

---

201 남정현, 「현장」 (『사상계』 128호, 1963.12), 『남정현 문학전집1—단편 · 중편소설』, 국학자
　　료원, 2002, 296쪽.

4. 사회적 성원권과 파괴적 자기현시,

분서(焚書)와 분신(焚身)

1) 복지국가를 떠도는 '무서운 풍자'

1960년대 중반 남정현은 어느 소설에서 다음과 같은 인상적인 문구를 남겼다.

> 현실에 참패(慘敗)한 픽션.
> 픽션을 제압(制壓)한 현실.[202]

작가는 등장인물의 입을 통해 "소설 같이 믿기지 않는 이야기"가 현실에서 '실제의 이야기'로 발생하고 있음을 지적하며, 위의 글귀가 60년대 한국사회의 "생생한 리얼리즘"을 압축적으로 보여주는 것이라 일컬었다.[203] 그에 따르면, 이러한 명제는 '국민의 꿈'을 파괴하는 것이기에 잔혹하지만, 동시에 그 믿음의 순진성을 폭로해준다는 측면에서 불가피한 것이기도 하다. 픽션의 상상력을 초과하는 현실이 궁극적으로 드러내주는 것은 현 정권에 대한 순진한 믿음 — '정부는 위험 상황으로부터 우리를 보호해준다', '다 같이 잘 먹고 잘 살 수 있다' — 이 "하나의 신기루(蜃氣樓)"에 지나지 않는다는 사실이다. 소설 속 인물은 "우리

---

202 남정현, 「부주전상서」, 앞의 책, 311쪽.
203 위의 글.

는 정말 하나의 허상(虛想)을 상대로 꼬박꼬박 세금을 바쳐왔는지도 모"른다고 고백하며, 자신의 "만각(晩覺)"에 대해 이야기한다.[204] 이 뒤늦은 깨달음, 소설을 앞질러 가버린 현실을 '뒤떨어진 자리'에서 바라보며 갖게 된 이 새로운 인식은 그로 하여금 어떤 행동을 감행하게 만드는데, 그것은 바로 **"소설(小說)책"들을 불태워버리는 일**이었다. 여기서 "분서(焚書)"는 작가가 갖는 패배감과 위기의식을 드러내주는 것이자, 모든 사상과 행위를 '불온한 것'으로 만들어버리는 권력 앞에서 그가 내보일 수 있는 용기의 한 형태이기도 했다. 그가 보기에 동시대에 창작되고 있는 소설들은 리얼리즘적 성취를 이뤄낼 수 없는데, 그것은 소설의 상상력이 현실의 리얼리티에 근접하지 못할 만큼 미달 상태에 머물러 있기 때문이다. 또는 역으로, 현실화되는 것들이 애초에 예측할 수 없는 것이거나 예측하고 싶지 않은 '악몽' 같은 것이기 때문이다.

한국사회에서는 실제로 피해대중의 피폐한 삶과 황폐화된 정신을 끈질기게 다루고자 한 작가의 상상력을 초과하는 '비극'이 싹트고 있었다. 그야말로 "픽션을 제압한 현실"이라는 표현 외에는 설명할 길이 없는 사건들, 예컨대 와우아파트 붕괴(1970.4.8), 김지하 「오적」 사건(1970.6), 전태일 분신사건(1970.11.13), 광주대단지 사건(1971.8.10~12) 등이 발생했다. 1960년대를 막 지나온 시점에서 잇따라 일어난 이 사건들은 어떤 징후로 읽힐 필요가 있을까. 그리고 이 해석의 지평 안에서 문학의 불온성은 어떻게 고구될 수 있을까. 이 글이 제기하고 또 해명하고자 하는 물음은 바로 여기에 있다.

박정희는 1961년 7월 19일 상오 국가재건최고회의 의장으로서 5·

---

204 위의 글, 311~313쪽.

16 발생 이후 처음으로 내외기자들과 회견 자리를 가졌다. 여기서 그는 중요한 발언을 하는데, 그에 따르면 군부세력은 대한민국을 "복지국가"로 만들어나갈 것이라 했다. 이 발언이 즉흥적으로 나온 것인지, 아니면 오랜 고민의 소산인지 확언할 수는 없으나 이후로도 '(민주)복지국가'라는 표현이 수차례 쓰인다는 점을 고려하면, 분명 전연 맥락 없이 출현한 말은 아닌 것으로 보인다. 그렇다면, 새로 등장한 이 통치권력이 구상하고 있던 '복지국가'의 모습은 어떠한 것이었을까.

5·16세력이 등장하는 1960년대 초반, 한국사회에서는 주목할 만한 변화들이 일고 있었다. 1960년 전후의 언론 보도 내용을 중심으로 이 변화들을 짚어볼 수 있다. 당시 이승만 정권에 대한 비판이 '부정·부패'로 쏠렸다면, 장면 정권의 경우에는 "혼정(混政)·난치(亂治)"[205]가 거론되었다. 전자가 '강압적 독재정권'에 대한 날선 비판이었다면, 후자는 '방임적 통치'에 대한 우려라 할 수 있다. 특히나 이승만 정권 때와 마찬가지로 실질적인 사회 안전망 구비나 복지 정책과 관련하여서는 사실상 큰 변화가 감지되지 않았을 뿐 아니라, 사회적 혼란은 오히려 더 확산되고 있다는 비판이 일었다.

새로운 리더십의 전망은 이러한 통치 권력에 대한 비판 속에서 움트고 있었다. 당시 언론들은 최소한의 사회적 안전망도 구비하지 못한 사회현실을 강조하는 가운데, 무방비 사회가 아닌 '안전 국가'로의 이행을 실현시켜줄 "결단성 있고 실행력이 강하며 박력 있는" 지도자를 요청했다.[206] 여기에 반(anti) 이승만적 표상으로서의 '젊음, 책임, 청신'

---

205 「세모(歲暮)·어수선한 세정과 국정」, 『동아일보』, 1960.12.21.
206 「횡설수설」, 『동아일보』, 1963.1.4.

이라는 덕목이 리더십의 기본 요건으로 추가됐다. "노(老)독재자"의 장기 집권에 대한 비판 속에 **"지도자 세대갱신"**의 필요성이 제기되고 있었던 것이다.[207]

이러한 정황 속에 등장한 5·16군부세력은 그간의 지지부진했던 국가적 사업들을 "착착" 추진해나가는 결단력을 보여주며 청신하고 유능한 권력으로 부상해갔다.[208] 군부정권이 추진하는 국가적 사업들에 대한 사회전반의 평가는 대체로 긍정적이었다. 특히나 언론은 '자진(自進)'이라는 참신한 사회풍조'의 조성을 강조하는 가운데, "오·일류 군사혁명이 가져온 선물"들을 전하는 일에 앞장섰다. 그중에서도 유독 언론의 이목을 집중시켰던 시책은 '철거정책'이다.

사실 판잣집 철거가 본격적으로 사회문제화된 것은 무허가 거주지를 묵인하고 방치하던 이승만 정권이 이에 대한 정책적 관심을 갖기 시작한 50년대 중반부터다. 1955년경 서울시 당국은 청계천변의 판잣집과 점포를 포함한 육천여 호의 무허가 건축물을 강제 철거할 계획을 실행에 옮긴다. 이 서울시 프로젝트로 인해 생활의 보금자리를 잃고 노두(路頭)에 내던져진 주민의 수는 수천 명에 달했고, 피해주민들은 당국의 대책 없는 강제 철거에 반대하는 시위를 벌였다. 강제 철거가 법적 차원에서 합당한 처사인지, 후속대책은 완비되어 있는지 등도 논쟁거리였지만, 무엇보다 중요한 것은 '도시의 미관이니 시민의 위생이니 화재예방이니 하는 류'의 "공익(公益)"과 "수십만 시민의 생존권"이 과연 교환될 만한 것인가 하는, 법제적이고 행정적인 차원과는 결을 달

---

207 신상초, 「지도자와 연령」, 『경향신문』, 1960.11.20.
208 「혁명 후, 시내에 산재했던 무허건물 착착 철거」, 『경향신문』, 1961.5.24.

리하는 이 물음에 답하는 일이었다.[209]

이와 맞물려 '판잣집의 유래'[210]가 된 '바락' 철거에 나선 당국의 처사도 거센 비판에 휩싸였다. 같은 시기 피난민들이 주거지를 갖지 못한 상황에서 공지(空地)에 설치한 간이주택인 '바락·바락크·빠락' 철거는 '도시미화'와 '화재방지'라는 명목 하에 추진되고 있었다. 연이은 화재 사건으로 인해 바락 철거 문제가 긍정적으로 검토되기도 했지만, 대체로는 앞서의 판잣집 철거와 마찬가지로 이 같은 당국의 처사에 우려를 표했다. 이를테면, 전국에 산재해 있는 '바락 주민들', 이 "동란의 쓰라림을 누구보다도 심각하게 체험한 가장 불쌍한 동족들"의 생활 터전을 국가가 빼앗는다는 것은 있을 수 없는 일일 뿐만 아니라 "공산주의 사상의 온상을 마련하는 결과"로 이어질지 모른다는 담론이 확산됐다.[211] 즉 **생활의 파괴**와 **사상의 동요**를 동시에 불러일으킬 수 있는 매우 위험한 처사라는 것이다. 사회는 가장 낮은 곳에 처해 있는 자들이, 더 극한 상황에 몰릴 경우 사상적으로 불온화될 소지가 농후하다는 점을 염려하고 있었다.

서울시내 구천삼백십팔 호에 이르는 판잣집 거주민들은 "대개 극빈자나 혹은 군경 유가족·상이용사 유가족 등"이었고, 바락 주민 중에는 상당수의 '피난민'이 포함되어 있었다.[212] 이들에게 판잣집과 바락

---

209 「판자집 철거의 불법성」, 『동아일보』, 1955.8.8.
210 "광복 후 즉 1946년부터 1947년에 걸쳐 이북에서 내려온 피난민들이 임시적인 거처로 하기 위하여 미군들이 진주시에 가지고 들어온 라왕, 미송 등의 목재조각과 루핑, 깡통 등을 이용하여 바라크 집을 짓기 시작한 것이 판잣집 이름의 유래였다." 김형국, 「특집 우리의 도시, 무엇이 문제인가—불량촌 형성의 한국적 특수사정과 공간이론의 적실성」, 『사회비평』 2권, 나남출판사, 1989, 69쪽.
211 「바락 철거엔 구호대책을 먼저 강구하라」, 『동아일보』, 1955.5.7.
212 「사후대책이 난점」, 『경향신문』, 1955.7.23.

은 거주지 이상의 의미, 많은 경우 그것은 '목숨 그 자체'이기도 했기에 이 공간을 지켜내려는 이들의 절실함은 공권력과의 계속된 대립과 충돌을 빚어냈다. 이들은 곤봉을 들고 경찰관에 달려드는가 하면 하수도 구정물을 경찰관에게 끼얹기도 했으며,[213] 심지어는 집이 헐린 분풀이로 칼부림을 하는 불상사를 일으키기도 했다.[214] 이 같은 행위로 인해 그들은 '중경상자'가 되기도 했고, 어떤 경우에는 '공무집행방해', '살인미수혐의'라는 '죄'까지 짊어져야 했다.

한국전쟁 이후 대도시로 몰려든 피난민과 이농민들이 하천변이나 산비탈 등지의 유휴 국공유지를 무단으로 점유하면서 대규모로 형성되기 시작한 판자촌이 '완전히 새로운 국면'을 맞게 되는 것은 1960년대에 들어서면서부터다.[215] 1961년 5월 19일 군사혁명위원회를 국가재건최고회의로 개편한 군부세력이 어떤 사업보다도 먼저 추진 및 해결해 나갔던 것이 바로 무책임한 정책으로 연일 비판의 대상이 되었던, 그러면서도 지지부진하게 처리되어 사회적 골칫거리로 대두되곤 했던 철거사업이었다. 국가재건최고회의는 "도심지의 판잣집은 일절 철거" 될 것이라는, 또한 무허가 판잣집 주인은 군법회의에 회부될 것이라는 강경 정책을 발표했다.[216] 과감한 추진력의 결과는 초반부터 주시할

---

213 「주민과 경관 난투」, 『경향신문』, 1954.4.30.
214 「경관에 칼부림, 인천판자집 철거」, 『경향신문』, 1955.7.8.
215 이소정에 의하면, 판자촌은 1960년대부터 본격화된 산업화와 자본주의 축적체제의 성립으로 완전히 새로운 국면을 맞게 된다. 즉 일제 강점, 전란 등 사회 외생적 요인에 의해 형성된 기존의 빈곤층 주거지가 사회의 한편에 존재하며 단지 천대받고 접근 금기시되어 왔던 것과는 달리 이제는 본격적으로 자본주의 체제의 재생산에 순기능, 혹은 역기능을 하는 대상이 되었으며 이에 대해 국가의 본격적인 개입과 조정이 시작된 것이다. 말하자면, 60년대에 들어서면서부터 빈곤층 주거지가 '구조적'으로 재생산되기 시작했다고 할 수 있다. 이소정, 「판자촌에서 쪽방까지 — 우리나라 빈곤층 주거지의 변화과정에 관한 연구」, 『사회복지연구』 29권, 한국사회복지연구회, 2006, 173~174쪽.

만했는데, 이를테면 서울시의 경우 5·16 이후부터 24일까지의 기간 동안 무허가 건물 일천오백구십칠 동의 철거라는 성과를 냈다. 이어 새로운 철거대상들이 속속 리스트에 올려졌다.

그러나 문제적이게도 '도시 미관, 위생, 방화(防火)'라는 명분으로 행해진 국가적 정책과 사업들은 헐벗은 존재들을 시민들의 생활권역 밖으로 쫓아내거나 눈에 잘 띄지 않는 공간으로 모으고 밀어 넣는 일이었다. 군부세력이 등장 초기부터 추진했던 판자촌 철거 프로젝트는 빈민층과 영세민의 생계나 거주에 대한 깊은 관심 속에 행해진 것이 아니었다. 통치 권력의 관심은 판자촌을 없애거나, 도시 외곽 지역으로 이 공간을 옮겨놓는 데 맞춰져 있었다. 이곳에 거주하는 이들은 경제성장에 일조하는 '생산적 주체'로 기능하거나, 그렇지 않으면 '부재'함으로써 서울시라는 상징적 장소가 한국사회의 발전 척도로 제시될 수 있도록 기여해야 했다. 이들은 보이지 않는 곳에서 노동력을 제공하는 '숨은 일꾼'이 될 수는 있을지언정 성장의 전시장에는 결코 들어설 수 없는 존재였던 것이다.

판자촌 철거사업은 1960년대 초반 군부세력이 제시한 '민주복지국가'라는 한국의 청사진이 과연 어떤 것이었는가를 짐작할 수 있게 해주는 프로젝트였다. 군부세력은 1961년 7월 25일, 5·16 이후부터 7월 초에 이르는 동안 정치·행정·경제·사회 등 각 분야에 걸친 시정 업적을 공개했다. 이미 발표된 정치백서인 「한국의 군사혁명」과 「긴급경제시책」 등을 부록으로 하여 모두 백여 페이지가 되는 이 업적 보고서는 각 분야별로 시책과 업적을 따로 나누어 설명하고 있다. 이 보고서의

---

216 「우주선」, 『동아일보』, 1961.5.21.

서언(序言)과 결언(結言)에는 "새살이 돋는 아픔을 참지 못할 때 우리에게 전진(前進)을 기대할 수 없"으며, 이러한 고통과 인내를 통해 "멀지 않아 **격조 높은 민주복지국가건설**에의 기틀이 마련될 것"이라는 메시지가 기입되었다.[217]

그런가 하면 "새살이 돋는 아픔"은 단지 공간의 분할과 재배치의 차원에 한정하여 발생하지 않았다. 이것은 보다 본질적으로는 '**국민의 분할**'을 통해 더 극명하게 체험되는 것이었다. 군부세력은 집권 초기부터 배타적 도시정비사업과 더불어 '깡패 및 불량배 검거'와 '교통규칙 위반자 처벌' 등 민간 통제를 위한 노력에 심혈을 기울였다. 서울시경은 5·16이 발생한 지 열흘만인 5월 26일 현재 '경찰의 보안 및 교통 법규 위반 등의 단속 실적'을 언론에 전달하였는데, 이 자료에는 당국이 발표한 보안관계, 교통관계, 무허가 건축, 부정전력 사용, 깡패 및 불량배, 통금위반자 이상 6개 항목에 걸친 단속사항과 그 처리내용이 담겨 있었다.[218]

5·16 이후 열흘 만에 군부세력이 올린 성과는 실로 놀랄만한 것이었다. 이 자료에 따르면, 무허가 건축물의 경우 혁명 이후 355건이 신축되었는데 '혁명세력'은 이 신축 건축물들을 '모두 철거'해버렸다. 또한 이들은 '무허가 접객업소'와 '사창가', '비밀 댄스홀'과 같이 '숨겨진 공간'들을 찾아내어 관리 대상 목록에 올렸으며, 깡패와 불량배는 물론이고 통금위반자 등을 적발, 검거, 구속, 영치, 훈방하거나 치재(治裁)에 회부했다. 이러한 통제의 실행과 그것을 수치화하여 정리한 보고

---

217 「정부 『시정업적』 공개」, 『동아일보』, 1961.7.26.
218 「혁명 십일 간의 단속 실적」, 『경향신문』, 1961.5.27.

자료는 당국의 추진력과 능률성을 홍보하기 마련된 것이기도 했겠지만,[219] 여기서 보다 중요하게 고려되어야 할 것은 '**민간 통제**'라는 것이 어디에서부터 시작되고 있었는가 하는 점이다. 이 자료에 쓰인 표현들을 활용해 보자면, 우리는 여기서 '무허가', '부정', '위반', '비밀'과 관계하는 장소들을 '불법 / 합법'의 논리를 통해 분할 및 통제하고, 이 장소들을 넘나드는 존재들을 폭넓게 포착하여 분류하고 처벌하려는 권력의 시선과 마주치게 된다.

'구악과 독소의 제거'라는 캐치프레이즈 아래 누구보다도 먼저 "법의 심판" 앞에 섰으며, 또한 도심의 거리에서 쓸려나갔던 존재는 "민주 대한의 무궁한 발전을 좀먹는" '용공분자'와 "모든 사회악을 조장하는" '깡패 족속들'과 무허가 건축물에 기거하는 "영세민"과 '캬바레'와 '빠'에 다니는 "땐스광", 그리고 "통금위반자"와 "매춘업"에 종사하는 여성들이었다.[220] 1960년대 초반 군부세력에 의해 이른바 '불온한 존재'들의 목록은 이와 같이 다양하고도 이질적인 타자들을 광범하게 등록시키는 방향으로 구축되고 있었다.

이러한 '국민개조' 작업은 '사회질서의 확립'과 '사회의 명랑화'를 기한다는 명목 하에 실행되었다. 이 소식들은 대체로 활기차고 힘찬 사회적 분위기와 건전한 모범시민의 생활과 명랑한 사회의 표정과 함께 전해졌다. 당시 한 신문의 표현을 빌리자면 "수도 서울의 거리, 아니 전

---

219 "군사혁명이 일어난 지 겨우 1개월 만에 우리가 혁명정부의 사후 수습작업과 과업실천의 성과를 살펴보려 하는 것은 과거의 이 정권 및 장 정권의 비정(批政)하에서는 십유여년을 두고도 꿈에라도 생각할 수 없던 일을 혁명정부가 단 1개월 동안에 처리할 수 있었다는데 그 소이와 의의가 있는 것이다." 「조국재건의 대열에 참가하자」, 『경향신문』, 1961.6.16.
220 「구악・독소 착착 제거」, 『경향신문』, 1961.5.25.

국의 방방곡곡에서는 오직 재건(再建)만을 기약하는 국군의 우렁찬 진군의 고고(鼓鼓)소리"가 퍼져나가고 있었으며, "국가와 사회 질서를 바로 잡기 위해 전격적으로 단행된 혁명군의 업적"은 하루가 다르게 쌓아올려지고 있었다.[221] '일절의 구악과 적폐를 쾌도난마 자르듯 일소하는 혁명과업의 실천'[222]에 필연성과 당위성을 부여하는 담론들은 오염되고 부패한 곳을 과감하게 도려낼 것을 천명한 통치 권력의 목소리와 "명랑"과 "질서"에 기반한 조국근대화의 대열에 국민 모두가 적극 참여해야 한다는 사회의 목소리를 실어 나르고 있었다.

초창기의 국가 주도적 사업들을 통해 군부정권이 지향하던 복지국가의 단면을 살펴볼 수 있다면, 다음의 장면들은 이러한 복지국가의 궁극적인 지향과 성격을 보다 분명하게 파악할 수 있게 해준다. 1964~65년의 시기에 한일협정과 월남파병 문제를 강압적인 방식으로 타결하고 난 이후 당국은 공식담화를 통해 앞으로 한국사회가 어떻게 변화해 나갈 것인지를 구체적으로 제시했다. 그중에서도 단연 눈길을 끌었던 것은 1966년 초에 발표된 「연두교서」이다.[223]

1966년 1월 18일 박정희 대통령은 국회에 출석하여 2만 4천여 자에 달하는 연두교서를 낭독했다. 박정희 정권의 최대 위기였던 1964~65년의 시기를 막 지난 시점에서 발표된 이 연두교서는 한 정치인의 뜨거운 정념과 새로운 포부를 담고 있었다. 당대인의 시선에서도 이 텍스트는 "그 어느 때보다도 강한 의욕과 자신을 드러내 보이고" 있다는

221 위의 글.
222 「조국재건의 대열에 참가하자」, 『경향신문』, 1961.6.16.
223 「66년도 대통령 연두교서 요지」, 『동아일보』, 1966.1.18.

점에서 "인상"적인 것이었다.[224] "경제교서"라고 불렸을 만큼 이 글은 경제성장을 통한 근대화를 논의하는 데 집중했다. 2만 4천여의 글자들은 대내외적 시련 속에서 정부가 일궈낸 경제성장의 결과를 알리고, 나아가 차후 다가올 '풍요로운 미래'를 그려내는 데 쓰였다. 그런가 하면 연두교서의 핵심 내용을 간추리고 있는 한 기사는 "한일수교와 월남파병을 지난해의 외교적 성과라고 스스로 찬양"하고 있는 점, 미래의 한국에 대한 "화려한 공약"들, 그리고 경제성장과 관련된 "꿈 담긴 문구를 많이 사용한 것" 등을 이 글의 특이점으로 꼽았다.[225] 이 글이 지시하고 있듯이 이번의 연두교서는 대대적인 논란과 반대를 불러일으켰던 정치적 사안들에 대한 정부의 분명하고도 단호한 입장을 확인시켜주었으며, 현 권력이 향후 강력한 경제성장의 드라이브를 걸 것임을 예고해주었다.

그렇다면 과연 대통령이 그려내는 유토피아, 그 "꿈"의 세계는 어떤 모습으로 구체화되고 있었을까. 흥미롭게도 당시 박정희는 나름의 단계론을 통해 '꿈의 세계'로의 진입과정을 설명하고자 했다. 위 연두교서의 내용에 의하자면, 한국사회는 "혼란의 사회"에서, "믿음의 사회, 명랑한 사회"로, 이를 통해 종국적으로는 "풍요한 사회"로 이행해나갈 것이었다. 이 단계론에 비추어볼 때, 현재 한국사회는 "혼란의 사회"를 막 거쳐 온 상태, 그리하여 "믿음의 사회, 명랑한 사회"의 건설이라는 과업을 앞두고 있는 상태에 해당했다. 이러한 단계론과 현재의 상황에 대한 규정은 한 국가의 지도자로서 그가 무엇을 우선시했고, 또한 무

---

224 「연두교서의 특징」, 『경향신문』, 1966. 1. 18.
225 「70년대까지 소득배가, 박대통령 연두교서」, 『동아일보』, 1966. 1. 18.

엇을 불가피한 희생("새살이 돋는 아픔")으로 간주하고 있었는지를 파악할 수 있게 한다.

"혼란의 사회"는 1960년대 초중반의 한국사회를 설명하는 언어였다. 그리고 여기서 '한일협정반대데모'는 이러한 혼란을 초래한 주된 원인으로 지목되었다. 박정희는 지난해를 돌아보며, 1965년은 '천재(天災)'를 극복해야 했던 '시련의 시기'라 규정했다. 이때 재난의 목록에는 "한일회담반대를 위요한 집요한 정쟁(政爭)과 '데모' 사태, 그리고 폭력화한 간첩의 도량과 각종 사회악의 발호 등 허다한 난제들"이 포함되었다. 또한 이 점을 강조하는 와중에 한일협정반대데모에 대한 규범적 해석을 제안하고자 했다. 그의 언설에 따르면, 2년여의 시간 동안 지속된 이 데모는 "사회적 불안과 혼란"을 불러일으켜 "우리의 시간과 정력과 국력을" "낭비케" 한 "비생산적" 행위에 해당했다. 그는 이전과 달리 1966년에 이르러서는 '한일협정반대데모'를 정치적·외교적 차원에서 보다 '경제적 차원'에서 보다 적극적으로 의미화하고자 했다. 이 사건은 '경제성장'을 지연시킴으로써 "풍요한 사회"로의 이행에 브레이크를 건, 그리하여 지난 2년여의 귀중한 시간이 '낭비된 시간'이 되게 만든 결정적 요인으로 재해석됐다.

한편 박정희는 과거에 대한 이 같은 해석에 기반하여 향후의 시간을 선규정했다. "혼란의 사회"를 통과한 한국사회가 이제 막 진입하기 시작한 단계는 **"믿음의 사회, 명랑의 사회"**에 해당했다. 이것은 곧 '절망'에서 '희망'으로, '어둠'에서 '밝음'으로 전환되는 과정으로 설명된다. '불안과 혼란'이 휩쓸고 지나간 자리에 깃들고 있는 '안정과 평화'에 주시할 것을 요청하는 이 장문의 글이 궁극적으로 전하고자 하는 메시지는

"새로운 높은 차원의 힘이 요청"되는 시점에 당면해 있다는 것, 그리하여 "믿음"과 "명랑"으로 충만한 사회를 건설해야 한다는 것이었다. "풍요한 사회"는 '대망의 70년대'를 설명하는 틀이자 우리의 미래이기는 했지만, 당장에 실현해야 할 현재적 목표와 과업에 해당하지는 않았다. 군부세력이 등장했던 1961년부터 '건전'과 '명랑'에 대한 강조는 계속되어왔지만, '급속한 성장'을 위한 필수적이고도 필연적인 실천적 과제로 제시되며 그 위상이 이토록 드높아졌던 때는 없었다. 1966년에 한국인들에게 전달된 이 연두교서는 1960년대 중반을 기점으로 한국 사회가 급속히 '믿을 수 없는 자들'과 '명랑하지 않은 자들'을 불온시해갔다는 점을 떠올려보게 한다. 이 시기를 기점으로 통치 권력은 이 불온한 자들을, 나아가 잠재적 불온성을 항시 갖고 있다고 말해지는 존재들을 포착하고 관리하기 위한 여러 장치들, 이를테면 국가보안법, 반공법, 중앙정보부, 자수기간, 신고정신, 주민등록법, 향토예비군 등을 적극적으로 개발하여 활용했다.

1966년도에 정부가 생산한 여러 정치 텍스트들은 1970년대에 도래할 세계, 이른바 "'소비는 미덕'이라는 새로운 표어가 등장하는 대량생산·대량소비의 '풍요한 사회'"에 대해 이야기하는 데 몰두했다. 앞의 연두교서의 표현을 빌리자면, 대통령은 여러 글들을 통해 "조국의 근대화야말로 진정한 우리의 미래상"임을 강조하고, "경제자립의 꿈"을 실현시키겠다는 자기의 "확신"을 널리 알리는 중이었다. 더불어 그는 이러한 미래를 위해 현재의 희생과 고통은 불가피하다는 입장을 내비치기도 했다.

'하지 말아야 할 것들'과 '해야 할 것들'에 대한 강조로 가득한 그의 텍스트에서 유일하게 국민의 관용이 말해지는 순간은 '몫과 분배'가 이야기되는 맥락에서 마련된다. 그간의 군부정권이 이룬 경제성장의 결과들을 홍보하던 도중에 박정희는 돌연 '잘 알고 있지만 실천할 수 없는 것들'에 대해 이야기하기 시작했다. 그는 "수출이 몇 억 불로 늘었다, 무슨 공장이 몇 개 더 건설되었다, 전력이 몇 만 KW로 늘었다 하지만, 그것이 직접적으로 내게 아무런 이익도 주는 것이 없지 않느냐고 말하는 사람"들이 있다는 것을 "잘 알고 있다"고 했다. 그리고 그러한 사람들의 대부분이 "적은 보수로써 고된 일을 하고 있는 근로자"라는 것도 "잘 알고 있다"고 말했다. 또한 그는 이러한 '앎'에도 불구하고 앞으로 이 알고 있는 것들에 대한 더 깊은 앎을 가지려는 노력을 행하지는 않을 것임을 공표했다. 그는 분배의 문제에 대해 더 이야기하는 대신, "그러나 그것은 시간을 요한다"고 일갈함으로써 자기의 앎이 향후 어떠한 정책적 실천으로 이어지지는 않을 것임을 분명히 했다. "그러나 그것은 시간을 요한다"는 이 짧은 문장에는 "성과의 직접적인 혜택이 미치지 못하고 있는 어두운 면"까지 들여다볼 여력이 현재에는 없다는 판단과 함께 "사회의 어두운 면"의 발생은 불가피하다는, 어떤 점에서 그것은 '급속한 성장'을 위해 필연적으로 감내해야 할 고통일 수밖에 없다는 인식이 각인되어 있었다. 그는 '몫과 분배'에 대해 이야기하는 대신에, "뛰어난 용기와 확고한 자신, 불굴의 인내력과 줄기찬 노력으로 앞으로 몇 년 만 더 땀 흘려 일해"줄 것을 요청했다.

1966년도에 발표된 연두교서가 중요하게 다뤄질 필요가 있는 것은 이것이 어떤 정치적 결단과 지향을 보여주기 때문이기도 하지만, 당대인들이 이 교서에 깊은 관심을 갖고 나름의 분석을 내놓고 있었기 때문이기도 하다. 연두교서가 발표된 직후 사회 각계에서는 이 텍스트에 대한 논평을 내놓았다. 정계의 경우를 살펴보면, 공화당은 대변인(신동준)을 통해 "온 국민으로 하여금 조국근대화를 지향하는 강렬한 의지와 부푼 희망을 솟구치게 하는 감명 깊은 교서"라 평가하며, 국민의 힘이 "믿음의 사회, 명랑한 사회를 건설하는 데 총 집주(集注)"되어야 한다고 강조했다. 이에 비해 민중당(김대중 대변인)은 몇 가지 쟁점을 중심으로 '명랑한 사회의 건설'이라는 제안이 갖는 기만성을 폭로하고 비판했다. 당시 야당이 쟁점화한 것은 첫째 강력정치를 빙자한 정부의 폭력주의와 부패, 둘째 농민과 중산층의 몰락이라는 희생 위에 강화된 빈부양극화와 특혜경제, 셋째 흉악범과 집단자살의 확산과 성행 등이었다.[226]

각 신문사들 역시 대통령 연두교서가 발표되자 일제히 이에 대한 비평 글을 실었다. 그중 주목되는 것은 동아일보에 게재된 사설이다. 이 글의 필자는 "경제교서"라는 말을 통해 연두교서의 성격을 규정하고자 했다. 이 글은 해당 교서에 대한 분석을 토대로, 이른바 '대통령의 국가상'에서 발견되는 두 가지 문제점을 논의했다. 하나는 대통령이 지나치게 경제적 성장에 관한 구상에 몰두해 있다는 것이고, 다른 하나는 대통령의 민주화 의식이 상당히 취약하다는 것이다. 필자는 양자의 불균형이 필연적으로 **파행적 근대화**를 초래할 수밖에 없을 뿐 아니라, 한국의 미래 역시 불구적으로 만들 위험이 있음을 우려했다. 특히나 이 글이 중요하게 문제 삼았던 것은 해당 교서에서 엿보이는 대통령의 취약한 '민주화 의식'이다. 필자에게 이 교서는 대통령이 '근대화의 중

---

226 「대통령교서와 정계논평」, 『경향신문』, 1966. 1. 18.

요한 면(面)'인 "민주화라는 문제"에 "깊은 관심이 없다는 것"을 분명하게 말해주는 증거로 읽혔다. 이 교서가 어떤 이에게는 잘 먹고 잘 사는 풍요로운 미래를 꿈꾸게 할 희망의 메시지로 받아들여졌을지 모르지만, 최소한 필자에게 있어서는 대통령이 결여한 것들과 그로 인해 그의 꿈이 어떠한 파국을 내장할 수밖에 없는지를 가늠하게 하는 징후적 텍스트로 수용되었던 것이다. "'근대화'가 결코 민주화 문제를 소외해서는 안 된다는 점을 거듭 강조"하며 필자는 글을 끝맺었다.[227]

같은 맥락에서 또 다른 글도 주목해 볼 수 있다. 당시 한 논자는 "성과의 직접적인 혜택이 미치지 못하고 있는 어두운 면"을 이야기하는 지도자의 태도를 문제 삼았다. 그는 위정자에게 요구되는 것은 "사회의 어두운 면을 '클로즈업'시켜 정치적 개선에 노력"하는 자세이며, "위정자가 어두운 면을 외면하는 것처럼 위험한 일은 없을 것"이라고 강조했다. 더하여 한일협정반대투쟁이 있었던 지난해를 복기하며 **"민주주의를 위한 반성"**을 촉구하기도 했다. 그는 자기가 확신할 수 있는 단 한 가지의 사실이 있다면, 그것은 바로 위정자가 반성을 시작하는 순간에서야 비로소 "명랑한 사회, 믿음의 사회"가 시작될 것이라는 점이라고 말했다.[228]

> 문 : "제1차 경제개발 5개년 계획의 추진 정도에 있어서 일부 측에서는 부익부 빈익빈의 현상을 가져왔다고 주장하고 있는데 어떻게 생각하며 사회보장제도 확립을 위한 구체적인 방안은 무엇인가?"

---

227 「박대통령 연두교서를 읽고」, 『동아일보』, 1966. 1. 19.
228 「박대통령의 연두교서를 보고③—결론적인 소감」, 『경향신문』, 1966. 1. 21.

답 : "부익부 빈익빈의 소리를 많이 듣고 있으나 (…중략…) 경제성장을 이룩하면서 사회보장을 병행해나가야 하는데 현 단계에서는 보다 성장에 치중하는 것은 불가피하다."[229]

1960년대 내내 박정희 정권이 피력한 '불가피론'은 '**선 성장 후 분배**', 아울러 '**선 성장 후 통일**'이라는 정치적 이념을 떠받치는 핵심적 논리였다. 이러한 논리가 어떻게 '복지국가'라는 구상과 만날 수 있는 것인지 헤아리기 어렵지만, 최소한 이 시기 발표된 정치 텍스트들은 박정희가 염두에 두고 있던 국가상이 보편적 이해에 기반을 둔 '복지국가'는 아님을 분명하게 확인할 수 있게 해준다. 위에 인용한 담화는 1966년 12월 17일 상오 제3공화국 수립 3주년을 맞아 박대통령이 청와대에서 마련한 기자회견의 일부이다. 이날 회견 내용의 핵심만 간추리면, 내년 총선에서 공명선거를 어기는 행위는 여야를 막론하고 엄단할 것, 통일 논의는 법테두리 안에서 거론되어야 할 것, 통한외교는 공산통일과 두 개의 한국론을 반대한다는 원칙을 고수하면서 기동성 있게 대처할 것 등을 들 수 있다.

"잘 살아보자는 염원"이라는 대통령의 말로 취임 3주년을 맞은 소감과 앞으로의 포부를 대신하며 시작된 이날의 담화는 "조국근대화와 자립경제 달성"이라는 올해 초에 제기된 목표와 다시금 대면하게 했다. 여기서 박대통령은 '복지'와 '통일'에 관계된 향후의 정책방향과 지향을 묻는 기자들의 질문에 다시 "불가피"론으로 응대했다.[230] 물론 그는

---

229 「공명선거 어기면 엄단─박대통령, 연말에 정국 종횡담」, 『경향신문』, 1966. 12. 17.
230 기자들이 당시 논란이 되고 있던 '통한론(統韓論)'에 대하여 묻자, 박정희는 "남북통일 문제

이러한 답변을 하기에 앞서 현 정부가 '사회보장정책'에 관심을 쏟고 있기는 하다고 말하였는데, 문제적이게도 1960년대 중반 당시 영세민이나 빈민들의 생존과 생활환경 개선을 위한 국가의 정책적 실천은 부재했다. 이날의 담화에서도 드러나듯이 대통령에게 "사회보장정책"은 "경제성장"이라는 목표와 동등하게 취급될 수 없는 것일 뿐 아니라, "현단계"에서는 시급한 국가적 사안으로 상정될 수도 없는 것이었다. 당시 야당은 경제개발 5개년 계획이 서민·중산층의 수탈과 특정 재벌을 비롯한 기득권층의 특혜를 낳은 것은 물론이고, 이로 인해 부익부 빈익빈 현상이 가속화되고 있다며 비판의 목소리를 높이고 있었다.[231] 또한 정계에서만이 아니라 사회적으로도 **부익부 빈익빈 현상**에 대한 관심이 높아졌으며 이에 관한 논의 역시 "성행"하고 있었다.[232] 그러나 각계의 우려와 비판에도 불구하고 '선 성장 후 분배'라는 정책 노선은 흔들리지 않고 고수된다.

한편 이날의 담화에서 박대통령의 복지와 분배에 대한 인식을 엿보게 해주는 대목은 또 있었다. 한 시간 반 가량 지속된 담화가 막바지에 이르렀을 무렵, 한 기자는 다음과 같이 물었다. "집단자살 등의 사회풍조를 어떻게 보시는가?" 그는 이렇게 답했다. "집단자살의 원인은 여러

___

에는 어떤 법적 제약이 있다"며 "너무 무책임하고 즉흥적인 통일논의는 이 시기에서 국가의 이익보다 여론을 혼란시키고 공산당을 이롭게 해주는 결과를 가져올 것"이라 답한다. 그는 "현 단계에서 통일에 관한 토론은 법의 테두리 안에서 해야" 된다는 점을 분명히 했다. 이날의 대통령 담화는 '복지'도 '통일'도 '경제성장'이라는 유일의 공통 목표를 위해 부득이하게 그러나 필연적으로 '지연'되어야 할 과제임을 확인시켜주었다. 실질적으로 1960년대 중반을 넘어서면서 '선 성장 후 통일'이라는 캐치프레이즈는 강고해져간다. 「공명선거 어기면 엄단-박대통령, 연말에 정국 종횡담」, 『경향신문』, 1966.12.17.
231 「"빈익빈·부익부 촉진" 민중당 2차 5개년 계획 비판」, 『동아일보』, 1966.8.8.
232 「'부익부·빈익빈' 논의」, 『동아일보』, 1967.1.6.

가지겠으나 한마디로 대단히 **개탄스런** 일이다. 이유야 어떻든 부모가 어린 자식들을 독약 연탄가스 등 잔인한 방법으로 같이 죽는 것은 사회 여론으로 용납 못할 죄악행위라는 제재를 가해 **그런 풍조를 없애야 할 것이다.**"

이 지점에서 1960년대에 군사정부가 자주 썼던 말 가운데 하나가 "그런 풍조를 없애야 할 것"이었다는 사실을 떠올려볼 수 있다. 군부세력은 처음 한국사회에 등장했을 무렵부터 줄곧 무언가를 "색출하여" "없애고" "근절하고" "뿌리 뽑겠다"고 거듭해서 선언한 바 있다. 아마도 이 연대에 제출된 정치 텍스트에서 이러한 선언이 담겨 있지 않은 경우는 거의 없다 해도 과언이 아닐 것이다. 그러던 것이 이번에는 "집단자살"이라는 현상을 이야기하는 자리에서 등장했다. 박정희는 분명 "집단자살"은 "대단히 개탄스런 일"이라고 말했다. 그런데 우리는 흔히 '개탄하다'라는 말이 부정적 목적어를 갖는다는 사실을 알고 있다. '분하거나 못마땅하게 여겨 한탄하다'는 뜻으로 이 말을 쓴다는 것도 알고 있다. 그는 애통하다거나 비통하다는 말 대신에, '개탄스럽다'는 말을 썼다. 이 말은 실언이 아니었는데, 왜냐하면 뒤이어 그가 이야기한 바들이 이 점을 확인시켜주기 때문이다.

'집단자살'이라는 사회적 문제가 '개탄스러운 일'이라고 말해지는 순간, 국민들이 대면하게 되는 것은 "집단자살의 원인"에 무심한 지도자의 내심일 것이다. 그가 말하는 '개탄스러움'은 "잔인한 방법으로 같이 죽는 것", 이 "용납 못할 죄악행위"에서 비롯되는 것이었다. 그는 일가족을 자살로 내몰았던 생존조건 자체보다, 어떠한 "제재"를 통해서라도 이 "죄악행위"를 "없애야" 한다는 데 관심을 기울였다. 문제의 초점은 집단자살의 '원인·이유'가 아니라("이유야 어떻든"), 그러한 "죄악행위"를 범한 자들을, 그들에 의해 조장되는 "그런 풍조를" 근절하는 데 놓였던 것이다. 문맥에 충실한 해석을 하자면, 연이어 발생하는, 그리하여 사회적 현상으로까지 확산된 일가족 자살이라는 사건은 지도자에게 생의 비참을 알리는 강렬하고도 비극적인 징후로 수용되지는 않았던 듯하다. 그것은 "용납 못할 죄악행위" 그 이상도 이하도 아니었다.

최근의 한 연구에 따르면, 제3공화국에 접어들어 집단자살은 실제로 증가하고 있었다. 당시 지식인들은 자살 문제를 사회와의 연관 속에서 검토함으로써 사회연대의식을 강조하는 한편, 국가를 향해 국민들의 최저생활을 보장해야 할 책임을 촉구하고 있었다. 그러나 박정희 정권은 이를 사회적·경제적 조건에 따른 구조적 문제, 국가적·사회적 관심 속에 해결해야 할 공공의 문제로 수용하기보다는 개인들의 문제, 이를테면 비관적 정서와 게으름, 운명론적 세계관의 문제로 파악했다. 뿐만 아니라 자살 통계와 같은 기초자료를 독점하고 공개하지 않음으로써 자살에 관한 논의가 본격화되거나 폭넓게 확산되지 못하도록 억제했다. **자살 담론의 억압**은 넓은 맥락에서 볼 때, 비관적 정서를 억제함으로써 명랑한 주체를 육성하고자 한 박정희 정권의 기본 방침에 따른 것이라 할 수 있다.[233] 그러나 국가의 이러한 통제에도 불구하고, 누군가의 죽음은 계속해서 말해졌으며, 그것은 어느 순간 "무서운 풍자"가 되어 한국사회를 떠돌았다.

---

[233] 정승화, 「자살과 통치성―한국사회 자살 담론의 계보학적 분석」, 연세대 박사논문, 2012, 148~162쪽.

"못 살겠다 갈아보자"는 구호가 "죽겠으니 살려 달라"는 아우성으로 발전하고 있다는 말과 함께 "구관이 명관이다"라는 넋두리가 우리 주변에 도사리고 있다. 이 얼마나 무서운 풍자인가.[234]

1960년대 초중반 한국사회에서는 집단자살에 대한 사회적 관심이 지펴지고 있었다. 1963년 당시 언론에서는 "가족자살"이라는 말이 퍼져나가고 있다거나,[235] "일가족 몰살이 유행"처럼 번져가고 있다며 빈곤 문제의 심각성에 주목했다.[236] 당시 한 기사는 각종 범죄와 자살의 급증이라는 "우울한 소식"을 전하며, "절망과 기아선상에서 여전히 헤매는 민생고를 해결하는 일처럼 더 시급한 일이 또 무엇이 있겠는가" 역설했다.[237] 그런 한편, 집단자살은 단지 빈곤의 악화를 강조하기 위해 부각되고 있지만은 않았다. 그것은 더 중요한 맥락을 불러들이고 있었다. 1963년은 세칭 '4대 의혹사건' — '증권', '새나라', '바찡꼬', '워커힐' — 과 관련하여 "'신악'이라는 새로운 단어"가 퍼져나가고 있던 해였다.[238] 위의 인용 글이 일면 적시하고 있듯이 "아우성"("죽겠으니 살려 달라")이 되어 번져가던 빈자들의 목소리는 생계유지가 어렵다는 절박한 하소연으로만 읽히지 않았다. 그것은 흔들리는 대중의 신뢰와 기대에 대한 암시로도 읽혔다. 또한 주목할 만하게도 이 글의 필자는 세간에 떠도는 "무서운 풍자"가 (이승만의 하야와 자유당 정권의 붕괴 같은) "또

---

234 정재호, 「민심 (5) 의혹사건」, 『경향신문』, 1963.7.9.
235 「여적」, 『경향신문』, 1963.2.18.
236 「계묘 낙서 '공기총 일기'에서」, 『동아일보』, 1963.12.30.
237 「여적」, 『경향신문』, 1963.2.18.
238 정재호, 앞의 글.

하나의 비극"을 예감케 하는 징후일 수 있음을 주지시켰다.[239]

　김동명(평론가) 역시 "무서운 풍자"에 귀 기울이고 있었다. 그는 "집단자살이 거의 풍습화하다시피 돼버렸다는 사실"은 군정이 "백성을 먹여 살리는데 완전히 실패"했음을 실증하는 것이라고 말했다. 더불어 참담한 비극이 벌어지고 있는 상황에서도 **"즐겁고, 행복스럽게"**라는 모토를 외치고 있는 정부의 "어처구니없는" 태도를 비판했다. 생존이 보장되지 않는 사회에서 '명랑하라'는 주문만큼 기만적인 것이 있을까. 신랄한 비판을 서슴지 않는 이 글에서 필자가 전하고자 하는 궁극적 메시지는 현실에서 벌어지고 있는 사건들이 민중의 봉기와 권력의 전복을 예고하는 징후일 수 있다는 것이다. 필자는 집단자살이 단지 "살기 어렵다가 아니라 **도저히 살 도리가 없다는 가장 엄숙하고도 가장 극한적이며 현실적인 실증(實證)**을 의미하는 것"이라 지적하며, 이승만 정권 말기에 발생한 이 현상이 현재의 시점에 이르러 다시 목도된다는 사실을 쉽사리 지나쳐서는 안 된다고 경고했다. 그에 따르면, "생활고의 절정이자 비참의 절정이기도 한 이러한 괴사건"이 있은 지 얼마 지나지 않아 성난 민중에 의해 정권 붕괴가 초래되는 상황이 발생했다. 집단자살현상과 권력의 전복이라는 두 사건 간의 논리적 필연성을 해명하기는 어렵지만, 집단자살은 분명 '불길한 징조'임에는 틀림없다는 것이다. "이(李)정권을 넘어뜨린 것은 4·19의 학생들이기보다도 저들 집단자살자의 사무친 원한이 아닌가 싶었다"고 생각하게 할 만큼 김동명에게 이 연이은 사건들은 강렬한 인상을 남겼던 것으로 보인다.[240]

---

239 위의 글.
240 김동명, 「대통령에 드리는 공개서한(2) 상」, 『경향신문』, 1964.5.1.

위의 글들은 '살려달라는 아우성'과 '무서운 풍자'와 '집단자살자의 사무친 원한'에 관한 이야기가 빈민대중을 방기하고 억압하는 권력이 맞게 될 파국에 대한 이야기로 귀결될 수 있음에 주의를 기울였다. 필자들이 감지하고 있는 '어떤 불길함'은 절망 끝에 내몰린 자들에게서 기인하는 것이기도 했지만, 그들이 가혹하게 자신의 삶을 끝장내는 방식 자체에서 피어오르는 것이기도 했다. 배우자와 자녀를 죽이고 자신 역시 생을 마감하는 그들의 방식은 "용납 못할 죄악행위"(박정희)라는 규정으로는 충분히 이해될 수도 설명될 수도 없는 것이었다. 이 시대의 "무서운 풍자"가 지시하고 있던 최소한의 사실은 '집단자살 풍조를 없애겠다'는 선언과 '가난을 뿌리 뽑겠다'는 선언이 기만적 공존상태에 있었다는 점과 이 두 개의 선언이 '복지국가'라는 이념을 떠받치는 주요한 인식적 기틀에 해당했다는 점이다.

박정희는 분명 1970년대에는 "풍요한 사회"가 도래할 것이라고 확언했다. 더 정확하게 말하면, 그러한 실현 가능성을 '이미 존재하는 것'으로 만들어 대중의 꿈에 접속하고자 했다. 그는 국민들에게 '자기의 꿈'의 보증인이 되어줄 것을 거듭해서 요청했고, 미래의 풍요를 전제로 할 때 '지금 여기'의 고통은 기꺼이 감내할 수 있는 것임을 강조했다. 이러한 내러티브는 '소비에 관한 이데올로기'를 충실히 반영한 것이기도 했다. 보드리야르가 언급하였듯이, **소비에 관한 이데올로기**는 "고난에 가득 찬 영웅적 생산시대를 넘어서 행복한 소비시대를 만들어내면서 인간과 그 욕망의 복권(復權)이 마침내 가능하게 되었다"라고, 더 중요하게는 "그렇게 생각하도록" 만든다. 그러나 '현실은 전혀 그렇지 않다.' 생산과 소비는 생산력과 그 통제의 확대재생산이라고 하는 단 하나의 똑같은 거대한 과정일 뿐이다. 풍요는 실상 빈곤과 들러붙어 있는 것이었다. 경제성장은 빈곤에서 풍요로 나아가는 즉물적 과정이 아니라, 빈곤을 재생산하는 체계의 필연적 산물에 다름 아니다. 때문에 소비가 미덕이 되는 장(場)은 과잉생산과 이로부터 발생하는 사회적 모순을 확대재생산하는 기호론적 체계에 불과했다.[241] 1960년대 한국사회에서 **"대통령의 꿈"**[242]은 분명 이러한 사실을 은폐하며, 이데올로기적 억압을 통해 작동하고 있었다.

2) 불가해한 타자들, 폭동의 시간과 '진짜 공포'

과연 1960년대 한국사회를 움직여나갔던 근원적 동력으로서의 '꿈'이란 무엇이었던가. 그리고 이 '꿈'은 어떻게 분석될 수 있을까.

모진 시련의 한 해였다. '근대화'의 하이웨이에 아로새겨진 숱한 상채기들. 그 불균형을 다스릴 처방을 숙제로 제기하면서 1970년 이른바 '대망의 70년대' 그 첫 해도 이제 저물었다. (…중략…) **부풀기만 했던 70년대의 꿈을 '분석'해 보지 않을 수 없는 꿈으로 뒤바꿔놓은** 것은 와우아파트의 도괴 등과 함께 서울 동빙고동에 그 모습을 나타낸 세칭 '도둑놈촌'을 비롯한 호화주택들과 '한여름밤의 요지경'으로 지칭됐던 비밀요정 안의 옥중풀, 그리고 정인숙양 피살사건 등에서

---

241 '소비의 이데올로기'에 관해서는 다음의 저서를 참조할 것. 장 보드리야르, 이상률 역, 『소비의 사회』, 문예출판사, 2002, 107~108쪽.
242 「박대통령 취임 한 돌」, 『동아일보』, 1968.7.1.

드러난 부패의 풍경들이었다. (…중략…) 근로자의 처우 개선을 외치며 분신한 재단사 전태일군의 죽음은 '근대화'와 함께 필수적인 근로자의 처우, 그 내일의 문제를 뼈아프게 제기했다.[243]

1970년이 저물어가던 무렵 발표된 이 글은 지난 한 해 동안 일어난 일들을 돌아보며 60년대를 회고하고 70년대를 조심스럽게 예감하고 있다. 1966년도의 대통령 연두교서가 '꿈의 세계'를 펼쳐 보여주었다면, 이 글은 그것의 '파국', 정확하게는 파국을 암시하는 '징후'들에 대해 이야기하는 텍스트라 할 수 있다. 이 글의 필자는 1970년을 두고 "모진 시련의 한 해였다"고 진단했다. 지난 시대에 권력이 그토록 강조했던 "대망의 70년대"가 비로소 시작된 1970년, 당대인들이 직면하였던 것은 '풍요한 사회'에서의 삶이 아니라 "모진 시련"이었다는 것이다. 그는 '벅찬 발걸음'과 '눈부신 성장'에 대해서가 아니라 '근대화의 하이웨이에 아로새겨진 숱한 생채기들'에 대해 이야기했다.

1970년 한 해에 봇물 터지듯 연이어 발생한 사건들은 "참사"와 "비극"이라는 말로밖에는 표현할 수 없었다. 이 사건들은 크게 두 가지로 분류하여 살펴볼 수 있는데, 한편에 정인숙 피살사건과 '도둑촌'을 비롯한 호화주택들과 비밀요정이 놓여 있다면, 다른 한편에는 허물어진 와우아파트와 전태일의 죽음이 자리한다. 전자가 조국근대화의 도정에서 목격된 "부패의 풍경들"이라면, 후자는 화려한 광채에 가려진 "응달"의 "깊은 상채기들"에 해당했다. 그리고 이 사건들은 어떤 공통성 아래 재배치될 수 있는 것이기도 했는데, 이때 공통성이란 "부익부 빈익빈"이라는

---

243 「근대화의 벅찬 발돋움 … 그 응달엔 숱한 생채기가 …」, 『동아일보』, 1970.12.30.

표현으로 갈음할 수 있다. 이것은 또한 1966년도 대통령의 언설에 등장하는 "혼란"의 주범들을 떠올려보게 만드는데, 학생과 지식인, 그리고 간첩이 이에 해당한다. 그에 비해 1970년에 쓰인 이 글에서 "시련"의 초래자로 등장하는 것은 앞서의 주체들이 아니라, '조국근대화'를 우리의 꿈으로 제안하고 각인시킨 부정한 정치인과 탐욕스런 자본가이다.

이 글은 '명랑하고 활기찬 70년대'가 아니라 '암울하고 비통한 70년대'를 그려내고 있다. 같은 지면에 실린 한 장의 사진은 이 글이 전하고자 하는 느낌을 보다 강렬하고도 분명하게 담아내고 있어 주목된다. 기사 곁에 나란히 놓인 큼지막한 사진은 여러 사건들을 암시하는 장면들로 구성되었다. '붕괴된 와우아파트와 그것이 덮쳐버린 판자촌, 전복된 열차, 오염된 바다, 긴 장례행렬 ……' 등의 사건을 선연하게 담아낸 한 장의 사진이 독자에게 전해졌다. 퍼즐 조각 같은 장면들로 구성된 이 한 장의 사진은 기사문에 기입된 무수한 단어들의 총합이 발산해내는 우울보다 더 깊은 절망감을 느끼게 하기에 충분했다. 침울하고 비통하며 그로테스크한 이 흑백의 세계는 그야말로 암울한 세기말적 분위기를 자아낸다. 당장이라도 붕괴할 것만 같은 이 세계는 지난 66년도의 연두교서가 제시해주었던 장밋빛 미래와 판이하게 달랐다. 이 한 장의 사진은 위의 글과 더불어, 신문을 펼쳐든 독자로 하여금 1960년대 한국사회가 꾸었던 '꿈'에 관하여 되묻게 할 만했다.

두 개의 대조적인 텍스트, 66년도의 연두교서와 70년을 회고하는 위의 글은 하나의 맥락 안에서 포개어진다. 서로 다른 시점에서 작성된 이 두 편의 글은 모두 '꿈'에 관해 이야기하고 있다. 이들은 각각 한국사회를 막대한 에너지로 충전시켰던 '꿈의 세계'와 그것이 반복적으로

'악몽'으로 변해버린 순간들을 짚고 있다. 수잔 벅 모스의 표현을 빌려와 설명하자면, 한편에서는 산업적 근대성이 대중에게 행복을 제공할 것이라는 유토피아적 꿈을 이야기하고 있었고, 다른 한편에서는 꿈의 세계에 담겨 있는 막대한 에너지가 권력구조에 의해서 도구적으로 사용될 때나, 혜택을 받을 것이라고 여겨졌던 대중을 억압하는 힘의 수단으로 동원될 때 꿈의 세계가 처하게 되는 위기에 대해 이야기하고 있었던 것이다.[244]

　1970년에 발표된 위의 글은 과연 한국사회가 '믿음의 사회, 명랑한 사회'를 이뤄냈는가, 그리고 '풍요한 사회'라는 꿈에 근접해가고 있었던가를 묻고 있다. 이 글은 한 해 동안 발생한 일련의 사건들이 "우리가 가고 있는 지금의 길목이 어디쯤인가를 새삼 일깨워준 대표적인 사건들"이라는 점에 주목했다. 이것은 "부풀기만 했던 70년대의 꿈을 '분석'해 보지 않을 수 없는 꿈으로 뒤바꿔놓"은 사건들이기도 했다. 이 글은 본격적인 분석을 시도하고 있지는 않지만, 한국사회가 꾸고 있던 꿈으로부터 미끄러져 나와 꿈 자체를 '분석 대상'으로 만들어놓았다는 점에서 의미 있게 읽힌다.

　이러한 맥락에서 볼 때, 와우아파트 붕괴와 광주대단지 사건과 전태일 분신자살 사건 등은 일사분란하게 움직이는 주체들 간의 긴장과 대결이 낳은 결과로 설명될 수 없다. 이들 사건은 억압과 저항, 동원과 순응이라는 틀로부터 자유롭지 않지만, 동시에 이 틀로는 잡히지 않는 지점들을 내포하고 있기도 하다. 그런 점에서, 이 사건들은 60년대 한

---

244 수잔 벅 모스, 윤일성 · 김주영 역,『꿈의 세계와 파국―대중 유토피아의 소멸』, 경성대 출판부, 2008, 13~15쪽.

국사회를 움직이고 (동시에) 억압했던 꿈의 파국적 결과로 이해될 필요가 있다. 많은 한국인들을 유인하고 현혹시켰던 경제성장 이데올로기는 '고도성장'에 들러붙어 있는 필연적 빈곤과 착취, 즉 '모두가 잘 먹고 잘 살 수는 없다는 사실'을 은폐한 채 작동하고 있었다. 이는 고도성장 자체가 실현 불가능한 목표였다는 말이 아니다. 이것은 실현 가능한 것일 수 있고, 실제로 한국사회는 이것을 이뤄내고 있었다. 문제는 고도성장의 꿈이 '어두운 면'(박정희)의 생산 없이는 이루어질 수 없는 것이었다는 데, 이 고통이 축소되고 간과되었으며 또한 억압되었다는 데 있다. 한국사회는 급속한 성장의 시간이 곧 '깊은 고통'의 시간이었다는 사실을, 와우아파트가 무너져 내리고 광주대단지가 화염에 휩싸이며 전태일의 신체가 불타오르는 순간에서야 비로소 잠시 동안, '불가피하게' 마주치게 되었던 것이다. 이 일련의 서로 다른 사건들은 한국사회가 꾸고 있던 꿈의 허구성이 폭로되는 순간으로 읽힐 만했다. 좀 더 정확하게 말하면, 이 사건들은 꿈의 분열적 성격을 드러내고 있었다. 이들 사건은 쪼개지고 겹쳐지고 부딪치는 꿈들이 마치 하나의 꿈인 듯 움직이는 동안 생성되었던 것이다.

'와우아파트'는 고삐 풀린 '고도성장의 꿈'을 엿볼 수 있게 하는 대표적 사례였다. 1969년 준공된 와우아파트는 차후 살펴볼 광주대단지와 함께 1960년대 한국정부가 추진하던 성장 프로젝트의 성격을 집약해서 보여주는 사업이다. 시민아파트의 건립과 광주단지 건설은 판자촌 정리를 위한 돌파구로 여겨졌다.[245] 서울시는 시민아파트 건립계획에 따라, 시내 22개 지구 불량주택 6,668채를 69년 3월 한 달 동안 헐기로

---

[245] 「도시화의 사생아 광주단지」, 『경향신문』, 1971.8.11.

결정했다. 당국은 아파트 건립지구의 불량건물을 대상으로 3월 23일까지 자진 철거하라는 계고장을 냈고, 이에 응하지 않을 시에는 강제 철거할 방침이라 밝혔다.[246] 판자촌 철거와 마찬가지로 아파트 준공 작업 역시 무리하게 추진된다. 이 과정에서 '잇따른 사고'와 '돌이킬 수 없는 희생'이 발생했으며, 1970년 4월에 이르러서는 엄청난 굉음(轟音)과 함께 비극이 찾아들었다.[247]

1969년 6월 착공을 시작한 와우아파트가 준공된 것은 그로부터 6개월 후인 12월에 이르러서다. 단시일 내에 지어진 와우아파트는 이듬해 4월 붕괴되었고, 33명의 사망자와 40여 명의 중상자를 냈다. 「아파트는 장식(裝飾)이 아니다」라는 제목의 사설은 당시 언론이 와우아파트 사건을 어떤 관점 하에 다루고자 했는지 파악할 수 있게 한다. 이 글의 필자는 와우아파트를 "고도성장의 의욕의 소산", "지나친 공명심"이 낳은 결과로 해석했다. 과잉된 의욕과 공명심이 '시공기간의 단축'과 '업자선정의 소홀', 그리고 '감독·준공검사의 불충분함'을 낳았다는 것이다. 필자는 사건에 대한 해석을 마친 후 다음과 같은 질문을 던졌다. "도대체 무엇 때문에 줄달음을 쳐야 하고 소홀해야 했단 말인가." 이 물음이 중요하게 읽히는 까닭은 여기에 1960년대 한국사회가 억압하고 있던 질문이 각인되어 있기 때문이다. 모두가 알고 있지만 충분히 묻지 않았던 질문, 그것은 바로 **'누구를 위한 성장인가'**라는 물음이었다.[248]

아파트가 도괴되는 순간, 한국인들이 대면하게 된 것은 특정 건축물

---

246 「서울판(版) 불량주택 칠천 채 철거」, 『동아일보』, 1969.3.17.
247 와우아파트의 희생자는 공사가 한창 진행 중이던 1969년도부터 생겨나고 있었다. 「시민아파트 사고 잇달아」, 『동아일보』, 1969.8.4.
248 「아파트는 장식(裝飾)이 아니다」, 『매일경제』, 1970.4.9.

의 붕괴와 특정한 사람들의 죽음만은 아니었다. 당대인들은 '모두의 꿈'으로서의 '고도성장의 꿈'이라는 허상과도 대면해야 했다. 이 무너짐의 순간은 최소한 두 개의 꿈이 충돌하던 순간이었다. 와우아파트가 결과 중심의 빠른 성장과 전시효과에 몰두하고 있던 '당국의 꿈'을 현시하는 것이었다면, 아파트가 붕괴됨으로써 덮쳐버린 판자촌은 몰락하는 '서민의 꿈'을 드러내 보여주었다. 그러나 서로의 꿈이 부딪히는 순간, 그들이 감당해야 할 몫은 비교 불가능한 것이었다.

1970년 와우아파트 사건이 발생하고 나서 한동안 한국사회에는 정부 정책을 비판하는 목소리로 들끓었다. 시민아파트의 건립은 서민의 생존 환경에 대한 관심에 뿌리를 둔 정책이 아니라, 전시효과를 노린 허구적 정책에 불과하다는 것이 주된 내용이다. 그러나 당국은 부실공사의 책임을 설계자와 시공자에게 전가했다. 이들을 법정에 세움으로써 당국은 처벌 대상자가 아니라 처벌을 관장하는 자의 위치로 슬며시 이동해갔다. 그런데 문제는 당국이 사건의 책임을 누구에게 짐 지우고 있는가 하는 데에서만 발생하지 않았다. 주목할 만하게도 법의 생산과 활용에 그토록 열성적이었던 대한민국에 건설업자를 처벌할 법이 없었다. 건축물 또는 구조물에 중대한 손괴가 생겼을 때 건설업자를 처벌하도록 규정한 모법(벌칙조항인 건설업법 제38조)은 만들어져 있었지만, 법제정 후 13년이 지나도록 그 모법의 내용을 구체화할 시행령 규정이 제정되어 있지 않다는 "놀라운 새 사실이 드러"난 것이다. 해당되는 사건(와우아파트 도괴사건)이 발생했음에도 이를 적용할 방법이 없다는 "한심한 사실"이 검찰수사과정에서 밝혀졌다. 그야말로 "법의 미비가 주는 허(虛)가 드러"나는 순간이었다.[249]

이에 비해 '서민의 꿈'이 붕괴되는 순간 초래되는 결과(대가)는 막대했다. '복지국가'를 건설하겠다던 당국이 "집 없이 허덕였던 영세민들"[250]에게 제공한 것은 언제 무너져 내릴지 모르는 '부실한 건축물'[251]이었다. 그리고 이 서민의 보금자리(와우아파트)는 "'복지제공'은커녕 귀중한 인명을 앗아가고 오히려 더 많은 비용을 들이도록 하는 참사를 빚어"내고 말았다.[252] 하루아침에 수십 명의 인명피해를 낸 와우아파트 사건은 '**고도성장의 꿈**'이 억압하고 있던 것들을 뒤늦게나마 되묻게 만든 계기적 사건이었다.

한편 와우아파트 사건이 발생하기 두 달 전인 1970년 2월, 고도성장의 꿈에 도취되어 있던 한국사회를 바라보며 한 시인은 다음과 같은 시를 써내려갔다.

부르도자는 쉴새 없이

내 가난마저 죽이면서

---

249 서울지검 시민아파트 부정공사수사반은 13일 이와 같은 한심한 사실을 밝혀내고 그 대신 형량이 그 죄질에 적절하지 않은 "불안전한 건축물의 설계자나 시공자를 6월 이하의 징역에 처하도록" 되어 있는 건축법(10조와 55조)을 부득이 적용, 설계자와 시공자를 수사하기로 방침을 변경했다. 검찰은 당초 일제수사결과에 따라 부실건축업자들이 드러나면 건축물의 중대한 손괴가 생겼을 때 최고 5년까지의 징역에 처하도록 되어 있는 건설업법 38조를 적용, 업자들을 따끔하게 처벌할 예정이었으나, 손괴의 정도를 규정하는 38조의 시행령이 제정되지 않아 이 처벌 규정을 적용하지 못하고 그 죄질에 비해 형량이 현격하게 가벼운 건축법만을 적용하게 된 것이다. 「부실공사 응징에도 구멍」, 『매일경제』, 1970.4.13.

250 「와르르 … 죽음의 굉음」, 『매일경제』, 1970.4.8.

251 와우아파트는 이후 한국사회에서 부실공사의 대명사가 된다. "와우아파트의 비극을 다시 초래하지 않기 위해서는"(「아슬아슬 … 시민아파트」, 『동아일보』, 1982.1.28), "와우아파트의 악몽까지 연상케 하는"(「아파트 밀집주거시대(2) 7평에서 92평까지」, 『동아일보』, 1982.12.8), "와우아파트와 같은 날림행정의 표본"(「내무위 질의·답변 요지 (16일)」, 『동아일보』, 1982.4.17)

252 「주택산업―그 실태점검」, 『매일경제』, 1970.4.14.

내 이웃들의 깨알 같은 꿈마저 죽이면서

눈들을 모으고 귀를 모았다

화려한 소식이 곳곳에 파고들어

이마를 쳐들었다 세상에 대하여

나무라고 후회하고

나는 또 무릎 꿇고 빌고 울었지만

부르도자와 바람은 막무가내

껄껄대는 큰 두 다리

황량한 배반, 무책임이며 자랑이며 싸움이었다

아프다는 소리도 죽음은 내지 못했다

이 시끄러운 꿈들의 피, 잠이 들면 그대로

시간은, 시간을 낳고 있었다

어둠이 깨우치는 것도 어둠,

불행은 끝끝내

나의 마지막 의지까지 내리눌렀다[253]

이 시는 1970년 2월 『세대』지(제8권, 통권79호)에 실렸다가, 같은 해 8월 『문학과지성』 창간호에 재수록된 이성부의 「철거민의 꿈」이다. 시인은 '철거민'을 시적 제재로 삼아 한국사회의 "불행"에 대해 이야기했다. 그는 철거 현장에서 부딪치고 있는 존재들의 목소리에 귀 기울였다. 이것은 (차후 발생하는) 와우아파트가 붕괴된 자리, '참사가 발생한 아비규환의 현장'[254]에서 들려오는 아직 오지 않은 목소리이자 이미 사

---

253 이성부, 「철거민의 꿈」, 『문학과지성』 창간호, 문학과지성사, 1970, 128쪽.

라진 목소리였다. 시인은 과연 무엇을 듣고 있었고, 또한 무엇에 대해 써내려가고 있었을까.

시인의 귀에 가닿았던 것은 철거 현장에서 충돌하던 목소리들이다. 그는 최소한 세 개의 목소리를 청취하고 있었다. 그것은 '나'의 목소리이기도 했고, '이웃'의 것이기도 했으며, '부르도자'로 불릴 수 있는 어떤 주체의 것이기도 했다. 시인은 이 세 개의 목소리를 통해 '철거의 현장'을 다시 구성하고 있었다. 그리고 우리는 이 재구성된 현상의 모습을 이렇게 떠올려볼 수 있다. 무한궤도의 힘찬 움직임과 함께 '부르도자'는 '쉴 새 없이' '막무가내로' 나와 이웃의 삶으로 밀려들어오고 있다. 가난한 나와 나의 이웃은 우리의 삶을 지켜내기 위해 부르도자 앞에 서 있다.

판자촌을 허물어트리는 일이 누군가에게는 불법 점유된 무허가 거주 지역의 탈환이라는 차원에서 반길 만한 일로 수용되었을 것이고, 다른 누군가에게는 "서울의 치부인 판잣집"[255]을 헐고 그 자리에 시민아파트를 세움으로써 도시 미관을 살릴 수 있는 효과적인 정책사업으로 인식되었을 것이다. 그리고 또 다른 이에게 이것은 불법(무허가 판자촌)에서 합법(시민아파트)의 세계로 이행하는 일, 당당한 서울시민으로 거듭나는 일, 무엇보다 내 집 마련의 꿈을 실현시켜주는 일로 받아들여졌을 것이다. 그것은 마치 "화려한 소식"처럼 한국사회의 "곳곳에 파고들"었다.

그러나 시인이 철거 현장에서 목도한 것은 내 가난마저 내 이웃들의

---

254 「와우시민아파트 1동 도괴(倒壞)」, 『매일경제』, 1970.4.8.
255 「도시화의 사생아 광주단지」, 『경향신문』, 1971.8.11.

꿈마저 죽이면서 밀고 들어오는 '부르도자'의 파괴적 꿈이었다. 그것은 가난하고 미천한 자들의 삶과 목숨과 꿈을 포식하며 증식해가는 자본의 생리와 닮았고, 판자촌 문제를 쾌도난마로 처리하는 정부의 결단력을 연상시키는 것이기도 했다. 실제로 **불도저**는 60년대에 만들어진 '신어(新語)' 중 하나였다.[256] 또한 그것은 "'오백만 서울시민의 머슴'으로 자처해온 김현옥 시장"의 놀랄만한 추진력을 빗댄 "애칭"이기도 했다.[257] 그러나 서울시를 '고도성장의 꿈'이 실현되는 제일선의 현장으로 만들고자 했던 일꾼에게 붙여진 이 별명이 누군가에게는 전율할 만한 공포를 불러일으키는 상징어가 되었다. 이를테면 시적 화자인 '나'에게 그것은 형용할 수 없는, 그리하여 '부르도자'라고밖에는 부를 길이 없는 거대한 폭력과도 같았다.

'고도성장의 꿈'은 서민들의 꿈과 접속하고 있었다. 그것은 '내 집 마련'이라는 직접적이고 현실적인 꿈으로 치환되어 "내 이웃들의 깨알같은 꿈" 속으로 파고들었다. 그러나 "화려한 소식"은 얼마 지나지 않아 "황량한 배반"으로 뒤바뀌었고, 그것이 변화하는 순간은 곧 삶 자체가 여지없이 무너지는 순간이었다. 남정현의 표현을 빌리자면, 이 순간은 순진한 믿음 ─ '정부는 위험 상황으로부터 우리를 보호해준다', '다 같이 잘 먹고 잘 살 수 있다' ─ 이 "하나의 신기루(蜃氣樓)"에 지나지 않는다는 사실을 깨닫는, 그리하여 "늦게나마 통곡"할 수 있는 "만각(晚

---

256 "부산 시장 김현옥씨가 66년 봄 서울시장으로 발탁돼 왕성한 도시 계획, 도로 확장, 주택 건립, 토지 구획 사업을 벌이자 저절로 얻어진 적격의 별명. 김시장 이후 왕성한 행정력 발동에는 으레 명명된 '불도저'는 장기영 기획 권오병 문교에도 덩달아 선사되었는데 최두선씨의 '방탄내각(防彈內閣)', 정일권씨의 '돌격내각'과 대조되는 행정만능의 정치상에 대한 야유" 「60년대 신어(新語)」, 『동아일보』, 1969. 12. 20.
257 「전임시장 김현옥씨 4년 새기며 눈물」, 『동아일보』, 1970. 4. 17.

覺)"의 시간이었던 것이다.[258]

이 순간 파괴되는 것은 삶의 터전만이 아니었다. '나'는 그 거대한 폭력 앞에 "무릎 꿇고 빌고 울었지만" 부르도자의 꿈은 "내 가난마저" "내 이웃들의 깨알 같은 꿈마저" "죽이면서" 움직이고 있었다. 삶과 죽음이 뒤섞이고 있는 철거현장에서 시인이 목도하고 있는 것은 '꿈의 파괴력'이다. 그를 전율시켰던 이 '파괴적 꿈'은 단지 삶의 조건들을 무너뜨리는 데서 멈추지 않았고, 그것은 "끝끝내 나의 마지막 의지까지 내리눌"러 버리고 만다. 젊은 시인의 손끝을 움직이고 있던 것은 "이 시끄러운 꿈들의 피"였다. 시(詩)는 '부르도자의 꿈'을 '추문'으로 만듦으로써 시대의 비정(非情)을 낳은 비정(秕政)에 대해 이야기하고 있었다.

몇 달 후 "이 시끄러운 꿈들의 피"는 70년대 한국사회를 적셨다.[259] 사건을 전하던 어떤 보도기사보다도, 그의 시는 더 정확하고 더 생생하게 충돌하는 꿈들을 앞서서 그려내고 있었던 것이다. **이 시는 마치 사건 이후에 도래한 듯했다.**

와우아파트 사건은 "어처구니없는 비극"이자 "부풀기만 했던 70년대의 꿈을 '분석'해 보지 않을 수 없는 꿈으로 뒤바꿔놓은" 사건이었다.[260] 이 사건은 한국사회에 큰 충격과 놀라움을 던져주었으며, 국민들로 하여금 자기 성찰적 태도를 취하게 만들었다. 그러나 더 중요하게 기억되어야 할 것은 예상치 못한 순간 발생한 이 사건이 잠시 동안이나마 말

---

258 남정현, 「부주전상서」, 앞의 책, 312쪽.
259 이성부에게서 발견되는 도시개발과 빈민정책에 관한 비판적 문제의식은 60년대 중후반 문학자들 사이에서 일찌감치 싹트고 있었다. 66년을 기점으로 한 일련의 변화에 대해서는 송은영, 「현대도시 서울의 형성과 1960~70년대 소설의 문화지리학」, 연세대 박사논문, 2007, 177~179쪽을 참조.
260 「근대화의 벅찬 발돋움 … 그 응달엔 숱한 생채기가 …」,『동아일보』, 1970.12.30.

을 빼앗아갔다는 사실이다.

　와우아파트가 붕괴되자 언론에서는 앞다투어 이 사건을 다루기 시
작했다. 그런데 주목할 만하게도 한동안 그들은 논리 정연한 말보다
'비극', '참상', '끔찍한 참사', '생매장', '살인건물', '백주의 생지옥', '아수
라(阿修羅)', '아비규환' 등의 표현들로 사건에 대한 해석을 대신했다.[261]
예컨대, 당시의 한 기사가 전하고 있는 사건 현장의 모습은 이러하다.
기자의 말에 따르면, 하루아침에 60여 명의 사람을 '생매장'시키는 '끔
찍한 참사'가 발생하여 서울 한복판은 '백주의 생지옥'이 되고 말았다.
그가 현장에서 생생하게 목격한 것은 형태조차 알아볼 수 없을 정도로
무너져버린 아파트와 그곳에 깔려 있는 수십 명의 사람들과 망자의 가
족이 내지르는 울부짖음이다. 한 마디로 이곳은 "차마 눈뜨고 볼 수 없
는 생지옥"과 같다고 필자는 적고 있다. 이 글을 포함하여 같은 날 한
지면에 실렸던 여러 기사들을 아우르는 표제는 다름 아닌 "와르르…죽
음의 轟音"이었다. 소리, 또는 그 모양을 나타내는 부사인 "와르르", 이
'죽음의 굉음'이 그 어떤 단어보다도 이번 사건을 잘 드러내준다는 판
단이었을 것이다. 그런데 이 부사는 사건의 성격뿐 아니라 사건을 바
라보는 한국사회의 즉물적 반응을 엿보게 해주는 것이기도 했다.[262]
그리고 와우아파트 사건이 발생하고 일 년여의 시간이 흐른 시점에서
한국사회는 다시 한 번 말로 형용하기 어려운 상황에 맞닥뜨렸다.

---

261 이를테면, '아비규환(阿鼻叫喚)'은 여러 사람이 비참한 지경에 빠져 참혹한 고통으로 울부짖
　고 몸부림침을 형용(形容)해 이르는 말이다. '생지옥' 역시 말 그대로 살아서 겪는 지옥을 뜻
　한다. 60년대 북한사회의 참상을 비유할 때 흔히 쓰던 비유가 바로 이 '생지옥'이었다.
262 「와르르 … 죽음의 굉음」, 『매일경제』, 1970.4.8.

판잣집을 헐고 그 자리에 세운 시민아파트나 경기도 광주군 단대리에 마련된
광주대단지는 모두 판잣집 철거민들이 들어가 살고 있는 **이른바 특수지역.**[263]

광주대단지 사건은 서울시 판자촌 주민들을 현재의 경기도 성남으
로 이주시키는 과정에서 발생했다. 1967년 7월 18일 김현옥 서울시장
은 23만여 동의 무허가 주택을 철거하고 127만 명의 주민을 서울시 밖
으로 이주시키는 계획을 세웠고, 68년경 박정희는 한국을 찾는 외국인
들을 의식하여 도시미관을 위해 용산역 인근 등 철도 연변의 판잣집을
철거할 것을 지시했다.[264] 이에 따라 69년에는 청계천, 영등포, 용산
등지의 무허가 판자촌에 거주하던 주민 21,372가구 101,325명이 이주
조치되었다.

김원에 따르면, 산업화 초기 서울시의 도시 빈민에 대한 대책은 크
게 세 가지로 구분되었다. 첫째는 무허가 건물의 양성화, 둘째는 시민
아파트 건축, 셋째는 정착지 조성책이라 불리는 '이주 정책'이다. 이 중
서울시가 가장 선호한 것은 비용이 적게 드는 세 번째 안이다. 도시위
생과 무질서한 도시하층민의 유사 공간 집중을 막기 위한 가장 손쉬운
방법이 도시하층민들의 정착지 이전이었던 것이다.[265] 경기도 광주군
에 조성된 대규모 이주단지는 세 번째 방안에 해당했다.

1960년대 후반 정부와 서울시는 '서울의 치부인 판자촌을 정리하고

---

263 「겉치레 대책에 불안한 이주민 겨우살이(상) 광주대단지」, 『경향신문』, 1970. 9. 23.

264 김동춘, 「1971년 8·10 광주대단지 주민항거의 배경과 성격」, 『공간과 사회』 38권, 한국공
간환경학회, 2011, 9쪽.

265 김원은 "광주대단지는 정부가 만들어 놓은 지옥인 '구빈원'과 다름이 없었다"고 평가한다.
김원, 「박정희 시기의 대중시위」, 『내일을 여는 역사』 33호, 내일을여는역사, 2008, 69쪽.

인구를 분산하기 위한 돌파구'로 두 개의 프로젝트를 동시에 진행하고 있었다. 그중 하나가 '시민아파트의 건립'이고, 다른 하나가 '광주대단지의 조성'이다.[266] 이 두 개의 공간은 "판잣집 철거민들이 들어가 살고 있는 이른바 특수지역"[267]이라 불렸다. 그러나 졸속 행정을 통해 무리하게 추진된 이 프로젝트는 모두 실패한다. 1970년에 들어서자마자 이 두 개의 "특수지역" 중 한 곳은 붕괴했고, 다른 한 곳은 화염에 휩싸였다. 그런데 와우아파트 사건과 광주대단지 사건은 같으면서도 달랐다. 이 점에 대해 논의하기 위해서는 광주대단지 사건이 발생한 맥락을 살펴야 할 것이다.

서울시는 광주에 "위성도시"를 건설하기 위해 1968년부터 1971년까지 4년에 걸쳐 1백 7억 원의 막대한 재원을 투입했다.[268] 1971년 당시 시당국은 서울시내 17만 3천 9백 99동의 무허가 건물 중 5만 1천 86동을 철거 또는 현지개량으로 정리할 계획이었다. 그러나 선거기간 동안 새로운 무허가 건물이 급증했고, 각 구청 등은 서울시의 무허가 건물 정리의 기본계획을 고려하지 않은 채 무허가 건물 양성화를 추진하기도 했다. 무허가 건물 정리계획에 혼선이 빚어지고 있었던 것이다.[269] 이에 재원고갈 문제가 더해져, 한창 진행 중이던 광주대단지 조성사업은 중단상태에 빠지게 된다.

'광주대단지 사건'은 이러한 정황 속에 여러 요인들이 복합적으로 작용하면서 발생했다. 서울시가 마련한 이 '특수지역'에는 주로 철거민

---

266 「도시화의 사생아 광주단지」, 『경향신문』, 1971.8.11.
267 「걸치레 대책에 불안한 이주민 겨우살이(상) 광주대단지」, 『경향신문』, 1970.9.23.
268 「미완성도시의 숙제, 경기도에 이관 따른 광주단지의 그 후」, 『매일경제』, 1971.10.19.
269 「판잣집도 모두 철거」, 『경향신문』, 1971.5.29.

들과 철거민으로부터 십만 원 내지 이십만 원을 주고 입주증을 구입한 전매입주자들이 이주해왔다. 전매입주자들의 대부분은 서울시내에서 셋방살이를 하다가 자기 집을 마련할 셈으로 이사한 영세민들이었다. 그러나 "'판자촌으로부터의 해방'과 '영세민의 새터전'으로 각광"[270] 받았던 이 위성도시는 사실상 "허허벌판"[271]이나 다름없었다. 생활여건은 갖춰져 있지 않았고 행정치안은 허술했다. 게다가 가짜 입주증 매매와 모란개척단의 대규모 토지사기 사건 등이 더해지면서 이곳 주민들의 불안과 원망은 날로 커져갔다.[272]

문제는 "서울시 당국의 허울 좋은 계획만 믿고 몰려든"[273] 현지 주민들이 처해 있는 상황이 단지 '생활여건이 열악하다'는 말로 표현될 수 있는 수준을 넘어서고 있었다는 점이다. 이곳으로 이주해온 15만 명의 주민 가운데 60%이상은 생활기반이 전혀 없는 "막막한 영세민들"이었다. 또한 이곳은 일상생활이 불가능할 정도로 기반시설이 갖춰져 있지 않았다. 상하수도, 오물 및 분뇨 처리 시설 등은 미비했다. 이로 인해 설사병, 피부병, 영양실조로 인한 빈혈증 등에 시달리는 환자가 급증했다. 그중에서도 설사병과 피부병 환자가 가장 많았는데, 그 이유는 상수도 시설이 제대로 갖추어지지 않아 주민들이 "나쁜 샘물"을 식수로 쓰고 있었기 때문이다. 뿐만 아니라 단지 내 의료시설은 광주군 보건소 하나밖에 없었다. 보건소에 찾아오는 환자는 하루 평균 40~50명 가량 되었고, 매일 실시하는 순회 진료를 받고자 하는 환자는 하루에 3

---

270 「진통 겪는 위성도시」, 『매일경제』, 1971.8.12.
271 「서울 새 풍속도(236) 광주대단지(1) 별난 얼굴의 도시」, 『경향신문』, 1971.9.14.
272 「미완성도시의 숙제, 경기도에 이관 따른 광주단지의 그 후」, 『매일경제』, 1971.10.19.
273 위의 글.

백여 명에 달했다. 이곳 주민들은 전기가 들어오지 않는 "습기 찬 천막 속에서", "이루 말할 수 없을 정도로 불결, 비위생적인 환경 속에서" 살아가고 있었다.[274]

1971년 8월 10일, 악취 나는 분뇨·쓰레기와 당국이 파준 심각하게 오염된 공동우물과 수인성 전염병으로 신음하는 자들로 들끓던 이 공간에서,[275] 60년대 한국사회를 떠돌던 "죽겠으니 살려 달라"는 빈자들의 '아우성'과 "무서운 풍자"는 예측할 수 없는 파괴력으로 변모한다.[276] 와우아파트 사건을 통해 '아비규환 상태에 놓인 빈민대중'을 발견할 수 있었다면, 이번 사건은 '**아비규환 상태를 만드는 빈민대중**'을 출현시켰다. 광주대단지 사건은 전태일 사건과 더불어, 빈민대중이 어떠한 방식으로 대화의 장에 들어서고, 공론장에 자신들을 기입하고 있었는지를 보여주는 상징적 사건이었다.

광주대단지 사건이 중요하게 다뤄질 필요가 있는 것은, 첫째 군사정권 초기에 진행된 판자촌 철거사업이 60년대를 관통하는 동안 어떻게 변모해갔는지, 더 정확하게는 어떻게 본격적으로 정책화되었는지를 보여주는 사례이기 때문이다. 둘째는 정부가 '도시 하층민 밀집 주거지＝사회 불안 요소'로 사고했다는 점을 알려주는 사례이기 때문이다. 이런 맥락에서 국회 입법 조사관의 염려 ― "못 사는 다수의 민중을 한곳에 결집시켜 놓으면 반란세력을 구축하기 용이하고 폭동의 흥기(興起)가 쉽다. (…중략…) 세계 어느 곳에서도 찾기 힘든 불량하고 불미스

---

274 「개발지역 그 실과 허(완)」, 『매일경제』, 1971.9.23.
275 「희망 안테나(5) 광주 단지의 소망들」, 『동아일보』, 1971.1.22.
276 정재호, 앞의 글.

런 도시가 되지 않을까 우려되기 때문이다" ― 는 주목된다.²⁷⁷ 그리고 마지막으로는 사건 발생 당시 공권력에 무력(武力)으로 대응한 주민들의 행태가 정부와 언론에 의해 '난동' 내지는 '폭동'으로 규정되었다는 점 때문이다. 이러한 프레임 안에 사건이 갇히게 됨으로써 해당 사건과 이에 관계되었던 주체들에 대한 사회적 기억은 부정적 의미화 과정을 거치게 된다. 그런데 여기서 한 가지 간과해서는 안 될 문제는 이러한 틀짓기가 어떤 특정한 의도에 따른 결과로만은 말해질 수 없다는 것, 다시 말해 의도 이전의 **즉물적 반응**을 고려하지 않을 수 없게 만드는 것이었다는 점이다. 실제로 잠시 동안이지만, 사건이 발생한 직후 한국사회는 '할 말을 잃게 된다.' 당시의 보도기사들은 이 점을 분명하게 보여준다.

사건 발생 초기, 광주대단지 사건을 보도하던 기사들은 사건 발생 경위나 관계자들의 요구 등에 관계된 문제들을 일목요연하게 정리하거나, 사안을 쟁점화하여 기술하지 않았다. 또한 자신들이 현장에서 보고 듣고 느낀 바들을 정제된 언어로 담아내지도 못했다. 오히려 이들은 마치 현장의 상황에서 아직 헤어나지 못한 사람들처럼, 혹은 독자들을 현장으로 함께 끌고 들어가려는 듯, 그때의 상황을 재현하는

---

277 김원에 따르면, 광주대단지 사건 직후 정권이 주모자 구속 등 강경 조치를 취했던 이유는 4·19 이후 도시에서 대규모 시위가 존재했지만, 학생 시위의 연장이었지 도시 하층민 등이 주도한 봉기적 형태는 결코 아니었기 때문이다. 이 사건과 관련하여 정부가 어떤 입장을 취하고 있었는지는 다음의 기록들을 통해 짐작해 볼 수 있다. 정부 보고서 「광주대단지 철거민 현황, 문제점과 대책」에는 "식생활에 쪼들린 나머지 대부분의 주민들은 **신경질적**이며 저녁에 폭행 등 **싸움이 많음**"과 같은 지적이 있다. 아울러, 국가기록원에서 비밀 해제된 1971년 8월 11자 「보고서」(보고 번호 제71-458호, 보고관 정종택)의 첫 페이지에서 박정희가 8월 10일 발생한 광주대단지 사건을 도시 폭동으로 간주하고 "주동자를 엄단에 처하라"라고 쓴 메모를 확인할 수 있다. 김원, 「박정희 시기의 대중시위」, 『내일을 여는 역사』 33호, 내일을여는역사, 2008, 70~76쪽.

데 몰두했다. 이들 기사는 다음과 같이 그날을 묘사했다.[278]

폭우가 쏟아지던 어느 날, 주민들은 자신들의 요구를 들어주지 않는다며 모든 것을 파괴하기 시작했다. 이들은 '찝차'에 휘발유를 부어 불태우거나 개울에 처 넣었고, 유리창과 선풍기와 형광등을 때려 부쉈으며, 관공서에 보관된 서류들을 일제히 태워버렸다. 뿐만 아니라 '바께쓰'와 병에 휘발유를 담아 불을 붙인 후 거리에 마구 집어던지기도 했다. 이들은 파괴해야 할 대상의 목록을 갖고 있지 않은 자들처럼 행동했고, 이들의 파괴 행위에는 어떤 규칙도 원리도 없는 듯 보였다. 이들은 모든 것을 파괴할 것처럼 움직였고, 심지어는 스스로가 무엇을 파괴하고 있는지도 모르는 상태에 놓여 있는 것 같았다. 그야말로 **"공포의 난동"**이었다.

보도기사들은 한결같이 이날의 주민들을 '말'이라는 커뮤니케이션 도구를 잃어버린, 짐승에 가까운 '폭도'처럼 그려냈다. "빗속을 헤매며 발악적으로 부르짖는" 사람들의 손에 들려 있던 것은 돌멩이와 몽둥이와 곡괭이, 그리고 식칼이었다. 그들의 손에 잡히는 모든 것들이 파괴를 위한 도구가 되었고, 이것이 '말'을 대신했다. 길고 장황한 묘사 속에 **언어는 부재**했다. '언어'가 있어야 할 자리는 성난 군중들의 표정과 행동으로 채워졌다. 간혹 이들의 목소리가 전해지기도 했는데, 그때 쓰인 표현들은 '아우성'과 '비명'과 '부르짖음'이다. 그것은 분명 '목소리'가 아닌 것, 말하자면 '소음'에 가까웠다.

와우아파트 사건 때와 마찬가지로, 이러한 관찰과 서술에 관계된 특

---

278 대표적 기사로는 「빗속 무법(無法) 6시간」, 『경향신문』, 1971.8.11; 「빗속에 난동 6시간」, 『동아일보』, 1971.8.11.

징들은 사건을 바라보던 한국사회의 즉물적 반응을 엿보게 해준다. 필자들은 "무법과 불법",[279] "공포와 무질서"[280]라는 말 이외에는 사건을 설명할 언어를 갖지 못했고, 이날의 주인공들을 규정지을 만한 언어 역시 부재했다. 이들은 "난동자"이거나, 혹은 휩쓸려가는 "남녀노소가 섞인 일천여 명"의 군중으로밖에 표현될 수 없는 존재들이었다.[281] 이러한 서술상의 특징은 광주대단지 사건을 부정적인 방식으로 의미화하고 독자들이 해당 사건을 논리적 설명을 통해서가 아니라 장면을 통해 소비하게 만든다는 점에서 문제적이다. 그러나 이보다 더 중요하게 관찰되어야 할 것은 사건을 전하는 서술주체에게서 발견되는 어떠한 '형용할 수 없음', 즉 **재현의 곤혹스러움**이다. 그런 면에서 "불법"이나 "난동자"라는 표현보다도 "공포와 무질서", "휩쓸려가는 성난 무리들"이라는 표현이 서술자의 시선을 보다 정확하게 반영해주는 것이었다고 할 수 있다.

앞 장에서 살펴보았듯이 1960년대에 가장 불온하다고 명시되었던 존재는 '청년지식인'이다. 이들을 불온하다고 규정하는 권력의 언어나, 이들의 불온성을 부인하려는 대항 권력의 언어, 양편 모두 안정적인 발화의 토대를 갖고 있었다. 그런데 학생·지식인의 투쟁을 보도하던 때에 등장했던 '논리정연한 말'들이 70년대 초반 발생한 특정한 사건들을 재현하는 자리에서는 자취를 감추게 된다. 그 자리는 생각지도 못했던 투쟁 주체들을 어떻게 규정하고 위치지어야 할지 몰라 곤혹스러

---

279 「빗속 무법(無法) 6시간」, 『경향신문』, 1971.8.11.
280 「광주단지 주민들의 가난한 나날 '무법' 부른 불모의 황야」, 『동아일보』, 1971.8.11.
281 「빗속에 난동 6시간」, 『동아일보』, 1971.8.11.

위 하는 발화자의 애매하고 서툰 말로 채워졌다. 말 많은 권력 또한 이 사건 앞에서 순간적으로나마 할 말을 잃었다. 이들의 행동은 논리적 언어나 법리적 해석에 의해 분석되고 해제(解題)되기보다는 단지 '진압' 해야 할 대상으로 인식된다.

정부는 학생·지식인의 투쟁에 대해서도 '난동'이라 규정한 바 있다. 그러나 이 '두 개의 난동'을 묘사하는 한국사회의 방식은 상이하다. 학생·지식인의 경우와 달리, 이번 난동 사건이 발생하는 순간 박정희 정권과 이를 보도하던 언론과 이 사건을 멀찌감치 떨어져 바라보고 있던 시민들이 감당해야 했던 것은 께름칙한 불안과 형용할 수 없는 막막함이었다. '시위의 현장'에서 흘러나오는 소리들이 '잘못을 드러내는 말'인지 '폭동의 소음'인지 분간할 수조차 없었을 뿐만 아니라, 저들의 정념과 행동은 예측할 수 있는 범위를 넘어서는 것일지 모른다고 상상되었다. 요컨대 억압되었던 이 **불가해한 타자들**이 불온한 얼굴로 등장했을 때, 한국사회는 **진짜 공포**에 휩싸였던 것이다.

우리를 또 속였다[282]

1971년 8월 11일 한국의 공론장을 휩쓸었던 '속보(速報)'가 전하고 있던 것은 불온의 염려가 높은 집단으로 항시 규정되면서도, 억압됨으로써 지워지고 가려졌던 존재들이 자신을 '불온한 존재'로 공공연하게 드러내는 장면이다. '아비규환'의 현장을 묘사하기에 급급한 지면들에서 아주 드물게 소음이 아닌 목소리가 흘러나오는 순간이 있었다. 당국이

282 「빗속 무법(無法) 6시간」, 『경향신문』, 1971.8.11.

퍼트리던 "복음(福音)"을 파열시키는 이 목소리("**우리를 또 속였다**")는 한국사회가 '믿음의 사회'로부터 계속해서 미끄러져나가고 있다는 것을 알려주었다. 이날은 "판자촌으로부터의 해방"과 "영세민의 새터전"이라는 "화려한 소식"에 젖어들었던, "부푼 꿈"을 가졌던 이들이 순간적으로 깨어나는 시간, "복음"의 허위성을 깨닫는 만각(晚覺)의 시간이었다.[283] 그리고 '비정상성', '을씨년스러움', '어두운 기운'이 만들어낸 "폭동의 시간"은 일시적이지만, 통치 권력의 언설과 사회의 언설의 정상적 가동을 **중지**시키는 힘으로 작용했다.[284]

3) 근로기준법과 청년노동자 — 노동해방이면서 미적해방인

한국사회는 과연 '명랑한 사회, 믿음의 사회'에 가까워지고 있었는가. 김동명의 불안한 예감은 '제2의 4 · 19의 촉발'로 이어지지는 않았다. 그러나 그가 주목했던 주체들, 청년들("학생들")과 빈민대중("집단자살자")은 예상치 못한 장면들에서 다시 조우했다. 비약을 무릅쓰고 말하자면, 청년지식인의 죽음(김주열의 죽음)이 자리했던 장소에 덧씌워지고 있었던 것은 어느 청년노동자의 죽음이었다.

두 청년의 죽음은 한국사회에서 불온한 존재로 염려되고 간주되고 낙인 찍혔던 자들의 얼굴과 대면하게 한다. 김주열의 죽음이 '혁명주체'에서 '불온주체'가 되어 자기의 신원과 정체성을 위협 받았던 청년

---

283 「진통 겪는 위성도시」, 『매일경제』, 1971.8.12.
284 「1971안부(5) 이 겨울이 지나면 … 광주단지」, 『동아일보』, 1971.12.22.

지식인의 삶을 되짚어보게 한다면, 전태일의 죽음은 항시 잠재적 불온자의 명단 꼭대기에 올라있던, 아울러 70년대에 이르러 일련의 사건들을 통해 자신의 존재를 한국사회에 인상적으로 각인시켰던 빈민대중의 삶을 일깨운다.

당대인들 역시 이 점에 주목한 바 있다. 한 논자는 이렇게 말했다. 1960년대가 4·19와 함께 시작되었다면 "70년대의 앞날을 상징하는 가장 시그니피컨트한 사건"은 '전태일의 분신자살 사건'이라고 말이다.[285] 그런가 하면 그간 여러 연구자들이 주목해온 바와 같이, 전태일의 분신자살은 무엇보다 "70년대의 한국노동운동을 상징"[286]하는 사건이라는 점에서 의미 있게 읽힌다. 그러나 전태일의 죽음에 대해 더 깊이 성찰하기 위해서는, 아울러 1960년대와 1970년대 한국사회에 대한 보다 풍부한 이해를 갖기 위해서는 이전과는 다른 각도에서 이 사건을 재해석해 볼 필요가 있다. 요컨대 이 사건은 **불온한 존재의 자기현시**라는 차원에서 다시 조명되어야 한다.

1964년, 평화시장에 첫 발을 내딛었던 16세의 청년 전태일은 자기에 대한 '앎'을 통해 '노동자로서의 자기'를 재인식한 보기 드문 '노동자'였다. 그는 1960년대 말경 근로기준법을 발견하고 노동자의 권리를 보장하는 법이 있다는 사실에 고무되었다.[287] 전태일은 원단이 들려 있던 손으로 법전의 페이지들을 넘겼고, 동료 노동자들과 함께 '바보회', '삼

---

285 최진호, 「70년의 맥박―나라살림에 비친 경제초점(5) 전(全)군 분신과 새노동운동」, 『동아일보』, 1970. 12. 28.
286 위의 글.
287 신형기, 「전태일의 죽음과 대화적 정체성 형성의 동학」, 『통치성과 문학―1960~70년대 내치(內治)의 기술과 대중의 일상 학술대회 발표자료집』, 한국문학연구학회, 2013. 12. 7, 35쪽.

동친목회' 같은 모임을 만들어 노동환경을 개선하는 일에 투신한다. 김예림이 지적한 바 있듯이 모범업체 설립 계획, 설문조사서, 노동청에 보내는 진정서, 대통령과 근로감독관에게 쓴 편지 등을 구성하는 언어, 화용, 인식은 국가-자본이 결합하여 쏟아낸 통치의 상투어 혹은 통치에 의해 전유되고 상투화된 가치를 그가 어떻게 탈환하고 있는지 보여준다. 다시 말해 전태일은 스스로 유일한 해결과 지원의 장소로 믿고 설정했던 '관'과 '법'의 장에 접속해 들어가기 위해, 공적 언어와 방법을 구사하면서 궁극적으로는 이것을 자기 집단을 이야기하기 위한 언어와 방법으로 전치시켜나갔던 것이다.[288] 그러나 상대의 언어와 전략을 익히고 공유함으로써 대화의 장에 자신의 자리를 등록시키려 했던 전태일의 시도는 계속해서 실패에 직면하게 된다. 대부분의 시도들이 '거부'되거나 '무시'당했고, 종국에는 '해고'라는 응답으로 되돌아온 것이다.[289]

1960년대 내내 '법치'를 최고의 선으로 내세웠던 정부에 맞서 전태일은 '법의 언어'를 익힌 손으로 공공의 언어를 만들어나갔지만, 이 언어들은 어떤 실효성 있는 반향도 일으키지 못했다. 이러한 상황에서 전태일은 60년대 학생들이 통치 권력과 맞서기 위해 쓴 데모의 기술을

---

[288] 김예림, 「어떤 영혼들—산업노동자의 "심리" 혹은 그 너머」, 『아래로부터의 글쓰기, 타자의 문학 국제학술회의 발표자료집』, 성균관대 동아시아학술원 인문한국연구소·동국대 문화학술원, 2013.11.8~9, 60쪽.

[289] 억압적 상황에 맞서 그는 이후로도 평화시장을 거점으로 삼아, 노동환경을 조사하는 설문지를 돌려 노동자의 목소리를 청취하려 했고 서울시와 노동청과 청와대에 진정서를 제출하여 대화의 기회를 마련해 보려 분투했다. 평화시장의 노동실태에 대한 조사를 토대로 구성한 ('노동시간 단축, 주휴제 실시, 다락방 철폐, 환풍기 설치, 임금인상, 건강진단 실시' 등의 요구조건을 명시한) 건의서를 노동청에 제출했으나, 당국은 근로조건 개선을 위한 정책 마련에 관심을 기울이지 않았다.

차용하여 다시 한번 소통의 가능성을 시험했다. 1970년 11월 13일, 전태일은 평화시장 앞에서 '**근로기준법 화형식**'을 감행한다.[290] 이것은 1964년 한일협정반대데모 당시 청년들이 벌였던 '민족적 민주주의 화형식'과 같은 포맷의 투쟁기술이었다. 그들이 '민족적 민주주의'라는 당국의 중요한 정치적 언설을 불태움으로써 상징 권력을 파괴했다면, 전태일은 '근로기준법'을 화형의 대상으로 삼아 열악한 노동환경 실태와 국가/자본의 폭압성, 그리고 법치주의의 허구성을 폭로하고자 한 것이다. 그러나 장엄하고 화려하게 치러졌던 민족적 민주주의 화형식과 달리, 청년 노동자에 의해 감행된 이날의 상징 파괴는 끝내 불발된다.

한국사회에서 중요하게 기억될 '청년 노동자의 죽음'은 이 시도가 실패로 귀결됨으로써 새롭게 촉발되었다. 실패의 순간은 예측하지 못한 소통의 방식을 통해 새로운 가능성의 순간으로 전화되고 있었던 것이다. 전태일은 '근로기준법' 대신 '자신의 몸'에 "휘발유를 뿌리고 불을 댕겼다."[291] 민주주의 국가의 법전에 기입되어 있는 화려한 언약들이 아닌, 비천한 일개의 **노동자의 몸**(자기 신체)을 화형에 처함으로써 대화(정치)의 장에 뛰어들었던 것이다. 이것은 협상의 테이블에서 계속해서 배제되는 존재가 대화의 주체로 자신을 등록시킬 수 있는 유일한 방법처럼 보였다.

---

290 『전태일 평전』에 따르면, 전태일이 '근로기준법 화형식'을 제의하며 '모두 희생할 각오로 싸울 것'을 요청한 것은 11월 7일이었다. 그는 다른 회원들과 함께 11월 13일 오후 1시로 '거사' 일정을 정하고, 그날의 '시위 현장'을 미리 '**상연**'했다. 전태일은 근로기준법 책을 들고 탁자 위로 올라가 법의 중요 조문들을 소리 내어 읽고 "이런 조문이 다 무슨 소용이냐? 지켜지지도 않는 이 따위 허울 좋은 법은 화형에 처해버리자!"라는 취지의 선동연설을 하며 '근로기준법 화형식'을 거행할 예정이었다. 조영래, 『전태일 평전』, 아름다운전태일, 2009, 282~283쪽.
291 「시장 종업원 분신자살」, 『조선일보』, 1970.11.14.

한 청년 노동자의 죽음과 함께 1970년은 시작되었고, 그의 죽음은 사회각계에 큰 반향을 일으켰다. 사회 각처에서는 그의 죽음을 애도하는 추도식이 열렸고, 많은 이들이 죽음을 의미화하고 상징화하려는 시도를 벌였다. 학생들의 구호와 플랜카드에는 가난한 근로대중에 대한 관심이 본격적으로 기입되기 시작했다. 또한, 근로조건의 개선을 요구하며 분신자살한 전태일 사건과 경영합리화를 위한 일부 대기업체의 감원경향, 주한미군의 감군계획에 따른 외기(外機) 종업원들의 계속되는 실직 등 노동문제가 사회경제적 문제로 심각하게 부상함에 따라, 정부는 1970년 12월 11일 보건사회부외청으로 되어 있던 노동청을 '노동부'로 승격시키기로 결정했다.[292] 요컨대 노동문제를 '중요한 정치사안'이자 '새로운 저항의제'로 부상시켰다는 점에서 이 사건은 한국정치갈등의 지형전환에 중대한 분수령이었다고 할 수 있다.[293] 한 청년 노동자의 죽음은 억압된 언어 — '이제껏 아무도 발음하려고 하지 않던 '노동자'와 '노동운동'이라는 언어'[294] — 의 존재를 동시대인들에게 일깨워주었던 것이다. 특히나 그의 죽음은 노학(勞學)의 상호연대에 대한 감각의 일깨움을 자극하는 사건이었다.

논의의 말미에 이르러, 우리가 질문해야 할 것이 있다면 그것은 '전

---

[292] 이러한 당국의 결정에 한국노총은 물론 경제계와 학계에서도 환영의 입장을 표했다. 그런 한편, 일부에서는 그동안 노동문제를 소홀하게 취급해온 정부의 정책과 입장을 비판하기도 했다. 「"노동부 신설 때늦은 감"」, 『동아일보』, 1970. 12. 14.

[293] 전태일 분신사건을 계기로 1980년대의 대표적 저항형태였던 학생과 노동자의 연대(勞學連帶)의 초기 단초가 나타나기 시작했고, 한국의 주요 저항세력인 대학생들은 노동문제를 핵심투쟁의제로 삼기 시작했다. 박명림, 「박정희 시대 재야의 저항에 관한 연구, 1961~1979 －저항의제의 등장과 확산을 중심으로」, 『한국정치외교사논총』 30집 1호, 한국정치외교사학회, 2008; 최장집, 『한국의 노동운동과 국가』, 열음사, 1988.

[294] 조영래, 앞의 책, 314쪽.

태일의 죽음이라는 사건을 어떻게 다시 이야기해야 할 것인가 하는 것이다. 이 '다시 이야기하기'가 시도되는 자리에서 중요하게 고려되어야 할 것은, 전태일이 보고 듣고 익힘으로써 자기의 것으로 만들고 있던 것들이 과연 무엇이었는가 하는 점이다. 다음의 두 글, 아리스토텔레스와 랑시에르의 '언어'에 대한 숙고는 이 물음에 근접해가는 일을 돕는다.

인간은 언어(logos) 능력을 가진 유일한 동물이다. (⋯중략⋯) **언어는 무엇이 유익하고 무엇이 유해한지, 그리고 무엇이 옳고 무엇이 그른지 밝히는 데 쓰인다.** 인간과 다른 동물들의 차이점은 인간만이 좋음과 나쁨, 옳고 그름 등을 인식할 수 있다는 것이다. 그리고 이런 인식의 공유에서 가정과 국가가 생성되는 것이다. (⋯중략⋯) 인간은 완성되었을 때는 가장 훌륭한 동물이지만, 법(nomos)과 정의(dikē)에서 이탈했을 때는 가장 사악한 동물이다. **무장한 불의(不義)는 가장 다루기 어렵다.**[295]

어떤 의미에서 **정치행위**는 정치적 능력이 입증되는 감성의 경계를 추적하기 위한, 이를테면 **무엇이 말이고 외침인지를 결정하는 하나의 갈등**이다.[296]

---

295 아리스토텔레스, 천병희 역, 『정치학』, 숲, 2013, 21~22쪽.
296 "플라톤은 『국가』에서 장인들은 자신들의 작업 이외에 어떤 것도 할 수 있는 시간이 없다고 직설적으로 진술한다. 그들의 업무량, 일과표 그리고 이 일과표에 적응해야 하는 업무의 수용력 등은 그들이 정치행위를 구성하는 부가행위에 접근하는 것을 용인하지 않는다. 그런데 정치는 이 불가능성에 의문을 던질 때에야 비로소, 자기 일 외에는 다른 것을 살필 시간이 없는 사람들이 분노하고 고통 받는 동물이 아니라 공동체에 참여하면서 말하는 존재라는 것을 입증하기 위해 자기들에게 없는 시간을 가질 때에야 비로소 시작된다. 시간들과 공간들, 자리들과 정체성들, 말과 소음, 가시적인 것과 비가시적인 것 등을 배분하고 재배분하는 것은 내가 말하는 감성의 분할을 형성한다." 자크 랑시에르, 앞의 책, 10~11쪽.

주지하다시피 아리스토텔레스는 인간을 '로고스(logos)'를 가진 '정치적 동물'로 규정한 바 있다. 여기서 중요하게 지적되고 있는 것은 '외침'과는 차별화되는 '언어'의 의미와 기능이다. 언어는 '선과 악', '정의와 불의'를 '지각'하고 여타의 '도덕적인 감각'을 드러내고 공유하는 데 쓰인다. 말의 '알아들음'과 그것의 '소유'는 인간의 정치적 본성을 이해하는 데 핵심적 관건이 된다.

랑시에르가 아리스토텔레스에 주목하는 것은 이러한 맥락에서다. 랑시에르는 '소리와 말'에 대한 분별적 논의를 적극적으로 해석하여 '정치(politics)'를 재정의하는 데 쓴다. 그에 따르면, 인간의 정치적 소명은 로고스의 소유라는 상징적 표식을 통해 입증된다. '정치적 정의'가 공동의 것의 분배를 규정하는 질서라 한다면, '정치'는 이러한 지배의 자연적 질서가 중단되는 때에 존재하게 된다. 다시 말해, 정치가 발생하는 순간은 단지 가진 자와 그렇지 못한 자가 대립하는 순간이 아니라, **빈민(the poor)이 실재로서 존재하게 되는 순간**, 즉 몫이 없는 자들의 몫이 수립됨으로써 질서가 중단되는 순간이다. 빈민들을 인민(people)으로 셈하는 것에 대한, 인민을 공동체(community)로 셈하는 것에 대한 계쟁(litige)은 정치의 존재에 대한 계쟁이다. 말하자면, 정치는 공통의 무대에 대한 갈등, 이 무대에 있는 이들의 존재와 자격에 대한 갈등인 것이며, 몫 없는 자들의 몫이란 존재하지 않는다는 말은 정치에 대한 근본적 부정인 셈이다. 이런 맥락에서 보자면, 정치는 항상 있는 것이 아니라, 어떤 순간들마다에서 드물게 출현하는 것이라 할 수 있다.[297]

---

297 Jacques Rancière, translated by Julie Rose, *Disagreement : politics and philosophy*, Minneapolis : University of Minnesota Press, 1999, pp. 2~14.

이러한 논의는 **드러냄의 양식들**을 알아채고 모방하고 고안하던 전태일의 시도들에 다시 한번 주의를 기울이게 한다. 그가 구상하고 실천했던 다양한 노력들은 자신에게 할당된 자리에 대한 **앎을 가지고** 그것을 통해 주어진 자리로부터 벗어나려는 시도였다. 그는 통치 권력이 형성해놓은 인식·감각체계 안에서 동일화(identification)와 주체화(subjectification)를 동시에 경험한 노동자다. 그의 실천들에서 자신에 대한 지식을 쌓아가는 노동자, 현재의 자기가 아닌 다른 자기를 꿈꾸는 노동자의 모습을 발견할 수 있다. 여기서 중요하게 짚어져야 할 것은 그가 시도한 '노동 해방'이 '미적 해방'이었다는 사실이다. 기존의 감각세계에 거리를 두는 행위, 즉 감각의 경계들을 허물고 다시 구축하는 행위라는 차원에서 '노동 해방'은 '**미적 해방**'이 된다.

> 나는 언제부터인지 모르지만 감정에는 약한 편입니다. 조금만 불쌍한 사람을 보아도 마음이 언짢아 그날 기분은 우울한 편입니다. 내 자신이 너무 그러한 환경들을 속속들이 **알고 있기 때문**인 것 같습니다.
>
> — 전태일의 수기 중[298]

전태일은 분명 자신의 '우울'을 단지 기분적인 상태로 이해하지 않았다. 그가 고백하고 있듯이, 그의 '우울'은 자신과 자신을 닮은 "불쌍한 사람들"에 대한 '앎'의 소유에서 비롯되었다. 전태일이 '불온한 존재'였던 까닭은 자기에 대한 앎을 가졌기 때문이다. 달리 말해, '노동자가 꿔야 할 꿈'이 아니라 '자신에게 할당되지 않은 것'을 꿈꾸고 욕망했기 때

---

298 조영래, 앞의 책, 197~198쪽.

문이다. 그는 자신을 불온한 존재로 낙인찍는 사회에서 분신(焚身)을 꾀함으로써 권력의 언어(근로기준법)를 각인한 몸, 이 '살아있으면서 죽어가는 노동자의 신체'를 전시(가시화)했다. 그는 언어(logos)를 알아듣는 능력을 토대로 그 언어를 갖고 대화에 참여하는 일을 시도했지만, 거듭된 실패에 직면하게 되면서 다시 신체로 말하는 방법으로 선회했던 것이다. 그런데 뜻밖에도 이것은 정치의 가능성을 열어놓는 순간을 마련한다.

그의 목소리에는 '언어(logos)'의 흔적이 아로새겨 있었다. 그것은 단지 로고스를 갖지 못한 자가 애초부터 낼 수밖에 없었던 목소리(소음)가 아니다. 중요하게도 그의 죽음은 설명할 수 없는 낯섦과 공포를 불러일으키는 것인 동시에, 시민이면서 시민으로서 셈해지지 않는 이들의 권리들을 입증해줄 언어를 제공해준 사건이었다. 이것은 분명 "항상 치안의 질서에 대해 근본적으로 이질적인 가정, 즉 몫 없는 이들의 몫이라는 가정을 연출함으로써 **치안의 질서의 감각적 분배들을 해체하는 표현(드러냄)의 양식**", 즉 **'정치적 행위'**였다.[299]

1960년대 한국사회는 '믿음의 사회'도 '명랑한 사회'도 달성하지 못했다. 다만, 한 가지 분명한 것은 이 시대가 '불화의 가능성'을 열어놓고 있었다는 사실이다. 그리고 이때 불화의 가능성은 1970년, 자신의 신체를 불태웠던 한 청년에게서 가장 극적인 방식으로 표출된다. 한국사회는 선뜻 이 사건을 설명할 수 있는 말을 갖지 못했다. 그의 몸에서 내질러지는 이 목소리는 역으로, 로고스를 가졌던 자들의 말을 빼앗아

---

299 Jacques Rancière, translated by Julie Rose, *Disagreement : politics and philosophy*, Minneapolis : University of Minnesota Press, 1999, p.30.

버렸다. 물론 이 빼앗음은 오래 지속되지 않았다. 한국사회는 다시 청년 노동자의 죽음을 설명할 말들을 모색하고 찾아내고 있었다. 그러나 즉각적이지 못한, **뒤늦은 말의 소유**는 한국 역사에 있어 중요한 경험으로 각인될 것이었다.

/ 제4장 /
비켜선 자리,
불온한 문학의 장소

1. 명랑사회와 문학의 우울

1) 명랑의 불가능성

어느 시대의 문학에서든 명랑하지 않은 주인공은 존재한다. 이 명랑의 불가능성은 다양한 이유와 맥락에 의해 발생하나, 그것은 많은 경우 인물의 성격이나 기질에 깊게 관련되어 있다. 말하자면, 그의 명랑할 수 없음은 고민하고 방황하며 변혁을 기획하되 충분히 실행하지는 않는 자기로 인하여, 혹은 그 변혁의 실행 내용이 스스로가 설정한 기대치에는 미달하는 사태로 인하여 발생하는 것이다. 더불어 작가가 그러함을 예민하게 의식하는 감수성을 지녔기에 발현되는 것이기도 하다. 1960년대 문학도 예외가 아니다. 이 시대의 많은 문학자들도 자신의 명랑할 수 없음으로 인하여 괴로워했다. 그들의 괴로움이 증폭되었던 것은, 혹은 삶의 근본적인 문제로까지 그것이 위치 지어졌던 것은 명랑성에 대한 사회적 요청이 전방위적 차원에서 이루어지고 있었기 때문이다.

"치안확보로 명랑사회 이룩하자"는 구호가 말해주듯, 박정희 정권은 '내부의 적들'에 대한 새로운 담론을 통해 반공이념을 재정비하고 이어 '명랑사회의 건설'을 시대의 과업으로 설정했다. 그러나 1960년대 내내 울려 퍼진 이 구호는 명랑하지도 민주적이지도 않았던 시대의 얼굴을 더 분명하게 소묘하는 역설적 표현이었다. 특히 당대의 문학자들에게 '명랑하라'는 언명은 오히려 '명랑의 불가능성'을 끝없이 대면하게 만드는 것이었다. **명랑성**은 동화되지 않는, 그리하여 끝내 도달할 수 없는 어떤 정신의 상태에 가까운 것이었다. 주목할 만하게도 이 시대를 살아간 문학자들 가운데 일부는 이러한 자기의 경험을 문학의 공간에서 써내려가고 있었다. 말하자면 이들은 자기를 관조하는 자기를 작품에 등장시킴으로써 '명랑의 불가능성'을 탐사하는 데 기꺼이 자신의 '미천한 용기'를 걸었던 것이다. 이 탐사가 용기를 필요로 했던 것은 '명랑할 수 없음'이 곧 '시대와의 불화'와 급속히 조우하고 있었기 때문이다. 그리하여 이 용기는 직설적인 방식을 통해 발휘되기도 했지만, 많은 경우 한 걸음 떨어진 자리에서 발현되었다. 이 '비켜선 자리'는 작가 자신의 말마따나 '비겁함'으로 인해 비롯된 것이면서, 동시에 처해 있는 현실 속에서 그가 택할 수 있는, 정치적 공간을 개시하기 위한 최선의 '방법적 위치'이기도 했다.

작가나 지식인 캐릭터를 전면에 내세워 명랑의 불가능성에 대해 고민하는 그들의 시도는 꽤나 의욕적이었다. 그러하기에 망설이고 주저하는 작품 속 인물들에게서 패배주의와 기회주의를 읽어내던 비평가들조차도 이들의 작품에 배어 있는 어떤 우울과 슬픔을 쉽게 의미화하지 못했다. 60년대에 논쟁거리로 대두된 바 있던 '소시민(적)'이라는 말 역시 이런 단순치 않은 심정과 현실인식을 담고 있는 언어였다. 의도와 맥락은 때로 달랐을지언정 소설가나 시인 자신에 의해서도 이 말은 생산되고 소비되었으며, 이들에게 이 언어는 작가의 문학적 정체성을 구성하는 동시에 되묻게 하는 것이기도 했다. 또한 비평가에 의해서든 작가 자신에 의해서든 '소시민'에 대한 적극적인 해석과 차별화된 관점이 제시되는 와중에서조차 이 말에 드리워져 있는 '주저(躊躇)와 비겁(卑怯)'이라는 그림자는 흔적처럼 남겨져 있었다.

그렇다면 1960년대 작가들의 '비켜선 자리'와 '비겁함'에 대한 자의식은 어떻게 해석될 수 있을 것인가. 이 시기 불온했던 문학을 꼽으라고 한다면, 흔히 남정현의 「분지」를 떠올리기 쉬울 것이다. 저항성이라는 차원에서 따져보자면, 이 소설은 비켜선 자리에서 생산된 작품들에 비해 더 분명한 의미를 갖는다. 그러나 남정현의 소설은 때로 너무거칠고, 때로 너무 비장하다. 이에 비하자면, 당시 신진 비평가였던 염무웅의 말마따나 60년대 안수길과 같은 작가의 작품에서 발견되는 것은 '소시민적 세계관과 미온적인 현실 대응 태도'라 할 만하다.[1] 그러나

---

1 동시대 비평가였던 염무웅은 안수길과 서기원 등을 '소시민적 작가'라, 이들의 소설을 일컬어 '수동적 소설'이라 규정하며, 하인리히 뵐의 논의를 빌려 이들의 작품을 비판한 적이 있었다. 하인리히 뵐에 따르면, "하나의 작품을 쓴다는 것은 자기가 지금까지 썼던 모든 작품과 자기의 생명까지를 건 위험한 모험"일진대, 이들의 작품에는 그러한 결단성과 용기가 부재

한편으로, 비평가가 요청하는 "현실의 총체적인 해석이나 행동의 적극적인 모랄"이 안수길의 작품에 부재하다고 평할 수만도 없다. 때로 직설화법과 과감하고 도발적인 언어들은 작가로 하여금 자신이 쓰고 있는 내용에 도취되거나 매몰되게 만든다. 이 말은, 쓰지 않음으로써 말하는 법, 쓰면서 지우는 법에 대한 사유를 빼앗을 수 있다는 것이다. 이런 면에서 쓰면서-지우는 방법에 의해 조성되는 긴장과 이 긴장을 탄력적으로 운용할 수 있는 빈 공간이 작품에는 마련되지 않을 수 있다.

'비켜선 자리'로 일컬어지는 내재적이면서 외재적인 역설적 위치, 자기보존적이면서 자기파괴적인 이 응시하는 자의 위치는 흥미롭게도 그 스스로가 자신을 '소시민적'이라 규정했던 작가들에게서 발견된다. 이를테면 김수영이나 안수길 같은 이가 이에 해당한다. 이들 작가가 공통적으로 갖고 있던 자의식 — '나는 소시민이다' — 은 어떤 면에서 비판의 대상이 될 수 있고 또 실제로도 이에 대한 비판이 있어 왔지만, 이러한 자의식이 어떤 방식으로 외화되어 특정한 문학작품을 낳았는가 하는 문제는 좀 더 적극적으로 검토되고 해석될 필요가 있다. '불온성에 대해 성찰한 작가와 그의 문학'에 관한 연구가 일정한 의미를 가질 수 있다면, 그것은 아마도 이러한 맥락에서일 것이다.

예를 들어, 김수영 비평에 등장하는 '소시민'이라는 말의 함의는 흥미롭다. 백낙청은 「시민문학론」(『창작과비평』, 1969 여름)에서 김수영의 시를 평하며 다음과 같이 말했다. "스스로 조금쯤 비켜 서 있고 옆에 서 있는 것이 비겁한 것이라는 것까지 알고 있다는 말도 반성의 반성을 하고 반성의 반성을 반성하는 식의 약싹 빠른 자기변호나 부질없는 자

하다는 것이다. 염무웅, 「준현실 속의 작가들 최근의 창작경향」, 『경향신문』, 1964. 4. 10.

학의 외침이라기보다, 정말 자기로서는 최선이자 동시에 결코 최선일수 없는, 이 느낌표를 붙일 수밖에 없는 상태를 최선을 다해 이야기하고 있는 것이다. 김수영의 '소시민성'이 대다수 소시민들의 그것과 다른 점이 그것이다."[2] 백낙청은 '소시민성'에 대한 재해석을 시도함으로써, 즉 비겁함에 대한 인식은 메타적 층위의 확보를 통해서만 비로소 가능한 것이기에 단순히 '소시민적'이라 말할 수 없다는 논리를 통해 김수영을 옹호하고자 했다.

김현의 평가 역시 이러한 맥락과 닿아 있다. "김수영의 시는 소시민의 자기각성과 항의를 주로 다루고 있다. 한반도의 정치적 상황을 주어진 것으로 인정한다는 점에서 그는 소시민이지만, 그것을 수락하지 않고, 그것의 의미를 탐구하고 그것을 가능한 한 표현해내려고 애를 썼다는 점에서 그는 혁명시인이다."[3] 김현은 정치적 특수상황을 '인정'하는 것과 그것을 '수락'하는 것은 다른 차원의 문제임을 주지시킨다. 그에 따르면, 김수영은 '소시민'이지만 계속된 의미 탐구와 작품 형상화 작업을 통해 '자기각성과 항의'를 수행했다는 점에서 '혁명시인'이기도 하다. 즉 김수영이라는 하나의 육체 안에 '소시민'과 '혁명시인'이라는 이름들이 함께 기거할 수 있었던 연유를 밝혀주고 있는 것이다.

한편 1960년대 말에 발표된 아래의 글은 김수영을 비롯하여 일군의 작가들이 수행하던 조용하고 민첩한 파괴 작업의 의미를 반추해 볼 수 있게 해준다.

2 　백낙청, 「시민문학론」, 『창작과비평』 14호, 1969. 6, 507쪽.
3 　김윤식·김현, 「제5장 민족의 재편성과 국가의 발견(5) 김수영 혹은 소시민의 자기확인과 항의」, 『한국문학사』, 민음사, 1973, 274쪽.

'내용의 면에서 완전한 자유를 누리고 있다'는 말은 사실은 '내용'이 하는 말이 아니라 '형식'이 하는 혼잣말이다. 이 말은 밖에 대고 해서는 아니 될 말이다. '내용'은 언제나 밖에다 대고 '너무나 많은 자유가 없다'는 말을 해야 한다. 그래야지만 '너무나 많은 자유가 있다'는 '형식'을 정복할 수 있고, 그때에 비로소 하나의 작품이 간신히 성립된다. '내용'은 언제나 밖에다 대고 '너무나 많은 자유가 없다'는 말을 계속해서 지껄여야 한다. **이것을 계속해서 지껄이는 것이 이를테면 38선을 뚫는 길인 것이다.** 낙숫물로 바위를 뚫을 수 있듯이, 이런 시인의 헛소리가 헛소리가 아닐 때가 온다. 헛소리다! 헛소리다! 헛소리다! 하고 외우다 보니 헛소리가 참말이 될 때의 경이. 그것이 나무아미타불의 기적이고 시의 기적이다. 이런 기적이 한 편의 시를 이루고, 그러한 시의 축적이 진정한 민족의 역사의 기점(起點)이 된다. 나는 그런 의미에서는 참여시의 효용성을 신용하는 사람의 한 사람이다.[4]

김수영은 1960년대를 지나는 동안, 자기의 시대에서 발견되는 "〈근대화〉의 해독"을 들여다보고 있었다. 「시여, 침을 뱉어라 ─ 힘으로서의 시의 존재」(1968.4)라는 유명한 글에서 그는 60년대를 50년대보다 더 '나쁜 시대'로 규정한다. 그는 자신이 자유당 때의 무기력과 무능을 누구보다도 저주했던 사람이지만, 현재의 시점에서 돌이켜보건대 지난 시절에는 '자유'는 없었을지언정 최소한 '혼란'은 존재했다고 술회한다.[5] 그는 로버트 그레이브스의 '개탄'을 떠올리며 "종교적, 정치적, 혹

---

4 김수영, 「시여, 침을 뱉어라 ─ 힘으로서의 시의 존재」(1968.4), 『김수영 전집2 ─ 산문』, 민음사, 2003, 400쪽.

5 김동명 역시 그러한 인식을 갖고 있었다. 그는 1964년에 쓴 글에서 다음과 같이 적었다. "이 (李)정권 때에는 그래도 때로는 보다보다 정 못 견디겠으면 고함도 질러보고 악도 써보고 발

은 지적(知的) 일치를 시민들에게 강요하지 않는 의미에서, 이 세계가 자유를 보유하는 한 거기에 따르는 혼란은 허용되어야 한다"는 구절을 곱씹는다. 시인은 우리가 명심해야 할 것이 "혼란은 허용되어야 한다"는 점이라고 강조하는데, 이때의 혼란은 그에게 '사랑'이라는 말과도 환언 가능한 것이다.

김수영이 이 시대의 통치 권력은 '혼란'마저 "철저하게 압제"하고 있다고 적을 때, 여기서 '혼란의 압제'는 구체적으로 무엇을 지시하고 있었을까. 위에 인용한 대목을 염두에 두면서 김수영의 글을 다시 읽어보자. 그가 보기에, '정치적 금기'에만 닿지 않는 한 얼마든지 '새로운' 문학을 할 수 있다는 말은 온전히 성립될 수 없다. 왜냐하면 정치적 자유를 인정하지 않는 사회에서는 개인의 자유도 인정하지 않을 것이며, 또한 문학의 자유 역시 인정치 않기 때문이다. 이 말은 이렇게도 바뀔 수 있다. '내용'을 인정하지 않는 사회에서는 '형식'도 인정하지 않는다고 말이다. 이것은 곧 "문학의 성립의 사회조건의 중요성"을 지시하며, 동시에 다양하고 이질적인 타자들과의 공존과도 관계한다. 김수영이 그레이브스의 논의를 인용하는 것은 이러한 맥락에서다.

"사회생활이 지나치게 주밀하게 조직되어서 시인의 존재를 허용하지 않게 되는 날이 오게 되면, 그때는 이미 중대한 일이 모두 다 종식되

버둥질도 어느 정도 쳐볼 수 있었지마는 이건 숫제 무지무지하게 큰 바위 밑에 깔리기라도 한 것처럼 꼼짝달싹은커녕 숨도 제대로 쉴 수 없는 판이니 금방 **질식할 듯한 괴로움과 무서움에 사로잡혀** 함은 피할 수 없는 일이겠다. 자유의 결핍이 육체에까지 견딜 수 없는 고통이 되는 것은 벌써 경험해 본 일이기는 하나, 분하고 억울하기로는 실로 그 어느 때와도 견줄 바가 아니라 싶기까지 했다. 이러고도 미치지 않는 것이 기적만 같았다. 흡사 가위에 눌린 것처럼 정신은 말짱하면서도, 손가락 하나 까딱할 수 없는 그런 상태였다고나 할까?" 김동명, 「대통령에 드리는 공개서한(2) 상」, 『경향신문』, 1964.5.1.

는 때다." 국민들이 그들의 '과격파'를 처형하거나 추방하는 것이 '나쁜 일'이듯, '보수파'를 처형하거나 추방하는 것 역시 '나쁜 일'이다. 그러나 가장 최악의 상태는 '사람이 고립된 단독의 자신이 되는 자유에 도달할 수 있는 간극(間隙)이나 구멍을 사회기구 속에 남겨놓지 않을 때'에 있다. 설령 그 사람이 '기인(奇人)이나 집시나 범죄자나, 바보 얼간이'에 지나지 않는다고 하더라도 말이다. 그레이브스가 말하는 '기인이나 집시나 바보 멍텅구리'는 '내용'과 '형식'을 논하는 김수영의 맥락 속에서는 후자 즉, '형식'에 속한다. 시인에게 이 시대가 '더 나쁜 것'인 이유는 '우리의 주변'에서 '기인이나 바보 얼간이들'을 빼앗아가고 있기 때문이다. 자유당 집권 시절과 비교해 볼 때, 이들은 "완전히 소탕되어" 버렸다. 혹은 그렇게 판단될 정도로 자취를 감춰버렸다. 이것이 시인이 발견한 "'근대화'의 해독"이었다.

이러한 60년대의 광경은, 4월 혁명 이후의 시간을 네거티브한 방식으로 오염시킨 결과였다. 위의 글이 발표되기 몇 해 전, 김수영은 불현듯 달력에 새겨 있는 어떤 날, 특정 숫자로부터 강렬한 인상을 받고 이에 대해 끄적거렸다. 그는 "그 까만 19"는 "아직도 무엇인가를 두려워하고 있다"고 썼다. 두려움을 불러일으키는 대상은 "우리 국민을 믿지 못하고 있고, 우리의 지성을 말살하다시피 하고" 있으며, 이러한 사회에서 "신문은 감히 월남파병을 반대하지 못하고, 노동조합은 질식 상태에 있고, 언론자유는 이불 속에서도 활개를 못 치고 있다." 그런데 더 문제적인 것은 "지식층들의 피로"였다. 시인이 보기에, 이 피로가 문제적이고도 위험한 것인 까닭은 그것으로 인해 "제정신을 갖고 산다는 것"이 불가능해지기 때문이다. 제정신을 갖고 산다는 것은 "어떤 정지된 상태로서의 '남'을 생각할 수도 없고, 정지된 '나'를 생각할 수도 없는 일"이다. "'제정신을 가진' 비평의 객체나 주체가"가 되기 위해서는 무엇보다도 (넓은 의미의) "창조생활"을 한다는 전제가 필요하며, 이때 모든 창조생활은 "유동적인 것이고 발전적인 것"이다. 시인에 따르면, 여기에는 '순간을 다투는 어떤 윤리'가 있는데, 그것은 바로 "현대의 양심"이다. 이 같은 논의를 이해해야만 비로소 그가 말하는 다음 문장을 알아들을 수 있게 된다. "시를 행할 수 있는 사람이 있으면 4월 19일이 아직도 공휴일이 안 된 채로, 달력 위에서 까만 활자대로 아직도 우리를 흘겨보고 있을 리가 없다."[6]

'4월 19일'이라는 특정한 날에 '공휴일'의 권리를 부여해주기 위해서는, 비유컨대 '그 까만 19'를 붉게 물들이기 위해서는 **"시를 행할 수 있는 사람"**이 있어야 한다. 이 말은 곧 '제정신을 갖고 사는 사람', '순간을 다투는 어떤 윤리'의 현존을 가리킨다. 김수영에게 60년대 말 현재 "진정한 시의 임무"[7]는 문화의 세계에 잔존하는 '미미한 징조'에 불과한 혼란을 활성화시키는 것, 즉 이러한 문화의 본질적 근원을 발효시키는 누룩의 역할을 하는 것이다. 이것은 문화의 본질적 근원으로서의 '혼란'을 시작하는 것, 그 '자유'의 과잉을 시작하는 것, 요컨대 '불온'을 **활성화**시키는 것이었다. 이러한 시도는 '비켜선 자리'에서 세계에 관계하고, 자신의 '비겁함'을 끝없이 응시하며, 그를 잠식해가는 '피로'와의 대결을 중단하지 않는 문학자들에 의해 행해지고 있었는지도 모른다.

---

6 김수영, 「제정신을 갖고 사는 사람은 없는가」(1966.5), 『김수영 전집2−산문』, 민음사, 2003, 184~187쪽.
7 김수영, 「시여, 침을 뱉어라−힘으로서의 시의 존재」(1968.4), 『김수영 전집2−산문』, 민음사, 2003, 403쪽.

2) 문학의 장소성

불온한 것에 대한 감각을 관리하고자 하는 통치 권력의 의지와 욕망은 어떻게 이해될 필요가 있을까. 이 감각의 육성을 꾀하는 권력은 고문당한 신체의 경우처럼 자신의 흔적을 존재의 바깥에 남기는 대신, 존재의 깊숙한 곳으로 스며들어가 그곳에 자신을 기입한다. 한병철의 논의를 끌어와 이 점에 대해 더 논의해 보자. 권력이 주목되는 것은, 그것이 '반성(réflexion)'이 아니라 '반응(réflexe)'을 통해 작동하기 때문이다. 푸코가 규율권력에 관한 논의를 통해 권력이 어떻게 일상성의 모습을 띠게 되는지 드러내던 장면들에서 발견할 수 있는 것은 이른바 **'습관의 자동주의'**이다. '습관의 자동주의'가 자리 잡게 될 때 권력은 '더 이상 이전의 수고를 그만큼 반복할 필요가 없게 된다.'(푸코) 한병철은 푸코의 이 아이디어를 변용하여 논의를 예각화하였다.

한병철은 푸코가 신체에 시선을 고정시킨 나머지 상징적 차원에서 관습화하는 방식으로 작용하는 권력을 충분히 고려하지 못했음을 지적하며, 부르디외의 '아비투스(habitus)' 개념을 끌어와 푸코의 논의를 보충한다. 이때 '아비투스'는 한 사회 집단의 경향이나 관습을 지칭하며, 이것은 특정한 지배질서를 관철시키는 데 기여하는 가치나 지각 형태를 내면화함으로써 생겨난다. 즉 아비투스는 반성 이전에 작동하면서 신체적으로 작용하며, 현존하는 지배 질서로의 편입을 가능하게 하는 습관의 자동주의를 산출해내는 것이다. 이것이 문제적인 이유는 이로 인해 사회적 소수자들이 오히려 자신들을 배제했던 지배 질서를 공고화하는 태도 전범에 따라 생각하고 행동하게 된다는 데 있다. 말하자면 아비투스는 지배 질서를 의식하기도 전에 긍정하고 승인하게 해주며, 궁극적으로는 지배적 권력관계가 합리적인 근거들과 무관하게 거의 '마법적인 방식'으로 재생산되도록 만든다.[8]

불온한 것에 대한 감각에 지대한 관심을 기울였던 역대의 통치 권력들의 의지는 이러한 맥락에서 검토될 필요가 있다. 권력은 불온한 사건과 주체를 제시해줌으로써 불온의 의미망을 계속해서 확정하고자 했다. 이때 권력의 의지는 단지 행위의 차원만이 아니라 사상, 이념, 사고, 심지어는 마음 속 깊은 곳의 웅성거림에까지 가닿는다. 그리고 이 작업이 '반복과 계속'의 형식을 취할 수밖에 없는 것은 그것이 실제로 실패하고 있기 때문이기도 하고, 실패할지 모른다는 염려가 상존하고 있기 때문이기도 하다.

이런 맥락에서 불온의 의미를 일정한 방향으로 정향시키고 불온에 대한 감각을 육성하려는 권력의 의지를 응시하고 성찰하는 일은 그야말로 '불온하다'고 할 수 있다. 성찰하는 자의 잔존과 출현은 권력이 지향한 목표가 달성되는 동시에, 실패했음을 드러내준다. 1960년대 작가들이 간직하고 있던 꺼림칙한 느낌은 '피해망상'이라는 규정으로는 온전히 설명될 수 없는 것이었다. 그것은 실제로 권력의 목표가 일정 부분 달성되어가던 현실, 이에 대한 분명한 인식 속에서 싹트고 있었다. 그런데 동시에 이러한 자기 관조적인 메타적 층위의 확보는 곧 성찰주체가 권력이 그려놓는 메커니즘을 비껴감으로써 파열을 야기하는 위상학적 구조(topological structure)를 생산해냄을 의미하기도 한다. 이 **자기보존적이면서 자기파괴적인** 응시자의 위치는 순응과 저항의 어느 한편

---

8 한병철, 김남시 역, 『권력이란 무엇인가』, 문학과지성사, 2011, 68~83쪽.

에 온전히 귀속되는 것이 아니라 계속해서 경계들과 장소들의 안팎을 이동해감으로써 형성되는 것이다.

위태로운 경계에 스스로를 위치시키고자 했던 작가들이 내비쳤던 '소시민성'의 의미를 재고할 수 있는 것도 이러한 맥락에서다. 소시민은 자기에 대한 인식을 드러내주는 **비판적 자기 지시어이다.** 몇몇 작가들에게서 발견되는 소시민성과 비겁함에 대한 인식은 아슬아슬한 경계 위에서 자기를 관조하는 주체가 갖는 자기의식으로 보인다. 자기를 재현의 대상으로 삼는 '검열의 객체 되기'를 통해 이 위치는 더 부각된다. 재현이 초래하는 불가피한 분열, 즉 표상하는 자와 표상되는 자 사이의 비대칭적 관계 구도 하에 있으면서도, 그 스스로 '초월론적 주관'의 위치를 점할 수는 없다는 점에 착목해야 한다. 재현이 시도되는 순간부터, 계속해서 '자기'는 표상하는 자이자 표상되는 자 사이에서 찢겨져나간다. 이것은 전향문학을 써내려갔던 작가들이 직면해야 했던, 그리고 어떻게든 처리해야 했던 문제와도 상통하는 측면이 있다. 전향한 지식인들의 글은 읽는 이로 하여금 그들이 처했던 **자기 기술(記述)의 곤경**에 대해 생각하게 한다. 체제의 억압성과 이에 대한 지식인의 저항을 보여주지만, 동시에 체제가 억압성을 구성해가던 과정의 복잡성과 저항이라는 말로는 충분히 설명되지 않는 지식인의 삶을 그려내 주기 때문이다.

1960년대 말 시인 김수영은 '문학과 정치'의 내밀한 관계에 대해 숙고하며 다음과 같은 결론을 내렸다. "두말할 것도 없이 문화의 본질이 꿈을 추구하는 것이고 불가능을 추구하는 것"이기 때문에 **"문학은 필연적으로는 완전한 세계의 구현을 목표로 하는",** 이른바 **"본질적으로 불온한**

것"일 수밖에 없다.[9] 이 같은 시인의 정식은 단지 그의 시론의 초석으로만 읽힐 것이 아니라, 불온을 수행하는 것으로서의, 그것에 내재하는 부정의 상상력과 파괴의 욕망을 활성화시키는 것으로서의 문학 행위와 관련하여서도 상기되어야 한다.

김수영의 '비켜선 자리'는 이러한 맥락에서 재검토될 수 있다. 시인이 남정현의 「분지」 사건을 지켜보며 써내려간 「어느 날 고궁을 나오면서」(1965.11.4)를 읽어보자.

> 왜 나는 조그마한 일에만 분개하는가
> 저 왕궁 대신에 왕궁의 음탕 대신에
> 50원짜리 갈비가 기름덩어리만 나왔다고 분개하고
> 옹졸하게 분개하고 설렁탕집 돼지 같은 주인년한테 욕을 하고
> 옹졸하게 욕을 하고
>
> 한번 정정당당하게
> 붙잡혀간 소설가를 위해서
> 언론의 자유를 요구하고 월남파병에 반대하는
> 자유를 이행하지 못하고
> 20원을 받으러 세 번씩 네 번씩
> 찾아오는 야경꾼들만 증오하고 있는가

---

9 김수영, 「실험적인 문학과 정치적 자유」(1968.2), 『김수영 전집2─산문』, 민음사, 2003, 221 ~222쪽.

(…중략…)

아무래도 나는 비켜서 있다 절정 위에는 서 있지

않고 암만해도 조금쯤 옆으로 비켜서 있다

그리고 조금쯤 옆에 서 있는 것이 조금쯤

비겁한 것이라고 알고 있다![10]

김수영은 명랑할 수 없는 자신과 대면하는 와중에 '명랑의 기획자'들로부터 '식민성의 얼굴'을 목격하고 있었다. 그에게 남한사회에 울려퍼지는 '국민가요'들은 "정신적으로 벌써 이북의 노래에 압도된 지 오래"인 것이었고, 5·16 이후 공보부를 통해 만들어지던 국민가요는 "너무나 '씩씩하고 건전'"하였기에 그것은 "이북의 노래"와 마찬가지로 "**식민지의 노래에 지나지 않**았다.[11] 그런데 얼마 후 그는 다음과 같이 쓰기도 했다. "아무래도 나는 비켜서 있다 절정 위에는 서 있지 / 않고 암만해도 조금쯤 옆으로 **비켜서 있다** / 그리고 조금쯤 옆에 서 있는 것이 조금쯤 / 비겁한 것이라고 알고 있다!" 김수영은 자신의 사회적 좌표, '비켜선 자리'를 한 걸음 떨어져 바라보며 '비겁하다' 자조했고, 그 자리에서 하는 것이라고는 '옹졸한 반항'임을 고백했다.

이 시는 앞에서 언급한 바 있는 '비겁함'의 의미를 보다 분명하게 밝혀주고 있다. 여기에서 그는 자신이 아무래도 조금쯤 '비켜서 있고', 이

---

10 김수영, 「어느 날 고궁을 나오면서」(1965.11.4), 『김수영 전집1-시』, 민음사, 2003, 313~314쪽.
11 김수영, 「대중의 시와 국민가요」(1964), 『김수영 전집2-산문』, 민음사, 2003, 275~276쪽.

것이 조금쯤 '비겁한 것'이며, 뿐만 아니라 그 스스로 이 점에 대해 '알아차린 바 있다'고 썼다. 이 자기 응시는 1960년대에 집필된 그의 시와 산문을 읽어나갈 때 중요하게 검토되어야 할 바이다. 조강석이 지적한 바 있듯이, 김수영의 현실 인식과 관련된 이중 구속을 잘 보여주는 "나는 타락해 있는 것이 아닌가. 나는 마비되어 있는 것이 아닌가"라는 질문은, "왜 나는 여기서 이러고 있는가" 하고 묻는 수난자의 논리가 아니라 현실의 부정성에 스스로 깊이 연루되어 있다고 느끼는 자의 논리로 해석될 필요가 있다. 부정과 전복은 역사 현실과 주체의 포유관계에 대한 자각으로부터 생겨날 수 있는 논리기제인 것이다. 자신이 부정한 현실의 외부에 있는 것이 아니라 그 안에 연루되어 있다고 생각한다면, 따라서 라캉의 시각장의 도식에서처럼, 주체가 시각의 결여 없이 모든 것을 볼 수 있는 위치에 있는 것이 아니라, 보면서 동시에 보여지는 위치에 있는 것이라 한다면, 주체는 이제 대상을 조작할 수 있는 외부에 있는 것이 아니라 그 내부에서 그것의 변혁을 도모하는 위치에 있다고 할 수 있다. 삶의 완전성을 도모하기 위해 **정치 혁명**과 **미적 경험**이 함께 고려되어야 하는 것은 바로 이 때문이다.[12]

---

12 조강석은 김수영의 작품들에서 예술의 가상적 지위를 말소하려는 시도나 현실과의 불화를 무시하고 화해적 가상이라는 허상에 안주하려는 태도들과 선을 그으며, '비화해적 가상'으로서 현대시의 존재 위의를 규정하려는 시도를 읽어내고 있다. 조강석, 「비화해적 가상으로서의 김수영과 김춘수 시학 연구」, 연세대 박사논문, 2008, 89~92쪽.

2. 거리와 텍스트에서 불온을 실행시키기

1) '불온'이라는 비평언어와 '혁명'의 지속—'문제는 4월 이후다'

1960년대 한국사회에서 가장 급진적인 방식으로 불온성에 관한 성찰을 시도한 문인은 김수영일 것이다. 그는 '문학'은 '본질적으로 불온한 것'일 수밖에 없으며, 나아가 '예술의 역사'는 필연적으로 '불온의 역사'가 된다고 생각했다. 권력에 대한 인식을 통해 이 문제를 더 깊이 사유하고자 했던 시인의 의지를 다음의 글에서 포착할 수 있다.

> 시고 소설이고 평론이고 **모든 창작활동은 감정과 꿈을 다루는 것이다.** 그리고 **이 감정과 꿈은 현실상의 척도나 규범을 넘어선 것이다.** 말하자면 현실상으로는 38선이 있지만 감정이나 꿈에 있어서는 38선이란 터부는 문제가 되지 않는다. 그런데도 불구하고 우리들은 이 너무나 초보적인 창작활동의 원칙을 올바르게 이행해 보지 못했다.[13]

위의 글은 김수영이 1962년에 쓴 「창작 자유의 조건」이다. 1960년 4·19가 있은 후부터 1962년까지의 기간 동안 집필된 시편과 산문들은 '혁명'과 '불온성'에 대한 시인의 생각을 잘 드러내주고 있다. 그는 이 시기에 "4월 이후 무엇이 달라졌는가?"라는 물음의 곁에서 서성였다. **"문제는 이 4월 이후다"[14]**라는 문장은 이 시기 그가 쓴 거의 모든 글들을

---

[13] 김수영, 「창작 자유의 조건」(1962), 『김수영 전집2—산문』, 민음사, 2003, 177쪽.

관류하는 어떤 공통된 문제의식을 집약해서 보여준다.

김수영은 4·19를 계기로 '변혁의 힘이 민중에게 있다'는 "자각"과 "감정"이 "급속도록 발전해 가고" 있음에 감탄하면서도, '반공법'과 '국가보안법' 강화를 추진하는 권력의 움직임을 예의주시하며 "아직까지도 안심하기는 빠르다"고 적은 바 있다.[15] 그로부터 또 한 해가 지난 1962년에는 혁명의 환희로부터 빠져나와 어떤 불안과 마주하기도 했다. 그 불안을 우리는 위에 인용한 글에서 확인할 수 있다.

김수영은 지난날에는 꿈에도 생각하지 못했던 "중립이나 평화통일을 학생들이 논할 수 있는 새 시대"가 찾아왔음에도 불구하고 "아직도 창작의 자유의 완전한 보장은 전도요원하다"고 보았다. 그에게 '창작의 자유'라는 것은 타협할 수 없는 것, 즉 "'이만하면'이란 중간사(中間辭)는 도저히 있을 수 없"는 것으로 여겨졌다. 특히나 "시를 쓰는 사람, 문학을 하는 사람"에게 이것은 성립불가능한 말이었다. 창작활동에 있어 '자유의 보장'이 절대적 가치인 까닭은 "시고 소설이고 평론이고" 문학은 "감정과 꿈을 다루는 것"이기 때문에, 그리고 중요하게도 "이 감정과 꿈은 현실상의 척도나 규범을 넘어선 것"이기 때문이다. 그가 살아온 시대, 말하자면 식민치하와 독재정권하라는 특수한 조건은 "이 너무나 초보적인 창작활동의 원칙을 올바르게 이행"하는 일을 불가능하게 만들었다. "우리는 문학을 해본 일이 없고, 우리나라에는 과거 십수년 동안 문학작품이 없었다"는 과감한 선언이 행해지는 것은 이러한 맥락에서다.

---

14 위의 글, 178쪽.
15 김수영, 「아직도 안심하긴 빠르다—4·19 1주년」(1961), 『김수영 전집2—산문』, 민음사, 2003, 172~173쪽.

문학하는 사람들이 왜 이다지도 무기력하냐는 비난이 요즈음 자자한 것 같지만 책임은 결코 문학하는 사람에게만 있지 않다. 필자부터도 쓸데없이 몸을 다치기는 싫다. 정말 공산주의자라면 자기의 신념을 위해서 자업자득하는 수도 있겠지만, 그렇지도 않은데 섣불리 몸을 다칠 필요는 없다. 그렇지만 창작상에 있어서는 객관적으로 볼 때 그야말로 '불온사상'을 가진 것 '같이' 보여지는 수가 많다. 그리고 이러한 오해의 결과가 사직당국의 심판으로 '저촉되지 않는다'는 판결을 가지고 온다 하더라도 **문제는 그 판결의 유죄·무죄가 중요한 것이 아니다. 문제는 '만일'에의 고려(考慮)가 끼치는 창작 과정상의 감정이나 꿈의 위축이다.** 그리고 이러한 위축현상이 우리나라의 현 사회에서는 혁명 후도 여전히 그 전이나 조금도 다름없이 계속되고 있다는 것을 알아야 한다. 이것은 죄악이다.[16]

김수영은 이 글의 말미에 이르러 '책임은 결코 문학하는 사람에게만 있지 않다'는 말로 운을 뗀 후, '불온한 문학의 처벌'이 갖는 실질적 효용에 관해 이야기한다. 이 글은 남정현의 「분지」 사건이 발생하기 이전에 집필된 것이지만, 마치 이 사건이 있고 난 이후에 쓰여진 것처럼 문학의 불온성을 관리하는 권력에 대한 통찰력 있는 논의를 보여주고 있다. 김수영은 불온한 문학을 처벌하는 일의 핵심이 "판결의 유죄·무죄"를 밝히는 데 있지 않다는 사실에 주목했다. 설령 '법에 저촉되지 않는다'는 판결을 받는다 해도 처벌의 효과는 '이미' 발생한 것이나 다름없다는 것이다. 왜냐하면 이 사례는 하나의 '본보기 처형'이 되어 일정한 효과를 낳기 때문이다. 시인의 말을 빌리면, 그 효과란 작가로 하여금 "'만일'에의 고려(考慮)"를 하게 만드는 것이다. 이것이 문제시 되

---

16 김수영, 「창작 자유의 조건」(1962), 앞의 책, 179쪽.

는 까닭은 이 고려가 곧 "창작 과정상의 감정이나 꿈의 위축"으로 이어지기 때문이며, 이로 인해 창작의 자유는 외부의 강제 없이도 축소될 수 있다는 이데올로기적 효과가 발생하기 때문이다.

김수영은 이 점을 강조하기 위해 자기의 경험을 토로했다. 그는 '간첩방지주간'이라는 당국의 선포가 있을 때마다, '오열(五列)이니 국시(國是)니' 하는 말이 나올 때마다 "가슴이 뜨끔뜨끔"하였고 **"내가 무슨 잘못된 글이나 쓰지 않았나"** 하는 불안에 휩싸였다고 고백했다. 아마도 이 고백을 통해 말하고자 한 것은 '실제적 처벌'이 없이도 발생할 수 있는 '처벌의 효과'에 대해서일 것이다. 반공이 국시인 국가에서, 심지어는 한국전쟁의 공포를 깊이 간직하고 있는 한국인들에게 '본보기 처형'은 매우 강렬한 효과를 낳는 통치술일 수 있었다. 김수영의 자기 예시는 '습관의 자동주의'가 형성되고, 이에 따라 통치 권력이 '더 이상 이전의 수고를 그만큼 반복할 필요가 없게 된 현실'을 목도하게 한다. 이러한 억압의 상존에 의해 초래되는 문학의 비극이 있다면, 그것은 문학이 다루는 "감정과 꿈"이 항시 "현실상의 척도나 규범을 넘어"서는 데 실패하게 된다는 것, 그리하여 '본질적으로 불온할 수밖에 없는 문학'의 생리가 위협받는다는 것이다. 1962년의 시점에서 제출된 이 글은 반공이데올로기와 그것을 떠받치는 법들에 의해 실질적으로 억압되는 것이 무엇이었는지 보여주고 있다. 억압되는 것은 법이 진실된 것이 아니라 필연적인 것으로 받아들여져야 한다는 사실, 다시 말해 '그것의 권위엔 진리가 없다'는 사실이었다.[17] 차후 김수영은 "4월 이후"를 살아가는 동안 한국사회에서 논리도 이론도 아닌 "민족감정"이 어떻게

---

17 슬라보예 지젝, 이수련 역, 『이데올로기라는 숭고한 대상』, 인간사랑, 2003, 77쪽.

합법성의 체계를 위협하며 '정상성'으로 기능하게 되는지를 더 집요하게 응시했다.

너무나 '씩씩하고 건전한' 식민지의 노래[18]

1961년 5 · 16군사쿠데타 이후 김수영은 '명랑화'를 주문하는 군부정권에게서 '식민권력의 얼굴'을 목도한다. '건전하고 명랑해야 한다'는 사회적 요청에 대한 시인의 거부감은 이전부터 표출된 바 있었는데, 예를 들어 4월 혁명 직후에도 이 점은 확인된다. 4월 혁명 이후 모색과 고뇌를 잃고 사회의 쇄신을 꾀한다며 한국사회가 들뜬 얼굴로 분주할 때, 시인은 "혁명을 하자. 그러나 빠찡꼬를 하듯이 하자. 혹은 슈샤인 보이가 구두닦기 일을 하듯이 하자"고 외치며,[19] '건전한 사회'의 건설을 위해 모아지던 혁명의 에너지를 재분배하고자 했다. 혁명 이후 조국재건을 둘러싸고 피어오르던 '건전 · 명랑 · 선량'에의 국민적 열망은 그로 하여금 '혁명'만큼이나 '4월 이후'가 중요하다는 생각을 하게 만들었던 것이다. 또한 '명랑하라'는 요청을 당위적이고도 금욕적인 것이 되게 하였던 5 · 16군부는 광범한 자유의 실행이 아마도 더 요원한 것, 끝내 불가능한 것이 될지 모르겠다는 예감을 갖게 했다.

김수영은 5 · 16 이후 공보부에서 국민가요운동을 전개하고 시단 사람들을 동원해 가사를 쓰게 한 일을 떠올리며, 한국사회에서 울려 퍼지고 있는 국민가요의 성격을 되짚어본 적이 있다. 그는 한국전쟁 이

---

18 김수영, 「대중의 시와 국민가요」(1964), 앞의 책, 276쪽.
19 김수영, 「〈북 · 리뷰〉 들어라 양키들아—쿠바의 소리」, 『사상계』 95호, 1961.6, 375쪽.

후, 그리고 5·16 이후 무수한 군가와 국민가요들이 쏟아져 나왔지만, 그중 상당수가 "이북 군가의 냄새를 풍기거나 일제시대의 국민가요를 모방한 형식적인 노래"이며, 그러한 맥락에서 남한의 국민가요는 "이북의 노래에 압도된 지 오래"라 지적했다. 그에게는 이북의 노래도 남한의 노래도 "식민지의 노래에 지나지 않"았는데, 그 까닭은 이들이 모두 "밑바닥에서 우러나"오지 않은, 그야말로 '추상적인 노래'였기 때문이다.[20] "그것은 너무나 '씩씩하고 건전한' 식민지의 노래" 같았다. 김수영이 보건대, 한국인들의 정서를 짓누르는 이 식민지의 노래로부터 풀려날 수 있었던 잠깐의 시간은 4월 혁명의 어느 시간 속에서 마련되었다. 대학생들이 단식 데모를 벌이며 '새야 새야 파랑새야'를 "익살스럽게 풍자한 노래"로 읊었던 일을 떠올리며, 그는 국민가요의 정신은 '단적으로 말해서 그러한 것'이어야 한다고 규정했다. 이것은 "철두철미 **하극상의 정신**"으로, 이 정신이 활성화되기 위해서는 "진정한 기골 있는 야당과 노동조합다운 노동조합이 있는 사회", "청년들이 살아 있는 사회"가 구축되어야 한다고 보았던 것이다.[21]

그러나 이 청년들의 목소리를 타고 한국사회에 번지던 이 새롭고 활력 있는 감수성은 그야말로 잠시 동안만 목도되었다. 그것은 이내 새로운 권력의 등장과 함께 사라져갔다. 이들의 노래가 잦아든 자리를

---

20 김수영은 이 점을 몇 년 후 다른 글을 통해서도 강조한다. 관련 대목 일부를 옮기면 다음과 같다. "대중가요라고 했지만, 더 구체적으로 말하면 유행가가 없다. 내가 연상하는 유행가란 프랑스의 상송이나 미국의 베시 스미스의 블루스같이 참다운 대중 감정을 반영하고 발산하는 노래다. 참다운 대중의 고민의 살점을 도려낸 노래다. 이런 노래가 우리에게 없다." 김수영, 「로터리의 꽃의 노이로제-시인과 현실」(1967.7), 『김수영 전집2-산문』, 민음사, 2003, 198쪽.
21 김수영, 「대중의 시와 국민가요」(1964), 앞의 책, 275~276쪽.

채우게 된 것은 지난 식민 권력의 노래를 똑같이 흉내 내고 있던 5·16 군부의 국민가요였다. 김수영은 이 글이 발표되기 몇 해 전, 그러니까 5·16쿠데타가 발생한 지 얼마 지나지 않은 1962년에 일찌감치 한국사회를 뒤덮을 어떤 정언명령을 청취하고 있었다. 그가 보기에 5·16군사세력이 길러준 '생활 감각'은 "복종의 미덕! 사상까지도 복종하라!"로 집약된다.[22] 해방 직후와 4월 혁명 직후의 시기에, 비록 짧은 시간이지만 '자유'를 맛본 김수영에게 자유는 온전히 만끽해 보지 못한 것, 그리하여 반드시 되찾아야 할 것이었다. 그러니만큼 국민가요를 식민지보다 더 식민지의 노래처럼 부르는 군부정권이 등장했다는 사실은 일종의 '더 깊은 절망의 시작'처럼 읽힐 만했다. 왜냐하면 그에게 이러한 세계에서 삶을 지속하고 창작을 하는 일은 '타협' 없이는 불가능한 일이었기 때문이다. 그리하여 시인은 한 걸음 비켜 선 자리에서, 통치의 언어들을 교란하고 균열시키는 비평언어를 궁리하는 데 몰두한다. 이것은 '방대하고 근대화되고 세련되어지는 동시에 인간을 말살하는 정치권력'과 공존하는 방법, 곧 "악의 훈련"이나 다름없었고, "인간이 없는 정치, 사랑이 없는 정치, 시가 없는 사회"의 도래를 최대한 지연시키는 일이기도 했다. 그가 이 '지연(遲延)'이라는 과업을 떠안았던 것은 새로운 통치 권력에 의해 추진되는 "'근대화'는 그 완성이 즉 자멸"처럼 보였기 때문이다.[23]

그런가 하면 우리는 1960년대 말, 이른바 이어령과의 '불온시 논쟁'

---

22 김수영, 「전향기(轉向記)」(1962), 『김수영 전집1—시』, 민음사, 2003, 269쪽.
23 김수영, 「로터리의 꽃의 노이로제—시인과 현실」(1967.7), 『김수영 전집2—산문』, 민음사, 2003, 200쪽.

을 통해 보다 적극적으로 '권력의 힘'과 '문학의 불온성'을 사유하게 된 김수영의 모습을 발견할 수 있다. 1960년대에는 **권력과 문학의 노이로 제**[24]에 주목한 이들이 꽤 있었는데, 그중에서도 이어령과 김수영은 이 문제에 대한 밀도 있는 사유를 보여주었다는 점에서 눈여겨볼 필요가 있다.

'불온시 논쟁'을 살펴보기에 앞서 기억할 필요가 있는 것은 1960년대 한국사회에서 '문학의 노이로제'라는 현상이 중층적 맥락을 가졌다는 점이다. 작가들의 노이로제는 '반공과 성장'이라는 강력한 시대적 언 명의 중압감, 시청각시대의 도래로 인한 매체의 분화와 문학의 위상 저하, 창작만으로는 생계를 지탱하기 어려운 궁핍한 경제상황 등이 복 합적으로 작용한 결과였다. 이런 맥락에서 보자면, 작가들의 노이로제 가 '검열에 대한 과잉된 자의식의 소산'이거나 '무책임과 무능의 산물' 일 수 있다는 일부 문인들의 지적은 타당한 면이 있었다. 통치 권력의 시선, 더 정확히는 이 시선에 대한 인식과 상상은 문학의 위상과 문학 자의 사회 내 위치를 네거티브한 방식으로라도 확인받고자 하는 욕망 의 산물일 수 있는 것이다. 중요한 것은 이 욕망과 노이로제에 가까운 과민한(과잉된) 의식이 창작의 중요한 동력으로 작용했다는 점이다. 김 수영, 박순녀, 신동문, 안수길, 이청준, 최인훈 등의 작가가 1960~70년

---

24 이를테면, 다음과 같은 맥락에서 '문학(예술)의 노이로제'가 거론된다. "검열의 문이 좁아지 면 제작의욕이 위축되는 수가 많아요. '노이로제'에 걸리는 때도 있지요. 그러나 현실이란 언제나 긍정적인 것은 아닌데 불안, 절망과 같은 현대의 '레알리테'를 피하려니 작품이 안이 해지고"(유현목, 「가을을 노크한다(4)」, 『경향신문』, 1962.9.4); "솔직히 말하면 '누가 어떻 게 되었다', '어느 사설이 말썽이 났다더라'는 풍문과 사실 등에 노이로제가 된 작가들이 권 력의 현실보다는 자기의 가상병(假想病) 때문에 달팽이의 생리를 닮아갔을 뿐이다."(이철 범, 「무엇이 한국문화를 그르치는가」, 『경향신문』, 1968.2.28)

대에 생산한 일군의 작품들은 이러한 맥락에서 함께 고려되고 다시 독
서될 필요가 있다. 또한 이어령과 김수영이 벌인 '불온시 논쟁'도 이 점
을 고려하면서 재조명해 보아야 할 것이다.

　　지식인이 그의 의중의 가장 참다운 말을 못하게 되고, 대소의 언론기관의 편
　　집자들이 실질적인 검열관의 기능을 발휘하고, 대학교의 강당을 '폭동참모본부'
　　로 인정하게 되고, 월수 50만원을 올리는 유행가수가 최고의 예술가의 행세를
　　하는 것을 당연한 것으로 보는 사회의 상식이 형성된다. 그리고 이것을 근대화
　　를 위한 '건전한 상식'이라고 생각한다. 텔레비전의 코메디언까지도 '명랑한 노
　　래'를 부르는 것을 의무로 생각하게 되고, 신문사의 편집자는 민비(民比)사건의
　　피고 같은 것을 두둔하는 투서나 앙케트의 답장을 모조리 휴지통에 쓸어 넣는
　　다. 이런 사회에서는 '설득'이 미덕이 아니라 범죄로 화한다. (…중략…) 오늘날
　　의 우리들의 '에비'는 결코 '구체적인 대상을 가리키는 명사(名詞)가 아닌' '가상
　　적인 어떤 금제의 힘'이 아니다. 그것은 가장 명확한 '금제의 힘'이다. (…중략…)
　　사실은 나는 이 글을 쓰면서, 최근에 써놓기만 하고 발표를 하지 못하고 있는 작
　　품을 생각하며 고무를 받고 있다. 또한 신문사의 신춘문예의 응모작품 속에 끼
　　어 있던 '불온한' 내용의 시도 생각이 난다. 나의 상식으로는 내 작품이나 '불온
　　한' 그 응모작품이 아무 거리낌 없이 발표될 수 있는 사회가 되어야만 현대사회
　　라고 할 수 있을 것 같고, 그런 영광된 사회가 반드시 머지않아 올 거라고 굳게
　　믿고 있다. 그러나 나를 괴롭히는 것은 신문사의 응모에도 응해 오지 않는 보이
　　지 않는 '불온한' 작품들이다. 이런 작품이 나의 '상상적 강박관념'에서 볼 때는
　　땅을 덮고 하늘을 덮을 만큼 많다.[25]

25　김수영, 「지식인의 사회참여─일간신문의 최근 논설을 중심으로」(1968.1), 『김수영 전집2

당시 김수영은 동시대 문화인들의 무지각과 타성을 비판한 이어령의 글에 일정 부분 동감하면서도, 그가 '문학의 불온성'에 대한 논의를 당국의 방식처럼 끌고 가고 있다는 데 우려를 표명했다. 김수영의 입장이 가장 명료하게 드러나 있는 글은 위에 인용한 「지식인의 사회참여─일간신문의 최근 논설을 중심으로」(1968.1)이다. "문화의 문제는 언론의 자유의 문제와 직결되는 것이고, 언론의 자유는 국가의 정치의 유무와 직통하는 문제이다"라는 김수영의 기본 테제는 '문학의 불온성'을 논의할 때에도 고수된다. 그는 "우리나라의 문화인이 허약하고 비겁한 것은 사실"이며, 분명 문화인 자신에게 일정 부분의 책임이 있는 것도 맞지만, 창작의 자유가 억압되는 원인을 지나치게 문화인 자신의 책임으로만 돌리는 것은 문제적이라고 말한다. 그가 보기에 오히려 더 깊이 관찰하고 들춰내야 할 것은 "문화인의 소심증과 무능"이 아니라 "근대화해 가는 자본주의의 고도한 위협의 복잡하고 거대하고 민첩하고 조용한 파괴작업"과 "유상무상(有象無象)의 정치권력의 탄압"이었다. 그는 "월간잡지의 기자들의 머리의 세포 속까지 검열관의 '금제(禁制)적 감정'"이 녹아들어 있음을 지적하며 "이러한 문화의 간섭과 위협과 탄압이 바로 **독재적인 국가의 본질과 존재 그 자체**로 되어 있는 것"이라 주장했다.

이와 달리, 이어령은 '에비'란 말은 '유아언어'에 속하는 것, 즉 어떤 구체적인 대상을 가리키는 명사가 아니라, 막연한 두려움이며 꼬집어 말할 수 없는 불안, 그리고 가상적인 어떤 금제의 힘을 총칭하는 것이라 규정했다. 그가 보기에 당대의 문화인들에게 주어진 과제는 과대한

─산문』, 민음사, 2003, 213~219쪽.

공포증과 비지성적인 퇴영성으로부터 벗어나 ('치졸한 유아언어'가 아닌) '성인의 냉철한 언어'를 갖는 것이었다. 이에 대해 김수영은 8·15 직후의 2~3년과 4·19 이후의 1년의 시간을 상기해 볼 것을 주문하는데, 그 이유는 이 시간에 주어졌던 자유와 그 공간에서 경험한 바들이 현재의 한국사회를 짓누르는 어떤 금제의 힘을 명확히 인식할 수 있게 해준다고 생각했기 때문이다. 따라서 현재 문화인들에게 요청되는 것은 '에비의 가면을 벗기고 복자(伏字) 뒤의 의미를 인식하는 일'이 아니라 (우리를 대신하여 번번이 들고 일어나는 학생들과 같이) 계속해서 항거하며 '금제의 힘'을 응시(gaze)하는 일이다. 이 와중에 탄생한 문학작품은 반드시 냉철한 성인의 언어로 쓰일 필요도 없으며, 또한 그럴 수만도 없는데, 왜냐하면 이것은 문학의 생리에 따른 현상이기도 하며, "오늘날의 이곳과 같은 '주장'도 '설득'도 용납되지 않는 지대"에 있어서는 부득이한 것이기 때문이기도 하다. 한편 김수영은 '불온한 작품들'은 '땅을 덮고 하늘을 덮을 만큼 많을 뿐 아니라' 중요하게도 "그 안에 대문호와 대시인의 씨앗이 숨어" 있다며, '불온성'이 이야기되는 논의 지평을 일면 확장시켰다.

'불온성'이라는 화두를 매개로 문학과 정치의 상관성에 관해 사유하려는 김수영의 시도가 보다 과감해지는 것은 「실험적인 문학과 정치적 자유」(1968.2)에서다. 이어령의 「오늘의 한국문화를 위협하는 것」에 대한 응답으로 제출된 이 글에서, 김수영은 '문학의 본질'에 대해 이야기하는 일을 통해 **불온성이란 무엇인가**에 답하고자 했다. 그는 뭉크의 회화까지도 '퇴폐적'이라는 이유로 인정치 않았던 나치의 예를 통해, 진정 '무서운 것'은 문화를 정치사회의 이데올로기와 동일시하는 것이 아니라, 문화를 단 하나의 이데올로기와 동일시하는 것임을 강조했다. 그가 보기에, 오늘날 '숨어 있는 검열자'는 이어령이 말하는 '대중의 검열자'라기보다는 획일주의가 강요하는 대제도의 유형무형의 문화기관의 에이전트들이었다. 왜냐하면 단 하나의 이데올로기를 대행하는 것이 바로 이들이기 때문이다.

이어 그는 정치적 전위와 미학적 전위에 대해 논의하기도 한다. 프랑스의 앙티로망 작가인 뷔토르의 말을 인용하는 것은 두 개의 전위가 갖는 상관성을 강조하기 위해서이다. "모든 실험적인 문학은 필연적으로는 완전한 세계의 구현을 목표로 하는 진보의 편에 서지 않을 수 없게 되는 것이다."(뷔토르) 그가 보기에, 한국사회는, 한국문단은, 이어령은 양자의 필연성에 대한 깨우침을 가져야 하는데, 이 일깨움을 촉발하기 위해 그는 다음과 같은 정식을 제시한다. "모든 전위문학은 불온하다. 그리고 **모든 살아 있는 문화는 본질적으로 불온한 것이다**. 그것은 두말할 것도 없이 문화의 본질이 꿈을 추구하는 것이고 불가능을 추구하는 것이기 때문이다."[26] 이러한 서술이 행해지는 대목에 이르러, 불온성에 관한 논의는 이전의 글들에서 그가 취하던 관점을 초과하는 측면을 갖게 된다.

이후 발표되는 「〈불온성〉에 대한 비과학적인 억측」(1968.3)을 통해 이 초과의 측면을 보다 구체적으로 확인할 수 있다. '불온성'은 이 글에 다다라 "문화의 본질로서의 불온성"이라는 위상을 가졌다. 김수영은 '노이로제'와 그 근인으로서의 '권력의 시선'을 탐색하던 자리에서 호명했던 '불온성'을, 이 글에서는 보다 본질적인 문제로 전화시켜 다루

---

26 김수영, 「실험적인 문학과 정치적 자유」(1968.2), 앞의 책, 220~223쪽.

고자 했다. 이 글은 요컨대 '예술과 문화'의 본질이자 원동력으로서의 '불온성'에 주목하게 하고, 인류의 문화사와 예술사는 필연적으로 "**불온의 수난의 역사**"가 될 수밖에 없음을 피력하기 위해 쓰였다.

한 가지 덧붙일 것은 "내가 그의 글에 답변을 하려고 붓을 든 주요한 이유는 나의 개인적인 신변방어에 있지 않다"는 시인의 염려 섞인 발언을 이 글이 배반하고 있다는 점이다. 사실 김수영은 "불온하다는 의혹을 받을 수 있는 작품이기 때문에 발표를 꺼리고 있는 것이지, 나의 문학적 이성으로는 추호도 불온하지 않다"는 식의 자기 방어적 해명을 위해 꽤 많은 지면을 할애하고 있다. 그렇다면 문학의 본질에 대해 말하던 그와 자기 항변적 언사를 늘어놓는 그는 어떻게 같은가, 혹은 다른가. 글의 말미에 이르러, 불현듯 그가 자기비판의 포즈를 취하고 있다는 점도 함께 눈여겨보아야 한다. 그는 이어령의 논리를 비판하고 자신의 말을 오독하지 말 것을 항변하다가 돌연 스스로 못 참겠다는 듯이 이렇게 적었다. "그러니까 나의 자유의 고발의 한계는, 이런 불온하지도 않은 작품을 불온하다고 오해를 받을까 보아 무서워서 발표를 하지 못하게 하는 것이 과연 무엇이냐 하는 것이다." 김수영은 이어령의 말을 두고 "일고의 가치도 없다"고 단언하면서도 매우 예민한 태도로 자기를 위한 항변의 말을 쏟아냈던 것이다.

요컨대 그는 텍스트 안에서 분열하고 있었다. 김수영은 불온성이 문학의 본질에 해당한다고 자신 있게 말하면서도, 어느 순간에 이르러서는 자기의 불온성을 예의주시하는 시선을 습관적으로 의식하며 자기는 불온한 사상을 갖고 있지 않음을 강박적으로 밝히고자 했다. 또한 그러한 두 개의 자기에 대한 인식을 가짐으로써 '나의 자유의 고발의 한계'에 대해 말하지 않을 수 없었다. '그게 과연 무엇이냐'는 목소리가 들릴 무렵, 독자가 대면하게 되는 것은 정제된 언어도 날카로운 논리도 아니다. 그것은 '그게 과연 무엇이냐'는 말로밖에는 말할 수 없는 것, 그리고 그러한 말할 수 없음을 응시하고 있던 시인의 일그러진 표정이다. 아마도 시인은 말할수록 더 분명해지는 것이 어떤 대상이 아니라 '자기 자신'이라는 것을, 그리하여 그가 쓰고 있던 것이 다름 아닌 '분열된 자기에 대한 이야기'였다는 것을 뼈아프게 인정하고 있었던 것인지도 모른다.

'문학인의 노이로제'에 관해 쓰고 있는 김수영의 글들은 '문화인의 대변자'를 자임하며 불온성에 관한 논의가 재맥락화될 필요가 있음을 호소하는 시인과 대면하게 한다. 또한 이 글들은 '자기 자신의 대변인'으로서 그가 등장하는 장면들을 보여주기도 했다. 그는 때로 무언가를 해명하기 위해 쫓기는 사람처럼 조급해했는데, 여기서 잊지 말아야 할 것은 그를 쫓고 있던 것이 다름 아닌 그 자신이었다는 점이다. 그리고 이때 '그 자신'은 '비겁함'에 대한 자기의식을 통해 구성되는 자기라 말해질 수 있다. 1960년대에 김수영은 자기의 '비겁함'을 들여다보는 일에 몰두하고 있었고, 이 성찰의 시간은 그로 하여금 무언가를 계속해서 창작하게 만들었다. 만약 김수영에게 좀 더 긴 삶의 시간이 허락되었다면, "이것(나의 자유의 고발의 한계)을 따져보자는 것이다"라는 말을 시인이 어떻게 끌어안고 감당해나가며 60년대 이후의 시간을 살아갔을지 들여다볼 수 있었을 터이지만, 우리에게 이 관찰의 시간은 주어지지 않았다.[27]

---

27 김수영, 「〈불온성〉에 대한 비과학적인 억측」(1968.3), 『김수영 전집2 ─ 산문』, 민음사, 2003,

2) 거리의 항거, 시를 이행하는 일

한편 "자유가 없는 곳에 무슨 시가 있는가!"라는 시인의 외침은 그의 시와 일기에서도 발견된다. 이것은 통치 권력의 전언인 '명랑하라'에 대한 정치적이고도 문학적인 응답이라 할 수 있다. 앞의 논의를 통해 짐작했겠지만, 김수영에게 '정치적 자유'와 '언론의 자유', 그리고 '학생 데모'와 '시 쓰기'라는 서로 다른 층위를 갖는 대상들은 매우 밀접한 상관성을 갖는 것으로 간주되었다. 그에게 "언론의 자유는 언제나 정치의 기상지수(氣象指數)와 상대적인 관계에 놓여 있는 것"이었으며, "항거하는 학생들의 외침은, 그 정치적 효과야 어찌되었든 우리 사회에 아직도 시가 건재하고 있다는 증거"였던 것이다.[28] 김수영은 항거하는 청년들이 곧 **"시를 이행하고 있는 것"**이라 생각했으며, 이때 "진정한 시는 자기를 죽이고 타자가 되는 사랑의 작업이며 자세인 것"[29]이라 말해졌다. 여기서 주목되는 것은 정치적 전위와 문학적 전위가 서로 분리될 수 없다는 것인데, 이 문제는 이렇게도 사유될 수 있다. 항거하는 학생들과 시의 건재함을 통해 그가 지시하고 또 부각시키고자 한 것은 다름 아닌 '전위(前衛)'가 갖는 중요한 두 가지 성격, 즉 미학성과 정치성이다. 그리고 이것은 그가 몇 차례 언급한 바 있던 '내용'과 '형식'의 문제와도 긴밀히 연관되어 있는 것이었다.

김수영에게 시는 사유를 언어화하기 위한 실천적 장치이면서, 또한

224~226쪽.

28 김수영, 「지식인의 사회참여」(1968.1), 앞의 책, 215쪽.

29 김수영, 「로터리의 꽃의 노이로제─시인과 현실」(1967.7), 앞의 책, 201쪽.

사유하는 형식 그 자체이기도 했다. 그에게 '시를 쓴다(écriture)'는 것은 시의 형식을 밝히는 일과 동일시되었던 만큼, 김수영식 글쓰기의 표장 (標章)들은 시인이 인식하고 있던 현대성을 실행하는 스타일(style)이자 형식에서 비롯된 필연적 결과로 인식되어야 하고, 나아가 그것은 시인이 구축하고자 했던 시의 현대성에 대한 직접적 이행의 결과로 읽힐 수 있다.[30] 이러한 맥락에서 다음의 선언들은 주목할 만하다.

> 내가 쓰는 글은 모두가 거짓말이다.
>
> —「冒險(아반출)」(1955.1.7) 중[31]

> 나는 형편없는 저능아이고 내 시는 모두가 쇼이고 거짓이다. 혁명도, 혁명을 지지하는 나도 모두 거짓이다. 단지 이 문장만이 얼마간 진실미가 있을 뿐이다. (…중략…) 아내여, 나는 유언장을 쓰고 있는 기분으로 지금 이걸 쓰고 있지만, 난 살 테다!
>
> —1961.2.10 중[32]

> 나는 아무것도 안 속였는데 모든 것을 속였다.
>
> —「거짓말의 여운 속에서」(1967.3.20) 중[33]

---

30 강동호, 「김수영의 시와 시론에 나타난 자기의식 연구—현대성과 메타성을 중심으로」, 연세대 석사논문, 2010, 3쪽.

31 김수영, 「冒險(아반출)」(1955.1.7), 『창작과비평』 140호, 2008, 139쪽.

32 김수영, 『김수영 전집2—산문』, 민음사, 2003, 509쪽.

33 「고(故) 김수영씨 유고—거짓말의 여운 속에서」, 『경향신문』, 1968.6.19.

가장 내밀한 글쓰기가 행해지던 일기의 지면에서 김수영은 이렇게 적었다. "내가 쓰는 글은 모두가 거짓말이다." 이 문제적인 글귀는 그보다 앞서 쓰인 말들을 일순간 '거짓'의 혐의에 물들게 한다. 그리고 이 마지막 문장이 쓰임으로써 그는 거짓말쟁이가 된다. 그러나 또한 이 문장은 거짓말이다. 그는 분명 "내가 쓰는 글은 모두가 거짓말이다"라고 말하였으니, 이로 인해 이 문장 또한 거짓이 되는 것이다.

앞의 말들을 쓰는 김수영과 맨 마지막의 문장을 쓰는 김수영의 위치는 어떠한가. 이 메타적인 층위에서 그는 무엇을 하고 있었던가. 김수영은 글을 쓰는 자기와 그러한 자기를 바라보는 자기 사이에서 벌이는 숨바꼭질에 익숙한 작가였다. 이 점을 고려하면서 크레타섬의 역설과 같은 구조를 취하고 있는 그의 글을 재독할 필요가 있다. 그러한 때에 눈 밝은 독자는 김수영이 발화내용의 진위여부가 불분명해지는 아포리아의 지점을 투쟁의 장소로 삼고 있었음을 간취할 수 있을 것이다. 그의 글과 글쓰기가 갖는 정치성은 여기에서 형성되고 있었다. 이것은 일종의 퍼포먼스라 할 수 있다. 부연하건대 수행성이 발생하는 지점은 곧 '언표-내용'이 아니라 '언표-행위', 즉 메타적 층위에 있었다. 풍자의 실질적인 싸움터가 발화행위가 행해지는 메타 층위라 한다면, 크레타섬의 역설은 풍자의 형식을 갖는다고 할 수 있을 것이다.

주목할 만하게도 산문 쓰기에서 엿보이는 이러한 시도는 시를 창작하는 일을 통해서도 행해지고 있었다. 김수영은 '북한에 관한 거의 모든 것'들이 "만지면 다치는 금기"[34]이던 시대에, 남한사회에서 뜨겁게 달궈진 말(기표), '金日成萬歲!'를 입에 담았다(「金日成萬歲」, 1960.10.6). 이

---

[34] 김정렬(한국반공연맹 이사장), 「창간사」, 『자유공론』 창간호, 1966.4, 27쪽.

것은 4·19가 열어놓은 자유의 공간을 틈타 비집고 나온 말이었다. 그러나 이 만세의 외침은 '타협의 실패'로 인해 끝내 침묵된 언어가 된다. 어떻게 그러한가. 위의 시에서 김수영은 '한국 언론자유의 출발'이 '金日成萬歲'를 인정하는 데 있다고 적고 있다. '잠이 올 수밖에' 없거나 '잠이 깰 수밖에' 없는 것은 정치인(장면)도, 문인(조지훈)도 이것을 인정하지 않는 것이 '한국 정치 / 언론의 자유'라고 우겨대기 때문이다.

「金日成萬歲」의 창작과 발표에 관하여 직접적으로 언급하고 있는 10월 6일부터 12월 27일까지의 일기들을 보자.[35] 일기의 내용대로라면, 김수영은 「金日成萬歲」라는 시를 '아무렇지도 않게 썼다.' 그러나 당시 아내는 이 시를 과연 '발표해도 되겠느냐'고 말하며 우려를 표했다. 시인은 "단순한 〈언론자유〉에 대한 고발장"인 이 시가 '세상의 오해'를 살 수도 있고 특정 매체에서는 애초에 받아주지 않을 수도 있겠다고 생각

---

35 해당 일기의 중요 대목만 옮긴다.

〈10월 6일〉 시 「잠꼬대」를 쓰다. 나는 아무렇지도 않게 썼는데, 현경한테 보이니 발표해도 되겠느냐고 한다. 이 작품은 단순히 〈언론자유〉에 대한 고발장인데, 세상의 오해 여부는 고사하고, 현대문학지에서 받아주는지가 의문이다. 거기다가 거기다가 조지훈(趙芝薰)도 이 맛살을 찌푸리지 않는가?*이 작품의 최초의 제목은 「○○○○○」. 시집으로 내놓을 때는 이 제목으로 하고 싶다.

〈10월 18일〉 시 「잠꼬대」를 자유문학에서 달란다. 「잠꼬대」라고 제목을 고친 것만 해도 타협인데, 본문의 〈××××〉를 〈××××〉로 하자고 한다. 집에 와서 생각하니 고치기 싫다. 더 이상 타협하기 싫다. 허지만 정 안되면 할 수 없지. 〈 〉 부분만 언문으로 바꾸기로 하지. 후일 시집에다 온전하게 내놓기로 기약하고. 한국의 언론 자유? Goddamn이다!

〈10월 19일〉 시 「잠꼬대」는 무수정(無修正)으로(언문 교체 없이) 내밀자.

〈10월 29일〉 「잠꼬대」는 발표할 길이 없다. 지금 같아서는 시집에 넣을 가망도 없다고 한다. 오늘 시 「피곤한 하루의 나머지 시간」을 쓰다. 전작과는 우정 백팔십도 전환. 〈일보 퇴보〉의 시작(試作). 말하자면 반동의 시다. 자기확립이 중요하다. 다시 뿌리를 펴는 작업을 시작하자.

〈11월 9일〉 역사(歷史) 안에 산다는 건 어렵다.

〈12월 4일〉 문은 열리고 있다. 언동을 분명히 하라. 타협을 말라!

〈12월 27일〉 「○○○○○」는 〈인간 본질에 대해서 설치된 제제한(諸制限)〉을 관찰하는 데 만족하고 있는 시이다.

이상 일기의 내용은 김수영, 『김수영 전집2─산문』, 민음사, 2003, 503~507쪽.

했다. 이러한 염려는 결국 '최초의 제목'을 지워내게 만든다. 시작(詩作)의 순간만큼은 '아무렇지도 않게 써내려가고' 있었을지 모르지만, 그는 분명 이 시가 '아무렇지도 않게 읽힐 것'이라 예상하지는 않았던 것이다. "金日成萬歲"라는 시의 제목을 "잠꼬대"로 바꾼 것은 이 글을 세상에 발표하기 위하여 그가 취할 수 있는 최선의 타협이었던 셈이다.

김수영은 이 시를 발표하고 싶어 했다. 처음에는 『현대문학』에 싣고자 했으나 무산되었고, 이후 『자유문학』에서 해당 시를 수록하겠다는 의사를 건네 왔다. 그러나 『자유문학』측에서는 본문의 '金日成萬歲'를 한글로 바꿔 수록할 것을 요청했고, 이로써 시인은 다시 한 번 선택의 기로에 서게 된다. 실상 그가 제목을 '잠꼬대'로 바꾼 것은 이렇게라도 하지 않으면 선뜻 이 시를 실어줄 것 같지 않아서였을 것이다. 이 시는 "아무렇지 않게" 쓰였다고 하지만, 여기에는 분명한 창작의 의도가 반영되어 있었다. 김수영은 이 시를 쓰고 또 발표함으로써, 과연 이 작품을 한국사회가 기꺼운 마음으로 수용할 것인가 하는 점을 타진해 보고자 한 것이다. 물론 시인은 한국사회와 문학계가 그만큼의 관용을 갖지 못할 것이라 이미 예상하고 있었다. 그러던 중 『자유문학』에서 추가적인 검열을 시행한 것이다. 김수영은 이 문제를 두고 고민한 끝에 우선은 한번 더 타협하기로 결심한다. "후일 시집에다 온전하게 내놓기로 기약하고" 이 온전치 않은 시를 싣기로 말이다. 그러나 그는 다음날 다시 마음을 바꾸는데, 그리하여 "시「잠꼬대」는 무수정(無修正)으로 (언문 교체 없이) 내밀자"는 결론에 다다른다. 문제는 그렇게 결심을 하고 나니, 도통 이 시를 발표할 길이 없어졌다는 것이다. 이에 더하여 지금 상태로는 시집에 넣을 가망마저 없다는 말을 듣기도 했다. 김수영의 정치적·미학적 태도가 고스란히 담겨 있던 이 시는 끝내 지면을 얻지 못하여 발표되지 못했고, 오랜 시간이 지나서야 '미발표 유고 시'라는 타이틀을 걸고 세상에 나왔다.

김수영에게 이 에피소드는 어떤 의미를 갖는 사건으로 남겨졌을까. 사실 '잠꼬대'라는 것은 잠을 자는 동안에 내뱉어진 말, 그리하여 수면 상태에 있는 사람은 그 발화의 진위여부를 확인할 수 없는 말이다. 잠꼬대는 발화자가 자기의 발화상황을 충분히 통제할 수 있는 상황에서 생산된 말이 아니라, 그 자신도 지각하지 못하는 사이에 자기의 신체에서 새어나간 말이라 할 수 있다. 또한 잠꼬대는 주체로 하여금 발화자이자 청자라는 두 역할을 동시에 수행할 수 없게 하는 말, 그리하여 곁에 있던 타자를 매개하여서만 사후적으로 나에게 전해지는 말이기도 하다. 만약 듣는 이가 곁에 없다면, 이 잠꼬대는 '애초에 없던 말'이 된다. 여기서 문제의 핵심은 타자의 존재에 놓여 있다. 나에게서 나왔으나 나는 도무지 알 수 없는 말이 '있었던 말'이 되기 위해서는 '타자'를 필요로 한다. 이러한 맥락에서 볼 때, '김일성만세'를 '잠꼬대'와 환언 가능한 말로 상정했다는 것은 우선 이 말의 발설이 필자의 의도와 무관함을 지시한다. 김수영은 이 시가 받아들여지지 않는다면, 그것은 '잠꼬대'조차 용납되지 않는 현실상황을 드러내는 일, 말하자면 부정적인 방식으로 언론의 자유가 갖는 임계를 확인하는 일이 될 것이라 생각했을 것이다. 말을 할 수 있는 자유가 충분히 허용되지 않는 불관용적인 사회에서 '불온한 말' ─"잠꼬대"이면서 "金日成萬歲!"인 ─ 은 그 의도와 상관없이 불안과 염려(아내)를 불러일으켰다. 또한 그것은 일그러진 표정을 짓게 만드는 못마땅한 말(조지훈)이 될지도 모를 것이었는데, 결과적으로 김수영의 에피소드는 이 말이 그러한 기능조차 할 수 없는 상태에 처했음을, 다시 말해 서랍 속으로 밀려들어감으로써 애초에 없던 말이 될 운명에 처했음을 알려준다.

그러나 한편으로, 이 시는 창작되는 순간 이미 어떤 목표에 근접해갔다고도 할 수 있다. 서랍 속에 갇힌 이 외침은 자유의 임계를 실험하는 일의 어떤 한계상황을 드러내주는 것일 수도 있지만, 좀 더 적극적인 해석을 통해 재론하자면 시인이 '金日成萬歲!'를 종이 위에 꾹꾹 눌러쓰는 순간 실험은 이미 실행되었던 것이라 할 수 있다. 이 시는 훗날 저 유명한 글에서 그가 언급하게 되는 규정, 시의 "모험은 자유의 서술도 자유의 주장도 아닌 **자유의 이행**"[36]이라는 말의 구체적인 예이자 모범으로 읽힐 수 있는 것이다.

김수영의 시 쓰기는 분명 그가 높이 평가했던 동시대 학생들의 거리에서의 항거와 마찬가지로 불온을 실행시키는 일, 그리하여 자유의 임계를 요동치게 만드는 일이었다. 그러나 이것은 동시에, 거리의 항거와는 또 다른 맥락에서 수행되는 실험이기도 했다. 4·19혁명과 한일협정반대투쟁을 비롯해 중요한 정치적 국면들에서 청년들은 자신을 '전위(前衛)'로 정체화하여 공론형성에 앞장섰고, 가두시위를 벌이고 단식투쟁을 감행하였으며, '민족적 민주주의 장례식'을 거행하기도 했다. 또한 그들은 성명서, 선언문, 결의문 등을 함께 쓰고 읽어나가며 치열한 '성명전(聲明戰)'을 벌였다. 이 투쟁의 국면들에서 상징에 상징을 대결시키고, 동시에 뜨거운 상징들을 파괴함으로써 그들의 정치적 실험을 완수하고자 했던 것이다. 여기에는 최소한 두 가지 믿음이 깔려 있

---

36 김수영, 「시여, 침을 뱉어라―힘으로서의 시의 존재」(1968.4), 앞의 책, 401쪽.

었다고 할 수 있는데, 그중 하나는 '말의 힘'이고, 다른 하나는 '상징이 갖는 힘'이다. 언어를 다루고 상징을 파괴하는 일련의 시도들은 '소유권 투쟁'의 일환이기도 했다.

그런데 이들의 모험은 김수영의 그것과 사뭇 달랐다. 김수영은 한국 사회의 결벽증적 반응에 대한 반작용으로써 '북한'과 '일본'을 발음했다. 그가 시도한 '金日成萬歲'라는 위반 전략은 '日本語로 쓰는 것'(「시작 노트6」, 1966.2.20)과 마찬가지로 일종의 나체시위와도 같은 결단이라 할 수 있었다. "金日成萬歲!"는 의미와 상징을 죽이는 행위가 아니다. 말의 상징성을 파괴하거나 그 의미를 확인하는 것이 아니라, 상징과 의미를 가지고 발화 행위의 가능성, 즉 그 가능성의 임계를 실험해 보는 일이다. 너무나도 뜨거운 상징인 "金日成萬歲!"라는 말을 차갑게 만드는 이 퍼포먼스는 글쓰기의 차원에서 보자면, 내용과 형식이 분리 불가능한 상태에 가깝다. 학생들의 퍼포먼스가 상징에 상징을 대결시키는 행위였다면, 김수영의 그것은 상징체계에 구멍을 내는 행위, 그럼으로써 상징체계를 흔들고 균열시키는 파괴 행위에 가까웠다. 양자가 활성화시키던 불온의 의미 층위는 분명 다른 것이었다.[37]

이상에서와 같이 김수영의 글들은 그가 시도한 '파괴와 생성' 그리고 '배반과 부정'이 정치적인 동시에 미학적인 실험의 도정이자 결과였음을 알려준다. 그의 작품들은 세계에 대한 비판만으로는 도달할 수 없는 어떤 완전을 상정하고 있던 시인이 취할 수 있는 최선의 방법적 태

---

37 한편 김수영이 시도하고 있던 문학적 실천을 소설의 영역에서도 목도할 수 있다. 시와 소설이라는 문학 양식이 갖는 본질적 속성의 차이, 그리고 작가의 정치적·미학적 지향에 있어서의 거리감에도 불구하고, 최인훈과 이청준이 60년대에 보여준 문학적 실험은 김수영의 사례와 더불어 검토할 필요가 있다.

도란 과연 무엇이었는가를 보여준다. 이러한 논의를 통해 짐작해 볼 수 있는 것이 있다면, 그것은 바로 김수영의 인식이 당대의 많은 저항적 청년 지식인이 공유하고 있던 세계이해에 연동되어 있으면서도, 그것과는 또 다른 맥락에서 더 파괴적이고 래디컬한 에너지를 발생시키는 가동장치 — 정치적·미학적 상상력 — 를 생산하고 있었다는 것이다. 그의 문학적 실험은 1960년대 한국사회에서 '불온'이 어떻게 '통치언어'가 아닌 '비평언어'로서 재생되고, 그럼으로써 '불온에 관한 앎과 감각'의 재구성에 관여하고 있었는지를 보여준다. 우리가 오랫동안 입에 담았던 비유를 여기서 다시 불러와 말하자면, 김수영의 문학은 충분히 포착될 수도, 다스릴 수도 없는 '불온성'을 그야말로 '온몸'으로 실행시키고 있었다. "4월 이후"를 살아가던 그에게 혁명은, "아직까지도" 끝나지 않았던 것이다.

3. 감각의 통치 불 / 가능성

1) 감시사회와 권력 / 문학의 노이로제

그러나 남진석씨는 아내와 더불어 명랑해지지 않았다.[38]

---

[38] 안수길, 「IRAQ에서 온 불온문서」, 『문학춘추』 창간호, 1964.4, 142쪽.

1964년『문학춘추』창간호에 실린 안수길의 소설 「IRAQ에서 온 불온문서」에는 인상적인 인물이 등장한다. 그는 혁명정부에 대하여, 특히 "2·27선서 전후의 번의(翻意)의 번의엔 철저하게 비판적인 태도를 가지고 있"으면서도 "그런 태도를 앞장서서 외칠 계제는 못"되는, 그러나 "은연 중, 가령 짧은 문장이나, 그 밖의 조그만 행동에서 드러내고 있었다고 자신하"는 인물이다.[39] 또한 그는 **"자신을 어디선가 감시하고 노리고 있다"**는 "일종의 피해망상(被害妄想)"에 사로잡혀 있기도 하다.[40] '짧은 문장'과 '조그만 행동'을 통해 실행될 수밖에 없는 그의 용기는 아마도 이 '피해망상'과 깊은 연관을 맺고 있을 것이다.

매끈한 내러티브에 의존하는 대신 주인공의 복잡한 내면심리를 통해 주조되는 이 작품에서, 소설가의 메시지가 가장 명료하고 분명한 음가를 갖는 지점은 "그러나 남진석씨는 아내와 더불어 명랑해지지 않았다"는 소설 말미의 대목이다. 도무지 명랑해지지 않는다. 나의 아내처럼, 혹은 이 시대의 다른 이들처럼, 나는 왜 명랑해지는 일에 동참할 수 없는 것인가. 그의 이 고백은 '짧게 치고 꼬리를 내려버리는 말'들과 '자그맣게 흘러나오는 목소리'에 드리워진 슬픔의 기원에 대해 묻게 한다. 이 물음이 가닿을 수 있는 선택지를 마련하기 위해서는 먼저 안수길 자신이 살아간 시대이자 소설의 배경이 되는 1960년대의 사회상황과 이 시기에 창작된 작품들에서 발견되는 공통된 특징들에 대해 논의해 볼 필요가 있다. 이는 안수길과 그의 소설 속 인물들의 마음을 들여다볼 수 있게 해주지는 못할지라도, 최소한 이들의 마음을 움직이고

---

39 위의 글, 140쪽.
40 위의 글.

뒤흔드는 힘들에 근접해갈 수 있게 만들어줄 것이다.

어떻게 사느냐, 어떻게 사는 것이 올바른 삶이냐[41]

1960년대 초 한국의 언론들은 새로 등장한 '혁명정부'의 "과감한 실
천력"과 그로 인해 성취된 "대단한 업적"들을 치켜세우고 홍보하기에
바빴다.[42] 또한 사회 각 방면의 변화들을 권력의 강제성에 의해서가
아니라 시민의 자발성에 의해 이루어진 긍정적 성과로 평가했다. 그런
데 이 시기에 안수길은 군부세력의 강력한 추진력을 지켜보며 세간의
반응과 같은 정서적 기쁨을 누리지도, 미래에 대한 희망찬 전망을 갖
지도 못했다. 오히려 그는 이 새로운 권력에 의해 어떤 "근본적인 것"
의 변화가 일고 있음을 목도하고 있었는데, 그것을 감지하는 그의 심
리상태는 "불안"이라는 말로밖에는 설명할 길이 없었다. 차후 이 불안
감은 안수길로 하여금 보다 적극적으로 변화하는 시대상과 현 정권의
추진사업들을 관찰하게 하였는데, 그의 단편소설들은 그러한 관찰의
결과라 할 수 있다. 당대의 여느 작가들과 비교할 때, 4·19, 5·16, 한
일협정반대투쟁, 판자촌철거, 정리해고, 석탄파동, 납북어부, 남북교
류 등의 시의적이고 공공적인 사건들에 대한 그의 문학적 반응 속도는
상당히 빨랐다.

이러한 맥락에서 안수길이 1960년대에 들어서 단편소설 창작에 꽤
많은 공력을 들였다는 점을 기억할 필요가 있다. 이 시기 그는 두 가지

---

41 안수길, 「어떻게 사느냐」, 『명아주 한 포기』, 문예창작사, 1977, 239쪽.
42 「불경기의 회복·상승의 기점은?」, 『동아일보』, 1961.6.7.

방향에서 창작활동을 이어나갔다. 첫째는 일가의 생계를 책임지는 방편이기도 했던 신문연재 장편소설의 창작이다. 그리고 다른 하나는 작가 나름의 방식으로 권력에 대한 성찰을 시도하고 자기의 시대를 증언하고자 하는 목적 하에 행해진 단편소설 창작이다. 이 중 우리가 주목할 것은 후자이다. 60년대에 발표된 여러 단편들은 제각각 테마는 달랐지만, 일정한 문제의식을 공유하고 있다는 점에서는 일관성을 가졌다. 이때 문제의식이란 **권력의 통치술과 문학의 노이로제**라 할 수 있다. 그런가 하면 안수길에게 단편이라는 형식은 긴 호흡이 요구되는 장편과 달리, 당대 현실을 형상화하고자 하는 작가의 욕망을 즉각적으로 실현해 주는 매개이자 그 결과로 인식되었다. "산 현실이 감성으로 받아들여 발효되고 지성으로 소화·정리되어 재표현되기 전에 이질(異質)의 현실이 접종(接踵)하는 상태"[43]에서 단편은 시대의 변화를 담아내기에 더 적합하다고 판단되었던 것이다.

많은 이들이 안수길의 60년대 하면 흔히 『북간도』를 떠올리지만, 이 시기에 집필된 단편소설들은 그의 장편들만큼이나 중요하게 다뤄지고 또 재독될 필요가 있다.[44] 1960년대에 발표된 그의 단편들은 주로 주인공을 둘러싼 일상의 에피소드를 중심으로 전개되기에, 얼핏 보면 어떤 이의 말마따나 '생활 문학의 주변'을 맴도는 것으로 보일 수도 있다. 그러나 동시대 문인들이 주목한 바 있듯이, 안수길은 관념적 차

---

43 안수길, 「62년 상반기의 소설 저조·부진의 연속」, 『동아일보』, 1962.7.6.

44 기존의 안수길 연구는 주로 '만주'라는 프레임을 통해 이루어졌으며, 이로 인해 1960년대 작품들은 상대적으로 소홀하게 다뤄졌다. 그런가 하면, 60년대 전후의 작품들을 독해하는 연구들이 더러 있었으나, 이때 초점은 안수길의 대표작으로 손꼽히는 『북간도』에 한하여 맞춰졌다. 이러한 연구경향으로 인하여 60년대에 발표된 작품들, 특히 단편 소설들은 보다 섬세한 눈으로 독해될 필요가 있음에도 불구하고 충분히 조명 받지 못했다.

원에서가 아니라 '생활'이라는 일상의 차원에서 동시대의 변화들을 차분히 읽어나갔다. 또한 문학의 공간에서 "어떻게 사느냐, 어떻게 사는 것이 올바른 삶이냐"[45] 하는 자기 성찰적 물음을 탐구하며, "우리의 역사적 현실과 밀착된 주제의식을 짙게 발산하면서 무게 있은 작품"을 써나감으로써 이전과는 다른 창작상의 "경향"을 보이기 시작했다.[46]

김영화, 이광훈, 윤병로 등이 지적한 바 있듯이 "60년대 이후 그의 작품은 큰 변모를 겪는다."[47] 김영화는 1935년 『조선문단』을 통해 문단에 데뷔하여 77년 타계할 때까지 근 40여 년간 작가로 살아온 안수길의 작품들을 세 부류로 분류하며, 1960년대 단편들을 세 번째 계열에 위치시켰다. 그는 60년대의 인간소외현상과 무력감, 민족분단과 이데올로기의 갈등에서 비롯되는 당대인들의 불안과 피해망상 등을 작가가 성찰적으로 검토하고 있다고 보았다.[48] 이광훈 역시 안수길 문학을 세 유형으로 분류하며, 60년대 소설들을 마지막 유형으로 파악했다.

---

45 안수길, 「어떻게 사느냐」, 앞의 책, 239쪽.

46 윤병로는 1971년 안수길의 회갑을 기념하여 한 편의 글을 집필한다. 여기서 그는 안수길의 문학세계를 세 시기로 구분하여 살펴본다. 첫째 「북원(北原)」시대, 둘째 「제3인간형」시대, 셋째 「통로(通路)」시대로, 이 가운데에서도 「제3인간형」은 안수길 문학의 중요한 전환점으로 짚어진다. 윤병로의 논의를 보완하여 정리해보자면, 60년대 안수길의 작품창작은 두 개의 방향에서 행해지고 있었다. 하나는 『북간도』와 같은 장편에서 발견되는 「북원(北原)」시대로의 복귀'라는 방향이고, 다른 하나는 여러 단편들에서 엿보이는 현실에 밀착된 주제의식의 표출이라는 방향이다. 전자가 안수길에게 원심력 같이 작용하는 만주시절을 비롯한 과거로의 회귀를 추동하는 시선이라면, 후자는 현재를 면밀하게 고구하는 가운데 조성되는 음계라 할 수 있다. 윤병로, 「특집 회갑문인기념―안수길의 문학」, 『월간문학』, 1971.8, 234쪽.

47 이광훈, 「안수길론」, 안수길, 『목축기』, 범우사, 1976, 14쪽.

48 김영화의 분류법에 따르면, 첫째는 식민지 시기 경험에서 비롯된 '망국인 의식'이 주조를 이루는 것으로, '만주'의 의미와 그곳에 대한 노스텔지어가 작가에게 어떠한 의미를 지니는가, 그리고 그것이 주권의식과 어떻게 연계되었는가 하는 일련의 물음들에 닿아 있는 작품이고, 둘째는 남북분단과 6 · 25, 피난생활과 관계된 것으로 인간의 조건과 삶에 대한 성찰이라는 보다 보편적인 물음에 초점을 맞추고 있는 작품이다. 김영화, 「역사와 개인―안수길론」, 『현대문학』 292호, 1979.4.

그에 따르면, 안수길은 4·19혁명 이후의 작품들을 통해 현실에 대한 강렬한 문제의식과 이에 대한 열띤 분노와 저항을 표출하는 인간상을 제시하기 시작한다. 즉 "사회에 대한 적응이나 저항이 보다 적극적인 자세로 변하게 되며 시대에 대한 문제의식이 한층 더 높아지게" 되었으며, "현실에 대한 태도가 점차 적극적인 모습으로 선명한 색을 띠고 펼쳐지"게 되었다는 것이다.[49] 윤병로의 경우에는 이 같은 변화를 「IRAQ에서 온 불온문서」, 「효수」, 「동태찌개의 맛」과 같은 "문제작"을 통해 구체적으로 짚어보기도 했다.

많은 작가들에게 그러했듯이, 4·19혁명은 안수길에게도 큰 영향을 미쳤다. "4·19가 가져다준 또 하나의 의식혁명"을 엿볼 수 있다는 이광훈의 지적처럼, 그의 소설에서 발견되는 변화는 4·19라는 사건을 매개하지 않고서는 말해질 수 없을 것이다.[50] 한편 안수길은 「어떻게 사느냐」라는 글에서, 그간의 작품들에 대한 평론가들의 분석을 되짚어보며 자신의 입장을 밝힌 적이 있다. 여기서 강조점이 찍히는 부분은 해방 전후의 3년간의 공백을 깨고 쓰인 「여수」(1949)와 「제3인간형」(1953)을 거쳐 「유산」(1958)에 이르는 동안, 소설 속 주인공의 현실대응 태도와 의지가 변화하고 있음을 말하는 대목이다. "사명을 포기치도 그것에 충실치도 못하고 말라가는 나"(「제3인간형」 중)는 누구인가를 묻는 일이 "전진을 위한 마음의 자세"를 보여주는 것이었다면, "싸움은 이제부터"라고 단단한 목소리로 말하는 화자의 등장(「유산」 중)은 '행위'의 차원이 변화할 것임을 알리는 신호탄이라는 것이다.[51] 이 같은 언

---

49 이광훈, 「안수길론」, 앞의 책, 14~15쪽.
50 위의 글.

설은 작품 속 주인공의 변화를 지시하는 것이면서, 또한 작가의 창작 행위라는 메타적 차원의 변화를 말해주는 것이기도 했다.

안수길의 대표작으로 알려져 있는 「제3인간형」이 1950년대 그의 소설의 어떤 전환을 보여주는 것이었다면, 1961년 『사상계』에 발표된 「서장(序章)」은 새 시대에 대한 예감을 일찌감치 표출한 작품이자, 향후 창작될 단편들의 이정표에 해당한다고 할 수 있다.[52] 그는 「서장」을 두고 다음과 같이 말한 바 있다.

현실에 밀착하지 않고는 절실한 창작의욕이 생기지 않는다. 5 · 16후의 현실의 일 단면이 이런 역설적인 것으로 나타났다.[53]

안수길은 「서장」에서 '정리해고'라는 소재를 통해 '5 · 16 이후의 현실'을 그려나갔다. 주인공으로 등장하는 김수동(金壽童)은 북에 있는 부모와 헤어져 남한으로 온 월남자였다. 그는 처와 3남 2녀를 부양하며

---

51 "결코 회의하거나, 엉거주춤하거나 피로에 허덕여 자포자기의 상황 속에 헤매고 있는 것이 아니다. 그것은 전진을 위한 마음의 자세요, 삶을 위한 발돋움인 것이다. 그러나 「유산(流産)」의 끝부분에 이르러서는 두 작품의 주인공들보다 결정적으로 행동적이다." 안수길, 「어떻게 사느냐」, 앞의 책, 241쪽.

52 안수길은 「어떻게 사느냐」라는 글에서, 그간의 작품들에 대한 평론가들의 분석을 되짚어보며 자신의 의도와 입장을 밝힌 적이 있다. 여기서 강조점이 찍히는 부분은 해방 전후의 3년간의 공백을 깨고 쓰인 「여수」(1949)와 「제3인간형」(1953)을 거쳐 「유산」(1958)을 관통하는 동안, 소설 속 주인공의 현실대응 태도와 의지가 변화하고 있음을 말하는 대목이다. "사명을 포기치도 그것에 충실치도 못하고 말라가는 나"(「제3인간형」 중)는 누구인가를 묻는 일이 "전진을 위한 마음의 자세"를 보여주는 것이었다면, "싸움은 이제부터"라고 단단한 목소리로 말하는 화자의 등장(「유산」 중)은 '행동성'이 본격화될 것임을 알리는 신호탄이라는 것이다. 이 같은 언설은 작품 속 주인공의 행동력의 문제를 겨냥하고 있으나, 이는 작가의 작품창작이라는 메타적 수준의 행동력과도 관계되고 있었다. 그리고 이렇게 생산된 단편들에는 공통적으로 '권력의 통치술에 대한 예감'이 녹아들어 있었다. 위의 글, 241쪽.

53 안수길, 「후기」, 『안수길 창작집─풍차』, 동민문화사, 1963, 387쪽.

근근이 살아가는 마흔 여덟의 "샐러리맨"이기도 하다. 산비탈의 판잣집에 거주하는 김수동의 가족은 그의 월급과 아내의 부업(목판장수, 뜨개질, 삯바느질 등)에서 얻어지는 부수입으로 삶을 지탱하고 있었다. '서울시민증'을 갖고 '각종 세금'을 버겁게 지불하며 연명하고 있는 그에게 어느 날 불현듯 '정리해고'라는 사건이 불어 닥친다. 조만간 정리해고가 단행될 것이라는 소문은 샐러리맨들을 동요하게 만들었는데, 특히나 해고가 단지 "생계가 아니라, 가족의 생존의 문제"에 직결되어 있던 주인공에게 이 소문은 끔찍한 불안을 몰고 왔다.

물론 이러한 소문이 1960년대에 접어들어 처음 발생한 것은 아니다. 지난 10여 년 동안 계속해서 있어왔던 정리해고에 대한 무성한 소문들은 그로 하여금 항시 불안에 직면하게 하였지만, 다행히 그것은 소문으로만 그침으로써 실질적인 변화를 초래하지는 않았다. 그는 "행여나 하는 희망"과 "절망"을 오가며 "용기보다도 공포증이 과잉해지는 기형 인간"으로 살아왔던 것이다. 그러던 중 한동안 잠잠하던 정리해고 바람은 '정권 교체'를 기화로 다시 불기 시작했다. 이 소설에서 인상적인 장면 중 하나는 정리해고 문제로 불려간 주인공이 새로 임명된 인사과장과 마주 앉아 나누는 대화를 엿볼 수 있는 대목이다. 주인공의 눈에 비친 인사과장은 '재건 체조를 열심히 하고 있는 탓인지 매우 건강한 낯빛의 사람'이었고, '피로의 빛'이라고는 찾아볼 수 없는 인물이었다. 이 '친절한 관리자'는 주인공 김수동에게 그가 정리해고자 명단에 포함되었다는 소식을 알려주며 이렇게 이야기했다. "자유당, 민주당이 어지럽힌 일을 바로잡아야" 하고, "그러려니 자연히 전의 것을 정리해야 될" 것이기에 이번의 대량해고는 불가피하다.

지난 정권 시절에도 정리해고에 대한 무성한 소문이 나돌았던 만큼 '설마'하는 생각을 가지고 관리자의 방문을 두드렸던 김수동에게 인사과장의 이 같은 통보는 청천벽력과도 같았다. 왜냐하면 이제껏 '정리해고'는 "위협"으로 작용하기는 했지만, 그 이상도 이하도 아니었기 때문이다. "사실은 구호 만에 그친 일도 있었고, 때로 실행되었어도, 뒷구멍으로 정리됐던 사람이 허울 좋은 명목으로 그 직장에 되돌아오는, 그런 정리"였고, 언제나 퇴출 1순위의 "유력한 후보"였던 주인공은 늘 그럼에도 불구하고 살아남을 수 있었던 것이다. 그러나 이번에는 달랐다. 이번의 정리해고는 위협의 수준에 그치지 않고 실제 발생함으로써 주인공의 삶을 뒤흔들었다. 이러한 상황을 서술자는 다음과 같은 인상적인 말로 설명해 주었다. "민주당도 물러간 뒤에 불어온 정리의 바람은 **이번엔 근본적인 것이었다**. 이번에는 틀림없다. 한다면 하고야마는 정부인지라, 김수동씨의 불안도 근본적인 것이 아닐 수 없었다."[54]

서술자에 따르면, 현 정권은 이전의 권력들과는 "근본적"으로 달랐고, 그리하여 주인공이 경험하는 불안 역시 "근본적인 것이 아닐 수 없었다." 이 소설은 해직자가 된 주인공을 통해 무언가가 "끝장"나고 있음을 보여주고자 하였는데, 그것은 한 가족의 파국, 그들에게 닥칠 잿빛 미래다. 이 소설은 극도의 불안감에 시달리며 정신이상증세를 보이는 주인공과 자신의 아이들이 아마도 "불량소년"이 될지 모른다는 절망을 떠안게 된 아내의 모습을 보여주는 것으로 이야기를 종결지었다.

지금은 전과는 시대가 다릅니다. 좋은 때요. 힘껏 활동해 보시오.[55]

---

54 안수길, 「서장(序章)」, 『사상계』 101호(100호 기념특별증간호), 1961.11, 67쪽.

「서장」은 작가가 포착한 '새 시대의 얼굴'을 처음으로 입체화한 작품(序章)이다. 4·19혁명이 5·16군사쿠데타로 이어지는 광경을 지켜보며 안수길은 '어떤 꺼림칙한 예감'을 갖게 되었고, 충분히 형용하기 어려운, 그러나 분명 감지되는 변화들을 '정리해고'라는 사건을 매개하여 이야기해 보고자 하였던 것이다. 한편 안수길에게 '5·16 이후의 현실'이란 어떠한 것이었는지를 보다 깊이 들여다보기 위해서는 「서장」을 쓰기 직전에 발표한 또 하나의 소설을 함께 읽어볼 필요가 있다.

안수길은 「등교통고(登校通告)」(『사상계』, 1959.7)[56]라는 소설에서 영세업자들의 삶을 통해 자본과 권력의 문제를 다룬 바 있다. 주목되는 것은 이 소설이 권력을 그려내는 방식에 있는데, 여기서 현 정부는 '무책임하고 태만한 방관자'로 등장한다. 자본가와 정치권력의 영합에 따른 영세민의 파국을 그려낸다는 점에서는 앞의 소설과 유사하지만, 권력을 형상화하는 방식에 있어서는 일정한 차이가 발견된다. 작가의 시선을 따라가 보건대, 「서장」의 군부세력은 「등교통고」에 등장하는 '수수방관하는 권력'과는 질적으로 다른 통치술을 구사함으로써, 현 시대가 "처참 하리 만큼 불안"한 표정을 짓게 만들었다. 정권교체는 단지 집권세력의 교체라는 정치적 의미를 넘어서는 것, 다시 말해 한국사회가

---

55 위의 글, 69쪽.

56 「등교통고」는 동대문 판자촌 철거 문제를 다룬 소설이다. 화자인 '나(이경식)'는 오십여 명의 동업자와 함께 동대문 시장 한 귀퉁이 대지에서 구호품 옷장수를 하는 한 가정의 가장이다. 사건의 발단은 이들이 소유주인 김××이란 사람에게 사용료를 주고 빌린 이곳이 임차인들의 의사와 상관없이 ○○회사에 팔린 데서 비롯된다. 이 회사는 빌딩을 짓기 위해 판잣집을 모두 철거하려 하고, 임차인들은 철거에 불응한다. ○○회사는 폭력단을 동원하여 판자가게를 부수는 등의 강경한 태도를 취했고, 이에 상인들은 그 무너진 터에서 다시 장사를 시작하는 동시에 대지 임자를 상대로 생존을 건 투쟁을 벌인다. 이러한 와중에도 당국은 양자의 입장을 조정해주는 역할을 맡기는커녕, "방관태도"로 일관하거나 판잣집 철거 방침을 공표함으로써 회사 측의 입장을 뒤에서 지지하는 형국을 만들어 놓고 있을 따름이었다.

"근본적인" 변화를 경험하게 될 것임을 예고하는 중요한 기점으로 읽혔던 것이다. 1961년 안수길은 분명 다른 이들과 마찬가지로 '전과는 다른 시대'가 도래했다고 생각했다. 그러나 이때의 '다름'에 대한 이해는 여느 한국인들과 달랐다. 그는 "훨씬 낫게 살 수 있을" 것이라는, 그리하여 "좋은 때"가 다가오고 있다는 낙관적 전망에 도취되어 있던 한국사회로부터 한 걸음 비켜서 있었고, 그 자리에서 어떤 우울과 불안에 대해 써나갔다. 「서장」이 쓰인 시점이 비판적 지식인들과 일부의 혁신 세력조차 5·16군사쿠데타 이후의 삶에 대해 낙관하던 때임을 상기한다면, 이른바 '혁명세력'의 추진력에 대한 안수길의 꺼림칙한 예감은 '때 이른 것'이었다고 할 수 있을 것이다.

한편 안수길은 이후에 발표하는 여러 작품들, 이를테면 「새」(『신동아』, 1966.10)나 「타목」(『현대문학』, 1967.5월호 별책부록 『현역작가 10인 신작집』), 「기름」(『월간문학』, 1968.12)[57]과 같은 작품에서도 현 권력에 대한 비판적 시선을 담아냈다. 이 중 정리해고의 단행으로 회사에서 퇴출당한 후 오년간을 실직자로 지낸 한 남성을 주인공으로 등장시킨 단편 「새」는 「서장」의 후속편 같은 작품이다. 즉 이 소설은 「서장」에 등장하는 인사과장이 퇴출을 통보하며 주인공에게 던졌던 말—"지금은 전과는 시대가 다릅니다. 좋은 때요. 힘껏 활동해 보시오. (…중략…) 여기서보다 훨씬 낫게 살 수 있을 겁니다"—에 대한 작가의 자발적 응답이라 할 수 있다. 안수길은 이 작품에서 주인공의 우울한 삶을 통해 「서장」의

---

57 「기름」(『월간문학』, 1968.12)은 1960년대 후반 당시 논란거리였던 '연료정책' 문제를 다룬 소설이다. 안수길은 이 작품에서 "기름 때문에 몰려나는 (…중략…) 그 때문에 희생되는 광부들 …… 바로 그 산 표본", "'기름'의 희생자"인 실직한 광부를 등장시켜, 당국의 연료정책 변경으로 인해 초래된 서민들의 삶의 변화를 조명한다.

주인공이 살아갔을 미래를 보여주고자 했다.

그런가 하면 1960년대 중반에 발표된 「타목」은 당시 중요한 정치적・사회적 이슈였던 한일협정 문제를 다루고 있어 주목된다. 안수길은 이 단편에서 협정논의가 진행 중이던 1965년의 상황을 배경으로 삼아, 국영기업체 직원이자 시인인 주인공이 한일협정반대투쟁에 동참했다는 이유로 실직하는 과정을 그려낸다.[58]

이상에서와 같이 안수길은 현재적 사안들에 대한 관심을 지속적으로 표출하는 것은 물론, 이를 통해 당대 권력의 특이성을 구체적으로 드러내고자 했다. 그는 기본적으로 비판적 시선을 견지하면서 60년대의 사건들을 두루 다루었는데, 이 시기 집필된 단편소설들은 작가가 가지고 있던 **"예민한 정치 감각"**의 소산이라 할 수 있다.[59] 위의 소설들이 60년대 단편들의 공통된 특징을 알려준다면, 이제 살펴볼 작품들은 작가가 갖고 있던 문제의식의 총체적 표현이라 할 만하다. 달리 말하면, "예민한 정치 감각"을 통해 작가가 포착한 '권력의 통치 기술'을 가장 흥미롭고도 분명하게 형상화한 작품이라 할 수 있을 것이다. 1964년에 발표된 「IRAQ에서 온 불온문서」(『문예춘추』 창간호, 1964.4)와 2년 후인 1966년에 나온 「꿰매 입은 양복바지」(『문학』, 1966.5)가 이에 해당한다. 이 두 편의 소설은 안수길의 작품세계를 이해하는 데 있어서나, 1960년대 작가들의 시대인식을 파악하는 데 있어 중요하게 다뤄져야 할 대상임에도 불구하고, 그간 충분히 조명되지 못했다. 이 글에서는

---

58 소설 속 정황은 1965년 당시 안수길 자신의 상황을 반영하고 있다. 안수길은 재경문학인 80여 명의 한 사람으로서 "굴욕과 재침해와 실질적인 예속을 가져오는 한일조약을 즉각 파기"할 것을 요구하는 성명 발표에 동참한 바 있다. 「"한・일 조약 파기하라"」, 『경향신문』, 1965.7.9.

59 이철범, 「작단시감(상) 자유에의 인식」, 『동아일보』, 1964.4.15.

논의의 맥락을 고려하여 뒤에 발표된 소설부터 살펴보도록 하겠다.

작가의 말에 따르면, 「꿰매 입은 양복바지」는 "동학란 무렵의 이야기와, 만주사변 시기의 각 한 편과 4·19를 지나 5·16 이후의 이야기를 나열해 놓은 형식을 취함으로 해서 역사와 현대의 연관성을 넌지시 보이려는 기획"하에 창작되었다.[60] 이 소설에서 안수길은 서로 다른 시간대에서 발생한 여러 사건을 잇고 덧댐으로써 시대적 변화를 짚어내고자 했다. 여기서 한 가지 밝혀둘 것은 비단 이 소설에서만 이러한 특징이 발견되는 것은 아니라는 점이다. 이 같은 특징은 1950~60년대 그의 단편들에서 쉽게 포착할 수 있는데, 한 예로 앞서 살펴본 「등교통고」도 이에 해당한다. 이 소설에서 작가는 유사사건을 매개로 서로 다른 시공간의 접속을 꾀하는데, 이에 따라 두 개의 이야기 선이 형성된다. 하나는 동대문 판잣집 상인들이 당면한 철거문제에 대한 이야기로, 사건의 중심에는 '나'로 등장하는 이경식이 있다. 다른 하나는 학생 맹휴사건을 둘러싼 이야기로, 나의 '아들'인 이동일이 이야기의 중심에 놓여 있다. 이 두 개의 이야기를 이어주는 것은 부자(父子)의 공통적 경험인 '맹휴사건', 즉 **저항의 경험**이다.[61] 현재 아들이 동참하고 있는 맹

---

60 안수길, 「어떻게 사느냐」, 앞의 책, 244쪽.

61 안수길에게 학생시절의 투쟁경험은 매우 중요한 의미를 가졌던 것으로 보인다. 그는 1927년 함흥고보 2학년 재학 중 맹휴사건에 관계되어 학업을 중단했고, 이듬해 경신학교 3년에 편입하여 학업을 이어가던 중 광주학생의거가 일어나자 이에 참여하는데, 차후 이것이 문제가 되어 퇴학당한다. 이 투쟁의 경험들은 60년대 단편에서 반복적으로, 아울러 적극적으로 소환되고 반추된다. 한편, 투쟁의 경험과 관련하여 60년대 소설에서는 주인공의 위치 이동이 이루어진다. 말하자면 이 투쟁들의 중심에서 주변으로 이동해가는 궤적이 발견되는 것이다. 그는 사건의 한복판에 서 있다가, 차츰 사건의 주변부로 자신의 위치를 이동시킨다. 이것은 청년의 자리에서 아비의 자리로 이동하는 것이기도 하다. 이 이동을 통해 발생하는 효과가 있다면, 그것은 사건과의 거리를 확보할 수 있다는 것이다. 젊은 시절, 사건의 한복판 그 소용돌이 속에서 정신없이 휘말려 들어가며 사건을 경험했다면, 이제 그는 한 발짝 떨

휴사건에 화자인 '나'가 학생시절 동참한 바 있던 맹휴사건이 오버랩 되면서 서로 다른 시간대가 일시적으로 조우하게 된다. 여기서 우리가 떠올려 볼 수 있는 질문은 작가가 이러한 서사전략을 통해 관철시키고 자 한 의도가 무엇이었나 하는 것이다. 다행스럽게도 안수길은 이 질 문에 대한 답변을 이미 제출한 바 있었다. 한 기록에 따르면, 안수길은 당시 "부자이대(父子二代)의 저항을 그리면서 거기에서 시대의 차이(差異)를 보려는 의도"를 갖고 있었다고 한다.[62] 서로 다른 주체들의 '저항' 을 통해 '시대의 차이를 보려는 작가의 의도'를 우리는 「등교통고」이 후의 소설들에서도 심심치 않게 발견할 수 있다. 이 점을 염두에 두면 서 다시 「꿰매 입은 양복바지」로 돌아가 보자.

이 소설은 서로 다른 세 시간대에서 벌어진 공통의 경험, 즉 '회술레' 를 통해 각 시대의 차이를 그려내고 있다. '아버지'와 '나'와 '아들', 이 삼대가 목격한 '회술레'를 통해 구한말과 만주국 시절과 1960년대의 권 력을 비교 검토할 수 있는 것이다. 여기서 먼저 밝혀둘 것은 이 세 번의 회술레에서 처벌 받게 되는 대상이 누구이며, 그들이 처형의 현장에 서게 된 이유는 무엇인가 하는 점이다. 아버지가 겪은 사건에서는 남 편을 죽인 악처가, '나'가 겪은 사건에서는 일본인에 의해 중국인이, 아 들의 경우에는 4·19사건 당시 경찰에 의해 어느 청년이 '회술레'를 경

___

어진 자리에서 좀 더 객관적이고도 차분하게 사건들을 관찰할 수 있게 된 것이다. 비켜선 자 리에서 말이다. 물론 이 거리의 확보가 온전히 사건으로부터 그를 떼어놓는 것은 아니었다. 그는 여전히 사건과 관계하고 있었다. 왜냐하면, 이제 그의 아들들이 이 사건의 중심부로 휘 말려 들어가고 있었기 때문이다. (과거의 '나'와 같이 그의 '아들'은 현재 투쟁의 한복판에 서 있다) 본문에서 언급했듯, 실제 그의 작품에서는 유사 사건을 소설적 장치로 삼아 아버지와 아들 세대를 동시에 다루고자 하는 시도가 자주 발견된다. 안수길은 60년대 단편 쓰기를 통 해 이 창작방법을 실험하고 있었던 듯하다.

62 안수길, 「후기」, 앞의 책, 387쪽.

험하게 된다.

먼저 '나의 아버지'가 경험한 회술레의 장면을 들여다보자. 이 첫 번째 회술레는 두 명의 백정이 좌우로 서서 목에 두 번 돌려놓은 밧줄을 힘껏 잡아당김으로써 행해졌다. 형관(刑官)은 죽임을 당한 사람의 코에 불을 대어보고 그의 생사를 판단했다. 어린 소년에게도 "저렇게 하고 어떻게 죽나?"라는 의문이 들게 할 만큼 이 회술레는 다소 허술한 면이 있었다. 이 허술함은 생사여탈권을 쥔 자가 만들어놓은 죽음의 절차가 갖는 허술함을 말해주는 것이기도 했다. 이 허술함으로 인해 공개 처형장에서 처벌받아야 할 자는 심지어 살아남을 수도 있었다. 또한 사형 집행은 사회적 관습과 규약에 따라 이루어졌고, 그렇기에 처형장에 몰려든 사람들은 때론 무덤덤하게 때론 욕설을 퍼부으며 구경꾼의 자리에 머무를 수 있었다.

이 첫 번째 사례에서 주시할 것은 악처인 그녀가 스스로 생존을 도모할 수 있었다는 사실이다. 그녀는 생사여탈권을 쥔 권력을 대리하여 처형을 집행하는 남성 관리를 매수함으로써 삶을 죽음으로부터 건져냈다. 그 방법은 부도덕하고 비윤리적인 것이라 비난받을지언정 삶의 지속을 가능하게 하는 것이었고, 무엇보다도 그녀의 기술은 회술레의 허술함, 그 빈틈에서 작용할 수 있었다.

그런가 하면 '나'가 경험주체로 등장하는 두 번째 회술레도 앞서의 경우와 같이 나름의 절차와 의식을 통해 행해졌다.

정복, 정모에 턱에 모자 끈을 건 경관들이 각각 한 명씩 그 뒤에 서 있었다. 그 중의 상관이라 싶은 뚱뚱한 사한 경관이 먼저 짚고 있던 붉은 색깔인 가죽 칼집에서 쭉 널찍한 일본도를 뽑았다. 햇빛에 번쩍 빛났다. 칼을 높이 치켜들고 아주 짧은 시각, 묵념하는 듯했다. 다른 경관들도 꼭 같은 동작을 했다.

뚱뚱한 사한 경관이 구경꾼들에게 돌아섰다. 목소리를 높여 말하고 있었다. 무슨 말인지 목소리만 들렸을 뿐 내용은 분명히 알아들을 수 없었다. 그러나 긴 말은 아니었다. 말이 끝났다. 돌아섰다. 그리고는 ─

순간 나는 눈을 감지 않을 수 없었다. 머리가 저도 모르게 무릎에 박혀졌다. 머리를 든 것은 세 방의 총소리에 놀라서였다. 눈에 들어온 것은 구덩이 위로 들어 보이는 검은 옷들. 인부들이 삽으로 흙을 퍼 그 드러나 보이는 것을 덮기 시작했다.[63]

죽음의 집행관들은 죄인들에게 검은 옷을 입혔고, 일제히 '칼을 높이 치켜든 채 묵념'을 했으며, 구경꾼들을 향해서도 (아마도) 이 죽음의 의미에 대해 간단히 이야기하였던 듯하다. 그리고는 참수가 행해졌다. 이들은 죽음 이후의 절차도 잊지 않았다. 구덩이를 파고 그곳에 그들을 묻어주었다. 첫 번째 회술레에서 "형관이 최후의 훈시를 하"고 술상을 내와 죽음을 앞둔 이들의 목을 축여주었듯이, 이번의 경우에도 소박하고 간단하지만 '죽음을 위한 절차'들이 존재했다. 그런데 이 두 번째 회술레의 현장에서는 이전에는 볼 수 없었던 다른 특이점이 발견되었다. 그것은 참수(斬首) 직후 절명케 하기 위한 총살, 말하자면 참수 이후의 참수였다. 김윤식은 이를 '이중의 죽음'[64]이라 표현했는데, 이 새로운 절차는 보다 확실한 죽음을 위해 마련된 기술이었다. 생사를 관

63 안수길, 「꿰매 입은 양복바지」, 『문학』, 1966.5, 34쪽.
64 김윤식, 「'어떻게 쓰느냐'의 창작 방법」, 『안수길』, 지학사, 1985, 241쪽.

장하는 기술들은 보다 정교하고 치밀해졌으며, 이로 인해 사형수들에게는 이제 빠져나갈 **틈**(권력의 공백)이 없어졌다.

> 스크램을 끼고 있던 옆 아이가 푹 고꾸라졌다. 퀄퀄 흰 가운이 점점 피로 넓게 물들여졌다. 바로 옆, 팔을 끼고 있던 친구였다…….[65]

그렇다면 세 번째 회술레는 어떠한가. 이 물음에 답하기 위해서는 현재의 시점에서 행해진 나와 아들의 대화, 아울러 나의 회상을 참고할 필요가 있다. 아들에게 4·19는 어떤 잔상을 남기고 있는가, 궁극적으로 그에게 이 사건은 어떤 것이었나. 아들과의 대화에서 '나'는 어떤 당혹스러움을 느끼는데, 그것은 아들이 4·19에서 겪은 동세대 청년들의 죽음을 일컬어 '회술레'라 칭했기 때문이다. 의과대학 예과생으로 등장하는 아들에게 이 사건은 **"광화문 네거리에서의 회술레"**, 그 이상도 그 이하도 아니었다. 혹은 그에게 이 사건은 달리 표현될 수 없는 것이었다. 다만, 이것은 공기를 가르며 흩어지던 총성과 흰 가운을 붉게 물들이던 피로써 존재하는 사건이었다. 그에게 4·19는 보고 듣는 신체의 감각기관을 통해서만 실감 가능한 사건이었던 것이다. 혁명 기간 당시에 자신의 바로 옆에서 경찰의 총성과 함께 고꾸라진 동료를 목격하고 돌아온 날, 아들은 어떤 논리적인 말로 이 죽음을 설명하려 들지 않았다. 어떠한 인과성도 말해질 수 없는 상태에서 죽음에 대한 논리적 설명은 무의미한 것이었다. 그래서 그는 흥분한 얼굴로 "피는 왜 붉은 색깔일까? 피는 왜 희거나 푸르지 않고 붉은 색깔일까?"라는 "허황

---

[65] 안수길, 「꿰매 입은 양복바지」, 앞의 책, 35쪽.

한 말"만을 연신 내뱉었다. 그에게 이 말은 4·19라는 사건을 혁명으로 서 의미화하는 데, 즉 그 사건의 숭고함을 구성하는 데 쓰이는 말이 아니었다.

김윤식은 이 작품을 분석하며 "60년대를 사는 작가의 현실적 감각을 한층 확실하게 문제 삼고 있다"[66]고 평한 바 있다. 이 말은 충분히 공감할 수 있는 지적이다. 그런데 그의 논의에서 한 대목은 수정될 필요가 있다. 그것은 "세 번째 것은 거꾸로 된 회술레이다"라는 지적이다. 그는 첫 번째 회술레가 갖던 '낭만적이고 원시적인 성격'이 세 번째 회술레에서도 발견된다고 보고, 이를 역행의 구조로 파악했다. 그러나 그것은 '거꾸로 된', 과거로 역전하여 퇴화하는 통치의 방식을 보여주는 것이 아니라, 오히려 더 정확하게 근대적 통치술의 핵심을 간파한 것이다. 어떻게 그러한가.

안수길은 "주권이 경찰의 형상 속에 진입했다는 것", 이 "전혀 안심할 만한 일이 못"되는 현상이 자신의 시대에서 발견되고 있음을 적시하고 있었다.[67] 이 소설은 아감벤의 말을 빌리자면, 공공질서와 안전이라는 이유가 폭력과 법 사이의 비구분 지대를 이룬다는 것을, 같은 맥락에서 벤야민의 통찰을 통해 말하자면, 경찰의 권리(법)는 근본적으로 국가가 무력해서든 아니면 각각의 법질서의 내재적 맥락 때문에서든 자신이 어떤 대가를 치르고서라도 도달하기를 원하는 자신의 경험적 목적들을 더 이상은 법질서를 통해 보증할 수 없는 지점을 가리키고 있었다.[68]

---

66 위의 글, 240쪽.
67 조르조 아감벤, 김상운·양창렬 역, 『목적없는 수단』, 난장, 2009, 117쪽.

청년이 겪은 회술레는 서울 시내 한복판에서 그야말로 순식간에 이루어진 것이었다. 눈여겨보아야 할 것은 이 전광석화처럼 빠르게 진행된 죽음의 집행으로 인하여, 주체가 죽음의 순간을 충분히 예감하지 못한다는 점이다. 또한 그보다 더 중요한 것은 **처벌받을 자와 구경꾼의 거리가 소거되어 버린다는 사실**이다. 이 처형의 현장에서 발견되는 것은 오직 '예측할 수 없는 복수(複數)의 집행관들'과 '예측할 수 없는 복수(複數)의 사형수들' 뿐이다. 처벌은 순식간에, 누구도 알지 못하는 사이에 행해진다. 이 현장에서 아들이 대면한 공포는 단지 친우가 죽었다는 사실에서 기인하지 않는다. 그것은 저들 중 누가 우리의 죽음을 관장하는 집행관인지 알 수 없다는 사실과 우리 중 누가 죽을 자인지 판별할 수 없다는 사실에서 발생한다. 이 예측불가능성은 곧 처벌받을 자와 구경꾼의 식별이 불가능한 사태에서 비롯되는 것이며, 그러한 까닭에 이것은 불안을 넘어서는, 어쩌면 공포라는 말로밖에는 설명될 수 없는 감정을 경험하게 만드는 것이라 할 수 있다. 공포의 진원은 죽어가고 있는 자와 구경꾼 사이의 급격히 좁혀진 거리, 이 설명 불가능한 거리의 소거에 있었다.

이제 구경꾼은 죽임을 당하는 자 앞에서 통쾌함과 측은함이 교묘하게 뒤섞인 복잡하고도 미묘한 심리상태를 충분히 누릴 수 없게 되었다. 왜냐하면 거리의 소거는 **구경꾼의 자리 역시 더 이상 안전하지 않다는 것**을 말해주고 있었기 때문이다. 그는 예측할 수 없는 순간에 처벌받을 자의 위치에 선 자신을 발견하게 될 것이며, 이러한 일은 불행히도

---

68 벤야민이 경찰의 강제력이 법보존적인 이유를 설명할 때 쓴 표현이다. 발터 벤야민, 최성만 역, 「폭력비판을 위하여」, 『발터 벤야민 선집5 – 역사의 개념에 대하여 외』, 길, 2009, 95쪽.

언제든 발생할 수 있다. 또한 이 발견의 순간은 생사의 경계에 위태롭게 처해 있는 자신을 알아차리는 순간이기도 하다. 절차와 의례가 생략된 처벌의 방식은 처벌받을 자에게도 구경꾼에게도 갑작스러운 것이었고, 그러하기에 그들은 나의 것, 혹은 나의 것일지도 모를 그 죽음에 대하여 충분히 의미화할 수 없었던 것이다. 이 세 번째 회술레는 원인 없는 결과이자 예측할 수 없는 결과였기에, 그것은 끝내 스스로를 설명할 말을 갖지 못했다. 청년에게 '광화문에서의 회술레'는 눈동자에 맺힌 붉은 선혈과 코끝을 스치는 피의 냄새, 이 원색적인 감각으로써만 남겨질 수 있는 사건이었다. **의미는 다만 죽음 이후에야 도착할 것이다.**

1966년의 시점에서 작가 안수길에게 이 사건은 아들의 헛헛함을 달래주기 위해 경제적 부담에도 불구하고 사주었던 양복바지에 비견된다. 비싼 값을 치르고 구입했던 양복바지는 어느덧 '꿰맨 자국투성이의 옷'이 되었다. 제 구실을 못할 정도로 닳아 버려 미싱으로 꿰매고 꿰맨 양복바지는 그날의 사건과 그것을 온몸의 감각을 통해 받아들였던 아들을 떠올리게 만드는 매개체였다. 그날의 의미는, 그 빛바랜 사건은, 사건에 대한 빛바랜 기억은, '꿰맨 양복'과도 같이 닳고 닳은 채로 간신히 남겨져 있었다. 우리는 작가가 서 있던 자리를, 무방비한 상태에서 맞닥뜨린 갑작스런 죽음으로 인해 그 죽음을 설명할 말을 즉각적으로 갖지 못했던 아들, 그 아들의 곁에 머물고 있던 아비의 자리에서 발견할 수 있다. 아들에게, 그리고 그의 아비에게 어떤 청년의 죽음은 '숭고한 희생'이라는 레토릭을 끝내 취할 수 없는 것, 심심한 감사와 경의로 대신할 수 없는 것이었고, 이 같은 '다른 기억'은 작가 안수길에게 4·19가 어떤 사건이었던가를 넌지시 암시해주고 있다. 혹은 그의 의도를 우리가 충분히 짐작하지 못하더라도, 이 작품은 분명 4·19를 의미화하는 주체가 아니라 4·19를 감각하는 주체를 통해 사건을 담아내던 당대의 지배적 프레임, 정부와 언론과 학생 자신이 의욕적으로 생산하던 '성스러운 혁명에 관한 이야기'에 미세한 균열을 가하고 있었다.

한편 「꿰매 입은 양복바지」가 갖는 의미는 아마도 이보다 몇 해 전에 먼저 집필된 「IRAQ에서 온 불온문서」(『문예춘추』 창간호, 1964)라는 작품을 통해 보다 구체화될 수 있을 것이다. 안수길은 이 작품을 통해 '불온성과 통치술'의 관계를 성찰하고 있어 주목된다. 여기서 한 가지 밝혀둘 것은 공교롭게도 이 소설에서 안수길이 표출한 바 있던 우려가 소설이 발표된 지 불과 일 년 만에 현실화된다는 사실이다. 이 소설이 집필되고 얼마 지나지 않아, 안수길은 자신이 등단시킨 바 있던 소설가 남정현이 「분지」로 인해 법정에 서게 되는 광경을 목도하게 된다. 위의 두 소설이 「분지」 사건을 전후로 하여 집필되었다는 점을 염두에 두면서 「IRAQ에서 온 불온문서」라는 "문제작"(이광훈)을 읽어보자.

> X대학의 철학 방면의 시간강사요, 소설을 쓰는 남진석(南眞石)씨는 뜻밖에도 김일성의 사진이 인쇄되어 있는 불온문서를 받았다.[69]

「IRAQ에서 온 불온문서」는 위와 같은 문장으로 시작된다. 이 소설은 서글픈 문학자의 초상을 통해 1960년대 당시 작가들에게 정치권력의 힘이 검열이라는 매트릭스를 통해 어떻게 작용하고 있었는지를 보여주는 작품이다. 이 작품의 주인공 남진석은 소설가로, 그는 어찌된

---

69 안수길, 「IRAQ에서 온 불온문서」, 앞의 책, 132쪽.

일인지 도무지 창작을 할 수 없는 상태에 빠져 있다. 그러던 그에게 어느 날 갑자기 "이북의 불온문서"가 배달되어왔다. 과연 이 문서는 어느 곳에서 발송되어 왔을까. 소포 겉면에는 발송인의 성명도 주소도 찍혀 있지 않았고, 다만 조그만 우표의 난외(欄外)에 'IRAQ'라는 연속된 넉 자만이 새겨져 있었다. 출처를 확인하고 주인공은 불현듯 1958년 군부 쿠데타로 입헌군주제를 타도한 후 공화국으로 새로 발족한 IRAQ를 떠올리며, 이곳의 '군사혁명'이 한국보다 3년 앞섰음을 상기한다. 그런가 하면 이내 사변 전에 자신이 겪었던 한 가지 일화를 떠올리기도 한다.

6·25를 십여 개월 앞둔 가을, 그는 K신문사에 재직 중이었다. 정국은 매우 어수선했으며, 그러한 시대를 확인이라도 시켜주듯 유인물 협박장은 횡행했다. 주인공의 집에도 "양심 가진 지식인으로 이승만 괴뢰 정권에 이바지해야 될 법이냐, 운운의 사연"이 적힌 유인물이 배달되어오곤 했다. 성북동에서는 밤에 불려나간 청년이 행방불명되었고, 낙산(駱山)엔 뒤통수를 흉기로 얻어맞은 지식인의 시체가 뒹굴던 시절이었다. 그리고 이들이 모두 사상 문제로 인하여 그와 같은 결과를 맞게 된 것이라는 흉흉한 소문이 사회를 휘젓고 있었다. 물정은 이와 같이 소연(騷然)하였고, 불길한 소문과 불안한 분위기는 사회의 숨을 틀어막았다. 더군다나 남진석 내외는 월남한 피난민이어서 서울에서의 생활에 아직 적응하지 못한 상황이었던 터라, 반(反)정권적 메시지를 담고 있던 유인물은 이들을 더욱 난처하게 만들었다. 남진석의 아내는 결국 불안을 견디지 못하여 유인물을 받은 지 얼마 되지 않아 거처를 옮겼고, 이사한 사실을 누구에게도 발설하지 말고 비밀에 부칠 것을, 그리하여 자신들의 소재 파악이 어렵도록 만들 것을 당부한다. 남진석

이 이 일을 떠올린 것은 그때처럼 현재에도 '불온문서'로 인해 곤혹스러운 처지에 내몰렸기 때문이다. 이 회상 장면은 현재의 상황을 적시하고 있지는 않지만, 어떤 기시감 속에 과거는 현재를 은연중 암시하고 있다.

> 그리고 그런 자신을 어디선가 감시하고 노리고 있다고도 생각이 들었던 것이다.
> 일종의 피해망상(被害妄想)이라고 할까?
> 피해망상이든 의외에도 그게 사실이든 남진석씨는 이때 그의 머리에 이런 상념이 떠올랐고 그것은 점점 확대돼 나갔다.[70]

이 소설에서 주목되는 것은 서술자가 어떤 관점으로 주인공의 상황을 응시하고 있는가 하는 점이다. 위의 예문을 통해 이야기하자면, 서술자는 "피해망상"과 "사실" 중 무엇이 '진짜'인가를 밝히는 일에 관심을 두고 있지 않다. 오히려 그가 주시하고 있던 것은 사건 당사자에게 있어 양자를 분간하는 일이 큰 의미를 갖지 못한다는 사실, 다시 말해 주인공이 몰두하고 있던 것이 다름 아닌 자기의 지난 삶을 끊임없이 되짚고 솎아내며 자기 안의 '불온성'을 검열하는 일이었다는 사실이다. 주인공은 "까마득히 잊었던 기억 속"까지 헤집으며, "잡문 부스러기는 물론"이고 "교수실에서 함부로 동료들과 지껄였던 기탄없는 이야기"까지도 게워내며 '자기가 언제 불온한 말을 했던가' 되물었다. 그가 자기 증명의 문제를 이토록 과민하게 의식하였던 것은 '불온문서' 때문이기

---

70 위의 글, 140~141쪽.

도 했지만, **월남자**라는 출신성분 때문이기도 했다. '월남자'라는 표식은 스스로에게 더 가혹한 검열관이 되어야 하는, 이로써 자기의 신원을 끊임없이 증명해야 하는 이유가 되었던 것이다.

　이러한 맥락에서 볼 때 이 소설은 앞서 살펴본 「서장」과 상통하는 면이 있다. 우선 주인공들이 살고 있는 시대적 배경이 유사한데, 「서장」은 쿠데타 발생 직후를, 「IRAQ에서 온 불온문서」는 그로부터 일 년이 지난 1962년을 배경으로 삼고 있다. 또한 이들 작품에 등장하는 주인공들이 검열의 주체이자 객체가 되는 이중의 경험을 하게 된다는 점도 눈여겨볼 필요가 있다. 「서장」의 주인공 역시 남진석처럼 정리해고를 앞둔 시점에서 "꺼림칙한" 것들을 찾기 위해 샅샅이 자기의 지난 삶을 조사한 바 있었다. 이들 주인공은 역설적이게도 스스로 자기고문을 수행하는 검열관의 역할을 맡았던 것이다. 푸코의 말을 차용하자면, 그들은 권력을 자동화하고 탈개인화함으로써 '**감시당하지 않는데도 감시된다**'는 원리를 산출해내는 규율 메커니즘에 길들여진 존재가 되었다. 자기 속에 권력관계를 각인하며 그 속에서 동시에 이중의 역할을 맡는 것, 즉 '자기 자신의 복종화(assujettissement)의 원리'를 체화하게 된 개체가 되는 것이다.[71] 이는 곧 가해자이자 피해자가 된다는 말이기도 하다. 이들에게 '상상의 검열관'이라는 초자아는 자신에 대한 모든 것을 "다 알고" 있는 듯한, 마치 "뱃속까지 꿰뚫어보고" 있는 것만 같은 존재이다(「서장」, 179쪽). 언급한 바 있듯이, 여기서 문제는 알고 있느냐 아니냐, 꿰뚫어보고 있느냐 그렇지 않느냐 하는 데 있지 않다. 그것은 주체에게 "피해망상"과 "사실"의 경계가 허물어진 상태에서 자기에 맞서 자

71　미셸 푸코, 오생근 역, 『감시와 처벌』, 나남출판, 2005, 309~314쪽.

신의 불온성을 스스로 찾고 발견하고 때로 발명하는 일, 그러한 가운데 자신을 불안의 늪에 빠트리는 일 자체에 있다.[72] 김수영이 '에비'라고도 부른 바 있는 '상상의 검열관'을 가정하면서 '자기 고문'을 행하는 검열관에게, '상상의 검열관'의 실체성 / 비실체성은 중요하지 않다. 그리고 이것을 중요하지 않게 만든 것이 바로 권력의 실정적 힘, 즉 김수영의 표현을 빌리자면 "가장 명확한 금제의 힘"이다.

검열의 힘을 근거리에서 체감하며 그 자장으로부터 자유롭지 못했던 안수길이 느꼈던 '불온한 것에 대한 감각'은 어떠한 것이었을까. 1960년대에 집필된 안수길의 소설에서 감지되는 '미열'을 독자가 보다 명징하게 느끼기 위해서는 작가의 생애나 이력의 특이성을 고려하지 않을 수 없다. 안수길의 소설에서 공통적으로 발견되는 특징 중 하나는 그의 실제 경험이 작품에 고르게 녹아들어 있다는 사실이다. 그중에서도 60년대 단편들에는 유독 작가의 경험과 생애가 더 깊게 배어있다. 김영화는 안수길의 소설, 특히 60년대 단편에서 "작가와 작중인물과의 거리(distance)가 너무 가깝다"[73]고 지적한 바 있는데, 이것은 작법상의 문제라기보다는 자전적 색채로 인해 발생한 문제라 할 수 있다.[74]

이 자전적 색채에 대한 논의를 검열이라는 문제에 한정하여 이어가보자. 안수길에게 검열은 처녀작을 발표하던 무렵부터 예민하게 의식되던 문제였다. 『조선문단』은 두 번 휴간했다가 두 번 속간되었는데,

---

72 안수길, 「IRAQ에서 온 불온문서」, 앞의 책, 140쪽.
73 김영화, 앞의 글, 322쪽.
74 실제로 1960년대 단편에 등장하는 주인공의 이력은 대부분 작가의 그것과 일치한다. 이로 인해 각각의 소설들은 연작처럼 읽히기도 하고, 때로 반복되는 이력의 일치로 인해 캐릭터 설정의 신선함이 감퇴되기도 한다.

두 번째 속간된 1935년에 속간기념으로 작품을 모집한다. 안수길은 이때 단편 「적십자병원장」과 콩트 「붉은 목도리」를 응모하였고 양자가 모두 1등에 당선되어 정식으로 문단 활동을 시작하게 된다. 문제는 "독립군의 적십자병원장이었던 주인공이 일영경(日領警)의 눈을 속이기 위해 거짓미치광이 노릇을 하고 지내다가 그곳을 습격해온 공산유격대의 손에 납치되어 간다는 줄거리"의 단편, 이 처녀작이자 당선작인 작품이 '불온하다'는 이유로 "검열불통과" 처리되어 "활자화되지 못"했다는 것이다.[75] "처녀작 무렵을 회고할 때마다 나는 항시 우울한 심정이 된다"[76]거나, "빛을 보지 못한 처녀작으로 문단생활의 출발점을 삼지 않아서는 안 되었던 나는 시발에서부터 문단의 행운아는 되지 못한 셈이다"[77]라고 토로했던 것은 이 때문이다.

그런가 하면 안수길에게 당국의 관여가 한층 심각한 문제로 인식된 계기는 1965년 남정현의 「분지」 사건을 통해 마련된다. 앞서 살펴보았듯이 1965년 『현대문학』 3월호 지면을 통해 발표되었다가 같은 해 5월 북한의 노동당 기관지 『조국통일』에 전재되어 당국의 조사를 받게 된 「분지」는 문학 분야에 반공법이 적용된 첫 사례였다. 당시 남정현이 법정에 서게 되자, 자신의 추천으로 등단한 문단 후배 겸 제자인 그를 구명하기 위해 안수길은 '특별변호인'을 자처하였다. 1967년 5월 24일 오전에 열린 공판에서 안수길은 '법정최고형인 징역 7년, 자격정지 7년 구형'의 부당성을 피력하기 위해 긴 변론을 펼치는데, 그 요지는 다음

---

75 안수길, 「(나의 처녀작을 말한다) 만주시절을 회상하며」, 『세대』, 1965.9, 218쪽.
76 위의 글.
77 위의 글, 220쪽.

과 같다. 남정현이 처벌된다면 첫째, 한국의 민주주의가 의심받게 될
것이고 이는 북한 측에 더 없이 좋은 선전 자료가 될 것이다. 둘째, 이
처벌은 일제 때도 없던 일로, 이는 곧 '역사의 역행'을 초래하는 것이다
("일제 때도 없던 일이 해방 20여 년 후인 오늘날에 감행된다면 역사의 수레바퀴를
뒤로 돌리는 일이 아닐 수 없다"). 그는 "너무 가혹"하다는 항변과 함께 이
사건의 기소와 재판만으로도 당국이 의도한 효과를 충분히 얻을 수 있
을 것이라 주장했다. 왜냐하면 이미 사건이 발생했다는 사실만으로도
'작가의 창작의욕은 위축되기에 충분하며', '작가에게 창작의 한계를
생각할 기회'는 자동적으로 주어졌기 때문이라는 것이었다.[78]

언젠가 이철범은 「IRAQ에서 온 불온문서」에 대한 논평에서 "작가의
예민한 정치 감각"이 엿보이는 이 작품에서 "문제는 (…중략…) 불온문
서를 받았을 때 어째서 공포에 잠기며 그로 인해 생각됐던 대목의 묘
사를 할 수 없는가에 있다"고 지적한 바 있다.[79] 이 말을 우리는 이렇게
변형하여 다시 써볼 수 있을 것이다. '주인공 남진석은 어찌하여 정복
경관(검열관) 앞에서 "나가려던 말을 걸어잡"고 마는가.' 김윤식은 이 발
설 불가능성에 대해 다음과 같이 말한 적이 있다. "대한민국 법 테두리
에서 시민으로 살기 위한 권리이자 임무의 일종인 까닭이다."[80] 그러
면서 그는 소설 속 주인공과 달리 안수길은 이것을 메타적 층위에서
사열하는 가운데에서도 소설을 쓰는 일을 멈추지 않았다고 보았다. 즉

---

78 안수길은 남정현의 특별변호인을 맡았을 뿐 아니라, 칼럼을 통해 창작의 자유를 위축시키
는 당국의 처사를 직접적으로 비판하기도 했다. 안수길, 「'유죄'는 창작의욕 위축, 남정현 사
건의 판결을 보고」, 『동아일보』, 1967.7.1.
79 이철범, 「작단시감(하) 자유에의 인식」, 『동아일보』, 1964.4.16.
80 김윤식, 「'어떻게 쓰느냐'의 창작 방법」, 앞의 책, 249쪽.

"안수길은 창작이 시민적 권리와 의무보다도 한층 중요하고도 본질적인 것임을 암시해 놓고 있다. 작품을 쓴다는 것이 역사가 던져 오는 물음, 또는 돌팔매질을 온몸으로 감당하는 행위의 일종임을 주장함에 있어 이 작품만큼 섬세한 방식을 보인 것은 흔하지 않다"고 말이다.[81] 이러한 평은 눈여겨볼 만하다. 왜냐하면 (통치 권력의 언설대로) 시민의 임무 중 하나가 쓸 수 있는 것의 임계를 스스로에게 지속적으로 확인시키는 것이라 할 때, 안수길은 "불안과 공포"[82]를 예민하게 의식하면서도 쓰는 일을 중단하지 않음으로써 이러한 임무를 다른 차원에서 수행하고 있었기 때문이다.

"(그러나) 명랑해지지 않았다." 안수길의 논의를 시작했던 처음의 지점으로 다시 돌아가 보자. 1960년대에 그가 쓴 단편소설들에는 단 한 번도 '명랑한 주인공'이 등장한 적이 없다. 그러한 맥락에서 보자면, 서술자가 내뱉는 위의 진술은 명랑한 주인공을 그려내는 일에 끝내 동참할 수 없었던 작가가 자신을 향해 던지는 말처럼 들리기도 한다. 우리가 주목해야 할 것은 이때의 '명랑의 불가능성'이 단지 '명랑할 수 없음'만이 아니라 '명랑을 연출하는 것의 어려움'까지도 포함하고 있다는 사실이다. 이것은 자기 안에 내재해 있는, 사상도 이념도 아니지만 어떤 '감각'의 형태로 분명히 존재하는 '불온성'을 들여다보는 일, 그리하여 여느 사람들처럼 '명랑한 삶'을 기획할 수 없을 것만 같은 예감을 감당하는 일이라 할 수 있다. 그리고 이것은 1960년대 통치 권력의 불온성을 끊임없이 기술하려는 의지의 표현이기도 했다. '명랑의 불가능성'은

---

81 위의 글, 249~250쪽.
82 안수길, 「IRAQ에서 온 불온문서」, 앞의 책, 139쪽.

아마도 규율 메커니즘에 길들여진 자신을 다른 자기가 바라보는 순간
에서야 촉발될 것이다. '방관자(bystander)'로 보일 수도 '사열관(査閱官)'[83]
으로 보일 수도 있는 이 위치에서 불가능한 명랑을 인위의 힘으로 변
형하지 않고 가장(假裝)하지 않는 일, 그리하여 작품의 미열을 보존하
는 것, 안수길에게는 이것이 아마도 자신이 도달할 수 있는 '시민윤리'
의 최대치가 아니었을까.[84]

2) '만지지 말라', 오염된 / 되는 신체와 북한

1960년대 안수길의 소설과 산문에서 주목되는 또 하나의 특징은 분
단체제에 대한 깊이 있는 사유가 엿보인다는 점이다. 박정희 정권 하
에서 추진된 정부시책 가운데 안수길이 가장 예민하게 반응했던 것은
'통일' 관련 정책이었다.[85] 잘 알려져 있다시피, 그에게 '대한민국 국민'
이라는 자격은 원치 않게도 '두 개의 고향'을 등짐으로써 성취된 것이
었기에 만주나 북한의 소식, 아울러 정부의 통일정책은 초미의 관심사

---

83 최인훈은 안수길의 1968년 작 「기름」(『월간문학』)을 논의하는 자리에서, 안수길의 화자에
    '사열관(査閱官)'이라는 이름을 붙인 바 있다. '사실들을 관찰할 기회'를 제공하는 화자에게
    붙여진 이름이었다. 또한 "현실이란 혼돈 속에 석유난로라는 시점(視點)을 주어 그 현실의
    구조를 알게 하고" 있는데, 이때 "시점의 질이 극히 생활적인 것은 사실이지만, 그것이 작가
    에 의해 방법적으로 선택되고 계산된 허구임"을 염두에 두어야 한다고 지적하기도 했다(최
    인훈, 「작단시감―소도구 통한 소시민 검진」, 『동아일보』, 1968.12.21). 그런가 하면, 김수
    영은 안수길을 "우리 문단에서 가장 좋은 의미의 예술가다운 문학자의 한 사람"으로 꼽았다.
    김수영, 「안수길(安壽吉)」(1953), 『김수영 전집2―산문』, 민음사, 2003, 27쪽.
84 이 책에 있는 안수길론은 다음의 논문을 수정·보완한 것이다. 임유경, 「불가능한 명령, 그
    슬픔의 기원―1960년대 안수길론」, 『현대문학의 연구』 49권, 한국문학연구학회, 2013.
85 1960년대에 안수길이 지속적으로 의식하고 있던 절실한 문제는 '가난'과 '남북통일'이었다.

가 아닐 수 없었다. '월남'은 그간의 이주의 역사를 일단락 짓는 최종적 선택과도 같았다.[86]

물론 이러한 선택은 온전히 자발적인 것이었다고 할 수 없는데, 왜 냐하면 급속히 냉각되던 두 체제의 관계 / 사이에서 떠밀리듯 내린 결 정이기도 했기 때문이다. 실제로 당시 안수길이 "월남한지 이틀인가 지나서 제헌국회가 열렸고, 그 자리에서 이승만 박사가 초대 대통령으 로 선정되었"[87]다. 단독정부의 수립은 삼엄하나 월경의 가능성이 열려 있던 시대의 종식, 다시 말해 더 이상 38선의 횡단이 불가능해진 현실 을 말해주는 것이었다. 뿐만 아니라 60년대를 관통하는 동안 이 '경계' 는 "군사분계선"에서 "민족분계선"으로 변모해갔다.[88] 남과 북을 가르 는 경계는 '죽음의 경계'가 되어갔고, 이것은 곧 지척에 있는 '고향'이 목 숨을 걸고도 도착할 수 없는 장소가 되었음을 뜻했다. 그에게 월남에 의한 이향(離鄕)이 "뼈저리게" 가슴 아프고 "애절"한 선택이 되었던 것 은 이 때문이다.[89]

월남 이후로 한참 동안이나 그가 괴로워했던 까닭은 "'정든 이역(異 域)과 낯선 고국'이라는 역설, 혹은 고국에 돌아와 있으면서도 스스로 일종의 '전재민(戰災民)의식'에 사로잡힐 수밖에 없는 고통"[90] 때문이다. 식민지하의 조선에서 만주로, 다시 해방 전 이북의 고향으로(그곳이 차

---

86 안수길은 「망향기」, 「자유에로의 길」(『명아주 한 포기』, 문예창작사, 1977)과 같은 수필에 서 월남 당시의 상황을 술회한 바 있다. 그러가 하면, 이때의 일을 아내의 시선에서 써내려간 소설이 있기도 하다(안수길, 「불고기 냄새」, 『한국단편문학선집10-벼』, 정음사, 1972).
87 안수길, 「망향기」, 『명아주 한 포기』, 문예창작사, 1977, 91쪽.
88 「한국안보와 통일-통일방안의 평가와 문제의 제기」, 『동아일보』, 1970. 2. 10.
89 안수길, 「망향기」, 앞의 책, 89쪽.
90 한수영, 「내부망명자의 고독-안수길 후기소설에 나타난 '망명의식'의 문제를 중심으로」, 『한국문학논총』 61집, 한국문학회, 2012, 268쪽.

후에는 소련군이 진주하는 '북조선'이 되었고), 몇 년 후 38선을 넘어 서울로 이어지는 이주의 과정은 서로 다른 권력들과 만나는 과정, 즉 그들의 통치 방식을 경험하는 과정이기도 했다. 안수길은 한참의 시간이 흐른 뒤 이 경험들과 자기의 고통을 성찰적으로 되짚어보게 된다. 이러한 '자기 해방의 시간'은 한층 깊이 있는 문학의 창작을 가능하게 해주었다는 점에서 눈여겨볼 필요가 있다.[91] 한수영이 지적한 바 있듯이, 그가 안주와 익숙함이 주는 자기동일성과의 긴장을 늦추지 않으면서 낯섦과 어정쩡함을 그대로 살아내고자 한 것은 아마도 수차례의 이주를 통해 형성된 '망명자의 감각' 때문일 것이다. 그의 작품에서 발견되는 '외재성'과 '타자성'에 대한 사유는 자신의 삶과 자기가 속한 체제에 대한 의식적 거리두기를 가능하게 한 동력이 되었던 것이다.[92] 이러한 맥락에서 보건대 1960년대 소설들에서 일관적으로 발견되는 '명랑할 수 없음'에 대한 인식은 이전의 이주의 경험과 여기서 배태된 망명자의 감각이 낳은 소산이라 할 수 있을 것이다.

1950~60년대에 쓰인 단편소설들이 주목되는 이유는 '또 한 번의 이주'를 꿈꾸는 인물들이 등장한다는 점 때문이다. 이들은 '정주의 욕망'과 '이주의 욕망'을 동시에 갖고 있으며, 누구보다 치열하게 이 욕망들과 대면하려 하지만 끝내 어느 것도 온전히 선택하지는 못한다.[93] 이

---

[91] 김윤식은 「제3인간형」에 가닿는 도정이 '만주체험의 강렬성으로부터 해방된 결과'라는 점에서 '매우 예외적'이라고 지적한 바 있다. 또한 이른바 이 '해방'이 가능해진 이후 쓰인 만주체험 관련 소설들이 이전과 다른 격조와 깊이를 보여준다고 평가하기도 했다. 그가 지목하는 이에 해당하는 소설로는 「효수」(1965), 「꿰매 입은 양복바지」(1966) 등이 있다. 김윤식, 『안수길 연구』, 정음사, 1986, 140·279쪽.

[92] 한수영, 앞의 글, 285·291쪽.

[93] 한수영은 최근의 연구에서 '망명'을 둘러싼 안수길의 의지와 주저에 관해 주목한 바 있는데, 이는 안수길 연구, 특히 해방 이후 그의 작품을 논하는 데 중요한 관점을 제공한다. 해당 논

인물들은 실상 작가 자신이 오래도록 간직하고 있던 물음—'더 나은 삶은 어떻게 가능한가'—이 외재화된 결과라 할 수 있다. 그렇다면 그들은 왜 떠나지 못하는 것일까. 이 질문을 작가의 삶에 대입해 답해 보자면, 이주를 감행하지 못하는 이유는 안수길 스스로가 설정한 당위적 명제인 '애족(愛族)'과 결부되어 있다. 그간의 이주는 한반도와 그 인접 지역에 한해서 이루어진 것이었는데, 이를 달리 표현하자면 그는 한번도 '민족의 바깥'으로 나간 적은 없었다고 할 수 있다. 그런데 작품 「새」의 주인공이 시도하려던 이주와 「망명시인」(1976)에 등장하는 어느 동료 문학자나 '바이로이다'와 같은 인물이 시도한 이주는 남미나 미국과 같은 먼 곳으로의 떠남, 즉 민족국가를 넘어서려는 시도에 해당했다. 작가 스스로 **'망명'**이라 칭했던 이 새로운 차원의 이주는 그에게 그간의 이주들과는 질적으로 다른 선택처럼 보였던 것이다.

그렇지요. 조그만 나라 출신의 무명시인을 누가 알아주겠습니까? **그렇다고 문학을 버릴 생각은 없고** (…중략…) 정착지를 찾아 헤매는 것임에 틀림이 없습니다.[94]

해방 이후 서울로의 이주는 '더 나은 삶'을 위한 결단이었다. 그러나 안수길은 1950년대를 지나는 동안 어쩌면 '이 선택이 애초부터 실패할 수밖에 없는 것'이 아니었는가 되묻게 되었다. 이 경험은 '또 한 번의

문에서 그는 '떠나다 / 주저앉다'가 「갱생기」 이후 안수길의 '망명의식'을 성격화하는 원심력과 구심력의 상징적 기호가 되었음을 밝히는 한편, 이 술어 구조가 70년대 소설을 읽는 자리에서도 요청된다고 말한다. 위의 글, 293쪽.

94 안수길, 「망명시인」, 『창작과비평』 41호, 1976.9, 226쪽.

이주'를 꿈꾸면서도 그것을 끝내 실현 불가능한 일로 만드는 것, '더 나은 삶'을 예비하는 선택이란 허구에 불과함을 뼈아프게 인식하게 만드는 것이었다. 뿐만 아니라 '모국어'를 쓸 수 없는 이역으로의 이주는 그로 하여금 '과연 계속해서 소설을 쓸 수 있을 것인가' 하는 물음 앞에 서게 했다. 이 지점에서 「망명시인」에 등장하는 '바이로이다'라는 어느 망명 작가의 작품이 항상 '미달태'일 수밖에 없는 이유를 모국어가 아닌 언어로 글을 쓸 때 발생하는 한계로 설명하고자 했다는 점을 떠올려볼 수 있다. 안수길에게 다른 언어권으로의 이주는 '더 이상 창작자로 살아가는 일이 불가능할지 모른다'는 불안을 감당하지 않고서는 단행될 수 없는 것이었다. 특히나 그에게 '창작'은 곧 생계를 책임지는 일이기도 했다는 점을 고려하면 더욱 그러하다.

이러한 맥락에서 소설 「새」는 1960년대의 시점에서 안수길에게 이주와 창작과 생계, 그리고 자기 인식의 문제가 어떤 맥락에서 서로 연결되어 있었는지를 파악할 수 있게 해준다. 언젠가 최인훈은 이 작품에 대해 논평한 적이 있는데, 그는 여기서 소설 속 주인공으로부터 작가의 얼굴을 보았다고 이야기했다. 또한 최인훈은 이상과 현실 중 어느 편의 '독주를 허하지 않고 그것을 참아내면서 이겨가려는 것'이 '이 소설의 윤리'가 아닐까 생각한다고도 덧붙였다.[95] 이것이 만약 '윤리'라는 말로 풀이될 수 있는 것이라면, 이 윤리는 아마도 스스로 검열관이 되는 자신을 대상화할 때 발생하는 슬픔을 견디는 일을 통해 비로소 가능했을 것이다. 「새」의 주인공은 금전적 문제와 아내의 결사적인 반대로 인해 이주가 실패로 끝났다고 분노하며 선택의 원인을 외부로

---

95 최인훈, 앞의 글.

돌리고자 하지만, 그는 이 실패가 그럼에도 불구하고 단행을 시도하지는 않았던 자신의 어정쩡한 포즈에서 비롯된 것임을 또한 인식하고 있었다. 괴로움은 메타적인 자기 인식에서, 다시 말해 그러한 자기를 지워버리는 것이 아니라 견뎌내는 편을 택함으로써 그려지는 슬픈 자화상에서 비롯되는 것이었다. 소설 속 주인공이 내비치던 이주에 대한 욕망과 충족되지 못한 이 욕망으로 인해 빚어진 절망은 독자에게, 해방 후 서울로의 이주를 감행한 이후 줄곧 쓰고 지우고를 반복하며 내비치던 작가의 욕망과 절망을 환기시킨다. 안수길의 소설 속 주역들이 명랑할 수 없었던 이유, 그의 작품에 드리워진 슬픔의 기원은 아마도 이 지점 어디에선가 찾을 수 있을 것이다.

> 미각(味覺)에서나마 찾던 고향이 더욱 멀어지는 느낌이었다.[96]

이러한 논의의 연장선상에서 또 한 편의 소설 「동태찌개의 맛」(『신동아』, 1970.6)에 관심을 기울일 필요가 있다. 이 단편은 1960년대 말을 배경으로 하고 있으며, '납북어부사건'이라는 당대의 민감한 이슈를 통해 '고향−만주−북한−통일'이라는 여러 항들의 연계를 엿보고자 한 작품이다. 1967∼68년경 한국사회에서는 대여섯 명에서 많게는 수십 명에 가까운 어부들이 납북되었다가 수개월 후 귀환하게 된 사건이 연이어 발생한 바 있었다. 대부분 어로저지선 근방에서 조업을 하다가 '괴뢰선'에 붙잡혔던 것인데, 당시 납북되었다가 돌아온 어부들은 반드시 사상검증을 받아야 했다. 또한 이들은 북한의 실정을 직접 관찰한 목

---

96 안수길, 「동태찌개의 맛」, 『신동아』, 1970.6, 453쪽.

격자가 되어 일정 부분 진술의 의무를 짊어져야 했다. 부정적인 방식으로(만) 북한에서의 체험을 이야기해야 했고, 그에 따라 이들의 발화 속 북한은 한결같이 "감옥"이거나 "지옥의 땅"이 되곤 했다.[97] 문제는 이 귀환한 자들에 대한 사상검증이 이 정도의 선에서 끝나지 않았다는 데 있다. '납북자'는 '간첩 혐의'로부터 자유로울 수 없었다. '납북'되었다가 귀환했다면 반드시 이 사실을 수사기관에 신고해야 했으며, "세뇌공작을 받은 후 북괴의 지령을 받고 귀환"한 것은 아닌지, "위장자수"는 아닌지 검증받아야 했다.[98] 이를 어길 시에는 간첩죄와 반공법(제6조 제4항)이 적용되었다. 이 시기에 당국은 심지어 '사형 구형'도 불사하겠다는 의지까지 표명했다. 더불어 납북어부의 가족 및 친지의 불고지 여부에 대해서도 철저히 수사하겠다고 밝힌 바 있었다. 당국은 특정한 이유, 즉 무장공비들이 납북어부들로부터 얻은 국내정보로 침투했다는 점을 근거로 삼아 이러한 처사가 강압적인 것이 아니라 개연성 있는 수사 및 처벌이라 주장하였다.

「동태찌개의 맛」은 이러한 정황 속에서 발표되었다. 김병걸은 "그동안 정치와 이데올로기의 상충 속에서도, 빙결된 단절 속에서도 문학만은 민족의 애절한 염원을 달래고자 통일에의 촉수를 뻗쳐보았다"며 그 대표적인 예로 안수길의 이 소설을 꼽은 적이 있다.[99] 여기서 논의할 것은 김병걸이 지적하고 있는 "통일의 갈구"가 해당 작품에서 어떠한 방식으로 구현되고 있는가 하는 것이다. 작품에 등장하는 주인공 강신

---

97 「여름옷 그대로」, 『경향신문』, 1967.9.26.
98 「세뇌당한 귀환어부 신고 않을 때 간첩죄 등 적용 엄벌토록」, 『경향신문』, 1968.12.24.
99 김병걸, 「끊어진 혈족(血族)의 목소리」, 『경향신문』, 1971.8.26.

호는 열다섯 살 때 이북의 동해안의 소도시, 겨울이면 명태가 많이 잡히는 고장이었던 고향을 떠나 가족과 함께 월남했다. 그리고 월남자인 주인공과 칠순의 그의 어머니는 "뼛속까지 스며"들어 있는 "고향 생선에 대한 미각"을 간직한 채 살아가고 있었다. 여기서 주목되는 것은 이 소설에서 '미각'이 단지 맛과 풍미를 이야기하기 위해 불러들여지는 것은 아니라는 점이다. 그것은 "향수(鄕愁)와 더불어 끈덕진 것", "당장 갈 수 없는 고향이고 보니 더욱" 말초적으로 감각되는 것이라 할 수 있다.

납북어부문제와 그로 인한 사상검증 사태의 연발, 아울러 어로저지선의 남하[100]와 같은 당국의 조치들은 주인공과 그의 어머니에게 **"미각(味覺)에서나마 찾던 고향이 더욱 멀어지는 느낌"**을 갖게 했다. 이 소설에서 가장 서글픈 음조를 갖는 지점은 소설의 말미에 있는, "고향을 혀끝으로 찾아가는 것"조차 불가능해질지 모르겠다는 예감이 기입되는 대목이다. 이것은 곧 1960년대 말의 시점에서 안수길에게 '고향'과 '만주'와 '북한'과 '통일'이라는 연속화된 계열체의 깨어짐, 즉 더 이상 부푼 기대 속에 이들이 공존할 수 없게 되었음을 깨닫는 순간이기도 했다.

월남 작가인 안수길에게 고향은 **"혀끝에 배어 있"**[101]는 것이면서, 또한 누군가의 목소리에 묻어 있는 이북의 억양을 통해서도 순간순간 감지되는 것이었다. 안수길이 1970년대 초에 썼던 한 편의 글은 그가 이때까지도 가슴 깊이 고향을 그리워하고 있었음을 짐작하게 한다. 1971년 북한의 한필화 선수는 대회 참가차 일본에 체류하고 있었는데, 이

---

100 납북어부 사건에 '북괴'의 해상침투를 막아야 한다는 명분이 더해져 어로한계선 남하조치가 취해지기도 했다. 「조기 '풍어(豊漁)' 간 데 없는 '황금어장'」, 『매일경제』, 1969.5.29.
101 안수길, 「동태찌개의 맛」, 앞의 책, 444쪽.

때 아사히신문의 주선으로 6·25전쟁 중 월남한 오빠 한필성과 통화할 수 있는 기회를 얻게 된다. 당시 이들의 통화내용은 녹음되어 동아방송을 통해 남한에서도 방송되었다. 안수길은 이때 느꼈던 소회를 「목소리와 사투리」(『동아일보』, 1971.2.22)라는 글에서 털어놓았다. 이 글에서 그는 한필화·한필성 남매의 눈물겨운 전화상의 상봉을 마주하면서 '울지 않을 수 없었'으며, '마음 속 밑바닥에 앙금처럼 가라앉아 있던 슬픔이 휘저어져 걷잡을 수 없어지는 감정'에 휩싸였다고 적었다. 더하여 '눈물 속에 방송을 들으며' '어서 통일이 돼야겠다'는 말을 연신 '뼈저리게 되뇌었다'고 술회하기도 했다.

안수길의 감정을 복받치게 한 것은 울음 섞인 남매의 목소리였지만, 그로 하여금 깊은 슬픔에 젖어들게 한 것은 방송을 타고 흐르던 '이북의 사투리'였다. 방송을 타고 넘어와 자기의 방에 퍼지던 이북의 사투리는 순간적으로나마 고향에 있는 듯한 착각을 불러일으키게 했다. 혀끝의 미각이 그러하듯이 이 사투리가 정겹고 애틋한 것이었던 까닭은 이 때문이다. 1970년대에 들어서 안수길은 어쩌면 경계를 넘어 북한에 있는 고향을 방문하는 일이 끝내 실현될 수 없는 꿈으로 남을지 모르겠다는 예감을 이전보다 더 분명하게 갖게 되었다. 이 시기 그의 글들에는 북한의 멀어짐, 가장 가까운 곳에 있는 장소가 가장 먼 곳이 되어가고 있다는 이 예감이 충분히 언어화되지 못한 감정들과 함께 녹아들어 있었다.

당신 노이로제증세 어지간히 진행되고 있는 것 같소.[102]

---

[102] 위의 글, 452쪽.

한편 안수길은 이 소설을 통해 어선 납북사건과 관련한 당국의 감시가 비단 당사자들에게만 한정되지 않고 주변인들의 삶에까지 미치고 있었다는 사실에 주목했다. 주인공의 동료로 등장하는 김수만이라는 인물은 어느 날 갑자기 수시기관의 소환장을 받게 된다. 이 한 통의 통지서는 김수만에게만이 아니라 주인공에게도 일정한 영향을 미치는데, 앞서 살펴본 소설들이 그러했듯이 이 소설의 인물들은 자기의 불온성을 샅샅이 검증하며 '자기 자신의 복종화의 원리'를 내면화하게 된다. 발동선 기관장을 하던 친척이 납북되었다가 돌아왔기에 그의 신원보증인 역할을 해달라고 불려간 것임을 김수만은 출두한 이후에 알게 되지만, '노이로제 증세'가 의심될 정도로 그는 계속해서 신경과민상태에 빠져 있게 된다. 아마도 안수길이 이 소설을 통해 보다 선명하게 무언가를 그려내고자 했다면, 그것은 바로 이 지점에서 찾아볼 수 있을 것이다. 즉 작가는 죄를 짓지 않았음에도, 심지어는 자신이 결부되지 않은 사건을 지켜보는 일만으로도 누구나가 스스로 사상검증을 수행하는 검열자가 될 수 있다는 사실에 주목했다. 죄 없는 이들의 노이로제가 말해지는 순간은 곧 **불고지죄**를 통해 작동하는 권력의 힘을 맞닥뜨리는 순간이기도 했던 것이다.

「IRAQ에서 온 불온문서」와 위의 소설 「동태찌개의 맛」에는 1960년대에 북한이 어떻게 '먼 나라'가 되어가고 있었는지를 예민한 눈으로 관찰하고 있던 작가의 표정이 드러나 있다. 말하자면, **북한이 멀어져간다는 실감**은 이북에서 먹던 동태찌개의 맛을 더 이상 느낄 수 없을 것이라는 말초적인 감각을 통해, 아울러 '불온성'에 대한 예감들을 훈련함으로써 배태되는 특정한 인식(불온문서는 읽어서는 안 된다)을 통해 획득되고 있었다. 소설이 말해주듯 '김일성의 사진'과 '조선 공산당 관련 문서'는 듣지도 보지도 말아야 할 '불온문서'에 해당했다.[103] 특히나 북한을 상징하는 뜨거운 기표인 '김일성'은 입에 담을 수조차 없는 말이었다. 그것은 감각해서는 안 되는, 동시에 (점차적으로는) 감각할 수 없는 '불가촉(Untouchable) 대상'이었던 것이다. 그리하여 소설 속 인물들에게 "이북의 불온문서"는 "섬뜻"함과 함께 "후둘후둘" 떨리는 어떤 공포감을 갖게 하였을 뿐 아니라, 그들로 하여금 없는 죄도 계속해서 찾아내고 게워내도록 만들었다. 그들은 마치 감시자의 시선을 미메시스하듯 자기의 내면을 들여다보았다.

안수길은 어느 날 느닷없이 배달되어온 "불온문서"를 받아든 주인공의 심정을 마치 "흉괘(凶卦)를 뽑은 것" 같은 기분이라는 말로 표현했다.[104] '흉괘를 뽑는 일'에 비유된 까닭은 아마도 '불온의 덫'에 걸리는 일이 '의도와 무관하게, 불시에, 나에게도' 닥칠 수 있는 것임을 말하기 위함일 것이다. 또한 더 중요하게는 그러한 일이 실현되고 있는 자기의 시대에 대해 이야기하기 위해서일 것이다. 그가 보기에 "불온문서를 조작해 모함"하는 "엽기적인 사건"이 발생하는 한국사회는 **기형적**일 뿐 아니라, 모든 이들을 '잠재적 불온분자'로 간주한다는 점에서, 그리하여 언제든 "피해망상"에 빠질 수 있게 만든다는 점에서 **병리적**이기도 했다. 그의 소설에서 '불온성'과 '정신병'이 만나던 지점은 바로 여기에

---

103 "둘째 권 책갈피에서 김일성의 사진이 첫머리에 크게 찍혀 있는 인도지(印度紙)의 리프렛이 발견되었기 때문이었다. 역시 4·6배판 크기나 2절로 접어서 20페이지는 되는 것이었다. 조선 공산당 몇 차 대회인가의 연설 전문과 결정서인 듯, 6P 활자로 여백이라고는 통 남기지 않은 체재였다." 안수길, 「IRAQ에서 온 불온문서」, 앞의 책, 135쪽.
104 '불온'이라는 말과 의미가 상통하여 호환이 가능한 단어 중 하나가 '흉(凶)'이다. 이러한 용례는 조선시대 관제문헌에서도 발견된다.

있다.

그런가 하면 작가는 그러한 사회의 지속을 가능하게 하는 주체가 다름 아닌 통치 권력이었음에 주목했다. '불온하다'는 말을 통치 장치로 운용하는 권력에 의해 '누구나'가 '불온분자'가 되어 처벌받을 잠재성을 갖게 되었고, 이것은 또한 '누구나'가 '자기 자신의 검열자'가 되도록 만들었다. "불온문설 고스라니 신고하고도 심문"받는 사회에서 국민들은 더 예민하고 민첩한 감각을 가져야만 했던 것이다.[105] "혁명정부의 정책을 모두 옳다고 생각"해야만 하는, 그리하여 '체제 비판적 태도'는 항시 '용공성'의 증거로 구성될 수 있는 사회에서 비판은 용납되지 않았다. 그러한 시대를 살아가던 안수길에게 아마도 저항은 **"은연중"**에 **"짧은 문장"**을 통해 **"조그만 행동"**으로밖에는 실행될 수 없는 것이었는지 모른다. 그리고 그러한 저항을 통해 권력과 적대할 수밖에 없는 자신을 바라보며, 그는 "지극히 무기력하고" "우스꽝스러운 일"이라 자조했다.[106]

받자부터 섬뜩했던 정치적인 과격한 선전문을 집에 간직하고 싶을 까닭이 없었다. 창작에 참고 될 재료도 될성부르지 않았다. 설사 그렇다손 치더라도, 정보기관원도 아닌 씨의 서재에서 후에 그런 것이 발견된다면 무어라고 변명할 것인

---

[105] 안수길, 「IRAQ에서 온 불온문서」, 앞의 책, 143쪽.
[106] 안수길은 한 소설에서 군사정권에 "비판적인 태도"를 가지고 있던 주인공에 관하여 적기 위해 한참을 머무른 적이 있다. 그런데 이 대목들은 마치 작가가 자기 자신을 향해 읊조리는 말처럼 들리기도 한다. 특히 괄호 처리한 대목이 그러하다. "그런 태도를 앞장서서 외칠 계제는 못되었으나, 은연중, 가령 짧은 문장이나, 그 밖의 조그만 행동에서 드러내고 있었다고 자신하고 있었다. (객관적으로는 지극히 무기력하고 하찰 것 없는 존재로 보였고 인정받으면서 스스로 이처럼 생각하는 건 우스꽝스러운 일이 아닐 수 없다.)" 위의 글, 140쪽.

가? (…중략…) 남진석씨는 서글픔이 스며드는 걸 어쩔 수 없었다. 당당히 제 주소와 이름으로 온 통신물(通信物)에 가슴이 떨리고, 불안하고 …… 그것보다는 그걸, 고스라니 관헌(官憲)에 보고하지 않아서는 국민의 도리가 아니고 그것보다 마음이 놓이지 않는 이 현실에 대한 서글픔이었다. 마치 개인의 비밀이 그대로 유린당하는 것 같은 슬픔.[107]

1960년대 한국사회에서 '불온문서'는 작성해서도 안 되지만, 읽거나 소유해서도 안 되는 것이었다. 앞서 살펴본 『청맥』 사건과 「분지」 사건이 말해주듯, 당국은 경계를 넘나드는 것들 — 그것은 문서이기도 하고 자본이기도 하며 사람이기도 하다 — 에 대한 엄격한 검역을 실시하고 있었다. 그중에서도 평양과 오사카와 서울을 오가는 불온문서들은 '외재와 내재의 착종'을 낳고 '우리의 문화경험'을 오염시킨다는 점에서 예의주시 되었다. 때문에 위의 소설에서처럼 불온문서는 "창작에 참고 될 재료"로서도 쓰일 수 없었다. 보관의 이유나 동기는 어떤 의미도 가질 수 없었으며, 중요한 것은 오직 '갖고 있다'는 사실 자체였다.

1960년대는 식민 경험의 지속과 넓게는 보편적 층위의 냉전과 50년대의 한국전쟁의 경험이 공존하는 가운데 정치적 · 문화적 차원에서 '터부'의 내용이 조정되고 있던 시대였다. '자유 민주주의'의 수용은 애초에 사회주의권 국가들과 그들의 생산물 일체에 대한 적대를 전제로 한 것이었고, 한국전쟁은 이 적대가 **북한이라는 소실점** 없이 지탱될 수 없게 만들었다. 이에 따라 식민지, 냉전, 한국전쟁의 경험의 부정성이 낳은 인식적 반향들은 60년대의 '사상지리(ideological geography)'[108]가

---

107 위의 글, 140쪽.

재편되는 데 깊이 관여하게 된다. 또한 식민지, 분단, 냉전에 대한 문화적이거나 신체적인 경험들을 통해, 외재적인 것에 대한 강력한 통제가 이루어지는 것은 물론, 애초에 내재의 차원을 구성하던 것들조차도 외재적인 것으로 전화될 운명에 처해졌다.

　군부정권은 휴전상태의 영토를 정치적·군사적 차원에서 보존하는 일과 더불어, 장소를 갖지 않고도 형성되는 영역들, 이를테면 가독성과 가청성의 영역을 관리하는 일까지도 자기의 과업으로 삼았다. 이 비가시적 영역들에 대한 관리는 곧 봉쇄 불가능한 것들, 경계를 교란시키는 것들, 통제의 힘이 미치지 못하거나 혹은 힘의 가용성을 통해서는 방지할 수 없는 누수들에 대한 관리이기도 했다. 이것은 남정현의 표현을 빌리자면, "우리들의 심령에 기생하는 일체의 불온한 사상"이 출입하고 번식하는 "창", 이 접촉면들을 "철폐"하려는 부단한 시도라 할 수 있을 것이다. 그러나 남정현이 또한 지적한 바 있듯이 그것은 어쩌면 '외재적인 것'이 아닐지 모를 일이었다.[109]

　"비행기만 타면 남의 나라 어디든지 갈 수 있는 세상이지만 걸어서도 얼마 안 되는 제 땅 북녘에는 한 발도 들여놓지 못하는 엄청난 슬픔"[110]을 공유한 채 한 육체에 기거하고 있던 두 체제는 매우 가깝게 살을 부딪고 있었지만, 또한 목숨을 걸고도 넘을 수 없는 경계 너머에 있었다는 점에서 세계의 그 어떤 나라보다도 먼 곳에 위치해 있었다.[111]

108　이혜령, 「사상지리(ideological geography)의 형성으로서의 냉전과 검열―해방기 염상섭의 이동과 문학을 중심으로」, 『상허학보』 34집, 상허학회, 2012, 139쪽.
109　남정현은 「자수민(自首民)」(『사상계』 109호, 1962.7)에서 그 특유의 풍자성을 통해 반공주택영단이라는 가상의 공간에서 생산되던 '열렬한 애국정신'과 '국가 번영'이라는 공동체의 이념이 갖는 허구성("허상(虛像)")을 드러냈다.
110　「진취적인 통일방안연구」, 『경향신문』, 1969.12.6.

1960년대 여러 필화사건과 공안사건을 통해 생성되고 유포되었던 "북괴의 이데올로기나 프로파간다가 **남한의 지식인과 대중에게 오염될 염려가 있**"[112]다는 만성적 위기위식은 '북한에 관한 모든 것들'을 '불온한 것'으로 만들어버렸다. 일부의 학문적 차원에서의 접근과 대중매체를 통해 확산되는 승인된 문법에 기초한 북한 이야기를 제외하고는 누구도 '**북한에 대한 앎**'을 생성할 수 있는 권한을 갖지 못했다. 북한에 관한 자료, 정보, 지식의 독점권을 소유할 수 있는 유일한 주체는 오직 통치권력뿐이었으며, 북한에 관계된 '날 것인 자료'들은 모두 '불온문서'가 되어 철저히 통제받았다. 북한은 불과 얼마 전까지만 해도 나와 이웃의 장소였지만, 한국전쟁을 거치며, 아울러 1960년대에 본격적으로 '공안의 시대'에 접어듦에 따라 허가 받은 가공된 이야기와 상상의 힘을 통해서만 다가갈 수 있는 미지의 땅이 되어갔던 것이다.

여기서 다시 "'불온문서"와 "붉은 소음"[113]은 왜 위험한가'에 대하여 생각해 볼 수 있다. 이것이 문제적인 이유는 가독성(독서공동체)과 가청성(청음공동체)의 영역을 불안정하게 만들기 때문에, 그리하여 예측할 수 없는 '오염'을 낳기 때문이다. 예컨대 『청맥』은 경계를 넘어 북한사회에 흘러들어가 지도층 인사들에게 읽혔고, 김수영은 자기의 방에서

---

111 이 '가깝고' '먼' 아이러니컬한 긴장관계를 유지할 수 있게 한 힘의 동력들을 살피려면, 60년대에 행해진 대중적 지식의 생산·유통과 학술적 지식의 생산·유통, 양자의 긴장관계를 함께 검토해야 한다. 그간 대중적 지식에 대한 관심은 '반공'이라는 틀 안에서 꾸준히 촉발되었지만, 후자에 대한 관심은 상대적으로 척박했다. 이에 관해서는 차후 지면을 달리하여 논의할 예정이다.

112 「반공 23년의 허실」, 『경향신문』, 1968. 2. 7.

113 '붉은 소음'은 1964년도에 『경향신문』에서 사용한 표현으로, 전파월경, 월남하는 북한방송을 지칭하는 말이다. 임태훈, 「국가의 사운드스케이프와 붉은 소음의 상상력 ─ 1960년대 소리의 문화사 연구를 위하여(1)」, 『대중서사연구』 25호, 대중서사학회, 2011, 295쪽.

"너무나 또렷한 입체음(立體音)을 통해서 들어오는 이북방송(以北放送)", 이 "불온방송(不穩放送)"을 듣고 있었다.(김수영, 「라디오界」, 1967) 다이얼을 돌리면 철책 밖의 소리가 전파를 타고 생활권역 안으로 들어와 이북의 말과 음악과 그밖에 잡음들이 남한의 개인들의 장소들을 언제든 물들일 수 있었다. 문제는 라디오 기계는 작은 물리적 공간을 차지하지만, 이것이 발산해내는 심상적 공간은 제한적이지 않다는 데 있다. 청취자는 간단한 전기적 조작을 통해 청음공동체의 바운더리를 언제든지 넘나들 수 있었고, 이 작은 기계 공간 속에서 문화가 뒤섞이는 '**접촉지대(contact zone)**'가 형성되었다.

그런데 사실 이 글과 소리에 다가감은 많은 경우 별다른 의도나 체제 전복적 힘을 동반하고 있지 않았다. 오히려 그것은 매우 사소한 이유 때문에, 혹은 지극히 우연적인 계기를 통해 이루어졌다. 그럼에도 통치 권력은 이러한 사소함과 우연성마저도 통제의 범위 안에서 관리하고자 하였는데, 그러한 까닭은 습관적 접촉에 의해 북한이 '외재화'되지 않고 여전히 '내재화'된 채로 남겨질 것을 우려했기 때문이다. 그것은 결코 '자연스러운 소음'처럼 남겨질 수 없었다. '미각'의 문제를 다룬 안수길의 소설이 말해주는 바가 있다면, 그것은 한국인들 가운데 상당수가 여전히 **오염된 혀**를 가지고 있다는 사실일 것이다. 정치적이고 군사적인 차원에서 남과 북은 분명 철저히 차단되어 있었지만, 이러한 물리적 경계가 반드시 문화적 차원의 경계까지, 심상공간의 관리까지 보장해주는 것은 아니었다. 당국이 우려했던 것은 이러한 **보이지 않는 영역들**이었다. 이 영역에 관계된다고 간주되는 많은 것들, 이를테면 '불온문서'와 '붉은 소음'은 눈으로도 귀로도 손으로도 '만지지 말아야 했다. 이 말은 곧 '불온한 것들'이 **불가촉성**[114]의 차원과 관계되는 것이었음을 지시한다. 불온한 것들을 상상하는 방식은 항시 '오염'의 논리에 의해 떠받쳐지고 있었으며, 그것은 또한 '만짐'의 차원, 즉 '감각'의 차원에 관계되어 있었다. 불온한 것들은 '만져서는 안 되는 것'이자 '만질 수 없는 것'이라는 이중의 의미 속에 터부시 되었던 것이다.

　'터부'는 부정(不淨)에 대한 감각의 학습을 통해 청정(淸淨)에 대한 환상을 형성하고 조정한다. 그러한 맥락에서 '감염'은 부정한 것과의 접촉으로 인해 발생하는 청정 상태의 파괴이고, 때문에 필연적으로 정화를 필요로 한다. 또한 터부에 대한 인식은 **위반**에 대한 대가에서 비롯되는 공포를 통해 부정적인 방식으로 형성된다. 필화사건의 정치적·문화적 기능을 이야기해볼 수 있다면, 그것은 아마도 이 지점에서가 아닐까 한다. 냉전의 문화사적 의미를 탐구하며 수잔 벅 모스가 이야기한 바 있듯이, 여기서 '경계'는 군사적인 의미에서만이 아니라 절대적인 적이 쥐고 있는 '상상의 지각으로부터 오염되는 것'을 방지한다는 개념적인 의미에서도 '방어적'이라 할 수 있다. 즉 '냉전'이라는 이름은

---

114 '불가촉천민'은 '간첩이나 비전향장기수', 나아가 '북한'을 설명하기 위해, 더 정확히 말하면 50년대 이후 남한사회에서 '북한의 멀어져감'을 어떻게 설명할 수 있을 것인가 하는 문제를 풀어나가는 데 있어 영감을 준 개념이다. 잘 알려져 있다시피, 불가촉천민은 인도의 신분계급의 하나이다. 이들은 카스트 제도 안에 포섭되지 않는 '바깥의 존재'로, '아웃 카스트'라 불리기도 한다. 차별이 극심했던 19세기만 해도 이들은 접촉해서는 안 될 존재, 심지어는 그림자조차도 닿아서는 안 될 존재로 여겨졌다. 일부 남부지방에서는 그들을 보기만 해도 오염된다는 설이 있어 불가촉천민은 밤에만 활동이 허용되기도 했다. 이들을 '눈'으로 '손'으로 '만지는 것'은 불결하고 부정한 일일 뿐 아니라, 어떤 재앙의 불러들임과 같은 위험을 뜻하기도 했다. 필자는 '감각의 불허, 내지는 차단'이라는 의미의 연장선상에서 '불가촉성'을 상징적 차원에서 재개발하고자 한다. 여기서 고려되어야 할 것은 두 가지이다. 하나는 '오염'에 대한 상상력이고, 다른 하나는 '금지' 즉, '만져서는 안 된다'는 의미와 '만질 수 없다'는 이중의 의미이다. '불가촉성'은 '불온'이 어떻게 '감각'의 문제와 더불어 이야기될 수 있는가를 논의하는 데 유용한 개념이 될 수 있으리라 본다. 이에 대한 자세한 논의는 차후의 과제로 미뤄둔다.

세계에 대한 적의 해석을 **비합법화**함으로써 침묵하는 폭력이 물리적이라기보다 오히려 **문화적**이라는 것을 명확하게 언급해주는 것이었다고 말이다.[115]

'만지지 말라.' 1960년대 한국사회에서 북한은 한 걸음 떨어진 자리에서 바라보되 만질 수는 없는 대상, 말하자면 그것은 한 폭의 그림이 되어갔다.

---

[115] 수잔 벅 모스, 윤일성·김주영 역,『꿈의 세계와 파국—대중 유토피아의 소멸』, 경성대 출판부, 2008, 32~36쪽.

/ 제5장 /

불협화음dissonance

결론을 대신하여

1. 가면(假面)과 가성(假聲)―'언어'의 궁리에 대하여

1970년대 중반 한 지식인은 지난 60년대를 돌이켜보며 이 시대를 이렇게 규정했다. 1960년대는 **"염색한 군복과 두툼한 『사상계』와 바라크의 막걸리"**의 시대였다. 이것은 60년대가 '군부정권과 비판적 지성과 가난'을 이야기하는 일을 통해 기억되고, 기억될 수 있으며, 또한 그것을 통해 기억되지 않을 수 없음을 말하는 것이었다. 그중에서도 그가 더 오래 들여다보고 있었을 것은 아마도 '두툼한 『사상계』'가 놓여 있던 자리일 것이다.

『사상계』는 매체의 주요 독자였던 지식인과 대학생에게 교양과 지식을 제공하였으며, 때로 그들의 정치적·학문적 지향과 그들이 행한 어떤 결단들에까지도 영향을 미쳤던, 말하자면 "지식층의 반려"와 같은 잡지였다. 그러한 맥락에서『사상계』의 폐간은 단지 특정매체의 발간중지라는 의미를 넘어, 지성사를 중심으로 볼 때 한 시절이 저물어가고 있음을 말해주는 상징적 사건이었다고 할 수 있다.

　사실『사상계』의 폐간은 출판계의 변화라는 맥락에서 보건대, 예외적 사건은 아니었다. 1960년대 말 한국사회에는 한 가지 우울한 소식이 전해지고 있었는데, 그것은 "오랫동안 지식층의 반려로 군림해오던 종합지가 폐간되었다"[1]는 소식이었다. 지식인들에게 이 시기 하나둘씩 쓰러져가는 잡지들은 정부의 지원 속에 밀려들어오는 거대 자본을, 그 "대재벌의 배경을 가진 신문사의 매스콤 시스템"에 의해 재편되는 출판계의 상황을 보여주는 대표적 현상으로 읽혔다.『여상』,『동서춘추』등의 폐간은 '잡지 베테랑'들이 더 이상 버틸 수 없는 출판계의 현실, 즉 "경력과 패기 대신 자본과 조직망의 시대로 들어서고 있는 징조"로 보였던 것이다.[2] 또한『사상계』의 폐간은 공론장의 변동과 지식인의 담론생산에 있어서의 변화를 짐작하게 해주는 지성사적 사건이기도 했다. 김윤식이 지적한 바 있듯이, 이는 "공통 영역으로서의 지식인담론의 장이 불가능해진" 상황에 대한 암시이자 "'계몽'이 불가능한 곳에서 새로이 출발할 수밖에" 없다는 인식을 촉발시킨 계기적 사건이었다.[3] 이러한 맥락에서『창작과비평』이나『문학과지성』과 같은 매체의 탄생은『사상계』가 있던 자리가 어떻게 새롭게 구성되고 분화될 것인지를 전망하게 하는 또 하나의 사건처럼 읽힐 만했다.

1　이광훈,「다시 잡지문화의 꽃을」,『동아일보』, 1970. 11. 2.
2　「잡지계」,『경향신문』, 1968. 1. 13.
3　김윤식,『내가 읽고 쓴 글의 갈피들』, 푸른사상, 2014, 244쪽.

60년대의 한국사회가 우리 지식 사회에 제기해준 과제는 '근대화'를 어떻게 기획할 것인가라는 문제였다. (…중략…) **근대화의 기획**을 요구하는 것은 가장 높은 통치권 차원으로부터 일상의 생활인에 이르기까지 전사회적 논의와 추진의 주제를 이루고 있었으며 우리의 문화-지식 사회는 그 문제에 대한 논구와 토론을 적극 수행하고 있었다. 그러나 그 과제는 채 10년도 되기 전에 실종되어버리고 말았다. (…중략…) 70년대 중반의 우리 문화-지식 사회가 당면하고 있었던 것은 그 **근대화란 명제가 가장 처참한 형태로 찢겨져**, 그것의 적극적인 가치 개념들이 실제에 있어 참혹하게 배반당하고 있는 현실이었다. 민주주의란 정치 사회의 덕목은 헌법을 통치자의 마음대로 구겨버릴 수 있는 일련의 긴급 조처들로 난자당하고 있었고 산업이 발전하고 수출이 신장되는 경제의 성장은 그러나 전태일의 분신이 상징하고 있는 것처럼 노동자들의 학대와 희생 위에서 이루어진 것이었다.[4]

그런가 하면 앞서 60년대를 기억하는 자리에서 제안된 세 가지 키워드를 다음과 같은 구체적인 언어로 이야기해 볼 수 있을 것이다. 바로 **'유신시대의 예고와 『사상계』의 폐간과 전태일의 죽음'**으로 말이다. 그런데 이것은 지난 시대를 설명하는 자리에서 요청되는 것일 뿐 아니라, 다가올 시대를 전망하는 자리에서 제출되었던 것이기도 했다. 말하자면, 이 시기 한국사회가 그토록 열렬히 추구했던 '근대화'란 과연 무엇이었는가를 되묻게 하고, 이로써 이후를 전망하게 하는 중요한 지표들이었다고 할 수 있다.

위 글의 필자인 김병익은 1960년대를 가동시켰던 '근대화'라는 "국

---

[4]　김병익, 『지식인됨의 괴로움』, 문학과지성사, 1996, 13~15쪽.

가-사회적 명제"가 어떻게 1970년대에 들어서서는 "가장 처참한 형태"
로 한국인들 앞에 던져졌는가를 묻고 있다. 1970년 당시 작성된 한 기
사의 구절을 가져와보자면, 과연 "대망의 70년대"는 도래했는가를 질
문하고 있는 것, 즉 "'근대화'의 하이웨이에 아로새겨진 숱한 상채기들"
을 통해 한국사회가 꾸었던 '근대화'라는 이 "꿈을 '분석'해 보지 않을
수 없"게 된 것이라 할 수 있다.[5] 사실 김병익은 이 질문을 아주 오랫동
안 간직하고 있었던 듯싶다. 위의 글은 1990년대에 발표된 것이지만,
이보다 훨씬 전인 1970년대 초에 이미 그는 '근대화'에 관하여 질문하
지 않고 그것을 분석하지 않았던 당대적 상황에 대해 기술한 바 있었다.

　　우리의 이 시대는 고민이 없다. 우리의 이 사회는 고민을 용납하지도 않으며
고민에 투신하기보다 그로부터 가능한 멀리 회피하기를 요구한다. 우리의 이
풍토는 고민이 무엇인가에 대한 이야기를 하지 않으며 무엇을 고민하는가에 대
해 고백하지 않으며 왜 고민해야 할 것인가에 관해 설명하지 않는다. 오늘의 이
세태는 고민이 동반하는 슬픔을 경멸하며 그것이 지니는 어떤 힘을 두려워하며
그 슬픔과 힘에 대한 신념을 갖지 못한다. 우리는 회의(懷疑)와 질문으로부터
밀려나 일방적으로 주어지는 지시와 해답에 복종한다. **우리는 찌푸린 얼굴 위에
명랑한 가면(假面)을 써야 하고 오열하는 육성을 누르고 가성(假聲)의 구호를 외
워야 한다.** 그리하여 고민이란 단어는 퇴색하고 그것이 연상시키는 진지한 표정
들은 사라지며 그것의 무서운 창조력과 유쾌한 파괴력은 이해되지도 않는다.[6]

5　「근대화의 벅찬 발돋움 … 그 응달엔 숱한 생채기가 …」, 『동아일보』, 1970.12.30.
6　김병익, 「지성과 반지성」(『문학과지성』, 1971 여름), 『김병익 문화논집―지성과 반지성』,
　　민음사, 1974, 44쪽.

「지성과 반지성」이라는 제목의 이 글은 60년대를 회고하고 70년대를 전망하는 자리에서 제출되었다. 필자인 김병익은 이 시기 지식인들이 처한 상황과 그들의 심적 상태를 인상적으로 묘파하고 있다. 위에 인용한 대목은 이 글의 시작점이면서 가장 주목되는 지점이기도 하다.

"우리의 이 시대는 고민이 없다." 필자는 70년대에 막 들어선 한국사회에 미만해 있는 **"침통한 역설"**이 있다면, 그것은 바로 "생각하지 말라. 그러면 우리는 존재할 것이다"라는 언명이리라 말한다. 이것은 곧 '고민의 부재'와 '고민의 불가능성'을 함께 지시하는 것으로, '지성의 위기'라는 차원에서 중요하게 검토되어야 한다. 왜냐하면, 고민의 생산도, 그를 통한 창조력과 파괴력의 실행도 불가능해짐에 따라 지식인의 사회적 역할이 불능상태에 빠져버렸기 때문이다. 필자에 따르면, 고민이 용납되지 않는 사회에서 '비평행위'는 항구적 위기에 처하는데, "펜의 힘은 완벽하게 무시되고 칼의 힘이 완벽하게 증명되는 시대"라는 규정을 통해서도 알 수 있듯이 여기서 억압의 주된 주체는 통치 권력이다. 그러나 이 글은 이 시대의 고민부재현상을 단지 억압의 산물로만 간주하고 있지 않다. 필자는 '권력의 억압'과 함께 '지식인의 무기력, 순진성, 오판'이라는 문제를 다루고자 했으며, 특히 후자에 초점을 맞춰 문제의 심각성을 강조하려 했다. 천관우가 말한 '연탄가스 중독현상'을 예로 든 것도 지식인의 타성과 타협이 갖는 문제성을 환기하기 위해서다. 아래의 대목을 보자.

나치즘이 일어났을 때, 이 정도는, 하고 양보한 지식인들은 히틀러의 횡포가 점차 심하여지자 여기까지는, 여기까지는, 하고 한발씩 뒷걸음질 했다. 그러나

그들이 어느덧 벼랑에 서 있음을 깨달았을 때 이미 그들은 약간의 저항도 불가능함을 절감해야 했다.[7]

김병익은 현 시대 '지성의 위기'를 나치시대의 상황을 통해 사유하고자 했다. 빗대어 말하자면, 이 시기 그는 비장한 맹세를 통해 다시 한번 '자신을 믿어 달라'고 외치던 통치 권력의 소리를 '나치시대의 사멸되어가는 지성의 소리'와 겹쳐 읽고 있었던 것이다. 그가 보기에 "이 정도는" 혹은 "여기까지는"이라는 '타협의 기준'은 매우 부정확할 뿐 아니라 위험하기까지 하다. 왜냐하면 움츠러드는 지식인들 앞에서 권력의 횡포는 더해갈 것이며, 계속해서 뒷걸음질 치는 지식인들은 더 많은 타협에의 유혹을 감당해야 할 것이기 때문이다. 위의 비유는 '타협'의 문제에 있어 '정도'라는 것은 애초에 가정될 수 없는 것임을 상기시킨다. 지식인들은 마치 자기 앞에 여러 선택지 —'이 정도', '이보다 조금 더', '이만큼 더' ……— 가 놓여 있다고 믿고 있지만, 실재하는 것은 오직 '타협'과 '비타협'뿐이다. 그 사이에 놓여 있는 여러 선택항들은 신기루에 지나지 않으며, 이 허상에 골몰해 있는 동안 사라져가는 것은 **비평에의 의지**와 **저항의 잠재성**이다.

이 글이 '고민의 부재'라는 현상을 통해 궁극적으로 말하고자 하는 바가 있다면, 그것은 '시대의 비극'에 대해서라 할 수 있다. 필자는 우리 시대의 비극이, 고민이 동반하는 슬픔을 경멸하고 그것이 지니는 어떤 힘을 두려워하며 그 슬픔과 힘에 대한 신념을 갖지 못하게 만든다는 데에서 비롯되는 것임을 일깨운다. 이는 곧 '길들여짐'에 대한 숙

---

7   위의 글.

고이기도 하다. 고민의 부재는 "명랑한 가면"을 쓰고 "가성의 구호"를 외치는 삶에 동참하는 일을 지속시키며, 부정성의 과잉을 통해 '하지 말아야 할 것들, 해서는 안 되는 것들'에 대한 인식과 감각을 구성하는 권력의 노동에 대해 침묵하게 한다.

있는 그대로 읽자면, 그는 분명 '불행'에 대해 써나가고 있는 듯하다. '가면'과 '가성'이라는 말에는 필자가 갖고 있던 어떤 회의와 절망이 깃들어 있으니 말이다. 그런데 이것은 또한 그에게 가능성의 지시어이기도 했다. 어떻게 그러한가.

'가면(假面)'과 '가성(假聲)'은 '고민의 부재'가 초래한 현상이자 그것을 지속시키는 동력이기도 하지만, 또한 그것은 '얼굴'과 '목소리'에 덧씌워진 것들, 말하자면 '실제는 아닌 것', '가장된 것'(假)이기도 했다. 여기서 필자가 주시하고 있는 것은 복재(伏在)하는 것들, 즉 "명랑한 가면" 뒤의 **"찌푸린 얼굴"**과 "가성"에 가려져 있는 **"오열하는 육성"**이다. 말하자면, 명랑성은 명랑하기 때문에 구성되는 것이 아니라, 명랑을 연기함으로써 만들어지는 것이라 할 수 있다. 이것은 아마도 그에게 이 시대를 살아가는 이들에게 남은 유일한 희망이자 가능성으로 읽혔을 것이다.

명랑하라는 언명은 1960년대 한국사회에서 통치 권력이 가장 힘주어 이야기하던 것 중 하나였다. 권력의 언설에 따르면, '명랑한 사회'는 '풍요한 사회'로의 도달을 위해 한국사회가 필연적으로 거쳐야 할 단계였다. 그러나 '온 국민이 일치되어 질서 있게 단합하고 반목과 파쟁이 없으며 내핍과 검약으로 생산건설에 매진하는 사회', "낭비와 불신과 불화와 누습을 털어버리고 절약하고 근면하며 서로 융합하는" 사회를 이룩해야 한다는 언설은 주체들이 가질 수 있는 무수한 표정들을 지워내려는, 권력이 가진 일체화에의 강력한 의지를 보여주는 징후였다. 그것은 누군가에게는 불가피한 단계론처럼 보였겠지만, 다른 누군가에게는 '가면'을 쓰면서까지 연기해야 할 상태, 말하자면 끝내 도달할 수 없는 심적 상태가 되기도 했다.

이 시대의 '명랑성'에 대해 아마도 가장 오래 들여다보고 있었던 이들은 당대의 문학자들일 것이다. 문학의 공간에서 '김일성 만세'를 외치지 못하는 사회, 심지어는 그것을 '잠꼬대'를 통해서도 발설할 수 없는 사회에서 "무서운 창조력"과 "유쾌한 파괴력"은 과연 어떻게 실행될 수 있을 것인가. 권력의 시선에 포착되지 않았으나, 충분히 불온했던 문학들에 의해 이 문제는 계속해서 탐구되었다. 사회에 미만한 권력의 소리, 그 명랑한 목소리에 포개어지는 **문학의 거친 육성**은 시대의 명랑성이 갖는 어떤 우울에 관하여 말하고 있었다. 이러한 다른 소리(육성들)의 생성은 그 자체로, 경제성장과 반공을 통한 '조국 근대화'의 실현이라는 "대통령의 꿈", 그 "거의 종교화한 정치인으로서의 그의 집념"에 대한 응전 같은 것이라 할 수 있었다.[8] 명랑성의 파괴만이 지성의 창출을 가능케 하는 유일한 길이라는 김병익의 말은 "대통령의 꿈"과 그것에 접속하고 있던 무수한 한국인들의 꿈들을 뒤흔들고 분열시키는 "분석"의 시간, 말하자면 '이런 식으로, 이를 대가로 해서는 통치당하지 않으려는 기술'[9]이 모색되는 비판의 시간을 개시하는 문학의 노동을 상기시키는 것이기도 했다. 그의 말처럼, '무서운 창조력과 유쾌한 파괴력'은 명랑한 가면의 매끄러운 표면을 찢으며 드러난 "찌푸린

---

8 「박대통령 취임 한 돌」, 『동아일보』, 1968.7.1.
9 미셸 푸코, 이상길 역, 「비판이란 무엇인가」, 『세계의 문학』 76호, 1995, 103~106쪽.

얼굴" 통해, 그리고 거칠고 불규칙한 "육성"으로 가성의 기계음을 파열시킬 때 비로소 출현할 수 있는 것이었는지도 모른다.

2. 두 개의 유언비어 – '법'과 '신의'에 대하여

1970년대 초 문학계에서 제출된 이러한 '지성의 소리'는 '총통의 소리'에 대한 예언이자 반향이었다. 1971년이라는 시점에서 이들은 서로 부딪치며 묘한 불협화음(dissonance)을 만들고 있었다.

> 63년 제5대 대통령 선거 때, 바로 오늘같이 투표 며칠 전, 야당에서는 '박정희란 사람은 빨갱이다'라는 삐라를 수백만 장 만들어 비행기로 서울, 경기도 일대에다가 뿌렸습니다. 투표 하루 전에 유권자들의 판단을 흐리게 하는 이런 장난을 한 전력을 가지고 있는 것이 오늘날 우리 야당인 것입니다. 이 사람들은 최근에 와서는 '박정희 대통령이 당선되면 총통제를 만들어 가지고 영구 집권을 할 것이다'라는 말을 하고 다닌다고 합니다. **나는 총통제라는 것이 무엇인지 모릅니다.** (…중략…) 나는 잘 모르지만, 아마 이 사람들이 하는 얘기는 '앞으로 박 대통령을 이번에 당선시키면 이다음에 또 나오고 그 다음에 또 나와서 죽을 때까지 해 먹는다'라는 것 같습니다.
>
> ─4·27대통령 선거 부산 유세 박정희 후보의 연설(71.4.24) 중 일부

대통령 선거를 며칠 앞둔 1971년 4월 24일 박정희는 부산을 찾아 선거유세를 벌였다. 그는 이곳에서 '총통제'에 대한 유언비어에 관하여 언급하며 '마지막 출마'를 약속했다. 지난 18일 신민당 김대중 후보는 '사상 최대의 인파'라고 불릴 만큼 많은 사람들이 몰렸던 장충단 공원 유세 현장에서, 이번에 정권교체를 이루지 못한다면 '**영구집권의 총통시대**'가 현실화될 것이라는 주장을 펼친 바 있었다. 박정희 후보에 따르면, '마지막 출마' 선언은 "영구 집권을 할 것"이라는 허언(虛言)을 퍼트리며 민심을 현혹시키는 야당의 네거티브 선거 전략에 대한 해명의 성격을 가졌다. 그는 유언비어를 유포하는 자의 허언 대신 자신의 말(언약)을 믿어 달라고 호소했다. 그리고 이날의 연설에서 그는 거듭해서 '총통제라는 것이 무엇인지 모른다'고 강조했다.

1971년 대선을 앞두고 박정희 후보가 제시한 공약은 그가 처음 대통령 후보의 자격을 갖고 한국사회에 등장했을 당시의 모습을 떠올리게 한다. 1963년 제5대 대통령 선거를 앞두고 그는 "앞으로 적당한 시기에 참신하고 양심적인 정치인들에게 정권을 이양한다"[10]는 자기의 선언을 '허언(虛言)'으로 만드는 3·16성명을 발표했다. 이 성명에 따르면, 그는 '자기의 안위' 대신 '국가에 대한 책임'을 택하였으며, 그리하여 "애국자"라는 이름대신 "**역적(逆賊)이라는 이름**"을 짊어질 것을 결심했다.[11]

---

10 1961년 국가재건최고회의에서 발표한 '혁명공약' 6항에 명시되어 있는 구절이다. 「혁명내각에 요망한다」, 『경향신문』, 1961.5.21.

11 ① 만일 과거에 부패하고 국민의 지탄을 받은 구정치인들이 새로운 세대를 위하여 자진해서 물러선다면 나는 3·16성명을 번의할 용의가 있다. ② 정계의 이러한 새 기풍을 기다리기 위하여 이달 말까지 나의 모든 결심을 보류하겠다. ③ 내가 물러서면 국민에게 애국자가 되고 내 자신이 편안한 것도 잘 아나 앞으로 큰 혼란이 닥칠 것을 알면서 그대로 무책임하게 물러설 수는 없기 때문에 역적(逆賊)이라는 이름을 들을 줄 알고도 국가에 대한 책임을 다하기 위하여 3·16성명을 낸 것이다. 「'5·16 두 돌'에 대한 '감회' ─재야정당영수들의 말」, 『경향

박정희 정권을 돌아보며 역사적 평가를 하는 자리에서, 우리가 확언할 수 있는 최소한의 사실은 **신의(信義)의 부재**이다. 박정희는 1960년대 한국사회가 '믿음의 사회'로 나아가야 한다고 했지만, 이 언명을 파열시킨 주체는 다름 아닌 그 자신이었다. 1971년의 시점에서 한국인들이 상기해야 할 것이 있었다면, 그것은 바로 1963년경 『사상계』의 필진이 '반복의 전술'을 구사하며 그토록 강조했던 '신의(信義)의 폐기'에 관해서이다. 이들은 2·27선서를 "폐리(弊履)같이" 버린 권력자를 향해 정치적 올바름과 권력이 가져야 할 최소한의 부끄러움에 대해 말하고 있었다. 또한 주목할 만하게도 이 잡지는 1969년부터 1970년에 이르기까지 어떤 기획을 통해 다가오는 유신의 시대를 나름의 방식으로 예감하고 있었는데, 그것은 바로 "독재자 열전"이었다.[12] 매체가 폐간됨에 따라 '독재자의 소리'를 실어 나르던 이 연재는 끝내 원래의 계획대로 끝마쳐지지 못했다.

1963년도에 박정희는 '맹세'(2·27선서)를 스스로 파기하면서까지 지도자의 꿈을 이루겠다는 욕망을 비장한 레토릭 — 국민이 자신을 "애국자"가 아닌 "역적(逆賊)"으로 보더라도 '국가에 대한 책임을 다하겠다' — 을 통해 드러낸 바 있었다. 이 상황은 십 년 후 똑같이 반복된다. 삼선개헌 이후 1971년 대권에 도전한 박정희는 "이번이 대통령으로 출마하는 마지막 기회"임을 강조하며 차후의 1975년도에 있을 선거에는 결단코 출마하지 않을 것임을 전 국민 앞에 굳게 맹세했다.[13] 그러나 이

신문』, 1963.5.16.

12 『사상계』는 1969년 11월호부터 '독재자 열전'이라는 기획 코너를 마련했다.

13 "공화당 박정희 후보는 24일 부산과 25일 서울 유세에서 "이번이 대통령으로 출마하는 마지막 기회"임을 밝혀 75년 선거에는 다시 출마하지 않을 뜻을 분명히 하고 "다음 임기 중에 부정부패를 기어이 뿌리 뽑고 물러나겠다"고 약속했다. 박후보는 "야당은 총통제 운운해서 내가 두 번이고 세 번이고 언제까지나 집권할 것 같이 허위선전을 일삼고 있으나 삼선개헌 국

듬해 10월 17일, 대통령은 초법적인 권한(국가긴급권)을 발동하여 국회를 해산시키고 비상계엄령을 선포했다. 그리고 '최고의 지배의 비밀을 관장하고 있는 픽션', 이 법률 없는 '법률-의-힘'이 핵심이 되는 아노미적 공간 속에서, 새로운 체제(régime)를 탄생시켰다.[14] 이 체제는 놀랍게도 박정희가 지도자로서 맹세한 언약을 먼저 가로채감으로써 그가 다시 한 번 '신의'를 저버리는 '역적'의 자리에 서지 않도록 만들어주었다. 임기 개시 1년 만에 그는 새로운 체제의 총수권자가 되었다. 그리고 종신집권—"두 번이고 세 번이고 언제까지나 집권"(박정희)—을 실현시켜줄 체제의 품 안에서 그는 **'거짓맹세'**에 대한 책임(perjury)이라는 무거운 짐을 내려놓았다.

박정희가 언급한 바 있는 '총통(總統)'은 히틀러의 지위·칭호인 '퓌러(Führer)'의 역어다. 경험하지 못한 새로운 시대가 다가오고 있다는 불안한 예감은 **'총통'**이라는 말을 타고 한국사회를 흘러 다녔다(流言). 박정희는 언행의 일치를, 다시 말해 이 말을 '불온하다'고 규정하며 미래의 시간 속에서 그것의 허위성을 입증하겠다고 선언했다. 그리고 다시 한 번 국민을 향해 발언의 진실성과 유효성을 지켜볼 보증인이 되어달라고 호소했다. 이 '맹세'가 행해진 이듬해 '유신시대'는 대통령의 **맹세가 부서지는 자리**에서 시작됐다.

주목할 만하게도 '신의 없는 권력'에 대한 자의식은 집권 초기 징후적으로 표출된 바 있었다.[15] 그리고 그것은 점차 '법치'에 대한 강한 집

민투표 때 한번만 더 할 수 있도록 여러분이 허락한 것이지 몇 번이고 해도 좋다고 지지한 것은 아닐 것이며 여러분이 나를 다시 뽑아주면 이 기회가 **나의 마지막 정치연설**이 될 것"이라고 말했다." 「박후보 서울유세, "이번이 마지막 출마"」, 『동아일보』, 1971.4.26.

14 조르조 아감벤, 김항 역, 『예외상태』, 새물결, 2009, 163쪽.

념과 '믿을 수 없는 자들'에 대한 강박적 관심으로 이어졌다. 어쩌면 이러한 특징들은 자기의 탄생 순간 — '불법'(쿠데타)과 '불신'(3·16성명) — 에 대한 강박적 무의식이 낳은 산물일지 모른다. 맹세를 깨트리는 자들을 법의 이름으로 처벌하는 권력의 얼굴에 드리워져 있던 것은 '맹세가 부서지던 날들의 기억'이다.

박정희 정권은 '유신'이라는 새로운 체제를 열어젖히고 있었지만, 어떤 결여를 품고 있었다는 점에서 1970년대는 1960년대의 연장선상에 있었다고 할 수 있다. 그 결여란 바로, 당대의 권력에 부재했던 **"자유로운 권력의 가능성에 대한 감수성"**[16]이다. 이 감수성을 갖지 못한 권력은 한국사회로부터 꿈과 농담과 실언과 잠꼬대와 유머를 빼앗아갔다. 이것은 곧 이질적인 존재들의 빼앗김이기도 했다. 1970년대를 맞고 있던 한국인들이 상기해야 할 것이 있었다면, 그것은 아마도 '불온생산체제'를 가동시키는 권력으로부터 언제든 빼앗길 수 있는 '존재와 언어의 독자성'에 관해, 아울러 '말해지는 것의 실증'으로 정의될 수 있는 '신의(fides)', 곧 **법의 토대**에 관해서일 것이다.[17] 그리고 이 시대를 한 걸음 떨어진 자리에서 바라보는 후대의 한국인들에게 남겨진 몫 중 하나가 이 시대의 불행에 대해 생각하는 일이라 한다면, 이 일은 아마도 권력이 갖지 못한 '감수성'을 이야기하는 데서부터 시작될 수 있을 것이다.

---

15 박정희는 '신의 / 배반'에 대한 어떤 무의식을 '맹세' — "믿을 수 있는 정부가 될 것을 국민 앞에 약속해 드립니다" — 를 통해 반복적으로 표출한 바 있었다. "믿을 수 있는 정부"에 대한 강조는 집권 초기에 자주 발견된다. 「신년 메시지」(1964.1.1), 「신년 시무식에 즈음한 담화문」(1964.1.4) 등이 한 예이다. 『박정희대통령연설문집』 제1집, 대통령공보비서관실, 1965.
16 루만의 지적처럼, 부정적인 제재(Sanktion)에 묶여 있는 권력에는 '자유로운 권력의 가능성에 대한 감수성'이 없다. 한병철, 김남시 역, 『권력이란 무엇인가』, 문학과지성사, 2011, 34쪽.
17 'fides'의 어원학적 정의에 관해서는 아감벤의 저술을 참조. 조르조 아감벤, 정문영 역, 『언어의 성사(聖事)』, 새물결, 2012, 53쪽.

참고문헌

1. 자료

1) 신문
『경향신문』, 『동아일보』, 『매일경제』, 『조선일보』, 『한겨레』

2) 잡지
『북한』, 『사상계』, 『신동아』, 『인문평론』, 『청맥』, 『월간 말』, 『출판저널』

3) 기타
『대한출판문화협회 50년사』, 대한출판문화협회, 1998.

『문교통계요람』, 대한민국문교부, 1963.

『박정희대통령연설문집』 제1집, 대통령공보비서관실, 1965.

『박정희대통령연설문집』 제2집, 대통령비서실, 1966.

『조국근대화의 지표』, 고려서적, 1967.

고은, 「나의 산하 나의 삶(167) – '동베를린사건' 공포 속 양창선 신화」, 『경향신문』, 1994.1.30.

김경환, 「신영복과 서준식의 '전향에 대하여'」, 『월간 말』 146호, 1998.

김병걸, 「끊어진 혈족(血族)의 목소리」, 『경향신문』, 1971.8.26.

김병영, 「옥중수기 – 푸른 메아리 (연재)」, 『북한』, 1973.2~1974.8.

_____, 「특종수기 – 그이는 나를 속이고 갔지만, 사형인 이문규 미망인의 옥중기」, 『북한』, 1972.7.

김병익, 「올해의 문화계(6) 문학」, 『동아일보』, 1970.12.14.

_____, 「창작의 '자유'와 '압력'」, 『동아일보』, 1968.7.20.

_____, 『김병익 문화논집 – 지성과 반지성』, 민음사, 1974.

_____, 『지식인됨의 괴로움』, 문학과지성사, 1996.

김수영, 「冒險(아반출)」(1955.1.7), 『창작과비평』 140호, 2008.

_____, 『김수영 전집1－시』, 민음사, 2003.

_____, 『김수영 전집2－산문』, 민음사, 2003.

김영화, 「역사와 개인－안수길론」, 『현대문학』 292호, 1979.4.

김정렬, 「창간사」, 『자유공론』 창간호, 1966.4.

김질락, 「주암산 (제1회)」, 『북한』, 1975.3.

_____, 『어느 지식인의 죽음』, 행림출판, 1991.

남정현, 「자수민(自首民)」, 『사상계』 109호, 1962.7.

_____, 『과거라는 것의 의미』, 중앙출판공사, 1974.

_____, 『남정현 문학전집1－단편·중편소설』, 국학자료원, 2002.

_____, 『남정현 문학전집3－연구자료 및 논문』, 국학자료원, 2002.

박계주, 「〈소설〉 장미와 태양(174)」, 『경향신문』, 1960.10.19.

박남정, 「'옥중기' 출판 붐 이룬다」, 『출판저널』 95권, 대한출판문화협회, 1991.

박정희, 『하면 된다! 떨쳐 일어나자』, 동서문화사, 2005.

_____, 『한국국민에게 고함』, 동서문화사, 2005.

백낙청, 「시민문학론」, 『창작과비평』 14호, 1969.6.

신동문, 「그 민심은 어디로 갔는가」, 『경향신문』, 1963.3.13.

신동엽, 『신동엽 전집』, 창작과비평사, 2006.

신영복·정운영 대담, 「대담 신영복 교수」, 『이론』 3호, 진보평론, 1992.

안수길, 「IRAQ에서 온 불온문서」, 『문학춘추』 창간호, 1964.4.

_____, 「꿰매 입은 양복바지」, 『문학』, 1966.5.

_____, 「기름」, 『월간문학』, 1968.12.

_____, 「동태찌개의 맛」, 『신동아』, 1970.6.

_____, 「(나의 처녀작을 말한다) 만주시절을 회상하며」, 『세대』, 1965.9.

_____, 「망명시인」, 『창작과비평』 41호, 1976.9.

_____, 「새」, 『신동아』, 1966.10.

_____, 「서장(序章)」, 『사상계』 101호(100호 기념특별증간호), 1961.11.

_____, 「'유죄'는 창작의욕 위축, 남정현사건의 판결을 보고」, 『동아일보』, 1967.7.1.

_____, 「타목」, 『현대문학』, 1967.5.

_____, 『명아주 한 포기』, 문예창작사, 1977.

_____, 『안수길 창작집－풍차』, 동민문화사, 1963.

_____, 『한국단편문학선집10－벼』, 정음사, 1972.

염무웅, 「준현실 속의 작가들 최근의 창작경향」, 『경향신문』, 1964.4.10.

유주현, 「임진강」, 『사상계』 109호, 1962.7.

윤병로, 「특집 회갑문인기념 − 안수길의 문학」, 『월간문학』, 1971.8.

이광훈, 「다시 잡지문화의 꽃을」, 『동아일보』, 1970.11.2.

_____, 「안수길론」, 안수길, 『목축기』, 범우사, 1976.

이병주, 「그해 5월」, 『신동아』, 1987.8.

이성부, 「철거민의 꿈」, 『문학과지성』 창간호, 문학과지성사, 1970.

이유식, 「'황용주 필화사건'과 나」, 『미래문화신문』 제8호, 2009.6.20.

이재현, 「독서유형으로 본 학생운동 풍속도」, 『월간 말』 65호, 1991.

이철범, 「무엇이 한국문화를 그르치는가」, 『경향신문』, 1968.2.28

_____, 「작단시감(상) 자유에의 인식」, 『동아일보』, 1964.4.15.

_____, 「작단시감(하) 자유에의 인식」, 『동아일보』, 1964.4.16.

이청준, 『이청준 전집1 − 병신과 머저리』, 문학과지성사, 2010.

이회성, 이호철 · 김석희 역, 『금단(禁斷)의 땅』 1, 미래사, 1988.

_____, 『금단(禁斷)의 땅』 2, 미래사, 1988.

전병용, 「'통혁당' 사형수들의 최후」, 『월간 말』 33호, 월간말, 1989.

조선총독부경무국, 『불온간행물기사집록(1934)』, 여강출판사, 1986.

채만식, 「문예시감(5) 문화혜택의 분배율」, 『동아일보』, 1936.2.18.

최인훈, 「작단시감 − 소도구 통한 소시민 검진」, 『동아일보』, 1968.12.21.

4) 온라인 사이트

국립국어원 표준국어대사전(http://stdweb2.korean.go.kr).

국사편찬위원회 한국사데이터베이스(http://db.history.go.kr).

법제처 국가법령정보센터(http://www.law.go.kr).

한국고전번역원(http://www.itkc.or.kr).

2. 단행본

1) 국내

6 · 3동지회, 『6 · 3학생운동사』, 역사비평사, 2001.

강준만 외, 『신영복 함께 읽기』, 돌베개, 2006.

권명아,『음란과 혁명 - 풍기문란의 계보와 정념의 정치학』, 책세상, 2013.

권보드래 · 천정환,『1960년을 묻다 - 박정희 시대의 문화정치와 지성』, 천년의상상, 2012.

김건우,『사상계와 1950년대 문학』, 소명출판, 2003.

김승옥,『내가 만난 하나님』, 작가, 2004.

김원,『박정희 시대의 유령들 - 기억, 사건 그리고 정치』, 현실문화, 2011.

김윤식,『안수길 연구』, 정음사, 1986.

_____,『내가 읽고 쓴 글의 갈피들』, 푸른사상, 2014.

김윤식 · 김현,『한국문학사』, 민음사, 1973.

김판수,『시인 신동문 평전』, 북스코프, 2011.

김해식,『한국언론의 사회학』, 나남, 1994.

나라사랑 편집부 편,『통일혁명당』, 나라사랑, 1988.

나인호,『개념사란 무엇인가』, 역사비평사, 2011.

박명규,『국민 · 인민 · 시민』, 소화, 2009.

박원순,「한국 인권사의 한 상징」, 서승, 김경자 역,『서승의 옥중 19년』, 역사비평사, 1999.

박태순 · 김동춘,『1960년대의 사회운동』, 까치, 1991.

서승, 김경자 역,『서승의 옥중 19년』, 역사비평사, 1999.

세계 편집부 편,『공안사건기록』, 세계, 1986.

소래섭,『불온한 경성은 명랑하라』, 웅진지식하우스, 2011.

신영복,『감옥으로부터의 사색』, 돌베개, 1998.

오제연 외,『한국 현대생활문화사 1960년대 - 근대화와 군대화』, 창비, 2016.

이혜령,『한국소설과 골상학적 타자들』, 소명출판, 2007.

장준하선생추모문집간행위원회 편,『민족혼 · 민주혼 · 자유혼 - 장준하의 생애와 사상』, 나남출판, 1995.

전재호,『반동적 근대주의자 박정희』, 책세상, 2004.

정규웅,『글동네에서 생긴 일』, 문학세계사, 1999.

정병욱,『식민지 불온열전 - 미친 생각이 뱃속에서 나온다』, 역사비평사, 2013.

조동걸,『우사 조동걸 전집 - 2권 한국사에서 근대와 현대』, 역사공간, 2011.

조영래,『전태일 평전』, 아름다운전태일, 2009.

조희연,『동원된 근대화』, 후마니타스, 2010.

최원식 · 임규찬 편,『4월 혁명과 한국문학』, 창작과비평사, 2002.

최장집, 『한국의 노동운동과 국가』, 열음사, 1988.

한국역사연구회 현대사연구반, 『한국 현대사』 3, 풀빛, 1993.

한승헌, 『분단시대의 법정』, 범우사, 2006.

_____, 『재판으로 본 한국 현대사』, 창비, 2016.

한승헌변호사변론사건실록간행위원회, 『한승헌변호사 변론사건실록』 1, 범우사, 2006.

2) 국외

도미야마 이치로, 임성모 역, 『전장의 기억』, 이산, 2002.

미셸 푸코, 오생근 역, 『감시와 처벌』, 나남출판, 2003.

_____, 오트르망 역, 『안전, 영토, 인구』, 난장, 2011.

발터 벤야민, 조형준 역, 『일방통행로』, 새물결, 2007.

_____, 최성만 역, 『발터 벤야민 선집5 ─ 역사의 개념에 대하여 외』, 길, 2009.

사카이 다카시, 오하나 역, 『통치성과 '자유' ─ 신자유주의 권력의 계보학』, 그린비,
    2011.

수잔 벅 모스, 윤일성 · 김주영 역, 『꿈의 세계와 파국 ─ 대중 유토피아의 소멸』, 경성
    대 출판부, 2008.

수전 손택, 이재원 역, 『타인의 고통』, 이후, 2010.

아리스토텔레스, 천병희 역, 『정치학』, 숲, 2013.

에드워드 사이드, 김정하 역, 『저항의 인문학 ─ 인문주의와 민주적 비판』, 마티, 2008.

요시미 슌야, 오석철 역, 『왜 다시 친미냐 반미냐 ─ 전후 일본의 정치적 무의식』, 산처
    럼, 2008.

자크 랑시에르, 유재홍 역, 『문학의 정치』, 인간사랑, 2009.

장 보드리야르, 이상률 역, 『소비의 사회』, 문예출판사, 2002.

조르조 아감벤, 박진우 역, 『호모 사케르 ─ 주권 권력과 벌거벗은 생명』, 새물결, 2008.

_____, 김상운 · 양창렬 역, 『목적없는 수단』, 난장, 2009..

_____, 김항 역, 『예외상태』, 새물결, 2009.

_____, 양창렬 역, 『장치란 무엇인가?』, 난장, 2010.

_____, 정문영 역, 『아우슈비츠의 남은 자들 ─ 문서고와 증인』, 새물결, 2012.

_____, 정문영 역, 『언어의 성사(聖事)』, 새물결, 2012.

주디스 버틀러 · 가야트리 스피박, 주해연 역, 『누가 민족국가를 노래하는가』, 산책
    자, 2008.

지그문트 프로이트, 황보석 역, 『프로이트 전집12 ─ 억압, 증후 그리고 불안』, 열린책

들, 1997.

지그프리트 크라카우어, 김정아 역,『역사―끝에서 두 번째 세계』, 문학동네, 2012.

캐서린 H. S. 문, 이정주 역,『동맹 속의 섹스』, 삼인, 2002.

피에르 부르디외, 김주경 역,『세계의 비참』1, 동문선, 2000.

한병철, 김남시 역,『권력이란 무엇인가』, 문학과지성사, 2011.

Jacques Rancière, translated by Julie Rose, *Disagreement : politics and philosophy*, Min-
neapolis : University of Minnesota Press, 1999.

_____, translated by Gabriel Rockhill, *The politics of aesthetics : the distribution
of the sensible*, New York; London : Continuum, 2004.

_____, translated by Steven Corcoran, *Aesthetics and Its Discontents*, Cam-
bridge : Polity, 2009.

Maurice Halbwachs, edited and translated by Lewis A. Coser, *On Collective Memory*,
Chicago : University of Chicago Press, 1992.

3. 논문

1) 국내

강동호,「김수영의 시와 시론에 나타난 자기의식 연구」, 연세대 석사논문, 2010.

권명아,「죽음과의 입맞춤―혁명과 간통, 사랑과 소유권」,『문학과사회』89호, 문학
과지성사, 2010.

권보드래,「『사상계』와 세계문화자유회의―1950~1960년대 냉전 이데올로기의 세
계적 연쇄와 한국」,『아세아연구』144호, 고려대 아세아문제연구소, 2011.

김건우,「「분지」를 읽는 몇 가지 독법―남정현의 소설「분지」와 1960년대 중반의 이
데올로기들에 대하여」,『상허학보』31집, 상허학회, 2011.

김동춘,「1971년 8·10 광주대단지 주민항거의 배경과 성격」,『공간과 사회』38권, 한
국공간환경학회, 2011.

김득중,「여순사건과 이승만정권의 반공이데올로기 공세」,『역사연구』14호, 역사학
연구소, 2004.

김미란,「'순수'한 청년들의 '평화' 시위와 오염된 정치 공간의 정화―4월혁명기에 선
호된 어휘에 대한 개념사적 접근을 중심으로」,『상허학보』31집, 상허학회,
2011.

김삼웅, 「(현대언론사에서 '잊혀진' 월간지) 『청맥』에 참여한 60년대 지식인들의 민족의식」, 『월간 말』 120호, 월간말, 1996.

_____, 「박정희와 싸운 야당 기관지 『민주전선』」, 『내일을 여는 역사』 50호, 내일을 여는 역사, 2013.

김예림, 「어떤 영혼들―산업노동자의 "심리" 혹은 그 너머」, 『아래로부터의 글쓰기, 타자의 문학』 국제학술회의 발표자료집, 성균관대 동아시아학술원 인문한국연구소·동국대 문화학술원, 2013.11.8~9.

김원, 「박정희 시기의 대중시위」, 『내일을 여는 역사』 33호, 내일을여는역사, 2008.

김윤식, 「'어떻게 쓰느냐'의 창작 방법」, 『안수길』, 지학사, 1985.

김종철, 「김종철 칼럼―글로 테러를 하는 '시인' 김지하」, 『미디어오늘』, 2012.12.6.

김철, 「비천한 육체들은 어떻게 응수(應酬)하는가―산란(散亂)하는 제국의 인종학(人種學)」, 『사이』 14호, 국제한국문학문화학회, 2013.

김현주, 「1960년대 후반 '자유'의 인식론적, 정치적 전망―『창작과비평』을 중심으로」, 『현대문학의 연구』 48권, 한국문학연구학회, 2012.

김형국, 「특집 우리의 도시, 무엇이 문제인가―불량촌 형성의 한국적 특수사정과 공간이론의 적실성」, 『사회비평』 2권, 나남출판사, 1989.

마상윤, 「미완의 계획―1960년대 전반기 미 행정부의 주한미군철수논의」, 『한국과국제정치』 19권 2호, 경남대 극동문제연구소, 2003.

박명림, 「박정희 시대 재야의 저항에 관한 연구, 1961~1979―저항의제의 등장과 확산을 중심으로」, 『한국정치외교사논총』 30집 1호, 한국정치외교사학회, 2008.

박태순, 「내가 보낸 서울의 60년대」, 『문화과학』 5호, 문화과학사, 1994.

백영서, 「지워져서는 안 될 기억들」, 『창작과비평』 103호, 창비, 1999.

변은진, 「유언비어를 통해 본 일제 말 조선민중의 위기담론」, 『아시아문화연구』 22집, 가천대 아시아문화연구소, 2011.

서동진, 「민주주의와 그 너머―애도의 문화정치학」, 슬라보예 지젝·도정일 외, 『당대비평 특별호―아부 그라이브에서 김선일까지』, 생각의나무, 2004.

송은영, 「현대도시 서울의 형성과 1960―70년대 소설의 문화지리학」, 연세대 박사논문, 2007.

신형기, 「4·19와 이야기의 동력학―4·19수기를 통해 본 이야기의 작용과 효과」, 『상허학보』 35집, 상허학회, 2012.

_____, 「전태일의 죽음과 대화적 정체성 형성의 동학」, 『통치성과 문학―1960~70년대 내치(內治)의 기술과 대중의 일상』 학술대회 발표자료집, 한국문학연

구학회, 2013.12.7.

_____, 「해방직후의 반공이야기와 대중」, 『상허학보』 37집, 상허학회, 2013.

오제연, 「1960년대 전반 지식인들의 민족주의 모색 – '민족혁명론'과 '민족적 민주주의' 사이에서」, 『역사문제연구』 25호, 역사문제연구소, 2011.

_____, 「4·19혁명 전후 도시빈민」, 오제연 외, 『한국 현대생활문화사 1960년대 – 근대화와 군대화』, 창비, 2016.

이봉범, 「1960년대 검열체재와 민간검열기구」, 『대동문화연구』 75권, 성균관대 대동문화연구원, 2011.

이상록, 「박정희 체제의 '사회정화' 담론과 청년문화」, 장문석·이상록 외, 『근대의 경계에서 독재를 읽다』, 그린비, 2006.

_____, 「『사상계』에 나타난 자유민주주의론 연구」, 한양대 박사논문, 2010.

이소정, 「판자촌에서 쪽방까지 – 우리나라 빈곤층 주거지의 변화과정에 관한 연구」, 『사회복지연구』 29권, 한국사회복지연구회, 2006.

이순진, 「영화, 독보적인 대중문화」, 오제연 외, 『한국 현대생활문화사 1960년대 – 근대화와 군대화』, 창비, 2016.

이영미, 「1970, 80년대 재야 지식장의 예술관 변화와 공공적 실천성 – 문화운동·문예운동·예술운동의 명명과 그 의미」, 『권력(국가 – 지식)과 학술장, 경합하는 공공성』 학술대회 발표자료집, 연세대 국학연구원 HK사업단, 2013.5.24.

이혜령, 「사상지리(ideological geography)의 형성으로서의 냉전과 검열 – 해방기 염상섭의 이동과 문학을 중심으로」, 『상허학보』 34집, 상허학회, 2012

_____, 「소시민, 레드콤플렉스의 양각」, 『대동문화연구』 82집, 성균관대 대동문화연구원, 2013.

임경순, 「검열논리의 내면화와 문학의 정치성」, 『상허학보』 18집, 상허학회, 2006.

임유경, 「불가능한 명랑, 그 슬픔의 기원 – 1960년대 안수길론」, 『현대문학의 연구』 49권, 한국문학연구학회, 2013.

_____, 「냉전의 지형학과 동백림 사건의 문화정치」, 『역사문제연구』 32호, 역사문제연구소, 2014.

_____, 「1980년대 출판문화운동과 옥중기 출판 연구」, 『민족문학사연구』 59호, 민족문학사학회, 2015.

_____, 「개념으로서의 '불온'」, 『개념과 소통』 15호, 한림대 한림과학원, 2015.

_____, 「'불온'과 통치성 – 식민지 시기 '불온'의 문화정치」, 『대동문화연구』 90집, 성균관대 동아시아학술원, 2015.

_____, 「지식인과 잡지문화」, 오제연 외, 『한국 현대생활문화사 1960년대–근대화와 군대화』, 창비, 2016.

_____, 「체제의 시간과 저자의 시간–『서준식 옥중서한』연구」, 『현대문학의 연구』 58집, 한국문학연구학회, 2016.

임태훈, 「국가의 사운드스케이프와 붉은 소음의 상상력–1960년대 소리의 문화사 연구를 위하여(1)」, 『대중서사연구』 25호, 대중서사학회, 2011.

장세진, 「상상된 아메리카와 1950년대 한국문학의 자기 표상」, 연세대 박사논문, 2008.

정근식·최경희, 「도서과의 설치와 일제 식민지출판경찰의 체계화, 1926–1929」, 『한국문학연구』 30집, 동국대 한국문학연구소, 2006.

정승화, 「자살과 통치성–한국사회 자살담론의 계보학적 분석」, 연세대 박사논문, 2012.

정일준, 「한미관계의 역사사회학–국제관계, 국가정체성, 국가프로젝트」, 『사회와 역사』 84집, 한국사회사학회, 2009.

정진석, 『극비 조선총독부의 언론검열과 탄압』, 커뮤니케이션북스, 2007.

정호기, 「박정희시대의 "공안사건"들과 진상규명」, 『역사비평』 80호, 역사비평사, 2007.

조강석, 「비화해적 가상으로서의 김수영과 김춘수 시학 연구」, 연세대 박사논문, 2008.

조희연, 「60년대 조직사건에 대한 역사사회학적 연구–'통혁당'을 중심으로」, 『경제와사회』 6권, 비판사회학회, 1990.

최인수, 「포스트 9·11과 이라크 전쟁의 '징후' 읽어내기」, 슬라보예 지젝·도정일 외, 『당대비평 특별호–아부 그라이브에서 김선일까지』, 생각의나무, 2004.

한기형, 「근대시가의 "불온성"과 식민지 검열–『諺文新聞の詩歌』(1931)의 분석」, 『상허학보』 25집, 상허학회, 2009.

_____, 「"법역(法域)"과 "문역(文域)"–제국 내부의 표현력 차이와 출판시장」, 『민족문학사연구』 44권, 민족문학사학회, 2010.

_____, 「"불온문서"의 창출과 식민지 출판경찰」, 『대동문화연구』 72권, 성균관대 대동문화연구원, 2010.

한수영, 「내부망명자의 고독–안수길 후기소설에 나타난 '망명의식'의 문제를 중심으로」, 『한국문학논총』 61집, 한국문학회, 2012.

황병주, 「박정희 체제의 지배담론–근대화 담론을 중심으로」, 한양대 박사논문, 2008.

2) 국외

미셸 푸코, 이상길 역, 「비판이란 무엇인가」, 『세계의 문학』 76호, 1995.

슬라보예 지젝, 「아메리카 하위문화의 사막에 오신 것을 환영합니다, 또는 럼스펠드
        가 아부 그라이브에 관해 알고 있는 모르는 것」, 슬라보예 지젝·도정일 외,
        『당대비평 특별호—아부 그라이브에서 김선일까지』, 생각의나무, 2004.

_____, 이수련 역, 『이데올로기라는 숭고한 대상』, 인간사랑, 2003.

알리싸 리 존스, 「편집자의 말—법의 무지」, 에티엔 발리바르 외, 강수영 역, 『〈무의식
        의 저널 Umbr(a)1〉 법은 아무것도 모른다』, 인간사랑, 2008.

오오타 오사무, 「한국에서의 한일조약 반대운동의 논리」, 『역사연구』 9호, 2001.

요시미 순야, 「냉전체제와 '미국'의 소비—대중문화에서 '전후'의 지정학」, 『문화과
        학』 42호, 문화과학사, 2005.

월터 데이비스, 「채찍의 아픔—아부 그라이브의 〈패션 오브 크라이스트〉」, 슬라보예
        지젝·도정일 외, 『당대비평 특별호—아부 그라이브에서 김선일까지』, 생
        각의나무, 2004.

Pasquale Pasquino, "Criminology : the birth of a special knowledge", Edited by Graham
        Burchell, Colin Gordon and Peter Miller, *The Foucault effect*, Chicago : The
        University of Chicago Press, 1991.

새 천 년이 시작된 지도 벌써 몇 해가 지났다. 식민지와 분단국가로 지낸 20세기 한국 역사의 와중에서 근대 민족국가 수립과 민족 문화 정립에 애써온 우리 한국학계는 세계사 속의 근대 한국을 학술적으로 미처 정리하지 못한 채 세계화와 지방화라는 또 다른 과제를 안게 되었다. 국가보다 개인, 지방, 동아시아가 새로운 한국학의 주요 대상이 된 작금의 현실에서 우리가 겪어온 근대성을 다시 한번 정리하고 21세기에 맞는 새로운 모습으로 탈바꿈시키는 것은 어느 과제보다 앞서 우리 학계가 정리해야 할 숙제이다. 20세기 초 전근대 한국학을 재구성하지 못한 채 맞은 지난 세기 조선학·한국학이 겪은 어려움을 상기해 보면, 새로운 세기를 맞아 한국 역사의 근대성을 정리하는 일의 시급성은 아무리 강조해도 지나치지 않다.

우리 근대한국학연구소는 오랜 전통이 있는 연세대학교 조선학·한국학 연구 전통을 원주에서 창조적으로 계승하고자 하는 목표에서 설립되었다. 1928년 위당·동암·용재가 조선 유학과 마르크스주의, 그리고 서학이라는 상이한 학문적 기반에도 불구하고 조선학·한국학 정립을 목표로 힘을 합친 전통은 매우 중요한 경험이었다. 이에 외솔과 한결이 힘을 더함으로써 그 내포가 풍부해졌음은 두말할 나위가 없다. 연세대학교 원주캠퍼스에서 20년의 역사를 지닌 매지학술연구소

526

를 모체로 삼아, 여러 학자들이 힘을 합쳐 근대한국학연구소를 탄생시
킨 것은 이러한 선배학자들의 노력을 교훈으로 삼은 것이다.

이에 우리 연구소는 한국의 근대성을 밝히는 것을 주 과제로 삼고자
한다. 문학 부문에서는 개항을 전후로 한 근대 계몽기 문학의 특성을
밝히는 데 주력할 것이다. 역사 부문에서는 새로운 사회경제사를 재확
립하고 지역학 활성화를 위한 원주학 연구에 경진할 것이다. 철학 부
문에서는 근대 학문의 체계화를 이끌고 사회과학 분야에서는 학제 간
연구를 활성화시키며 근대성 연구에 역량을 축적해 온 국내외 학자들
과 학술 교류를 추진할 것이다. 이러한 연구들은 일방성보다는 상호
이해와 소통을 중시하는 통합적인 결과물의 산출로 이어질 것이다.

근대한국학총서는 이런 연구 결과물을 집약적으로 정리하기 위해
마련한 총서이다. 여러 한국학 연구 분야 가운데 우리 연구소가 맡아
야 할 특성화된 분야의 기초자료를 수집 · 출판하고 연구성과를 기
획 · 발간할 수 있다면, 우리 시대 연구자들뿐만 아니라 학문 후속세대
들에게도 편리함과 유용함을 줄 수 있을 것이다. 새롭게 시작한 근대
한국학총서가 맡은 바 역할을 충분히 할 수 있도록 주변의 관심과 협
조를 기대하는 바이다.

2003년 12월 3일

연세대학교 원주캠퍼스 근대한국학연구소